acabus

Heinz-Joachim Simon

Che

Der Traum des Guerillero

Roman

acabus

Simon, Heinz-Joachim: Che. Der Traum des Guerillero, Hamburg, acabus Verlag 2017

2. Auflage
ISBN: 978-3-86282-488-5

Dieses Buch ist auch als eBook erhältlich und kann über den Handel oder den Verlag bezogen werden.
PDF-eBook: ISBN 978-3-86282-489-2
ePub-eBook: ISBN 978-3-86282-490-8

Lektorat: ds, acabus Verlag
Cover: © Annelie Lamers, acabus Verlag
Covermotiv: Che Guevara, photo taken on 5 March 1960, published within Cuba in 1961, internationally in 1967, by Alberto Korda, https://commons.wikimedia.org/wiki/File:CheHigh.jpg

Bibliografische Information der Deutschen Nationalbibliothek: Die Deutsche Nationalbibliothek verzeichnet diese Publikation in der Deutschen Nationalbibliografie; detaillierte bibliografische Daten sind im Internet über http://dnb.d-nb.de abrufbar.

Der acabus Verlag ist ein Imprint der Diplomica Verlag GmbH, Hermannstal 119k, 22119 Hamburg.

---

1. Auflage 2017, acabus Verlag Hamburg

http://www.acabus-verlag.de
Printed in Europe

Es ist die Stunde der Weißglut
und es wird Licht zu sehen sein.

José Martí
Kubanischer Revolutionär, 1853 – 1895

Jeden Tag im Leben in Feuer
zu verwandeln.

Ernesto Guevara de la Serna, genannt Che
14.6.1928 – 9.10.1967

1. Buch

Der Auftrag

1

Auf dem Weg zu alten Träumen

Stimme kein Siegesgeheul an am sonnenlosen Tag der Schlacht. Er sagte es immer mit funkelnden Augen, aber so, dass man nicht wusste, ob er einen aufziehen wollte oder ob es eine Mahnung an sich selbst war, nicht zu früh zu frohlocken. Und vorsichtig zu sein, dafür gab es genug Gründe. Er, Che, hatte sich vorgenommen, die Welt zu verändern. Das war nun eine Aufgabe, die selbst titanische Kräfte überstieg, die den anderen funkelnden Stern, den Held der Antike, Alexander von Makedonien, auf den zweiten Platz verwies. Denn er, Che, wollte keine Länder erobern, sondern menschliche Seelen verwandeln. Nichts weniger. Deswegen murmelte er mit Recht die Zeilen von Gutierrez. Aber das fing erst in der Sierra Maestra an. In Córdoba, das argentinische und nicht das spanische, hatte er noch nicht diese Ansprüche. Doch dort fing es an, dass Marc Mahon und er sich auf derselben Umlaufbahn fanden.

Marc Mahon träumte von Ernesto, als der noch nicht Che hieß und mit dem er durch die Straßen von Córdoba lief, als sie sich noch wie Castor und Pollux verbunden wähnten und glaubten, in derselben Umlaufbahn der Zukunft entgegenzurasen, und nicht ahnten, dass die Sonne, der sie entgegenflogen, sie verbrennen konnte. Die Sonne steht hier für die Hoffnung, für den Glauben, dass sich der Mensch ändern könne, woran sich in den letzten siebentausend Jahren Schamanen, Priester, Gottessöhne und Götter selbst vergeblich versucht hatten.

Sie starteten also in Córdoba und waren siebzehn Jahre alt und ein buckliger Zwerg ohne Beine in einem Kastenwagen schrie ihnen Flüche hinterher. Dabei hatten sie, Ernesto und

Marc Mahon, ihm helfen wollen, hatten ihn aus der Sonne in den Schatten der Arkaden gezogen. Aber der Zwerg wollte keine Hilfe. Damals nahm Ernesto solche Verweigerung noch hin, zuckte mit den Schultern, was bedeutete, dass man diesen Menschen in seiner Dummheit belassen sollte. Später akzeptierte er dies nicht mehr.

Marc Mahon fiel wieder in den Schlaf zurück. Diesmal war er in Kuba, nicht in Havanna, in der Sierra Maestra, die den Hauptstädtern so fremd war wie die Rückseite des Mondes. Die Batistasöldner kamen heran. Gleichmäßig tuckerte das Maschinengewehr. Grrrrr. Er wachte wieder auf. Nein, er kämpfte nicht mehr in den Bergen Kubas. Er war auch nicht in Córdoba. Benommen tastete er nach dem Telefon auf dem Nachttisch.

Er war in Paris im Frühjahr 1967 und war nun neununddreißig Jahre alt und hatte so viel erlebt, dass es ihn zum Zyniker gemacht hatte, während er, Che, den Glauben nicht einmal verlor, als der Mörder die Hütte betrat und schlotternd sein Gewehr auf ihn richtete. Selbst in Erwartung der tödlichen Kugel verlor er nicht den Glauben, dass der Sozialismus eines Tages siegen würde.

Marc Mahon befand sich in Paris und man bezeichnete ihn als Starjournalist, dessen Artikel in *Paris Match*, im *Figaro*, aber auch in *The Guardian* und der *Times* erschienen. Selbst die Amerikaner rissen sich um seine Berichte von den Brennpunkten der Welt. *Washington Post, Time Magazine* und andere nannten ihn stolz ihren Mitarbeiter. Er, der einmal dieselbe Umlaufbahn wie Che hatte, flog nun auf einer anderen Bahn und hatte dabei Karriere gemacht.

»Hm«, brummte er immer noch schlaftrunken in den Hörer.

»Spreche ich mit Marc Mahon? Hier ist Martinelli aus Rom.«

Marc sah auf die Uhr. Kurz nach drei. Warum um Gotteswillen rief man ihn mitten in der Nacht an?

»Wissen Sie, wie spät es ist?«, schnauzte er ins Telefon.

»Ich hatte heute eine Abendgesellschaft und jemand sagte, dass Sie Che Guevara besser als jeder andere kennen und sie sogar Freunde sind.«

»Schön, aber was zum Teufel wollen Sie von mir?«

»Ich bin Martinelli«, wiederholte der Anrufer.

Nun klickte etwas in seinem Kopf. Oh ja, er kannte den Namen. Jeder in seiner Branche kannte ihn. Martinelli, der Zeitungstycoon. Nur er konnte es sich erlauben, mitten in der Nacht jemanden aufzuscheuchen, sah er sie doch alle, die ganze Zeitungsbande, als seine Diener an, wenn nicht sogar das Wort »Sklaven« besser das Verhältnis ausdrückte. Er war nicht nur Herr über die italienischen Medien, sondern hatte sowohl deutsche als auch englische und sogar amerikanische Zeitungen in seine Gewalt gebracht. Jawohl, Gewalt, denn er bestimmte den Tenor der Zeitungen und war sich nicht zu fein, unangemeldet seine Verlage zu besuchen und von ihnen das Engagement einzufordern, das er selbst wie ein Getriebener von sich verlangte.

»Ich fühle mich geehrt, aber was wollen Sie von mir und hat das nicht Zeit bis morgen?«, wiederholte er, so andeutend, dass er nicht sein Knecht war, er ihm gleichwohl den Respekt nicht versagte.

»Das würde ich Ihnen gern persönlich sagen. Ich komme nach Paris. Wo können wir uns treffen?«

Was soll das?, fragte sich Marc Mahon. Er besitzt doch hier die größte Tageszeitung. Wo sollte man sich sonst treffen, wenn nicht dort, und er sagte ihm das.

»Nein. Nein. Ich habe nicht das Übliche mit Ihnen vor.«

»Na gut. Wie wäre es um zwanzig Uhr im *Coupole*? Wissen Sie, wo das ist?«

»Sagt mir der Taxifahrer. In Montparnasse, glaube ich.«

»Gut. Ciao.«

»Ach, Mahon, Ihr Buch über Robert Capa hat mir gefallen.«

»Schön, ich kann jeden Leser brauchen.«

»Ich werde mich mit Ihrem Verlag in Verbindung setzen und es in Italien herausbringen.«

Marc Mahon stutzte und lächelte erfreut. Das Gespräch gefiel ihm schon besser. Dafür war er gern geweckt worden. Sein Buch, eine Art »Non-fiction-novel«, wie Truman Capote es einmal ausgedrückt hatte, war bei einem kleinen Verlag erschienen, der nicht viel in Werbung investieren konnte, und so hielt sich die Auflage in Grenzen. Beim Martinelli-Verlag, der ganz andere Möglichkeiten hatte, konnte der Roman vielleicht zu Bestsellerhöhen aufsteigen.

»Tun Sie sich keinen Zwang an. Noch besser wären allerdings die USA, wo man richtig Geld machen kann.«

»Seien Sie nicht so maßlos wie Ihr Freund«, erwiderte Martinelli. »Hasta la vista, wie man auf Kuba sagt.«

Marc Mahon stieg aus dem Bett, zündete sich eine Gitanes an und ging ans Fenster. Unten, auf der Place de la Contrescarpe, plätscherte im funzligen Licht der Laternen der kleine Brunnen. Rechts ging die Rue Mouffetard ab, die mit ihren kleinen Läden einen fast dörflichen Charakter vermittelte. Es gibt Orte, die Glücksgefühle auslösen, dachte er. Dieser Ort, dieser Platz mit seinen Cafés und kleinen Läden, gehörte mit Sicherheit dazu. Dies war schon immer so gewesen. Noch lag der Platz verlassen da. Erst um elf Uhr am Vormittag würde er sich beleben. Dann würden Touristen die Cafés bevölkern und sich auf den Terrassen vor den Lokalen die Sonne ins Gesicht scheinen lassen.

Er dachte über den seltsamen Anruf nach. Martinelli war nicht nur mächtig, sondern pflegte eine politische Attitüde, gab sich als Anwalt des Volkes aus. Manche nannten ihn einen Salonbolschewisten. Auf jeden Fall war er eine außergewöhnliche Persönlichkeit.

Er war gespannt, was der Großverleger von ihm wollte. Marc Mahon war freier Journalist, was Risiken barg, da er nicht permanent Aufträge hatte. Aber da er zudem ein guter Fotograf war, konnte er Flauten mit seinen Fotos überbrücken. Er bewohnte die ganze Etage über dem Café *La Contrescarpe*. Die Tochter des Schreibwarenhändlers aus der Rue

Mouffetard kümmerte sich halbtags um seine Schreibarbeiten. Ihre Eltern waren *Pieds noirs*, aber weitgehend integriert. Die Tochter konnte allerdings ihre maghrebinische Herkunft nicht verbergen, hatte sie doch das rassige Gesicht einer Berberin, lange lockige Haare, dunkle Augen und eine lange, leicht gebogene Nase. Ein Gesicht, das leidenschaftliches Temperament vermuten ließ. Und es bestand kein Zweifel, dass sie in ihren Arbeitgeber verliebt war, dem ihre unverhohlen gezeigten Besitzansprüche manchmal lästig wurden. Aber verzichten wollte er auch nicht auf sie, denn er gestand sich ein, dass er ihre verliebten Blicke aus den dunklen Augen genoss. Außerdem war sie als Faktotum für ihn unverzichtbar geworden. Neben der Schreibarbeit hatte sie sich zu einer guten Fotolaborantin entwickelt und nahm außerdem wie selbstverständlich die Rolle einer Haushälterin ein, indem sie dafür sorgte, dass die Wäsche in die Wäscherei kam und immer Lebensmittel in seinem Kühlschrank waren. Er nannte sie Roxane, was nicht ihr richtiger Name war, aber ihrem Aussehen entsprach. Ein Roman über Alexander den Großen hatte ihn zu diesem Namen inspiriert.

Marc Mahon war durch seine Größe jemand, der die Blicke auf sich zog. Dies und seine blonden Haare und blauen Augen führten dazu, dass seine Freunde ihn einen Teutonen nannten, was gar nicht so unberechtigt war, worüber er aber nie sprach. Wenn ihn jemand schildern sollte, dann nannte man immer sein mutwilliges Lachen, das ein paar Zahnreihen zeigte, die Zahnärzte um ihre Existenz fürchten ließ. Die Frauen erwähnten die blauen Augen und die Haartolle, die ihm ständig in die Stirn fiel. Zweifelsfrei war er links, wie jeder gerecht denkende Mensch, was auch sein Verhältnis zu Ernesto Guevara erleichtert hatte.

Er dachte an Córdoba, dort, am Ende der Welt, hatten sich ihre Sterne genähert. Sein Vater war ein deutscher Jude gewesen, der rechtzeitig geflüchtet war. Er hieß Anton Wasserstein und hatte in Argentinien einen anderen Namen angenommen. Es war der Einfall seiner Mutter, die aus Straßburg stammte, den Namen Mahon anzunehmen, der Name eines Generals und Präsidenten. Die Großmutter hatte in dessen Haus gedient und sprach nur lobend von der Großzügigkeit der Mahons. Seine Mutter war der Meinung, dass Namen das Leben erschweren oder erleichtern können und der Name Mahon ihrem Sohn ermöglichen würde, in der Welt zu bestehen. Sein Vater, ein ehemaliger Zeitungsfotograf, hatte in Córdoba ein Fotogeschäft eröffnet, so dass Marc schon frühzeitig mit der Fotografie in Berührung kam. Seine Mutter war auch schuld daran, dass er – nach seinem Kuba-Abenteuer - Paris zur Heimat erkor, denn sie hatte bereits in seiner Kindheit mit ihm Französisch gesprochen, so dass er die Sprache ohne Akzent beherrschte. Sie nannte Paris die einzige Stadt, die die Pforte zum Paradies sein könnte. Er studierte Journalistik, aber ohne Abschluss, stattdessen trieb er sich an den Brennpunkten der Welt herum, wo er einige Fotos schoss, die Aufmerksamkeit erregten. Als er feststellte, dass er auch im Schreiben nicht unbegabt war, verfasste er Storys, die seinen Ruf als hervorragenden Journalisten begründeten. Reichtümer hatte er deswegen nicht angesammelt, aber es ließ sich durchaus komfortabel leben.

Zur Entspannung und in der Pause zwischen zwei Aufträgen hatte er ein paar Kriminalromane veröffentlicht, die von Raymond Chandler und Dashiell Hammett beeinflusst waren, und sich gut verkauften, so dass er die Wohnung am Place de la Contrescarpe schließlich kaufen konnte. Sie war für Pariser Verhältnisse sehr groß. Sein Wohnzimmer war eine Bibliothek, seine Küche war so modern wie ein Raumschiff, sein Bad marmorgefliest und sein Fotolabor genügte Profiansprüchen. Das Schlafzimmer wies ein Bett auf, das sich auch für Zweisamkeiten prächtig geeignet hätte. Aber bei den Frauen hatte er es nicht zur Kontinuität geschafft, da er ständig in der Welt unterwegs war. Auf Roxanes glutäugige Blicke einzugehen, versagte er sich, da sie ihm gar zu besitzergreifend war. Seine derzeitige Flamme, eine Moderedakteurin, machte sich über ihn keine Illusionen. Sie war allerdings auch mehr an ihrer Karriere interessiert als an einer engen Bindung und nannte ihn einen »Stromer«, was sie aber nicht daran hinderte, zweimal in der Woche mit ihm zu schlafen. Seine Vorliebe für Fotografie hatte ihn schließlich dazu gebracht, über Robert Capa zu schreiben. Er fühlte sich ihm sehr seelenverwandt und er nannte es sein erstes seriöses Buch.

Marc Mahon öffnete das Fenster, warf die Zigarette hinaus und atmete tief durch. Er ging wieder ins Bett und löschte die Nachttischlampe. Wenn ein guter Auftrag winkt, so soll es mir recht sein, dachte er, denn er würde eine momentane Flaute beenden. Am Vortag hatte er sich mit Harry O'Hingsten im *Select* getroffen, ein irischer Kollege, der ihm vorschlug, einen Artikel über die IRA zu schreiben. Er könne ihm einen Kontakt zum öffentlichen Arm der Untergrundorganisation vermitteln. An sich war der Kampf der IRA gegen die bigotten Protestanten und Engländer kein schlechter Stoff, den er in ganz Europa loswerden konnte. Er hatte große Sympathie für die Iren, seit er James Joyce' *Ulysses* gelesen hatte. Den Kampf der IRA und den Katholizismus mit dem ewigen Dulder Odysseus in Verbindung zu bringen, hatte schon seinen Reiz. Er hatte sich Bedenkzeit ausgebeten, da er noch an einem kleinen Roman arbeitete, der sich mit Picassos Minotaurusbildern auseinandersetzte. Als er den Kollegen fragte, warum er nicht den Artikel schreiben würde, hatte dieser in schöner Offenheit erklärt, dass er in Belfast lebe und nicht die Absicht habe umzuziehen. Sowohl die Protestanten als auch die Katholiken könnten sehr rachsüchtig sein.

Marc Mahon steckte sich eine neue Zigarette an und starrte an die Decke. Ihm fiel sein Traum wieder ein. Er hatte schon seit langem nicht mehr von Córdoba geträumt und auch nicht von Ernesto, nicht von Kuba und der Sierra Maestra, geschweige denn von Fidel. Was bedeutete der Spruch von

Gutierrez: »Stimme kein Siegesgeheul an am sonnenlosen Tag der Schlacht«? Jedes Mal, wenn Ernesto seine Männer in die Schlacht führte, hatte Marc den Freund dies murmeln hören. Wollte er der eigenen Freude darüber Zügel anlegen? War es eine Warnung wie bei den Triumphzügen der alten Cäsaren: »Bedenke, dass du sterblich bist«? Che hatte viele gute Sprüche damals in der Sierra Maestra draufgehabt, aber es waren keine leeren Worte, sondern Glaubensbekenntnisse: »Schafft zwei, drei, viele Vietnam« war ein anderer, der später aus Tausenden von Kehlen in den Straßen der Metropolen gebrüllt wurde und die Herren Generäle und die Schlapphüte von der CIA zum Schwitzen brachte.

Den Nachmittag verbrachte Marc in der Bibliothek der Sorbonne, um sich über die Verhältnisse in Irland klug zu machen. Je mehr er darüber las, umso geringer wurde sein Wunsch den Auftrag anzunehmen. Wobei vielleicht auch das Wetter in Irland eine nicht unerhebliche Rolle spielte. Marc Mahon mochte weder Regen und Wind noch Kälte. Er sympathisierte mit der IRA, mochte aber deren Methoden nicht. Selbst Joyce, dessen *Ulysses* er wieder und wieder gelesen hatte, verstärkte nicht den Wunsch, in den keltisch geprägten Katholizismus einzutauchen.

So war er für eine neue Kursbestimmung offen, als er das *Coupole* betrat. Der Maître des Halles gab ihm einen guten Tisch am Fenster. Er wartete also darauf, dass etwas passierte. Schließlich wusste er nicht, wie Martinelli aussah. Er bestellte einen Martini-Cocktail als Aperitif, der aber nicht so gut wie der in der Ritzbar war.

Jemand trat an seinen Tisch.

»Marc Mahon, nicht wahr?«

Ein korpulenter Mann, der gleichwohl nicht Gemütlichkeit, sondern Macht ausstrahlte. Das schüttere Haar hatte er straff nach hinten gekämmt. Er sah aus wie Rossellini, der Mann von Ingrid Bergman. Rosige Hängebacken, aber ein energisch vorgeschobenes Kinn mit einem Grübchen. Der Nadelstreifenanzug könnte mal wieder ein Bügeleisen vertragen. Ein Beweis dafür, dass er sich für so bedeutend hielt, dass er auf seine Kleidung nicht achten musste. In der Hand hielt er das Buch über Robert Capa. Marc Mahon wusste, dass in dem Buch ein einigermaßen aktuelles Foto von ihm war, an dem sich Martinelli orientiert haben mochte. Marc Mahon nickte. Der Verleger setzte sich interessiert um sich blickend zu ihm. »Nettes Lokal«, kommentierte er.

Der Garçon kam und auf Martinellis fragenden Blick bestellte Marc Mahon für beide Curry Coupole.

»Eine Spezialität des Hauses«, bekräftigte er seinen Vorschlag. Dazu bestellte er einen Bordeaux, den der Garçon empfahl.

»Er passt vorzüglich dazu«, lobte er seine Empfehlung.

»Also, was haben Sie mir vorzuschlagen?«, fragte Marc Mahon, als sie wieder allein waren.

»Sie sind tatsächlich mit Che Guevara befreundet gewesen?«

»Mehr noch. Ich war bei ihm, als er Santa Clara eroberte. Wir waren Freunde und Kampfgefährten. Eine nicht unkritische, aber gleichwohl fest begründete Freundschaft«, erwiderte er, obwohl er sich nicht sicher war, ob er Ernesto immer noch seinen Freund nennen konnte.

»Wie fing es an?«

»Wir haben uns in Córdoba kennengelernt. Eine Jugendfreundschaft. So begann es. Danach habe ich ihn in Mexiko wieder getroffen. Er begeisterte mich für Castros Revolution so sehr, dass ich mit ihm auf der *Granma* nach Kuba ging. Unsere beste Zeit hatten wir in der Sierra Maestra, als die Revolution noch unschuldig war. Als wir in Havanna einzogen, haben wir uns bald zerstritten.«

»Schreiben Sie ein Buch über Che. Deswegen bin ich hier.«

»Es gibt genug Bücher über Che.«

»Biografien. Schreiben Sie einen Roman über die Zeit mit ihm. Ich werde es als Fortsetzungsstory in meinen Zeitschriften bringen und danach machen wir ein Buch daraus. Für die Artikel bekommen Sie ein festes Gehalt mit einem großzügigen Spesenkonto. Für das Buch erhalten Sie fünfundzwanzig Prozent vom Ladenpreis. Für mich bleibt da nicht viel übrig. Das Projekt könnte aber ein Aushängeschild für meinen Verlag sein.«

Marc Mahon musste schlucken, das war ein Traumangebot. Aber dann wurde er doch argwöhnisch. Verleger verschenken kein Geld. Warum ein so großzügiges Angebot? Wo war der Haken bei diesem Vorschlag?

»Warum interessiert Guevara Ihren Verlag, der doch in Kuba an Einfluss verloren hat?«

Martinelli schmunzelte.

Ein Kellner, in der Tracht eines indischen Prinzen, zelebrierte das Curry Coupole. Sie beobachteten ihn schweigend. Seine bedächtigen, feierlichen Bewegungen erinnerten Marc Mahon an das Restaurant *Alfredo* in Rom, wo der Kellner mit fast genau solchen theatralischen Bewegungen Fettucine Alfredo aus einem großen Topf auf die Teller legte, als würde er das Abendmahl zelebrieren. Die Fettucine Alfredo waren eine herbe Enttäuschung gewesen.

»Eine gute Show ist alles!«, kommentierte Martinelli. Als er davon gegessen hatte, nickte er. »Eine gute Empfehlung. Ich habe noch nie ein so gutes Curry gegessen.«

»Also, Karten auf den Tisch!«, forderte Marc Mahon den Verleger auf.

»Che ist verschwunden. Es hieß, dass er sich zur Zuckerrohrernte verabschiedet hat. Aber nach unseren Informationen ist er nicht mehr auf Kuba. Er soll sich mit Fidel Castro zerstritten haben.«

»Na und? Welche Rolle spiele ich dabei?«

»Ich bin davon überzeugt, dass er an einem neuen Vietnam bastelt. Sie sollen ihn für mich finden und darüber berichten, in welcher Situation er sich befindet. Ich bin mir sicher, dass er dabei ist, ein Focus in irgendeinem Land der dritten Welt zu organisieren, also seinen Erfolg auf Kuba zu wiederholen. Es wird der Einstiegsknüller in unsere Artikelserie sein.«

»Hört sich gut an«, stimmte Marc Mahon zu und dachte: Und schön wäre es, den alten Freund wieder in die Arme schließen zu können.

»Was für ein Mensch ist Che?«

»Er ist – ich weiß, es hört sich verstiegen an – der reinste Mensch, dem ich je begegnet bin.«

»Ein reiner Mensch? Ein Revolutionär, der viele Menschen auf dem Gewissen hat, soll ein reiner Mensch sein? Es hört sich tatsächlich verstiegen an. Das ist die Ansicht eines schwärmerisch veranlagten Freundes. So habe ich Sie eigentlich nicht eingeschätzt.«

»Dies sage nicht nur ich, sondern viele, die ihn gut kennen. Er verkörpert den neuen Menschen, der eigentlich erst im Kommunismus erschaffen werden soll.«

»Schwiemelei! Den neuen Menschen wird es nie geben. Der alte Adam hat sich seit der Steinzeit nicht sehr verändert. Er wird gierig bleiben, wird seinem Nachbarn den Besitz neiden, wird ein Mörder sein. Er hat die Keule nur gegen Schnellfeuergewehre ausgetauscht. Und was ist mit den Erschießungen in der Festung La Cabaña? War Che auch dort ein reiner Mensch?«

»Er tat es, weil er es für die Revolution für richtig hielt«, verteidigte er den Freund wider besseres Wissen.

»Mir fallen dazu Robespierre und Saint Just ein.«

»Robespierre liebte man nicht, sondern fürchtete ihn. Che lieben alle, die ihn näher kennen. Fragen Sie die, die unter ihm gekämpft haben. Auch Sartre und die Beauvoir hat er beeindruckt.«

»Na gut. Wir werden sehen, ob Sie diese ›Melodie‹ in den Artikeln durchhalten können. Beginnen Sie mit Ihrer ersten Begegnung in Córdoba. Sie bekommen ein Spesenkonto, das Ihnen erlaubt, nach Córdoba, Kuba oder was weiß ich sonst wohin fliegen zu können. Vielleicht fangen Sie in Córdoba an und erfahren von seinen Verwandten, wo er ist. Dann machen Sie weiter, egal wo er ein zweites Vietnam anzetteln will. Und wenn er tatsächlich tot ist, wie auch schon kolportiert wird, dann finden Sie sein Grab. Das gibt auch eine schöne Story.«

»Das mit Ches Tod ist Unsinn. So etwas wäre längst bekannt geworden. Seinen Tod kann man nicht unter der Decke halten. Ich würde es zudem spüren. Sein Leben wäre dann ein unvollendetes Lied.«

»Lassen wir die Heldenverehrung.«

Martinelli griff in die Anzugjacke, die verbeult an ihm herunterhing, holte ein Scheckbuch hervor, schrieb mit energischen Bewegungen den Scheck aus und schob ihn über den Tisch. Es war der großzügigste Vorschuss, den Marc Mahon je erhalten hatte.

»Wenn Sie mehr brauchen, melden Sie sich.«

Er hob die Hand und schnippte mit den Fingern. Der Garçon eilte sofort an ihren Tisch.

»Bringen Sie mir Briefpapier.«

Marc Mahon sah dem Verleger amüsiert zu. Martinelli nahm den Briefbogen vom *Coupole,* schrieb ein paar Zeilen, unterschrieb und reichte ihm das Papier.

»Der Vertrag über Ihr Che-Buch mit den versprochenen Konditionen. Unterschreiben Sie und Sie sind Korrespondent von *Epoca* und Autor des Leonardoverlages.«

Marc überflog die Zeilen und unterschrieb.

»Gut. Ich fliege Ende der Woche nach Buenos Aires.«

»Nein. Sie fliegen morgen. Gehen Sie gleich an die Arbeit. Sie sind jetzt ein Martinelli-Mann!«

Worauf hast du dich da eingelassen, fragte er sich. Macht dich der Vertrag zu seinem Sklaven? Schon aus Prinzip widersprach er.

»Geht nicht. Ich muss einiges ordnen. Ich fliege Ende der Woche. Ich muss auch Aleida und einige Freunde Ches auf meinen Besuch vorbereiten. Ich kann dort nicht ohne Vorankündigung reinschneien.«

»Wer ist Aleida?«

»Ches Frau.«

»Ach, richtig. Er ist verheiratet.«

Martinelli, der Mahon durchaus richtig einschätzte, gab nach. Er erkannte, dass er diesen nicht zwingen konnte, wenn er ihn bei guter Stimmung halten wollte. Der Kerl hat einen Arsch in der Hose, stellte er durchaus zufrieden fest. Jemand, den Che als Freund akzeptierte, musste ein richtiger Mann sein. Gut so, dass er nicht klein beigab, sondern ihm Widerstand leistete. Er schätzte einen eigenen Willen durchaus, aber nicht bei jedem und nicht sehr oft.

»Haben Sie damals an den Kämpfen in der Sierra Maestra teilgenommen?«

»Ich fuhr nicht als Journalist auf der *Granma*«, bestätigte Marc Mahon.

»Das geht diesmal natürlich nicht. Wir können nicht die Berichte eines Kombattanten veröffentlichen. Sie halten sich schön aus den Kämpfen raus, wo immer Che sein zweites Vietnam probt.«

Marc Mahon nickte vage. Natürlich musste Martinelli sagen, dass er sich raushalten sollte, aber er bezweifelte, ob sich dies einhalten ließ. Er wusste ja nicht, in welcher Situation er Che vorfinden würde. Er musste sofort damit anfangen, sich in Form zu bringen. Dort, wo er Ernesto finden würde, musste man eine gute Kondition haben. Er bewunderte den Freund, der schwer asthmakrank war und dennoch Strapazen auf sich nahm, die gesunde, austrainierte Männer nicht durchhielten. Schon in der Sierra Maestra hatte er seine Krankheit allein durch den Willen bezwungen, aber mittlerweile war er zehn Jahre älter geworden.

»Sie melden sich jede Woche bei mir, damit ich weiß, wie es um Sie und Che steht.«

Marc Mahon lächelte überlegen, fast höhnisch. So konnte nur jemand reden, der keine Ahnung vom Guerillakampf hatte.

»Das wird nicht immer möglich sein«, widersprach er.

»Warum nicht?«

»Weil dort, wo Che ist, alles dem Kampf untergeordnet wird.«

»Aha«, sagte Martinelli unzufrieden.

Er hat keinen Schimmer, wie es dort ist, wo Che sein mochte. Was für ein Penner. Aber zahlen tat er wirklich gut.

»Das Curry Coupole war vorzüglich. Dann will ich mal. Ich höre in einer Woche von Ihnen, wo immer Sie auch sind.« Er erhob sich. »Zahlen tun Sie. Ich habe mir für Sie genug Geld aus den Rippen geschnitten.«

Marc sah dem Verleger nach, der ohne nach rechts oder links zu blicken das *Coupole* verließ. Seine Geschäftspartner kann man sich nicht immer aussuchen, schickte er ihm als Ergebnis der Besprechung hinterher. Geldsorgen würde er jedenfalls in nächster Zeit nicht haben.

2

Das Wolfsrudel nimmt die Fährte auf

»Meine Herren, der Chef ist höchst besorgt!«, sagte Bill Barney vom Hauptquartier der CIA in Langley zu Richard Warner, Chef der Pariser CIA-Dependance. Das war mehr als ein Befund über den Seelenzustand des Allerobersten, es war ein Rüffel, eine Warnung zumal, besser zu arbeiten, sonst würde man in einem Nest an der mexikanischen Grenze landen und sich unter Skorpionen und Schakalen um mexikanische Drogenhändler kümmern müssen.

Sie waren sechs Mann und saßen in einem nüchtern eingerichteten Büro in der Rue Balzac. Die Fenster waren verhangen. Eine Lampe ersetzte das Tageslicht und ließ ihre Gesichter ungesund aussehen.

»Che Guevara ist seit Monaten verschwunden. Der Chef glaubt nicht, dass er tot ist. Es liegt auf der Hand, dass er irgendwo eine Guerillaorganisation aufbaut. Selbst in Kuba lacht man über das Märchen, dass er beim Zuckerrohrschlagen sei. Wir müssen herausbekommen, wo er sich aufhält. Und zwar schnellstens! Der Schlüssel dazu, so meint der Chef, liegt hier in Paris.« Barney sah Warner an, als habe dieser irgendetwas verbockt.

Der Europachef der CIA war ein großer, schlanker Mann mit einem angenehmen Gesicht, stahlblauen Augen und Bürstenhaarschnitt. Seine Haltung verriet den ehemaligen Militär. Er hatte bei den Marines gedient, worauf er stolz war. Sein Gegenüber trug den McNamara-Mittelscheitel und eine Nickelbrille. Er mochte nicht einmal dreißig sein. Seine Stimme klang kalt, emotionslos und überheblich, als würde er ungehorsame Kinder vor sich haben. Warner biss sich auf die Lippen. Was für ein Schnösel, dachte er. Typischer Langley-Karrierist.

»Wir waren nicht untätig«, erwiderte er gelassen. »Wir wissen, dass Marc Mahon ein Freund Guevaras ist und haben ihn deswegen beschattet. Der Verleger Martinelli hat sich mit ihm im *Coupole* getroffen. Da bekannt ist, welch Geistes Kind er ist, hatten wir uns an seine Fersen geheftet. Einen Teil des Gesprächs im *Coupole* konnten wir mithören. Marc Mahon wurde von Martinelli beauftragt, Che zu finden. Er könnte das Trüffelschwein sein, das uns zu Guevara führt.«

Es gab von Bill Barney kein Lob. Er nickte, als sei dies alles nichts Neues für ihn, als gehöre es zu den selbstverständlichen Aufgaben des Chefs der Pariser Dependance.

»Marc Mahon und Martinelli? Ein übles Gespann. Über beide haben wir eine dicke Akte. Doch Mahon hat sich seit Jahren von den Kubanern ferngehalten. Warum lässt er sich jetzt vor den Karren spannen?«

Warner unterdrückte ein Lächeln. So toll bist du gar nicht, Bürschchen, dachte er.

»Er und Guevara sind Jugendfreunde und außerdem war dieser Mahon mit Guevara zusammen in der Sierra Maestra«, fuhr Warner fort. »So etwas verbindet. Außerdem wird Martinelli eine schöne Stange Geld hinlegen.«

»Dieser Mahon ist in letzter Zeit nicht auf Kuba gewesen?«

»Richtig. Er hat auf andere Weise gegen die Vereinigten Staaten gewühlt und über unsere Arbeit böse Artikel veröffentlicht. Zweifellos ist er eine linke Bazille. Er ist ein Ärgernis, aber diesmal kann er nützlich sein.«

»Franzose?«

Nicht einmal darüber weiß er Bescheid, dachte Warner und lächelte überlegen.

»Nein, Argentinier. Seine Mutter war Französin, sein Vater Deutscher. Sie flohen vor den Nazis nach Argentinien. Dort kam Marc Mahon mit Guevara in Berührung.«

»Und warum engagiert Martinelli ausgerechnet ihn?«

»Liegt doch auf der Hand. Niemand kennt Guevara besser als er. Mahon soll eine Artikelserie über ihn bringen, die dann in einem Buch zusammengefasst werden soll. Wenn er Guevara tatsächlich findet, ist das natürlich eine Weltsensation.«

»Klingt schlüssig«, stimmte Barney widerwillig zu.

»Wir überwachen Mahon, seit Guevara verschwunden ist. Wir haben unsere Hausaufgaben nicht vernachlässigt«, beteuerte Henry Clavell, Warners Stellvertreter, trotzig. Ein kleiner, dicklicher Mann mit einem Vollbart, der ihn wie einen Desperado aussehen ließ. Warner schätzte ihn, weil er sich gute Kontakte zur französischen Unterwelt erarbeitet hatte, über die sie einige gefährliche Aufträge hatten abwickeln können.

»Was wissen wir über diesen Mahon?«, fragte Barney.

Er hat seine dicken Aktenpakete nicht sorgfältig studiert, erkannte Warner, den das Auftreten des Langley-Abgesandten immer noch wurmte.

»Der Kerl ist schlecht einzuschätzen«, entgegnete er. »Ein gewöhnlicher Schreiberling ist er nicht. Er trainiert regelmäßig in einer asiatischen Kampfsportschule. Karate, Jiu Jitsu, Kendo, das ganze Programm. Er wohnt an der Place de la Contrescarpe. Läuft jeden Morgen bis zum Luxembourg und zurück. Er dürfte fit wie ein Turnschuh sein.«

»Was ist mit Frauen?«

»Sehr unbeständig. Meistens gabelt er sie im *Select, Rotonde* oder *Coupole* auf. Wenn es Huren sind, dann ist das für ihn kein Problem. Einer seiner Kumpels verriet uns, dass er eine große Liebesgeschichte in Mexiko hatte. Na ja, kann auch Klatsch sein.«

»Dem Mann kann man also einiges zutrauen.«

»Denke schon. Er war mal in eine Schlägerei im *Rotonde* verwickelt, wo einigen unserer Landsleute seine Ansichten über die USA missfielen. Es waren vier Mann. Er hat sie tüchtig vermöbelt.«

»So ein Kerl wird Guevara finden«, sagte Barney unzufrieden. »Wir dürfen ihn nur nicht aus den Augen verlieren. Kann man ihn kaufen?«

»Eher nicht. Dafür ist er zu weit links. Außerdem ist er sehr ehrpusselig. Nimmt grundsätzlich keine Aufträge an, die seiner kommunistischen Überzeugung zuwiderlaufen.«

»Ein waschechter Kommi?«

»In der Partei ist er nicht. Aber was soll man von jemandem halten, der davon redet, dass wir vom CIA Kennedy umgebracht haben und der Vietnamkrieg ein Verbrechen ist? Außerdem ist er ein Negerfreund.«

»Das sind die Gefährlichen«, bestätigte Barney, dessen Dialekt verriet, dass er Texaner war. Die Niederlage der Konföderierten gegen die Nordstaaten schien er immer noch nicht verwunden zu haben. »Die liberalen Weltverbesserer sind doch alle Kommis. So einer also ist Marc Mahon.«

» Aber jetzt kann er uns gute Dienste leisten.«

»Ich traue keinem Pressefritzen, der nicht auf unserer Payroll steht«, knurrte Barney missmutig.

»Wir wissen, dass er für morgen ein Flugticket nach Madrid gebucht hat«, spielte Warner seinen größten Trumpf aus. »Wir nehmen an, dass dies nicht sein Endziel ist.«

»Und wohin er auch weiterfliegt, wir sind dabei«, ergänzte Clavell.

»Darüber wird sich der Chef freuen«, gab Barney zu. »Deswegen habe ich heute Carlos Suarez mitgebracht«, fuhr er fort. »Suarez spricht Spanisch, Englisch und Französisch und kennt sich sowohl in Südamerika als auch in Kuba aus. Er hat jahrelang in Havanna unsere Dependance geleitet. Carlos wird Mahons Beschattung übernehmen.«

Hättest wenigstens mal feststellen können, dass wir verdammt gute Arbeit geleistet haben, dachte Warner wütend.

»Dann können wir jetzt essen gehen«, schlug Clavell vor. »Ich habe im *Lipp* einen Tisch bestellt. Dort gibt es das beste Choucroute außerhalb des Elsass.«

»Was ist das? ... Choucroute?«

»Sauerkraut mit Würsten und Fleisch, so zart wie ein Kleinmädchenpopo.«

Sauerkraut? Mein Gott, diese Franzosen fressen wirklich alles, dachte Barney. Na ja, die essen sogar Schnecken und Frösche.

»Gibt es in Paris kein Steakhouse?«

»Gibt es«, gab Warner zu. Was für Ignoranten hocken dort in Langley, dachte er.

»Sollen Sie bekommen«, sagte er. »Sollen Sie bekommen.«

Clavell zuckte mit den Achseln. Man verließ das Büro mit sehr unterschiedlichen Meinungen voneinander.

Es gab noch eine andere Besprechung. Und die sollte auch nicht folgenlos bleiben. Zudem fand sie in einer eingemauerten Metropole statt, tief im Osten, und nur dadurch Hauptstadt eines verkleinerten Deutschlands, weil die Rote Armee sie erobert hatte. Im Allgemeinen behandelten die Russen die deutschen Kommunisten wie unmündige Kinder. Aber einen Mann in Berlin bewunderten sie, den Mann in der Ostberliner Normannenstraße, der für den Auslandsgeheimdienst zuständig war. Ihm ließ man weitgehend freie Hand, denn er brachte bessere Ergebnisse als ihre eigenen Schlapphüte. Dieser Mann hieß Markus Wolf, Chef der HVA, der Hauptverwaltung für Aufklärung.

Selbstbewusst sah Wolf in die Runde. Sie bestand aus seinem Stellvertreter Werner Großmann, der durch seine hünenhafte Gestalt Autorität ausstrahlte, von dem Markus Wolf aber wusste, dass er mit der Rolle des Befehlsempfängers zufrieden war und sich damit begnügte, der zweite Mann zu sein. Neben ihm saß Friedrich Butzer, für Südamerika zuständig und nicht nur das, hatte er doch für Castro den Geheimdienst aufgebaut. Ein scheuer, kleiner Mann mit einem Dutzendgesicht, mit ausdruckslosen Augen, die durch seine Brillengläser etwas unheimlich vergrößert wurden. Ein Virtuose auf der Violine und ein Organisationsgenie, der selbst den Kubanern ihren Schlendrian ausgetrieben hatte. Dann war noch Wanja Timoschenko von den sowjetischen Freunden dabei, der um dieses Gespräch gebeten hatte und die Epauletten eines Oberst trug. Die Frau am langen Tisch hieß Bettina Fichtel. Sie war eine Deutsch-Argentinierin. Die Eltern waren vor den Nazis nach Argentinien geflohen und hatten später in der DDR einen Neuanfang versucht. Wie so viele hatten sie geglaubt, dass es das bessere Deutschland sei und hatten sich von den Schwierigkeiten des Aufbaus nicht irre machen lassen und ihre Tochter im sozialistischen Geist erzogen. Fichtel hatte den Rang eines Hauptmanns der Staatssicherheit und war sicher eine der schönsten Frauen in Mielkes Armee, wenn nicht der gesamten DDR. Ihren Rang verdankte sie nicht ihrer Schönheit und auch nicht, weil sie mit Wolf geschlafen hatte, sondern wegen ihrer gnadenlosen Härte den Feinden der Republik gegenüber. Sie war Führungsoffizierin vieler westdeutscher Spione und hatte die Frauen ausgebildet, die sich in die Betten der Bundestagsabgeordneten legten.

»Ich erteile Ihnen das Wort, Genosse Timoschenko«, wandte sich Markus Wolf an den russischen Geheimdienstmann.

»Es geht um Ernesto Guevara, den alle Welt als Che kennt. Er ist seit Monaten verschwunden. Wir befürchten, dass er in Lateinamerika einen Fokus, also eine Guerillazelle, aufbaut. Doch wo, zum Teufel? Wir müssen dies schnellstens herausbekommen, damit wir Castro unter Druck setzen können, Che zurückzupfeifen. Wir können keine weiteren Abenteuer dieses Desperados gebrauchen. Hat jemand von euch seine Schriften gelesen?«

Butzer und Fichtel hoben die Hände.

»Schafft zwei, drei, viele Vietnam!«, quetschte Butzer hervor, nach einem scheuen Blick auf Markus Wolf. Nicht weil er dessen Lob hören wollte, sondern weil er wusste, dass es dieser nicht gern hatte, wenn er eine Gesprächsrunde nicht dominierte.

»Wir könnten tatsächlich helfen«, bestätigte Wolf, den selbst die Amerikaner als den besten Geheimdienstchef der Welt bezeichneten. Ein energisches Gesicht, wie aus einem Marmorblock gehauen, mit kühlen Augen, das aber sehr sympathisch wirken konnte, wenn er lächelte. Die einzige Schwäche, die man ihm nachsagte, waren seine wechselhaften Liebschaften. Die Frauen in seiner Umgebung mussten sich schon auf die Bäume retten, wenn sie seinem Charme nicht erliegen wollten. Die meisten wollten es nicht. Er ließ nichts, aber rein gar nichts anbrennen, worüber sich der Minister für Staatssicherheit oft genug ärgerte. Nein, Markus Wolf war keiner der graugesichtigen Apparatschiks und mehr James Bond als alle seine Kollegen im westlichen Feindesland.

»Wir observieren seit geraumer Zeit Marcello Martinelli, weil er mit verschiedenen anarchistischen Gruppen, auch mit der RAF, in Verbindung steht«, referierte Butzer. »Er hat sich in Paris mit einem Marc Mahon getroffen, einem linksliberalen Journalisten. Manche nennen ihn einen Kommunisten, woran aber leider nichts dran ist.«

»Marc Mahon ist ein Jugendfreund von Guevara«, ergänzte Wolf und kam damit auf den Punkt. Timoschenko nickte.

»Ist auch uns bekannt. Er ist mit ihm in der Sierra Maestra gewesen.«

»Dieser Marc Mahon ist eine widersprüchliche Person«, übernahm Großmann das Wort. »Er ist jemand, der sich nicht die Butter vom Brot nehmen lässt. Seine Zeit in der Sierra Maestra weist ihn als jemand aus, der wieder vorzüglich in Ches neue Guerilla passen würde, wo immer diese aufgebaut wird. Wir wissen von Martinellis derzeitiger Freundin, dass er Marc Mahon aufgesucht hat, um diesen dafür zu gewinnen, Che zu finden und ein Buch darüber zu schreiben.«

»Gute Arbeit, nicht wahr, Genosse Timoschenko?«, freute sich Markus Wolf. Dieser nickte anerkennend.

»Sehr gute Arbeit. Wir möchten, dass ihr euch auf seine Spur setzt.«

»Dachte ich mir. Deswegen habe ich die Genossin Bettina Fichtel dazu gebeten. Sie spricht perfekt Spanisch und kennt

Che von einem Staatsbesuch in der Deutschen Demokratischen Republik und ... ihre Familie hat in Córdoba gelebt. Sie kann sich sogar an den jungen Che und Marc Mahon erinnern. Die beiden waren der Schwarm ihrer Mädchenklasse. Sie wird im gleichen Flugzeug nach Madrid reisen und dann weiter, wohin Mahon auch immer will.«

Er hatte dies in einem Ton vorgetragen, als präsentiere er keinen verdienten Mitarbeiter, sondern ein gefährliches Tier, einen Panther oder eine Kobra, auf jeden Fall jemanden, der derart außergewöhnlich war, dass man ihn gut als Gegenpart zu Che ansetzen konnte. Und sie, Bettina Fichtel, hätte sogar mehr sein können, eine Gefährtin des Argentiniers, denn damals, bei dem Besuch Ches in der DDR, war sie ihm sehr nahe gekommen. Nicht nur aus eigenem Antrieb, sondern auf Befehl der Staatssicherheit. Gleichwohl war sie sehr gern mit ihm ins Bett gegangen, denn dieser Argentinier war ein anderes Kaliber, war jung und schön und nicht so mickrig wie die dickbäuchigen Westler, mit denen sie sonst ins Bett steigen musste.

»Deinem Ruf bist du wieder gerecht geworden, lieber Genosse«, lobte Timoschenko. Markus Wolf lächelte selbstgefällig.

»Der Genosse Großmann hat ein Profil von diesem Marc Mahon erstellt. Er scheint mir tatsächlich kein ungefährlicher Mann zu sein.«

»Das trifft zweifellos zu«, bekräftigte Großmann. »Er ist absolut maskulin und fühlt sich in Männergesellschaft wohl. Das warf die Frage auf, ob er homosexuell ist, aber dies kann definitiv verneint werden. Er geht gerne an die körperlichen Grenzen und überschreitet sie wenn möglich und hat somit ähnliche Eigenschaften wie Guevara. Seine flüchtigen Abenteuer in Paris, seine zahlreichen One-Night-Stands, wie die Amerikaner sagen, weisen ihn nicht als Frauenverächter aus. Er ist eher so wie dieser Robert Capa, über den er ein Buch veröffentlicht hat, ein wilder Bursche mit der Leidenschaft zu seiner Profession, ein Homme des lettres. Und anderseits doch ein Krieger, der sich in gefährlichen Situationen wohl fühlt. Ich glaube nicht, dass den irgendeine Frau aus dem Gleichgewicht bringt, es sei denn die ewige Helena.«

Bettina Fichtel lächelte verächtlich, einerseits über die Verstiegenheit Großmanns, über seinen Vergleich, andererseits weil sie, nach ihrer Überzeugung, jeden Mann ins Bett bekam, den sie dazu bringen wollte.

»Cherchez la femme. Das Weib ist der Schlüssel«, widersprach Wolf.

»Genosse Großmann sagte doch …« Timoschenko brach ratlos ab.

Markus Wolf zwinkerte Großmann zu. Der DDR-Bond wollte, konnte von seinem Naturell her nicht glauben, dass ein Hengst sich einer Stute verweigerte. Schließlich hatte er das Don-Juan-Prinzip in Westdeutschland oft genug eingesetzt und bestätigt bekommen, dass das Bett der erste Schritt sein konnte, eine Sekretärin oder einen Minister gefügig und zum Spion zu machen.

»Wir haben die wahre Helena«, trumpfte er auf und warf der Fichtel einen verschwörerischen Blick zu.

»Wir haben uns in Kuba umgehört«, fuhr Großmann fort. »Mahon hatte einst in Mexiko eine Geliebte, die selbst amerikanische Schauspielerinnen blass aussehen ließ.«

»Ihr hattet Mahon bereits vorher im Blickfeld?«, staunte die Fichtel.

»Richtig. Wir hatten geprüft, ob wir ihn für uns rekrutieren können, bereits in seiner Kubazeit, aber auch später in Paris. Doch wegen seines Abenteurertums haben wir das fallengelassen. Er war für uns interessant, da er viel herumkommt und Südamerika so gut kennt wie Che und mit den oberen Rängen in Havanna befreundet war, aber sein jakobinischer Eifer für die Gerechtigkeit der Welt hat uns davon abgebracht ihn anzusprechen. Er scheint unkontrollierbar zu sein und würde mehr Ärger als Nutzen bringen.«

»Da hat man dir eine harte Nuss zu knacken gegeben, Genossin!«, warf Butzer mit hämischem Lächeln ein, der nicht verwinden konnte, dass ihm Bettina Fichtel einst eine deftige Abfuhr erteilt hatte. »Du wirst Leib und Seele einsetzen müssen«, fügte er hinzu.

Timoschenko verzog das Gesicht. Wenn er an den deutschen Brüdern etwas zu beklagen hatte, dann waren es deren erotische Eskapaden, die nicht mit den Grundsätzen und Regeln eines Dzierzynski in Übereinstimmung zu bringen waren.

»Warum setzen wir nicht Tamara Bunke ein, die zur Zeit in Bolivien für uns arbeitet?«, versuchte Butzer zu verhindern, dass seine Intimfeindin den attraktiven Westjob bekam. »Sie ist auch in Argentinien aufgewachsen.«

»Nein! Auf keinen Fall!«, erwiderte Markus Wolf scharf. »Tamara ist zu wichtig an dem Platz, an dem sie ist. In jahrelanger Kleinarbeit hat sie sich wertvolle Kontakte und Freundschaften zu bolivianischen Regierungsmitgliedern und Militärs erarbeitet.«

»Aber Tamara ist schon in Südamerika.«

»Die Genossin Fichtel soll sich nicht um Che kümmern, sondern um Mahon«, unterbrach Markus Wolf ihn unwillig. »Sie wird wissen, was sie zu tun hat.«

»Ich werde den Auftrag so ausführen, wie es der Genosse Wolf verlangt. Obendrein weiß ich auch, wie argentinische Männer denken. Sie sind alle sehr Macho und viril und halten sich für unwiderstehlich. Sie sind wie Toreros, lieben das Spiel mit der Gefahr, aber werden zu Gockeln, wenn Hühner sie bewundernd umflattern. Auch dieser Marc Mahon hört sich nach einem Mann an, der sich bei all seinem Machotum eine romantische Ader bewahrt hat. Ich habe keine Angst vor diesem Auftrag.«

»Das war ein gutes Schlusswort. Die Genossin wird noch heute Abend nach Madrid fliegen.«

»Entweder von dort nach Havanna oder … nach Buenos Aires, zu Ches Eltern und Geschwistern«, ergänzte Großmann.

»Es könnte ja sein, dass diese wissen, wo sich Che aufhält. Er hängt sehr an seiner Mutter.«

»Ich verlasse mich auf dich, Genossin«, sagte Markus Wolf in einem Ton, der verriet, dass er in ihr nicht nur eine verdiente Mitarbeiterin sah, sondern ihr nach wie vor aus anderen Gründen zugetan war.

Also auch sie, dachte Timoschenko unzufrieden.

»Natürlich halten wir dich, Genosse Timoschenko, auf dem Laufenden. Bettina wird uns jede Woche einen Lagebericht schicken.«

Am Nachmittag des nächsten Tages saß Marc Mahon im Flieger nach Buenos Aires. Er hatte zwei Plätze gebucht, um arbeiten zu können. Die Gliederung, der Handlungsablauf des Romans stand bereits. Und nun machte er sich an die Arbeit zu schildern, wie es angefangen hatte, damals in Córdoba 1945. In Europa war der Krieg zu Ende gegangen, aber der Kontinent litt unter den Folgen der Schlachten. Viele hungerten, starben an Entkräftung. Endlose Flüchtlingsströme zogen durch die zerbombten Städte. Argentinien hatte durch den Krieg profitiert und die Welt mit Fleisch versorgt. Die Haltung der Regierung war immer etwas zwiespältig gewesen und hatte zwischen den Alliierten und den Nazis hin und her geschwankt und es gab nicht wenige in der Regierung, die das Gefasel der Nazis von der auserwählten Rasse bewundert hatten.

Es war ein heißer Sommertag, als er Che zum ersten Mal sah. Auch Marc Mahon war Schüler des Colegio Nacional Deán Funes in Córdoba, einer öffentlichen Schule. Für die privaten Schulen hatte sein Vater kein Geld gehabt und dies war auch der Grund, warum Ernesto die staatliche Schule besuchte. Es hatten sich viele Deutsche in Córdoba angesiedelt, ehemalige Nazis, die über die sogenannte »Rattenlinie« nach Argentinien flüchten konnten und hier mit offenen Armen aufgenommen wurden, aber auch viele Deutsche mosaischen Glaubens, Überlebende aus den Konzentrationslagern Auschwitz, Buchenwald und Dachau, die auf verrosteten Seelenverkäufern in Buenos Aires angelandet waren und dann im Landesinneren ihr Glück versuchten. Die Kinder der Nazis verheimlichten die Ansichten ihrer Eltern nicht und führten sich wie die Abkömmlinge von Herrenmenschen auf. Nur wer deutsch und Arier war, zählte für sie.

Marc Mahon hatte schon mehrere Auseinandersetzungen mit ihnen hinter sich, nannten sie ihn doch Itzig, obwohl er germanischer als sie aussah. Aber mit Logik hatte die Rassenlehre der Nazis ohnehin nicht viel zu tun, sie war eher eine Religion, wenn auch eine verderbte, weil sie implizierte, dass alle außer den Ariern Untermenschen waren. Das war das Umfeld, in dem Marc Mahon auf Che traf.

Die Stewardess kam zu ihm und fragte ihn zum wiederholten Mal, ob sie etwas für ihn tun könne. Er reiste Erster Klasse. Sein Spesenkonto erlaubte das. Er verneinte höflich. Auf der anderen Seite des Ganges saß eine hochgewachsene Dunkelhaarige mit einem Gesicht, das ihn an eine spanische Flamencotänzerin erinnerte. Ein feingeschnittenes, schmales Gesicht mit dunklen Augen. Sie hatte, wie er sehr wohl bemerkt hatte, mehrfach zu ihm herübergesehen und wenn sich ihre Blicke trafen, hatte sie gelächelt. Eine Frau, deren Augen viele Sünden versprachen, sagte er sich und versuchte sich wieder auf seinen Text zu konzentrieren. Was hatte Hemingway noch einmal gesagt? Schreibe einen ersten wahren Satz. Am besten wäre ein wahrer Satz von Che: ›Stimme kein Siegesgeheul an am sonnenlosen Tag der Schlacht‹. Ein Zitat von Gutiérrez. Che hatte es schließlich oft genug gesagt, damals in der Sierra Maestra, als die Revolution noch keine Flecken hatte. Er schrieb den Satz hin. Ein guter Anfang, fand er. Eine tiefe Befriedigung erfasste ihn. Er kam in die Geschichte rein. Nun weiter.

Er schrieb den ganzen Flug über und stellte fest, dass er besser vorankam als bei seinem letzten Buch. Es schrieb sich von allein.

Er brauchte nur die Bilder in seinem Kopf abzurufen. Schließlich ließ ihn auch die Stewardess in Ruhe. Er schlief ein und merkte nicht einmal, dass sie ihn mit einer Decke zudeckte. Er träumte von Córdoba. Ernesto erzählte ihm von Chichina und nannte sie seine Königin, was sie gewiss war. Nie wieder sollte er eine Frau so nennen. Und danach sah er sich in der Sierra Maestra auf einen Bauernhof zurennen und da waren nun Blitze, Rauch und Schreie und das hohe Pochen seines Herzens. Es war nicht so, dass er oft von den Kämpfen in den Bergen träumte, aber wenn er es tat, so waren es quälende Träume. Normalerweise wachte er danach schweißgebadet auf. Doch diesmal erwachte er durch eine sanfte Berührung an seiner Schulter. Er sah schlaftrunken hoch und wähnte sich noch in einem Traum. Es war die Black Lady von gegenüber, die ihn anlächelte.

»Wir können aussteigen. Oder wollen Sie weiterschlafen?«

Er schüttelte den Kopf. Er hatte die Lautsprecheransage nicht gehört.

»Es war kein guter Traum, nicht wahr?«

»Ja. Kein guter Traum«, bestätigte er, immer noch benommen.

Sie tippte noch einmal auf seine Schulter und wandte sich dem Ausgang zu. Er nahm sein Handgepäck und folgte ihr. Die Stewardessen an der Tür schienen sich über ihn unterhalten zu haben, lächelten und wünschten ihm einen angenehmen Aufenthalt in Buenos Aires. Er fuhr zum Hotel Alvear im Recoletaviertel. Es war das beste Hotel Argentiniens, wenn nicht ganz Südamerikas, und stand dem Ritz in Paris und London in nichts nach. Die Diktatoren, die Caudillos Lateinamerikas stiegen dort ab, die Geschäftemacher der Welt trafen sich in der Lounge mit anderen Geschäftemachern und verhandelten über Waffen oder über Rinderpreise und versuchten sich gegenseitig übers Ohr zu hauen. Es war eine Parallelwelt, die nichts mit Argentiniens Wirklichkeit zu tun hatte. Wenn auch die Botschaft des Vatikan nur einige Steinwürfe entfernt lag, so wurde hier nicht an den armen Wanderprediger aus Galiläa gedacht, sondern an den eigenen Vorteil. Sie merkten nicht einmal, dass ihrem Leben etwas fehlte und dass es ein verfehltes Leben war und wenn hier jemals das Wort »Che« fiel, so geschah es mit einem unguten Gefühl und mit Unverständnis darüber, dass er, Che, ihnen ihre Reichtümer wegnehmen wollte. Sie hielten ihn für einen Abgesandten des Bösen.

Martinelli hatte eine Suite für ihn buchen lassen, die aus vier Zimmern und einem Bad bestand. Der Verleger ließ sich nicht lumpen. Marc Mahon sollte daran erinnert werden, dass er, der Medientycoon, ihn als sein bestes Pferd im Stall einschätzte. Er duschte ausgiebig und zog seine Zigeunerkluft an, wie er sie nannte. Eine lederne Fliegerjacke der US-Airforce, eine khakifarbene Hose und ein entsprechendes Hemd. Er überprüfte die Leica und die Contax. Er hatte noch eine zweite Leica im Koffer, die er Che schenken wollte, der wie er ein leidenschaftlicher Fotograf war. Er entnahm der Bar ein Fläschchen Chivas und entschuldigte dies damit, dass er dort, wo immer Che sich aufhielt, keinen Alkohol bekommen würde. Er ermahnte sich, Asthmamittel für Che zu kaufen. Dann rief er die Guevaras an und bekam Roberto, den jüngeren Bruder, an den Apparat. Das letzte Mal hatten sie sich auf Kuba gesehen. Sie hatten sich damals gut verstanden. Doch Roberto war diesmal merkwürdig reserviert.

»Ach, du bist es, Kochba«, waren seine ersten Worte. Es klang nicht sehr erfreut, nicht einmal einladend. »Seit wann bist du wieder in Buenos Aires?«

»Eben angekommen. Kann ich euch besuchen?«

Eine Weile war es still. Er hörte im Hintergrund weibliche Stimmen. Roberto räusperte sich.

»Celia geht es nicht sehr gut. Ich werde sie fragen.«

Er hörte ein fernes Gemurmel. Dann war Roberto wieder am Apparat.

»Hör zu, Kochba. Mutter ist einverstanden.« Marc Mahon hörte den Widerwillen heraus. »Aber es kann nur kurz sein. Sie ist wirklich sehr krank und schwach.«

Es war seltsam, seinen Spitznamen zu hören, den Che ihm einst in der Sierra Maestra verpasst hatte. Oder war dies bereits in Córdoba passiert? Er war sich dessen nicht sicher.

Kochba war der Name eines jüdischen Freiheitskämpfers, der 132 bis 135 n. Chr. gegen das Heer des römischen Kaisers Hadrian gekämpft hatte. Rabbi Akiba hatte ihm als jüdischem Messias gehuldigt. Doch nach anfänglichen Erfolgen unterlag er und starb in der entscheidenden Schlacht und die Juden wurden wieder einmal enttäuscht und aus Palästina vertrieben und lebten fortan in der Diaspora, hatten also wieder kein Glück mit einem Messias, so dass sie weiter warten mussten. Sie konnten sich mit Recht als auserwähltes Volk bezeichnen, denn kein anderes Volk wurde von seinem Gott so geprüft. Ein anderes Volk hätte sich längst einen anderen Gott gesucht, aber vielleicht wäre dann alles noch schlimmer gekommen.

Marc Mahon versprach, dass er es kurzmachen würde und fuhr mit dem Taxi in die Calle Aráoz 21890. Es war ein unscheinbares Haus in einer nicht so feinen Gegend und wenn man sich bewusst machte, dass die Guevaras einst Vizekönige im Stammbaum hatten, doch ein erschütternder Abstieg, worunter aber Ches Eltern nicht litten, dafür war der Vater zu leichtfertig und Celia hielt sich ohnehin für einzigartig und dies nicht einmal unberechtigt. Celia hatte den Stolz einer spanischen Fürstin. Marc Mahon hätte sie sich gut als Nachfolgerin von Evita Perón vorstellen können, aber Celia lehnte die Frau Peróns ab, denn sie fühlte wirklich mit den Armen. Bei ihr war es keine Pose.

Roberto empfing Marc Mahon mit ernstem Gesicht.

»Nur ein paar Minuten. Wenn sie sich nicht so gefreut hätte, dich wiederzusehen, hätte ich nicht zugestimmt.« Es musste also schlimm um sie stehen.

Er führte Marc Mahon in das Schlafzimmer. Celia lächelte ihnen zu. Abgemagert lag sie in den Kissen.

»Kochba, unser Kochba«, flüsterte sie.

Das war nicht mehr die Frau, die er zuletzt in Kuba gesehen hatte, nach dem Einzug der *Barbudos*, der Bärtigen, in Havanna, als sie gekommen war, um den geliebten siegreichen Sohn in die Arme zu schließen. Wie glücklich war sie damals gewesen. Aber hier lag eine alte Frau am Rande des Todes. Und doch … eine Ahnung ihrer einstigen Schönheit war immer noch sichtbar. Sie hatte die gleichen energischen und verträumten Augen wie Che, was sich wie ein Widerspruch anhörte, gleichwohl aber stimmte, denn Ches Augen konnten traumverloren blicken, aber dann unwillkürlich einen stählernen Glanz bekommen.

»Du bist also zurück, Kochba«, sagte sie.

Er beugte sich über sie und küsste ihr die Wangen.

»Du willst zu Ernesto, nicht wahr?«

Er nickte. »Wisst ihr, wo er ist?«

Ein feines Lächeln ließ ihre einstige Schönheit noch deutlicher hervortreten.

»Hephaistion will zu Alexander. Das ist nur folgerichtig. Nein, Kochba, das wissen wir nicht. Ich habe Fidel geschrieben. Er hat uns geantwortet, dass Ernesto seine Aufgabe zur Befreiung der Menschen wieder aufgenommen hat. Aber er könne nicht sagen wo, weil Che es ihm verboten habe.«

»Ich werde ihn finden!«

»Wenn du ihn findest, wird er sich freuen. Ihr wart ja einmal unzertrennlich. Roberto wird dir einen Brief von mir mitgeben. Ich weiß seit geraumer Zeit, dass Ernesto nicht mir gehört, sondern der Welt. Er ist ein Geschenk Gottes für die, die in Not leben, eine Hoffnung. Und doch … warum er? Ich habe Angst um ihn.«

»Mutter, du solltest dich schonen«, mahnte Roberto.

Celia seufzte. »Sie glauben alle, dass ein wenig Schonung mich länger leben lässt.«

Roberto legte die Hand auf Marcs Schulter. Er beugte sich zu Celia und küsste ihre Stirn.

»Ich finde Ernesto!« Er versprach es noch einmal. »Ich werde ihm seine Asthmamedizin bringen.«

Ihre Augen leuchteten noch einmal auf. Ches Augen.

»Gut. Sehr gut. Leb wohl, guter Kochba.«

Mit Tränen in den Augen ließ er sich von Roberto aus dem Schlafzimmer führen.

»Ihr wisst nicht, wo Che ist?«, vergewisserte er sich noch einmal bei Roberto.

»Nein. Von einem Freund Cienfuegos' hörte ich, dass er in Afrika ist oder war. Ausgerechnet in Afrika, diesem verlorenen Kontinent.«

Marc Mahon stöhnte. Er war im Kongo gewesen und hatte Patrice Lumumba interviewt, den man wenig später umgebracht hatte. Jetzt vergrößerte Moise Tschombé das Chaos dort. Es war ein Hexenkessel mit korrupten Politikern und Söldnern aus aller Welt. Bitte, lass ihn nicht dort sein, dachte er. Von allen unmöglichen Aufenthaltsorten war dies der schlimmste.

»Ich muss dich leider rausschmeißen. Der Arzt kommt gleich. Nur die Hoffnung, von Che noch etwas zu hören, hält Celia am Leben. Treffen wir uns heute Abend im *Fuego*, gegenüber dem Friedhof Recoleta. Ich bringe die Zeilen von Mutter mit.«

Marc Mahon verließ mit einem letzten Blick zum Schlafzimmer das Haus, vor dem der Tod bereits an der Schwelle stand. Um sich abzulenken, ließ er sich mit dem Taxi durch die Stadt fahren. Er liebte Buenos Aires. Es war sicher die europäischste Stadt Südamerikas und manche Straßen erinnerten an Paris. Er kaufte die Asthmamedizin für Che, eine Menge Kodakfilme und einige Bücher, denn Che war eine leidenschaftliche Leseratte. Er wählte ›Der stille Don‹ von Scholochow, einen Gedichtband von Majakowski und ›Wem die Stunde schlägt‹ von Ernest Hemingway, das sich später als keine gute Wahl herausstellen sollte.

Am Abend, er hatte sich kaum im *Fuego* auf die Terrasse gesetzt, erschien Roberto mit Tomaso. Auch dieser breitschultrige, untersetzte Mann mit der dunklen Hautfarbe und dem

Indiogesicht hatte einst zu Ches Freundeskreis gezählt und war mit ihm auf der *Granma* nach Kuba gegangen. Dort war er ein guter Kämpfer gewesen.

»Ich wollte dich überraschen«, sagte Roberto.

Sie umarmten sich und führten einen Tanz auf, der eine gewisse Ähnlichkeit mit einem indianischen Kriegstanz aufwies, und sangen dazu »La Cucaracha«, die Hymne des Pancho Villa. Die Gäste im Fuego sahen ihnen zu und klatschten, als sie mit dem Gehopse aufhörten. Marc Mahon bestellte eine Flasche Kuba-Rum.

»Du willst ihn also suchen«, stellte Tomaso fest.

»Ich werde ihn finden.«

»Warum? Ich hörte, dass ihr euch damals zerstritten habt.«

»Das ist lange her«, erwiderte Marc Mahon verlegen. »Na gut, ich will euch reinen Wein einschenken«, entschloss er sich zur Wahrheit. »Der Verleger Martinelli hat mich engagiert. Ich soll ein Buch über Che schreiben, das als Serie in seiner Zeitung veröffentlicht wird. Es wäre eine Sensation, wenn wir damit beginnen könnten, dass ich Che gefunden habe.«

Tomasos Miene versteinerte. »Ich weiß nicht, ob ich das gut finde!«

Sein Gesicht drückte jedoch aus, dass er es nicht gut fand.

»Er kämpft für die Freiheit vom US-Imperialismus und du willst ein Geschäft daraus machen?«

»Du versilberst eure Freundschaft«, unterstützte Roberto ihn.

»Ich bin nun mal Journalist. Ich bekämpfe die Yankees mit der Feder. Sollen nur seine Feinde über ihn schreiben? Ich habe ihn immer unterstützt, wenn ich auch nicht in allem seiner Meinung gewesen bin.«

»Ich weiß, dass er dich für einen Bourgeois hält«, sagte Roberto feindselig. »Bestenfalls für einen Salonbolschewisten.«

»Ich kenne seine Meinung über mich«, erwiderte Marc Mahon bitter. »Nicht jeder ist ein Che Guevara und glaubt an die Unbedingtheit einer Idee.«

»In der Sierra Maestra nannte er dich einen Krieger. Du wärst so viel wert wie eine Kompanie gewesen. Cienfuegos nannte dich einen jüdischen Apachen und nun … willst du einen Abenteuerroman aus seinem Leben machen?«

»Ich war einst so, wie Cienfuegos mich nannte. Aber das war in der Morgenröte der Revolution gewesen. Damals waren wir alle rein. Wir waren, obwohl wir töteten, ohne Schuld.«

»Das ist jetzt anders?«, fragte Roberto scharf.

»Ja. Es ist seitdem viel passiert. Die Politik hat die Quelle verschmutzt. Doch lassen wir das! Reden wir lieber von den schönen Tagen in Córdoba.«

»Du warst damals, wie Che mir mal erzählte, ein gefürchteter Raufbold«, sagte Tomaso, nur zu gern bereit, die Schärfe aus dem Gespräch herauszunehmen. »Ja, reden wir lieber von den guten Tagen in Córdoba.«

Marc Mahon wurde auf einen hochgewachsenen Mann mit einem breiten Gesicht aufmerksam. Er saß am Nebentisch und Marc hatte den Eindruck, dass er sie belauschte. Er bat seine Freunde, leiser zu sprechen.

»Es kann natürlich Einbildung sein, aber ich glaube, dass wir bespitzelt werden. Ja, der große Mann mit dem hellen Hut«, wisperte er.

»Gut. Sprechen wir leiser«, stimmte Roberto zu. »Die CIA hat überall ihre Leute. Ich habe auch den Eindruck, dass unser Haus überwacht wird. Wahrscheinlich haben sie deine Fährte aufgenommen, als du uns besucht hast.«

»Legen wir ihn um!«, schlug Tomaso vor.

»Nein. Dann würde man uns gleich verdächtigen«, entgegnete Roberto. »Sie sind ja nur darauf aus, uns etwas anzuhängen.«

Sie redeten lange über die Jugend in Córdoba, über Ches Reisen durch Südamerika, über seine Zeit in der Leprastation und seinen Glauben daran, dass man die Welt ändern könne. Es wurde eine lange Nacht, die mit viel Rum befeuert wurde. Erst nach Mitternacht kam er ins *Alvear* zurück.

Als er an der Bar vorbeiging, sah er die Black Lady an der Theke sitzen. Er erinnerte sich an ihr Lächeln, ging zu ihr und schwang sich neben ihr auf den Sessel.

»Von welchen Sternen fliegen wir einander zu?«, verballhornte er einen Satz von Nietzsche.

»Ganz hübsch«, sagte die Black Lady. »Aber leider abgekupfert. Und Nietzsche und Lou Salomé sind ja nicht gerade glücklich geworden.«

»Wenn Sie nicht Lou Salomé sind, wer sind Sie dann?«, fragte Marc Mahon und bestellte einen Rum.

»Bettina Markaro vom Esquire.«

»Argentinierin?«

»Ja, aber mittlerweile habe ich die amerikanische Staatsbürgerschaft und außerdem bin ich deutscher Abstammung.«

»Auch ich habe deutsche Wurzeln und außerdem sind wir Kollegen.«

»Dachte ich mir. Ich habe Sie im Flugzeug bei der Arbeit beobachten können. Typisch deutsche Verbissenheit.«

Marc Mahon stellte sich nun seinerseits vor und sie nickte erfreut.

»Schön, den Autor des Capa-Romans kennenzulernen. Und was machen Sie hier in Buenos Aires?«

Er hatte nicht vor, mit dem wahren Grund hausieren zu gehen. Er fand die Black Lady schön und sie erinnerte ihn an eine andere Schönheit, die er sehr geliebt hatte, aber irgendetwas machte ihn vorsichtig. Er hätte nicht sagen können, was es war. Wenn man ein Krieger im Dschungel gewesen war, verliert man nicht den Instinkt, der einen vor Gefahr warnt.

»Und was führt Sie nach Buenos Aires?«

»Reine Sentimentalität. Ich bin hier aufgewachsen. Ich lebe in New York, komme aber gerade aus Madrid, wo ich über den Tod Federico García Lorcas recherchiert habe. Bekanntlich wurde er von den Franco-Faschisten ermordet.«

»Interessant. In Madrid fündig geworden?«

»Nein. Das Franco-Regime ist nicht sehr daran interessiert, seinen Tod aufzuklären!«

»Und wie gefällt Ihnen Buenos Aires heute?«

»Sie ist nicht mehr so lebendig wie einst. Man spürt die Melancholie. Eine verblühte Schönheit, die sich nach ihrer Jugend zurück sehnt.«

»Dann sind Sie also rein privat hier?«

»Das dann doch nicht. Ich arbeite auch an einem Artikel über die revolutionären Bewegungen in Lateinamerika.«

»Ah ja«, erwiderte Marc Mahon und fühlte sich in seiner Vorsicht bestätigt. Du sollst auf sie neugierig werden, sagte er sich. Er glaubte nicht mehr, dass ihre Bekanntschaft ein Zufall war.

»Was halten Sie von der Lage hier in Argentinien?«, fragte sie und lehnte sich etwas gegen ihn. Ihre Arme berührten sich.

»Soweit ich mir ein Bild davon machen kann, ist die Linke nicht sehr groß, nicht organisiert und wenig kampfwillig. Es sind alles mehr oder weniger Debattierclubs.«

»Ja, das sehe ich genauso.«

Der Druck ihrer Schulter verstärkte sich. Die schwarze Bluse verrutschte und gewährte einen Blick auf ihre Brüste. Die Alarmglocken in seinem Kopf verstärkten sich. Aber ich bin doch hier im *Alvear* und nicht im Dschungel, versuchte er das Gefühl rational anzugehen. Dann sah er jemanden in die Bar kommen. Es war der Mann mit dem hellen Hut, den er im *Fuego* gesehen hatte. Er setzte sich in eine Ecke und tat so, als hätte er Marc Mahon nicht bemerkt. Hier stimmt etwas nicht, sagte er sich. Waren die beiden ein Team? Gleichwohl versuchte er logisch zu denken, machte sich Sorgen, dass er aus lauter Vorsicht Gespenster sah. Du bist nicht mehr der Mann, der neben Che gekämpft hat und nun witterst du Gefahren, die vielleicht gar nicht vorhanden sind. Er beschloss, sich schnellstens aus der Situation zu befreien, die Gefahr signalisierte oder doch ganz harmlos war?

»Ich glaube, ich habe die richtige Bettschwere. Es war mir ein Vergnügen, Bettina Markaro kennengelernt zu haben.«

Sie hob ihr Glas und prostete ihm zu, bat ihn aber nicht, zu bleiben.

»Adios, großer Autor.«

Er ging schnell aus der Bar und fuhr in seine Suite hoch. Er zog sich aus, wobei er die Kleidung wie zu Hause achtlos im Schlafzimmer verstreute. Er schlief nicht gleich ein. Es beunruhigte ihn, dass er die Gefahr, die er gefühlt hatte, nicht richtig einzuordnen vermochte. Diesmal träumte er weder von Córdoba noch von Che.

Als er aufstand, rekapitulierte er während der Rasur, was er am vergangenen Tag erlebt hatte. Hatte die Black Lady nicht sehr zielstrebig seine Bekanntschaft gesucht oder war das nur die Selbstsicherheit einer schönen Frau gewesen? War der Mann mit dem hellen Hut nicht gar zu auffällig für jemanden, der ihn beschattete? War alles doch nur Einbildung, Reaktion seiner Nerven? Du wirst besser in Form sein müssen, wenn du bei Che eintriffst, ermahnte er sich.

Als er den Frühstücksraum betrat, stellte er fest, dass er gehofft hatte, die Black Lady wiederzusehen. Aber Bettina Markaro war nicht in dem kostbar eingerichteten Wintergarten mit den vielen goldenen Spiegeln, in denen sich die üppigen Pflanzen spiegelten. Auch der Mann mit dem hellen Hut stellte sich nicht ein. Er war kaum wieder auf dem Zimmer, als das Telefon klingelte.

»Celia ist heute Morgen von uns gegangen«, sagte Roberto.

»Oh, das tut mir leid. Tut mir wirklich leid. Ich habe sie geliebt.«

»Ja. Jeder hat sie geliebt. Nur Vater nicht, jedenfalls nicht genug. Sie hat noch etwas für dich gesagt.«

Marc Mahons Herz schlug schneller. Celia war für ihn damals in Córdoba so etwas wie eine zweite Mutter gewesen. Er hatte die Familie Guevara sehr vermisst, als sie nach Buenos Aires umzog. Er fühlte, wie ihm der Schweiß auf die Stirn trat.

Was hatte ihm die Mutter Ches noch mitgeben wollen, bevor sie für immer die Augen schloss?

»Was hat sie … gesagt?«, fragte er mit trockenem Mund.

»Wenn er Ernesto findet, soll er ihm sagen, wie sehr ich ihn liebe und an ihn glaube. Und Kochba möge ihm wieder ein Freund sein wie damals.«

Marc Mahon schloss kurz die Augen. Sie hatte ihm also einen Auftrag mitgegeben und er würde ihn erfüllen müssen.

»Kommst du zur Beerdigung?«

»Natürlich. Das bin ich Celia schuldig.«

Es regnete an dem Tag, als man die sterblichen Überreste der Mutter Ches in die Erde senkte. Es war ein großer Beerdigungszug, denn sie kannte viele Leute und alle erinnerten sich gern, welch imponierende Frau sie gewesen war. Ihr Mann hinter dem Sarg weinte bitterlich. Bereute er, wieviel Kummer der Frauenheld seiner Frau gemacht hatte? Schwarz und nass war die Erde, die auf ihren Sarg polterte. Ein Sturm fegte durch die Mausoleumstraße und trieb die Blätter an den Grabsteinen vorbei. Die Trauergäste mussten ihre Hüte festhalten. Regentropfen vermischten sich mit den Tränen.

Nach der Beerdigung fuhr Marc ins *Alvear* zurück und fing an zu schreiben. Es begann in Córdoba und sie waren siebzehn Jahre alt.

2. Buch

Die Niederschrift des Marc Mahon, genannt Kochba.

3

Doch jung zu sein, das war der Himmel selbst

Es begann an einem heißen Sommertag. Auf dem Rugbyfeld des Lyzeums Funes in Córdoba lernte ich Ernesto Guevara de la Serna kennen. Er war ein schmächtiger junger Mann und durch seinen Körperbau eigentlich nicht für Rugby geeignet. Doch er warf sich mit dem Mut eines Löwen in das Kampfgetümmel und steckte dabei einiges ein, was ihn aber nicht davon abhielt, sich den Ball zu erkämpfen und auf das gegnerische Tor zuzulaufen. Plötzlich knickte er ein, verlor dabei den Ball und rannte an den Spielfeldrand, ließ sich ein Atemgerät geben und inhalierte zitternd mit tiefen Zügen. Die Spieler seiner Mannschaft machten deswegen kein großes Aufheben. Sie schienen dies von ihm gewohnt zu sein.

»Was hat er nur?«, fragte ich Tomaso, mit dem ich befreundet war und der mich dazu eingeladen hatte, mir das Rugbyspiel gegen das vornehme Gymnasium Moserrate anzusehen.

»Er hat einen Asthmaanfall.«

»Dann sucht er sich ausgerechnet Rugby als Sport aus?«

»So ist Ernesto nun einmal! Er will stets das Unmögliche und meistens schafft er es sogar. Er sagt immer, dass alles eine Willenssache sei.«

Ich war von dem jungen Mann sofort fasziniert. Er lief wieder aufs Spielfeld und warf sich ins Getümmel, als ginge es um sein Leben. So jemanden wollte ich zum Freund haben, nahm ich mir vor.

»Erzähl mir von ihm«, bat ich Tomaso.

»Die Familie ist ziemlich vornehm. Einst war sie bedeutend. Generäle und Vizekönige gehören zu ihren Vorfahren. Ernestos

Vater ist jedoch ein Lebemann und Frauenheld. Seine Mutter hält die Familie zusammen. Sie sind deswegen arm, weil sein Vater mit seinen Unternehmungen ständig pleitegeht. Aber die Mutter hat etwas von einer Fürstin und Kinder lieben sie, weil sie wundervolle Geschichten zu erzählen weiß. Doch im Haus sieht es stets aus, als wäre der Krieg ausgebrochen. Ein unvorstellbares Chaos. Ernestito ist ihr Liebling, vielleicht weil er asthmakrank ist. Da er ziemlich verhätschelt wurde, ist er auch sehr faul. Doch irgendwie schaffte er es bisher immer, versetzt zu werden. Er ist meistens viel zu beschäftigt zum Lernen.«

»Was hat er denn so viel zu tun?«

»Ich kenne niemanden, der so viel liest wie er. Außerdem bessert er mit seinen Nebentätigkeiten die Kasse der Familie auf. Er ist ein sehr beliebter Caddy im Golfclub. Wegen seiner Liebenswürdigkeit bekommt er das meiste Trinkgeld aller Caddys, die darüber natürlich nicht sehr erfreut sind.«

Nach dem Spiel kam Ernesto zu uns. Tomaso und Ernesto begrüßten sich, indem sie die Fäuste gegeneinander schlugen.

»Was läuft?«, fragte Ernesto keuchend. Er schien immer noch unter dem Anfall zu leiden. Tomaso stellte mich vor und Ernesto musterte mich mit einem durchdringenden Blick.

»Von deiner Figur her wärst du ein guter Quarterback.«

»Mich interessiert Rugby nicht.«

»Treibst du keinen Sport?«

An seinem Ton war zu erkennen, dass mich das in seinen Augen zu keiner lohnenswerten Bekanntschaft machte.

»Oh doch. Ich bin ein passabler Tausendmeterläufer. Außerdem bin ich im Jiu Jitsu Club. Ich trainiere für den Schwarzen Gürtel.«

Ich merkte, dass ihm das mit dem Jiu Jitsu gefiel.

»Welche Schule besuchst du?«

Ich sagte es ihm. Er war in derselben Schule, aber in einer Parallelklasse. Wir waren erst vor Kurzem aus Frankreich nach Argentinien emigriert.

»Mein Vater will sich hier eine Existenz aufbauen. Er plant nebst Studio ein Geschäft für Fotoapparate und Zubehör zu eröffnen.«

»Ihr seid Juden?«

»Das sind wir, obwohl ich das erst weiß, seit wir aus Deutschland nach Frankreich fliehen mussten. Und als die Deutschen nach Frankreich kamen, ging es weiter nach Portugal. Wir sind ganz schön herumgekommen. Jetzt wollen wir Argentinier werden.«

»Kann mich dein Vater unterrichten, wie man gute Fotos macht?«

»Könnte er, aber er hat viel um die Ohren. Ich werde dir das zeigen. Wir hatten in Berlin eine Fotoagentur in der Friedrichstraße. Ich habe den besten Fotografen Deutschlands über die Schulter gesehen.«

»Na prima. Brauchst du Arbeit?«

»Könnte ich gebrauchen, wenn es neben der Schule abläuft.«

»Klar doch. Ich kann dich als Caddy im Golfclub empfehlen. Außerdem kannst du mitkommen, wenn ich im Herbst bei der Weinernte helfe. Es gibt nicht viel Geld, aber Kleinvieh macht auch Mist.«

»Abgemacht«, sagte ich. Nicht nur, weil ich das Geld brauchte, sondern weil ich ihn mir gut als Freund vorstellen konnte.

»Liest du gern?«

»Klar doch. Wassermann, Zweig, Heinrich Mann, aber auch die amerikanischen Autoren Jack London, Sinclair Lewis, John Steinbeck, Hemingway und Fitzgerald«, rasselte ich herunter, obwohl ich die amerikanischen Autoren erst hier in Córdoba kennengelernt hatte.

»Dann werden wir gute Freunde sein. Ich lese auch sehr gern. Wir können uns über die Bücher austauschen, die wir gerade gelesen haben.«

Sein Atem hatte sich beruhigt. Mir gefiel die Art, wie er mir die Freundschaft antrug und gleichzeitig darauf verwies, auf welcher Basis diese stehen würde.

»Ich werde dich Kochba nennen, nach dem jüdischen Freiheitshelden Bar Kochba.«

»Soll mir recht sein«, erwiderte ich lachend und schlug in die mir entgegengehaltene Hand ein. So begann meine Freundschaft mit Ernesto Guevara de la Serna.

Am nächsten Tag trafen wir uns im Golfclub. Als ich die Terrasse betrat, kam er mir entgegen.

»Alles geregelt!«, verkündete er. »Ich zeige dir nachher, worauf es ankommt. Du übernimmst morgen die Schicht von sieben bis neun Uhr. Es ist eine gute Schicht, da viele Geschäftsleute erst spät zum Golfen kommen, und die werfen ein gutes Trinkgeld ab, wenn man ihnen beim Siegen hilft. Du verstehst? Ich zeige dir nachher, wie es gemacht wird.«

Ein junges Mädchen saß auf der Terrasse und sah sehnsuchtsvoll zu uns herüber. Es war mir klar, dass ihr Blick nicht mir galt.

»Ein schönes Mädchen«, sagte ich beeindruckt.

»Chichina. Tut mir leid, sie ist vergeben. Ich werde sie vielleicht heiraten«, sagte er bestimmt.

»Schade, dass ich zu spät gekommen bin.«

Er lachte. »Ich werde aufpassen, dass du es nicht doch versuchst. Ihr Deutschen gebt ja nicht so schnell auf.«

»Das will ich nicht mehr sein. Die Deutschen haben Millionen von uns umgebracht.«

»Hast du Goethe auf Deutsch gelesen?«

»Klar doch! *Wer reitet so spät durch Nacht und Wind …* So etwas und auch noch anderes. Werther und ein bisschen Faust.«

»Du wirst es mir mal auf Deutsch vortragen. Ich meine den *Faust*.«

Wir trafen uns jeden Tag nach der Schule. Da ich in der Parallelklasse war, stimmten unsere Stundenpläne nicht immer überein, so dass wir manchmal aufeinander warten mussten, was nicht schlimm war, denn wir konnten die Zeit mit Lesen überbrücken. Unser Treffpunkt war der Parque Las Heras am Río Suquia.

Córdoba ist die Stadt der Glocken und eine der schönsten Städte Argentiniens, mit vielen Kirchen aus dem 18. Jahrhundert und reichen Bürgerhäusern aus der Kolonialzeit. An der Plaza San Martín, dem Mittelpunkt der Stadt, konnte man die Iglesia Catedral bewundern und die ›Manzana‹ der Jesuiten. Sie kündete davon, wer einst der Stadt seinen Stempel aufgedrückt hatte. Mit der Compañía de Jesús besaß Córdoba die älteste Kirche Argentiniens. Es war ein Glücksfall, dass wir in Córdoba eine zweite Heimat fanden, denn die Córdobaner waren freundliche Menschen mit einem offenen Charakter, ohne Scheu vor Fremden. Um Córdoba herum wurde viel Landwirtschaft betrieben. Es war gutes Land, das im Osten in die Pampa überging und nach Westen in die Sierra de Córdoba, einem rotsteinigen Bergmassiv.

Neben Tomaso war auch oft Chichina dabei, wenn wir uns am Río Suquia trafen. Ihre sanft blickenden Augen rühmte Che in zärtlichen Versen. Die beiden liebten sich sehr und hatten auch vor mir keine Hemmungen, ihre Zuneigung zu zeigen, natürlich im Rahmen der Schicklichkeit. Ich glaube nicht, dass sie jemals miteinander geschlafen haben. Sie passten eigentlich nicht zueinander und vielleicht war ihnen dies bewusst und sie ließen es deswegen nicht zum Äußersten kommen. Damals dachte man so. Es war das letzte, was man einander geben konnte und dies kam erst infrage, wenn man vor dem Traualtar »Ja« gesagt hatte. Chichina in ihrem blauen Kleidchen mit dem weißen Kragen sah man die Tochter aus gutem Hause an, während Ernesto immer wie ein Tramp aussah, seine Kleidung war verwahrlost, sein Haar zu lang und sein Hemd wechselte er auch nicht sehr oft. Er revoltierte, ohne dass es ihm bewusst war, geschweige denn, dass er damals bereits die Welt verbessern wollte. Das alles war damals noch verpuppt. Chichina stammte aus einer reichen Familie, die jeder in Córdoba kannte und achtete. Ich wunderte mich, dass die Familie Ernesto als Freund der Tochter tolerierte, obwohl sich dieser, wie Chichina mir gegenüber beklagte, sehr herausfordernd benahm. War es bereits der Instinkt, der später zu einem Hass gegen die Reichen auswuchs? Wenn jemand reich ist, so bedenke, dass er es vielen Armen weggenommen hat, sagte er schon damals. Dies entsprang noch nicht einer politischen Überzeugung, sondern seinem Gerechtigkeitssinn.

Wie oft lagen wir am Ufer des Río Suquia und lasen uns gegenseitig aus unseren Lieblingsbüchern vor. Besonders Jack London hatte es ihm angetan, der ein Tramp, Abenteurer, Sozialist und Dichter war. Che nannte es später einmal unsere Zeit der Kirschblüte, womit er die Zartheit der Gefühle und unsere Unschuld zum Ausdruck bringen wollte.

Dann brachte Chichina eines Tages ihre Freundin mit, eine rothaarige Schönheit mit dem schönen Namen Esmeralda de Cagnetas, deren Vater ein großer Estanciero war, der es jedoch vorzog in Córdoba statt in der Pampa zu leben. Sie gehörte also zur guten Gesellschaft von Córdoba. Chichina hatte mir wohl einen Gefallen tun wollen, denn oft genug fühlte ich mich wie das dritte oder fünfte Rad am Wagen. Vielleicht hatte sie auch Mitleid mit mir, denn in ihrer weiblichen Klugheit fühlte sie, dass ich mich nach einer Liebe wie zwischen Che und ihr sehnte. Esmeralda behandelte mich, nachdem sie erfahren hatte, dass ich ein armer Flüchtling war, wie einen Stiefelputzer auf der Plaza San Martín.

Wir redeten auch oft über unsere Zukunft, Chichina, Che, Tomaso, Esmeralda und ich. Ernesto wusste noch nicht so recht, welche Laufbahn er einschlagen wollte. Er schwankte zwischen einem Ingenieurstudium und dem Arztberuf. Es war wohl seine Krankheit, die ihn dazu brachte, die medizinische Forschung in Betracht zu ziehen.

»Ich möchte so etwas wie das Penicillin erfinden.«

Typisch für ihn, sich ein so hohes Ziel zu stecken. Chichina sprach davon, Architektur zu studieren. Esmeralda träumte davon, ein Modestudio in Buenos Aires zu eröffnen, wo sie den argentinischen Frauen Pariser Chic nahebringen wollte. Tomaso hatte dagegen bodenständigere Träume. Er wollte Gaucho werden und Rinder treiben und mit dem Wind reiten, wie es die Gauchos nannten, die wochenlang in der Pampa auf sich alleingestellt waren. Mir war klar, dass ich irgendetwas mit Schreiben machen wollte, was darauf hinauslief, dass ich mich als berühmten Journalisten bei *Paris Match* und *Times* vorstellte. Natürlich war dies alles noch sehr unausgegoren. Aber wir waren uns alle darin einig, dass wir nicht so werden wollten wie die Eltern. Mehr oder weniger ausgeprägt, hatten wir einen Widerwillen gegen ihr geregeltes Leben, gegen die Heuchelei, die Falschheit hinter der Fassade. Wir wussten, dass die meisten Ehen kaputt waren, dass die Männer, wie Ernestos Vater, herumhurten und die Frauen ihre tristen Nachmittage damit verbrachten, sich mit Klatsch und Alkohol zu betäuben. An den Sonntagen ging man elegant herausgeputzt in die Kirche und verabredete sich danach zu Grillpartys. Wir waren also dagegen, aber dies war völlig unpolitisch und nur Che hatte von Karl Marx gehört, was aber bei ihm noch kein »Heureka« ausgelöst hatte.

»Ich beneide dich um deine Bestimmtheit«, sagte Ernesto einmal zu mir. »Du hast bereits einen Kompass im Kopf. Ich habe nur den Durst nach fremden Ländern. Bevor ich mich entscheide, werde ich eine Reise durch Südamerika machen. Ich will die Wurzeln unseres Kontinents kennenlernen und die indianische Kultur studieren.«

»Du wirst in den fremden Ländern nur dich selbst treffen«, wandte Chichina ein. Dies sagte sie wohl aus der Ahnung heraus, dass sie ihn dann verlieren würde, aber vielleicht wusste sie auch, dass sich dieser Durst nicht löschen ließ und die Frage enthielt: Warum bin ich da? Ich erinnere mich an seine Betroffenheit, als Chichina dies aussprach.

»Sind wir nur dazu da, um Geld zu verdienen und es für nutzlose Dinge auszugeben? Das kann es nicht sein!«, entfuhr es Ernesto trotzig. »Jeder Mensch ist dazu da, die Welt ein bisschen besser zu machen.«

Ein Satz wie ein Lebensprogramm. Es hätte ganz gut in eine Regierungserklärung gepasst. Von mir hätten sich solche Worte lächerlich angehört, aber bei ihm hatte es einen homerischen Ton. »Voranzustreben den anderen«, so etwas in der Art.

In solchen Sphären lebten wir am Ufer des Río Suquia. Doch meine Wirklichkeit hatte auch noch eine Kehrseite.

Meine Familie und damit auch ich hatten genug damit zu tun, einigermaßen über die Runden zu kommen. Unser Fotogeschäft warf wenig ab und auch Vaters Hochzeits- und Kindstaufenfotos sicherten gerade so das Existenzminimum, so dass er abends in der Derbybar Klavier spielte. Und wenn die Nazis dort waren, begleitete er ihr Gegröle mit zusammengebissenen Zähnen. Meine Mutter, die aus einer Beamtenfamilie stammte und wohlbehütet aufgewachsen war, half unser Einkommen dadurch aufzubessern, dass sie als Änderungsschneiderin arbeitete. Ich steuerte mein kleines Scherflein bei, indem ich mit Ernesto bei der Weinernte half und mein Trinkgeld als Caddy ablieferte. Ich wusste, dass mein Vater Geld sparte, um mir ein Studium zu ermöglichen. Das war es, was ihn durchhalten ließ. Ich sollte es einmal besser haben als er und ein wohlhabender Bourgeois werden, mit vielen Kindern und mit einem angesehenen Beamtenposten. Meine sportlichen Aktivitäten, mich in asiatischen Kampfsportarten zu schulen, betrachtete er mit Misstrauen. Da ich aber einige Artikel über Córdobas große Zeit bei den Zeitungen unterbringen konnte, auch über ›Martín Fierro‹ von José Hernández und sogar über Güemes, den Helden der Pampa, die mir viel Lob einbrachten, kritisierte er mich nicht sehr.

»Warum nicht«, sagte er schließlich. »Du könntest an der Universität Professor für Geschichte werden.«

Er hielt viel von staatlich abgesicherten Berufen. Als der Güemes-Artikel erschien, war ich ein paar Tage lang so etwas wie berühmt. Meine Lehrer sprachen darüber und, wie mir Chichina verriet, sprach man sogar in den Clubs von dem deutschen Bengel, der das Zeug habe, ein zweiter Dumas zu werden, was mich mit stolzer Brust durch Córdoba laufen ließ. Leider währte der Ruhm nicht lange. Das schönste Lob bekam ich von Ernesto:

»Wenn die ganze Schreiberei einen Sinn haben soll, dann um sich für die Schwachen dieser Welt einzusetzen. Du hast das Talent dazu. Werde ein Emile Zola!«

Selbst Esmeralda beeindruckte mein kurzfristiger Ruhm und sie behandelte mich fortan weniger kühl. Ich registrierte jedes Lächeln, jedes zustimmende Wort von ihr. Und wenn sie mir mal ihre schöne Hand auf den Arm legte und mich mit ihren grünen Augen ansah, lief mir ein Schauer über den Rücken. Es gab keinen Zweifel. Ich hatte mich in die rothaarige Hexe verliebt. Sie war meine erste Liebe und wegen ihr kam es zu jenem Zwischenfall, der mich und Ernesto noch enger zusammenschweißen sollte.

In meiner Klasse gab es einen Felix Hernández, dessen Vater, wie wir wussten, in Deutschland als Hermann Kübler einen hohen Rang als SS-Offizier bekleidet hatte. Hier in Córdoba zeichnete er sich nur dadurch aus, dass er eine Autowerkstatt besaß und der Vorsitzende des Germania-Clubs war. Sein Sohn war drei Jahre älter als wir. Er hatte mehrmals eine Klasse wiederholen müssen und das nicht, weil er dumm war, sondern wegen seiner Faulheit und geringen Aufsicht durch die Eltern und weil er lieber mit seinen älteren Brüdern auf selbst zusammengebastelten Motorrädern die Gegend unsicher machte. Es war noch vor der Zeit, als Marlon Brando den Wilden spielte. Eines Tages war er auf mich zugekommen und hatte mir einen Boxhieb in die Seite gegeben.

»Ich habe gehört, du bist ein Saujud. Wie zum Teufel bist du Bazille den Gaskammern entkommen?«

Mein Vater hatte mir eingebläut, mir nichts gefallen zu lassen. Niemals.

»Wir hätten damals in Deutschland den Nazis rechtzeitig Paroli bieten sollen. Nie wieder lassen wir uns etwas gefallen, von wem auch immer.«

Das brauchte ich mir aber nicht in Erinnerung zu rufen, denn ich hatte genug Bücher gelesen, die mich aufforderten, kein Unrecht einfach hinzunehmen. D'Artagnan hätte aus geringerem Anlass seinen Degen gezogen. Ich nahm seinen Arm und sorgte dafür, dass er einen Überschlag machte und plumpsend zu Boden fiel. Er glotzte mich wie ein angestochener Stier an.

»Was war denn das für ein jüdischer Trick?«, keuchte er und stürmte auf mich zu. Ich wich aus, stellte ihm ein Bein und verabreichte ihm einen Schlag in den Nacken und schon wieder lag er keuchend am Boden. Ich stellte ein Bein auf seinen Brustkorb und gab ihm eine deftige Warnung mit auf den Weg:

»Du arisches Arschloch! Begreifst du nicht, dass du eine Flasche bist? Wenn du es erneut versuchen willst, kann ich dir sehr, sehr wehtun.«

Er begriff dies vorerst, aber nachhaltige Lehren zog er nur scheinbar daraus. Von da an zeigten mir seine wütenden Blicke, wie sehr er mich hasste. Es beeindruckte mich erstmal nicht.

An einem Abend, ich begleitete Esmeraldas Vater beim Golfspiel, kam es zum zweiten Zusammenstoß. Der große Estanciero nannte mich seinen Glückscaddy. Er war ein miserabler Spieler. Ich sorgte dafür, dass er besser aussah als er war, indem ich einige Golfbälle aus der Tasche zog und entsprechend gut platzierte. Nach jedem Spiel sammelte ich seine verschossenen Bälle ein, so dass niemals auffiel, dass nur meine Schummelei es ihm ermöglichte, die Platzreife zu erreichen. Ich bekam von ihm dafür ein Trinkgeld, das ich sonst in der gesamten Woche nicht bekam. Als ich diesmal auf die Terrasse zurückkam, warteten meine Freunde. Esmeraldas Vater rief seiner Tochter zu, dass er ein gutes Spiel gemacht habe. Seine

Mitspieler dagegen machten missmutige Gesichter. Sein Glück und Können rühmend ging er mit ihnen an die Bar, um mit ein paar Tequilarunden ihre schlechte Laune aufzubessern. Ich setzte mich neben Esmeralda und drückte ihre Hand.

»Ei, was hast du für einen durchtriebenen Charakter«, sagte Ernesto lächelnd.

»Du hast Vater wieder zu Glücksmomenten verholfen«, kommentierte Esmeralda nachsichtig. Sie wusste, wie schlecht ihr Vater spielte und ahnte, dass ich gehörig nachhalf, um ihn gut aussehen zu lassen.

»Kochba ist ein Robin Hood, der von den Reichen nimmt«, verteidigte mich Ernesto grinsend.

»Recht geschieht es Vater. Er fällt auf seine eigene Eitelkeit herein«, sprach mich meine Angebetete frei.

»Unerhört!«, rief jemand. »In Deutschland hätte man einen Juden nie in einen Club gelassen.«

Ich erkannte die Stimme. Hernández saß mit einigen Freunden an einem Tisch vor dem Eingang zur Bar. Dass ich mit Esmeralda Händchen hielt, gefiel ihm gar nicht, denn er hatte auch einen Blick auf sie geworfen. Ernesto stand auf und ging zu seinem Tisch.

»Du bist ein stinkendes Aas!«, sagte er und klebte ihm eine.

Hernández sprang auf und wollte sich auf Ernesto stürzen. Ich eilte zu den beiden Kontrahenten und stellte mich vor meinem Freund in Positur. Hernández' Freunde waren in der Überzahl und deswegen so recht in der Stimmung, bei dieser Auseinandersetzung mitzumischen. Der Steward, der dies beobachtet hatte, kam herausgeeilt.

»Keine Schlägerei im Club! Hier benimmt man sich zivilisiert. Wenn ihr euch prügeln wollt, dann tut das außerhalb des Clubgeländes.«

Hernández, der sich vor Esmeralda nicht gedemütigt sehen wollte, schlug nach Ernesto, der dem Schlag auswich. Ich hatte gerade eine neue Sportart gelernt, die sich Karate nannte und probierte dies mit einem Handkantenschlag aus. Hernández ging gurgelnd zu Boden. Nun wollten seine Freunde für ihn aktiv werden. Mein nächster Schlag legte den zweiten Nazijüngling neben Hernández. Der Steward stellte sich vor die beiden anderen.

»Los, verlasst sofort das Gelände! Ihr habt zwei Wochen Hausverbot.«

Hernández und sein Freund rappelten sich auf.

»Und die da? Was ist mit denen?«, stotterte er giftig.

»Ihr habt angefangen!«, wehrte der Steward ab. »Außerdem gehören Ernesto und Marc zum Personal. Nun verschwindet!«

»Das zahlen wir euch beiden heim!«, zischte Hernández. »Wir machen Seife aus euch!«

Aber der durchdringende Blick des Stewards zwang sie zum Rückzug. Sie zahlten ihre Zeche und verließen unter Drohungen die Terrasse. Esmeralda war von meiner Vorstellung, wie ich an ihrem bewundernden Blick erkannte, sehr angetan. So hatte sie mich jedenfalls noch nie gesehen.

»Was war denn das?«, fragte Ernesto, als wir wieder bei den Mädchen saßen.

»Was meinst du?«

»Mit einem Schlag jemanden zu Boden schicken.«

»Ach, das ist eine Kampftechnik aus Japan«, antwortete ich gelassen. »Sehr effektiv, wenn man sie beherrscht.«

»Du bist ein Krieger!«

»Na ja. Übrigens, danke!«

»Wofür?«

»Du weißt schon.«

»Compañeros müssen sich beistehen«, erwiderte er dazu lapidar.

»Wärst du auch mit allen vieren klargekommen?«, fragte Esmeralda. Ihre Stimme bebte.

»Schon möglich«, erwiderte ich, um ihre Begeisterung anzuheizen.

Ich schlug also ganz schön die Trommel. Aber so hatte sie mich noch nie angesehen und ich glaubte, sie endlich erobert zu haben. Ernesto grinste unverschämt. Als er und Chichina sich daraufhin schnell verabschiedeten, wusste ich, dass er mir die Möglichkeit eröffnen wollte, die Begeisterung Esmeraldas zu nutzen. Wir verstanden uns ohne viele Worte. In der Zeit sagte bereits Celia, Ernestos Mutter, dass wir wie Castor und Pollux wären. Mir was dies peinlich. Ernesto warf mir dann eine Kusshand zu, womit er seine Mutter jedoch nur auf den Arm nehmen wollte. Ich war fast jeden Abend bei den Lynchs, wie Ernestos Vater mit dem zweiten Nachnamen hieß. Ich mochte den chaotischen Haushalt, wo überall Wäsche herumlag, Pullover, auch Bücher und Zeitschriften und oft stand das ungewaschene Geschirr des ganzen Tages gestapelt in der Küche. Sie fütterten mich durch und Celia war für mich wie eine zweite Mutter. Sie war sehr gebildet und brachte mir Whitman nahe, Proust, Pound und Fitzgerald. Ich liebte sie fast genauso wie Ernesto, und ich bestätigte ihm gern, dass es wohl in ganz Argentinien keine Frau wie sie gab.

»Ich glaube, ich habe dich verkannt«, gestand Esmeralda an jenem Abend und griff über dem Tisch nach meiner Hand und drückte sie. »Lass uns Freunde sein.«

»Ich hoffe nicht nur das!«, gab ich mit trockenem Mund zurück und strich über ihren Handrücken.

»Wir werden sehen«, sagte sie.

Das war schon mal keine Absage und ich hoffte auf mehr. Ich begleitete sie nach Haus und auf dem Weg dorthin, unter den Kolonnaden der Plaza San Martín, küsste ich sie. Erst ganz zart, aber sie lehrte mich den Zungenkuss und ich bekam Gefühle, wie ich sie vorher noch nicht gekannt hatte und wurde mutiger, griff an ihren Busen. Sie wehrte mich nicht ab, sondern drängte sich mir entgegen und ihr Schoß drückte gegen meine Leibesmitte und sie rieb sich an mir. Als ich ihre Bluse aufknöpfte und ihre nackte Haut spürte, wurde ich noch kühner und streichelte ihre Brüste. Plötzlich löste sie sich von mir.

»Damit wollen wir es für heute belassen«, sagte sie plötzlich sehr kühl.

Ich war zu schüchtern, zu unerfahren, um dagegen zu protestieren. Hatte sie mir doch bereits mehr gewährt, als ich mir in meinen kühnsten Träumen erhofft hatte. Sie schloss ihre Bluse und gab mir einen Kuss auf die Wange.

»Sei nicht traurig. Wir sind erst am Anfang.«

Ich schloss daraus, dass sie mir bald mehr gewähren würde und ich gehorchte ihr und brachte sie zu dem prächtigen Haus gleich am Eingang der Plaza San Martín.

Am nächsten Tag fragte mich Ernesto, ob ich einen schönen Abend gehabt hätte.

»Jedenfalls kannst du nicht mehr sagen, dass sie dich wie einen Schuhputzer behandelt.«

»Ich liebe sie«, sagte ich in meiner jugendlichen Torheit.

»Hm«, machte Ernesto. »Bedenke aber, aus welcher Familie sie kommt. Reiche Mädchen lassen sich vielleicht von einem armen Mann lieben, aber mehr wird nicht draus.«

»Und wie ist es mit deiner Chichina?«

»Sie ist ein guter Kamerad. Aber geschlafen haben wir nicht miteinander. Es würde mich zu sehr verpflichten.«

»Mann, Ernesto, ich denke, du liebst sie.«

»Ja. Sogar sehr. Aber ich liebe auch meine Freiheit.«

»Und wie denkt sie darüber?«

»Wenn sie mich liebt, wird sie mich nicht anketten. Dir sage ich es: Sie wird sich bald von mir trennen.«

»Und das ist dir egal?«

»Nein. Aber es ist die Konsequenz.«

»Aber du liebst sie sehr?«

»Natürlich.«

Manchmal wurde selbst ich nicht aus ihm klug.

Es geschah während des Karnevals im Stadtteil San Vincente. Wir hatten den Hunderten von Tanzgruppen zugeschaut, die hinter den Kapellen in fantastischen Kostümen für ausgelassene Stimmung sorgten. Esmeralda klagte plötzlich über Kopfschmerzen und wir verabschiedeten uns von den anderen. Als wir durch den Parque Las Heras gingen, blieb sie plötzlich stehen und sagte mit spitzbübischem Lächeln, dass wir uns ein wenig ausruhen sollten.

»Und deine Kopfschmerzen?«

»Sie sind plötzlich weg, du Dummer.«

Wir gingen bis ans Ufer des Río Suquia und setzten uns ans Wasser. Der Mond spiegelte sich darin. Von ferne war die Musik der Karnevalsumzüge zu hören. Sie legte den Kopf an meine Schulter und wir küssten uns lange und plötzlich seufzte sie und ließ sich nach hinten fallen und zog mich auf sich. Sie griff mir in den Schritt und streichelte mich. Mir blieb fast das Herz stehen, aber dann fasste ich Mut und griff ihr nun beherzt in den Ausschnitt und liebkoste ihre Nippel.

»Nun komm schon«, sagte sie plötzlich, knöpfte meine Hose auf und streichelte meinen Penis und ich zog ihren Schlüpfer beiseite und fand ihren nassen Schoß.

»Du Dummerle!«, sagte sie und zog ihr Höschen aus, führte meine Hand zu ihrem Schoß und ich streichelte sie noch eifriger und sie fing an zu keuchen.

»Nun komm! Mach schon!«, forderte sie mich auf und nahm meinen Penis und ich drang, von ihrer Hand geführt, in sie ein. Wir küssten uns, dabei stießen unsere Zungen wild aneinander. Noch nie hatte ich solche Gefühle gehabt.

Ich ergoss mich sehr schnell in sie, wobei ihr ein unwilliger Laut entfuhr, den ich so verstand, dass ich weitermachen sollte. Mir kam erst später der Gedanke, dass sie bereits sehr viel von der Liebe wusste. Ich war stolz, als sie in die Nacht schrie. Und selbst dann war sie noch liebesbereit und sie klopfte mir auf den Rücken und wir taten es noch einmal. Wir flüsterten beide von ewiger Liebe.

»Ich werde dich heiraten«, sagte ich bestimmt.

»Ja. Ja doch«, flüsterte sie heiser. »Du wirst mich nicht im Stich lassen wie Ernesto Chichina.«

»Nein. Niemals.« Wie ich das mit der Heirat bewerkstelligen wollte, wovon wir leben würden, war mir in dieser Nacht keinen Gedanken wert. Ich war nur glücklich darüber, dass sich das aufregendste Mädchen Córdobas für mich entschieden hatte.

»Weißt du, wann ich wusste, dass du der Richtige bist?«, flüsterte sie zärtlich und strich mir übers Haar. »Als du diesen dummen Hernández fertiggemacht hast. Da wusste ich, das ist der richtige Mann für mich.«

Es gab mir nicht zu denken. Ich entnahm ihren Worten nur, dass ich ihr Mann war.

Eng aneinandergedrückt machten wir uns zur Plaza San Martín auf und ich bewegte mich wie im Traum neben ihr. Wir blieben oft stehen und küssten uns. Es war in der Gasse zur Plaza San Martín hin, wir waren fast an ihrem Haus angelangt, als uns acht Männer entgegenkamen und uns umringten. Es waren Männer, keine Jungen in meinem Alter.

»Na, betreibt ihr Rassenschande?«, sagte der Größte von ihnen, offensichtlich der Anführer. Die Ähnlichkeit war unverkennbar. Trotz des schlechten Lichts durch wenige Straßenlaternen identifizierte ich ihn als den älteren Bruder von Felix Hernández.

»Der Itzig hat es gewagt, meinen Bruder anzurühren, diese Judensau!«, sagte er zu seinen Kameraden. Auch diese sahen sehr gewaltbereit aus, trugen hohe schwarze Stiefel und schwarze Hemden und wagten es, in den Tagen des Mummenschanzes, sich als SS zu verkleiden. Jedenfalls trugen sie an ihren Armen rote Binden mit dem Hakenkreuz.

»Er hat den Streit angefangen«, verteidigte ich mich, obwohl ich ahnte, dass dies sinnlos war.

»Oh, gibt es so etwas? Ein Jude, der sich gegen einen Arier wehrt? Bringen wir dem Kerl bei, was ihn in Deutschland erwartet hätte.«

»Mein Vater ist Don Cagnetas. Wenn ihr uns etwas tut, wird er euch zur Rechenschaft ziehen!«, rief Esmeralda, die hinter meinem Rücken Schutz gesucht hatte, mit zitternder Stimme.

Aber das hielt die Nazibrüder nicht auf. Sie stürzten sich auf mich. Sie waren alle über zwanzig und von kräftiger Statur und hatten wohl auch getrunken, so dass sie sich mutig genug wähnten. Ich hatte gute Fortschritte in Karate gemacht, um mich gegen zwei, drei Männer erfolgreich behaupten zu können. Ich brach einem die Kinnlade, dem zweiten das Nasenbein, doch dann hatten sie mich im Clinch und warfen mich zu Boden und traktierten mich mit Fußtritten. Das tat weh und ich schrie vor Schmerzen. Doch was sie dann taten, war noch schlimmer. Sie zerrten mir die Hose herunter und dann … drang etwas in meinen After ein und ich … verstand. Jemand fickte mich. Ich schrie vor Scham und Wut und Hass und hörte den Mann über mir röcheln:

»Dazu bist du gerade gut genug, du Jude, du … Jude, du …!«

Ich kannte die Stimme. Oh ja, ich würde nie vergessen, wie Juan Hernández seinen Samen in meinen Hintern spritzte. Ich verlor das Bewusstsein.

Als ich wieder zu mir kam, sah ich die Bande grölend im Kreis um Esmeralda stehen und einer lag auf ihr.

»Gib es der Hure des Juden! Zeig ihr, mit wem es mehr Spaß macht.«

Ich wollte mich erheben und wurde mit einem weiteren Tritt wieder zu Boden geschleudert und dann sah ich noch, dass sich ein weiterer dieser Unholde auf Esmeralda stürzte und ich schrie, heulte meinen Hass heraus, während ich die Hose hochzog. Ich wäre wohl nicht lebend davongekommen, wenn nicht in diesem Augenblick eine Tanzgruppe hüpfend herangekommen wäre. Als sie gewahrten, dass hier das Gegenteil von Karneval ablief, liefen sie schreiend auf die Nazibengel zu und diese sahen wohl ein, dass sie gegen die Übermacht nicht viel ausrichten konnten und gaben Fersengeld.

Als ich wieder zu mir kam, lag ich in einem weißen Zimmer. Ernesto und Chichina saßen neben meinem Bett und sahen mich bekümmert an.

»Wo bin ich?«, nuschelte ich. Der Kiefer tat mir sehr weh, überall tat es weh, auch mein Arsch.

»Wo wohl? Im Krankenhaus. Du siehst aus wie eine zerquetschte Orange.«

»Esmeralda? Was ist mit Esmeralda?«

»Sie ist heute Morgen entlassen worden und längst wieder zu Hause. Den Umständen entsprechend geht es ihr gut, jedenfalls besser als dir.«

»Aber sie haben sie …«

»Darüber wollen wir nicht sprechen«, sagte Chichina bestimmt. »Es wäre nicht gut für ihren Ruf, du verstehst?«

Ich erzählte später nur Che, dass man auch mich gefickt hatte.

»Wer war es?«, fragte Ernesto erregt. »Von Esmeralda war nicht herauszubekommen, was euch genau passierte. Die offizielle Sprachregelung ist, dass man euch überfallen und dich verprügelt hat. Sie hätte die Männer nicht gekannt und ihr wäre auch nichts passiert. Die Leute aus der Tanzgruppe erzählten anderes. Aber sie behauptete, diese würden sich irren, denn die Unholde wären getürmt, ehe sie ihr etwas antun konnten.«

Es war nicht wahr, aber ich protestierte nicht. Wenn Esmeralda es so geregelt haben wollte, dann respektierte ich das. An Ernestos Gesicht erkannte ich, dass er dieses Märchen nicht glaubte.

»Es war der Bruder von Felix Hernández. Sie trugen schwarze Uniformen und die Hakenkreuzbinde am Ärmel.«

»Wir werden es denen heimzahlen!«, sagte Ernesto und seine Augen blickten hart, entschlossen und unerbittlich. »Sie werden den Karneval nie vergessen!«

Ich blieb nur bis zum nächsten Tag im Krankenhaus. Wir hatten kein Geld für einen längeren Aufenthalt. Ich lief eine Weile mit einem Stützkorsett herum, damit meine Rippen wieder zusammenwuchsen. Sowie ich einigermaßen schmerzfrei war, nahm ich meine Übungen in der Sportschule wieder auf und trainierte mit einer Verbissenheit, die Meister Kusomoto mit Sorge betrachtete. Er wusste, was mir widerfahren war und ahnte natürlich, was mich antrieb.

»Rache ist ein übler Ratgeber«, ermahnte er mich. Er war ein weiser Mann. Nicht dass er mir meine Rachepläne ausreden wollte. Es entsprach den Regeln des Bushido, dass ich meine Ehre wieder herzustellen hatte, aber er bat mich, meinen Rachefeldzug behutsam anzugehen. Er hatte dazu ein paar klug klingende Sprüche auf Lager, vom Wasser, das mit der Zeit den härtesten Felsen bricht und mehr noch in der Art.

Aber ich war kein Samurai, der sich in sich versenken konnte, und brannte darauf, es den Übeltätern heimzuzahlen. Sowie ich einigermaßen hergestellt war, ging ich zum prächtigen Palais an der Plaza San Martín, um mit Esmeralda zu sprechen. Aber ich wurde nicht vorgelassen. Der Majordomus wies mich mit den Worten ab, dass ich nicht erwünscht sei. Esmeralda wolle nichts mehr mit mir zu tun haben. Auch ihr Vater ging mir aus dem Weg und buchte mich nicht mehr als Caddy. Doch eines Tages fing ich ihn ab.

»Señor Cagnetas, warum lässt man mich nicht mehr zu Esmeralda?«

Er sah mich an, als wäre ich eine Fliege auf einem Misthaufen.

»Junge, du hast meine Tochter in eine unmögliche Lage gebracht. Du hast sie nicht schützen können. Außerdem habe ich ohnehin nicht viel davon gehalten, dass sie sich mit Leuten abgibt, die nicht unseren Kreisen angehören. Einer aus der Gesellschaft wäre nie mit ihr abends durch Córdobas Straßen marschiert. Ein unmögliches Benehmen. Nein. Ich werde dafür sorgen, dass ihr euch nie wiederseht.«

»Aber wir lieben uns.«

»Was wagst du dir einzubilden? Kinderei! Wer bist du denn, dass du von einer Liebe zu einer Cagnetas zu sprechen wagst? Scher dich zum Teufel!«

Ich fand die ganze Welt ungerecht. Was konnte ich dafür, dass mir Felix' Bruder auflauerte? Ich war doch das Opfer und wurde nun mit den Tätern gleichgesetzt. Ich hätte am liebsten ganz Córdoba vor Gericht geladen.

Dann bekam ich einen Brief, in dem mir Esmeralda bestätigte, was ihr Vater mir gesagt hatte. Sie schrieb, dass ich nicht in der Lage gewesen sei, sie vor den Hernándezleuten zu schützen und dies habe sie zu der Erkenntnis gebracht, dass wir aus verschiedenen Welten stammten und sie unsere Freundschaft als beendet betrachte. Es wäre eine Kinderei gewesen. Wenn ich noch irgendetwas für sie empfinden würde, dann solle ich über alles schweigen, was in jener Karnevalsnacht geschehen sei, womit sie wohl einschloss, dass wir miteinander geschlafen hatten und nicht nur die Bastarde, die sie vergewaltigt hatten.

Ich stürzte mich noch intensiver in Meister Kusomotos Übungen und lernte von ihm die geheimen Griffe, die zum Tod führten. Ich fühlte mich minderwertig und selbst, als mir Meister Kusomoto sagte, dass ich die absolute Perfektion erreicht hätte, schmerzte der Stachel. Ich verstand Esmeraldas Reaktion nicht. Immer wieder ging ich an das Ufer des Río Suquia, wo wir uns geliebt hatten. Ich hörte immer noch ihre Stimme und ihren Schwur, mich zu lieben. Um Klarheit zu bekommen, ging ich zu dem einzigen Menschen, der meiner Meinung nach in der Lage war, mich über ihr rätselhaftes Verhalten aufzuklären. Nicht zu Che, zu Chichina ging ich. Und sie streichelte mein Gesicht, als ich von dem Brief erzählte.

»Ich weiß. Sie hat mir alles erzählt. Du musst das verstehen. Sie stammt aus einer der vornehmsten Familien Argentiniens. Nie hat sie Gewalt erlebt und nun … wurde sie drei Mal vergewaltigt und wenn die Tanzgruppe nicht gekommen wäre, hätten wohl alle acht … Die Familie schreibt das Unglück der Tatsache zu, dass du ein ›Hemdloser‹ bist, ein Niemand. Mit einem aus ihren Kreisen, so glauben sie, wäre Esmeralda das nie passiert. Ohnehin haben die Eltern den Umgang mit mir, Che und dir immer sehr kritisch angesehen. Sie hätten nie jemanden als Ehemann akzeptiert, der nicht aus ihren Kreisen stammt. Ein guter Charakter ist ihnen zu wenig. Schon meiner Familie, die liberal ist und viel Verständnis für meine Freundschaft mit Ernesto aufbringt, fällt es schwer, Ernesto zu akzeptieren, obwohl seine Familie sehr angesehen ist. Du musst Esmeralda vergessen.«

Es fiel mir schwer, das zu akzeptieren. »Dann ist es aus? Wirklich aus?«

»Ja. Es ist aus, Marc.«

»Ich liebe sie doch«, beteuerte ich sinnloserweise. Die Tränen liefen mir über das Gesicht. »Irgendwann wird sie ja mal aus dem Haus kommen. Ich muss nur mit ihr reden. Sie wird sich schon daran erinnern, was wir einander versprochen haben.«

»Du wirst sie nicht sehen, jedenfalls nicht in Córdoba. Man schickt sie nach Paris auf eine Modeschule.«

Man entführte sie mir. So empfand ich. Als ich Ernesto davon erzählte, nickte er nur.

»Finde dich damit ab. Es ist vorbei. Das mit der Heirat war ohnehin Dummheit. Man hängt sich in unserem Alter nicht an eine Frau. Es geht darum, unserem Stern zu folgen!«

Ich dagegen fand das einen verdammt dummen Rat.

Ich glaubte immer noch, dass ich bei einem Zusammentreffen alles klären konnte. Ich trieb mich jeden Tag am Bahnhof herum, kannte die Züge, die nach Buenos Aires fuhren und, tatsächlich, aufgrund meiner genauen Kenntnis über die Fahrpläne konnte ich ihre Abfahrt abpassen. In einer großen amerikanischen Limousine rauschte sie heran und betrat mit Vater, Mutter, Tante und Onkeln, Cousins und Cousinen und dem Majordomus die Bahnhofshalle. Ich stand neben dem Erfrischungsstand und ich weiß, dass sie mich sah. Einen kurzen Augenblick trafen sich unsere Blicke. Sie drückte ihren großen Hut herunter und eilte, bei ihrem Vater eingehängt, mit der ganzen Entourage zu den Waggons der Ersten Klasse. Ich folgte ihnen. Sie stieg in den Zug. Der Majordomus stieg ihr mit den Koffern nach. Dann sah ich sie am Fenster. Sie winkte ihren Angehörigen zu. Ich lief an ihnen vorbei. Der Zug setzte sich in Bewegung und ich rannte neben ihm her und rief ihren

Namen. Ich erreichte das Abteil, aus dem sie aus dem Fenster winkte und rief ihr zu, wie sehr ich sie liebe. Aber sie starrte mich kalt an und schüttelte den Kopf. Der Zug verließ den Bahnhof und ich stand mit tränenden Augen allein am Ende des Bahnsteigs.

Wie betäubt ging ich schließlich zur Halle zurück. Ihr Vater sah mir ernst entgegen.

»Du benimmst dich wie ein Idiot, Marc Mahon. Man spannt ein Rassepferd und ein Muli nicht zusammen. Du wirst sie nie wiedersehen. Und das ist auch gut so. Und ich hoffe, dass auch ich dich nie wiedersehen muss. Du hast unserer Familie genug Schande bereitet.«

Ich hasste ihn für seine mitleidlosen Worte. Dann winkte er seiner Entourage zu und sie verließen den Bahnhof. Ich starrte immer noch in die Ferne, wo nur noch eine Wolke von dem Zug kündete, der meine Liebe mitgenommen hatte.

»Ihr habt ohnehin nicht zueinander gepasst«, sagte Ernesto, als ich ihm mein Leid klagte.

»Wie kannst du das sagen!«, protestierte ich. »Ich denke, du bist mein Freund.«

»Eben. Weil ich dein Freund bin. Esmeralda ist sehr leichtfertig und du zu ernsthaft und zu anständig, um mit so einer Frau fertigzuwerden. Du wärst sehr unglücklich geworden.«

»Ein schöner Freund bist du mir.«

»Wir sollten uns jetzt um Hernández kümmern. Alles andere ist sentimentaler Unsinn.«

Ich war eine Weile ernstlich böse auf ihn. Aber an unserer Freundschaft änderte das nichts.

4

Ein Stein im Strom des Lebens

Plötzlich befanden wir uns nicht mehr auf derselben Umlaufbahn. Erst bemerkten wir es gar nicht, weil so vieles auf uns einstürzte. Wir bestanden unser Examen und Che zog mit seinen Eltern nach Buenos Aires. Er kam zwar immer wieder nach Córdoba, um Chichina zu besuchen, aber die Abstände wurden immer größer. Ich bemerkte, dass es zwischen ihnen nicht mehr so innig war wie einst. Ganz nebenbei erwähnte er, dass er sich doch nicht für ein Ingenieurstudium, sondern für Medizin eingeschrieben hatte.

Wir saßen an unserem alten Platz am Ufer des Río Suquia, als er uns dies gestand.

»Als Ingenieur würde ich für die Reichen arbeiten. Als Mediziner kann ich allen Menschen helfen. Aber vorher mache ich mit Alberto Granado eine Reise durch Südamerika. Er hat ein Motorrad, das gut in Schuss ist.«

Chichina senkte den Kopf. Es war klar, dass ihre Beziehung diese Trennung kaum überstehen würde. Ich war zwar ein wenig verstimmt, dass er mich nicht als Reisebegleiter aufgefordert hatte, musste aber zugeben, dass ich dies ohnehin abgeschlagen hätte, da ich andere Ziele verfolgte. Aber fragen hätte er mich doch können. Seine Entscheidung, Medizin zu wählen, hielt ich für folgerichtig, entsprach es doch seinem Denken, dass jeder dazu beitragen sollte, die Welt ein bisschen besser zu machen. Mit dem Bruder von Felix Hernández hatte ich bisher nicht abrechnen können, obwohl die Scham darüber, was er Esmeralda und mir angetan hatte, noch immer mein Gesicht brennen ließ. Juan Hernández war der Liebling der

Stadt, weil er argentinischer Meister auf dem Motorrad geworden war. Ich las von ihm nur in der Zeitung und jedes Mal waren mir dabei die Hände feucht geworden.

Da ich noch nicht wusste, was ich studieren wollte, hatte ich mich als Gehilfe für die Landvermessung einstellen lassen, was zwar nicht viel einbrachte, aber immerhin eine Arbeit war, die ein wenig Köpfchen verlangte. Che hatte mir die Stellung vermittelt. Ich wurde sein Nachfolger. Kurzfristig hatte auch er als Landvermesser gearbeitet. Aber natürlich wollte ich immer noch ein argentinischer Balzac werden, wusste aber nicht, wie ich dies anstellen sollte. Ein Brief veränderte mein Leben. Er kam vom Chef der Zeitung *Sierra de Córdoba*. Obwohl ich bereits einige Artikel in seiner Zeitung hatte unterbringen können, war ich ihm noch nie persönlich begegnet. Che war über meine Schreiberei begeistert, besonders den Artikel fand er gut, in dem ich die Geschichte der argentinischen Indios geschildert und den Krieg gegen die Indianer im letzten Jahrhundert mit den Indianerkriegen der Yankees verglichen hatte. Es gab darüber einige erzürnte Leserbriefe, die von Nestbeschmutzung sprachen.

Es wäre ihm eine Ehre, wenn ich ihn aufsuchen würde. Mir blieb schier die Spucke weg. Mein Vater sah mich an, als müsse er sich erst mal darüber klar werden, ob ich tatsächlich sein Sohn war.

»Junge, selbst wenn er dir wegen der Indianergeschichte den Kopf wäscht, es ist eine Ehre, dass er dich kennt und obendrein zu einem Gespräch einlädt.«

Aber darüber machte ich mir keine Sorgen, denn ich wusste, dass ihm jeder Artikel zur Genehmigung vorgelegt wurde. Aber weswegen wollte er mich dann sprechen?

Francesco Cristóbal de Aranjaz war ein schwergewichtiger Mann mit einem scharfen Gesicht, der seine Abstammung auf die spanischen Vizekönige zurückführte. Seine Leute nannten ihn hinter seinem Rücken ›El Rey‹. Er empfing mich in seinem holzgetäfelten Büro in dem großen Verlagshaus, unweit der

Plaza San Martín. Vorher befragte ich den Redakteur, einen kahlköpfigen Hagestolz, den ich nie ohne Zigarette im Mundwinkel angetroffen hatte.

»Was will Señor Aranjaz von mir? Ist es wegen der Indianergeschichte?«

»Er hat dich zu sich zitiert?«, staunte Broscutto, ein Italiener aus Bologna, der vor den Faschisten nach Argentinien geflüchtet war. Ich zeigte ihm den Brief.

»Es wäre ihm eine Ehre, wenn du ihn aufsuchen würdest? Donnerwetter! Nein, keine Ahnung, warum er dich sprechen will. Dann nimm die Beine in die Hand und lass dich von ihm beehren.«

Nachdem ich seiner Sekretärin den Brief gegeben hatte, sah diese mich freundlich an, so dass ich ruhiger wurde. Sie verschwand und kam nach kurzer Zeit zurück und deutete auf die Tür. Mit Herzklopfen betrat ich das Allerheiligste. Er musterte mich, zündete sich eine Zigarre an, lehnte sich zurück und wies auf den Sessel vor seinem Schreibtisch.

»Setz dich, Marc Mahon. Du willst also ein Balzac werden?«

Ich wurde rot und fragte mich, woher er das wusste.

»Dein Indianerartikel war viel zu literarisch und ich habe mich gefragt, ob wir ihn überhaupt aufnehmen. Aber in der Sache hattest du recht und es war so viel gut gemeinte Empörung darin, dass ich die Erlaubnis gegeben habe. Du musst noch viel lernen. Aber, zum Teufel, Talent hast du! Daraus musst du was machen.«

»Ich will studieren. Natürlich irgendetwas, was mit Literatur oder Schreiben zu tun hat. Aber wir haben das Geld dafür noch nicht zusammen. Ich arbeite zur Zeit als Landvermesser. Wenigstens lerne ich dadurch unsere neue Heimat kennen.«

Aranjaz zog an seiner Zigarre und blies ein paar Kringel in die Luft.

»Wie ich von Broscutto hörte, kannst du Französisch.«

»Meine Mutter ist Französin. Ich bin zweisprachig aufgewachsen. Neben Deutsch und Spanisch kann ich auch noch Englisch.«

»Donnerwetter, vier Sprachen.«

»Ja. Die Begabung habe ich wohl von meinem Vater geerbt. Der hat auch ein phänomenales Gedächtnis. Er spricht außerdem Polnisch und Italienisch.«

»Erstaunlich«, kommentierte er verblüfft. »Und warum sprichst du akzentfrei Spanisch?«

»Wir mussten aus Frankreich fliehen und haben ein Jahr in Portugal gelebt. Die Sprache dort weist ja eine gewisse Ähnlichkeit mit Spanisch auf.«

»Verstehe. Ich habe es also mit einer Familie von Sprachgenies zu tun.«

»Ich lerne sehr schnell.«

»So, so. Und dich anzupreisen verstehst du auch.«

»Ich kann mich schnell überall einleben. Als Jude muss man sich schnell eingewöhnen können.«

»Hm, du scheinst ja ungeheure Lebenserfahrung zu besitzen.« Sein Mund zuckte verdächtig und ich fragte mich, ob ich die Trommel nicht zu laut geschlagen hatte.

»Was hältst du davon, zurück nach Europa zu gehen?«

»Europa? Da ist unsereiner nicht sehr gefragt.«

Aranjaz griff über den Tisch, schlug den Humidor auf und deutete auf das Mahagonikästlein.

»Willst du eine Zigarre?«, fragte er.

Ich brauchte eine Schrecksekunde, ehe ich antwortete. Der große Aranjaz, ›El Rey‹, bot mir, dem kleinen, unbedeutenden Refugié, eine Zigarre an. Ich wollte erst verneinen, nickte dann aber. Er reichte mir schmunzelnd den Zigarrenabschneider und gab mir dann auch noch Feuer. Ich paffte weltmännisch ein paar Wolken und befahl mir, nicht in die Hose zu scheißen. Mein Hustenanfall verdarb ein wenig meine Vorstellung.

»Nun hör mal gut zu«, sagte Aranjaz lachend und wedelte dabei mit seiner Zigarre. »Ich habe einen guten Freund beim *France Soir*, der Mitglied eines Gremiums ist, das Stipendien für angehende Journalisten vergibt. Unter den zehn Auserwählten ist immer auch ein Ausländer. Wenn du willst, hast du das Stipendium. Frankreich hat eines der angesehensten Institute für Journalismus in Europa, vielleicht sogar in der Welt. Das monatliche Stipendium sichert dich einigermaßen ab, aber du bist ein gescheites Bürschchen und wirst dir mit deiner Vielsprachigkeit eine Anstellung in einem der Hotels sichern können.«

Ich wusste nun, dass der Messias erschienen war und mich unter seine Gefolgsleute aufgenommen hatte. Doch meine Freude fiel jäh zusammen. Wie sollte ich nach Europa kommen? Für einen Flug oder eine Schiffspassage hatte ich nicht das Geld. Aranjaz sah, dass sich meine Freude in Verzweiflung wandelte.

»Was ist, Junge?«

»Die Überfahrt«, druckste ich herum.

»Verstehe. Das neue Semester fängt im Herbst an. In den nächsten drei Monaten wirst du bei uns als ›Mädchen für alles‹ arbeiten. Vielleicht können wir dir hin und wieder auch ein Thema geben, über das du schreiben kannst. Dafür bezahlen wir dir das Ticket für den Flug und ein kleines Taschengeld für die ersten drei Monate in Paris, damit du über die Runden kommst und dir ein ordentliches Zimmer mieten kannst. Einverstanden?«

Ich schluckte. Der Messias lebte. »Einverstanden!«, stotterte ich. »Ich kann Ihnen gar nicht sagen, wie dankbar …«

»Schon gut!«, schnauzte Aranjaz. »Du fängst morgen an und meldest dich bei Broscutto. Pünktlich um fünf Uhr beginnt dein Dienst. Der frühe Vogel fängt den Wurm. Ich spreche nachher mit Broscutto. Er wird dich unter seine Fittiche nehmen. Nun schwirr ab und nutze deine Chance! Ich will in einigen Jahren hören, dass du etwas aus dir gemacht hast.«

Ich stolperte hinaus und lief nach Hause. Mein Vater war gerade im Labor fertig geworden, wo er Hochzeitsfotos entwickelt hatte. Als er mein Gesicht sah, starrte er mich irritiert an.

»Was ist passiert? Bist du dem Golem begegnet?«

»Nein. Dem Messias.«

»Junge, du lästerst.«

Ich erzählte ihm von dem Gespräch mit Francesco Cristóbal de Aranjaz und er umarmte mich. Er war ein Mann, der sich nur selten in Zärtlichkeiten ausdrückte, dazu hatte ihn das Schicksal zu sehr durchgewalkt. Aber diesmal hatte er Tränen in den Augen.

»Ein Wunder!«, stammelte er und rief nach hinten zur Wohnung hin. »Mutter, komm doch!«

Ich musste noch einmal wortwörtlich das Gespräch wiedergeben.

»Vielleicht will Gott etwas an uns gutmachen«, sagte er nachdenklich. »Vielleicht hat er zu dem Señor Aranjaz einen Engel geschickt.«

»Er wird so fern von uns sein«, klagte die Mutter. »Aber wenigstens ist es Frankreich und nicht Deutschland oder Italien.«

»Begreifst du nicht, Mutter? Er hat die Möglichkeit, der Armut zu entkommen. Das haben wir uns doch immer für ihn gewünscht. Wir wollen doch, dass er ein gutes Leben hat. Sei glücklich! Heute gehen wir in die Synagoge.«

Als ich mich am nächsten Tag bei Broscutto meldete, empfing er mich schmunzelnd.

»Paris? Dann wirst du wohl eines Tages ein berühmter Journalist werden. Da haben sich deine Eltern gefreut.«

»Ja. Mein Vater hat seinen Glauben wiedergefunden. Wir waren sogar in der Synagoge.«

»Was macht dein Vater?«

Ich sagte es ihm.

»Spricht er so gut Spanisch wie du?«

»Er spricht es wie seine Muttersprache. Mein Vater hat ein Gedächtnis wie ein Elefant.«

»Gut. Er soll morgen Abend mal bei uns reinschauen. Wir brauchen einen Lektor. Den letzten hat der Chef rausgeschmissen, da er oberflächlich war. Dein Vater kann jeden Abend vor der Druckfreigabe lektorieren und sich dadurch ein gutes Zubrot verdienen.«

So endete von diesem Tag an die Not im Haus Mahon.

Als ich Che bei seinem nächsten Besuch davon erzählte, freute er sich, als hätte sich damit auch für ihn der Himmel aufgetan.

»Wir werden uns zwar auf Jahre nicht sehen, aber das ist wohl der Preis dafür, dass wir erwachsen werden«, stellte er fest. Manchmal klang Che so weise wie Rabbi Akiba. »Ich will mich, sobald ich den Doktor habe, auf die Reise durch Südamerika machen«, fuhr er fort. »Ich bin hauptsächlich gekommen, um mich von Chichina zu verabschieden. Es ist uns beiden klar, dass dies ein Ende unserer Liebe sein kann. Doch bin ich nicht nur deswegen gekommen.«

Er holte einen Revolver hervor und gab ihn mir.

»Wir haben hier noch etwas zu erledigen. Das Verbrechen muss gesühnt werden.«

Er hatte recht. Ich hörte wieder die Stimme von Juan Hernández: »Du Jude … du Jude … du!«, und sah vor meinem geistigen Auge Esmeralda auf dem Boden liegen und die Nazibande grölte und Hernández fickte auch sie.

»Kümmere dich um seine Gewohnheiten. Ich komme nächste Woche noch einmal mit Alberto Granado vorbei. Dann kümmern wir uns um das Faschistenschwein.«

Ich hatte also eine Woche Zeit, Juan Hernández' Gewohnheiten auszuspionieren. Mein Hintern brannte bei dem Gedanken. Der große Motorradchampion kurierte gerade die Folgen eines Motorradunfalls aus. Ich konnte mich jedoch nur nach Feierabend um den Bastard kümmern, da ich in der Redaktion mit tausenden von Arbeiten eingedeckt wurde, wozu auch so wichtige Tätigkeiten wie Kaffeekochen und Ablage in der Registratur gehörten. Aber ich nahm selbst die ungewöhnlichsten Aufträge ohne Murren entgegen, wie die Autos der Redakteure zu waschen oder die Druckmaschinen zu reinigen. Das war der Preis für ein besseres Leben.

Juan Hernández arbeitete, wenn er nicht Rennen fuhr, als Aufpasser in einem Spielsalon in der Nähe der Plaza Martín, unweit der Stelle, wo er mich einst penetriert hatte. Nach Feierabend ging er selten gleich nach Hause, sondern kehrte in der Bodega ›Baleadores‹ ein, um danach mit seinen Motorradfans Billard zu spielen. Dabei tranken sie Unmengen Bier und Tequila. Meistens war er ziemlich angetrunken, wenn er sich nach Haus aufmachte. Samstagabend ging er in ein Bordell am Rand der Stadt, das dicht am Fluss lag. Es war eine verrufene Gegend und das Bordell ›Chica‹ war das verrufenste von allen. Es hieß, dass dort auch Päderasten verkehrten. Nacht für Nacht schlich ich mich aus dem Haus und ging zum Fluss, beobachtete den Puff und machte mich außerdem mit der Waffe vertraut. Einmal gab ich sogar einen Probeschuss ab. Das musste reichen. In der Trommel waren jetzt nur noch fünf Patronen. Weitere Munition hatte ich nicht. Es war ein Colt von Remington, ein riesiges Schießeisen, wie es John Wayne trug, ein Fünfundvierziger mit einem harten Rückschlag. Ich hoffte, trotz des einzigen Schusses mit der Waffe zurechtzukommen.

Als Ernesto mit seinem Freund auf dem Motorrad eintraf, war er stolz wie ein Spanier. Obwohl es mich nicht sehr interessierte, tat ich ihm den Gefallen und hörte ihm aufmerksam zu, als er mir die Vorzüge des Motors erklärte. Für mich sah das Ding nur alt aus, aber ich hatte auch keine Ahnung von Motorrädern. Meine Eltern waren natürlich einverstanden, dass meine Freunde bei uns nächtigten. Mutter sorgte mit vielen Decken dafür, dass sie es einigermaßen bequem hatten.

»Wir werden während unserer Reise meist auf nacktem Boden schlafen«, beruhigte Ernesto meine Mutter. Seinem Freund gegenüber gab er zu verstehen, dass er am Samstag auf uns verzichten müsste, da es eine Abschiedsparty mit Freundinnen gäbe. Es klang nicht sehr glaubwürdig, aber Granado nahm es hin. Von Che war er sicher bereits ganz andere Geschichten gewöhnt. Er war auch viel zu sehr mit den Landkarten beschäftigt, um die richtige Route durch Südamerika auszubaldowern.

Es war drei Uhr, als wir uns Samstagnacht zum Bordell aufmachten. Wir stellten uns dem Bordell gegenüber unter eine Akazie und fassten uns in Geduld.

»Hast du Angst?«, fragte mich Ernesto.

»Ja, dass ich ihn nicht treffe.«

»Ich meine Angst davor, einen Menschen zu töten.«

Ich prüfte mich. »Nein. Davor habe ich keine Angst. Mich ärgert nur, dass ich kein Arschficker bin.«

»Verstehe, Kochba. Jeder, der *cojones* hat, würde das verstehen. Schieß ihm seinen verdammten Schwanz ab!«

Wir mussten fast zwei Stunden warten, ehe Hernández aus dem ›Chica‹ heraustaumelte. Mühsam das Gleichgewicht haltend, bog er in eine Straße ein, die im funzligen Licht der wenigen Laternen vor sich hindämmerte. Die Straße war ungepflastert. Es hatte am Nachmittag geregnet und die Pfützen schimmerten in einem öligen Gelb. Eine Katze begleitete ihn eine Zeitlang. Wir gingen ihm nach. Wenn er unsere Schritte gehört haben sollte, dann verweigerte ihm sein Gehirn die Erkenntnis, verfolgt zu werden. Es geschah in einer verlorenen, elenden Straße, die niemand aus der Stadtmitte kennen wollte. Wir gingen nun dicht hinter ihm.

»He, Arierschwein! Heute bitten wir dich zum Rendezvous«, sagte Ernesto.

Hernández drehte sich um und musterte uns. Plötzlich ging ihm ein Licht auf.

»Du bist doch der Judenbengel!«, sagte er zu mir.

»Du sagst es. Und ich will dir etwas zurückzahlen.«

»Haut ab, sonst mach ich euch alle!«

»Was für Ausdrücke er hat!«, kommentierte Ernesto.

»So reden Mörder. Das hat er von seinem Vater gelernt, der sicher bei den Totenkopfverbänden der SS war.«

»Was weißt du Judenbengel von der SS? Mit euch werde ich allemal fertig.«

Er zog ein Messer von beachtlicher Länge aus der Tasche. Die Klinge glitzerte gefährlich.

»Jetzt!«, sagte Ernesto. »Töte ihn.«

Ich zog den Revolver heraus und schoss ihm in die Schulter. Aus der kurzen Entfernung konnte ich ihn nicht verfehlen. Die Wucht des Schusses streckte ihn zu Boden. Vom Rückschlag tat mir der Daumen weh. Ängstlich und unter Schock starrte er mich an.

»Dreh dich um!«, befahl ich.

Er dachte nun, dass ich mit ihm das Gleiche vorhatte wie er seinerzeit, als er mir seinen Schwanz in den Anus jagte. Er dachte wohl, dass er dies überstehen würde und sah es als kleineres Übel an und drehte sich um. Ich drückte ihm den Lauf in die Kerbe seiner Hose und drückte ab. Er jaulte auf und bewegte sich nicht mehr. »Das war noch besser«, kommentierte Ernesto. »Ist er tot?«

Um sicher zu gehen, schoss ich noch einmal in den Kopf. Die Regenpfütze neben ihm färbte sich rot.

»Der fickt niemanden mehr, weder Männchen noch Weibchen«, sagte Ernesto. »Doch nun komm!«

Der Schuss hatte niemanden auf die Straße gelockt. Hier mischte sich keiner ein. Wir nahmen Hernández auf, schleppten ihn bis zum Ufer des Flusses und warfen ihn dort ins Wasser.

»Hoffentlich wird er nicht gleich gefunden.«

»Die Strömung wird ihn forttragen«, beruhigte mich Ernesto.

Ich warf die Waffe ein paar Meter weiter in hohem Bogen ins Wasser.

»So ist es richtig«, stimmte Ernesto zu. »Übrigens, du hast *cojones*. Wirklich! Wenn ich mal in einer gefährlichen Situation bin, hätte ich dich gern an meiner Seite.«

Damals wussten wir nicht, dass sich dieser Wunsch erfüllen würde. Ich staunte auch über mich selbst. Wie konnte ich nur so verdammt ruhig töten? Im Büro von Francisco Cristóbal de Aranjaz war ich aufgeregter gewesen. Ich war mir nicht so sicher, dass das, was ich an mir beobachtete, eine so tolle Eigenschaft war, und ich sagte es Che.

»Mach dir jetzt bloß keine Vorwürfe. Er war ein Faschistenschwein und hat dich vergewaltigt und halb totgeschlagen. Du kannst Esmeralda schreiben, dass du den Anführer der Kerle zum Teufel geschickt hast.«

Ich schrieb ihr nicht. Hernández wurde nie gefunden. Er bekam einen Artikel in der Zeitung und man suchte die Gegend nach ihm ab, tat dies aber mehr der Form halber und gab schnell auf.

Wortlos gingen wir nach Hause. Ich hatte einen Menschen getötet und bedauerte es nicht und gerade das beschäftigte mich. Ernesto war bereits in Gedanken bei seiner großen Südamerikareise. Am nächsten Tag verabschiedeten sich die beiden Globetrotter.

»Mach es gut, was du auch machst«, sagte Ernesto zum Abschied. »Mach es mit Begeisterung, dann wird auch was draus!« Er spielte zum Abschied noch einmal den großen Bruder. Wir küssten uns die Wangen und klopften uns die Rücken.

»Ich hoffe, auch du findest deinen Weg.«

»Das werde ich!«, erwiderte Ernesto nachdenklich. »Ich werde meinen Stern finden und dann auf seinem Schweif den Himmel erhellen.«

Das war ein großer Anspruch. Aber ich traute ihm zu, dass er diesen einlösen würde. Wenn mir damals jemand gesagt hätte, dass er so bekannt wie Jesus sein würde, hätte ich das natürlich für eine maßlose Übertreibung gehalten.

Ich sah lange dem Motorrad nach. Ernesto saß auf dem Rücksitz und winkte, so lange ich ihn sehen konnte …

5

Ich nannte mich einen glücklichen Menschen

Dann war ich in Paris. Ich verliebte mich sofort in die Stadt, in ihre Grands Boulevards, ihre Geschichte, in das Savoir-vivre. Es hörte nie auf. Es ist bis heute der Ort, an dem ich am liebsten bin. Ich stimme Heinrich Heine zu: »*Wenn der liebe Gott sich im Himmel langweilt, dann öffnet er das Fenster und betrachtet die Boulevards von Paris*« … und ist glücklich. Nur in Paris bin ich absolut mit mir im Reinen. Deswegen bleibt Paris bei all meinen Unternehmungen der Ausgangspunkt, zu dem ich immer zurückkehre. Wenn ich im *Luxembourg* sitze und den Kindern zuschaue, wie sie ihre Segelschiffe in dem großen Bassin schwimmen lassen, erfasst mich eine Ruhe und Zufriedenheit, die ich sonst nicht kenne. Alle Unrast fällt von mir ab. Ich frühstücke im *Café de la Paix*, esse zu Abend im *Coupole* und nehme nachts einen Absacker in der Ritzbar. Es waren glückliche Umstände, die mir dies schon bald ermöglichten.

Wie mir Aranjaz angewiesen hatte, meldete ich mich bei Monsieur Etienne Larousse, dem Besitzer und Verleger des *France Soir*. Ich musste den Redaktionssaal durchqueren, ehe ich sein Büro erreichte. An den Tischen saßen Männer mit Zigaretten im Mundwinkel und hämmerten auf ihre Schreibmaschinen ein. Für mich waren sie wie homerische Helden und ich hoffte, eines Tages zu ihnen zu gehören. Sie beachteten mich nicht.

Ich betrat das Vorzimmer. Es war leer. Ich setzte mich auf einen der Besucherstühle und harrte der Dinge. Irgendwann würde schon jemand auftauchen. Man konnte von dem Vorzimmer in den Redaktionssaal und dann weiter in die Druckerei sehen, wo auf endlosen Bändern die Zeitungen aus den Druckmaschinen kamen. Schließlich betrat ein junges Mädchen das Vorzimmer. Sie hatte einen Haarschnitt wie ein Junge, ein ebenmäßiges Gesicht, das der liebe Herrgott einem Engel abgeguckt hatte.

»Monsieur Larousse hat gleich Zeit für Sie«, sagte sie, nachdem ich meinen Namen genannt hatte.

Sie setzte sich an die Schreibmaschine, spannte einen Bogen ein und begann zu tippen. Sie schien nicht viel Freude daran zu haben, denn sie unterbrach dies oft und schaute zu mir herüber und lächelte.

»Sie kommen wirklich aus Argentinien?«

»Ja. Ich bin vor zwei Stunden in Paris eingetroffen.«

»Ich habe überhaupt keine Vorstellung von diesem Land.«

»Wild, groß und nicht sehr zivilisiert. Das Land der zigtausend Rinder«, gab ich an. Ich wollte nicht, dass sie eine schlechte Vorstellung von meiner neuen Heimat bekam.

Ein Summton war nun zu hören. Am Telefon ging ein rotes Lämpchen an.

»So, nun können Sie zum Chef, Monsieur Mahon.« Sie ging mir voran und öffnete die Tür. Ich bewunderte ihre langen, schönen Beine.

Das Büro des Verlegers machte nicht viel her, obwohl es eine der größten Zeitungen des Landes war. Ein Schreibtisch, zwei abgewetzte Sessel, ein Beistelltisch und eine Couch. Hinter seinem Schreibtisch war eine Pinnwand mit unzähligen Zetteln. Am meisten erstaunte mich der vollgemüllte Schreibtisch. Wie konnte er in dem Durcheinander etwas finden?

Larousse empfing mich mit verschränkten Armen und musterte mich ausgiebig.

»Du bist also Aranjaz' Wunderkind?«

Was sollte ich darauf sagen; ich lächelte etwas blöd. Larousse war ein weißbärtiger, untersetzter Mann, der wie Zeus aussah. Er trug ein gestärktes weißes Hemd. Die rote Fliege korrespondierte mit seinen roten Hosenträgern, hinter denen er seine Daumen verhakt hatte.

»Du siehst eher aus wie ein verdammter Deutscher. Einen Argentinier habe ich mir ganz anders vorgestellt.«

»Mein Vater ist … war Deutscher. Deutsch spreche ich aber nicht so gut.«

»Aranjaz hat mir deine Artikel geschickt. Das ist alles noch ein bisschen ungelenk, aber du hast ein Auge für Situationen und eine einfache, klare Sprache. Wo hast du das gelernt?«

Ich zuckte mit den Achseln.

»Ich lese viel und schreibe so, dass mich die Leute auf der Plaza Martín verstehen. Ich kann nicht anders schreiben.«

»Na schön. Ich habe mir überlegt, dass du bei uns wohnst. Oder hast du andere Pläne?«

»Nein, Monsieur. Das wäre wundervoll.«

»Wir werden eine Kammer im Dachgeschoss für dich freimachen. So sparst du schon mal die Miete, die sonst dein Stipendium auffressen würde. Wohnungen sind in Paris wahnsinnig teuer. Und du isst natürlich mit der Familie. Du wirst jede Minute, die du nicht auf dem College bist, hier in der Redaktion verbringen. Nimm dir an meinem Sohn, diesem Tunichtgut, kein Beispiel. Er ist ein unverbesserlicher Herumtreiber. Arbeit, Arbeit, Arbeit – das ist es, was auf dich zukommt.« Er überlegte kurz, drehte ein Lineal in den Händen und nickte. »Ich werde dich Albert Sousi zuteilen, der hat von meinen Leuten den besten Stil und ist ein verdammter Leuteschinder.« Er drückte den Knopf der Sprechanlage und donnerte: »Sousi, du verdammter Totenschädel, komm mal zu mir!«

Durch die große Scheibe auf der Seite zur Redaktion konnte man sehen, wie alle von ihren Schreibtischen hochsahen.

»Hör zu, Marc, du siehst dort die verkommensten Menschen Frankreichs. Es sind alles Säufer und Hurenböcke, aber sie sind auch wundervolle Menschen und leidenschaftliche Journalisten. Du kannst viel von ihnen lernen, aber lerne nicht ihre Unarten. Halte dich vom Alkohol fern und lass dich nicht von ihnen animieren, zu den Huren zu gehen.«

Ein langes Klappergestell betrat das Chefbüro. Er mochte zwei Meter groß sein. Sein Gesicht war so ausgemergelt, als hätte er gerade die Cholera oder Typhus überstanden.

»Was schlägst du schon am frühen Morgen die Trommel? Hast du wieder mal beschissene Laune?«, knurrte er, warf sich auf die Chaiselongue, streckte die Beine aus und legte sie auf den Beistelltisch. Er holte eine Zigarette hervor, die hinter seinem Ohr eingeklemmt war und klopfte mit seinen nikotinverfärbten Fingern den schlecht sitzenden Anzug ab, fand schließlich ein Streichholzheftchen, zündete sich die Zigarette an und stieß eine große, fette Wolke gegen den Chefschreibtisch aus.

»Hör zu, du Totengerippe, das hier ist Marc Mahon. Er sieht aus wie ein verdammter Deutscher, ist aber Argentinier und schreibt ein Französisch, als wolle er Balzac Konkurrenz machen. Mein Freund Aranjaz vom *Sierra de Córdoba* hat ihn empfohlen. Und ich habe dem Jungen ein Stipendium besorgt. Er ist entweder ein Juwel oder der größte Bluff seit Napoleon III. Mach was aus dem Jungen. Er muss noch eine Menge lernen, aber Talent hat er. Deck ihn so mit Arbeit ein, dass er kein Herumtreiber wird.«

Sousi musterte mich über den Rand seiner Brille. »Aranjaz, he?«, stieß er hervor und hörte mit dem Anstarren immer noch nicht auf.

»Aranjaz, ja doch. Er war Kommandeur im spanischen Bürgerkrieg. Ein guter Kamerad, ein leidenschaftlicher Antifaschist.«

»Ja doch. Ich weiß, wer Aranjaz ist. Bin ihm selbst ein paarmal in Barcelona und Madrid begegnet. Ist geritzt! Ich werde dem Jungen die Hammelbeine langziehen.«

»Na, wunderbar. Wie schön doch, dass wir alten Spanienkämpfer immer noch zusammenhalten.«

»Mach nicht so ein Gewese! Ich werde den Jungen schon zurechtschleifen.«

Sein Blick sagte mir, dass ich mit ihm nicht viel Spaß haben würde.

»Dann zeig ihm mal seinen Arbeitsplatz. Ach, Marc, ich nehme dich heute Abend mit zu uns. Claire wird dir sagen, wenn es soweit ist.«

Sousi legte mir die Hand auf die Schulter und schob mich hinaus und durch das Vorzimmer in den Redaktionssaal zu seinem Arbeitsplatz. Sein Schreibtisch sah genauso schlimm aus wie der des Verlegers.

»Schreiben ist nur die halbe Miete. Du musst auch recherchieren können, dir eine vernünftige Basis verschaffen, sonst ist es entweder Literatur oder Blabla. Klemm dich mal dahinter, wer die Eigentümer der France Chemical sind. Die haben ihren Sitz in der Nähe von Arcis-sur-Aube. Sagt dir der Name etwas?«

Es ärgerte mich ein wenig, dass er mich wie einen dummen Jungen behandelte. Wenn er auch ein Spanienkämpfer war, ich hatte mit Hernández' Tod auch etwas aufzuweisen, was nur wenige im Saal vorzeigen konnten. Es war vielleicht kein Ruhmesblatt, bewies aber, dass ich kein grüner Junge war.

Ich bezwang meinen Unmut und antwortete betont lässig: »Der Geburtsort von Danton, dem großen Revolutionär. Noch was?«

»Hm«, brummte er. »Wenigstens etwas. Ich gehe jetzt in die Kantine und du kümmerst dich um die Besitzverhältnisse. Ich bringe dir ein Baguette mit.«

Ich hatte schon kapiert, dass es mit dem Savoir-vivre einstweilen nicht so weit her war. Er trollte sich in seinem schlenkernden Gang aus dem Redaktionssaal. In seinem schlampigen, zerknitterten Anzug sah er wie eine wandelnde Vogelscheuche aus.

Ich saß ratlos an meinem Schreibtisch und bohrte Löcher in die Luft. Wie sollte ich die Besitzverhältnisse herausbekommen? Keine Ahnung. Larousses Sekretärin, die auch auf dem Weg zur Kantine war, sah mein bekümmertes Gesicht und kam zu mir.

»Was ist denn, Monsieur Mahon? Quält Sousi Sie bereits?«

Ich erklärte ihr meine Aufgabe. Sie lächelte ironisch.

»Typisch Albert. Warten Sie, ich kümmere mich darum.«

Sie ging in ihr Büro zurück und ich sah sie hinter der Scheibe eifrig telefonieren. Nach einer Weile kam sie zurück und legte mir einen Zettel auf den Schreibtisch. »Ich habe es aus dem Handelsregister. Man muss nicht alles wissen, aber man muss wissen, wer oder wo man etwas weiß.«

Sie zwinkerte mir zu und ging in ihr Büro zurück. War verdammt nett von ihr, auf ihre Mittagspause zu verzichten. Als Sousi zurückkam, reichte ich ihm den Zettel.

»Ha, das ist Claires Schrift!«, grummelte er.

»Richtig. Man muss nicht alles wissen, aber jemanden kennen, der es wissen könnte.«

»Guter Spruch«, stimmte er widerwillig zu und schickte mich ins Archiv, wo ich Artikel über den Chemieladen heraussuchen sollte.

Interessant war ein Artikel aus der Zeit der Okkupation durch die Deutschen. Es wurde gelobhudelt, dass France Chemical selbst in den schweren Zeiten zu den erfolgreichsten Unternehmen Europas gehören würde. Der Aufsichtsrat war auch mit einem Hermann Meier besetzt. Damit war klar, dass France Chemical mit den Deutschen zusammengearbeitet hatte. Ich brachte Sousi die Artikel und teilte ihm meine Vermutung mit.

»Das ist doch schon etwas. Daraus könnte man einen Artikel machen.«

Er schnaubte, griff in die Schreibtischschublade und holte eine Flasche Cognac heraus, schraubte sie auf, nahm einen kräftigen Schluck und legte sie ins Schubfach zurück.

»So, verdammt trockene Luft heute! Meinst du, diese Information reicht für einen Artikel aus? Ist das ein Grund, France Chemical ans Kreuz zu nageln? Nein, Junge. Wirklich wichtig ist, was aus dem Geist der Kollaboration geworden ist. Auslöser war die Information, dass sie den Boden um

Arcis-sur-Aube verseuchen. Wir werden beweisen, dass sie noch genauso skrupellos sind wie damals. Das bedeutet, wir müssen mehr Fakten darüber haben. Jetzt schon losschreiben würde bei der Faktenlage einen Prozess bedeuten, den wir vielleicht verlieren könnten. Also heißt es, sich auf den Hosenboden zu setzen und weitere Informationen zu sammeln. Erst wenn wir mehrere Beispiele über ihre skrupellose Geschäftspolitik haben, ist die Geschichte rund. Morgen fahren wir nach Arcis-sur-Aube.«

»Ich muss mich morgen auf dem College melden.«

»Was meinst du, was mir das ausmacht? Auch übermorgen wird es das verdammte College noch geben. Du fährst mit mir. Nun quatsch nicht herum, sondern mach einen Termin mit den Herrschaften. Wehe, wenn du dich abwimmeln lässt!«

Gegen Abend hatte ich endlich einen Termin bei der Direktion von France Chemical. Ich musste bei denen eine Drohung ausstoßen, die man bei viel schlechtem Willen auch als Erpressung hätte bezeichnen können. Aber Sousi grunzte zufrieden. Er schien das für normal zu halten.

Claire holte mich schließlich ab und führte mich in die Tiefgarage zu einem Mercedes. Wir mussten warten, bis der Verleger eintraf.

»Warum ein deutsches Auto?«, fragte ich Claire.

»Weil sie die besten Autos bauen«, erklärte sie gelassen. »Wir Franzosen bauen die ungewöhnlichsten, die Italiener die schönsten und die Deutschen die zuverlässigsten. Sagt jedenfalls Monsieur Larousse«, fügte sie hinzu.

Der Verleger kam, schloss das Auto auf und winkte, dass wir einsteigen sollten. Vielleicht war es ja üblich, dass man die Sekretärin mit nach Hause nahm, weil man dort zu tun hatte. Ich war viel zu sehr beansprucht, die wundervolle Stadt auf mich wirken zu lassen, als weiter darüber nachzudenken.

Sein Haus war ein Palais im Stil des II. Empire und lag in einem Park, in dem Platanen und Tamarisken standen. Die Frau des Verlegers war eine Schönheit und mindestens dreißig

Jahre jünger als er. Sie hatte sanfte Augen und ihr Lächeln erinnerte mich an die Marien des Leonardo.

»Mein Mann hat mir über den Schützling seines Freundes erzählt. Sie gehören jetzt zur Familie. Wir dürfen dich duzen?« Natürlich durften sie. »Sei herzlich willkommen. Unser Haus wird nun eine Zeitlang auch dein Zuhause sein. Claire, zeig Marc erstmal sein Zimmer, damit er den Koffer auspacken und sich frisch machen kann.«

Wir stiegen einige Treppen hoch. Es war keine Abstellkammer, wie ich erwartet hatte, sondern ein geräumiges, helles Zimmer, in dem ein Bücherschrank, Schreibtisch und Bett standen.

»Toilette und Dusche sind jedoch auf dem Flur«, sagte Claire verlegen. »Ich hoffe, es ist nicht schlimm für dich.«

»Aber nein. Es ist großartig. Da bin ich aus Córdoba Schlimmeres gewöhnt. Wir sind keine reichen Leute.«

»Das tut mir leid«, sagte sie. »Wenn du etwas brauchst, melde dich. Handtücher hat Monique in den Schrank dort gelegt. Komm in einer Viertelstunde in den Salon. Vater legt auf pünktliche Mahlzeiten wert, sonst wird er übellaunig.«

Nun begriff ich. Claire war nicht nur seine Sekretärin, sondern auch seine Tochter. Sie bemerkte mein Erstaunen.

»Wenn seine Sekretärin Urlaub hat, helfe ich im Verlag aus. Ich studiere Medizin.«

»Dann ist Madame Larousse …?«

»Monique ist meine Stiefmutter. Altersmäßig sind wir nicht weit auseinander.«

Nachdem sie gegangen war, packte ich meinen kleinen Koffer aus, legte die Hemden und Unterwäsche in den Schrank und stellte meine Bücher auf das Bord am Fenster. Faulkner, Fitzgerald, Hemingway und Steinbeck. Meine Schätze. Einen Anzug hatte ich leider nicht. Ich fand, dass meine Lederjacke ein Kleidungsstück für alle Gelegenheiten war. Ich wurde eines Besseren belehrt. Die Larousse saßen in großer Garderobe im Salon. Smoking, Abendkleidung und so etwas. Es sah aus, als würden sie nach dem Abendessen zum Ball gehen. Man tat, als würde man meine Kleidung nicht bemerken. Wir wurden von einer älteren Frau mit einer weißen Haube und Schürze bedient. Es gab vorneweg eine Entenleberpastete, danach Hühnchen Marengo, wie mich der Hausherr aufklärte, danach ein Sorbet. Dazu wurde Rotwein gereicht. Das war also ein Teil des Savoir-vivre. In meinem ganzen Leben hatte ich noch nie so gut gegessen.

Den Sohn lernte ich nun auch kennen. Frank sah wie ein Model aus der Parfumreklame aus. Er war der bestaussehendste Mann, den ich jemals getroffen hatte. Ich fragte mich unwillkürlich, ob er schwul war. Nun ja, jeder nach seiner Fasson. Während des Essens wurde nicht viel gesprochen. Als die Mamsell begann, den Tisch abzuräumen, stellte ›Zeus‹, wie ich ihn insgeheim nannte, das Glas mit einer entschlossenen Bewegung auf den Tisch und sagte zu seiner Frau: »Nun ja, gehen Sie mit Marc mal zur Galerie Lafayette, damit er anständig angezogen ist.«

»Keine Sorge, Vater. Ich übernehme das«, meldete sich Frank eifrig.

»Ich gehe auch mit, damit es nicht zu extravagant ausfällt. Marc ist nicht der Typ für mondäne Kleidung«, meldete sich Claire.

Ich atmete erleichtert aus.

»Meinetwegen«, brummte Larousse. »Und? Wie hat mein Sohn heute den Tag verbracht?«

»Wie immer. Ich hatte heute viel Kundschaft.« Zu mir gewandt fügte er hinzu: »Ich habe ein Modegeschäft in der Rue St. Honoré. Beste Lage, doch nichts für Sie, Marc. Viel zu extravagant. Bei mir kaufen Diplomaten, Minister und reiche Touristen ein. Aber Vater hält meinen Beruf nicht für ehrliche Arbeit.«

»Jedenfalls ist es keine Arbeit für einen Larousse«, brummte sein Vater mit verächtlichem Blick.

So verlief der erste Tag im Haus des Verlegers und die weiteren Tage waren genauso angenehm. Ich lernte das Leben eines Großbourgeois kennen. Mir fehlte es an nichts. Aber Studium und Arbeit in Übereinstimmung zu bringen, war nicht immer einfach. Hinzu kam, dass mir die Frau des Hauses zu verstehen gab, dass sie mich mochte. Ich tat so, als wären ihre Avancen nur Ausdruck eines kameradschaftlichen Umgangs. Leichter fiel mir da schon der Umgang mit Claire, die mich mit ihrer Primaballerinafigur und ihren sanften Augen an eine damals bekannte Schauspielerin, Audrey Hepburn, erinnerte. Doch ich hatte viel zu viel Respekt vor der Familie, um bei ihr den ersten Schritt zu tun.

Eines Nachts kam sie in mein Zimmer geschlichen und legte sich zu mir. Und ich war Kavalier genug, um das zu tun, was sie in dieser Situation von mir erwartete. Sie war die zweite Frau, die mich zu den himmlischen Gefilden führte, wenn Sie wissen, was ich meine.

Nach einiger Zeit schienen alle zu wissen, was wir nachts miteinander trieben. Aber selbst Zeus schickte keine Blitze und ließ es auch nicht donnern. Alle gingen darüber hinweg, als sei dies ein Thema, das eines Gesprächs nicht würdig war. Mittlerweile hatte ich mir durch Fleiß und Cleverness die Anerkennung im Redaktionssaal verschafft. Selbst Sousi kam nicht umhin, seinen Kollegen zuzustimmen, dass ich ein guter Journalist werden würde.

»Lobt ihn bloß nicht zu sehr! Er hat noch Eierschalen hinter den Ohren«, wehrte er dennoch ab.

Monique, die Frau des Hauses, akzeptierte schließlich, dass zwischen Claire und mir etwas lief, was nicht gar so unschicklich war wie eine Liaison mit ihr. Doch manchmal, wenn ich allein mit ihr war, konnte sie sich Bemerkungen nicht verkneifen, dass die jungen Gänse das Fliegen erst lernen müssten, während erfahrene Frauen … Aber sie verhinderte nicht, dass Claire und ich unsere Erfahrungen selbst erarbeiteten. Wir liebten uns ohne Gewissensbisse, wobei immer offen blieb, wie das enden würde. Sie war ein guter Kamerad und das Körperliche kam dazu, enthielt aber weder für sie noch für mich eine Verpflichtung. Sie war mir Schwester und Geliebte zugleich. Ich war glücklich, wenn ich sie in den Armen hielt.

Wir machten viele ausgedehnte Spaziergänge an den Kais der Seine, sahen am Pont Alexandre auf das Wasser unter der Brücke und besuchten, wenn ich Zeit hatte, die Bistros auf Montparnasse und tanzten in den Jazzclubs von Saint Germain. Wir beobachteten im *Café Flore* Sartre, Beauvoir und Camus bei ihren Diskussionen und sie erklärte mir den Existenzialismus.

Als ich bei Shakespeare & Company einen Fotoband über Robert Capa fand, erinnerte ich mich meines Ursprungs, an die Tage im Fotolabor meines Vaters und ich begann wieder zu fotografieren. Claire schenkte mir zu Weihnachten eine Leica und sie wurde meine ständige Begleiterin.

Nach einiger Zeit überließ mir Sousi mehr und mehr die Arbeit. Oft war er zu betrunken, um schreiben zu können. In der ersten Zeit hatte er mich nur für die Recherche eingesetzt, doch jetzt schrieb ich auch unter seinem Namen die Artikel. Zeus wusste dies sehr wohl, aber er ließ es zu, denn er hing sehr an Sousi. Die alten Spanienkämpfer hielten zusammen. Als ich zu den Artikeln auch noch Fotos lieferte, die bei den Lesern großen Anklang fanden, deckten mich auch die anderen Redakteure mit Fotoaufträgen ein. Entsprechend groß war meine Beliebtheit.

Ich war mehr als ein Jahr im *France Soir*, als mich Zeus zu sich rief. Claire war nicht mehr in seinem Vorzimmer, sondern eine sehr schnippische Schönheit, die, wie ich vermutete, nicht nur wegen ihrer Qualitäten an der Schreibmaschine vom Patriarchen eingestellt worden war. Claire arbeitete bereits als Assistenzärztin in dem Krankenhaus gegenüber Notre Dame, das das älteste Krankenhaus in Europa war.

»Wir haben also ein Multitalent im Haus«, stellte Larousse ironisch lächelnd fest und lehnte sich in seinem Sessel weit zurück. Ich zuckte mit den Achseln.

»Was ist dagegen zu sagen?«

»Deine Fotos sind gut. Manche deiner Arbeiten erinnern mich an Doisneau. Chapeau, mein Junge! Aber du bist weder ein Robert Capa noch ein Doisneau. Hast du etwa vor, Fotograf zu werden?«

»Nein. Es ist nur ein Hobby. Und wenn es den Redakteuren gefällt, warum nicht? Mir macht es Spaß.«

»Gut. Aber Schreiben ist deine Berufung! Verliere dies nie aus den Augen. Es kommt mehr dabei heraus, wenn man aus einem Fenster in die Zukunft sieht«, zitierte er Fitzgerald.

Ich beruhigte ihn, dass ich mir dessen bewusst sei.

Als ich Claire von dem Gespräch erzählte, lachte sie hell.

»Kapierst du nicht? Du bist für ihn so eine Art Sohnersatz, weil Frank nicht seine Leidenschaft für den Journalismus teilt. Seit er weiß, dass Frank sich auf beiden Seiten des Ufers vergnügt, hat er ihn endgültig abgeschrieben. Natürlich liebt er Frank und würde alles für ihn tun, aber einen Modeverkäufer und Liebhaber des eigenen Geschlechts wird er niemals ernst nehmen, geschweige denn ihm seinen *France Soir* anvertrauen. Für ihn ist er ein Ladenschwengel, obwohl Franks Boutique, wie er sie nennt, eine Goldgrube ist. Frank hat ein gutes Händchen für Kunden. Er ist mit einigen Modeschöpfern befreundet und geht bei Dior ein und aus. Er wird in seiner eigenen Welt zurechtkommen. Er ist kein Versager, nur kein Journalist. Politik und Gesellschaftskritik sind ihm ein Gräuel. Er akzeptiert die Welt wie sie ist. Und schreiben tat er schon als Kind nicht gern.«

Ich absolvierte die Ecole als Jahrgangsbester. Unsere Zeitung erwähnte dies sogar und brachte ein Bild von mir. Ich wurde fest angestellt und bekam ein stattliches Gehalt und hätte nun bei den Larousse ausziehen können, aber dies hätte allen weh getan, also blieb ich. Doch es war der Patriarch selbst, der meine Zeit bei *France Soir* beendete.

»Wir müssen an deine Zukunft denken!«, verkündete er mir mit großem Ernst. »Unsere Zeitung ist gut, gewiss. Aber sie ist nicht die *Times, Guardian, Frankfurter Allgemeine* oder *Washington Post. Times* und *Newsweek* haben ja schon einige deiner Arbeiten übernommen. Du hast zweifellos das Zeug zu einem Starjournalisten. Du wirst schnellstens dein Englisch verbessern. Fremdsprachen fallen dir ja Gottseidank leicht. Mach dich als freier Journalist selbstständig. Am Anfang bekommst du genug Aufträge von *France Soir*, so dass du anständig leben kannst. Und ich werde dir bei den internationalen Zeitungen Tür und Tor öffnen. Außerdem will ich, dass du bei uns ausziehst und dir eine eigene Wohnung nimmst.«

»Warum?«, fragte ich betroffen. Ich hatte mich an das gut ausgepolsterte Nest gewöhnt – und außerdem war da noch Claire.

»Ich verstehe die jungen Leute nicht mehr«, kam er sofort auf den Punkt zu sprechen, der ihm am Herzen lag. »Claire und du, so dachte ich, lieben sich. Aber mit dem Heiraten scheint ihr beide es nicht so eilig zu haben.«

»Wir lieben uns, gewiss. Wir sind … zwei unabhängige Geister, die nicht den Trieb haben, sich besitzen zu wollen.«

»Das verstehe ich nicht. Gut, dann halte ich eine räumliche Trennung für umso wichtiger. Vielleicht vermisst dann einer den anderen und ihr findet es doch besser, als Ehepaar zusammenzuleben. Aber die Zigeunerei hört mir auf!«

Als ich Claire davon erzählte, lachte sie ihr helles, kieksendes Lachen und schüttelte den Kopf.

»Der alte Gottvater kann es mit dem Manipulieren nicht lassen. Für ihn bin ich immer noch das kleine Mädchen und du bist sein Ersatzsohn. Er muss uns wegen des *France Soir* zusammenbacken. Er schickt dich nur in die Welt, damit du als noch besserer Journalist zu *France Soir* zurückkommst und ihn eines Tages übernehmen kannst. Dass ich eine gute Chirurgin geworden bin, interessiert ihn nicht. Dabei sollte er stolz auf mich sein. Frauen als Chirurg sind selten, aber in spätestens fünf Jahren werde ich Professor sein. Ich liebe dich, mein Marc, aber als Ehefrau und Mutter deiner Kinder stehe ich nicht zur

Verfügung. Wenn du ehrlich bist, kannst du mit einer liebenden Frau, die auf dich wartet, auch nicht viel anfangen. Wir sind uns darin ähnlich und haben uns ja auch nichts vorgemacht.« Es war eine tiefe Freundschaft inklusive gelegentlicher Bettgymnastik.

So kam es, dass wir einander zum ersten Mal unsere Prioritäten ganz offen bekannten. Ich zog aus und nahm mir eine Wohnung an der Place de la Contrescarpe, gegenüber dem Haus, in dem einst Hemingway glücklich gewesen war. Wir trafen uns wenigstens einmal in der Woche und beteuerten einander, dass wir uns nach wie vor liebten. Aber dann fiel ein Treffen aus, weil sie einen Notfall hatte oder ich nach England oder Madrid musste, um für einen Artikel zu recherchieren. Fast unmerklich lockerte sich das Band zwischen uns. Es passierte also genau das Gegenteil von dem, was sich der Patriarch erhofft hatte.

Dann geschah das, woran ich nie einen Gedanken verschwendet hatte, obwohl ich doch wusste, dass sie in der gleichen Stadt lebte. Es war nach einem Besuch im *Olympia*, wo wir die göttliche Edith Piaf gehört hatten; ich und Frank, der Karten in der ersten Reihe von seinen Couturierfreunden bekommen hatte. Wir gingen danach ins *Coupole*. Claire hatte nicht mitkommen können, da eine Reihe von Verkehrsunfällen dafür gesorgt hatte, dass sie bis in die Nacht hinein operieren musste. Wir bestellten eines meiner Lieblingsgerichte, Coq au vin, und tranken dazu einen herrlichen Loirewein. Frank sprang, wie ich es von ihm kannte, immer wieder mal auf, um irgendwelche Prominente, Freunde oder Kollegen zu begrüßen. Wenn man mit ihm ausging, musste man akzeptieren, dass man nie ungestört war und er ständig herumsprang, um Small Talk zu machen. Ich hatte für solche Fälle immer ein Buch bei mir. An diesem Abend eine Kurzgeschichte von Fitzgerald, die Story ›Drei Stunden zwischen zwei Flügen‹, die von einem Missverständnis und der Sehnsucht nach der Jugend handelte. Ich war so vertieft, dass ich nicht darauf achtete, was um mich herum geschah. Jemand räusperte sich und schlug mir auf die Schulter. Frank grinste mich fröhlich an.

»Darf ich dir meine Boutiquenachbarin vorstellen? Auch sie besitzt einen der angesehensten Läden auf der Rue St. Honoré.«

Die Frau und ich sahen uns fassungslos an. Esmeralda de Cagnetas wurde weiß wie eine Wand. »Marc? Du bist in Paris?«

Frank ließ es sich nicht nehmen, mich ganz formell vorzustellen, was nach Esmeraldas Frage eigentlich überflüssig war.

»Du hast sicher von ihm gehört, liebe Esmeralda. Marc ist einer der berühmtesten Journalisten von Paris.«

»Wir kennen uns«, sagte ich trocken.

Esmeralda sank auf den Stuhl neben mir. Sie war zu einem Vollblutweib erblüht. Sie hatte an Gewicht zugelegt, aber das stand ihr gut. Ihre rote, bis auf die Schultern fallende Mähne machte sie zu einem exotischen Anblick und sicherte ihr die Beachtung aller Männer im Saal.

»Ihr kennt euch also?«, begriff Frank nun.

»Wir stammen beide aus Córdoba«, erläuterte ich.

»Ach nein! Welch schöne Überraschung«, freute sich Frank und klatschte in die Hände. »Ihr habt euch sicher viel zu erzählen. Ich lasse euch eine Weile allein. Dort hinten sehe ich gerade Karl, ein alter Freund von Chanel. Tauscht hübsch Erinnerungen aus. Lasst euch Zeit.«

Er eilte händeringend davon. Esmeralda hatte sich mittlerweile gefangen und musterte mich interessiert.

»Ich hätte mir nicht träumen lassen, dass wir einander jemals wieder begegnen«, gestand sie.

»Kann ich mir denken, nach der Abfuhr, die ihr Cagnetas mir habt angedeihen lassen«, erwiderte ich lachend.

»Das waren meine Eltern.«

»Ach, Esmeralda, du schwindelst immer noch, selbst in hoffnungslosen Fällen. Du hast mich doch auf dem Bahnhof gesehen und ich Idiot bin schreiend neben deinem Zug hergelaufen. Du hattest unserer Liebe keine Chance geben wollen.«

»Ich war jung und dumm und stand unter Schock. Du weißt doch, was mir die Männer damals angetan haben.« Sie griff nach meiner Hand und drückte sie. So hatte es schon einmal angefangen. Aber diesmal löste es keine Gefühle bei mir aus.

»Frank sagte, dass du ein berühmter Journalist bist. Stimmt das?«

»Ach, Frank übertreibt. Ich bin sicher in Fachkreisen nicht unbekannt.«

»Bist du mit Frank …?«

»Nein. Er ist mir wie ein kleiner Bruder, obwohl er älter ist.«

»Dann bin ich beruhigt«, erwiderte sie kichernd.

Der Garçon kam und ich bestellte einen Whisky, den ich nach der Überraschung nötig hatte. Sie bestellte einen Martell Cordon bleu. Auch sie schien ein hartes Getränk nötig zu haben.

»Ich habe dich nie vergessen. Du warst schließlich meine erste große Liebe.«

Da hatte ich mittlerweile meine Zweifel. Aber ich widersprach ihr nicht.

»Du musst das verstehen. Ich war damals nicht so recht bei Sinnen. Meine Eltern verlangten, dass ich Córdoba verlasse, bis Gras über die Geschichte gewachsen ist. Sie haben mich gewaltig unter Druck gesetzt. Du ahnst ja nicht, was ich damals aushalten musste. Dieser Hernández war ein gemeiner Verbrecher.«

»Mach dir über den keine Gedanken. Er hat gezahlt.«

Sie riss die Augen auf. »Was ist mit ihm? Hat die Polizei …? Mein Gott, dann ist herausgekommen, was er mir antat?«

»Nein! Er ist tot.«

Ihr Atem ging schneller.

»Du hast ihn ge…? Du hast ihn für mich …?«

Sie konnte das Wort »getötet« oder »ermordet« oder was sie sonst so dachte nicht über die Lippen bringen.

»Verliere keinen Gedanken an ihn. Juan Hernández ist es nicht wert, dass man sich mit ihm beschäftigt.«

Sie schwieg eine Weile.

»Du hast aus deinem Leben etwas gemacht?«, sagte sie schließlich.

»Ich bin noch dabei.«

»Vielleicht können wir uns … wir haben uns doch einmal geliebt … wieder näher kommen?«

»Nein, Esmeralda. Das können wir nicht.«

Sie wurde rot und atmete schwer aus.

»In einem hast du dich nicht verändert! Deine Manieren sind immer noch schlecht.«

Ich fühlte nicht einmal Genugtuung.

»Ich hasse dich, Marc Mahon!«, fauchte sie und stürmte durch die Tischreihen zu ihrem Platz zurück, wo zwei seriös aussehende ältere Herren sie erwarteten.

Welche Dummheiten macht man in seiner Jugend. Ich hatte diese Frau einmal abgöttisch geliebt und mich wegen ihr lächerlich gemacht. Frank kam mit einem erstaunten Gesicht zurück.

»Was war denn bei euch los? Esmeralda macht ein Gesicht wie eine Gewitterfront.«

»Wir haben feststellen müssen, dass unsere Zeit in Córdoba ein Missverständnis war.«

»So ein Pech! Sie hätte dich protegieren können. Sie ist eine hervorragende Geschäftsfrau und kennt alle wichtigen Männer von Paris.«

Ich glaubte ihm dies aufs Wort.

6

Die Musik vor Beginn der Corrida

Die Zeitschrift *Life* schickte mich nach Mexiko. Es war das Beste, was einem Journalisten passieren konnte. Ein *Life*-Journalist zu sein war wie ein Ritterschlag. Dafür, dass alle staunten, sorgte der Patriarch. Dabei war es durchaus eine nachvollziehbare Entscheidung von den *Life*-Leuten, mich damit zu beauftragen. Ich hatte eine Serie über spanische Stierkämpfer in *Paris Match* veröffentlicht, insbesondere über die miteinander rivalisierenden Schwäger Dominguin und Ordoñez. Aus diesem Grund hielt man mich für kompetent, über den Machismo in Mexiko zu schreiben. Vielleicht lag es auch daran, dass sie auf die Schnelle keinen Topjournalisten fanden, der genügend Spanisch konnte. Ein Bericht über mexikanische Stierkämpfer wäre eine leichte Übung gewesen und genug Beleg dafür, dass die mexikanischen Männer stolz auf ihr Machotum waren. Nein, ich sollte auch über die Macht der Drogenmafia berichten, über ihre Rituale mit dem ganzen Männlichkeitsgetue. In meiner Naivität sagte ich zu, nicht weil mich das Thema begeisterte, sondern weil ich vorhatte, nach Fertigstellung der Story nach Argentinien weiterzufliegen, um meine Eltern in Córdoba zu besuchen, mit denen ich seit Jahren nur in schriftlichem Kontakt stand. Als Sohn war ich für sie seit Jahren ein Ausfall. Aber sie waren trotzdem stolz auf meine Erfolge und wenn ein Artikel von mir in einer US-Zeitschrift erschien, schrieben sie mir, wie glücklich sie wären. Wenn ich an die beiden Alten dachte, bekam ich immer ein schlechtes Gewissen.

Mexico-City ist keine Stadt, sondern ein Albtraum. Bist du arm, ist sie die Vorhölle. Die Stadt liegt 2.240 Meter über dem Meeresspiegel zwischen zwei mit dichten Wäldern bedeckten Bergketten, las ich in meinem Baedeker. Aber diese dürren Worte sagten nichts über die Wirklichkeit der Stadt, die schön und zugleich hässlich, wohlgeordnet und auch chaotisch ist. Neben geschichtsträchtigen Kolonialbauten stehen in provozierender Dürftigkeit die Wolkenkratzer der Moderne. Pomp und Armut liegen nur einen Steinwurf weit voneinander entfernt. Und in manchen Gassen, in denen die Häuser auf den Ruinen des einstigen Tenochtitlán bestehen, spürt man noch immer den Geist von Montezuma und Cuauhtémoc, dem letzten Aztekenkaiser.

Als ich aus dem Flugzeug stieg und mit dem Taxi in die Innenstadt fuhr, bekam ich gleich den richtigen Eindruck, der sich auch später nicht verflüchtigte. Ein Sandsturm wehte in die Stadt hinein und verdeckte die Sonne hinter einem Schleier. Ein fahles gelbliches Licht lag über den Dächern mit den Wassertanks. Die Vorstädte waren so schlimm wie die von Delhi, das ich für den westdeutschen *Spiegel* besucht hatte, um über die Auswirkungen des Kastenwesens zu berichten. Wellblechhütten, Bretterbuden mit rachitisch aussehenden Kindern davor. Fast übergangslos wurde es dann pompöser. Prächtigere Kirchen gab es nicht einmal in Rom. Die Regierungsbauten vermittelten den Eindruck von Macht und Stärke, was in Mexikos Geschichte aber Gewalt und Ausbeutung bedeutete. In verdreckten Straßen sah ich Menschen wie verloren an den Ecken stehen, als warteten sie darauf, von Totenkarren aufgesammelt zu werden.

Als wir am Zócalo vorbeikamen, wo die großen Alleen mündeten und der Nationalpalast, die Kathedrale Metropolitana und der Palast des Obersten Gerichtshofes standen, erschien mir die Leere des riesigen Platzes wie eine Wunde, die seit Cortez' Frevel nicht verheilt war. Die City von Mexiko-Stadt wurde auf dem Tempel des alten Tenochtitlán errichtet, auf den Knochen tausender hingemetzelter Azteken.

Mein Taxifahrer in dem alten, nach Tabak stinkenden Volkswagen hörte nicht eine Minute auf zu reden und erzählte von Kirchen, Schlössern und Ruinen, die ich unbedingt besuchen müsse, verbunden mit dem Angebot, mich überall hinzufahren und mir einen Spezialpreis zu gewähren.

Ich hatte einstweilen keine Lust auf eine Sightseeing-Tour und ließ mich zur Zeitung *Pancho Villa* kutschieren, einem linksliberalen Blatt, das mir der Redakteur von *Life* empfohlen hatte. Es lag nicht weit des Zócalo in der Madero-Allee. Die Redaktionsräume sahen aus wie bei uns in Frankreich, nur der Grad der Verwahrlosung war noch ein wenig stärker ausgeprägt. An der Decke drehten sich große Ventilatorenflügel und verteilten die rauchgeschwängerte Luft. Aus dem offenen Fenster strömten der Lärm der Straße und der Gestank der Abgase herein. Um dies zu übertönen, musste jeder schreien, um sich verständlich zu machen. Die meistgebrauchten Wörter waren »Hurensohn«, »Leck mich«, »Arschficker« und »Schwanzlutscher«. Jeder Kommentar endete mit einem Vorwurf oder einer Beleidigung über die erotischen Vorlieben des Gesprächspartners. Doch kurz darauf wurde gelacht und auf die Schultern geklopft und plötzlich kreiste eine Flasche Tequila. Man war in ständiger Erregung und die Welt vor dem Untergang. Als ich jemanden nach dem Büro des Chefredakteurs fragte, sah man mich an, als wäre ich eine Erscheinung.

»Eh, ein Gringo?«, staunte ein kleiner, untersetzter Mann mit dem Gesicht eines Mestizen und dann sprudelte er los. Ich verstand kein Wort, aber wenigstens zeigte er die Richtung an. Hinter einer dicken Tür traf ich auf eine Frau mit wilden dunklen Augen und dem Blick der Katy Jurado in »High Noon«, geheimnisvoll, lasziv und vereinnahmend. Ihre lockigen Haare hingen ihr wie die Schlangen der Medusa bis in den Nacken. Als ich nach Esteban Juan Jesús Colorado fragte und mich vorstellte, bekam ich ein Lächeln, das den Papst zum Protestantismus bekehrt hätte.

»Wir haben Sie schon erwartet, Señor Mahon.« Sie nahm den Hörer ab, drückte einen Knopf und sprach zu jemandem, mich dabei unverwandt musternd, als wolle sie in meine Seele sehen.

»Wie ein Franzose sehen Sie aber nicht aus«, sagte sie mit einer tiefen, gutturalen Stimme, die sehr entschlossen und bestimmt klang. »Ich hätte Sie eher für einen Deutschen gehalten oder für einen Gringo aus Boston oder New Hampshire.«

»Ich bin in Deutschland geboren, in Argentinien aufgewachsen und lebe in Frankreich.«

»Hört sich nach einer komplizierten Person an, wenn Sie von all diesen Ländern etwas mitbekommen haben«, sagte sie nachdenklich. »Ach ja, Sie können hineingehen. Esteban erwartet Sie.«

Colorado war mir als Kontaktperson und als Guide empfohlen worden.

»Er ist ein Schlitzohr, Gauner und Hurensohn, aber ein hervorragender Journalist. Absolut zuverlässig und ein guter Kamerad«, hatte der Chefredakteur Ewing von *Time* ihn mir geschildert. Es waren ein paar sehr widersprüchliche Eigenschaften, aber die brauchte man wohl, um hier zurechtzukommen.

Er saß vor einem Misthaufen von Papier. Der Teppich war mit Kaffee- und Brandflecken übersät. Auf dem Fußboden lagen Zigarrenstummel und Pappteller mit Essensresten. Wie konnte man in so einem Saustall arbeiten? Er konnte es und nach Ewings Worten sogar erfolgreich.

»Ha, der Gringo aus Frankreich! Willkommen im verrücktesten Land der Erde!«, brüllte er, sprang auf und nahm mich in die Arme und küsste mir feucht die Wangen. Er tat so, als wären wir Schwippcousins, fegte ein paar Papiere vom Sessel und bat mich Platz zu nehmen. Er war muskulös und untersetzt und hatte einen Schnurrbart, um den ihn selbst der dritte Napoleon beneidet hätte. Der sündhaft schönen Señora bellte er zu, dass sie eine neue Flasche Tequila besorgen solle, schließlich habe er einen Gast aus Frankreich zu bewirten.

»Du solltest Señor Mahon nicht gleich die schlechten Angewohnheiten mexikanischer Machos vorführen«, gab diese zurück, nahm den Geldschein aus Colorados Hand und stöckelte hinaus. Sie schwenkte dabei den Hintern so gekonnt, dass ich ein paar sündige Gedanken bekam. Colorado musterte mich und grinste verständnisvoll.

»Ja, die mexikanischen Frauen verstehen uns Männern kräftig einzuheizen und Marizia ist eine Königin darin. Doch nun zu dir, Amigo. Was kann ich für dich tun?«

Ich schilderte ihm meinen Auftrag. Er bekam Augen wie Wagenräder.

»Ha, sind die New Yorker verrückt geworden? Das mit dem Machismo ist kein Problem, wir haben genug Corridas, Hahnenkämpfe und Rodeos. Aber die Sache mit den Drogenkartellen ist absoluter Wahnsinn. Die haben dich auf eine Reise ohne Wiederkehr geschickt. Einen ihrer Leute wollten die verdammten Yankees damit nicht beauftragen, also schicken sie ein europäisches Greenhorn mit dem Scheißauftrag los.«

»Ich bin kein Europäer«, stellte ich richtig.

»Ha?«, machte er nur.

Als ich ihm von Argentinien erzählte, wurde seine Miene nicht freundlicher. »Also, ein verdammter arroganter Argentinier mit deutschen Wurzeln. Es gibt nichts Schlimmeres auf der Welt.«

Dazu muss man wissen, dass die Argentinier in ganz Südamerika als arrogant, eingebildet und aggressiv gelten. Ich konnte das nicht so stehen lassen und verteidigte meine Heimat, denn, von den Hernández-Brüdern einmal abgesehen, die eigentlich Deutsche waren, konnte ich eigentlich nur Gutes über Argentinien sagen. Es gab dort nicht mehr Gauner als anderswo.

Marizia kam mit der Flasche Tequila zurück, stellte sie auf den Tisch, stützte die Hände in die schmalen Hüften und wartete.

»Schon gut, meine Hübsche, wir brauchen dich nicht mehr.«

Marizia schüttelte ihre Schlangenmähne.

»Erstens könntest du mir einen Tequila anbieten – schließlich habe ich fast bis zum Zócalo laufen müssen – und zweitens würde ich gern verhindern, dass der Besuch von Señor Mahon zu einem Abstecher in ein mexikanisches Bordell ausgenutzt wird.«

Wenn ich nun dachte, dass Esteban Juan Jesús Colorado einen Wutanfall bekommen würde, wurde ich enttäuscht. Er lächelte verlegen und wedelte mit der Hand, was so viel bedeuten konnte wie »Ach, diese Weiber«.

Marizia holte aus einem Schrank drei Gläser, hielt sie gegen das Licht, nickte zufrieden und goss, ohne Einwände abzuwarten, drei Gläser voll und verteilte sie.

»Auf eine gute Zeit in Mexiko, Señor Mahon. Herzlich willkommen«, sagte sie und hob das Glas. Esteban nickte eifrig.

»Herzlich willkommen«, nuschelte er.

Sie kippten den Schnaps hinunter und ich tat es ihnen nach und bekam einen Hustenanfall, der bei den beiden ein amüsiertes Gelächter auslöste. Marizia klopfte mir den Rücken und fragte besorgt: »Geht's noch, Gringo?«

»Was ist das?«, keuchte ich. »Spiritus?«

»Ach was, normaler Tequila. Nachher werden wir einen Mezcal Gusano de Oro trinken, dann wirst du wissen, was ein richtiger Schnaps ist«, erklärte Esteban. »Du musst dich daran gewöhnen. Wir Mexikaner sind alle große Säufer.«

»Also, Gringo, was führt dich nach Mexiko?«, fragte Marizia ungeniert.

»Das geht dich nichts an!«, brüllte Esteban. »Nun raus mit dir! Sie ist so neugierig wie ein syrischer Geldverleiher.«

»Ich bin außerdem Jude«, nahm ich das Gespräch über meine Identität wieder auf.

Esteban machte ein betroffenes Gesicht. »Was nicht noch?«

»Tja, bei mir kommt einiges zusammen.«

»Na, Schwamm drüber! Hauptsache, du bist ein Kerl. Was ist, Marizia? Hast du dich noch nicht verzogen?«

Marizia winkte höhnisch ab.

»Na warte, ich zahl es dir heim, wenn du mich wieder mal anschmachtest.«

»Ach, Täubchen, versteh doch. Wir haben ein ernsthaftes Männergespräch zu führen.«

»Dein Schwanz ist für mich ohnehin gestorben«, fauchte sie und ging hinaus. Colorado sah etwas verlegen drein.

»Sie übertreibt immer, unsere gute Marizia.«

Mir war nun klar, dass die beiden mehr verband als eine normale Arbeitsbeziehung und ich war ein wenig enttäuscht darüber. Nicht, dass ich mir bereits Chancen ausgemalt hätte, diese Schönheit zu erobern, aber ihre glutvollen Augen hatten meinen Pulsschlag beschleunigt.

»Sie ist eine Hexe und hat den Teufel in sich!«, schickte Esteban als Erklärung hinterher.

Ich fragte nicht, was sie nun sei, ein Teufel oder nur eine Hexe.

»Also, Esteban, kannst du mir helfen?«, kam ich auf mein eigentliches Anliegen zurück. Colorado schenkte zwei neue Gläser ein, nickte mir auffordernd zu und wieder protestierten meine Magenwände bei dem scharfen Zeug.

»Tja, Amigo, das kann ich tatsächlich. Die Oberhäupter der Drogenbanden sind mir alle bekannt.«

»Tatsächlich? Und die Polizei verhaftet sie nicht?«

Colorado bekam einen Lachanfall, so dass ich schon Angst hatte, dass er daran ersticken würde.

»Oh, Amigo, man sieht, dass du so ahnungslos und vertrauensselig wie die Jungfrau von Guadeloupe bist. Den Drogenbaronen gehören der Staat, die Minister, die Polizei, sogar das Militär. Alle sind gekauft. Sogar Präsidenten hatten sie schon in der Tasche. So läuft das hier bei uns.«

»Und warum lässt man sich das gefallen?«

»Bist du so naiv oder tust du nur so? Bei den Wahlen mischen sie tüchtig mit. Sie versorgen ihre Kandidaten mit Geld und bekommen sie dadurch in die höchsten Ämter. Wenn wir im *Pancho Villa* etwas gegen sie schreiben würden, wären unsere Redaktionsräume am nächsten Tag Kleinholz. Wenn wir dann noch nicht kapiert hätten, wäre ich am nächsten Tag eine Leiche. Doch nun lass uns in eine kleine Cantina gehen, etwas essen und ein wenig deinen ersten Tag in Mexiko feiern. Ich erkläre dir, wie wir es machen werden, ohne dass wir beide zu Schaden kommen.«

Er nahm seine Jacke vom Haken. Marizia, die in seinem Vorzimmer an der Schreibmaschine saß und lustlos auf eine riesige Triumph Adler einhackte, sah hoch.

»Meine Kleine, wir gehen ein wenig Marc Mahons Ankunft feiern. Willst du nicht mitkommen?«

»Du willst mich doch danach nur …«

»Nein, Täubchen. Heute doch nicht.«

Sie sah ihren Chef kritisch an. Als ihr Blick auf mich fiel, wurde er weicher.

»Na gut, vielleicht komme ich nach, um aufzupassen, dass du Señor Mahon zu keinem Unsinn verführst. Ich muss hier noch dein Geschreibsel für einen Brief an den Abgeordneten Mequito entziffern.«

Wir gingen zum Zócalo und nahmen ein Taxi zum Chapultepec-Wald, einem Vergnügungspark an einem See, und setzten uns in eine Bodega mit dem Namen *Hombre,* ein Lokal, das auch in Madrid keinen schlechten Eindruck gemacht hätte. Das Personal begrüßte Esteban mit großem Hallo. Wir mussten viele Hände schütteln und bekamen einen Tisch, der etwas abseits lag, von dem man gleichwohl eine gute Sicht über das Lokal und den davor liegenden See hatte. Esteban bestellte Bier, Tequila und ein Gericht, von dem ich noch nie gehört hatte, was sich aber auf meine Frage hin als Rippchen mit Bohnen herausstellte.

»Fangen wir an«, sagte Esteban gewichtig. »Sieh dir die Leute an dem runden Tisch neben dem Eingang an.«

Es waren sieben Männer, die dunkle Jacken trugen, schwarze Hüte und rote Bermudashorts. Ihre Socken wurden von Sockenhaltern in der gleichen Farbe gehalten. Ihre schwarzen Schuhe blitzten wie die Stiefel von Kavallerieoffizieren. Sie hatten dunkle, harte Gesichter und redeten mit großen Gesten aufeinander ein. »Was ist mit denen? Sympathisch sehen sie nicht gerade aus.«

Colorado kicherte.

»Die sehen nicht nur unsympathisch aus, sondern sind es auch! Leutnants der Juarezbande. Es ist der zur Zeit mächtigste Clan hier.«

Das Essen kam und da ich Hunger hatte, schaufelte ich mir eine Mischung aus Bohnen und Mais auf den Teller, die so scharf war, dass ich erneut einen Hustenanfall bekam und Esteban meinen Rücken malträtieren musste. Die Rippchen waren dagegen ausgezeichnet. Natürlich wurde das Essen von einem Mezcal Gusano de Oro begleitet, den man trank, nachdem man eine Prise Chilisalz in der Handbeuge zwischen Daumen und Zeigefinger zu sich genommen hatte. Dass in der Flasche ein Wurm schwamm, machte mir dann auch schon nichts mehr aus.

»Man muss Feuer mit Feuer bekämpfen«, erklärte Colorado.

Ich konnte nur mit einem Schluck Bier einen erneuten Hustenanfall verhindern. Ein hochgewachsener, sportlich schlanker Polizist betrat das Restaurant. Er trug eine schmucke schwarze Uniform mit viel Lametta und Orden auf der Brust. Er ging zu dem Juareztisch, setzte sich und sie begrüßten sich, indem sie ihre Fäuste gegeneinander schlugen.

»Das ist Arrios, der Hauptmann der hiesigen Stadtpolizei.«

»Und der verhaftet die Dealer nicht?«

»Warum sollte er das tun? Hier sitzt seine beste Einnahmequelle.« Esteban wies mit dem Kopf zur Tür. »Es kommt noch besser. Du bekommst heute einen richtigen Anschauungsunterricht über die hiesigen Verhältnisse.«

Ein elegant aussehender Mann in einem weißen Anzug war eingetreten und steuerte den Juareztisch an.

»Der Häuptling der Bande?«, fragte ich.

»Nein. Der Direktor der größten amerikanischen Bank. Sein Name ist, wenn wir alle anderen Vornamen mal weglassen, Marquez. Er begrüßt gerade seine besten Geschäftspartner.«

»Heiliger Güemes, da habe ich mir ja den richtigen Job andrehen lassen.«

»Deine Amis haben sich schon den richtigen Mann ausgesucht. Wenn sie einen richtigen Yankee hierhergeschickt hätten, wäre seine Lebenserwartung sehr gering gewesen. Die Juarezleute mögen keine Journalisten und noch weniger einen Yankee, obwohl sie Yankeedollars kräftig einsacken.«

Marquez verteilte Zigarren. Sein schwarzes Haar glänzte wie Ebenholz.

»Sicher Havannas!«, brummte Esteban neidisch.

Nun kam Marizia herein. Ihre Hüften schwenkte sie verführerisch in einem roten Satinkleid, das für ein Büro viel zu provokativ wäre, hier aber wohlwollendes Aufsehen erregte. Selbst der Juareztisch begleitete mit großen Augen ihren Gang zu unserem Tisch.

»Marizia, du hast eben dein Bewerbungsschreiben bei den Juarezbrüdern abgegeben. Schau nur, wie ihnen der Glibber aus den Augen tropft.«

»Benimm dich, Esteban. Was soll Señor Mahon von mir denken! Ich gebe mich doch nicht mit solchem Dreck ab«, sagte sie abschätzig und warf ihr langes Haar zurück.

»Da ist immerhin der stinkreiche Marquez dabei.«

»Ich bin nicht käuflich. Nur weil ich einmal eine schwache Minute mit dir hatte, musst du nicht glauben, dass ich mit jedem Halunken ins Bett steige.«

»Unsere Marizia«, seufzte Esteban. »Warum lasse ich mir so viel von ihr gefallen?«

»Weil du scharf auf mich bist«, gab sie schnippisch zurück.

»Wie viel habt ihr schon getrunken?«, fragte sie nach einem Blick auf die halbleere Flasche Mezcal Gusano de Oro.

»Nur drei Kleine und ein Bier. Wir sind noch so nüchtern wie ein Taxifahrer am frühen Morgen.«

»Dann bin ich im Hintertreffen und genehmige mir erst mal einen.« Sie griff zur Flasche und aus ihrer Ankündigung wurden zwei. »Also, warum schickt man einen Gringo nach Mexico-Stadt?«, fragte sie neugierig. Ihre Augen funkelten wie Sterne am Äquator. Colorado erzählte, nachdem er sich schnell ein Glas gegönnt hatte, was ich in dem Land der Azteken zu suchen hatte. Sie machte genauso runde Augen wie ihr Chef bei meiner Offenbarung im Büro des *Pancho Villa*.

»Was sind die Yankees doch für Gusanos. Das ist doch das reinste Todeskommando. Sind die so naiv oder haben sie was gegen dich?«

Ich wunderte mich nicht, dass sie mich bereits mit dem vertraulichen »Du« ansprach. Schon Esteban hatte sich da keine Hemmungen auferlegt. Es schien hier so üblich zu sein und aus so schönem Mund hörte es sich verdammt gut an.

»Vielleicht dachten sie, dass ich so mutig wie ein Stierkämpfer bin. Ich hatte eine Reportage über Dominguin und Ordoñez geschrieben, der auch in den USA gut ankam.«

»Hör zu, meine Schöne«, sagte Esteban und goss unsere Gläser wieder voll. »Er braucht erstmal ein Zimmer in einer Gegend, die nahe genug beim Hauptquartier der Juarezbrüder ist, aber dennoch weit genug, um nicht gleich aufzufallen. Zweitens muss sich jemand um ihn kümmern.«

»Wie kümmern?«, fragte Marizia gedehnt. Dann lockerte sich ihre Miene und sie sah mich von oben nach unten an, als hätte sie mich in Colorados Büro nicht bereits genug beglubscht. Ich sah zwar nicht aus wie der Glöckner von Notre Dame, bin aber auch nicht gerade der Typ, den Frauen sofort anschmachten. Mit James Dean oder Paul Newman konnte ich es nicht aufnehmen. Aber in Mexiko war ich für die Weiblichkeit durch meine Körpergröße und die blonden Haare schon ein Kerl, nach dem sie sich zweimal umsahen.

»Na schön. Ich bringe ihn bei meinem Cousin Julio unter, der ein kleines Hotel in der Calle de Florencia hat. In der Nähe wimmelt es von Bars und Spielhöllen und vielen Stundenhotels. Genau dort wird sich jemand einquartieren, der Kontakt zur Rauschgiftszene sucht.«

»Eine gefährliche Gegend! Was hast du nur für Verwandte.«

»Das Hotel liegt noch im serösen Teil der ›Rosa Zone‹, wie man den Stadtteil nennt«, schob sie mir gegenüber erklärend nach. »Julio ist schon in Ordnung. Jeder muss sehen, wie er klarkommt. Ich werde ihm flüstern, dass Señor Mahon mein Amigo ist und er wird sich anständig benehmen.«

»Gut. Ich werde bei den Juarezbrüdern streuen, dass ein großer europäischer Schriftsteller ein Gespräch mit dem Oberfürsten führen möchte, um ein Buch über ihn zu schreiben. Das wird ihn vielleicht kitzeln.«

»Gut. Bis dahin werde ich Marc die Zeit vertreiben und ihm die Schönheiten der Stadt zeigen. Natürlich wird dies während meiner Arbeitszeit geschehen. Die Zeit musst du, lieber Esteban, also bezahlen.«

Colorado seufzte.

»Ich kann dir die Unkosten erstatten«, bot ich an.

»Nein, lass man. Dafür wird mir Marizia …«

»Nein. Das werde ich nicht. Es war ernst gemeint: Dein Schwanz existiert für mich nicht mehr!«

»Ich wusste ja, dass du ein launisches Luder bist. Aber was soll das? Wir sind doch gut miteinander ausgekommen.«

»Sind wir und werden wir auch zukünftig, wenn du vernünftig bist. Aber was passiert ist, passiert nicht mehr. Was würde deine Frau dazu sagen, wenn du plötzlich auf die Idee kämst, mich heiraten zu wollen.«

Colorado japste und starrte eine Weile düster vor sich hin. Ich war über die offene Sprache und ihren Umgang miteinander etwas schockiert. Bis dahin hatte ich immer geglaubt, dass mexikanische Frauen sehr viel auf die Kirche hielten, an ›unbefleckte Empfängnis‹ glaubten und sich bis zur Hochzeit daran hielten.

»Mach nicht so ein belämmertes Gesicht, Marc!«, sagte Marizia und legte mir die Hand auf den Arm. »Ich bin selbst für Mexikaner etwas … unzivilisiert. Marc, was ist das eigentlich für ein Name? Ich werde dich …« Sie seufzte und betrachtete mich wie ein Möbelstück.

»Du hast die Augen eines Wolfes. Kalte blaue Augen. Ich werde dich El Lobo nennen. Ja, das ist der richtige Name für einen Argentinier, der aus Deutschland stammt und aus Frankreich kommt.«

»Warum nicht El Cortés«, stichelte Colorado eifersüchtig. Er war über die Entwicklung nicht gerade begeistert.

»Ich hoffe, dass er das nicht ist«, antwortete sie schnippisch.

Am Juareztisch wurde nun mächtig gelärmt. Sie klatschten einander die Hände und bestellten Champagner.

»Die sind gut drauf!«, brummte Esteban.

»So, nun werde ich mit dem Gringo verschwinden und du trollst dich zu deiner Ehefrau und deinen zehn Kindern und wirst den guten Hausvater spielen. Vielleicht nimmt dir deine Frau diese Rolle immer noch ab.« Marizia stand auf. Esteban winkte dem Kellner zu und zahlte.

»Das nächste Mal bin ich dran«, bemerkte ich dazu.

»Du bist Gast. Ich stelle alle Unkosten ohnehin den verdammten Amerikanern in Rechnung. Die kommende Dürrezeit für meinen Schwanz kann mir aber niemand ersetzen.«

»Mach ein elftes Kind!«, sagte Marizia trocken.

Wir gingen hinaus. Mittlerweile war es dunkel geworden. Esteban stieß einen Pfiff aus und schon kam ein Volkswagen herangerauscht.

»Ich melde mich bei dir, sowie ich Kontakt mit den Juarezleuten hatte.« Nach einem wehmütigen Blick auf Marizia trollte er sich leicht schwankend zum Zócalo hin. Wir krochen beide in den Fond des Volkswagens, da der zweite Vordersitz ausgebaut war. Ich hatte nichts dagegen, dass es hinten sehr eng war.

»Hat Colorado tatsächlich zehn Kinder?«

»Klar doch, und eine Geliebte.«

»Ich dachte, dass du …«

»Ich? Nein. Ich bin nur die, die er neulich während der Bürozeit dazu brachte, die Schulden abzuzahlen. Was glaubst du, warum ich den Job bekommen habe? Es ist eine gute Stellung. Dafür ihm einmal die Titten ins Gesicht zu drücken und den Schwanz zu lutschen, ist nicht zu viel bezahlt. Nichts ist umsonst in Mexiko. Wir leben in einem Raubtiergehege. Und man überlebt nur, wenn man sich nach den Regeln richtet. Aber Esteban übertreibt es nicht. Natürlich hätte er gern mit mir ein Dauerverhältnis und ist wegen einer Wiederholung ganz schön lästig. Aber er schmeißt mich nicht raus, wenn ich nein sage. Eigentlich ist er ganz in Ordnung.«

»Hast du keine Eltern, Freunde oder zukünftigen Ehemann?«

»Mein Vater war ein Richter, der versuchte das Gesetz durchzusetzen. Er und meine Mutter starben im Kugelhagel. Ich überlebte nur, weil ich im Internat war. Unser Haus ging in Flammen auf. Ich hatte nichts als meine gute Schulbildung und mein Aussehen. Oh ja, einen Ehemann bekam ich schnell. Aber es war ohnehin der falsche Mann. Er verschwand eines Tages und ich musste sehen, wie ich durchkam. Unser Kind starb kurz nach der Geburt. Ich nehme an, dass mein Enrique einer Drogenbande im Weg war. Von einem Tag auf den anderen war er fort. Also besuchte ich eine Abendschule und bekam wegen meiner Titten den Job beim *Pancho Villa*. Nun weißt du, woran du bist. Aber ich bin keine schlechte Frau und gehe nicht mit jedem ins Bett.«

Ich verstand. Sie war eine Frau, die sich in einer Männergesellschaft durchschlagen musste. Sie rebellierte nicht dagegen, weil sie es ohnehin nicht ändern konnte. Sie beugte sich plötzlich zu mir und küsste mich. Ich hatte das Gefühl, eine Raubkatze fällt über mich her. Aber meine Gegenwehr war nicht sehr ausgeprägt. Mir ging es eigentlich nur etwas zu schnell.

»Legt man in Mexiko immer so ein Tempo vor?«, fragte ich, nachdem ich wieder zu Atem gekommen war.

»Mexikanische Frauen sind kein Roséwein. Unsere Liebe ist so scharf gewürzt wie unser Essen. Hat es dir nicht gefallen, mein prüder Gaucho? Oder bist du etwa schwul?«

»Nein. Aber bei uns in Frankreich …«

»Ich dachte immer, die Franzosen sind die feurigsten Liebhaber der Welt. Ach richtig, du bist ja kein Franzose. Wir sind übrigens gleich da.«

Wenn der Taxifahrer von ihrem Einsatz etwas bemerkt hatte, ließ er es nicht erkennen. Wir verließen die Calle Florencia und bogen in eine Seitenstraße ein, die sehr belebt war. Viele rote und gelbe Neonreklamen verrieten, dass hier für jeden Spaß gesorgt wurde. Die Bars hießen *Moulin Rouge* oder *Big Apple, Don Quichotte* und *Fuego*. Bordsteinschwalben gab es genug, die herausfordernd ihre Handtaschen schwenkten. Es wurde viel Fleisch gezeigt. Und manche Angebote wurden nur von der Dunkelheit abgeschwächt. Schließlich hielt das Taxi vor einem efeubewachsenen Haus, vor dem zwei leicht bekleidete Damen uns erstaunt musterten. Als hinter mir Marizia aus dem Wagen kletterte, brachen sie in Jubelschreie aus und es endete in Umarmungen und Küssen.

»Dass du dich auch mal wieder sehen lässt!«, sagte die Kleinere mit den schlecht gefärbten blonden Haaren. »Gerade gestern habe ich zu Margarita gesagt, dass Marizia uns wohl vergessen hat. Sie muss das große Los gezogen haben.« Dann musterte sie mich. »Ist er das? Ich meine, das große Los?«

»Nein. Er ist ein Freund aus Frankreich.«

»Frankreich?«, kreischte die Größere los, deren Schritt kaum bedeckt war. »Also doch. Ein Franzose. Ein Glückslos!«

Es hatte keinen Sinn, die beiden aufzuklären und Marizia stieß mich zum Hoteleingang.

»Sie hat es eilig, ihren Blondi glücklich zu machen!«, rief uns die Kleinere hinterher.

Wir betraten eine Bar, die sich bemühte, wie eine Bar auszusehen. Rohe, blank gescheuerte Tische und lange Bänke. Eine Theke aus groben Brettern. Nur die Flaschen dahinter verrieten, was der

Sinn des Raumes war. Einerseits. Andererseits zeigte ein Bord mit vielen Fächern und fehlenden Schlüsseln, worum es auch ging. Hinter der Theke stand ein geschniegelter Jüngling. Ein unausgereiftes Gesicht mit einem scharf ausrasierten Schnurrbart. Nach der Kleidung zu urteilen, schien es ihm nicht schlecht zu gehen. Das Rüschenhemd sah allerdings etwas affig aus.

»Cousinchen!«, rief er strahlend, kam hinter der Theke hervor und drückte Marizia an sich. Er hielt dabei seine Hand länger auf ihrem Hinterteil, als dies schicklich war. Sie riss ihm die Hand weg.

»Hör auf, du Lüstling!«

»Du weißt doch, ich hatte immer eine Schwäche für dich.«

»Und für deine Mädchen. Wieviel Kinder hast du schon? Fünf oder sechs und alle von verschiedenen Frauen.«

»Ach, du weißt doch, wie das läuft. Die Frauen lieben mich nun mal.«

Dann fiel sein Blick auf mich und seine Augen wurden so schmal wie sein Schnurrbart. Ich gefiel ihm so wenig wie er mir.

»Mein Amigo«, stellte sie mich vor.

»Was? Ein Yankee?«

»Nein. Ein Mann aus Frankreich.«

Julio riss die Augen auf. »Und was willst du hier mit ihm?«

»Er wird eine Zeitlang bei dir wohnen.«

»Und warum? Kannst du nicht bei dir mit ihm vögeln?«

»Quatsch nicht! Er ist Schriftsteller und will ein Buch über uns hier schreiben.«

»Über mich?«, fragte er nun höchst erfreut und drückte die Brust heraus.

»Über das Milieu hier«, half ich Marizia.

»Bumst ihr miteinander?«

»Was nicht ist, kann noch werden. Das geht dich nichts an«, sagte Marizia wenig beeindruckt und zwinkerte mir zu. »Julio glaubt, sich solche Frechheiten erlauben zu können, weil ich kurze Zeit Bardame bei ihm gespielt habe.«

»Ich könnte deinem Amigo einen Rabatt für die Mädchen einräumen, wenn er länger bleibt.«

»Das wird nicht notwendig sein«, entgegnete ich mit rotem Kopf.

»Er futtert nicht an jedem Trog«, setzte Marizia hinzu.

Ich gestand mir ein, dass ich für diese Gegend tatsächlich etwas zu schamhaft war.

»Du gibst ihm dein bestes Zimmer!«, forderte Marizia.

Julio langte nach hinten und gab ihr einen Schlüssel.

»Sehen wir uns erstmal die Bude an«, sagte Marizia, zog mich aus der Bodega und ging mir voran eine verdächtig knarrende Treppe hoch. Es roch nach verschwitzten Leibern und billigem Parfüm. Das Zimmer lag am Ende des Ganges. In Europa wäre jeder wieder hinausgetaumelt. Ein Eisenbett, das auch in einem Krankenhaus hätte stehen können. Ein kleiner Tisch mit zwei wackligen Stühlen, eine Anrichte, auf der eine angeschlagene Waschschüssel stand. Eine Glühbirne hing nackt ohne Schirm herunter. Das Fenster ging auf die Straße. Ich öffnete es, um den muffigen Geruch zu vertreiben. Der Lärm von unten war selbst zu dieser Stunde noch ohrenbetäubend. Hupen schien in Mexiko Nationalsport zu sein. Schreie in allen gehobenen Tonarten. Ich glaubte, sogar Schüsse zu hören. Gegenüber auf der anderen Straßenseite blinkte das Licht einer Neonreklame in regelmäßigen Abständen und warf ein rotes Dreieck ins Zimmer. *Golden Nugget* hieß der Laden und der Cowboy aus Neonröhren winkte mit der Hand lässig zu mir herüber. Ein Zwilling des Cowboys vor dem *Golden Nugget* in Las Vegas.

»Hier ist das Bad. Sogar mit Dusche. Was Besseres hat er nicht«, sagte sie und öffnete die Tür. Der Blick auf den schmutzigen Rand der Badewanne sagte mir, was ich hier nicht tun durfte. Die Dusche mit dem billigen Plastikvorhang sah auch nicht viel besser aus.

»Sag deinem Cousin, er soll hier mal ein Mädchen mit Sagrotan hochschicken. Ich wäre ihm sehr verbunden.«

»Sagen kann ich es ihm schon, aber …«

»Na gut, dann trete ich ihm in den Hintern, wenn er nicht spurt.«

»Du bist in Europa sicher anderes gewohnt.«

»Es wird schon gehen. Ich war ja auch schon im Irak, in Indien und Pakistan.«

»Na, dann will ich mal. Ich hole dich morgen früh ab und dann zeige ich dir die Schönheiten der Stadt.«

Sie merkte, dass ich ein wenig enttäuscht war, als sie sich verabschiedete. Nach dem Kuss hätte ich eigentlich mehr erwartet. Aber jetzt war sie so zurückhaltend wie eine Klosterschülerin. Sie nickte verstehend und schenkte mir das allerreizendste Lächeln der Katy Jurado, verschämt und doch lockend. Sehr verlockend.

»Ich werde Julio sagen, dass er auch die Betten frisch bezieht. Vielleicht hast du ja bestimmte Bedürfnisse und holst dir ein Mädchen hoch. Aber sei vorsichtig. Einige sind krank.«

»Den Teufel werde ich tun!«

»Das kann ich dir auch nur raten. Bis Morgen, Lobo.«

Sie trat dicht an mich heran und sah mich mit dem Blick einer Tempelhure aus Babylon an, gab mir einen flüchtigen Kuss auf die Wange und – ehe ich mich versah – war sie fort.

Ich packte meinen Koffer aus, stellte die Schreibmaschine auf den wackligen Tisch und überlegte, was ich mit dem Abend noch anstellen konnte. Ich beschloss mir die Umgebung anzusehen. Ich ging hinunter. Als ich an der Theke vorbeikam, sah Julio hoch.

»Marizia ist schon weg. Ihr habt nicht …? Du weißt schon.« Er schlug mit der flachen Hand auf die Faust und grinste schmierig.

»Nein. Wir sind nur Freunde.«

»Freunde? Da kichern ja die Hühner. Ich kenne mein Cousinchen. Sie lässt dich zappeln, um deinen Appetit zu vergrößern. Marizia ist heiß auf dich, Gringo. Vielleicht willst du ja mal eine Zwischenmahlzeit nehmen. Soll ich dir nachher ein Mädchen nach oben schicken?«

»Nein. Kein Bedarf. Aber sorge stattdessen für frische Betten und eine saubere Dusche!«

»Wird gemacht, Gringo! Marizia hat mir schon Bescheid gegeben. Meine Gäste haben meist etwas anderes im Sinn, als sich über Betten und Dusche aufzuregen. Wenn du kleine Jungs vorziehst … Auch damit kann ich …«

»Du bist ein Scheißkerl, Julio! Bis nachher.«

»Sei vorsichtig! Es ist hier ein gefährliches Pflaster für einen Yankee.«

»Ach ja?«

Er schien mir die Beleidigung nicht übel zu nehmen. Vielleicht weil hier ohnehin jeder ein Scheißkerl war. Die Mädchen vor der Bar waren verschwunden und sicher bei der Arbeit. Ein Junge zupfte an meinem Ärmel und sah mit einem frechen Grinsen zu mir hoch. Der Knirps war kaum älter als zwölf.

»Zwei Pesos, dann beschütze ich dich.«

Ein altkluges Gesicht. Das Haar fiel ihm unordentlich in die Stirn. Die Kleidung hätte auch mal wieder gewaschen werden können. Seine Füße steckten in grünen Badeschlappen. Ich strich ihm lachend über den Kopf.

»Du willst mich also beschützen?«

»Ja, wenn ich bei dir bin, wissen alle, dass du unter dem Schutz von Juarez stehst. Ich gehöre bei ihm zum Bandenanwärter. Was willst du erleben? Schnee oder Weiber, kleine Mädchen oder Jungs?«

»Keines deiner Angebote interessiert mich.«

»Du bist also kein Liebhaber?«

»Liebhaber für was? Nein, geh mal davon aus, dass deine Angebote kein Interesse bei mir finden. Wie heißt du, Frechdachs?«

»Alfredo. Ich bin der Älteste von dem Scheißkerl da drin.«

»Julio?«

»Ja. Der Bock ist mein Vater. Ein Miststück. Ich hasse ihn.«

»So spricht man doch nicht von seinem Vater. Hast du noch nicht davon gehört, dass man Mutter und Vater ehren soll?«

»Meine Mutter gern, aber nicht diesen Misthund. Wenn du wüsstest, was der so alles deichselt, würdest du genauso von ihm sprechen.«

»So schlimm kann er doch nicht sein. Ein Verwandter von Marizia ist doch kein Lump.«

Das Gesicht des Jungen erhellte sich. Er konnte sogar lächeln.

»Ja, Marizia ist in Ordnung, aber Julio ist das genaue Gegenteil. Marizia kennt nicht die schlimmsten Geheimnisse des Miststücks. Solange sie an der Bar stand, hatte er Sadomaso noch nicht im Angebot.«

Wir gingen an vielen Bars vorbei. Das mit seinem Schutz schien tatsächlich zu stimmen. Keine Bordsteinschwalbe sprach mich an und wenn mir ein Mann zu nahe kam, stellte sich Alfredo mit gekreuzten Armen neben mich und starrte den Fremden drohend an. Als ich ins *Fuego* hineingehen wollte, weil dieses, wie ich durch die offene Tür sehen konnte, einen anständigen Eindruck machte, sagte Alfredo: »Lieber nicht, wenn du nicht auf Männerbekanntschaften scharf bist.«

Bei einem anderen Lokal wies er darauf hin, dass der Wirt keine Yankees mochte. Als wir vor dem *Moulin Rouge* ankamen, warnte er erneut, auch dort nicht reinzugehen. Da ich aber Durst hatte, tat ich es trotzdem. Auf einer Bühne tanzten drei junge Mädchen, was entfernt nach einem Cancan aussah. Alfredo war nicht mit reingekommen, sondern wartete draußen vor dem Etablissement. Die Bar war gut besucht. Ich ging an den Tischen vorbei bis an die Theke und bestellte ein Bier.

»Yankee?«, fragte der Barkeeper, ein schmächtiger junger Mann mit einem verlebten Gesicht und einem Diamantgehänge an den Ohren, das sicher falsch war, aber schön glitzerte.

»Nein. Ich komme aus Frankreich.« Das mit Argentinien wäre für ihn zu kompliziert gewesen.

»Ein Landsmann!«, rief er erfreut. »Ich stamme aus Marseille«, sagte er und reichte mir seine schwammige Hand. Sofort fragte er mich, was in Frankreich so laufe. Ich erzählte ihm, was er hören wollte, dass Gott dort immer noch lebte und er stimmte mir zu, dass es sich nur in Frankreich leben ließe. Er schien mächtig Heimweh nach Marseille zu haben.

»Warum gehst du nicht zurück?«

»Weil man sich nur hier ohne große Umstände die Nase pudern kann«, erwiderte er grinsend und tippte auf seinen Nasenflügel.

Plötzlich lärmte es am Eingang. Eine Horde Polizisten stürmte herein und schlug auf die Gäste ein. Sie machten keine Umstände und hielten sich nicht mit der Ausweiskontrolle auf. Kein Zweifel, dass sie auch auf mich keine Rücksicht nehmen würden. Alles stob auseinander. Aber auch aus dem rückwärtigen Gang kamen Polizisten, um sich an der Prügelei zu beteiligen. Schon erreichten sie die Theke. Zwei kräftig gebaute Bullen wollten mir nun zeigen, wie tüchtig mexikanische Polizisten zuschlagen können. Ich hätte Alfredos Warnung ernst nehmen sollen.

7

Auch der Teufel feiert gern Hochzeit

»Feuer!«, rief eine hohe Stimme. Scheinbar fiel nur mir auf, dass sie sehr hoch war. Die Polizisten drehten sich um. Tatsächlich brannte vor der Tür ein Vorhang. Die Polizisten hatten nun keine Lust mehr, ihrem bevorzugten Vergnügen nachzugehen und drängten zum Ausgang. Eine kleine Hand zog mich zum hinteren Ausgang. Immer wieder schrie der Frechdachs: »Feuer! Feuer! Rette sich wer kann!«

Wenn einer der Polizisten den Knirps ansah, wies dieser hinter sich und wiederholte seinen Spruch, dass sich jeder retten solle. Der Rauch, der nun durch das Lokal zog, bestätigte seine Warnrufe. Wir liefen in die Toilette. Er wies auf das Fenster oben, fast an der Decke.

»Einschlagen. Los! Räuberleiter!«, keuchte Alfredo. Ich verstand nicht gleich. Er stellte sich an die Wand und hielt sich die gefalteten Hände vor den Bauch. Ich kapierte und tat es ihm nach und er kletterte an mir hoch und schlug die Scheibe mit dem Knauf eines Messers ein. Ich staunte, was er für ein Mordinstrument besaß.

»Los, los! Mach doch. Raus hier!«, forderte er mich auf und kroch durchs Fenster nach draußen. Die Öffnung war selbst für mich groß genug. Nur brauchte ich mehr Zeit als er, mich durch die Öffnung zu zwängen. Es war eine beträchtliche Weile her, dass für mich solche Übungen zum Alltag gehört hatten. Ich ließ mich in einen Hof gleiten, in dem es nach Urin und Scheiße stank. Alfredo nahm mich wieder an die Hand, als wäre ich das Kind und er der Erwachsene. In manchen Dingen war es vielleicht sogar so.

»Los! Weiter!«

Er zog den Riegel an der Hoftür zurück und wir befanden uns in einer Seitenstraße. Der Lärm im *Moulin Rouge* versickerte langsam im Lärm der Sirenen. Breitbeinig und einen Gassenhauer pfeifend ging Alfredo vor mir her. Er war gut drauf. Bald befanden wir uns in der Calle Río Rhin und der Junge sah freudestrahlend zu mir hoch.

»Ich habe dir doch gesagt, dass das kein guter Ort ist. Gib es nur zu: Ich bin die zwei Pesos wert.«

Der Knirps ging mir auf die Nerven. »Ich wäre mit den Bullen schon fertig geworden.«

»Gleich mit zwei Bullen? Glaube ich nicht.«

So Unrecht hatte er nicht und ich gab ihm das vereinbarte Geld und legte nochmal das gleiche drauf.

»Es lohnt sich, mit dir Geschäfte zu machen«, sagte er und strich das Geld so gelassen ein wie ein Geldeintreiber in der Bronx.

Mein Sinn für Spaziergänge hatte merklich abgenommen und ich bat den Jungen, mich zum Hotel seines Vaters zurückzubringen.

»Du kannst mich auch für den ganzen Tag mieten. Kostet zehn Pesos«, schlug er mir vor.

»Nein. Morgen habe ich bereits Begleitung.«

»Tante Marizia, was? Na ja, schick ist die ja, aber auch sicher?«

»Wir werden schon klarkommen.«

»Sagte der Kakadu, als die Anakonda ihn verschluckte.«

»Du bist ein ausgekochtes Früchtchen!«

»Ich bin El Bravo, der Freund des Pancho Villa, der dir eine Menge Ärger erspart hat. Bestimmt hätte man dich eingebuchtet und die Gefängnisse sind nicht so komfortabel wie die Zimmer in Vaters Luxushotel.«

»Warum hätten sie mich verhaften sollen? Ich habe nur mein Bier getrunken.«

»Ha, du Ahnungsloser. Man hätte bei dir Stoff gefunden.«

»Ich habe keinen Stoff.«

»Mann, du bist mir ein Blinder! Das hätte man dir schon zugesteckt und dann hättest du eine Menge blechen müssen, ehe sie dich hätten laufenlassen. So läuft das hier bei uns. Die Polizisten müssen auch leben.«

Ich kam mir nach dieser Lektion voller Lebensweisheiten nicht besonders toll vor und machte, dass ich auf mein Zimmer kam.

Pünktlich zum vereinbarten Termin erschien am nächsten Morgen Marizia. Alfredo schmollte ein wenig, als ihn seine Tante als Guide ablöste. Es war eine verwandelte Marizia. Sie trug ein hochgeschlossenes blaues Kleid mit einem weißen Kragen und sah darin so unschuldig aus wie eine Margerite. Sogar als Klosterschülerin hätte man sie in der Kleidung durchgehen lassen. Ihren provozierenden Hüftschwung schien sie vergessen zu haben. Sie schleppte mich zu allen Sehenswürdigkeiten der Stadt. Wir sahen uns das wunderbare Wandgemälde von Diego Rivera im Nationalpalast an, die Kathedrale am Zócalo, das Denkmal zu Ehren des Aztekenkaisers Cuauhtémoc, die Kreuzgänge des Merced Klosters und des Culhuacan. Bei der verpesteten Luft war dies eine Riesenstrapaze. Drei Tage lang ging das so, bis wir sämtliche Museen und Paläste abgeklappert hatten. Jeden Abend sank ich erschöpft ins Bett. Am vierten Tag endlich führte sie mich zu den Kanälen Xochimilcos, wo die Luft besser war und wir uns in einem prächtig bemalten Boot treiben ließen, die Mariachis spielten dazu und sie sah mich mit Augen an, die mich verlegen machten. Und dort fielen in die Musik der Mariachis ihre Worte, die bei mir die Alarmglocken klingeln ließen.

»Wenn ich früher einen wie dich kennengelernt hätte, wäre ich ein anderer Mensch geworden. Aber wenn du hier in Mexiko aufgewachsen bist, hast du keine großen Chancen so zu werden wie du. Hier musst du kalt, grausam und unehrlich sein, wenn du überleben willst. Wirst du bald wieder fortgehen?«

»Sowie ich das Interview mit Juarez hinter mir habe. Du verkennst mich total. Ich habe schlimmere Dinge getan, als du dir vorstellen kannst und es tut mir nicht mal leid.«

»Du bist eben ein Mann«, stellte sie fest und es klang so, als wäre diese Tatsache Entschuldigung genug, was immer ich auch getan hatte.

Am Ende des vierten Tages gingen wir zu einem Volksfest am Lagunilla-Markt. Alle kannten sie und ich hatte den Eindruck, dass sie ein wenig mit mir angab. In der Straße, in der sie wohnte, feierte man irgendeinen Heiligen, der in einem Dorf unerhörte Wunder vollbracht hatte. Viele Frauen und Männer hatten indigene Wurzeln. Aber die Abkömmlinge der Konquistadoren und der Azteken hatten hier in der Straße keine Probleme mit ihrer Rassenzugehörigkeit. Es gab unzählige Stände und schnell aufgebaute *Cantinas*, in denen fleischgefüllte Tortillas, Tacos, Burritos, Enchiladas und anderes angeboten wurde, was die Mexikaner für köstlich hielten. Die Mariachis spielten ohne Pause und Marizia zog mich auf die Tanzfläche und die Bewohner der Straße klatschten um uns herum. Obwohl ich wie ein Bär herumtapste, schienen sie sich darüber zu freuen, dass der Gringo an ihrem Fest teilnahm. Natürlich wurde viel Tequila getrunken und in vielen Trinksprüchen wünschten sie mir und Marizia ein langes Leben und viele Kinder. Für sie alle schien klar zu sein, dass wir ein Paar waren.

Ich wunderte mich nicht, dass auch Alfredo auftauchte und uns mit scheelen Blicken beobachtete. Er hatte immer noch nicht verwunden, dass er eine Einnahmequelle losgeworden war. Ich stellte fest, dass Marizia eine geachtete Frau in der Straße war. Ihr so betont leichtfertiges Benehmen hatte sie hier in der vertrauten Umgebung vollständig abgelegt. Sie war eine selbständige Frau, die sich erfolgreich durchs Leben schlug. Eine Anstellung in einer Zeitung war hier das große Los.

Als wir zurück zu meinem Hotel gingen, war es weit nach Mitternacht und sie war sehr melancholisch gestimmt. Sie antwortete mir nur einsilbig und schien irgendetwas mit sich auszumachen. Zu meinem Erstaunen verabschiedete sie sich nicht vor dem Hotel von mir, sondern umarmte mich und ging mit mir aufs Zimmer. Kaum hatten wir es betreten, stürzte sie in meine Arme und küsste mich voller Leidenschaft. Ich zierte mich auch nicht und wir durchlebten eine wilde Nacht, was auch daran auszumachen war, dass mein Rücken Kratzspuren aufwies, als hätte ich mit einem Puma gekämpft. Der liebe Gott hatte die Liebe nicht nur zur Fortpflanzung gemacht, sondern auch zur Entschädigung für manches Mühsal. Sie wusste sehr viel von der Liebe, aber das störte mich nicht. Ich war ja auch kein unbeschriebenes Blatt mehr, aber mit einer Raubkatze war ich noch nicht ins Bett gegangen. Ihre Schreie haben sicher alle Gäste des Hotels aus dem Schlaf gerissen oder zur Nachahmung animiert.

Als ich in der Dämmerung erwachte, hörte ich sie neben mir schluchzen. Ich nahm ihr Gesicht in die Hände und wischte ihre Tränen fort.

»Warum?«

»Weil … weil ich dumme Kuh mich in dich verliebt habe. Aber du bist nur ein flüchtiger Traum und wirst bald verschwinden.«

Ich fand keine Worte, die sie trösten konnten. Ich drückte sie an mich und sagte so törichte Worte wie »Noch bin ich ja da.«

Es brachte ihre Tränen nicht zum Versiegen, sondern verstärkte ihren Tränenfluss. Ich vermochte ihr nicht zu helfen und schlief wieder ein. Als ich erwachte, war sie fort. Ich konnte mir daraus nur den Reim machen, dass sie es vorzog, unser Verhältnis zu beenden, ehe es richtig angefangen hatte. Als ich nebenan in der Cantina zum Frühstück gehen wollte, wartete Alfredo bereits vor der Tür auf mich und grinste mich frech an.

»Du hattest eine gute Nacht, Gringo?«

Was sollte ich darauf antworten? Mein ramponiertes Gesicht erzählte genug. Er war nicht abzuschütteln. Ich bestellte in der Cantina Eier mit Speck und für den Jungen eine Schokolade.

»Willst du Marizia heiraten?«, fragte er plötzlich ernst.

»Was geht dich das an?«

»Immerhin ist sie meine Tante. Also ich an deiner Stelle würde das tun. Sie ist schön und klug und mordsmäßig in dich verknallt.«

»Rede nicht über Dinge, die du nicht verstehst.«

»Warum glauben alle, dass ich keine Ahnung davon habe, was zwischen Männern und Frauen abgeht? Wenn ich erst mal größer bin, werde ich viele Frauen glücklich machen. Die Mädchen in meiner Schule sind jetzt schon heiß auf mich.«

»Du bist ein naseweiser frühreifer Bengel und es wäre schlimm, wenn du so gut Bescheid wüsstest, wie du tust.«

»Ich bin fast ein Mann«, sagte er trotzig.

»Genieße lieber deine Kindheit. Wie alt bist du?«

»Fast dreizehn. Und ich habe es bereits getrieben.«

Ich schluckte über das Eingeständnis. Schließlich war das nicht gerade ein Thema zwischen einem Erwachsenen und einem Zwölfjährigen.

»Was willst du später werden?«, versuchte ich ihn auf ein anderes Thema zu locken.

»Ein mächtiger Mann wie Juarez.«

»Du willst also ein Drogenbaron werden?«

»Klar doch. Juarez fürchten alle. Er hat mächtig viel Geld, die tollsten Frauen und fährt einen Cadillac.«

»Du hast eine abschüssige Laufbahn vor dir. Als Killer der Drogenmafia wärst du nicht gerade jemand, den ich gern kennenlernen würde.«

»Vor Juarez' Killern zittern alle. So ist das hier in Mexiko. Entweder du wirst in den Arsch getreten oder du bist derjenige, der den Leuten in den Arsch tritt.«

Ich hatte genug von seiner Philosophie, winkte dem Kellner zu und zahlte. Als wir aus der Cantina traten, kam ein roter

Chevrolet heran. Aus dem Auto sprangen vier Männer und umringten mich. Zwei von ihnen hielten Revolver in der Hand.

»Komm mit! Der Chef will dich sprechen«, sagte der Älteste von ihnen. Ein Gesicht wie ein Bulldozer.

Ich sperrte mich nicht gegen die Aufforderung, schließlich hatte ich genau das gewollt. Der Junge hatte jedoch etwas dagegen.

»Was wollt ihr von El Lobo? Er gehört zu mir. Er ist in Ordnung«, sagte er mit dem Fuß aufstampfend und hielt mich am Ärmel fest.

»Hau ab, du Rotzlümmel! Sonst bekommst du Dresche«, schnauzte Bulldozer und drohte mit der Hand.

Doch Alfredo beeindruckte das nicht. Er trat dem Mann gegen das Schienbein, so dass dieser aufschrie und auf einem Bein tanzte.

»Du verdammte kleine Ratte!«, heulte er. Einer der anderen Banditen, den ein hängendes Augenlid auch nicht gerade schöner machte, legte den Revolver auf den Jungen an. Ich stellte mich ihm in den Weg.

»Hört mit dem Theater auf und bringt mich zu eurem Chef. Auf kleine Jungs schießt man nicht.«

Ob sie dies nun einsahen oder der Menschenmenge Rechnung trugen, die sich um uns versammelte, jedenfalls ließen sie von dem Jungen ab und stießen mich in den Fond des Wagens.

»El Lobo, fahr nicht mit denen mit. Man entführt meinen Freund!«, schrie der Kleine verzweifelt. Seine Erfahrungen waren so, dass er nicht glaubte, mich noch einmal wiederzusehen.

Ich saß kaum, als der Fahrer durchstartete. Der Junge lief noch eine Weile schreiend und winkend hinter uns her. Meine Entführer hatten ihre Waffen weggesteckt und schnatterten in einem Dialekt, den ich nicht verstand. Bulldozer rieb sich immer noch die Wade. Das Lachen seiner Kumpane schien auf seine Rechnung zu gehen.

Als wir aus der Stadt heraus waren, fuhren wir stundenlang durch eine karstige Landschaft, die nur von baumhohen Kakteen belebt war. Hin und wieder sahen wir eine Coyotenfamilie, die interessiert zu uns herüber sah. Einer meiner Entführer kurbelte das Fenster herunter und ballerte zu ihnen hinüber. Er richtete nichts an, bestätigte aber meine Einschätzung des Charakters der Drogenbande. Nachdem wir durch einen Canyon gefahren waren, kamen wir in ein Tal, wie man es sich schöner kaum vorstellen kann. Plötzlich befanden wir uns auf einer geteerten Straße und links und rechts standen Königspalmen. Bis zum Horizont zogen sich grüne Mais- und Zuckerrohrfelder, die schließlich von blühenden Mohnfeldern abgelöst wurden. Das Geheimnis der plötzlichen Fruchtbarkeit war ein Fluss, der als silbernes Band in der Ferne verschwand. Schließlich kamen wir durch einen Platanenwald, der sich zu einem Platz öffnete, an dessen Ende ein Gebäude stand, das auch in Frankreich neben den Loireschlössern bestehen könnte. Es sah aus wie eine Mischung zwischen Chambord und Chenonceaux. Wir hielten vor einer Treppe, die zu einer Balustrade führte. Aus dem Haus trat ein Schwarzer in einer roten Livree. Das gab es nicht einmal mehr in Frankreich.

Bulldozer, der sich immer noch das Bein rieb, schnaubte, dass die Reise zu Ende sei und ich aussteigen solle. Ich tat ihm den Gefallen. Der Schwarze winkte mir zu, ihm zu folgen. Es ging durch eine Halle mit alten Ritterrüstungen und Schießprügeln aller Art. An der Stirnseite waren ein paar hundert Degen oder Säbel zu einem Stern zusammengesteckt. Ähnliches hatte ich bisher nur in Schloss Windsor gesehen, als ich für einen Artikel zum Geburtstag der Queen recherchiert hatte.

Wir kamen in eine Bibliothek, die sicher ein paar tausend Bücher barg. Ein riesiger Kamin mit dem Wappen irgendeiner Adelsfamilie sollte dem Raum Bedeutung geben. Natürlich brannte kein Feuer. Das Summen einer Klimaanlage sorgte für angenehme Temperatur. Hinter einem Schreibtisch sah mir ein alter Mann entgegen. Er trug Smoking und saß in einem

Rollstuhl. Ein altes runzliges Gesicht, gelblich verfärbt. Die Augen blickten interessiert. Er deutete mit seiner faltigen, von der Gicht zur Kralle verformten Hand auf den Ledersessel vor dem antiken Schreibtisch aus der Zeit Ludwigs XV.

»Du bist also der Journalist aus Frankreich, der ein Buch über mich schreiben will.«

»Mein Name ist …«

»Geschenkt. Ich weiß, wer Marc Mahon ist.«

»Ich soll Sie für die amerikanische Zeitschrift …«

»Das weiß ich auch.«

»Sie sind Eduardo Juarez«, stellte ich fest.

»Das ist nicht ganz korrekt. Mein Name ist Eduardo Cristóbal Fernandez Nunez de Juarez.«

Für so einen langen Namen hatte man eine Menge zu kompensieren. Durch eine Kopfbewegung ließ ich erkennen, dass ich beeindruckt war.

»Meine Familie kann ich bis auf die Konquistadoren zurückführen. Meine Familie hat schon immer die Geschicke Mexikos mitbestimmt. Der erste Juarez stammte aus Andalusien, wo er zugegebenermaßen nur ein kleines Rittergut besaß, das kaum die Familie ernährte. Deswegen schloss er sich Cortes an und heiratete eine der Töchter Montezumas. Doch ich schwatze hier und biete dir nicht mal eine Erfrischung an. Was darf ich kommen lassen? Whisky, Cognac, Rum oder einen Kaffee oder Tee?«

»Gegen einen Tee hätte ich nichts einzuwenden.«

Er drückte auf einen Knopf und ein livrierter Diener trat ein. Dieser dienstbare Geist war ein Mestize. Juarez gab die Bestellung auf und der Diener verschwand nach einer Verbeugung.

»Sie leben sehr luxuriös und literarisch.« Obwohl er mich geduzt hatte, wagte ich nicht, so vertraulich zu werden.

»Ja. Über zehntausend Bücher. Oft seltene Erstausgaben. Einen Teil habe ich sogar gelesen. Das Schloss habe ich in Frankreich gekauft und hier wieder aufbauen lassen.«

»Klar. Mit dem Geld aus Drogen und dem Leid von Millionen konnten Sie sich diese Hütte erlauben.«

»Hütte? Ach, werde mir nicht moralisch, dann wird es kein gutes Buch. Machst du dir keine Notizen?«

»Ich habe ein verdammt gutes Gedächtnis. Aber bis jetzt habe ich noch nichts gehört, was eine Notiz wert ist.«

»Na schön. Ich verdiene übrigens mehr Geld mit absolut legalen Geschäften wie Öl, Kupfer und Seltene Erden. Ich habe Minen nicht nur in Mexiko, sondern auch in Zentralafrika.«

»Warum steigen Sie nicht aus dem Drogengeschäft aus?«

»Weil die Kosten und das Risiko gering sind. Es ist immer noch leicht verdientes Geld. Und wegen der Familientradition. Schon mein Großvater hat mit Drogen gehandelt. Dieses Tal lässt sich gut gegen die Rurales abschotten, so dass man hier seit fast einem Jahrhundert Mohn anbauen konnte. Damit fing es an. Heute liefern wir Heroin, Kokain und chemische Rauschmittel, alles was der Markt verlangt.«

»Und niemand hindert Sie daran?«

»Niemand.«

»Jetzt werde ich mir ein paar Notizen machen«, sagte ich, nicht weil ich mir seinen Sermon nicht merken konnte, sondern um zu unterstreichen, wie wichtig ich seinen Monolog nahm.

»Nur zu. Ich habe mich schon gewundert, wie du dir das alles im Kopf merken willst.«

Ich kramte Block und Kugelschreiber aus der Jackentasche.

»Hast du dich nicht gewundert, warum man dich, einen Europäer, nach Mexiko geschickt hat?«

»Vielleicht hatten sie niemanden zur Hand, der genug eitle Stierkämpfer interviewt hat?«

Juarez neigte seinen Geierkopf. Sein Lächeln machte sein Gesicht noch unheimlicher. Er bestätigte Colorados Vermutungen.

»Man hatte Angst, einen US-Amerikaner hierher zu schicken. Wenn ich ihn hätte verschwinden lassen, weil ich kein Interesse an einem Bericht über mich hätte, wären politische Verwicklungen nicht ausgeschlossen.«

»Und? Wird mir etwas passieren?«

»Ach was. Wer bist du denn? Ein kleiner Schreiberling, der vielleicht durch den Bericht über mich weltweite Bedeutung bekommen wird.«

»So ganz unbekannt bin ich nicht«, erwiderte ich in meiner Eitelkeit verletzt. »Und ob der Bericht über einen Drogendealer meiner Karriere nützlich sein wird, ist auch nicht raus.« Meine Antwort war dumm und ich hätte sie am liebsten zurückgeholt. Juarez lächelte überlegen.

»Man weiß durchaus in den Staaten, wer ich bin. Man schließt sogar Geschäfte mit mir ab. Ich habe im Golf von Mexiko einige Ölquellen erschlossen. Meine Freunde sitzen im Senat und Repräsentantenhaus. Vor meinem Unfall beim Polo habe ich mit Senatoren Golf gespielt. Ich bin an mehreren großen amerikanischen Unternehmen beteiligt und dadurch für tausende von Arbeitsplätzen verantwortlich. Ein kleiner Chefredakteur, ich kenne nicht mal seinen Namen, hat sich gedacht, dass es mal eine Sensation wäre, sich unter meinem Smoking die dunklen Flecken anzusehen. Er ist ganz plötzlich verstorben.«

»Verstehe!«, sagte ich mit trockenem Mund.

»Dein Interview mit mir wird niemals erscheinen!«

»Und warum führen wir es dann?«

»Weil es mir Spaß macht. Ich wollte wissen, wer so dumm ist, sich von den Yankees dafür einspannen zu lassen.«

Ich fand, dass das Gespräch keine gute Wendung nahm und bekam feuchte Hände.

»Du wirst annehmen, dass ein anderer Verlag für *Life* einspringt? Ich kann dir versichern, dass ich jeden Verlag zwingen kann, die Finger von deinem Geschreibsel zu lassen.« Nun wusste ich, dass mir der Frack brannte.

»Du bist Jude, nicht wahr?«

»Kein praktizierender Jude. Aber meine Eltern mussten damals aus Deutschland fliehen.«

»Ja, ihr Juden seid ein schrecklich unbequemes Volk. Ihr habt damit angefangen, das Leben und die Leidenschaften

Gesetzen unterzuordnen und die wahre Natur des Menschen zu domestizieren. Ihr gabt uns die Zivilisation. Doch wir sind alle Mörder, mehr oder weniger. Und was als mächtiger Impuls in uns ist, das ist der Wille zur Macht. Nietzsche hat es begriffen, die Nazis haben es auch kapiert, aber nicht verstanden, was noch wichtiger ist. Geld, viel Geld. Begreifst du nun, dass es nur darum geht?«

Ich wusste mit dieser Vulgärphilosophie nicht viel anzufangen und zuckte mit den Achseln.

»Doch, doch. Ich habe recht. Jesus hat wohl erkannt, dass er die Natur nicht ändern kann und verließ sich auf seinen Vater und ließ sich ans Kreuz schlagen. Aber nichts passierte. Sein Spruch: Es geht eher ein Kamel durchs Nadelöhr, als dass ein Reicher in den Himmel kommt, ist völlig bedeutungslos. Ein Trost für die Verlierer. Ich bekenne mich dazu: Der Reiche ist deswegen reich, weil er einem anderen etwas weggenommen hat. Ich versorge die Menschen mit Rauschgift, damit sie ihr armseliges Dasein vergessen können. Selbst schuld, wenn jemand sich mit dem Zeug ruiniert. So ist die Welt. Die Guten dieser Welt sind rar und obendrein schwach. Aber gehen wir ein wenig an die frische Luft. Wir können auch dort miteinander reden.«

Er drückte wieder einen Knopf, ein anderer Diener trat ein und Juarez sagte ihm etwas in einem für mich unverständlichen Dialekt. Der Domestik trat hinter den Rollstuhl, schob ihn aus der Bibliothek und ich folgte ihnen. Es ging durch die Waffenhalle und einen langen Flur mit Bildern von Fürsten, die sicher nicht seine Ahnen waren, hinaus auf eine Terrasse, wo er unter einem großen roten Sonnenschirm halten ließ. Vor uns lag eine langgestreckte Koppel, mit weißen Pfosten eingezäunt, auf der sich edle Pferde tummelten.

»Araber!«, sagte er stolz. »Ich habe sie aus Marokko kommen lassen und kreuze sie mit unseren Rassen. Eines Tages werden sie in Ascot und Deauville und Newmarket laufen. Ach ja, wo waren wir vorhin stehengeblieben?«

»Bei der Schuld der Reichen«, half ich ihm.

»Richtig. Die Sucht nach Reichtum ist ein Unterdrückungsinstrument der Mächtigen. Die Tellerwäscherlegende ist das gebratene Huhn vor der Nase der Armen. Um reich zu werden, tut der Mensch alles, wirklich alles.«

»Wenn man Sie so reden hört, könnte man Kommunist werden.«

»Kommunismus? Auf dem Weg dahin wurden schon Megatonnen Menschen geopfert. Der Kommunismus wird scheitern, weil die Menschen nicht gleich sind und es auch nicht sein wollen. Amen. Selbst in Russland gibt es die da oben und die da unten. Und die da oben saufen Champagner und fressen Kaviar und die da unten müssen sich mit Wasser und Borschtsch begnügen.«

Ich weiß nicht, woran es lag. Aber meine Angst war verschwunden. Vielleicht weil ich ihn zu hassen begann? Ich gönnte es ihm, dass er im Rollstuhl saß. All sein Geld würde ihn nicht wieder gesund machen. Er sah meinen Blick und deutete ihn richtig.

»Aha. Du glaubst, der Polo-Unfall ist die Strafe für meine schändlichen Taten? Nein, es war ein Zufall. Ich wollte an diesem Tag eigentlich nicht am Endspiel gegen die argentinische Nationalmannschaft teilnehmen, die ich mir für ein Turnier gekauft hatte. Aber einer meiner Jungs fiel aus und siegen lassen wollte ich die Argentinier auch nicht, also nahm ich doch selbst daran teil. Bei einer Kehrtwende scheute mein Tier und ich rutschte aus dem Steigbügel, knallte auf die Erde und ein anderes Tier trat mir auf den Rücken. Ich habe beide Pferde erschießen lassen, dabei waren sie ein Vermögen wert. Aber selbst in diesem Rollstuhl als Krüppel bin ich immer noch Eduardo Cristóbal Fernandez Nuñez de Juarez und auf meinen Befehl stirbt ein Redakteur in New York oder ein kleiner Journalist aus Europa oder gar Caudillos oder Präsidenten. Die angeblichen Gesetze Gottes, die Moses vom Berg Sinai schleppte, die schönen Worte von Jesus Christus ›Liebe deinen

Nächsten wie dich selbst‹ oder Kants These ›Handle so, dass es ein allgemein gültiges Gesetz sein könnte‹ versagen gegen die wahre Natur des Menschen. Kapiere das, mein Schreiberling!«

Auf einen Wink schob der Diener den Rollstuhl von der flach auslaufenden Terrasse an das weiße Holzgatter. Die Tiere kamen herbei und Juarez streichelte sie. Der Diener gab ihm zwei Äpfel und Juarez verfütterte sie.

»Ja, meine Schönen. Ihr wisst, wer euch ein gutes Leben ermöglicht. Sie sind klüger als die Menschen.«

»Nicht alle sind käuflich«, trotzte ich dem schrecklichen Mann.

»Nein? Was würdest du sagen, Bürschchen, wenn ich dir fünf Millionen, nein, das ist zu wenig, zehn Millionen Dollar als Honorar zahle? Die einzige Bedingung, du musst ein Buch über mich schreiben, das den wahren Juarez schildert. Was sagst du dazu?«

Ich sollte seine Verbrechen in Wohltaten verwandeln? Mir stieg das Blut in den Kopf. »Der wahre Juarez?«

»Ja, den Wohltäter.«

»Ihr Geld interessiert mich nicht.«

Das war zwar etwas übertrieben. Natürlich konnte ich Geld gebrauchen und ich war auch nicht schüchtern, was die Geldsumme betraf, aber ein Schwein wie er zu werden, war ein zu hoher Preis. Das Geld, das er mir anbot, war durch das Leid vieler Menschen zusammengerafft worden. Er lächelte überlegen, als hätte er dies erwartet und nahm einen neuen Anlauf:

»Du wirst die teuersten Autos fahren, in einem Palais wohnen, die schönsten Frauen werden deinen Schwanz lutschen. Die Mächtigen der Erde werden dich mit Hochachtung behandeln. Sag nicht, dass dir das gleichgültig wäre.«

»Ich bin mit meiner Kawasaki ganz zufrieden. Schlösser an der Loire sind mir zu zugig, meinen Schwanz bekomme ich ohnehin gelutscht und die Mächtigen der Erde lassen sich bereits jetzt nicht ungern von mir interviewen. Sie geben mir also nichts, was ich nicht schon habe. Die Summe auf dem

Konto ist nur eine Zahl, die mir nichts bedeutet und mich auch nichts angeht.«

Er kniff die Augen zu einem Schlitz zusammen.

»Warten wir ab. Jeder wird schwach. Unsere menschliche Natur ist so angelegt. Der Schweinehund in dir wird deine kindischen jüdisch-christlichen Moralvorstellungen überwinden. Kapier doch endlich! Du wirst für dein Geschreibsel zum ersten Mal fürstlich entlohnt. Ich will keine Artikel, die meine Geschäfte beleuchten. Ich will ein Buch, das mich als Wohltäter feiert. Ein richtig gutes Buch, das mit einem Millionenhonorar belohnt wird. Ich werde dafür sorgen, dass es ein Weltbestseller wird. So, nun geh in den Salon und lass dich bewirten. Wir Juarez haben noch nie jemanden unverköstigt aus dem Haus gelassen. Meine Tochter wird dir Gesellschaft leisten. Mich musst du entschuldigen. Geschäfte, was sonst.«

Ein Diener trat auf die Terrasse. Keine Ahnung, wie er ihn gerufen hatte oder ob dies bereits so abgesprochen war und er ihm irgendein geheimes Zeichen gegeben hatte. Es war mir auch egal. Ich hatte genug mit seiner Eröffnung zu tun, dass ich für ihn ein Buch schreiben sollte, das ihm lobhudelte. Der Diener führte mich in einen Saal, in dem ein großer Tisch unter einem riesigen Kristallleuchter stand. Die Wände waren mit Spiegeln in goldenen Rahmen verkleidet. An der Tafel hätte der Hofstaat von Versailles Platz gehabt. Na ja, vielleicht nicht ganz. Der Diener schob mir einen Stuhl unter den Hintern. Ich saß kaum, als ein anderer Livreeträger eintrat und einen Scheck neben mir auf den Tisch legte. Es war alles korrekt. Mein Name war richtig geschrieben und die Summe stimmte. Fünf Millionen Dollar. Er spielte mit mir. Eine Laune von ihm. Der Betrag kämpfte gegen die Vorstellung, die ich von mir hatte. Die Tür ging wieder auf und eine junge Frau betrat den Salon. Sie setzte sich mir gegenüber und musterte mich eindringlich. Ihr Schweigen trug nicht zu einer gemütlichen Atmosphäre bei. Da saßen wir an diesem Tisch, an dem noch gut fünfundzwanzig Personen Platz gehabt hätten und die Diener legten fast lautlos die Hors d'Oeuvres, es handelte sich um eine Gänseleberpastete, vor uns auf die Teller. Die Juareztochter war zweifellos ein Männertraum, wenn man die ätherischen blonden Typen mit blauen Adern an den Schläfen mochte. Der Grace Kelly-Typ, mit dem man gerne einen Sherry nahm. Ich war weder für den Typ noch für das Getränk zu begeistern.

»Nun, wie werden Sie sich entscheiden, Marc Mahon?«, fragte sie plötzlich. Die Principessa wusste also Bescheid.

»Sie kennen mich also, aber Sie wurden mir nicht vorgestellt.«

»Ich heiße Isabella. Hat mein Vater Ihnen nicht gesagt, dass ich Ihnen Gesellschaft leisten werde? Übrigens, ich kann bestätigen, dass der Scheck echt ist. Die erste Rate. Die nächsten fünf Millionen, wenn das Buch fertig ist. Sie können jederzeit über den Betrag verfügen. Und wenn ich Sie heirate, wird er die Summe verdoppeln.«

Ich verschluckte mich vor Schreck. Leider kam mir bei meinem Hustenanfall keiner der Diener zur Hilfe. Juarez' Tochter erbarmte sich schließlich meiner und schob mir ein Glas Wasser über den Tisch.

»Habe ich Sie schockiert?«, fragte sie maliziös lächelnd.

Welcher Film lief hier ab?

»Das kann man wohl sagen!«, keuchte ich. Welche Scherze trieb Juarez mit mir? Erst die Millionen und dann noch die Tochter? Träumte ich das alles? Hatte er mir irgendetwas in den Tee getan?

»Können Sie das Angebot in Erwägung ziehen?«, fragte sie und tatsächlich verzog sich ihr Porzellangesicht zu einer werbenden Miene. »Mein Vater hat mir ein Dossier über Sie gegeben«, fuhr sie betont sachlich fort. »Ich habe Ihr Profil aufmerksam studiert. Sie scheinen kein schlechter Mensch zu sein. Sie würden mich schon aus Anstand nicht betrügen und wenn doch …« Sie lachte ein hohes, kieksendes Lachen. »… könnte mein Vater sehr unangenehm werden.«

»Warum gerade ich?«, fragte ich hilflos.

»Weil es meinem Vater so gefällt. Sie haben einen guten Ruf in der Welt, gelten als integer, intelligent und mutig und haben eine gute Schreibe. Mein Vater will keine Artikel über sich, sondern ein Buch, das ihn als das feiert, was er ist – ein großer Patron und Wohltäter. Ein richtig gutes Buch, das seine Verdienste um Mexiko und die Welt herausstellt.«

»Und Sie machen da mit?«

»Ich war schon zweimal verheiratet. Carlos und Ronaldo stammten aus angesehenen Familien, waren aber das Geld nicht wert, das ihnen mein Vater in den Rachen schob. Vater hat sie … na, Sie wissen schon. Diesmal ist seine Wahl auf einen Unbekannten gefallen, einen Niemand eigentlich, aber mit gewissen Talenten, die ihm nützlich sein können.«

»Ha ja?«, sagte ich, um irgendetwas zu sagen.

»Ich bekomme einen guten, intelligenten Mann und Sie könnten sein Ansehen in der Welt mehren und …. vielleicht sein Nachfolger werden.«

Ich saß mächtig in der Tinte. Da war ich hierher gefahren, um ein Interview zu führen, also für mich Routinearbeit. Nun hatte ich einen Millionenscheck und eine Gemahlin in spe am Hals. Im Mafiosojargon: Ein Angebot, das man nicht ablehnen konnte. Ich hatte aber immer noch keine Lust es anzunehmen. Wie sagte ich es dem schönen Kind?

»Sie sind zweifellos eine bestrickend schöne Frau und Ihr Angebot ehrt mich«, begann ich mich langsam an das »Nein« heranzutasten. »Aber ich bin ein schlechter Kandidat für die Ehe. Ich liebe meinen Beruf, bin ständig unterwegs und außerdem das, was man in Frankreich einen Filou nennt.«

Sie lächelte. Es gefiel mir nicht.

»Den Filou werden wir Ihnen schon austreiben. Sie werden es sich überlegen, wenn Sie die Alternative kennen.«

Die Diener kamen wieder herein und servierten auf silbernen Platten Wachteln mit köstlichen kleinen Kartoffeln. Aber ich war nicht in der Stimmung, das Essen zu würdigen.

»Sie werden verstehen, dass dies alles sehr überraschend für mich kommt und wohl überlegt sein will«, versuchte ich die Ablehnung nicht so krass ausfallen zu lassen.

»Sie fragen nicht nach der Alternative«, sagte sie spröde.

»Ich habe so eine Ahnung.«

»Sie ahnen richtig. Ihnen würde das Gleiche passieren wie meinen Verflossenen.«

»Sie wären selbst mit einem Mord … einverstanden, wenn ich nicht …?«, fragte ich mit belegter Stimme.

»Schön fände ich es nicht gerade. Aber was mein Vater tut, ist immer recht. Er will für mich immer nur das Beste. Er ist ein Fürst unter den Mächtigen«, sagte sie mit andachtsvoller Stimme, als säßen wir in der Kirche.

Nun platzte mir der Kragen und ich vergaß alle Vorsicht.

»Er ist ein Drogendealer! Ein Krimineller!«

Was für eine absurde Situation, dachte ich. Du kommst hier nicht mehr lebend heraus. Mein Herz schlug schneller als in den Armen von Marizia. Erstaunlicherweise schien meine Bemerkung sie nicht sehr aufzuregen.

»Könige und Präsidenten freuen sich, ihm die Ehre zu erweisen. Er könnte die halbe Welt kaufen.« Sie nahm den Mund ein bisschen sehr voll.

»Auch Krösus nannte man einen reichen Mann. Er machte einen Fehler und verlor alles.«

»Mein Vater ist nicht nur Krösus, wer immer der auch war. Er kann ohne weiteres jedes Land ruinieren, das sich ihm nicht beugt. Und was ist am Drogenhandel so schlimm? Er zwingt die Menschen ja nicht dazu, das Zeug zu konsumieren. Es gibt andere Drogen, die legal sind. Und nur weil er den Menschen gibt, was sie wollen, ist er doch nicht kriminell. Jeder hat doch seine Lieblingsdroge. Ich werde noch dahinterkommen, welcher Droge Sie verfallen sind und … mich darüber amüsieren.«

Die Beschreibung, dass sie eine »Vatertochter« war, reichte bei ihr nicht aus. In ihrem hübschen Kopf war einiges durcheinander, aber vielleicht wird man so, wenn man einen reichen, schurkischen Drogenbaron zum Vater hat.

Man brachte uns das Hauptgericht. Hechtklößchen in einer wohlschmeckenden Weinsauce. Ein Gericht, das ich in der *Closerie des Lilas* oft genug gegessen hatte. Aber ich stocherte lustlos darin herum und zermarterte mir das Gehirn, wie ich aus dieser Situation heil wieder herauskam.

»Ich kann ja verstehen, dass Sie im Moment ein wenig durcheinander sind«, sagte sie in mitfühlendem Ton. »Wenn ein Niemand plötzlich ein reicher Mann wird und obendrein eine Frau wie mich bekommt, muss einem das alles wie ein Märchen vorkommen.« Sie lachte dieses hohe, kieksende Lachen, das mir auf die Nerven ging.

»Ein Schauermärchen!«, korrigierte ich sie, stand auf und warf die Serviette auf den Tisch. »Ich werde mich nun von Ihrem Vater verabschieden. Ich kann mich nur wiederholen. Die Ehre, ein Juarez zu werden, ist mir ein bisschen zu groß, wie schön die Tochter auch sein mag.« Ich wollte hinauseilen. Sie wies auf den Scheck neben meinem Teller.

»Nehmen Sie das Papier mit. Es ist Ihr Eigentum«, rief sie spöttisch.

Ich weiß nicht, woran es lag. Wollte ich einen Beleg haben, dass dies wirklich passiert war? Wie unter Zwang steckte ich den Scheck ein. War die Magie der Summe so groß, dass ich zumindest einen Augenblick auf die Möglichkeit, so reich zu sein, nicht verzichten wollte? Ich habe bis heute keine Erklärung dafür. Ihr Lachen verfolgte mich bis auf den Flur. Ein Diener fing mich in der Halle ab und führte mich in die Bibliothek, wo Juarez wieder am Schreibtisch saß und in einem Buch las.

»Die Rockefellers, Vanderbilts und wie sie alle hießen, waren alle clevere Jungs. Völlig skrupellos. Ich lese gerade über die Reichen dieser Welt. Rockefeller war ein grausamer, herrlicher Schurke. Großer Reichtum entsteht nicht ohne Blut und Niedertracht.« Er wies auf den Sessel.

»Nun, wie hat Ihnen meine Tochter gefallen?«

»Gut. Zu gut.«

»Was soll das heißen?«, fragte er erstaunt.

»Mir gefällt der Vater nicht.«

Er machte große Augen und fing dann an zu lachen.

»Ihr Juden! Ihr verdammten Juden könnt einen immer wieder verblüffen. Nicht umsonst gibt es das schöne Wort Chuzpe. Nun, die Rothschilds waren auch Juden. Hat dir der Rabbi so viel Moral eingebläut, dass du die Chance deines Lebens nicht erkennst?«

»Über Moral braucht mir kein Rabbi etwas zu erzählen.«

»Moral? Was ist Moral? Ein Wort, das diejenigen gefügig machen soll, die keinen Besitz haben. Wir wollen mal sehen, wie dir die andere Option gefällt.«

Er drückte einen Knopf neben seinem Telefon. Sofort sprang eine Tür hinter mir auf und meine vier Entführer tauchten auf. Er nickte dem Bulldozer zu.

»Wie abgesprochen!«, sagte er nur.

Sie nahmen mich beim Arm und wollten mich hinausführen. An der Tür hielt mich Juarez noch einmal auf.

»Wir sehen uns wieder, Marc Mahon. Ich bin mir da ganz sicher.«

»Grüßen Sie Ihre Tochter von mir. Ich wollte sie nicht kränken, aber der Vater, dessen bin ich mir sicher, wird sie nicht glücklich machen, egal welchen Bräutigam er ihr kauft.« Ja, mich stach gewaltig der Hafer.

»Raus mit ihm!«, donnerte Juarez.

Sie schleppten mich aus dem Haus und stießen mich in den Chevrolet. Wir fuhren durch den Pinienwald, durch die Allee der Königspalmen und es war immer noch ein heller Tag unter der Sonne Mexikos. Vor der Schlucht, die in das Juarezreich führte, bogen sie ab und fuhren auf einer ungepflasterten Straße weiter und der schwere Wagen hinterließ dabei eine große Staubwolke. Vor einem ausgetrockneten Flussbett hielten sie und warfen mich in eine Wasserpfütze, fesselten mich, halfen mir hoch und grinsten dabei wie die Teufel. Schon hatten sie wieder ihre riesigen Kanonen in den Händen.

»Nun, Gringo, willst du nicht doch auf das Angebot des Don eingehen?«, fragte Bulldozer und seine Goldzähne blitzten wie die Krone des Empire.

»Ich habe eurem Chef gerade gesagt, dass ich an seinem Angebot nicht interessiert bin.«

»Die Alternative ist der Tod!«, bekräftigte Bullenbeißer noch einmal.

Ich hatte Mühe, meine Gedärme unter Kontrolle zu halten. Mein Mund war so trocken wie die Wüste Nevadas. Ich versuchte zu sprechen, aber es gelang mir nicht gleich.

»Was für eine Farce!«, krächzte ich schließlich. Sie hoben ihre Revolver.

»Noch einmal! Das Angebot annehmen oder der Tod?«, grölte Bulldozer und seine Kumpels lachten. Es schien ihnen mächtig Spaß zu machen.

»Scheißkerle!«, brachte ich noch über die Lippen.

Sie schossen. Ich kippte um. Aber etwas stimmte nicht. Ich fühlte keinen Schmerz. War das so, wenn man starb? Ich sah an mir herunter. Kein Blut zu sehen, kein Einschussloch. Nur meine Hose wies Flecken auf. Ich hatte vor Angst in die Hose gepisst. Mühsam stand ich wieder auf. Die Juarezleute lachten, wiesen auf meine Hose und schlugen sich dauernd auf die Knie. Oh ja, es war ein Riesenspaß für sie.

»Habt ihr schon einmal ein so belämmertes Gesicht gesehen? Er dachte, er wäre tot. Wirklich! Und wir sind die Engel, die ihn umtanzen!«, brüllte der mit dem hängenden Augenlid.

»Also, wir sollen dir vom Chef ausrichten, dass du eine Woche hast, um dir das Angebot zu überlegen. Falls du nicht zur Einsicht kommst, werden wir dich besuchen und es zu Ende bringen, egal wo du dich versteckst. Nun komm schon, du Dummkopf! Wir bringen dich in die Stadt zurück.«

Sie nahmen mir die Fesseln ab. Zwei Stunden später waren wir wieder in der City und diesmal sah ich die Stadt mit anderen Augen. Wir fuhren am Denkmal der Revolution vorbei und ich fragte mich, was in dem Land schiefgelaufen war, dass es in die Hände der Drogenmafia abrutschen konnte. Doch die Menschen, die ich in ihren Lumpen bedauert hatte, schienen mir nun wie verwandelt. Ihre Augen waren voller Leben, ihre Bewegungen weniger hinfällig. Ich freute mich über jedes Lachen. Sah ich sie so anders, weil ich gerade mit dem Leben davongekommen war? Als der Wagen vor Julios Hotel hielt und man mich aus dem Wagen stieß, eilte schon der Junge aus dem Haus und stürmte in meine Arme.

»Marc ist zurück!«, krähte er und tanzte an meiner Hand. »El Lobo lebt. El Lobo lebt!« Ich war froh, dass meine Hose getrocknet war. Der Chevrolet fuhr ab und Alfredo drohte ihnen mit der Faust hinterher.

Nun kamen Marizia, Julio und die Huren aus dem Haus und Marizia küsste mich ab, als ob ich von den Toten auferstanden sei. So etwas ähnliches war mir ja auch passiert.

An diesem Abend machte Julios Absteige kein Geschäft. Im Hinterhof wurde ein riesiger Tisch aufgestellt und es gab Paella und das Nationalgericht Mole Poblano, Truthahnfleisch in einer scharfen Sauce. Rotwein und Tequila flossen in Strömen und die ganze Straße feierte mit. Ich musste immer wieder erzählen, was passiert war. Ich erzählte eine gereinigte Fassung, aber Marizia bemerkte, dass ich nur ein Gerüst zum Besten gab und viel »Fleisch« an meinen Erzählungen fehlte. Man freute sich nicht nur deswegen, dass ich wieder da war, sondern dass ich den großen Eduardo Juarez persönlich kennengelernt und die Begegnung überlebt hatte. Für Alfredo hatte ich wie Zorro den Desperados getrotzt. Er war nun gar nicht mehr so sehr darauf aus, ein Juarezmann zu werden.

Die Feier ging bis in den frühen Morgen und als ich mit Marizia im Bett lag, belohnte sie mich für meine Standfestigkeit, nachdem ich ihr erzählt hatte, worin das Angebot von Juarez bestand.

»Du hast meinetwegen auf Reichtum und die schöne Tochter von Juarez verzichtet? Ist das wirklich wahr?«

Ich stieg noch einmal aus dem Bett und zeigte ihr den Scheck.

»Ist der echt?«, staunte sie. Ich zuckte mit den Achseln.

»Sieht so aus. Und wenn nicht, ist das auch nicht schlimm.«

Was wir danach machten, stellte einige Vorschläge des Kamasutra in den Schatten. Man muss nicht alle Vergnügungen einer Liebesnacht zu Papier bringen. Wie pflegte mein alter Freund Tomaso in Córdoba immer zu sagen: Gent bleibt Gent, auch wenn er in der Gosse pennt.

Als ich nach kurzem Schlaf wieder aufwachte, lag meine mexikanische Schönheit mit dem Lächeln eines Engels träumend neben mir. Ich ging noch einmal zu meiner Jacke, wo in der Innentasche der Scheck über fünf Millionen Dollar steckte. Es war tatsächlich passiert. Bisher war ich nicht schwach geworden. Aber die Zahlen des Papiers brannten in meinem Kopf. Wie würde Ernesto auf ein solches Angebot reagieren? Ich kannte die Antwort.

8

Die Verdammten dieser Erde

Am nächsten Tag suchte ich Colorado auf. Als ich sein Büro betrat, machte er ein erleichtertes Gesicht.

»Hombre, bin ich froh, dich zu sehen!«, bekannte er. »Ich habe gerade von *Life* erfahren, dass der Redakteur dort erschossen wurde. Man hat ihn mit abgeschnittenen Eiern in Harlem gefunden. Sie haben ihn kastriert und ihm die ganze Bescherung ins Maul gestopft.«

Ich warf mich in den Sessel und erzählte ihm in groben Zügen, was mir widerfahren war.

»Was? Zehn Millionen und obendrein die schöne Tochter? Und du hast das Angebot nicht angenommen? Bist du verrückt?«

Ich zog den Scheck aus der Jacke und reichte ihm den Beleg meines angeblichen Reichtums.

»Das ist doch ein Witz«, murmelte er. »Vielleicht ist er nicht gedeckt?«

»Ein Juarez ist immer gedeckt. Und nun?«, fragte ich ratlos.

»Mach dir ein schönes Leben!«

»Ha, ich will Isabella Juarez nicht heiraten und mit so viel Geld kann ich auch nichts anfangen.«

»Unsinn! Es gibt keinen Menschen, der mit Geld nichts anfangen kann.«

»Oh, ich kenne da einen.«

»Wer?«

»Ein Freund aus Córdoba.«

»Muss auch so ein Verrückter sein!«

»Es ist ein Frevel einen Menschen so zu versuchen. Er spielt mit mir.«

»Aber für deine Teilnahme an dem Spiel bezahlt er auch tüchtig. Das Buch kannst du doch unter einem Pseudonym schreiben.«

»Ich glaube nicht, dass er damit zufrieden wäre. Er braucht meinen Namen, damit das Buch Seriosität ausstrahlt.«

»Mann, so viele Millionen! Schreib das Buch. Es gibt viele Schriftsteller, die ein Scheißbuch geschrieben haben. Nach einem Jahr ist es vergessen.«

»Er hat mir ein Leben ohne Moral angeboten«, sagte ich nachdenklich.

»Scheiß drauf! Moral kann man nicht essen und schon gar nicht kommt man damit zu einem Leben wie ein Rockefeller. Und außerdem wäre es mir sehr recht, dass du bald verschwindest. Übrigens, was hast du mit Marizia angestellt? Sie benimmt sich plötzlich wie die heilige Jungfrau von Guadeloupe. Hau mit der Juareztochter ab nach Acapulco oder verzieh dich nach Frankreich, damit Marizia wieder normal wird.«

»Ich schreibe das Scheißbuch nicht! Und Marizia lass aus dem Spiel, du Lustmolch. Ein guter Fuchs wildert nicht vor dem eigenen Bau.«

»Also, was hast du vor?«, überging er meinen Kommentar.

»Ich weiß noch nicht, was ich machen werde. Auf keinen Fall mich an ihn verkaufen.«

»Dann bestell mal schon einen anständigen Sarg. Ich kann dir die Adresse eines Bestatters geben. Hombre, ich sage dir, was richtig ist: Das Geld nehmen, nach Acapulco verschwinden, dort den Sermon über den Wohltäter Juarez schreiben und danach machst du ein Leben lang mit der schönen Isabella Fiesta.«

Er grinste selbstgefällig und winkte Marizia zu, die im Vorzimmer an ihrem Schreibtisch saß und besorgt zu uns herübersah. Er machte sich wieder Hoffnung, ihre Beziehung fortführen zu können.

»Na, eine große Hilfe bist du mir nicht. Ich werde jetzt mit Marizia abziehen. Wir wollen uns heute noch einmal euer Nationalmuseum ansehen.«

»Daraus wird nichts. Ihre Betreuung des *Life*-Journalisten ist hiermit beendet. Das einzige, was sie noch für dich machen wird, ist ein Ticket nach Acapulco oder Frankreich zu buchen.«

»Nein. Ich ziehe noch nicht den Schwanz ein. Ich habe eine Frist von sieben Tagen bekommen. Vielleicht fällt mir bis dahin etwas ein.«

»Dir bleibt gar nichts anderes übrig, als auf seine Bedingungen einzugehen. So sehe ich das«, schnauzte Colorado.

»Ich brauche Marizia, um mich in der Stadt zurechtzufinden. Hör mit dem Scheiß auf und fall mir nicht in den Rücken.«

»Mann, da hat mir *Life* eine Laus in den Pelz gesetzt! Na gut, bis nächste Woche kann sie hin und wieder noch deinen Guide spielen. Es wird schwer genug sein, sie wieder daran zu erinnern, warum sie hier den Job bekommen hat.«

»Du bist ein Arschloch so groß wie die Pyramiden!«

»Richtig. Ein Arschloch, das sich Sorgen um seinen eigenen Arsch macht.«

Es war nicht so toll, Millionär zu sein. Dieser verdammte Scheck brannte wie Feuer in meiner Jackentasche. Ich löste ihn nicht ein, aber ich zerriss ihn auch nicht. Ich behielt ihn als Beweis des Sieges über mich selbst. Aber ich will hier nicht den Heiligen abgeben.

An einem kalten Novembertag bekam mein Aufenthalt in Mexiko einen anderen Sinn und das verfluchte Angebot von Juarez trat in den Hintergrund.

Es war auf dem Zócalo, vor dem Nationalmuseum. Ich hatte mich an den Bildern von Diego Rivera und Frida Kahlo berauscht. Ich mochte die Kahlo, die gegen die Schmerzen ihres eigenen Körpers angemalt hatte. Durch einen Busunfall, bei dem sich ein Stahlträger in ihr Becken bohrte, musste sie ein Stützkorsett tragen. Trotz ihrer Behinderung hatte sie Meisterwerke geschaffen und die aufregendsten Männer in den Bann geschlagen. Immerhin war ein Trotzki alias Bronstein, der Revolutionär und Gründer der Roten Armee, ihr Liebhaber gewesen.

Vor dem Museum sah ich ein Brautpaar posieren. Ein Fotograf dirigierte gerade die Hochzeitsgesellschaft um sie herum. Seine Haltung kam mir bekannt vor. Ich ging die Treppe des Museums hinunter und je näher ich kam, desto vertrauter wurden mir Gesten und Gestalt. Ich sah, wie er sich zusammenkrümmte und hörte seinen kurzen trockenen Husten. Und wenn es einen Film über sein und mein Leben geben würde, würde die Musik jetzt dramatisch aufdrehen. Aber die Erde zitterte nicht unter unseren Füßen. Keine Blitze fuhren herab und kein Sturm brauste durch die Straßenschluchten. Ich rief seinen Namen und er drehte sich erstaunt um und starrte mich an, ließ die Hochzeitsgesellschaft stehen und stürzte auf mich zu. Wir tanzten einen Apachentanz wie einst in der Heimat. Einen Aztekentanz kannten wir nicht, aber sie hätten unser Gehopse sicher auch gelten lassen.

»Kochba, du alter Höllenhund, was treibst du in Mexiko?«

»Und du?«, erwiderte ich und deutete auf die Hochzeitsgesellschaft, die uns ratlos bestaunte.

»Damit schlage ich mich durch. Im Krankenhaus, als Assistenzarzt, zahlen sie mir einen Bettel. Davon kann ich nicht leben. Warte hier.« Er lief zu der Hochzeitsgesellschaft zurück und erzählte dieser gestikulierend, dass er einen alten Jugendfreund wiedergetroffen habe, den besten aller Freunde. Er übertrieb gewaltig. Die Hochzeitsgesellschaft umringte uns lachend und er erzählte ihnen von Córdoba. Schließlich dirigierte er sie wieder zum typischen Hochzeitsbild, fotografierte sie und versprach ihnen, die entwickelten Fotos noch am Abend vorbeizubringen. Die Braut gab ihm einen Kuss auf die Wange und der Bräutigam klopfte ihm den Rücken. Mexikaner haben viel Sinn für Freundschaft. Sie luden uns natürlich zur Feier ein, aber Che wehrte dies ab und entschuldigte uns damit, dass wir uns viel zu erzählen hätten.

»Komm, lass uns abhauen. Ich werde dir meine zukünftige Frau Hilda Gadea vorstellen. Sie wohnt mit ihrer Freundin Lucila in der Calle Río Rhin.«

Zwei Überraschungen auf einmal. Ernesto konnte ich mir beim besten Willen nicht als Ehemann vorstellen und dass er ausgerechnet in der Calle Río Rhin wohnte, ganz in der Nähe meines Hotels, war wirklich ein erstaunlicher Zufall. Unser beider Lebenslinien hatten sich wieder angenähert und wir hatten nichts davon gewusst.

»Nun komm schon. Hilda entwickelt die Negative. Sie hat damit mehr Geduld als ich.«

Er hatte sich kaum verändert. Er wirkte immer noch jungenhaft und doch hatte er bereits diesen Strahlenglanz an sich, diese Bestimmtheit, die aus dem Wissen seines eigenen Wertes entsprang, obwohl damals das Ziel noch recht verschwommen in der Zukunft lag. Er wollte sich zu Fuß zur Wohnung von Hilda aufmachen, aber ich winkte ein Taxi heran. Er runzelte einen Moment die Stirn.

»Bist du so reich?«

»Ich bin einer der reichsten Männer der Stadt.«

Er hielt dies natürlich für Unsinn und winkte ab.

»Wenn es so wäre, wärst du auf der falschen Seite der Barrikade.«

Ich lächelte kopfschüttelnd. Nein, er hatte sich nicht verändert. Solche Sprüche kannte ich aus Córdoba. Aber die Barrikadenkämpfe waren schon lange Geschichte.

Hilda Gadea mochte ihre Qualitäten haben, aber eine Schönheit war sie nicht. Untersetzt, mit einem stoischen indigenen Gesicht sah sie zwanzig Jahre älter aus als Ernesto. Klug, ja verdammt klug war sie und eine überzeugte Kommunistin und ihre Argumente waren geschliffen und verrieten ihre Unbedingtheit. Ihre Freundin Lucila, mit der sie die zwei Zimmer bewohnte, wurde mir als Dichterin vorgestellt. Sie hatte etwas Unwirkliches, als würde sie in einem Traum leben. Sie war wie eine Elfe. Für die Raffaeliten hätte sie ein gutes Modell abgegeben. Che gab Hilda, nachdem er mich vorgestellt hatte, die Filme und sie verschwand hinter einer Decke, die den ohnehin kleinen Raum abtrennte, in der provisorischen Dunkelkammer. Da nur zwei Stühle vorhanden waren, setzten wir uns auf die Betten. Lucila reichte uns Mate, an dem Ernesto begeistert nuckelte.

»Erzähle!«, forderte er mich auf. »Die ganze Geschichte, von Córdoba bis Mexiko.«

Also erzählte ich ihm von meinem Stipendium, von meinem Leben in Paris, von meinen ersten Erfolgen und warum es mich nach Mexiko verschlagen hatte. Es dauerte bis zum Abend. Auch Hilda setzte sich zu uns, nachdem die Fotos entwickelt waren. Sie würde die Fotos später der Hochzeitsgesellschaft bringen. Als ich ihnen von meinem Interview mit Juarez und seinem Angebot erzählte, schrien die beiden Frauen auf.

»Du bist im Besitz von fünf Millionen Dollar?«, staunte Ernestos Verlobte empört.

»Ich bekomme sogar zehn Millionen, wenn ich auf sein Angebot eingehe, das verdammte Buch zu schreiben und für seine Tochter den Prinzgemahl zu spielen.«

»Das ist die ungeheuerlichste Versuchung seit dem heiligen Antonius«, keuchte Lucila.

»Ach was!«, sagte Ernesto trocken. »Kochba wird das Geld nicht annehmen. Er doch nicht! Für ihn sind das doch nur Mätzchen.«

Wenn man innerlich rot werden kann, so bin ich es geworden. So viel hielt ich dann doch nicht von meiner Widerstandsfähigkeit.

»Natürlich nicht«, erwiderte ich eifrig, war mir dessen aber weiß Gott nicht so sicher, wie ich tat.

Er erzählte mir von seinem Arztstudium, von seiner Motorradreise durch Südamerika, von seiner Zeit bei den Leprakranken und wie sehr ihn der Arztberuf langweilte.

»Er ist natürlich nützlicher als vieles andere, aber es füllt mich nicht aus. Es geht nicht um die Gesundheit einzelner Menschen, es geht um die Gesundung … aller Menschen.«

»Wir haben uns in Guatemala kennengelernt, wo wir uns an der Revolution beteiligt haben«, schilderte Hilda. »Keine große Sache. Wir haben nur den Studenten geholfen, sich zum Widerstand zu organisieren. Aber als dann die Yankees eingriffen, war alles vergebens.«

»Man hätte in Guatemala die Konterrevolutionäre rechtzeitig ausschalten müssen, dann hätte man vielleicht eine Chance gehabt«, erklärte Ernesto unzufrieden.

»Und was soll nun werden?«, fragte ich. »Wie soll es weitergehen?«

»Ich bin auf der Suche nach meiner Bestimmung. Wozu bin ich da?«

»Große Worte!«, spottete Hilda. »Er ist nicht einmal in der kommunistischen Partei.«

»Du weißt, was mich an ihnen stört. Ihr Dogmatismus ist mir ein Gräuel. Sie entwickeln die Internationale nicht weiter und benehmen sich im Grunde wie die Kapitalisten, ordnen alles ihren Wirtschafts- und Machtinteressen unter.«

Hilda japste. »Hört euch das an. Er begreift nicht, in welcher Situation sich die Sowjetunion befindet. Sie ist immer noch in einem Überlebenskampf gegen den Kapitalismus und muss deswegen manchmal ähnliche Methoden anwenden.«

»Zum Beispiel mit Hitlerdeutschland einen Pakt abschließen!«, höhnte Che.

»Kochba, ich will dir mal sagen, was dein Freund mit den großen Worten ist: Ernestolito ist ein Bohemien, ein Herumtreiber und Vagabund und … ein Träumer. Und all dies macht ihn so unwiderstehlich. Ich liebe ihn.«

Ernesto lächelte verschämt und zuckte mit den Achseln.

»Sie ist die Klügere von uns«, gestand er und sprang auf. »Nun zu dir. Du glaubst also, dass Juarez dich liquidieren wird, wenn du nicht auf sein teuflisches Angebot eingehst?«

»Daran hat er keinen Zweifel gelassen.«

»Gut. Ich nehme dich zur Santa Rosa Ranch in Chalco mit. Bei den kubanischen Compañeros bist du in Sicherheit. Du wirst dort zu einem Guerillero ausgebildet. Ich komme nach, da Hilda und ich noch die Formalitäten für unsere Hochzeit durchziehen müssen.«

»Er will mich unbedingt heiraten – wie ein Bourgeois. Ist das nicht verrückt?«, sagte Hilda leise. »Dabei streiten wir uns so oft wie ein altes Ehepaar.«

»Nachher kommt Raúl Castro, mit dem kannst du dich nach Chalco aufmachen«, sagte Ernesto, ohne Hildas Einwand zu beachten. Er hatte mich nicht einmal gefragt, ob ich Guerillero werden wollte. Für welche Revolution überhaupt? Warum gerade Kuba, das vor der Nase der Yankees lag? Was hatte ich damit zu schaffen? Aber unter den gegebenen Umständen, Juarez im Nacken, war das vielleicht eine Lösung. Bestimmt war es interessant darüber zu berichten und ich würde eine gute Story abliefern können, die meinem Konto gut tun würde.

Raúl Castro kam auch bald. Er machte auf mich keinen besonderen Eindruck. Sahen so Revolutionäre aus? Er war ein Jüngelchen mit einem Errol Flynn-Bart, der ihm etwas Verwegenes geben sollte, ihn aber nur wie ein kleiner Zuhälter aussehen ließ. Aber ich muss zugeben, dass er eine Menge über Marx und Lenin wusste. Er diskutierte heftig mit Hilda, ob man den neuen Menschen auf dem Weg zum Kommunismus erschaffen könne oder erst danach, wenn der Kommunismus erreicht war.

»Was meinst du dazu?«, fragte mich Raúl, der mich nach Ernestos Vorstellung ohne Vorbehalte wie einen Genossen behandelte.

»Ich habe darüber schon in Córdoba mit Ernesto diskutiert und bin leider anderer Ansicht. Die Menschen sind nun mal nicht gleich und das wird sich nicht ändern.«

»Wir müssen ihn zum sozialistischen Menschen erziehen!«, rief Ernesto dazwischen.

»Und wie soll das abgehen?«

»Schulung und Propaganda und ein Leben in der Gemeinschaft, wie in den Kibbuzim in Israel«, erwiderte Ernesto heftig.

»Und wer trotzdem von eurem Kommunismus nicht begeistert ist?«, spielte ich den Advocatus Diaboli.

»Der ist ein Abweichler, Parasit und Schädling und wird eliminiert«, sagte Raúl kalt.

Ich sah Ernesto an. Der verstand mein Unbehagen und lächelte verlegen.

»Wir sind uns über den Weg noch nicht einig. Es bedarf noch umfangreicher Analysen.«

»Wir haben unsere genaue Vorstellung von der Revolution. Über das Danach muss später nachgedacht werden«, erklärte Raúl. »Es wird nicht nur irgend so eine Revolution werden, wie sie schon hundert Mal in Südamerika passiert ist, sondern eine Revolution für das Volk, für eine Umwälzung der Verhältnisse.«

Sie redeten noch eine Weile so klug daher. Über Ches neue politische Ansichten wunderte ich mich nicht. Er hatte ein Ventil für seinen Gerechtigkeitssinn gefunden. Welche Ideologie außer dem Kommunismus, wenn man das Christentum ausnahm, versprach schon den Menschen mehr Gerechtigkeit, mehr Gleichheit, mehr Brüderlichkeit ... in der fernen Zukunft? Wenn man ihn genau kannte, erschien es nur folgerichtig, dass er zum Revolutionär werden wollte. Er akzeptierte die Welt nicht, wie sie war.

Ich sagte, dass ich mit meiner Amiga verabredet sei und mit ihr einiges besprechen müsse, ehe ich mit Raúl zur Santa Rosa Ranch fahren könne.

»Gut, Bourgeois, ich hole dich morgen von deinem Hotel ab«, sagte Raúl in geringschätzigem Ton. »Ernesto erzählte vorhin, dass es ganz in der Nähe ist. Wir werden aus dir einen Guerillero machen.«

»Hör auf, Raúl!«, mischte sich Ernesto verärgert ein. »Er ist mein bester Freund und absolut vertrauenswürdig. Kochba war immer lernfähig und wird schon begreifen, dass wir vom Reden zur Tat übergehen müssen. Ich bürge für ihn.«

Raúl schwieg daraufhin und ich machte, dass ich davonkam. Ernesto ging mit mir bis vor die Tür.

»Das ist alles sehr neu und fremd für dich. Aber mir ist bereits in Guatemala klar geworden, dass es nicht darum geht, nur Revolution zu machen, sondern nur eine Umwandlung der gesellschaftlichen Verhältnisse das Elend der Menschen beseitigen kann.«

»Und das soll mit einem wie Raúl erreicht werden?«, fragte ich skeptisch.

»Raúl ist noch jung und er hat durchaus Begabungen, die ihn zu einem verantwortungsvollen Führer machen können. Aber in dieser Phase ist nur Fidel wichtig. Er ist der Leader. Du wirst ihn bald kennenlernen. Es war für mich ein politisches Ereignis, Fidel Castro kennengelernt zu haben.«

Als er meine skeptische Miene gewahrte, fügte er hitzig hinzu: »Du wirst schon sehen! Wir werden nach Kuba gehen und die erste kommunistische Revolution Lateinamerikas machen! Wir sehen uns, mein Freund. Ich komme nach.«

Nach so vielen Jahren war dies meine erste Begegnung mit Ernesto und er hatte mich wie in Córdoba sofort vereinnahmt, sofort als selbstverständlich angenommen, dass ich ihm auf seinem Weg folgte. Aber zugegeben, in meiner Situation war dies eine Lösung.

Im Hotel wartete Marizia bereits auf mich. Sie hing sofort an meinem Hals und machte mir Vorwürfe.

»Ich habe solche Angst um dich gehabt und mir Vorwürfe gemacht, dass ich dich nicht ins Nationalmuseum begleitet habe. Du hast es dir doch nicht anders überlegt und bist auf Juarez' Angebot eingegangen? Aber andererseits bist du in höchster Lebensgefahr, wenn du es nicht tust. Ach, was machen wir nur?«

»Es gibt nun eine Rettung vor der Rache des Juarez«, erwiderte ich und erzählte ihr von Ernesto und was er mir einst bedeutete und was aus ihm geworden war. »Du willst dich mit kubanischen Putschisten einlassen?«, rief sie entsetzt. »Jeder weiß doch, dass die Kubaner die größten Träumer und Aufschneider Lateinamerikas sind.«

»Auf jeden Fall bin ich bei ihnen erst einmal sicher.«

»Du willst mit ihnen nach Kuba ziehen und dich totschießen lassen? Und was wird aus mir?«

Da war sie nun, die Frage, die ich befürchtet hatte. Ich war mir nicht sicher, dass meine Liebe zu ihr Bestand haben würde. Sie liebte mich mit einer Heftigkeit, die mich manchmal erschreckte. Würde ich dieser animalischen Inbesitznahme nicht eines Tages überdrüssig sein? Aber konnte ich sie einfach sitzenlassen? Ich hatte zweifellos eine Verantwortung für sie.

»Du kannst doch nachkommen, wenn wir …«

»… gesiegt haben?«, schnitt sie meine Worte ab. »Nein, ich komme mit.«

»Ich weiß nicht, ob die Kubaner Frauen mitnehmen.«

»Rede du mir nicht von den keuschen Kubanern. Wo Kubaner sind, sind stets auch Frauen. Ich komme mit.«

Ich beließ es erstmal dabei und verabredete mit ihr, dass ich mich melden würde, sowie ich die Lage in Chalco sondiert hatte.

»Wenn du dich nicht meldest, werde ich dir dort auf die Pelle rücken und dann kratze ich dir die Augen aus«, versprach sie.

Ich zweifelte nicht, dass dies nur so dahingesprochen war. In der Nacht versöhnten wir uns miteinander und ich fand es dann doch sehr beglückend, dass ich eine Frau hatte, die so unbedingt ihr Schicksal mit meinem verband.

Raúl holte mich wie abgesprochen in einem alten Dodge ab. Er trug ein knallgelbes Hemd und gestreifte Hosen und sah wie jemand aus der Halbwelt aus. Mit ideologischen Diskussionen verschonte er mich erstmal. Ich nahm an, dass ihm Ernesto gründlich Bescheid gegeben hatte. Er gestand mir, dass es eigentlich sein innerster Wunsch gewesen war, Torero zu werden.

»Ich kann mit der Muleta umgehen wie Joselito und mit dem Degen bin ich so gut wie Belmonte.«

Ich erzählte ihm, dass ich Dominguin und Ordoñez interviewt hatte und er geriet schier aus dem Häuschen und stellte mir die unmöglichsten Fragen und wollte wissen, ob sie vor dem Kampf noch einmal zum Pinkeln gingen. Er war zweifellos ein verrückter Hund, aber ein wirklicher Aficionado. Jedenfalls stieg ich durch das Interview in seiner Achtung und ich konnte mich mit ihm ganz normal unterhalten.

»Du warst wohl gestern über unsere Diskussion sehr verwundert?«, fragte er friedfertig.

»Als Journalist wundert mich gar nichts mehr. Um Politik kümmere ich mich nur insofern, dass ich über die Not der Menschen berichte und wie sie sich dagegen wehren. Du hast schon recht, ich bin ein Bourgeois. Ernesto und ich sind einen anderen Weg gegangen.«

»So fängt es manchmal an. Erst registriert man nur das Unrecht und dann sagt man sich, dass man etwas ändern muss. Am Anfang sind wir doch alle Bourgeois, aber wenn man sich mit dem Marxismus-Leninismus auseinandersetzt, dann steht am Ende der Geschichte der Kommunismus. Das alles ist streng wissenschaftlich.«

»Es ist also das von der Kirche verheißene Paradies.«

Er wiegte den Kopf und fluchte, weil wir von einem weißen Cadillac überholt wurden, der uns eine Menge Staub auf die Scheibe schickte, so dass die Scheibenwischer Mühe hatten, wieder freie Sicht herzustellen.

»So ein scheiß Yankee!«, fluchte er und fuhr dann fort: »Mit einem Unterschied. Das Paradies findet hier auf Erden statt, den Himmel überlassen wir den Spatzen.« Es klang verdammt nach Heinrich Heine. Dumm war er nicht, der kleine Bruder von Fidel Castro.

Die Ranch in Chalco war jedenfalls nicht das Paradies. Ein heruntergekommenes Haupthaus mit halbverfallenen Ställen, in denen vierzig Männer campierten. Da nicht genug Platz für Betten selbst primitivster Art war, musste man auf dem Boden schlafen. Hier herrschte eine flache wenn auch strenge Befehlsstruktur. Oberausbilder war Arnacio Vanegas, der seine Aufgabe sehr ernst nahm. Wir wurden professionell trainiert. Es gab dreißig, manchmal sogar vierzig Kilometer lange Tag- und Nachtmärsche. Schießtraining und Nahkampfübungen mit Jiu Jitsu und Karate gehörten ebenfalls dazu. Es wurde viel geredet, meistens über Fidel Castro. Nach ihren Erzählungen war er der reinste Wundermann. Sie schwärmten von seiner Rede vor Gericht, nach dem gescheiterten Angriff auf die Moncada-Kaserne. Sie nannten ihn den neuen Martí, so wie Kubas großen Freiheitskämpfer des vorigen Jahrhunderts. Ich fand nach ihren Erzählungen die Art, wie sie die Kaserne angegriffen hatten, ziemlich stümperhaft. Seinen Satz »Die Geschichte wird mich freisprechen« konnten sie nicht oft genug wiederholen. Nach der allgemeinen Amnestie, der Diktator Batista wähnte sich unangreifbar, war Fidel freigekommen und organisierte nun die Rückkehr nach Kuba.

Fidel war der anerkannte Anführer der ›Bewegung 26. Juli‹, der Widerstandsgruppen in den Städten Kubas, mit denen sich die Guerilleros verbinden wollten. Castro würde also Unterstützung aus den Städten bekommen. So abenteuerlich die Rückkehr nach Kuba auf den ersten Blick aussah, stand dahinter doch ein strategisches Konzept.

Da ich körperlich im Nachteil war und einiges nachzuholen hatte, nahm ich das Training sehr ernst. Obwohl ich jeden Abend erschöpft aufs Lager sank, schrieb ich jeden zweiten Tag ein paar Zeilen an Marizia. Die Genossen, so nannten wir uns schon, nahmen meine Briefe mit, wenn sie in die Stadt fuhren. Zweimal konnte ich mich vom Camp abseilen, weil ich Nachrichten von Raúl für Ernesto überbringen sollte. Marizia gab sich jedes Mal viel Mühe, mich für die Strapazen zu entschädigen, was sowohl das geistige als auch das körperliche Wohl betraf. Sie hatte sich mit Hilda und Lucila angefreundet und wurde von den beiden heftig indoktriniert und kannte sich bald besser im Marxismus-Leninismus aus als ich. Hilda und Ernesto hatten geheiratet und sie hatten ein Mädchen bekommen, aber um ihre Ehe, wie mir Marizia berichtete, stand es bereits jetzt, kurz nach der Heirat, nicht zum Besten. Kein Wunder, denn Ernesto war ständig unterwegs. Er spielte den Herold zwischen den Kubanern, die über die ganze Stadt verteilt waren und im Schneeballsystem auf der Ranch ausgebildet wurden, denn die Ranch war für alle Kämpfer nicht groß genug.

Bei einem meiner Besuche in der Stadt lernte ich bei Hilda und Lucila Fidel Castro kennen. Er war groß, breit in den Schultern und trug einen Oberlippenbart. Er sah aus wie ein Vertreter für Landmaschinen. Doch gleich bei unserem ersten Zusammentreffen begeisterte er mich durch seine Leidenschaft, seine Selbstgewissheit und seine Empathie für die einfachen Menschen. Er war ein großer Redner und bei ihm drehte sich alles um Freiheit und Gerechtigkeit und die Befreiung der Armen aus Not und Armut. Ich verstand nun, warum Ernesto sich Fidel angeschlossen hatte. Der *Máximo Líder* redete die ganze Nacht und wir alle hörten ihm gebannt zu. Nur Ernesto unterbrach ihn hin und wieder mit dem Einwand, dass wir nicht den Fehler machen sollten, eine Revolution anzuzetteln, ohne zu wissen, was danach passieren sollte. Fidel stimmte zu, dass man einen Plan zu erarbeiten habe, wie die kubanische Gesellschaft zukünftig aussehen sollte. Aber das »Wie« blieb im Vagen. Am wissenschaftlichen Kommunismus schien er nicht sehr interessiert zu sein. Er brachte auch keine Zitate von Lenin, Mao oder Stalin, wie Raúl es gern tat. Bei ihm hatte die kommende Revolution nicht viel mit den Träumen Ernestos zu tun und dem Paradies auf Erden. Er war zu sehr Politiker, um nicht zu wissen, dass er am Anfang das Bürgertum mitnehmen musste und denen nicht mit Gleichheit und Brüderlichkeit kommen konnte.

Ernesto hatte sich mittlerweile in einen grenzenlosen Hass auf die Yankees hineingesteigert. Für ihn waren die USA die Inkarnation des Bösen und er führte immer wieder die vielen Revolutionen an, die von den USA schon im Ansatz eingedämmt worden waren. Fidel nickte zwar dazu, verwies aber auf die enorme wirtschaftliche Kraft und den Fortschritt für die Arbeiter in den

USA. Er verhehlte nicht, dass er nach der Revolution hoffte, mit den USA vernünftige Verträge aushandeln zu können. Er war eben ein Pragmatiker. Ernesto schwieg dazu, starrte aber missmutig vor sich hin. Ich kannte ihn gut genug, um zu wissen, dass er von einer Kooperation mit den USA nicht viel hielt.

Ich blieb immer nur kurz in Mexico-City, denn ich wollte die Disziplin nicht missachten. Ein anderer Grund war, dass sich, wie Julio mir berichtete, verdächtige Gestalten in den Hotels rundherum einquartiert hatten, ganz offensichtlich Juarez-Leute. Alfredo hatte mitbekommen, dass sie die Mädchen über mich ausfragten. Juarez wollte also seine Drohung wahrmachen. Marizia sah ein, dass ich nur auf der Ranch in Chalco in Sicherheit war.

Es fiel im Training auf, dass ich mich zu einem guten Kämpfer entwickelte. Aber wie alle anderen auch wurde ich von Ernesto übertroffen. Trotz seines Asthmas, seiner Hustenanfälle, war er sowohl beim Marschieren als auch im Nahkampf und beim Schießen der Beste. Gleich darauf folgte ich, aber niemals erreichte ich die Leistungen meines Freundes. Mich nannte man so, wie Ernesto mich vorgestellt hatte: Kochba. Hier im Camp hörte ich auch zum ersten Mal seinen »Nom de guerre«. Da er wie viele Argentinier bei jedem längeren Satz einen Kehllaut ausstieß, der für Kubaner seltsam klang und sich wie »Che« anhörte, wurde dies sein Kampfname. Da er mit diesem Namen zur Weltberühmtheit wurde, werde ich ihn von nun an Che nennen, aber wenn wir unter uns waren, nannte ich ihn weiterhin Ernesto.

Unsere Truppe wurde nun auch noch mit Flüchtlingen aus Kuba verstärkt und wir erfuhren von der Unzufriedenheit der Bauern mit dem Batista-Regime, dessen Söldner das Land mit Terror überzogen hatten. Es gab schreckliche Berichte über Folterkeller in Havanna, Santiago sowie Santa Clara. Batista war einst mit Unterstützung der Amerikaner an die Macht gekommen und hatte die Insel den Gangstern ausgeliefert. Die amerikanischen Mafiabosse hatten vor, aus Havanna ein zweites Las Vegas zu machen und tagten wochenlang in Havanna und ihr Pate war der Präsident, der natürlich tüchtig abkassierte.

Anfangs waren wir im Campo Santa Rosa nichts anderes als eine Bande romantischer Banditen. Aber Bayo, der Einarmige, ein ehemaliger Oberst der spanischen Armee, schulte uns auch in Taktik. Wir lernten Maos Guerillataktik und natürlich lasen wir auch alle Franz Fanons Buch »Die Verdammten dieser Erde« über den Kolonialismus. Ich sah Che dabei eifrig Notizen machen und oft genug zitierte er Fanons Schlusswort:

»Für Europa, für uns selbst und für die Menschheit, Genossen,
müssen wir eine neue Haut schaffen,
ein neues Denken entwickeln,
einen neuen Menschen auf die Beine stellen!«

Sein Gesicht leuchtete, wenn er dies zitierte und er warf mir dabei einen Blick zu, der mir sagen sollte, dass nicht nur er, sondern auch andere tiefe Denker zu der Erkenntnis gekommen waren, dass der neue Mensch das Ziel sein müsse.

Ich freundete mich mit Romero Muriel an, weil er, wie sich herausstellte, mit Julio befreundet war. Er war auch nicht so strikt auf Linie wie die anderen und schlief schon mal bei den politischen Vorträgen Raúls und Fidels ein. Romero war ein gut aussehender junger Mann mit dem Gesicht eines Tangotänzers, gelte seine Haare und hielt seine Kleidung in Ordnung. Mich störte das nicht. Er war stets für einen flotten Spruch gut, der uns alle ein bisschen »auf den Hebel« nahm. Als ich ihn fragte, warum er überhaupt dabei war, erwiderte er in schöner Offenheit, dass er nach seiner Flucht aus Kuba in Mexiko keine Arbeit gefunden habe und hier wenigstens ernährt werde.

»Du kannst in Kuba getötet werden.«

»Ach was, sowie es brenzlig wird, schlage ich mich in die Büsche.«

»Lass das nur nicht die anderen hören.«

Ich verriet ihn nicht, denn wenn ich ehrlich war, fehlte es auch mir an revolutionärem Bewusstsein und ich war nur im Camp, weil ich hier Schutz vor Juarez hatte und aus Anhänglichkeit zu Che. Dieser ahnte wohl so etwas und gab sich Mühe mich davon zu überzeugen, dass wir nicht nur für die romantischen Ideen der kubanischen Revolution kämpfen würden, sondern weil es unsere Pflicht sei, für die Menschlichkeit einzutreten.

»Wir verwandeln uns, indem wir den Kampf annehmen, zum wahren Menschen!«, sagte er immer wieder. Steter Tropfen höhlt den Stein. So langsam kam auch ich zu der Überzeugung, dass ich mich für eine gute Sache abquälte. Bayo, der mich mochte, sagte mir einmal, dass er es gut fände, dass nicht nur Ideologen in der Truppe wären. Er lobte mich als denkenden Kämpfer und sein höchstes Lob war, dass ich auch in der republikanischen Armee sicher ein Hauptmann geworden wäre. Ich war zugegeben recht stolz auf dieses Lob.

»Wenn uns die Polizei aufspürt, klettere ich auf das Flachdach der Finca«, sagte Romero eines Tages zu mir.

»Warum sollten die uns belästigen? Die wissen sicher längst, was hier auf der Ranch los ist und haben uns doch die ganze Zeit in Ruhe gelassen.«

»Wir sind in Mexiko, da ändert sich ständig die Politik.«

»Du bist ein Spinner.«

»Es gibt hier schlimmere«, erwiderte Romero.

Ich merkte mir das, was er vorhatte. Dies gestand er mir, nachdem uns Fidel prophezeit hatte, dass wir 1956 entweder in Havanna einziehen oder Märtyrer sein würden. Che hatte dies natürlich gefallen, weil es Castros unbedingten Willen zum Sieg zeigte, Romero dagegen hatte gelächelt, als hätte er auf einen sauren Drops gebissen. Die Vorstellung, Märtyrer zu werden, behagte auch mir nicht.

Es war ein kalter Morgen, es dämmerte noch, als die Polizei kam. In diesem Fall hatte uns Castro empfohlen, keinen Widerstand zu leisten. Unter dem Oberbefehl von Fernes Guierres Barrios wurde die Ranch umzingelt und wir wurden aufgefordert, uns zu ergeben. Bayo setzte durch, dass wir nicht zu den Gewehren griffen. Wir ließen uns aus der Ranch treiben und das ging sehr ungeordnet ab. Einige Kameraden hatten etwas gegen die Kolbenstöße der Polizisten und begannen sich zu wehren. So kam es zu einer tüchtigen Prügelei, bei der unsere Leute den Kürzeren zogen. In dem Durcheinander gelang es mir, mich abzusondern und ich kletterte an den Weinranken des Haupthauses hoch auf das Dach und legte mich flach hin. Ich wunderte mich, dass ich allein war. Romero war nicht zu sehen. Unsere Leute wurden auf Lastwagen getrieben und abtransportiert. Nach einer Stunde war kein Mensch mehr auf der Ranch. Es war ein unheimliches Gefühl, allein auf der Ranch zu sein. Etwas steif kletterte ich vom Dach und machte mich zu Fuß nach Mexico-City auf. Ein Lastwagen, der Melonen zum Markt bringen wollte, nahm mich schließlich mit.

Am Nachmittag betrat ich Hildas Wohnung in der Calle Río Rhin. Die beiden Frauen wussten bereits Bescheid und informierten mich, dass auch Fidel und andere Kameraden verhaftet worden waren.

»Die Polizei wusste Bescheid, welche Wohnung wir angemietet hatten. Wir sind verraten worden.«

»Weißt du, was mit Che ist?«, fragte mich Hilda mit ängstlichem Blick.

»Ich habe gesehen, dass sie auch ihn zu den Lastwagen getrieben haben.«

»Und wie konntest du entkommen?«, fragte sie nun misstrauisch. Ich erzählte es ihr.

»Mich wundert nur, dass Romero, der mich auf diese Möglichkeit gebracht hat, nicht auf dem Dach war.«

»Romero Muriel? Dem Kerl traue ich ohnehin nicht!«, sagte Hilda bestimmt. »Er ist kein Kommunist.« Ich verkniff mir die Bemerkung, dass ich auch keiner war.

Ich machte mich zur Redaktion des *Pancho Villa* auf, weil ich dort Marizia vermutete. Als ich den Redaktionssaal betrat, sah sie in ihrem gläsernen Kabuff sofort hoch. Sie hatte einen unheimlichen Sensor dafür, ob ich in ihrer Nähe war. Ich ging zu ihr und sie umarmte mich, ohne sich um das Grinsen der Schreiberlinge zu kümmern. Colorado kam aus seinem Zimmer und sagte mit verbissenem Gesicht: »Komm rein! Ihr braucht nicht in aller Öffentlichkeit euren Beischlaf zu zelebrieren!« Er hatte es immer noch nicht verwunden, dass ihm Marizia für sein Büroverhältnis nicht mehr zur Verfügung stand. »Erzähl! Was ist wieder los?«

Ich gab ihm einen kurzen Abriss.

»Ich bin ohnehin dagegen, dass du dich diesen romantischen Banditen angeschlossen hast. Du solltest nach Europa abhauen!«

»Und dort bin ich vor Juarez sicher?«, fragte ich ironisch.

»Vielleicht. Vielleicht auch nicht«, gab er zu. »Du gehst jetzt in die Calle Presidente. Ich habe dort eine kleine Wohnung, die niemand kennt. Dort kannst du eine kleine Story über den Besuch bei Juarez schreiben. Du hast bei ihm ohnehin verschissen. Jetzt kannst du mal zeigen, dass du *cojones* hast.«

»Ich denke, keine Zeitung der Welt wird meinen Bericht bringen?«

»Keine bürgerliche Zeitung in Mexiko. Aber ich habe mich mit Camino Alvarez unterhalten, der eine kleine linke Zeitung herausbringt. Der ist ganz heiß auf die Story. Viel kann er dir aber nicht zahlen.«

»Gut. Ich schreibe den Artikel. Ist die Wohnung sicher?«

»Es ist seine Wohnung für die Schäferstündchen mit den vielen Geliebten«, warf Marizia ein. Ich fragte lieber nicht, woher sie das wusste.

»Halt den Schnabel!«, schnauzte Colorado. »Ich weiß auch nicht, warum ich dir helfe«, setzte er hinzu.

»Weil du nicht der Scheißkerl bist, der du vorgibst zu sein«, erwiderte Marizia.

»Ach, geht zum Teufel, ihr beiden!«

Die Wohnung lag in einer Straße, die nicht verhehlte, dass hier die Reichen und Mächtigen wohnten. Prächtige, gepflegte

Residenzen aus der Jugendstilzeit zeugten davon. Es war ein Studio. Ein Wohnzimmer, das auch als Schlafzimmer diente, ein Bad und eine winzige Küche. Das Bett hätte von der Größe auch jeden Präsidenten zufrieden gestellt. Bezeichnenderweise waren an der Decke Spiegel angebracht, die den Zweck der Wohnung verrieten. In dem kleinen Sekretär fand ich Papier und Kugelschreiber und so machte ich mich an die Arbeit.

Allein der Aufmacher war in Juarez' Augen sicher todeswürdig.

EDUARDO JUAREZ – DER MEISTER DES TODES

Anhand meiner Notizen wurde es ein Artikel, der an Schärfe und Hohn nicht zu überbieten war. Mit zum Teil wörtlichen Zitaten zeigte ich auf, wie Juarez sich mit seinem Drogengeld zum Freund der Herrscher der Welt machte, wie er intrigierte und korrumpierte und … tötete. Seinen Versuch, auch mich zu kaufen, zog ich tüchtig ins Lächerliche. Er stand wie einer da, der jeden Bezug zur Wirklichkeit verloren hatte, der glaubte, dass er sich mit seinem Geld alles erlauben konnte und doch nur ein bösartiger Greis war, der sein Leben vertan hatte. Ein Kretin, der den Verlust seiner Eier durch das Elend der Menschen kompensierte und sich dadurch mächtig dünkte.

Ich war mir sicher, dass der Artikel auch Che gefallen würde. Die Arbeit ging mir gut von der Hand, so dass ich mich schon bald um meine Kameraden kümmern konnte. Von Hilda erfuhr ich, dass man Fidel und Che im Miguel-Schultz-Gefängnis untergebracht hatte und es ihnen den Umständen entsprechend gut ging. Es sei zwar nicht sehr komfortabel, aber man habe Gemeinschaftszellen, in die man Lebensmittel und Bücher hineinschmuggeln könne. Fidel und Che arbeiteten trotz der Inhaftierung bereits fieberhaft an der Planung der Überfahrt. Hauptmann Barrios sei kein übler Leuteschinder, sondern sympathisiere mit den Kubanern und verschone die Gefangenen vor Folter und anderen üblen Methoden.

Eines Abends klingelte es an der Tür. Vorsichtig öffnete ich. Aber es war nur Colorado, der den Artikel für Alvarez abholen wollte. Grinsend las er, was ich zu Papier gebrachte hatte.

»Du bist ein ganz schöner Schweinehund. Das mit den fehlenden Eiern ist für einen Mexikaner die größte denkbare Beleidung. Oh ja, dieser Artikel wird dem Freund des Präsidenten gar nicht gefallen. Er wird Gift und Galle spucken und eine Belohnung auf deinen Kopf aussetzen. Hast du dir das wirklich gut überlegt, ihn so in seine eigene Scheiße zu tauchen? Klar, Alvarez hat einen scharfen Artikel erwartet, aber keine öffentliche Hinrichtung. Wer das hier liest, muss glauben, dass Juarez seinen Verstand verloren hat.«

»Ja, der Artikel hat mir viel Freude gemacht.«

»Hoffentlich auch, nachdem er erschienen ist. Übrigens, ich habe Marizia verboten hierher zu kommen. Sie könnte damit die Juarezleute auf deine Fährte bringen.«

Ich musste es akzeptieren, obwohl ich vermutete, dass auch andere Gründe dahintersteckten.

Mein nächster Besuch zwei Tage später bestätigte Colorados Befürchtung. Ich weiß nicht, wie sie mich gefunden hatten. Vielleicht waren sie Colorado gefolgt? Als ich nach dem Klingeln öffnete, stand mein Freund Bulldozer mit seinen Kumpeln vor der Tür und was sie in den Händen hielten, kannte ich bereits.

»Hallo, Amigo, haben wir dich endlich!« Er stieß mich in den Flur zurück. Ich wusste, dass nun einiges auf mich zukommen würde, was meiner Gesundheit nicht gerade zuträglich war.

»Dann wollen wir mal das Spiel mit dir zu Ende spielen. Du hast dich über den Chef ja mächtig ausgekotzt!«, sagte er und knallte mir Alvarez' Zeitung vor die Brust. Mit vorgehaltener Waffe drängten sie mich zu Colorados Lotterbett, so dass ich mich dort breitmachen musste. Es geschah nicht freiwillig. Bulldozers Goldzähne glitzerten böse. Er ging zum Telefon und meldete, dass man mich geschnappt habe.

»Ja, Chef, wir haben das Schwein. Der Verleger des *Pancho Villa* hat uns die Wohnung nach einigem Zureden verraten.

Ja, Chef, der ist hinüber. Der Verleger von dem linken Anarchoblatt ist in den See gefallen. Gut, wir bringen Mahon zum Schloss. Nein, wir tun ihm erstmal nichts. Habe verstanden. Sie haben sich etwas Besonderes für ihn ausgedacht. Ah ja, den Krokodilteich. Tolle Idee, Chef.«

Es war ein Gespräch, das sich auch gut in meinem Artikel gemacht hätte. Bulldozer legte auf. Die Goldzähne blitzten.

»Hast ja mitbekommen, was für eine Strafe sich der Chef für dich ausgedacht hat. Eigentlich hatten wir nur den Befehl, dich zu liquidieren, nachdem du dich wegen des Angebotes nicht gemeldet hast. Aber den Artikel hättest du nicht schreiben dürfen. Nein, der hat dem Chef gar nicht gefallen. Die ganze Familie war empört. Prinzessin Isabella will nun dabei sein, wenn du bestraft wirst. Mann, du bist im Arsch!«

Ich fand, dass ich es auch nicht besser hätte ausdrücken können. Um mich ein wenig darauf vorzubereiten, was mir blühte, begannen sie mich zu verdreschen. Sie hatten darin viel Übung. Schon nach kurzer Zeit verlor ich das Bewusstsein. Leider ließen sie mich nicht schlafen, sondern weckten mich mit einem Eimer Wasser. Sie hatten ihn in der kleinen Abstellkammer gefunden und zweckentfremdet.

»Nun komm hoch, Freundchen! Aufgewacht! Der Chef hat Sehnsucht nach dir.«

Sie zogen mich hoch und nahmen mich unter die Arme. Vorsichtig setzte ich einen Schritt vor den anderen. Aber mir knickten immer wieder die Beine weg. Juarez' Leute hielt das nicht auf, sie schleiften mich hinaus. Ich fand es nun gar nicht mehr so toll, dass ich mich nicht wie die anderen hatte verhaften lassen. Liebend gern wäre ich im Miguel-Schultz-Gefängnis gewesen. Sie fluchten, weil ich nicht gerade ein Fliegengewicht war. Ich zermarterte mir den Kopf, ob ich irgendetwas von dem gebrauchen konnte, was mir Bayo beigebracht hatte. Aber einstweilen fiel mir nichts Vernünftiges ein.

9

Im Auftrag Fidel Castros

Sie schleppten mich zum Fahrstuhl. Meine Beine schleiften über den Boden. Bulldozer riss das Gitter auf und stieß mich in die Kabine. Wir fuhren hinunter. An jedem Stockwerk machte der Fahrstuhl »*Klack*«. Sie blickten mich nicht an, sondern starrten auf die verspiegelten Fahrstuhlwände. Ich war ein unappetitlicher Anblick. »*Klack*«. Es roch nach Schweiß, Rauch und Fisch. Sie hatten sicher vorher in einer Cantina haltgemacht. Nur der Gestank nach Urin war mir unangenehm. Ich hatte mir in die Hose geschifft. Ein letztes »*Klack*«. Als Bulldozer die Fahrstuhltür öffnete, fuhren zwei Blitze herein. Es krachte, als würde das Weltgericht anbrechen. Für die Juarezschergen war es ein irdisches Gericht. Zwei der Banditen wälzten sich am Boden und schrien. Bulldozer und sein Kumpel ›Hängelid‹ hoben die Hände. Als sich der Rauch verzogen hatte, erkannte ich den Engel. Marizia hatte zwar kein Flammenschwert in der Hand, aber eine 45er von Smith & Wesson.

»Verschwindet!«, zischte sie die Juarezbanditen an. »Oder soll ich euch …? Und nehmt den Dreck auf dem Boden mit!«

Diese hatten genug von der Begegnung mit dem Engel, zogen die Verletzten hoch und taumelten aus dem Haus. Nur der beißende Gestank blieb zurück.

»Da habe ich noch einmal Glück gehabt«, stammelte ich.

»Dir ist schon Intelligenteres eingefallen«, erwiderte sie. Langsam lockerte sich ihre Miene. »Dummkopf!«, setzte sie hinzu. Ich stellte dies nicht infrage.

Ich bewunderte ihre Kaltblütigkeit. Es ist eine Sache, auf eine Scheibe zu ballern, aber etwas anderes, auf einen Menschen zu schießen. Ehe ich meinem Erstaunen Ausdruck verleihen konnte, griff sie mir unter die Arme und schleppte mich aus dem Haus. Die Sonne ließ mich die Augen zukneifen. Ich sah alles noch verschwommen. Sie bugsierte mich in einen Volkswagen. Am Steuer saß Hilda Gadea. Daran, dass sie nun eine Guevara war, hatte ich mich immer noch nicht gewöhnt.

»Oha«, sagte sie, als sie mein Gesicht sah, dass sich in jedem Horrorfilm gut gemacht hätte.

Hilda spielte Gangsterbraut und jagte den Wagen durch die engen Gassen der Altstadt. Bei jeder Straßenunebenheit – und davon gab es eine ganze Menge – war es, als würde man mir ein Messer in die Seite stoßen. Ich fluchte wie ein mexikanischer Taxifahrer.

»Wir sind gleich da«, tröstete mich Marizia und streichelte mein Gesicht. So langsam verwandelte sie sich wieder von dem Racheengel zu der Frau, die ich kannte.

Meine beiden weiblichen Desperados brachten mich zu einer Favelasiedlung am Rande der Stadt, gleich neben den Müllbergen. Es war so ungefähr der trostloseste Ort, den man sich vorstellen kann. Selbst die Rückseite des Mondes kam da nicht mit. Rauch zog von den Müllhalden und tauchte die Siedlung in ein unwirkliches Licht. Sie brachten mich in eine Wellblechhütte, die zwischen den Holz- und Papphütten sogar noch respektabel aussah. Das Innere entsprach dem Äußeren. Eine roh gemauerte Herdstelle, ein langer Tisch aus den Latten von Apfelsinenkisten, einige Bierfässer als Hocker. Mehrere primitive Lager mit nicht gerade sauberen Decken. Es war drückend heiß. Die Blechwände heizten das Innere der Hütte fast unerträglich auf. Behutsam ließen mich die beiden Frauen auf ein Lager gleiten. Hilda machte sich am Herd zu schaffen. Sie murmelte dabei irgendwelche Sprüche und kam mir wie eine von Macbeth' Hexen vor. Marizia gab mir etwas zu trinken, was bitter schmeckte. Mir drehte sich alles. Dann ging in meinem Kopf das Licht aus. Später erfuhr ich, dass sie mir Mohnsaft eingetrichtert hatte, damit ich die Schmerzen besser ertrug. Ich schlief vierundzwanzig Stunden.

Als ich die Augen öffnete, erhob sich Marizia von dem Bierfass neben meinem Lager und streichelte meinen Kopf. Es tat gut. Ich fühlte mich wie ein Kleinkind.

»Du hast dir die Schmerzen weggeschlafen«, sagte sie sanft. Eine Mutter hätte dies nicht liebevoller sagen können. Von einer Killerin hatte sie nichts mehr an sich. Was für eine widersprüchliche Frau. Ich fühlte mich tatsächlich besser und hatte sogar Hunger. Ich bekam zwei mit Honig beschmierte Tortillas und eine Tasse mit einem mörderisch bitteren Kaffee, der endgültig die Mohnschleier vertrieb. Mein Kopf funktionierte wieder und ich registrierte die Umwelt. An der Herdstelle saß nun nicht mehr Hilda, sondern eine verhutzelt aussehende Indiofrau, die mich mit ihren schwarzen Knopfaugen teilnahmslos ansah. Sie war wohl die zweite von Macbeth' Hexen. Ich fragte sie besser nicht nach meiner Zukunft. Marizia half mir beim Aufstehen und hielt mich fest, als ich taumelte. Wir gingen vor die Tür und setzten uns auf eine Bank neben dem Eingang.

»Wo sind wir hier?«, krächzte ich.

»Ein Auffanglager. Fidel hat es für die Flüchtlinge aus Kuba einrichten lassen. Manche sind so entkräftet, dass wir sie hier erst einmal aufpäppeln müssen.«

»Ich habe keine Kubaner gesehen.«

»Nein. Die sind vorgestern zu unserem neuen Camp abgezogen. Dank Fidels Organisation läuft alles wie am Schnürchen.«

»Und seit wann kannst du mit Waffen umgehen?«, krächzte ich. Sie begriff sofort, dass ihre Verwandlung zum Flintenweib bei mir einige Fragen aufwarf. Sie lächelte stolz.

»Hilda hat mich zu einer Frauengruppe mitgenommen, die sich auf die Revolution vorbereitet. Wir haben, neben politischen Vorträgen, auch Schießübungen bekommen. Ich scheine ein Naturtalent zu sein.«

»Und wie habt ihr mich gefunden?«

»Als ich morgens in die Redaktion kam, waren die Räume total verwüstet. Die Wände wiesen Schusslöcher auf. Auf einigen Schreibtischen war das Blut noch nicht verkrustet. Zwei unserer Redakteure fand ich tot vor Colorados Büro. Der Chef saß in seinem Sessel mit seinen Geschlechtsteilen in der Hand. Sie haben ihn gefoltert und wie ein Tier abgeschlachtet. Unter der Folter hat der Ärmste den Juarezleuten deinen Aufenthaltsort verraten. Er war ein guter Journalist, aber kein Held. Ich wusste, dass er in der untersten Schublade seines Schreibtisches einen Revolver hatte. Sie müssen ihn überrascht haben, denn er hat die Schublade nicht geöffnet. Ich schnappte mir die Waffe und fuhr zu Hilda. Sie ist eine mutige Frau. Ohne zu zögern, sagte sie mir ihre Hilfe zu. Wir borgten uns einen Wagen und … den Schluss kennst du.«

»Danke«, sagte ich matt. Ich hielt mich nicht gerade für ein Weichei. Beim Training hatte ich bewiesen, dass man mir einiges abverlangen konnte. Aber mir kamen doch einige Zweifel, ob wir Männer so toll waren, wie wir es uns manchmal vormachten.

Eine Woche blieb ich in der Wellblechhütte bei den Müllbergen, um wieder einigermaßen auf den Damm zu kommen. Marizia blieb bei mir. Wo sollte sie auch hin? Wir mussten davon ausgehen, dass die Juarezleute nun auch sie ins Visier nahmen. Hilda kam öfter vorbei und dann zogen die beiden los, um irgendwelche Botschaften zu den über die Stadt verteilten Kubanern zu bringen. Ich machte mir Sorgen, wenn die beiden Frauen loszogen. Um meine Prellungen auszuheilen, saß ich meistens vor der Hütte und ließ mir die hinter den Rauchschwaden fahle Sonne ins Gesicht scheinen. Ich beobachtete dabei den endlosen Zug zerlumpter Gestalten, die auf den Müllbergen nach etwas Verwertbarem suchten. Zwischen den Abfällen brannten Autoreifen und verbreiteten einen giftigen Gestank, der sich mit dem Geruch von Fäkalien und Verwesung vermischte. In dieser Gegend sollten keine Menschen leben. Es war eine Schande, dass sich die Regierung nicht um die Armut des Volkes kümmerte. Mexiko nannte sich eine Demokratie, aber das half den Menschen nicht. Hier herrschten die Drogenhändler. Ich lernte in dieser Woche, dass Che recht hatte. Es ging nicht nur um eine Revolution, es ging darum, das System zu verändern.

Als ich zu Kräften gekommen war, teilte mir Hilda mit, dass mich Fidel zu sprechen wünsche.

»Wie komme ich denn in das Gefängnis hinein?«, fragte ich erstaunt.

»Mit Pesos öffnen sich in Mexiko alle Türen. Und Barrios, der Leiter der Überwachungs- und Informationsabteilung des Bundesamtes für Sicherheit, scheint unserer Bewegung Sympathie entgegenzubringen. Erstaunlich, denn in seiner Funktion gehört er der Politischen Polizei des Innenministeriums an.«

»Eine Falle?«

»Nein. Er ist uns wirklich gewogen. Auch weil der Regierung die Nörgeleien des Batistaregimes gehörig auf den Keks gehen. Dauernd intervenieren sie beim mexikanischen Präsidenten. Er hat nicht viel Sympathie für den Freund der amerikanischen Gangster.«

»Aber warum haben sie uns so lange im Camp geduldet und dann doch plötzlich zugeschlagen?«

»Kuba hatte über die Amerikaner Druck gemacht. Fidel hat jedoch gute Beziehungen zum Expräsidenten. Er ist sicher, dass sie bald freikommen.«

Ich machte mich also zum Miguel-Schultz-Gefängnis auf. Von außen sah es zum Fürchten aus. Wachttürme, Stacheldraht, doppelte Posten auf den Mauern. Eine Befreiungsaktion war hier sinnlos. Mit ein paar Pesos für die Gefängniswärter verwandelten sich diese zu den drei Affen und sahen nichts, sagten nichts und hörten nichts.

Ein Hotel war das Gefängnis nicht. Es war kalt in den Zellen und die Wände waren feucht. Ches Asthma war das nicht gerade förderlich. Doch Hilda hatte Medikamente eingeschmuggelt, so dass ich ihn in erstaunlich guter Verfassung vorfand. Die Kubaner waren in Zwei- oder Drei-Mann-Zellen eingesperrt, aber die Türen zu den Gängen waren offen, so dass sie ungehindert miteinander kommunizieren konnten. Natürlich hatte Fidel auch hier das Kommando übernommen. Che nutzte die Zeit, um sich im Marxismus-Leninismus zu schulen. Er las Marx und Engels, aber auch Mao und Franz Fanon. Wenn er vom Büffeln genug hatte, schloss er sich den anderen Inhaftierten an und spielte mit ihnen Fußball. Die Gefängnisse, die ich später auf Kuba kennenlernen sollte, waren schlimmer. Fidel umarmte mich freundschaftlich.

»Habe gehört, dass du eine Menge Ärger hattest. Erzähle.«

Er hörte sich meinen Bericht ruhig an und rauchte dabei eine Havanna und tippte mir danach auf die Brust.

»Diese Banditen sind der Wurmfortsatz des Kapitalismus. Eines Tages werden wir ihnen das Handwerk legen. Doch nun zu dem, warum ich dich habe kommen lassen. Ich habe von Barrios signalisiert bekommen, dass man uns bald freilassen wird. Die Suche nach einem Boot, das uns nach Kuba bringt, haben wir trotz meines Urlaubs aufnehmen können. Bald ist es soweit, dass wir in See stechen können. Doch vorher müssen wir den liquidieren, der uns verraten hat.«

»Also doch! Wir wurden verraten?«, stellte ich mich dumm. Denn ich hatte mir auch schon so meine Gedanken gemacht, da Barrios nicht nur das Camp, sondern auch die vielen Verstecke in der Stadt, die illegalen Wohnungen, hatte aufspüren können.

»Barrios hat angedeutet, dass Batista, also die kubanische Botschaft, zwanzigtausend Dollar an einen unserer Leute gezahlt hat. Hör zu, was jetzt deine Aufgabe ist!«, sagte Fidel, tippte mir auf die Brust und winkte Che zu, die Tür zu schließen.

»Wir wissen, wo jeder unserer Genossen ist, der nicht inhaftiert wurde. Raúl hat gute Arbeit geleistet«, lobte er seinen

Bruder. »Alle, die nicht erwischt wurden, haben sich in den Favelas am Stadtrand versteckt. Nur von einem wissen wir nicht, wo er geblieben ist.«

»Romero Muriel«, sagte ich dumpf. Seit ich ihn auf dem Dach nicht vorgefunden hatte und er nicht unter denen gewesen war, die auf die Lastwagen verfrachtet worden waren, war dies ein Gedanke, der mir auch schon durch den Kopf gegangen war. Er war ein Feigling. Ein charmanter, verantwortungsloser Filou. Aber für einen solchen Schweinehund hatte ich ihn doch nicht gehalten.

»Richtig!«, stimmte Fidel zu. »Dir ist also der gleiche Gedanke gekommen.«

»Er war ein notorischer Miesmacher, ein Neunmalkluger, der alles besser wusste. Du warst doch einer derjenigen, denen er sich angeschlossen hatte«, rief Che herüber, der seine Wäsche sortierte.

Mir gefiel seine Bemerkung nicht. Ich kannte seine Unbedingtheit. Der einzelne ist nichts, die Revolution ist alles. Wenn er der Meinung war, dass ich mit Romero unter einer Decke steckte, würde es mit unserer Freundschaft vorbei sein.

»Stimmt. Er suchte den Kontakt zu mir. Es ist auch richtig, dass er ein Lästermaul war und zudem wenig zuverlässig. Und als Kämpfer hätte ich ihn auch nicht gern an meiner Seite gehabt. Aber einen Verrat habe ich ihm dann doch nicht zugetraut.«

Che machte ein skeptisches Gesicht.

»Gut, er hat manchmal gesagt, dass es ihm nur darum geht, Batista zu stürzen, um an die Fressnäpfe zu kommen. Und wenn es hart auf hart kommt, hätte er sich schnell verdrückt. Ein Kommunist war er nicht, aber das trifft auf eine Reihe von unseren Leuten zu.«

Che nickte düster. »Es fehlt vielen an Wissen und Haltung. Wir werden in dieser Hinsicht noch viel zu tun haben.«

Fidel hob die Hand und tippte wieder mit seinem Zeigefinger auf meine Brust. »Du kennst ihn am besten. Suche Romero und … liquidiere den Verräter. Es muss streng geheim bleiben. Wenn bekannt wird, dass wir Verräter unter uns haben, schadet das der Kampfmoral und so mancher wird, wenn es kritisch wird, durch Verrat seinen Frieden mit Batista schließen wollen. Vielleicht auch, um sich die Taschen mit Pesos vollstopfen zu können. Unter Revolutionären darf es keine Verräter geben. Von dem, was ich dir jetzt befehle, wissen nur noch Cienfuegos und Raúl.« Cienfuegos war erst kürzlich aus Kuba zu uns gestoßen. Eine lange Bohnenstange mit einem unverschämten Grinsen, der stets einen flotten Spruch auf Lager hatte.

Meine Begeisterung für diesen Auftrag hielt sich sehr in Grenzen. Im Kampf jemanden zu töten gehört zur Selbstverteidigung, aber das hier war ein Killerauftrag. Gab man mir diesen Auftrag, um zu prüfen, wie ich zu Romero stand? Ich atmete tief aus.

»Nein. Dafür bin ich nicht der richtige Mann«, weigerte ich mich trotz meiner Befürchtung, dass sie mich vielleicht für Romeros Komplizen hielten. »Einen Mann zu töten, den ich kenne, mit dem ich unsere Essensration geteilt habe, bekomme ich nicht fertig.«

»Und wie war das mit Juan Hernández?«, fragte Che maliziös lächelnd. »Den hast du umsichtig, kalt und erbarmungslos liquidiert. Das war mein Kochba, wie ich ihn schätze.«

Ich wurde an die verdammte Hernández-Geschichte nicht gern erinnert. Dessen Tod gehörte zu meinen schlimmsten Erinnerungen. Gut, er hatte es verdient. Aber einen Menschen auszulöschen, bekam man nicht aus den Kleidern.

»Du weißt, dass das eine ganz persönliche Geschichte war. Juan Hernández hatte den Tod verdient.«

»In der Tat«, stimmte Che zu. »Genauso wie Romero. Der hat sogar ein viel größeres Verbrechen begangen. Er hat die Revolution gefährdet, die Millionen die Befreiung aus der Not bringen wird. Schüttle deinen Subjektivismus ab! Es geht in diesem Fall um das Kollektiv.«

»Er hat von Batista zwanzigtausend bekommen. Wir können das Geld gut gebrauchen. Hol es uns von ihm«, fuhr Fidel fort und tippte wieder mit seinem Zeigefinger auf meine Brust. Bestimmt hatte ich dort bereits eine rote Stelle über meinem Herzen.

»Ich kenne Kochba. Er ist am Anfang immer etwas zögerlich, weil er so viel nachdenkt. Aber er wird den Auftrag erledigen«, warf Che ein.

»Gut. Du kennst Kochba am besten«, sagte Fidel lapidar. »Ich verlasse mich darauf, dass der Verräter liquidiert wird.«

»Auf Kochba ist Verlass!«, bekräftigte Che. Der Blick, den er mir dabei zuwarf, war nicht der meines Freundes aus den schönen Tagen von Córdoba. War das noch mein Freund und Bruder im Geiste? Widerwillig nickte ich.

»Mann, Kochba, Marizia hat, um dich zu retten, kaltschnäuzig zwei Juarezleute niedergeschossen. Nimm dir ein Beispiel an ihr.« Das waren Ches aufmunternde Worte in dieser Sache. Mir blieb wohl keine andere Wahl, als den Auftrag anzunehmen.

Marizia war von meinem Auftrag auch nicht gerade begeistert, vor allem deswegen, weil ich mich auf der Suche nach Romero in Lokalen herumtreiben würde, wo die Frauen sehr gern bereit waren, einem blonden Gringo die Zeit zu vertreiben. Sie wies mich darauf hin, dass ich auch an Orten würde suchen müssen, wo die Juarezleute ein- und ausgingen. Um meine Identifizierung zu erschweren, hatte sie die Idee, mein Haar schwarz zu färben.

»Da hast du dir aber was Feines ausgedacht«, grollte ich, als ich mich im Spiegel betrachtete. »Ich sehe aus wie ein Gauner der Pariser Unterwelt.«

»Blond steht dir besser«, stimmte sie zu. »Du siehst jetzt aus, wie alle Gringos so aussehen. Die Señoras werden es nicht auf dein Herz, sondern auf dein Geld absehen.«

Also machte ich mich daran, die Spelunken in Mexico-City abzusuchen. In einem hatte Fidel recht. Von allen Kameraden kannte ich Romero am besten. Er war ein leichtfertiger Mensch.

Wenn er tatsächlich viel Geld in die Hände bekommen hatte, würde es ihn jucken, es unter die Leute zu bringen. Ich beriet mich mit Raúl und wir teilten die Rotlichtviertel unter uns auf. Er würde den Süden absuchen, ich den Westen.

Es war in der *Bar Alamo*, bei den Kanälen Xochimilcos, wo ich auf unseren Denkfehler gestoßen wurde. Eine Bar mit vielen Musketen aus dem mexikanisch-texanischen Krieg an den Wänden, nebst Gemälden über die Schlacht um Alamo. In einem gläsernen Kasten wurde Bowies berühmtes Messer gezeigt, auf dessen Echtheit ich aber nicht hätte wetten mögen. Es war eine hübsche Französin, die sich dort zu mir an die Bar setzte, um mich zu animieren, mir aber ganz unschuldig den entscheidenden Hinweis gab, dass wir an den falschen Orten suchten. Sie war natürlich sehr erfreut, als ich mich als Franzose zu erkennen gab und wir unterhielten uns angeregt über Paris, Montmartre und über die Bistros und Cafés am Boulevard Montparnasse. Sie hatte mächtig Heimweh.

»Wie kommt ein Mädchen aus dem Faubourg St. Antoine in diese Kneipe in Mexiko?«

»Der Liebe wegen«, gestand sie mir traurig. »Aber der Kerl stellte sich in Mexiko als verheiratet mit fünf Kindern heraus. Ein Diplomat, der mir die Rolle der Geliebten zuweisen wollte. Immer wieder falle ich auf die falschen Kerle herein. Er war so schön wie ein Matador, hatte ein leidenschaftliches Gesicht, pechschwarze glänzende Haare und dunkle Augen mit langen Wimpern. Er konnte so treuherzig blicken. Aber die Rolle, die er mir zuteilen wollte, gefiel mir nicht und so blieb mir nichts anderes übrig, als mir hier meinen Lebensunterhalt zu verdienen. Wenn ich nur fünfhundert Dollar hätte, würde ich mir anständige Kleider kaufen und mir im Hilton einen Kerl angeln, um ihn zu schröpfen und nach Paris zurückkehren zu können. Die Kerle, die hierherkommen, haben nur wenig Geld oder bist du gar ein verzauberter Prinz mit mächtig viel Kies?«

Mich durchfuhr es heiß. Romero hatte ein Vermögen in der Tasche. Er konnte in den besten Hotels der Stadt den reichen

Haziendero spielen und sich Champagner und die teuersten Huren der Stadt leisten. Ich gab dem Mädchen aus dem Faubourg St. Antoine einen Kuss.

»Du bist ein cleveres Mädchen. Du weißt gar nicht, wie sehr du mir geholfen hast.« Ich steckte ihr ein paar Dollarscheine ins Dekolletee. Sie starrte mich an, als wäre ich tatsächlich so etwas ähnliches wie ein Prinz. Das was sie mir dafür anbot, schlug ich aus und machte, dass ich davonkam.

Als ich Raúl davon erzählte, pfiff er durch die Zähne.

»Kochba, Kochba, du gefällst mir immer besser. Wenn wir erst mal in Havanna das Sagen haben, mache ich dich zum Geheimdienstchef.«

»Untersteh dich, du Strizzi!«

Bei Raúl wusste man nie, ob er scherzte oder es ernst meinte. Mit seinem Errol-Flynn-Bärtchen sah er zwar wie ein Zuhälter aus, aber wie sich später herausstellte, besaß er durchaus ein gewisses Format. Mit seinem Bruder, dem *Máximo Líder*, konnte er sich allerdings nicht messen, aber es gab ja nur wenige, die das von sich sagen konnten. Doch dass er nachtragend war, konnte man ihm nicht nachsagen.

»Wo fangen wir an?« Er sah mich dabei mit zusammengekniffenen Augen an, als wollte ich ihm ein Mädchen abluchsen.

»Im Hilton«, schlug ich vor.

Er nickte. »Klar, dort sollen die schönsten Bräute Mexikos an der Bar sitzen.«

»Er wird den großen Zampano spielen. So viel Geld, wie er jetzt besitzt, hat der Sohn eines Fischers aus Santiago noch nie besessen. Er wird sicher mit dem Geld um sich schmeißen.«

Ich wunderte mich nicht, dass uns am nächsten Abend der Portier nicht gleich ins Hotel lassen wollte. Aber da ich hellhäutig war und ihm einige Dollarscheine in die Hand drückte, vergaß er seine Anweisungen und winkte uns durch. Alle Hiltons der Welt ähneln sich. Sie sind alle perfekt. Man bekommt, was man erwartet. Aber die Hotels bleiben unpersönlich und seelenlos. Die große Tradition europäischer Hotelpaläste, das Flair vergangener Epochen wird man in ihnen nicht spüren. Aber wer in Houston das Gleiche haben will wie in Berlin oder Mexico-City, ist mit einem Hotel der Hiltonkette bestens bedient.

In der großen, verspiegelten Bar mit der silbern schimmernden Theke saß tatsächlich unser ehemaliger Kampfgefährte mit einer langhaarigen Blonden, die in einem schneeweißen Abendkleid mit tiefem Ausschnitt ihre Vorzüge demonstrativ zeigte. Das viele Weiß ließ sie trotzdem nicht wie Schneewittchen aussehen. Romero war kaum wiederzuerkennen. Sein Haar war kurzgeschnitten, sein Nacken sorgfältig ausrasiert, der Smoking und die weiße Hemdbrust standen ihm vorzüglich. Er sah aus, als wäre er mit dem berühmten goldenen Löffel im Mund aufgewachsen. Raúl verzog sich in eine Ecke, wo er nicht im Blickfeld Romeros war. Ich setzte mich neben Romero auf den freien Barhocker. Der Barkeeper machte ein misstrauisches Gesicht, da ich mit meiner verschmutzten Khakikleidung und dem Dreitagebart nicht die Optik hatte, die im Hilton üblich war.

»Einen doppelten Chivas Regal. Oder haben Sie einen zwanzigjährigen Dalmore?«, fragte ich und die Vertrautheit mit so exzellenten Whiskymarken ließ sein Misstrauen sofort schwinden. Ich gehörte mit dieser Kenntnis zu einem kleinen Kreis der Menschen, die nur aus exzentrischer Nachlässigkeit fragwürdig herumliefen, aber in Wirklichkeit in funkelnden Palästen lebten.

»Mit einem zwanzigjährigen Chivas kann ich dienen.«

»Lass ich gelten«, erwiderte ich gönnerhaft.

Romero, der fast mit der Nase im Dekolletee seiner Nachbarin gehangen hatte, drehte sich zu mir um. Wegen meiner gefärbten Haare fiel bei ihm nicht gleich der Groschen.

»Sie sind ein Scotch-Aficionado?«, fragte er mit einem Lächeln, das besagen sollte, dass er und ich dem gleichen Club angehörten.

»Nicht nur das. Ich kenne sogar die Lumpen, die du vor ein paar Tagen getragen hast. Ich muss sagen ...«

Seine Miene erstarrte. »Du? Tatsächlich! Du bist es, Kochba!«

»Schön, dass du deine Freunde noch erkennst.«

Er wurde so blass wie seine gestärkte Hemdbrust.

»Was willst du?«, stieß er hervor. Seine Augen irrlichterten durch die Bar. Da er niemand von den Compañeros entdeckte, beruhigte er sich.

»Du kannst dir doch denken, mit welchem Auftrag mich Fidel beauftragt hat.«

»Nein! Was soll das, Kochba?«

»Oh, der *Comandante* ist bestens über dich informiert«, erschütterte ich sein gerade wiedergefundenes Selbstvertrauen.

»Hör zu, Kochba!«, sagte er heftig und drückte meinen Arm. »Du bist doch auch keiner von den Holzköpfen, sondern ein Mensch mit Verstand, der weiß, wie Fidels Träumereien enden werden. Du hast mir doch selbst gesagt, dass du hauptsächlich wegen der Juarezleute bei denen mitmachst. Was Fidel vorhat, ist doch kompletter Wahnsinn. Mit ein paar flüchtig ausgebildeten Hungerleidern gegen eine gut ausgerüstete Armee mit Kanonen und Flugzeugen anzutreten, ist doch das reinste Selbstmordkommando! Ich habe mich ...abgeseilt.«

»Du weißt doch, wie Fidel darüber denkt. Man verlässt nicht die Revolution, es sei denn, man ist tot.«

»Ach, hör auf, Kochba! Ich weiß doch, dass du keiner von den Fanatikern bist.«

»Was wird das hier?«, meldete sich die Blondine verärgert. »Ein Männergespräch? Dann bin ich hier überflüssig. Was quatscht ihr hier von Revolution? Davon haben wir in Mexiko mehr als genug gehabt!«

»Kindchen, schwirr ab!«, wimmelte Romero sie gar nicht mehr gentlemanlike ab, steckte ihr einige Scheine ins Dekolletee und gab ihr als versöhnliche Geste einen Klaps auf das Hinterteil. »Wir treffen uns morgen und dann werden wir eine schöne Zeit haben.«

Die Blonde warf mir einen Blick zu, der der Schneide des Bowiemessers in nicht viel nachstand.

»Das werde ich mir noch überlegen!«, zischte sie und schwirrte ab. Wie sie es tat, war filmverdächtig. Sie schwenkte ihr Hinterteil, als hätte sie mal die Monroe gedoubelt.

Romero seufzte. »Du hast mir einen tollen Abend verdorben.«

»Denk mal nach! Es geht jetzt nicht um deinen Schwanz, sondern um deinen Kopf. So sieht's aus!«

»Du wirst mir hier im Hilton nichts tun!«, sagte er, nachdem er erneut die Halle abgesucht hatte. »Außerdem wärst du schön blöd. Ich gebe dir tausend Dollar auf die Hand und du kannst dir ein paar schöne Tage machen. Die Chicas hier sind einzigartig. Dafür hast du mich nicht gesehen. Kapiert? Ich habe ohnehin vor, in zwei Tagen nach Miami abzuhauen.«

»Fünftausend!«, ging ich scheinbar auf sein Spiel ein.

»Nicht im Traum, Amigo. Ich will mir in Florida eine neue Existenz aufbauen. Ein Kumpel von mir betreibt dort einen schwungvollen Handel mit kubanischen Zigarren. Ich werde in sein Geschäft einsteigen. Dafür brauche ich jeden Dollar. Wir ziehen das Ganze im großen Stil auf.«

»Fünftausend!«, blieb ich stur. »Sonst wirst du die nächste Montecristo im Himmel rauchen.«

»Zweitausend«, bot er nach einigem Hin und Her an.

»Dreitausend!«

»Zum Teufel, meinetwegen«, gab er schließlich nach.

»Dann her damit!«

»Du glaubst doch nicht, dass ich so viel Geld bei mir habe. Gehen wir nach oben auf mein Zimmer.«

»Schön, aber keine Tricks!«

Ich nickte zu meiner Schulter, so andeutend, dass ich eine Pistole unter der Jacke dabei hatte. Marizia hatte mir Colorados Waffe gegeben.

»Nein. Nicht doch. Aber wer sagt mir, dass du nicht doch noch Fidels Auftrag ausführst?«

»Rede nicht herum! Ich werde mich natürlich auch von Fidels Selbstmordtruppe verabschieden und zurück nach Europa gehen.« Da ich ihm von Juarez erzählt hatte, war meine Erklärung für ihn glaubwürdig. Er unterschrieb seine Rechnung und übernahm auch meinen Chivas. Wir tranken unsere Gläser leer. Mein Chivas hätte eigentlich mehr Zeit verdient.

Ich folgte ihm zum Fahrstuhl.

»In den zwanzigsten Stock«, sagte er herrisch zu dem Pagen.

Ich sah aus dem Augenwinkel, dass sich Raúl aus seiner Nische erhob und zu dem Fahrstuhl auf der anderen Seite der Halle ging. Wir fuhren in den zwanzigsten Stock. Als Romero die Tür aufschloss und vor mir sein Zimmer betrat, sah ich Raúl in den Flur treten. Ich sorgte dafür, dass die Tür hinter mir nicht ins Schloss fiel.

Romero hatte eine bombastische Suite mit ultramodernen Möbeln gebucht. Viel Stahl, Glas und unbequeme Sitzmöbel. Als Dreingabe hatte er eine grandiose Sicht über Mexico-City, wenn auch der Smog den Anblick ein wenig verdarb.

»Du verstehst zu leben!«, lobte ich. »Batista muss wirklich großzügig gewesen sein.« Er grinste unsicher.

»Du weißt es also.«

»Fidel weiß alles.«

Der Name ließ ihn wieder blass werden.

»Aber du willst auch abhauen?«

»Wenn ich das Geld angenommen habe, bleibt mir keine andere Wahl.«

Trotz meiner Zusicherung wurde er wieder misstrauisch. Immerhin war er mit jemandem zusammen, der eine Pistole unter der Jacke trug. Er ging zu einem verspiegelten Schrank, schob die Tür beiseite und legte einen Safe frei und tippte die Geheimnummer ein. Ich hätte es wissen müssen. Statt des Geldes hielt er mir eine Walther entgegen.

»Ich werde dir einen langen Schlaf verpassen, Kochba. Dreh dich um.«

Mir blieb nichts anderes übrig, als ihm zu folgen. Du hast es gründlich vermasselt, machte ich mir Vorwürfe. Wo blieb Raúl? Er befahl mir die Hände auf den Rücken zu legen und fesselte mich mit einem Damenstrumpf. Er hatte in letzter Zeit wohl viel Damenbesuch gehabt.

Verdammt nochmal, Raúl, es wird Zeit!, schickte ich als Wunsch zum Himmel. Es war nicht vergebens. Ein sattes Plopp erlöste mich von Romero. Raúl stand im Zimmer und grinste. Triumphierend schraubte er den Schalldämpfer ab.

»Es geht doch nichts über eine gute Vorbereitung. So ein Schalldämpfer ist Gold wert.«

Romero hatte sich auf den teuren Teppich gelegt. Im Nacken hatte er ein hässliches rundes Loch. Seine Geschäftsidee in Miami war gründlich geplatzt. Raúl befreite mich von den Handfesseln.

»Nimm das Batistageld aus dem Safe«, befahl er und machte eine so selbstzufriedene Miene, als wäre er der Torero nach einer Corrida in Ronda. Ich nahm das Geld und erinnerte ihn daran, dass mich der Barkeeper gesehen hatte.

»Mach dir nicht in den Frack! Wir reisen ohnehin nach Tuxpan. Wir haben endlich ein Boot aufgetrieben, das uns nach Kuba bringen wird. Sowie es umgebaut ist, geht es los.«

Ich hatte nichts dagegen, dass wir bald aus Mexiko verschwanden. Es war nicht nur Angst vor Juarez, die mich zu einem Guerillero der Kubaner gemacht hatte und nicht mal meine Freundschaft zu Che, sondern die professionelle Neugier des Journalisten. Eine Story »Wie ich die kubanische Revolution erlebte« würde sich in alle Welt gut verkaufen lassen. Unbemerkt verließen wir das Hotel. Der Auftrag war erfüllt und ich war erleichtert, dass ich mir nicht die Hände hatte schmutzig machen müssen.

Als ich Marizia von dem Boot erzählte, bekam ihr Gesicht einen entschlossenen Ausdruck. Ich hätte es ihr in homöopathischen Dosen beibringen müssen. Aber darin war ich noch nie gut. Doch ich wollte es ihr nicht im letzten Moment sagen.

»Ich komme mit!«, sagte sie mit einer Stimme, die mir klarmachte, dass sie dies mit allen Mitteln durchsetzen würde. »Ich kann genauso gut kämpfen wie ein Mann.« Nach dem Vorfall im Fahrstuhl hatte ich daran keinen Zweifel.

»Fidel wird keine Frauen mitnehmen. Es geht nicht. Du kommst nach, wenn die Revolution gewonnen ist.«

»Wenn du mich loswerden willst, dann sag es, du Schuft, du!«, zischte sie und trommelte mit der Faust auf meine Brust.

»Bestimmt nicht. Aber begreife doch! Es wird ein harter Kampf werden, ein entbehrungsvolles Leben.«

»Ich weiß – es ist eine Selbstmordaktion.«

Sie schätzte, im Gegensatz zu den Kubanern, das glorreiche Vorhaben durchaus realistisch ein.

»Du sagst es selbst. Ich könnte es mir nie verzeihen, wenn ich dich einer solchen Gefahr aussetze.«

»Und hier bin ich nicht in Gefahr?«

»Wenn du hier in den Favelas bleibst, wohl kaum.«

»Dann soll ich in der nächsten Zeit – vielleicht auf immer – in den Favelas leben? Du bist verrückt!«

»Ich nehme dich nicht mit – und nun Schluss!«

»Dann komme ich nach. Ich werde mit Maria Antonia sprechen, die hier die Wohnungen besorgt hat. Sie will euch, sobald ihr gelandet seid, nachkommen. Ich werde sie begleiten.«

»Na gut, wenn wir das Schlimmste überstanden haben, dann meinetwegen«, willigte ich schließlich ein, in der Hoffnung, dass es nicht so leicht für sie sein würde, uns nach Kuba zu folgen.

Sie hatte sich bereits voll in die Frauenclique um die Kubaner integriert. Von Anfang an hatten sich viele Frauen der Revolution angeschlossen und spielten beim Organisieren eine wichtige, manchmal sogar entscheidende Rolle. Revolutionäre haben für Frauen eine ungewöhnliche Anziehungskraft. Aber das ist nicht die ganze Wahrheit. Sie waren resoluter, waren mit heißen Herzen dabei, wollten wirklich etwas ändern. Ihr Gerechtigkeitssinn ertrug es nicht, die Menschen in Not zu sehen. Fidel hatte mir gegenüber einmal gesagt, dass die Frauen zur Seele einer Revolution gehören, weil sie sich unbedingter auch einer scheinbar aussichtslosen Sache verschreiben konnten. Auch würde eine Truppe besser kämpfen, weil sie sich vor den Frauen nicht blamieren wollte. Che sagte mir Ähnliches. Nun ja, beide waren große Frauenversteher.

Ich versprach ihr also hoch und heilig, dass ich mich freuen würde, wenn es ihr gelänge, zu uns zu stoßen und sie beruhigte sich schließlich. Ihre Liebe zu mir, so fand ich, bekam etwas Verzweifeltes. Sie liebte mich mit einer Inbrunst, die mir manchmal unheimlich war. Sie weinte manchmal nachts und oft lief sie am Morgen mit einem Gesicht herum, dass dem der Magdalena bei der Kreuzigung Jesu nicht viel nachstand.

Fidel kam, wie er vorausgesagt hatte, recht schnell frei. Vielleicht hatte auch Romeros Geld dabei eine Rolle gespielt. Che, von dessen Treiben in Guatemala die Mexikaner eine übertriebene Vorstellung hatten und der als unverbesserlicher Kommunist galt – was er damals noch nicht war –, musste weiter im Gefängnis bleiben. Hilda besuchte ihn oft mit seinem Töchterchen. Und jedes Mal, wenn die kleine Hildita bei ihm war, legte sich seine Unrast und er verwandelte sich in einen anderen Menschen. Hilda und Che hatten sich zwar auseinandergelebt, aber das Kind liebte er abgöttisch.

»Er ist ein guter Mensch und Vater«, verteidigte Hilda ihn in ungebrochener Loyalität. Ich hatte das Gefühl, dass sie ihn nach wie vor liebte. Sie konnte nicht mit ihm zusammenleben, aber er blieb der Mann ihres Lebens.

Fidel mietete eine neue Ranch in Abasolo und wir nahmen das Training unter Bayo wieder auf. Schließlich, nach 57 Tagen Haft, wurde auch Che unter der Bedingung entlassen, innerhalb von zehn Tagen Mexiko zu verlassen. Er musste sich also verstecken und konnte nicht mit ins neue Camp, bei dem ein erneuter Besuch Barrios' nicht ausgeschlossen war.

Die Trennung von Marizia war dramatisch und ich hatte sogar Angst, dass sie sich etwas antun könnte. Daher bat ich Maria Antonia, sich um sie zu kümmern. Die große matronenhafte, doch immer noch schöne Frau mit ihrer mütterlichen Art unterstützte mich darin, sie zu stabilisieren. Antonia war fest davon überzeugt, dass Fidels Coup gelingen würde.

»Wir werden zu ihnen stoßen, noch ehe sie in Havanna einziehen«, sagte sie mit einer Zuversicht, die Marizia langsam davon überzeugte, dass dies kein Traumgespinst war.

Fidel hatte das Schiff von einem Gringo gekauft. Raúl erzählte es mir. Es hieß *Granma* und war lediglich 19,2 m lang und hatte nur ein Deck, jedoch Gray-Motoren mit 250 PS. Er sagte mir nicht, dass es nur ein Fassungsvermögen für höchstens zwanzig Personen hatte.

»Es wird komplett umgebaut«, sagte er mir und nicht nur ich glaubte, dass es durch die Umbauten ein kleiner Kreuzer werden würde.

Dass Fidel nicht nur ein guter Troupier und Organisator, sondern auch ein Stratege war, erkannte ich, als er mir schließlich den Invasionsplan verriet.

»Ich habe mich mit Frank Pais von der Bewegung 26. Juli getroffen. An dem Tag, an dem wir landen, werden in den Städten die Batistatruppen ausgeschaltet. Unsere Revolution ist eng mit den Studenten und anderen revolutionären Kräften verzahnt. An der Landungsbucht wird uns Celia Sánchez mit wenigstens hundert Kämpfern erwarten.«

Endlich war es soweit. Ein Druck fiel von uns ab. Das Warten, die endlosen Strapazen mit den Tag- und Nachtmärschen, mit den Schießübungen auf Pappkameraden hatten ein Ende. Als Treffpunkt wurde die Verladestelle am Oberlauf des Flusses Tuxpan ausgegeben, wenige Kilometer vom kleinen Hafen des Bundesstaates Veracruz entfernt. In einer regnerischen Nacht trafen wir dort ein. Auch Che war zu uns gestoßen. Ich erschrak nicht schlecht, als ich das verdammte Boot sah.

»Mit der Nussschale sollen wir aufs Meer?«, mäkelte selbst Cienfuegos, den alle wegen seines Humors liebten und der eigentlich durch nichts zu erschüttern war.

Zwar hatte man alle überflüssigen Aufbauten entfernt, aber es war immer noch ein Boot für höchstens zwanzig Passagiere. Wir mussten deswegen unser Gepäck reduzieren. Fidel merkte, dass die Stimmung seiner Leute beim Anblick des Bootes gesunken war und feuerte sie mit martialischen Sprüchen an.

»Vaterland oder Tod! Wer hat gesagt, dass wir einen Luxusdampfer zur Verfügung haben werden?«

Wir mussten eine Menge Gepäck, Proviant, Waffen und Munition zurücklassen. Wir waren über hundert Mann und Platz stand kaum für die Hälfte zur Verfügung.

Fidel kontrollierte mit Che noch einmal das Gepäck. Alles Persönliche wurde ebenfalls ausgeschieden. Nur mit Mühe konnte ich zwei Kladden und Kugelschreiber verteidigen. Meine Bücher dagegen musste ich zurücklassen. Nach vielem Hin und Her fanden 82 Männer Platz auf dem Seelenverkäufer. Wer zu dick war, musste zurückbleiben.

In einen langen Umhang gehüllt sah Fidel im dichten Regen wie eine urzeitliche Gestalt aus. Um 1.30 Uhr in der Nacht vom 24. auf den 25. November legte die *Granma* ab. Alle machten bange Gesichter. Wir hockten dicht gedrängt wie in einer Heringstonne. Ich saß neben Che. Ein wolkenbruchartiger Regen durchnässte uns bis auf die Haut.

»Glaubst du, dass wir mit der Nussschale Kuba erreichen? Wir sind doch total überladen.«

»Man muss an das Gelingen glauben!«, speiste er mich mit einer Plattitüde ab.

»Ach, so ist das!«, erwiderte ich spöttisch.

»Wir erfüllen einen Auftrag für die Menschheit«, sagte er mit stolzem Gesicht, während ihm das Wasser über das Gesicht lief. Seine Augen brannten. Er hatte endlich seine Bestimmung gefunden. »Es muss gut gehen und es wird gut gehen.«

»Mann, mir ist jetzt schon schlecht«, stöhnte Salvatore Carnel, ein breitschultriger Automechaniker aus Santa Clara.

Die Fahrt der *Granma* stand wahrlich unter keinem guten Stern. Draußen auf dem Meer gerieten wir in einen Taifun. Brecher um Brecher schlug über die Reling. Selbst die hartleibigsten Kämpfer bewegten lautlos die Lippen. Zu wem beteten sie? Gott, Jesus, Maria oder gar Stalin? Ein Blick auf Fidel gab ihnen etwas Zuversicht. Wie ein Felsblock stand er neben dem Kapitän und hielt sein Gesicht trotzig in den Sturm.

»Das geht nicht gut, das geht nicht gut!«, stammelte Carnel und kotzte über die Reling, wobei offen blieb, ob er den Kampf gegen seine Gedärme meinte oder unsere abenteuerliche Überfahrt.

»Dann sterben wir eben!«, antwortete Che kalt. »Aber wir wissen, wofür wir sterben.«

»Mach dir nichts vor, Fidel!«, rief Camilo Cienfuegos zur Brücke. »Wir werden unsere Kleider in der Hölle trocknen müssen.«

Keiner lachte. Zitternd erwarteten wir den nächsten Brecher.

»Venceremos!«, rief jemand trotzig. Sein Ruf verwehte im Sturm.

10

Das Floß der Medusa

Sieben Tage trieben wir auf dem Meer. Es waren Tage des Durstes, des Hungers, der Angst und der Verzweiflung. Tage, an denen wir uns die Seele aus dem Leib kotzten. Das Salz auf den wunden Lippen trieb uns Tränen in die Augen. Die meisten glaubten nicht mehr an ein gutes Ende.

Es gab zwei Männer, an denen wir uns aufrichten konnten. Fidel zeigte seine gewohnte Ruhe und Besonnenheit und vermittelte die Gewissheit, dass trotz aller Widrigkeiten alles gut gehen würde. Che gab ein Beispiel von Heroismus. Trotz seiner schweren Asthmaanfälle versuchte er die Not der Kameraden zu lindern und verteilte Medikamente gegen die Übelkeit, wischte ihnen die Kotze aus dem Gesicht und sprach ihnen Mut zu. Manchmal lag er wie ein Toter neben mir, mit fiebrigen Augen und entsetzlichen Atembeschwerden. Dann wieder kroch er zu einem der Männer, dem es noch schlechter zu gehen schien als ihm und schleppte ihn zur Reling, so dass er sein Elend ins Meer kotzen konnte. Er litt wohl am meisten von allen Gefährten, denn er hatte seine Medikamente wegen des plötzlichen Aufbruchs aus Mexiko nicht mitnehmen können, und doch fand er die Kraft, den anderen zu helfen.

Weiß der Teufel, es war eine höllische Überfahrt. Als der Sturm endlich nachließ, prasselte Dauerregen unablässig auf uns herab. Immer noch wurde das Boot in gewaltige Wellentäler geschickt und Brecher klatschten aufs Deck und wir schrien vor Angst und die Männer flüchteten sich in Gebete, die sie nur unvollkommen beherrschten und an die sie sich aus ihrer Kinderzeit erinnerten. Niemand rief nach Marx und Lenin, sondern man schrie nach Jesus, Maria oder irgendeinem Dorfheiligen. Die Truppe, die aufgebrochen war, eine Revolution anzuzetteln, die nicht nur Kuba befreien, sondern ein Beispiel für die ganze Welt geben sollte, hatte Angst. Mit ausgezehrten Gesichtern und irrlichternden Augen warteten wir … auf den Tod.

Ich fragte mich so manches Mal, ob es nicht besser gewesen wäre, aus Mexiko nach Frankreich abzuhauen und darauf zu hoffen, dass Juarez mich vergessen hatte. Manchmal hatten wir das Gefühl, dass wir statt nach Kuba nach Mexiko zurückfuhren. So ganz unbegründet war dieser Eindruck nicht. Denn die *Granma* machte statt 10 Knoten nur sieben und wir wurden, wie der Kapitän später bekannte, durch den Sturm vom Kurs abgetrieben. Mit brennenden Augen starrten wir auf den Horizont. Sieben Tage lang, die niemand vergaß, der sie erlebt hatte. Sieben Tage Durst und Hunger und der Geruch von Kotze und Salz.

Fidel versuchte uns aus der Lethargie und der Todeserwartung zu reißen. Erst schoss er auf die Schießscheibe vorn am Bug und rief uns zu ihm nachzueifern. Aber außer Che erhob sich niemand zu dieser Ablenkung. Als Delphine auftauchten, fiel ihm ein, dass diese vielleicht ein besseres Ziel abgäben. Doch Salvatore Carnel hinter mir protestierte energisch.

»Das bringt Unglück, Fidel! Delphine sind uns Menschen am ähnlichsten. Schaut doch nur, wie sie zu uns herüberblicken. Sie teilen unser Leid. Fidel, mach nicht solchen Scheiß!«

Keine Ahnung, wie Carnel auf solch einen Vergleich kam. Er war ein schlaksiger, dürrer Mann mit einem Ho-Chi-Minh-Bart, den ich wegen seiner maßvollen Art schätzte. Sein Zuruf beeindruckte Fidel und er verbot auch allen anderen, auf die Delphine zu schießen. Damals hörte er noch auf seine Gefährten. Als Haie auftauchten, schleppte sich Camilo Cienfuegos an das am Bug montierte Maschinengewehr.

»Nicht, Camilo!«, rief Fidel. »Du hast es doch gehört, das bringt Unglück.«

»Noch mehr Unglück?«, rief Camilo mit wildem Lachen. »Ist hier auf dem Boot nicht alles Unglück der Welt versammelt?«

»Hör auf, Camilo«, sagte Che ruhig, so ruhig, als forderte er ihn auf, nicht zu rauchen. Und Camilo folgte ihm wie ein Schoßhündchen. Fidel und Che waren die beiden Korsettstangen, die die Mannschaft zusammenhielten. Fidel verehrte man, bewunderte man, aber Che liebte man, obwohl er kein Kubaner war, sondern Argentinier, die den Ruf hatten, arrogant zu sein.

In unserem Elend erinnerte mich die *Granma* an das Bild »Floß der Medusa« von Jean-Louis Théodore Géricault, das ewig auf dem Wasser trieb und auf dem es zu Kannibalismus gekommen war. Géricault hatte die Verzweiflung auf dem Floß eingefangen. Als ich Che davon erzählte, sah er mich an, als wäre ich verrückt geworden.

»Mann, Kochba, wir sind Revolutionäre! Rede nicht so defätistisches Zeug. Mit dem Gerede nimmst du den Männern das letzte bisschen Verstand.«

Ich hielt daraufhin die Klappe. Wenn ich gewusst hätte, dass 35.000 Batistasoldaten auf uns warteten, hätte ich sie nicht gehalten. Doch ich glaube, selbst wenn Fidel und Che das gewusst hätten, wären sie auf Kurs geblieben.

Es geschah bereits auf der *Granma,* dass Fidel und Che zu siamesischen Zwillingen zusammenwuchsen. Später eröffnete mir Che das Geheimnis ihres Bundes.

»Ich mache bei der kubanischen Sache bis zum Sieg oder Tod mit. Dann lässt mir Fidel freie Hand, das zu tun, wozu ich mich berufen fühle. Ich werde nach Argentinien gehen und dort eine Revolution in Gang setzen und Fidel wird mich unterstützen.«

Dies sagte er mir, noch bevor wir nach Santa Clara zogen und er den Anspruch einlöste, den er an sich hatte. Doch auf dem Meer, wo wir Wasser schluckten und es vielen recht gewesen wäre, endlich zu sterben, dachte niemand daran, eine Schlacht zu schlagen. Unablässig war Che bemüht, die Leiden der Männer zu mildern. Er ließ Apfelsinensaft auspressen, damit die Männer Durst und Hunger stillen konnten. Aber der Saft stillte weder das eine noch das andere. Mir kam er wie ein Heiliger vor, denn er war für alle da und krümmte sich doch immer wieder, gepeinigt durch Hustenanfälle, so dass wir glaubten, es würde mit ihm zu Ende gehen. Ich hörte Fidel zu Camilo sagen: »Wenn er tot ist, werft ihn ins Meer.« Ich hasste ihn dafür. Aber er handelte als Leader. Er musste an das Ganze denken und nicht an einzelne Individuen und sei es auch ein Freund. Doch Che kämpfte. Mit Adrenalinspritzen gelang es ihm, seine Anfälle zu mildern.

Doch kaum hatte uns der nachlassende Sturm ein wenig Mut zurückgebracht, kam das nächste Unheil. Unser Kahn nahm Wasser auf. Irgendwo hatten wir ein Leck. Fidel befahl uns, danach zu suchen. Das Ergebnis hatte etwas Lächerliches. Die Toilette war undicht geworden. Die *Granma* war nicht so schlecht, wie sie aussah. Bald hörte das Boot auf, weiter Wasser aufzunehmen. Die Schiffsplanken hatten sich infolge des bereits aufgenommenen Wassers zusammengezogen und dadurch das Schiff wieder dicht werden lassen. Trotzdem mussten wir immer wieder Ballast abwerfen, den wir nach der Landung eigentlich bitter nötig hatten. So manche Munitionskiste flog ins Meer.

Aus dem Bordradio hörten wir vom Aufstand in Santiago und dass in den Straßen gekämpft wurde. Und wir waren immer noch auf dem Meer. Frank Pais hatte Wort gehalten, doch wir waren an der verabredeten Stelle überfällig. Die Bewegung vom 26. Juli, die Studenten gingen in allen großen Städten auf die Straßen und forderten Batistas Absetzung und neue Wahlen. Man kämpfte bereits für die Revolution und wir waren immer noch ein Spielball der Wellen.

»Mein Gott, wir werden niemals das verfluchte Joch abschütteln können!«, klagte Salvatore Carnel und schlug zornig auf die Planken des Bootes.

»Wir werden nicht nur Kuba befreien, sondern ganz Südamerika!«, widersprach Che. Niemand von uns sagte, dass dies in Anbetracht unserer Lage Hirngespinste waren.

Aus dem Radio erfuhren wir, dass Batista und die CIA die Maske hatten fallenlassen. US-Kriegsschiffe waren in den Hafen von Havanna eingelaufen. Doch Fidel stimmte die Nationalhymne an und danach das Lied der Bewegung des 26. Juli und der Trotz in seiner Stimme steckte uns an und wir stimmten ein und über unsere Gesichter rollten Tränen. Als wir glaubten, in der Nähe von Kuba zu sein, hielten wir Ausschau nach dem Leuchtturm von Cabo Cruz. Doch in dem grauen Licht über dem Meer tauchte kein Leuchtturm auf. Aber da die Möwen unser Boot umkreisten, wussten wir zumindest, dass wir uns in der Nähe von Land befanden.

»Hoffentlich landen wir nicht in Santo Domingo oder gar Haiti«, unkte Carnel.

Sieben Tage trieben wir auf dem Meer und das einzige Unglück, das uns vom »Floß der Medusa« unterschied, war der Kannibalismus. In der Morgendämmerung des 2. Dezember erreichten wir das Festland.

Wir waren nicht an dem Ort gelandet, wie wir bald erfahren sollten, wo Celia Sánchez, die Genossin des 26. Juli, mit über hundert Kämpfern auf uns gewartet hatte, sondern zwei Kilometer weiter, vor dem Strand Las Coloradas. Mit den Studenten aus den Städten wären wir eine respektable Streitmacht gewesen.

»Los, ins Wasser!«, drängte Fidel, nachdem das Boot weit vor dem Strand auf eine Untiefe aufgelaufen war.

Wir folgten ihm, denn alles war uns lieber, als noch eine Stunde auf dem verfluchten Boot zu sein. Bis zur Brust ging uns das modrige Wasser, Schlamm und Gestrüpp. Schwärme von Moskitos und Stechmücken empfingen uns. Mühsam stakten wir dem Strand entgegen.

»Wir kommen, Kuba!«, schrie Fidel und stemmte seinen mächtigen Körper im Schlick voran. »Die Revolution ist gelandet!«

Oh ja, Fidel war von Anfang an der *Comandante Máximo* und er flößte uns Zuversicht ein. Ches Augen leuchteten an diesem düsteren Tag wie funkelnde Sterne. Wir taumelten an Land und warfen uns auf den Boden. Che bekam wieder einen Hustenanfall.

»Komm, ich nehme dir das Gepäck ab«, bot ich mich an.

»Verflucht! Scher dich zum Teufel! Ich bin zum Kämpfen gekommen und nicht, damit mir jemand hilft.« Ich riss ihm trotzdem den Rucksack vom Rücken.

Wir taumelten in das Mangrovengebüsch. Hier gab es keine Wege, geschweige denn eine Straße und wir mussten uns mit Macheten einen Weg bahnen. Schnellboote der Kriegsmarine tauchten auf und schossen mit ihren Bordkanonen schon von Weitem auf uns. Glücklicherweise konnten sie wegen der Untiefen nicht näher ans Ufer.

Fidel rief immer wieder: »Weiter, Männer! Weiter, Guerilleros!«

Eine Schattenarmee schlug sich durch das Buschwerk. Wir merkten schließlich, dass wir kaum vorankamen und uns im Kreis bewegten. Doch es kam noch schlimmer. Flugzeuge kreisten über uns und warfen Bomben ab, die das Mangrovendickicht in eine Feuerhölle verwandelten. Wir flüchteten weiter zu einem Zuckerrohrfeld, immer verfolgt von den Flugzeugen, die ihre tödliche Fracht entluden. Ein Flammenmeer breitete sich um uns herum aus. Unsere Kleider fingen Feuer, unsere Haare brannten und wir waren ständig dabei, an uns das Feuer auszuschlagen. Geröstet, aber immer noch kampffähig gelangten wir zu einem Maisfeld. Die Bomber drehten ab, glaubten uns in dem Flammenmeer vernichtet zu haben. Zwei Tage irrten wir ohne Führer durch unwegsames Gelände.

Endlich stießen wir auf Bauern. Aber die begegneten uns anfangs misstrauisch. Von ihnen erfuhren wir, dass Batistas Soldaten nur wenige Kilometer von uns entfernt waren. Auf Fidel sei ein hohes Kopfgeld ausgesetzt. Erstaunlicherweise galt dies auch bereits für Che. Dass Che von Anfang an so bedeutend eingestuft wurde, lag daran, dass man ihn als einen der Rädelsführer des Guatemalaaufstandes hielt, was nicht stimmte, aber dazu beitrug, dass sein Name gleich aus der Masse der Guerilleros herausragte. Dies war der Anfang der Legende Che Guevara, die schon bald wie ein Trompetenstoß wirkte. Schuld daran war die CIA. Von Anfang an war es nicht nur ein Aufstand gegen Batista, sondern ein Krieg gegen die CIA.

Fidel befahl, ruhig wie immer: »Wenn wir auseinandergetrieben werden, treffen wir uns in der Sierra Maestra an den vereinbarten Treffpunkten.«

Die Sierra Maestra war ein unwirtliches Bergmassiv, mit dichten Wäldern und Gebüsch bewachsen und kaum erschlossen. Obwohl wir den Bauern, die selbst wenig hatten, einige Lebensmittel abkauften, waren wir am 5. Dezember so entkräftet, dass wir kaum in der Lage waren weiterzumarschieren. Die Schuhe waren bereits in desolatem Zustand und einige hatten schlimme Wunden an den Füßen. Che verarztete sie notdürftig mit Jod. Salvatore Carnel klagte nach der Behandlung: »Als Revolutionär ist Che wunderbar, als Arzt ist er ein Mörder.«

Wir flohen weiter in Richtung Sierra Maestra. Ein paarmal waren wir den Batistasoldaten so nahe, dass wir ihre Stimmen hörten.

»Sie sitzen uns ganz schön auf der Pelle«, flüsterte mir Cienfuegos zu. »Bald können sie meine Füße in den verdammten Stiefeln quietschen hören.« Er lachte dabei. Er hatte Schmerzen, aber er lachte. So war Cienfuegos. Er konnte selbst Schmerzen nicht ernst nehmen. Selbst über den Tod würde er lachen.

Bei einer Rast neben einem Zuckerrohrfeld kam es zum Desaster. Ständig waren Flugzeuge über der Gegend gekreist. Doch hier in einer Lichtung, umgeben von dichtem Gebüsch, glaubten wir uns sicher. Erst war es nur ein Schuss, der uns hochschreckte. Kam jetzt das Ende? Wie erwartet, folgte ein wahrer Hagelschauer an Geschossen. Alle schrien durcheinander und wir versuchten in Deckung zu gehen. Aber es gab keine Deckung. Hier bewies ich, dass ich an der Revolution nicht nur als Journalist, Berichterstatter und Fotograf teilnahm, sondern als Kombattant, als Kämpfer für die Revolution.

Doch erstmal versuchte ich meinen Arsch zu retten. Der Kugelhagel hörte nicht auf. Ich sah Dutzende meiner Kameraden fallen oder sich schwer verwundet am Boden wälzen. Eine Kakophonie von Schüssen, Schreien und jammervollen Rufen. Ich sah Che zusammenzucken und lief zu ihm. Eine Kugel hatte ihn am Hals getroffen. Er blutete stark. Später gestand er mir, dass er bereits geglaubt hatte, sterben zu müssen. Ich verband seine Wunde. Es war nur ein Streifschuss.

»Es ist noch nicht soweit, Ernestito! Du hast nur dein zweites Leben verbraucht. Es geht weiter.«

Mit Carnels Hilfe zog ich ihn hoch.

»Ergebt euch!«, schrie jemand.

»Hier ergibt sich niemand, du Arschficker!«, schrie Cienfuegos.

Almeida, einer der Leutnants, versuchte Ordnung in unsere Absatzbewegung zu bekommen. Er befahl mir und Cienfuegos, die Batistasoldaten durch Sperrfeuer in Schach zu halten.

»Die werden sich wegen uns die Hosen vollmachen«, spottete Cienfuegos.

Carnel kümmerte sich um Che, der sich wie in einem Nebel bewegte, wie er mir später sagte. Der Ring um uns wurde immer enger. Da kam plötzlich Bewegung in Che und hier in der Stunde, wo gestorben wurde, verwandelte er sich vom Arzt in einen Kämpfer. Er hatte je einen Sack mit Medikamenten und mit Munition dabei. Beide konnte er beim Ausbruch nicht mitnehmen, da er in einer Hand das Gewehr hielt. Er entschied sich für die Munition und befahl eine Richtungsänderung.

»Wir dürfen uns hier nicht festnageln lassen!«, schrie er.

Durch konzentriertes Feuer auf den rückwärtigen Weg zwischen zwei Zuckerrohrfeldern gelang der Durchbruch. Wir entkamen dem Belagerungsring. Aber wir hatten den Kontakt mit den anderen Gruppen verloren. Wir wussten nicht, wo Fidel war, ob er überhaupt hatte entkommen können.

Wie selbstverständlich übernahm Che Fidels Rolle. Er führte uns, als es dunkel wurde, nach den Sternen. Lebensmittel hatten wir nicht mehr. Wir stillten unseren Durst mit Regenwasser aus den Rinnsalen in den Radspuren der Eselskarren. Den Hunger bekämpften wir mit Flusskrebsen, doch die waren nicht sehr zahlreich und sättigten auch kaum. Wir, das waren Che, Cienfuegos, Carnel und ich, außerdem acht weitere Guerilleros. Wo die anderen waren, wussten wir nicht. Hatten sie überhaupt überlebt? War auch Fidel tot?

Am 8. Dezember erreichten wir eine Fischerhütte und der Fischer stellte sich als sehr kooperativ heraus und erzählte uns, was der Rundfunk meldete. So erfuhren wir, dass sechzehn Gefährten den Tod gefunden hatten und viele gefangengenommen worden waren, die man, wie man ankündigte, nach dem Verhör füsilieren würde. Das also war der Anfang der Revolution. Bei den meisten war der Glaube an den Erfolg der Revolution verschwunden. Nur Cienfuegos scherzte immer noch.

»Der derzeitige Hausherr von Kuba ist scheinbar nicht erfreut über unseren Besuch. Aber noch konnte er nicht allen die Tür weisen.«

»So lange ein einziger Revolutionär lebt, ist nichts verloren!«, tönte Che.

»Rede nicht so einen Schwachsinn«, raunte ich ihm zu.

»Wir leben, also werden wir siegen!«, fauchte er. Die Wunde, die er empfangen hatte, hatte ihm die Zuversicht nicht genommen. Der Fischer war ein Glücksfall. Er hasste die Batistasoldaten, weil sie seine Frau vergewaltigt hatten. Er gab uns von dem, was er hatte. Wir ertränkten unsere Angst in selbstgebranntem Schnaps. Das Ergebnis war, dass wir am nächsten Tag alle Durchfall hatten und uns nur um unsere Gedärme kümmern konnten. Nur Che war davon verschont geblieben, da er weder Alkohol trank noch übermäßig gegessen hatte.

Wir hörten von unserem Fischer, dass ein Bauer in der Nähe unsere Leute an die Batistaschergen verraten hatte.

»Wir sollten ihn dafür bestrafen!«, schlug Cienfuegos vor.

»Wir sollten uns darum kümmern, unseren Arsch zu retten«, wandte ich ein. »Fidel hat doch befohlen, dass wir uns ins Gebirge zurückziehen sollen.«

»Wir wissen ja nicht einmal, ob Fidel noch lebt«, wandte Carnel ein.

»Wir werden den Weg ins Gebirge nehmen – später«, entschied Che. »Zeigen wir gleich, dass wir jeden Verräter bestrafen.« Niemand widersprach.

Wir marschierten nachts los. Ibrahim, der Sohn des Fischers, der die Gegend wie seine Hosentasche kannte, führte uns an endlosen Zuckerrohrfeldern vorbei zu der Hütte des Verräters, der Garincha hieß. Ich hätte gegen die Aktion eine Menge vorbringen können. Wir waren nur noch zwölf Mann und einige von uns hatten ihre Waffen verloren. Aber Che war jetzt der *Comandante* und ich wollte ihm vor den anderen nicht widersprechen. Noch vor der ersten Morgendämmerung erreichten wir das Gehöft. Die Hunde schlugen an.

»Verdammter Mist! Da haben wir es!«, fluchte Carnel. Aber nichts hatten wir. Es geschah nichts. Wir ließen uns auf die Erde nieder und robbten vorsichtig an das Haus heran, aus dem wir nun Gesänge hörten.

»Sie feiern. Mann, die müssen sturzbesoffen sein!«, stellte Cienfuegos fest. Trotz der Dunkelheit wusste ich, dass er grinste. »Wir werden ihnen dazu die Musik liefern.«

Vor der Hütte stand ein Lastwagen. Che winkte mir zu. Ich wusste, was er wollte, und schlich mich an den Lastwagen heran. Die verdammten Hunde kläfften immer lauter. Die Soldaten drinnen rührten sich nicht. Sie waren so besoffen, dass sie dem Bellen der Hunde immer noch keine Bedeutung beimaßen. Ich kletterte in das Führerhaus und fand dort eine Thompson und einen Sack mit Eierhandgranaten. Der Himmel riss auf. Man konnte nun das Terrain besser übersehen. Ich sah zu Che hinüber, den ich zwar nicht entdecken konnte, aber am Eingang zum Hof vermutete. Ich pumpte mit der Faust, so andeutend, dass der Tanz beginnen konnte.

Sofort eröffneten unsere Leute das Feuer auf das Haus. Dort ging unter wüstem Geschrei das Licht aus. Sie stürmten heraus und liefen in die Garbe meiner Thompson. Ich nahm eine Eierhandgranate, wiegte sie in der Hand, zog den Stift und warf sie gegen das Haus. Leider verfehlte ich das Fenster und sie ging davor hoch und erledigte einige Soldaten, die bereits dabei waren, sich wieder ins Haus zurückzuziehen. Ich nahm eine zweite Granate und wiederholte die Übung. Diesmal flog sie durch eine zerschossene Scheibe ins Hausinnere. Ein Feuerschleier waberte hinter den Fenstern. Ein Teil des Hauses stürzte krachend ein. Die Soldaten, die noch lebten, hatten genug vom Kämpfen. Aus einem der Fenster wurde ein weißer Fetzen geschwungen. Dann hörten wir wieder Schüsse. Die weiße Fahne fiel außerhalb der Hütte auf den Boden. Einer der Offiziere hatte wohl etwas gegen die Kapitulation gehabt.

»Kochba, du bist wieder dran!«, hörte ich Che rufen.

Ich führte den Befehl aus und warf die dritte Handgranate. Auch diese prallte vom Haus ab und rollte vor die Tür und explodierte dort. Das reichte trotzdem, um nun allen im Haus klarzumachen, dass sie chancenlos waren. Sie schwangen erneut einen weißen Fetzen. Diesmal fiel im Haus kein Schuss.

»Sie sollen waffenlos mit erhobenen Händen herauskommen«, rief mir Che zu und ich wiederholte seine Aufforderung.

Tatsächlich, im Gänsemarsch, mit erhobenen Händen kamen sie heraus. Es waren noch sechs Mann und ein Offizier. Dahinter tauchte der Verräter mit seiner Tochter auf. Jedenfalls nahmen wir an, dass die junge Frau seine Tochter war. Che kam mit dem MI-Gewehr im Anschlag mit den anderen Kämpfern aus der Deckung. Ich stieg aus dem Fahrerhaus und hielt die Bande mit der erbeuteten Thompson in Schach.

»Wie viele sind noch drin?«, fragte ich den Offizier, der in meinem Alter war und trotz seines derangierten Aufzugs einen guten Eindruck machte. Er verdarb den Eindruck, indem er schrie: »Es lebe Presidente Batista!«

Che schoss ihn nieder.

»War ein Fehler«, kommentierte Carnel. »Wir hätten weitere Informationen aus ihm herausquetschen können.«

»Aus dem nicht! Oder wolltest du ihn foltern?«, erwiderte Che barsch und steckte die Pistole weg.

»In der Hütte sind fünf Verletzte und drei Tote«, sagte eilig ein dicker Korporal.

»Was machen wir mit den anderen?«, fragte ich Che.

»Die lassen wir laufen. Carnel, taste sie mal ab, ob sie noch Waffen bei sich tragen.« Er fand keine Waffen.

»Gut. Holt eure Verwundeten aus dem Haus und dann könnt ihr abziehen«, befahl Che.

Die Batistaschergen sahen uns unschlüssig an. Sie konnten es kaum glauben, dass wir sie verschonten. Auch unsere Leute starrten erstaunt auf Che. Später klärte er uns auf. Er hatte dies mit Fidel abgesprochen. Es sollte die Moral der Batistasoldaten erschüttern. Einen Gegner, der human handelt, bekämpft man nicht bis zum Tod.

»Schwört, nicht noch einmal gegen uns zu kämpfen! Beim nächsten Mal kommt ihr nicht so glimpflich davon«, gab er ihnen zum Abschied mit. Sie schworen und stolperten davon.

Plötzlich brach ein Gewitter los. Es blitzte, donnerte und die Wolken öffneten einen Wasserfall.

»Los, ins Haus!«, befahl Che.

Die Hütte war zwar halb zerstört, bot aber wenigstens leidlich Schutz vor dem dichten Regen. Das viele Blut störte uns nicht mehr.

»Geh in die Küche und hol uns zu essen!«, befahl Che dem Mädchen, eine schöne Farbige mit einer samtig schimmernden Haut. Dann wandte er sich dem Verräter zu.

»Wir klagen dich an, die Volksarmee verraten zu haben!«, sagte Che und setzte sich an den Tisch. Wir ließen uns auf dem

Boden nieder. Carnel schickte er mit zwei anderen Männern hinaus, um Wache zu halten.

»Was hast du zu deiner Verteidigung vorzubringen?«, herrschte Che ihn an.

Garincha fiel auf die Knie und jammerte: »Ich tat es doch nur, weil ich Angst hatte, dass sie sonst meine Hütte zerstören und meine Frau vergewaltigen. Schießt mich tot. Ich habe es verdient. Aber lasst meine Frau und meinen Sohn leben.«

»Die junge Frau ist also nicht deine Tochter, sondern … Wo ist der Sohn?«

Der Verräter deutete auf die Hintertür. Die schöne Schwarze kam nun mit einer Schüssel mit Bohnen heraus. Ein kleiner Junge, nicht älter als drei Jahre, tapste hinter ihr her.

»Wir kämpfen nicht gegen Frauen und Kinder. Natürlich bleiben beide am Leben. Du hast deine Verfehlung gestanden und wirst sterben. So lautet mein Urteil.«

Che blickte um sich, als erwarte er Widerspruch. Da sich sonst niemand meldete, spielte ich den Verteidiger.

»Er hatte Angst um seinen Besitz und seine Frau.«

»Das haben andere Bauern auch und verraten uns trotzdem nicht.«

»Wenn er es bereut, hat er eine zweite Chance verdient.«

»Nicht wenn es um die Befreiung Kubas geht. Da muss sich jeder entscheiden, ob er für oder gegen das Volk ist.«

»Du hast den Soldaten auch verziehen.«

»Sie waren Soldaten und befolgten Befehle. Sie hatten keine Wahl. Aber er hatte sie.«

»Mensch, Ernesto, lass ihn leben! Er ist doch ein kleiner, armseliger Wurm. Sieh dir das Häufchen Elend doch an!«

Dass ich ihn Ernesto nannte und so an die alte Vertrautheit in Córdoba erinnerte, war ein Fehler. Er glaubte, dass ich ihn mit Hinweis auf unsere Freundschaft zu erweichen hoffte. Sein Gesicht verschloss sich. Er war nun ganz Che, der Kämpfer gegen das Unrecht der Welt. Seine Augen schossen Blitze. Er zog den Revolver aus dem Halfter und reichte ihn mir.

»Geh hinaus und richte ihn.«

»Ich?«, fragte ich erstaunt. »Warum ich?«

»Ha, Kochba, du bist jetzt ein Revolutionär, ein Kämpfer des Volkes und ein Feind der Verräter.«

»Ich … kann das nicht«, stammelte ich.

»Du wirst jetzt lernen, hart gegen Verräter vorzugehen.«

War das noch mein Ernesto? Wie sprach er zu mir, seinem ältesten Freund?

»Wir befinden uns im Krieg, Kochba«, sagte er ernst. »Nun geh schon hinaus und erledige es. Es ist nicht schön, zugegeben, aber es muss getan werden. Die Revolution ist nun mal keine Tanzveranstaltung.«

Was sollte ich tun? Verdammt nochmal, der Mann hatte wirklich Schuld auf sich geladen. Eine Menge guter Männer, die mit mir auf der *Granma* gewesen waren, hatten wegen dem Scheißkerl sterben müssen. Aber einen Menschen, der mir nichts getan hatte, einfach abzuknallen …. das konnte ich nicht.

»Ich habe vorhin im Kampf gezeigt, dass ich ein Kämpfer für die Revolution bin. Meine Handgranaten gaben den Ausschlag. Ich bin ein genauso guter Kämpfer wie alle hier. Du hast mir keine Befehle zu erteilen, die gegen mein Gewissen sind.«

»Ich bin der Stellvertreter Fidels. Oder ist jemand anderer Meinung?« Er sah wild um sich. Niemand meldete Protest an.

»Na also, du gehst hinaus und … Es gibt hier keine Extrawürste!«

»Ach, Che, lass ihn doch in Ruhe. Ich übernehme das für ihn«, warf Cienfuegos ein.

»Nein. Ich will, dass Kochba seinen Individualismus aufgibt! Er ist Guerillero geworden und muss nun lernen, unbedingt für die große Idee einzutreten. Los, Kochba, geh mit ihm hinaus!«

Ich stöhnte und unterwarf mich seinem Willen. Ich winkte Garincha zu. Mühsam erhob sich dieser von den Knien und wankte vor mir hinaus. Wir gingen im strömenden Regen unter einen Baum. Uns gegenüber schlug ein Blitz in eine Tamariske ein und sie fing an zu brennen. Ein diffuses Licht erhellte die Szenerie. Meine Haut brannte trotz der Regentropfen, die mir über das Gesicht liefen.

»Lass mich leben!«, flehte Garincha. Er war ein schmächtiger kleiner Mann mit einem früh gealterten, dunklen Gesicht. Der Nachkomme eines Sklaven. Wie war er zu der attraktiven Frau gekommen? Ich fragte ihn dies, um den entscheidenden Moment hinauszuzögern.

»Sie ist doch mindestens zwanzig Jahre jünger als du.«

»Ich habe sie halbverhungert als Kind aufgefunden. Als meine Frau gestorben war, habe ich sie zu meiner zweiten Frau gemacht. Ich habe sie nicht dazu zwingen müssen. Wirklich nicht. Sie ist gern darauf eingegangen. Bei mir hat sie es gut. Du musst wissen, dass sie eine Mandingofrau ist. Etwas sehr Kostbares. Ich habe sie lange Jahre durchgefüttert, da hatte sie doch die Verpflichtung, sich dankbar zu zeigen.«

Ich hatte mal über die Herkunft der afroamerikanischen Farbigen geschrieben und wusste, dass die Mandingos einst ein kämpferischer Stamm in Westafrika gewesen waren. Viele der sehr großen Schwarzen in den USA stammten von den ehemaligen Mandingosklaven ab. Es waren meist sehr stolze und besonders schöne Menschen.

»Da hattest du ja das große Los gezogen.«

Einen Moment lang lag ein Lächeln auf seinem Gesicht.

»Sie ist die schönste Frau, die ich je gesehen habe, und meine Frau.«

»Warum, zum Teufel, musstest du zum Verräter werden, wenn es dir doch gut ging?«, stöhnte ich.

Er merkte, wie schwer es mir fiel, Ches Befehl auszuführen.

»Lass mich laufen. Man wird es dir im Himmel anrechnen!«

Das mochte sein, wenn es einen Himmel gab. Aber ich war ein Guerillero geworden und er war schuld am Tod meiner Kameraden. Trotz des dichten Regens brannte die Tamariske immer noch. Ein Schatten kam über den Hof heran.

»Er lebt ja immer noch«, sagte Che vorwurfsvoll. Missmutig deutete er auf Garincha.

»Ich kann es nicht.«

»Ach, Kochba! Meinst du, dein Namensvetter in Palästina hätte einen Verräter geschont, der seine Leute an die Römer verraten hat? Erledige es endlich!«

Die Mandingofrau kam herausgelaufen. Als sie bei uns war, hatte der Regen ihr Kleid durchgeweicht und zeichnete ihre Brüste und ihr Delta nach. Sie war mit ihrem länglichen Kopf schön wie eine afrikanische Helena.

»Bitte, lasst ihn leben. Ich kann doch nicht allein den Acker bearbeiten oder zum Fischen fahren. Wir werden verhungern.«

»Du hast es gehört!«, unterstützte ich sie.

»Sie wird schon einen Mann finden, der sie ernährt. Du musst den Befehl ausführen. Wenn nicht, verliere ich vor unseren Leuten das Gesicht. Nun stell dich nicht so an.«

Er stieß das Mädchen in Richtung Haus und ging mit ihr zurück. Ich überlegte fieberhaft, wie ich mich aus der Schlinge ziehen konnte. Mir fiel etwas Verrücktes ein.

»Hör gut zu! Ich schieße jetzt in die Luft und du läufst in Richtung Meer und verduftest eine Weile aus dieser Gegend. Wage es nicht zu den Batistaleuten zu gehen, sonst …!«

Garincha nickte heftig. »Nein. Ehrenwort. Ich werde zu meinem Bruder gehen und dort warten, bis ihr die Gegend verlassen habt.«

Die Hoffnung in seinen Augen ließ meine Kehle trocken werden. Ich hoffte, mit einer Lüge davonkommen zu können. An der Hauswand hatte ich einen rostigen Spaten gesehen. Ich würde ein Grab ausheben und darauf hoffen, dass niemand nachsehen würde, ob jemand darin lag. Ich gab eine Salve mit der Thompson ab und Garincha rannte, wie er glaubte, der Freiheit entgegen. Ich wollte gerade das vermeintliche Grab ausheben, als ich einen Schuss hörte. Ich ließ den Spaten sinken. Che trat aus dem Dunkel und schüttelte den Kopf.

»Kochba, Kochba! Was mache ich nur mit dir? Ich habe mir so etwas schon gedacht. Hol den Leichnam und begrabe ihn. Dann komm ins Haus. Bis dahin werde ich mir überlegen, was ich mit dir anstelle. Du bist eine Gefahr, wenn du die Befehle deines Kommandanten nicht befolgst.«

Er ging zur Hütte und ich hob neben der brennenden Tamariske das Grab aus. Ich kannte Ches Unbedingtheit nur zu gut und wusste, was mich erwartete. Er hätte sein letztes Hemd für mich gegeben, hätte sein Leben für mich eingesetzt, aber Verrat an der Revolution entschuldigte er nicht. Das Feuer des brennenden Baumes erlosch.

11

Das Gericht der Guerilleros

Als ich ins Haus kam, sahen mich bis auf Cienfuegos und Carnel alle an, als hätte ich in Hundescheiße getreten und würde den Gestank mit hereinbringen. Sie saßen auf dem Boden und mampften die Bohnen, die ihnen die schwarze Helena gebracht hatte.

»Stell dich in die Mitte!«, sagte Che ruhig. Er saß wieder auf dem Tisch und baumelte mit den Beinen. Ich hätte ihm am liebsten eine gelangt. »Ich habe den Genossen bereits erzählt, wie es abgelaufen ist.«

»Da hast du ja nicht viel zu tun gehabt«, gab ich trocken zurück. Gegenüber Che durfte man niemals Angst zeigen. Vor Festigkeit hatte er Respekt.

»Du hast Verrat an der Revolution begangen, indem du Befehle nicht befolgt hast«, fuhr er fort. »Das ist die Anklage. Cienfuegos hat sich bereiterklärt, dein Verteidiger zu sein.«

»Mann, Ernesto, mach es nicht so theatralisch. Dies ist nicht Cicero gegen Catalina«, konnte ich mir nicht verkneifen. Er bekam einen verbissenen Ausdruck in den Augen. Das hättest du dir doch besser verkniffen, sagte ich mir.

»Der Tatbestand ist allen klar, nicht wahr?«, sagte Che nun in schärferem Ton. »Ich habe ihm den Befehl gegeben, den Verräter hinzurichten, dem viele tapfere Genossen zum Opfer gefallen sind. Der Verräter war geständig. Es gab dafür nur eine Strafe und die sollte Kochba ausführen. An der Kampflinie einen Befehl zu verweigern, macht Kochba so schuldig wie den Bauern.«

»Nun mal langsam, Che!«, mischte sich Cienfuegos lachend ein und erhob sich. »Lassen wir die Kirche im Dorf. Nicht jeder kann Che sein. Ich bin es auch nicht, denn mit der heiligen Flamme, die in dir lodert, kann das Leben ganz schön ungemütlich sein. Kochba hat diese Flamme nicht. Zweitens ist er Argentinier, Franzose und was weiß ich noch alles. Trotzdem nimmt er die Mühen auf sich, mit uns um Kubas Freiheit zu kämpfen. Er ist ein guter, verlässlicher Kamerad, das hat er heute im Kampf bewiesen. Drittens ist es eine Sache zu kämpfen und eine andere zu richten. Wir sind nicht alle gleich und es ist unsere Pflicht, die Schwächen des anderen auszugleichen. Dies umso mehr, wenn er ein Freund ist. Den Fehler hast du begangen. Ihm diesen Auftrag zu geben, obwohl du wusstest, wie Kochba denkt, war dumm. Du hast seine Aufgabe übernommen und das war richtig und deine verdammte Pflicht! Natürlich hast du recht, dass es die Gruppe gefährdet, wenn Befehle nicht ausgeführt werden. Aber du hast die falsche Entscheidung getroffen, indem du jemanden mit der Hinrichtung beauftragt hast, der nicht die gleiche Härte hat wie du. Ein guter Kommandeur weiß, wem er was zumuten kann. Und im Übrigen kannst du nicht Ankläger und Richter zugleich sein.«

Cienfuegos hatte dies ohne Pathos gesagt, so als hätte er die Qualität kubanischer Zigarren zu beurteilen. Grinsend setzte er sich und stupste Salvatore Carnel an. »Komm, Ho-Chi-Minh, spiel du den Richter.«

»Was, ich?«, stotterte Carnel. »Also meiner Meinung nach hast du gut gesprochen. Freispruch!«

»Als euer Anführer habe ich die Befehlsgewalt!«, stieß Che erregt hervor. »Oder seht ihr das anders?«

»Nein. Du bist der Chef!«, sagte Cienfuegos geduldig. »Zwar ein Feuervogel, aber solche Chefs brauchen wir.«

»Dann ist es auch mein Recht, das Urteil zu sprechen«, sagte Che hitzig.

»Klar, wenn du es so auslegen willst«, bestätigte Cienfuegos. »Du bist nur ein Mensch. Und Menschen machen Fehler.«

Es war erstaunlich. Vor kurzem war Che nur der Arzt gewesen. Aber die vergangenen Erlebnisse hatten seine Führungsqualitäten gezeigt und in einer Armee mit einer flachen Hierarchie stieg der beste Kämpfer schnell zum Anführer auf. Sein Enthusiasmus, seine Umsicht, sein Mut hatten ihm die nötige Autorität gegeben.

Ich ahnte nichts Gutes. Mein Ernesto konnte stur wie ein Maulesel sein. Che hatte bei den letzten Worten Cienfuegos' den Kopf gesenkt. Eine Weile war es still. Man hörte in der Küche die Mandingofrau schluchzen. Nun hob Che den Kopf und grinste sein jungenhaftes Lächeln, das ich so gut kannte.

»Du hast recht, Cienfuegos«, bestätigte er. »Du hast in allem recht. Ich war hochmütig, habe nicht die besonderen Umstände Kochbas bedacht. Kochba braucht noch Zeit, um so hart zu sein wie ein Guerillero. Aber wir alle müssen das noch werden. Wir sind erst auf dem Weg zur höchsten Form des Menschen. Dies hätte ich bedenken müssen. Ich entschuldige mich dafür. Kochba, verzeih mir.«

Ich atmete auf und warf Cienfuegos einen dankbaren Blick zu. Er zwinkerte mir zu.

»Du bist ein Arsch, Che!«, konnte ich mir nicht verkneifen. »Ein verdammter Arsch! Mit deiner Rechthaberei würdest du selbst deine Familie vor Gericht zerren.«

Er sah mich betroffen an, stöhnte und nickte. »Manchmal … verrenne ich mich.«

»Du bist nur ein Mensch.«

»Mea culpa«, erwiderte er mit hängendem Kopf.

Cienfuegos klopfte ihm auf die Schulter und gab ihm eine Zigarre. »Meine letzte.«

Che nahm sie, prüfte das Deckblatt, nahm von Carnel Feuer entgegen und lächelte schief.

»Ich habe wohl ein schlechtes Vorbild abgegeben, was? Verzeiht mir, compañeros.«

Die Kameraden klatschten. Che hatte mit seiner Entschuldigung bei den Gefährten an Respekt gewonnen. Er war in ihren Augen ein Anführer, der zwar unbedingte Disziplin verlangte, aber durchaus bereit war, eine falsche Entscheidung zurückzunehmen. Sie achteten ihn wegen dieser Fähigkeit. Das Gefühl absoluter Kameradschaft ließ alle wieder lockerer werden.

»Dann lasst uns eine Runde Schäfchen zählen«, schlug Cienfuegos vor.

Che nickte, erleichtert darüber, dass nun praktische Dinge zu entscheiden waren. »Wir müssen morgen früh weiter. Das Prinzip der Guerilla ist Bewegung. Nur dann können wir der Übermacht ausweichen und zu unseren Bedingungen zuschlagen. Wir werden morgen weiter in Richtung der Sierra ziehen. Du, mein lieber Kochba, löst draußen die Wache ab. Um drei übernimmt Carnel die Nachtwache.«

Damit hatte er mir doch noch eine mitgegeben. Denn während sie es sich im Haus gemütlich machen konnten, durfte ich mir draußen den Arsch abfrieren. Aber ich gehorchte, schnappte mir die Thompson, ging nach draußen und hockte mich an der Mauer um den Hof nieder. Ich war ein wenig eingedöst und schrak hoch, als sich ein Schatten vom Haus löste und zu mir kam. Es war die schwarze Helena. Sie brachte mir eine Decke und einen Kanten Brot und sagte »Gracias«. Dann beugte sie sich zu mir, küsste meine Wange und verschwand wieder im Haus. Ich fand, dass ich den Kuss verdient hatte. Schließlich hatte ich wegen meiner Weigerung, ihren Mann zu erschießen, einiges aushalten müssen.

Ein Fußtritt weckte mich. Carnel stand vor mir, die Wachablösung.

»Nennst du das Wache schieben? Woher hast du die schöne Decke?«

Ich antwortete nicht, stand auf, reichte ihm die Decke und ging ins Haus. In der Küche legte ich mich nahe an den Ofen, der noch ein wenig Wärme verströmte. Um mich herum war ein höllisches Schnarchen. Manchmal sagte jemand im Traum ein unverständliches Wort. Ich fragte mich, wo die schwarze Helena geblieben war. Darüber schlief ich ein.

Che weckte uns. Es dämmerte draußen.

»Los, aufstehen! In einer halben Stunde marschieren wir ab.«

Die schwarze Helena brachte uns Kaffee, der zwar kaum genießbar war, aber durch den Duft die Illusion eines Kaffees aufrechthielt. Als wir die Rucksäcke geschultert hatten und abmarschierten, drehte ich mich am Hofgatter noch einmal um. Sie stand am Eingang der Hütte und rief etwas, hob die Hand und verschwand im Haus.

»Was hat sie gerufen?«, fragte ich Cienfuegos.

»Es war der Dialekt dieser Gegend. Sie nannte dich einen Mann, den die Götter vor den Kugeln schützen werden. Voodoozauber! Nun bist du unverwundbar«, ergänzte er wiehernd.

»Glaubst du so einen Scheiß?«

»Immer wenn ich die Hosen voll habe. Ich werde mich an dich halten, Kochba. Vielleicht strahlt dein Zauber auch auf mich ab.«

»Idiot!«

»Ganz recht. Sind wir nicht alle Idioten?«

Wir machten uns auf den Weg ins Gebirge. Es war ein höllischer Marsch, schlimmer als die Nachtmärsche, die wir geübt hatten. Denn wir mussten uns nicht nur beeilen, sondern wir hatten auch ständig Batistasoldaten in der Nähe und mussten aufpassen, nicht zu viele Geräusche zu machen, geschweige denn, dass wir sprechen durften. Wieder waren sie uns so nah, dass wir ihre Stimmen hörten. Pfade, geschweige denn Wege gab es hier nicht. Aber je tiefer wir in die Sierra eindrangen, desto besser wurde unsere Stimmung. Schließlich begleitete uns auch nicht mehr das ferne Geraune der Batistasoldaten.

Wenn wir auf Bauern trafen, so stellten wir fest, dass sich die Stimmung uns gegenüber verändert hatte. Sie sahen in uns endlich das, was wir uns gewünscht hatten, nämlich Befreier aus ihrer Not. Sie gaben uns freiwillig von ihren Lebensmitteln und wiesen uns den Weg.

Dann hatten wir es geschafft. Wir atmeten die reine Luft der Berge ein. Sie entschädigte für viel Plackerei. Besonders Che war glücklich darüber, dass er weniger Beschwerden hatte. Am 18. Dezember stießen wir auf Fidel. Nach einem herzlichen Schulterklopfen fragte er Che sofort, wie viele Gewehre wir hatten. Che sagte es ihm voller Stolz.

»Wir haben nur zwei. Aber jetzt werden wir den Krieg gewinnen«, rief Fidel lachend. Ich weiß, dass er es tatsächlich ernst meinte. Mit zweiundachtzig Mann waren wir auf der *Granma* angekommen. Nun waren wir nur noch achtzehn Mann, obwohl Fidel später die Legende fabrizierte, dass wir mit zwölf Kämpfern in der Sierra Maestra den Kampf aufgenommen hätten. Hatte er die Apostel im Sinn?

Da die Batistatruppen rücksichtslos mit der Landbevölkerung umsprangen, wir jedoch für die Lebensmittel zahlten und Che sich der Kranken annahm, wurde die Unterstützung immer stärker. Nun stießen auch die Söhne der Bauern zu uns und Che hatte die Aufgabe, sie zu Kämpfern auszubilden. Che machte daraus eine Guerilladoktrin, dass man die Bauern gewinnen müsse, wenn man eine Diktatur besiegen wolle. Vielleicht hatte er die Erkenntnis auch aus Maos Schriften und dessen Parole, dass sich Guerilleros wie Fische im Wasser bewegen müssten. Jedenfalls verstärkte sich der Zulauf von Monat zu Monat. Trotzdem war es immer noch entbehrungsreich, da wir ständig die Position wechseln mussten und wenn es regnete, war es besonders ungemütlich.

Durch unseren Kurzwellensender wussten wir, dass Batista Lügen verbreitete: Fidel und Che seien tot, viele Guerilleros seien gefangengenommen worden und nur eine kleine Gruppe irre noch durch die Berge. Auch diese würde gejagt und bald eliminiert. Die Bewegung vom 26. Juli sei restlos zerschlagen.

Ja, wir zahlten bei einigen Scharmützeln einen hohen Blutzoll, denn unsere Männer mussten erst lernen, wie man einen Guerillakrieg zu führen hatte. Durch den Zulauf der Bauern konnten wir die Verluste jedoch schnell ausgleichen. Schließlich fühlten wir uns so sicher, dass wir an ein Basislager denken konnten. Che sorgte dafür, dass unsere kleine Armee Struktur bekam und die Logistik funktionierte. Er sorgte dafür, dass ein Backofen gebaut wurde, eine Schusterei besseres Schuhwerk herstellte und Waffenwerkstätten schadhafte Waffen in Stand setzten. Obwohl er wie der letzte Clochard herumlief, achteten ihn die Männer. Cienfuegos und Carnel schlichen sich eines Nachts in seine Hütte, stahlen ihm die verschmutzten Kleider und verbrannten sie. Als Che nackt vor seiner Behausung stand, rief ihm Cienfuegos zu, dass er sich mal waschen solle, dann würde er neue Kleider bekommen. Che fluchte wie ein Gaucho, lief aber zu dem kleinen Fluss innerhalb des Camps und legte sich in die Strömung. Cienfuegos warf ihm Seife zu.

»Schön waschen, du Stinktier! Erst wenn du wie ein Veilchen riechst, bekommst du die neuen Klamotten.«

Batista irrte sich nicht nur, was den Tod von Fidel und Che betraf, auch die Studentenorganisation unter Frank Pais war noch nicht zerschlagen und schickte Kämpfer und Celia Sánchez mit dringend benötigten Lebensmitteln, Waffen und Munition. Mit ihr kamen zwei Frauen, die sich später auch als tapfere Kämpferinnen bewährten, nämlich Aleida March und … Marizia. Ich starrte sie an, als wäre sie eine Marienerscheinung.

»Wie kommst du denn hierher?«, stotterte ich wie blöde.

»Ist das eine Begrüßung? Maria Antonia hat das organisiert. Ich bin mit einem Kohlendampfer nach Havanna und habe mich dann bei Frank Pais in Santiago gemeldet und er hat mich zu Celia Sánchez geschickt – und hier bin ich.«

»Mein Gott, was willst du hier? Wir sind im Krieg!«

»Auch ich kann mit einer Waffe umgehen. Und wir Frauen können dafür sorgen, dass ihr es mit der Disziplin genauer nehmt. Seht euch doch an. Ihr seht nicht wie Guerilleros aus, sondern wie Banditen. Dass die Rasierklinge erfunden wurde, habt ihr wohl noch nicht gehört? Und der andere Grund ist, dass ich das Schwein, das vor mir steht, liebe. Ich gehöre zu dir und du zu mir. Hast du das vergessen?«

Einerseits lud mir ihr Erscheinen Verantwortung auf, andererseits freute ich mich auch, sie bei mir zu haben. Da Fidel keine großen Einwände erhob, akzeptierten auch die Kameraden, dass nun Frauen unter uns waren. Sie wuschen sich öfter als vorher.

Che hatte zur Feier der Neuankömmlinge bei einem Bauern ein Rind gekauft und bereitete uns ein Asado, wie es die Gauchos in Argentinien lieben. Stundenlang briet das Tier an einem Spieß und ein wunderbarer Duft zog durch die Sierra Maestra. Wenn Batistasoldaten in der Nähe gewesen wären, hätten sie nur auf ihre Nase vertrauen müssen, um uns zu finden. Che, als ausgesprochener Fleischesser wie alle Argentinier, lobte die tellergroßen Fleischstücke als das Köstlichste, was er seit langem gegessen hatte und ich musste ihm recht geben. Auch ich hatte seit langem nicht so gut gegessen und zudem löste das Fleisch bei mir wehmutsvolle Erinnerungen an Córdoba aus.

Die Kubaner mäkelten allerdings, dass sie rohes, fast blutiges Fleisch hatten essen müssen. Che nannte sie einen Haufen von Hühnchenfressern und ich war auch der Meinung, dass die kubanische Küche gegenüber der argentinischen eine Menge Nachteile hatte.

»Fleisch kräftigt den Körper!«, trompetete Che gutgelaunt. »Erst als die Menschen anfingen Fleisch zu essen, entwickelten sie sich zum Homo Sapiens. Ihr Gehirn begann zu wachsen und sie erfanden so nützliche Dinge wie das Herdfeuer.«

Keine Ahnung, woher er das hatte. Die Kubaner jedoch lachten ihn aus. Sie nahmen seine Verunglimpfung der kubanischen Küche nicht ernst und schimpften ihn einen miserablen Koch und einen noch schlechteren Arzt.

»Die einzige Entschuldigung für deine Unvollkommenheit ist, dass du ein hervorragender Guerillero bist«, rief ihm Cienfuegos zu.

Am Abend saßen wir, das heißt Che, Fidel und ich mit Celia Sánchez, Aleida March und Marizia zusammen.

»Wir sind froh, dass ihr bei uns seid. Wir brauchen das weibliche Element in der Revolution«, lobte Fidel und kraulte sich den Bart, denn er hatte wie alle aufgehört, sich zu rasieren. Auch Che, der anfangs nur einen schütteren Bartwuchs hatte, sprossen nun die Gesichtshaare und ich muss zugeben, dass ihm der Bart stand, sein Gesicht männlicher machte. Ich jedoch beließ es bei einem Dreitagebart, aber selbst der störte Marizia.

»Danke für die Blumen«, entgegnete Celia. »Ich wette, es kommt doch noch ein Aber.«

»Alle unsere Männer sind junge Burschen, die seit Monaten keine Frau gehabt haben. Also seid vorsichtig mit euren Gunstbezeugungen.«

»Was soll das, Fidel? Ganz Kuba weiß, dass wir ein Paar sind. Und Marizia hat aus Liebe das Schiff nach Kuba genommen und du kannst mir glauben, dass sie es nicht leicht gehabt hat, und du redest so einen Scheiß! Wenn mir einer der Jungs zu nahe kommt, dann weiß ich ihm schon etwas zu erzählen, an das er sich sein Lebtag erinnern wird.«

»Ich bin hier, um die Revolution zu unterstützen!«, setzte Marizia hinzu und warf mir einen herausfordernden Blick zu.

»Ich weiß! Ich weiß!«, stöhnte Fidel. »Trotzdem tragt ihr die Verantwortung dafür, dass es zu keinem Neid und schlechter Stimmung kommt. Die Führung einer Guerillera darf sich keine Privilegien einräumen.«

»Hör auf, Fidel! Haben wir Frauen allein die Verantwortung, dass kein Neid und keine Eifersucht aufkommen?«, fragte Celia Sánchez ironisch. »Ich sehe doch, wie Che unsere Aleida anglubscht.«

Aleida March war eine überzeugte Kommunistin und Studentenführerin aus Santa Clara, zudem eine außergewöhnliche Schönheit, eine sanftere Ausgabe von Marizia. Während die Haare meiner Geliebten wie ein Wasserfall an ihr herunterfielen, hatte Aleida eine Kurzhaarfrisur und sanfte Augen wie ein Rehkitz. In Santa Clara nannte man sie »La Paloma«.

»Also, mach dir darüber mal keine Sorgen, Fidel!«, schloss Celia Sánchez. »Wir wissen, was wir der Revolution schuldig sind. Reden wir über wichtigere Themen. Ich habe den Eindruck, dass der Eifer der Batistasoldaten nachlässt, sonst wären wir nicht so gut durchgekommen.«

»Sie haben Angst, in die Berge zu steigen, weil wir diese durch unsere Bauern besser kennen als sie«, bestätigte Fidel. »Wir konnten ihnen schon ein paar Mal Fallen stellen. Dadurch, dass wir die Gefangenen jedes Mal freigelassen haben, fällt es ihnen immer schwerer, in uns erbitterte Feinde zu sehen. So mancher wird sich fragen, ob er auf der richtigen Seite steht.«

»Sie glauben auch nicht mehr, dass Fidel und Che tot sind«, stimmte Aleida zu. »Ihr bekommt etwas Mystisches. Manche sprechen schon davon, dass euch die Geister beschützen und ihr unverwundbar seid.«

Die Hütte wurde nur durch eine Petroleumlampe erhellt, die unsere Gesichter beleuchtete, aber unsere Körper im Dunkel ließ. Ich gewahrte trotzdem, dass sich Aleidas und Ches Hände berührten. Ich gönnte Che dieses Zeichen von Verliebtheit. Sie waren wohl das schönste Paar, das man sich vorstellen konnte. Vielleicht würde sie Che die Strenge gegen sich selbst nehmen.

»Ihr müsst auch den Städten zeigen, dass ihr noch lebt. Die Studenten brauchen dieses Zeichen, damit sie an den Sieg glauben!«, forderte Celia Sánchez bestimmt.

»Ihr glaubt, dass ihr hier in den Bergen große Opfer bringt«, pflichtete ihr Aleida bei. »Aber unsere Genossen in den Städten sind genauso großen Gefahren ausgesetzt. Sie werden gejagt, gefoltert und danach liquidiert. Deswegen fällt es ihnen manchmal schwer, an den Sieg zu glauben.«

»Gut gesprochen, Aleida«, lobte Celia. »Beendet endlich euer Pfadfinderdasein und geht hinunter in die Ebene. Es ist Zeit!«

»Pfadfinderdasein!«, schnaubte Fidel. »Wir haben uns erstmal eine Struktur geben müssen, die Widerstandskraft unserer Kämpfer gestählt und uns an den Waffen trainiert. Wir sind keine Wochenendguerilleros, sondern ernsthafte Kämpfer, die ihr Leben riskieren.«

Ehe der Streit ausufern konnte, mischte ich mich ein. »Wir sollten uns die Kaserne von La Plata vornehmen. Sie ist eine der großen Außenposten«, schlug ich vor.

»Ich und Kochba könnten in die Ebene hinuntergehen und die Lage auskundschaften«, ergänzte Che meinen Vorschlag.

»Kochba, in Ordnung!«, brummte Fidel. »Aber du, Che, bist mir zu wichtig für ein so kleines Ziel.«

Ich musste ganz schön schlucken. Ich war also nicht wichtig genug, so dass man mich opfern konnte. Auch Marizia machte ein Gesicht, als hätte sie Zahnweh. An Solidarität zu mir ließ sie sich von niemandem übertreffen.

»Ich gehe mit ihm. Ein Pärchen fällt weniger auf«, schlug sie vor.

»Nein!«, beharrte Che. »Ich gehe mit ihm. Da wir keine genauen Karten haben, müssen wir eben vor Ort die Gegebenheiten auskundschaften.«

Fidel dachte eine Weile nach. Immer wenn er sich sehr konzentrierte, schürzte er die Lippen, als ließe er sich einen Gedanken auf der Zunge zergehen.

»Na gut. Es ist ein Risiko. Aber in Anbetracht der Wichtigkeit eines aufsehenerregenden Zeichens wohl gerechtfertigt.«

»Damit ist es besprochen. Wir machen uns morgen früh auf«, beschied Che.

Um unsere Kameraden nicht aufzuregen, schlich ich mit Marizia hinunter an den Flusslauf und wir bereiteten uns direkt am Wasser unter einem Gebüsch ein Lager.

»Endlich!«, sagte sie und legte sich, als müsse sie sich ihrer Beute versichern, auf mich. »Du wirst mich nicht los, Kochba. Niemals.«

Sie bereitete mir eine mexikanische Nacht voller Wildheit. Bisse und Kratzspuren erzählten noch tagelang davon. Ich war glücklich, ihren vertrauten Körper in den Armen zu halten, zu fühlen, zu schmecken. Ich reizte ihren Schoß so, dass sie Schreie zum Himmel ausstieß. Ich hoffte, dass das Rauschen des Flusses sie übertönte und unsere Kameraden nicht weckte. Die Farne, das dichte Gebüsch waren uns wie ein Palast der Liebe. Am Morgen, die Sterne waren noch am Himmel, weckte sie mich.

»Du musst los!«

Ich nahm sie bei der Hand und wir verließen unser paradiesisches Gebüsch und stiegen zum Lager auf. Nun tauchte auch Che mit Aleida auf. Sie hatten die gleiche Idee gehabt und die Nacht am Fluss verbracht. Wir lachten uns beide verschwörerisch an. Die Frauen küssten uns noch einmal, wünschten uns Glück und verschwanden in der Frauenhütte, wo, wie wir annahmen, auch Celia schlief. Wir suchten unser Gepäck zusammen, nahmen jedoch keine Gewehre mit, sondern nur Handfeuerwaffen. Ich entschied mich wie immer für eine Smith & Wesson, einen Revolver. Che nahm eine Pistole von Colt mit. Das musste diesmal als Bewaffnung reichen. Wir hatten ja nur vor, den Ort auszuspionieren.

Der Weg ins Tal war beschwerlich. Wir mussten uns durch den Urwald schlagen, da es keine Wege hinunter gab. Bei Alvarez, einem Bauern, der ein Sympathisant der Guerillera war, klopften wir am Nachmittag an die Tür. Er sah uns kurz an und hieß uns mit einem herzlichen Willkommen, in die Hütte einzutreten. Es war eine kleine Finca mit einem von einem Gatter umhegten Hof. In einem Verschlag hielt er drei Schweine. Zwei Ochsen standen wiederkäuend an der Tränke. Seine Arbeitskleidung war mehrmals geflickt. Und doch war er einer der reichsten Pachtbauern in der Gegend. Seine Frau hatte ein faltenreiches Gesicht und abgearbeitete Hände, aber ihre Augen und der Schnitt ihres Gesichtes verrieten, dass sie einst eine Schönheit gewesen war. Die harte Arbeit hatte sich in ihr Gesicht gegraben. Sie beklagte sich bitter über die Batistasoldaten.

»Sie haben sich letztens ein Schwein geholt. Sie sind der Hölle entflohene Teufel!« Doch die beiden gaben von dem wenigen, was sie hatten: Hirsebrei, Bohnen und Brot und klares Wasser, das die Frau aus dem Brunnen geschöpft hatte und das klar und kalt und erdig schmeckte und uns erfrischte.

»Was kann ich für euch tun?«, fragte Alvarez, ein kleiner Mann mit indianischen Gesichtszügen und schwarzen Haaren, die er nach vorn gekämmt hatte.

»Wie ist die Stimmung in der Gegend?«

»Die Bauern sind alle auf eurer Seite. Wir leiden besonders unter Osorio, dem Aufseher der Latifundien. Dem Patron Lanyas Machants gehören die Zuckerrohr- und Tabakfelder bis zu den Bergen. Auch mein Land gehört ihm und das aller Bauer in der Umgebung. Die Hälfte dessen, was ich aus dem Boden hole, nimmt er mir durch Osorio weg. Mir geht es vergleichsweise gut, weil bei mir der Boden gut ist. Osorio wird noch heute auftauchen und sich über die Ernte erkundigen. Er ist meistens besoffen, da er mit den Offizieren in der Kaserne zu saufen pflegt. Ihr müsst euch nachher verstecken.«

»Mit den Offizieren, so, so! Den werden wir uns mal vornehmen!«, entschied Che. Alvarez bekam ängstliche Augen.

»Osorio ist ein gefährlicher Mann, ein Alligator. Er hat schon einige Bauern den Batistasoldaten ans Messer geliefert. Wer Widerstand gegen seine Forderungen erkennen lässt, dem schickt er die Soldaten und dann kann der Bauer froh sein, wenn er am Leben bleibt.«

»Wir werden Gericht halten«, sagte Che und warf mir einen warnenden Blick zu.

»Schon gut, Ernesto. Ich habe verstanden«, beruhigte ich ihn. Vielleicht wegen des angekündigten Gerichts, vielleicht auch nur wegen der Bohnen bekam ich plötzlich Bauchschmerzen. Meine Gedärme hatten sich immer noch nicht an die kubanischen Hülsenfrüchte gewöhnt. Ich fragte nach dem Örtchen und Alvarez nickte zum Bambuswäldchen hin.

»Du musst hinter dem Haus bis zum Dickicht gehen. Wir haben die Örtlichkeit so weit nach draußen verlegt, damit das Grundwasser nicht verunreinigt wird.«

Ich machte mich also zum Scheißhaus auf. Es war eine windschiefe Hütte, hatte aber über dem Loch einen Donnerbalken. Sehr primitiv natürlich, aber doch umsichtig, so konnte er den Gestank und die Verschmutzung vom Hof fernhalten. Eine Menge dicker, grün schimmernder Fliegen umschwirrte das Scheißhaus. Ich gab mich meinem Geschäft hin. Plötzlich hörte ich Schüsse und erregte Rufe. Ich putzte meinen Allerwertesten mit ein paar Palmblättern, zog meine Hose hoch und schlich mich mit dem Revolver in der Hand zum Hof zurück. Ich duckte mich an die Mauer, die den Hof umgrenzte. Che lag am Boden. Zwei Soldaten hatten ihre Schießprügel auf ihn angelegt. Hinter den beiden saß ein weiß gekleideter Mann auf einem Maulesel. Von dem stieg er nun ab und posierte breitbeinig vor Che, stellte irgendwelche Fragen, die Che nicht beantwortete, denn er bekam einen Tritt in die Seite. Er hatte wohl einen Asthmaanfall bekommen und sich dadurch in die missliche Lage gebracht.

Osorio brüllte etwas, was ich nicht verstand, was sich aber nicht sehr freundlich anhörte. Die Soldaten luden ihre Waffen durch. Ich musste handeln. Ich kletterte über die hüfthohe Mauer und schlich mich zu dem zweirädrigen Karren, der neben der Einfahrt stand. Sie waren so auf Che fixiert, dass sie mich nicht bemerkten. Nun war ich so nahe bei ihnen, dass ich sie verstehen konnte.

»Entweder, du sagst, wo deine Kumpane sind oder du stirbst!«, sagte der Oberaufseher.

Che antwortete nicht, sondern hustete sich immer noch fast die Lunge aus dem Leib. Sie begriffen nicht, dass Che nicht simulierte, sondern dringend sein Inhaliergerät brauchte. Aber ohnehin hätte er ihnen keine Antwort gegeben. Ich musste es riskieren. Ich legte den Lauf des Revolvers auf das große Rad des Karrens. Ich war nie ein Freund von Pistolen gewesen, sondern verließ mich lieber auf dieses Werkzeug der guten Firma Smith & Wesson. Meine Schießergebnisse im Camp bestätigten dieses Vertrauen. Aber nun war ich aufgeregt. Ich zwang mich zur Ruhe, atmete sorgfältig ein und schoss. Der erste Soldat fiel sofort um. Der zweite zog noch den Abzug durch. Aber sein Schuss ließ nur das Laub eines Hibiskusgebüsches zittern. Ich traf ihn in den Kopf. Mit dem Revolver im Anschlag kam ich aus der Deckung des Karrens heraus. Osorio starrte angstschlotternd auf die beiden Soldaten. Der Soldat, den ich zuerst getroffen hatte, lebte noch und schrie vor Schmerzen. Ich gab ihm den Fangschuss. Osorio wollte zu seinem Maulesel, aber ich stoppte ihn mit einem Warnschuss.

»Hier geblieben, Freundchen!«

Alvarez, der wie gebannt hinter Che stand, sah mich an, als wäre ich der »Gottseibeiuns«.

»Bring Che ins Haus. In seinem Rucksack ist ein Inhaliergerät. Er wird dann schnellstens wieder zu Kräften kommen.«

Alvarez hob Che hoch, der immer noch auf den Knien hockte und hustete, und führte ihn ins Haus. Ich nahm die Gewehre auf. Es waren funkelnagelneue Springfields. Wir konnten sie gebrauchen.

»Nun, mein Freund, nun wollen wir uns mal in aller Ruhe unterhalten.«

Osorio schwitzte stark. Er war ein dicker Kerl mit einem roten feisten Gesicht. Er roch nach Schnaps.

»Hast du von dem guten Zeug noch etwas in der Satteltasche?«, fragte ich ihn.

»Zwei Flaschen Rum, die mir der Oberst mitgegeben hat«, sagte er schnell, wohl weil er glaubte, mich damit freundlicher zu stimmen.

»Dann hol sie mal heraus.«

Er tat es und hielt mir die Flaschen entgegen.

»Nein, die kannst du mir nachher anbieten. Gehen wir zur Bank dort vor der Hütte. Dort kannst du dir auf den Schreck einen gehörigen Schluck genehmigen.«

Wir setzten uns beide ganz friedlich auf die Bank. Für ihn war es vielleicht nicht ganz so gemütlich. Er hatte immer noch damit zu tun, sich von dem Schrecken zu erholen. Ich forderte ihn auf, einen zweiten Schluck zu nehmen. Er tat es. Sein Zittern hörte auf.

»Nimm noch einen!« Er ließ sich nicht bitten. Ich ließ ihn die halbe Flasche austrinken. Er tat es gern. Aber dann ging ihm auf, dass ich nicht mittrank und er wurde unsicher und hielt mir schüchtern die Flasche entgegen. Ich drückte ihm den Revolver in die Seite.

»Nein. Ich werde dir doch nicht deinen Rum wegtrinken.«

Er versuchte ein Lächeln, was ihm aber nicht ganz gelang. Aber er folgte und trank weiter. Mit dem, was er vorher bereits in der Kaserne gesoffen hatte, musste er nun sternhagelvoll sein. Che kam aus dem Haus, nickte mir zu, setzte sich und schon schoss er seine Fragen ab.

»Wie viele Soldaten sind in der Kaserne?«

»Fünfzig«, brabbelte Osorio. »Fünfzig vortrefflich ausgebildete Soldaten. Wirklich. Habe die exerzieren sehen. Gute Männer unter dem heldenhaften Oberst Rosario. Landwehr und Marinesoldaten. Die haben die ganze Gegend im Griff. Könnt ihr mir glauben.«

Ich öffnete die zweite Flasche und hielt sie ihm hin.

»Nein!«, sagte Che und nahm sie mir weg. »Dann ist er zu besoffen.«

Irgendwie geriet bei Osorio einiges durcheinander. Er sah sich scheinbar nicht mehr als unseren Gefangenen und fühlte sich bemüßigt, die Kampfkraft der Batistasoldaten in den höchsten Tönen zu loben. Er verriet mehr, als er im nüchternen Zustand verraten hätte.

»Sie kämpfen wie die Löwen. Alle Guerilleros werden ausgelöscht. Meine Freunde haben bereits zehn Castrofreunde unter den Bauern erledigt und diese werden nicht die einzigen sein! Auch dieser Scheiß Alvarez wird dran glauben müssen. Auch er ist ein heimlicher Castrofreund. Wer seid ihr denn?«

Dann fiel ihm wohl wieder ein, dass ich seine zwei Begleiter erschossen hatte und er starrte auf meinen Revolver. Ein unangenehmer Geruch machte sich breit. Er hatte sich in die Hosen geschissen.

»Wie kommst du in die Kaserne?«, fragte Che sanft.

»Sie kennen mich. Sind meine Compañeros. Alle. Bin jeden zehnten Tag bei Oberst Rosario und dann feiern wir.«

»Du kommst also ohne weiteres hinein?«

»Natürlich. Bin doch der Freund von Oberst Rosario. Ich brauche nicht mal das Losungswort zu sagen.«

»So? Das glaube ich nicht, dass du das Losungswort kennst. Wie heißt es denn?«, hakte ich nach.

»Natürlich weiß ich die Parole, aber ich sage sie nicht«, trotzte er und schielte nach der zweiten Flasche.

»Du bekommst die Flasche, wenn du mir das Losungswort sagst.«

»Moskito!«, rückte er strahlend heraus und sah mich an wie ein Kind, das nun die Belohnung erwartete. Ich gab sie ihm. Er nuckelte glücklich an der Flasche.

»Gibt es Wachen?«

»Viele Wachen!«, bestätigte er. »Sehr viele Wachen.«

»Wo haben sie die Maschinengewehre?«, fragte Che.

»Oh, sie haben viele Maschinengewehre«, brabbelte er.

»Verdammt! Wo sind sie platziert? Mal sie auf!«, herrschte ihn Che an und gab ihm einen kleinen Stock. Osorio taumelte mit dem Oberkörper hin und her. Schließlich nahm er den Stock und begann die Umrisse der Kaserne in den Staub zu zeichnen. Aber es wurde nichts rechtes daraus. Er war bereits zu besoffen.

»Hier ist ein Turm und dort auf dem Lagerhaus sind auch Maschinengewehre und überall …« Seine Beschreibung gab nicht viel her.

Ich steckte meinen Revolver weg. Osorio schien mir völlig ungefährlich zu sein. Doch schließlich war wohl in sein Gehirn eingesickert, dass wir doch nicht seine Freunde waren. Ich hatte ihn nicht gefilzt. Eine große Nachlässigkeit. Plötzlich hielt er einen kurzläufigen Revolver in der Hand. Bestimmt hätte er mir eine Kugel verpasst, aber Che schlug seine Hand hoch, so dass der Schuss in die Luft ging. Osorio sprang auf und taumelte auf sein Maultier zu. Er sah wie ein hakenschlagendes Karnickel aus.

Che sagte kalt: »Knall ihn ab!«

Ich zerrte meinen Revolver aus der Jacke und schoss. Osorio kippte mit ausgebreiteten Armen um. Ich lief zu ihm. Er lebte noch.

»Hast du noch etwas zu sagen?«, herrschte ich ihn an.

Osorio schoss Blut aus Nase und Mund.

»Ihr seid Fidelitos«, keuchte er. Eine zu späte Erkenntnis. Sein Kopf fiel zur Seite.

»Er ist tot«, stellte ich überflüssigerweise fest. Mir wurde bewusst, dass ich wieder einen Menschen getötet hatte. Che merkte mir meine Betroffenheit an.

»Hör auf, dir Gedanken zu machen. Du hast Gericht gehalten, wie es sich für einen Revolutionär gehört. Er hat eine Menge guter Menschen auf dem Gewissen.«

Sicher, Osorio war ein Schuft, ein mieses Stück Scheiße. Trotzdem fühlte ich mich nicht wohl. So wild war ich dann doch nicht darauf aus, ein Revolutionär zu sein.

»Du bist auf dem richtigen Weg«, sagte Che und klopfte mir den Rücken.

12

Asche im Mund

Die erste Schlacht ist wie die erste Nacht mit einer Jungfrau. Man vergisst sie nie. Wir schlugen viele Schlachten, die man in Europa nur als Scharmützel bezeichnet hätte, aber für uns waren es Gefechte, die über Freiheit oder Tod entschieden. Die Schlacht bei La Plata vergaß ohnehin keiner, der dabei gewesen war. Wir waren zweiunddreißig Kämpfer, acht, die mit mir auf der *Granma* herübergekommen waren, die anderen waren Bauern, die sich uns angeschlossen hatten. Wir hatten wenig Munition und nicht jeder von uns hatte ein Gewehr. Unsere Bauern behalfen sich mit Äxten und Spaten.

Wir gingen um ein Uhr nachts über den Fluss. Ohne gesehen zu werden, kamen wir ans andere Ufer. Ein Palmenwald schützte uns vor Blicken aus der Kaserne. Das Licht des Mondes lag silbern auf den Blättern der Bäume. Ein Bild für folkloristische Genremaler. Ich war sicher der einzige, der dies zu würdigen wusste. Es war frisch in dieser Nacht und uns schlugen die Zähne gegeneinander. Vielleicht trug auch die Anspannung dazu bei. Hier am La Plata hatte das Batistaregime ihren äußersten Posten gegenüber der Sierra Maestra.

Cienfuegos wies uns darauf hin, dass an der Bootsanlegestelle zwei Soldaten auf- und abgingen. Wenn wir die Kaserne angriffen, hatten wir zwei Soldaten in unserem Rücken. Cienfuegos legte Che die Hand auf die Schulter.

»Kümmere du dich um die Kaserne. Kochba und ich übernehmen die beiden Posten.«

Ich war davon nicht gerade begeistert, da Che jederzeit einen Asthmaanfall bekommen konnte und ich dann lieber in seiner Nähe war. Fidel mischte sich ein. »Nein. Che und Kochba machen das. Die beiden haben das in Mexiko oft genug geübt.«

Das stimmte. Aber es war sicher nicht der Grund, warum er Che und mich vorschlug. Er hatte wohl auch Angst, dass Che einen Anfall bekommen könnte und wollte ihn nicht einer so extremen Situation wie dem Hauptangriff aussetzen. Er wusste nur zu gut, wie tollkühn sein Freund sein Leben aufs Spiel setzte. Die Legende Che war ihm bereits wichtiger als der Soldat. Che stutzte einen Augenblick und wollte etwas erwidern, schickte sich aber schließlich in Fidels Befehl.

Gebückt schlichen wir uns zur Anlegestelle. Das Schilfrohr deckte uns leidlich ab. Irgendwo regte sich ein Frosch über uns auf. Zwischen den Soldaten und uns lagen noch dreißig Meter. Wenn wir hinter dem Schilf hervorkamen, würden uns die beiden Wachen sehen. Ches Lippen formten ein Wort. Ich verstand nicht gleich. Er zog verärgert die Schultern hoch, ahmte mit der Hand den Flug eines Vogels nach und tippte heftig auf seinen Hals. Ich kapierte. Er meinte keinen Vogel, sondern ein Moskito. Das Losungswort.

Che erhob sich. Betont langsam schlenderten wir auf die Wachen zu. Diese brachten ihre Gewehre in Anschlag.

»Wer ist da?«

»Moskito!«, rief ihnen Che lachend zu.

Die Soldaten senkten die Waffen. Dann waren wir heran. Ehe sie die Gefahr erkannten, stießen wir ihnen die Dolche in den Hals. Röchelnd gingen sie beide zu Boden. Wir nahmen ihnen die Springfields ab. Es waren blutjunge Burschen, doch ehe ich deswegen Gewissensbisse bekommen konnte, gab mir Che einen Stoß und deutete auf die beiden.

»Ziehen wir ihre Kleider an.«

Die beiden Soldaten waren neu eingekleidet worden und hatten amerikanische Rangeruniformen an. Die Jacken hatten viele Taschen, die sich als sehr praktisch erweisen sollten. Wir zogen ihnen auch die Stiefel aus, denn unsere Schuhe waren in einem erbärmlichen Zustand.

»Los! Nun mach schon!«, drängte mich Che.

Ich konnte mir keine Gedanken darüber machen, dass ich die Sachen eines Menschen trug, den ich getötet hatte. Wir schlichen uns zu Fidel zurück.

»Bravo!«, empfing er uns. »Ihr seht richtig gut aus. Dann wollen wir mal mit dem Feuerzauber beginnen.«

Warum er jetzt noch so leise sprach, entzog sich meiner Kenntnis. Denn gleich darauf bellte sein Maschinengewehr los und die zwei Soldaten am Schlagbaum fielen um. Wie es zu erwarten gewesen war, begann man nun aus dem Wachhäuschen auf uns zu schießen.

»Vamos, muchachos!«, rief Fidel.

Wir stürmten auf die Kaserne zu. Wenn sie mit mehr Umsicht gehandelt hätten, wären wir in ihr Feuer gelaufen. Aber sie ballerten nur wild in die Nacht. Che, Cienfuegos und ich kümmerten uns um das Feuer aus dem Wachhäuschen. Cienfuegos erledigte das Problem mit einer Handgranate, die er durch das Fenster warf. Nun gingen in der Kaserne die Lichter an. Brüllend liefen Soldaten auf den Exerzierplatz. Scharfe Kommandorufe ertönten. Hysterisches Geschrei. Schüsse. Blitze jagten über den Hof.

»Handgranaten!«, rief Fidel.

Che rannte auf den Eingang der Kommandantur zu. Neben ihm schlugen Kugeln ein. Er warf eine Handgranate. Aber keine Detonation folgte.

»Diese beschissenen brasilianischen Granaten!«, fluchte Cienfuegos. »So zuverlässig wie eine Sambatänzerin!«

Che lief weiter. Crespo, ein Mulatte aus Santiago, folgte ihm. Sie nahmen hinter einem Lastwagen Deckung. Fidel bepflasterte die Kommandantur mit Maschinengewehrsalven. Ein Lastwagen, der dicht am Eingang stand, ging in die Luft. Eine grelle Stichflamme erhellte den Hof. Der Wagen musste Munition geladen haben. Die Detonationen hörten sekundenlang nicht auf. Raúl warf nun eine Dynamitpatrone hinüber, aber auch die ging nicht los. Die Soldaten hatten sich längst hingeworfen oder hinter den Bäumen neben der Kommandantur Deckung genommen. Ihr heftiges Gegenfeuer verhinderte die Besetzung des Kasernenhofs. Wir lagen wie festgenagelt am Eingang.

»Steckt den Speicher an! Wir müssen ihnen die Hoffnungslosigkeit ihrer Lage vor Augen führen«, befahl Fidel ruhig. Nun, als sehr hoffnungslos sahen die Soldaten ihre Lage noch nicht an. Crespo versuchte, den Speicher zu erreichen. Er warf sich auf den Boden und rollte sich an den Eingang heran. Das Feuer der Soldaten konzentrierte sich nun auf ihn. Ein höllisches Crescendo von Schüssen, Schreien und Explosionen. Die Soldaten warfen ihrerseits Handgranaten zu uns herüber. Sie detonierten jedoch weit vor uns. Für Baseball wären unsere Gegner nicht geeignet.

Nun rannte Che über den Hof auf den Speicher zu. Schüsse verfolgten ihn. Er fiel hin. Uns stockte der Atem. Von der Kommandantur hörten wir Triumphgeheul. Doch Che sprang plötzlich wieder auf und rannte weiter. Es war komisch anzusehen. Er schlug Haken wie ein Hase. Er stürzte in den Speichereingang.

»Gut gemacht, Che!«, murmelte Fidel neben mir. Che und Crespo verschwanden im Speicher. Schon flammte dort ein Feuer auf. Hinter den Fenstern tanzten Flammen. Unsere Leute heulten vor Freude. Der Speicher brannte lichterloh. Von dem Wachturm kam nun heftiges Maschinengewehrfeuer. Es wurde immer ungemütlicher für uns, denn von den Dächern wurden wir auch beschossen. Es sah nicht gut aus. Lange würden wir uns nicht halten können, da wir zu wenig Munition hatten. Che und Crespo jagten zu uns zurück. Hatte Che eingesehen, dass der Überfall gescheitert war? Keuchend warf er sich neben mir auf die Erde.

»Ziehen wir uns zurück?«, fragte ich.

»Quatsch! Pass nur auf!«

Unter ohrenbetäubendem Lärm platzte der Speicher wie eine Melone. Später erfuhren wir warum. Die Batistas hatten dort Treibstoff gelagert. Wir wurden von brennenden Holzteilchen überschüttet. Che dachte gar nicht daran aufzugeben. Er deutete auf den Turm und winkte mir zu. Wir jagten über den Hof zum Wachturm hinüber.

»Nicht, Che! Bleib hier!«, brüllte uns Fidel hinterher. Obwohl uns Schüsse verfolgten, gelang es uns, den Turm zu erreichen. Che schoss seine Springfield leer. Ein Soldat fiel schreiend herunter.

»Los, weiter!«, keuchte er.

Das Maschinengewehr oben war fest verankert. Der Schütze konnte zwar den Kasernenhof bestreichen, aber nicht direkt den Turm hinunter auf uns schießen. Wie Katzen kletterten wir zur Plattform hoch. Der Schütze war damit beschäftigt, unsere Leute am Eingang zu bepflastern, so dass er uns nicht gleich bemerkte. Che donnerte den Kolben seines Gewehrs auf seinen Kopf. Ich übernahm das Maschinengewehr und richtete es auf die Kommandantur. Che führte mir den Ladestreifen zu. Öliger Rauch behinderte zwar die Sicht, aber ich konnte doch eine Reihe von Soldaten ausschalten. Die Soldaten flüchteten in die Kaserne zurück. Ich nahm mir nun die Dächer vor. Wie reifes Obst fielen sie dort herunter. Das war für die Batistasoldaten dann doch zu viel.

Eine weiße Fahne wurde nun aus dem Fenster einer Kaserne geschwenkt. Nur die Soldaten in der Kommandantur gaben nicht auf.

Che bückte sich und entnahm dem Sack, der neben dem bewusstlosen Maschinengewehrschützen lag, eine Handgranate und schleuderte sie auf das Dach der gegenüberliegenden Kommandantur. Dies war keine brasilianische Handgranate, denn sie explodierte und riss ein Loch in das Dach. Aus dem Dachstuhl stieg Rauch auf. Das brachte auch die Offiziere dazu aufzugeben. Aus allen Fenstern wurden weiße Tücher geschwenkt.

»Alle rauskommen und die Waffen vor der Tür ablegen!«, brüllte Fidel.

Erst zögernd, aber schließlich im Laufschritt kamen sie aus den Kasernen, warfen die Gewehre auf einen Haufen und entledigten sich sogar ihrer Seitengewehre und Pistolen. Zuletzt erschien Oberst Rosario. Er dachte wohl, dass er als Kommandeur Säbel und Revolver behalten dürfe.

»Rosario, du verdammtes Schwein, das gilt auch für dich!«, schrie Cienfuegos.

Mit zornigen Bewegungen kam Rosario dem Befehl nach. Fidel ging auf den Oberst zu. Dieser salutierte und wollte ihm die Hand reichen. Fidel übersah sie.

»Ich bin Offizier der kubanischen Armee und Oberst der Marinesoldaten und verlange eine ehrenvolle Behandlung!«

»Du bist ein Bluthund Batistas!«, erwiderte Fidel kalt. »Du hast mit dem Schwein Osorio ein unheilvolles Regime unterstützt, hast Bauern foltern und sogar erschießen lassen. Wir wissen über dich Bescheid.«

»Legen wir ihn um!«, rief Cienfuegos.

»Die Soldaten können nach dem Schwur, nicht wieder gegen uns zu kämpfen, abziehen«, entschied Fidel. Die Soldaten machten erstaunte Gesichter und einige bedankten sich mit Tränen in den Augen.

»Ich würde die Offiziere auch freilassen. Sie haben auch nur Befehle befolgt. Rosario dagegen würde ich in Unterhosen zurückschicken, als Zeichen seiner Schande«, schlug ich vor.

Fidel sah mich erstaunt an.

»Keine schlechte Idee«, gab er zu. »Aber er hat zu viele Menschen auf dem Gewissen.«

»Ich schneide ihm die Ohren ab. Das ist ein Zeichen der Niederlage, das ihn sein Leben lang als das stigmatisiert, was er ist«, schlug Cienfuegos grinsend vor.

»Kochba hat recht«, mischte sich Che ein. »Das mit dem Ausziehen finde ich gut. Die einfachen Soldaten sind Teil des Volkes. Die Offiziere sind Teil der Unterdrückungsmaschinerie des Batista. Geben wir sie der Lächerlichkeit preis.«

»Ihr beiden Argentinier habt die Seele des kubanischen Volkes erfasst. Nichts lieben wir mehr als lachen. Ganz Kuba wird über Rosarios verschissene Unterhosen Witze reißen!«

Rosario war bei diesen Worten bleich geworden.

»Erschießt mich!«, forderte er mit wild rollenden Augen. »Ich bin Offizier. Ein Mann von Ehre.«

»Nein!«, beschied ihm Fidel. »Du hast keine Ehre. Jede Kugel wäre für dich zu schade. Trink den Becher der Lächerlichkeit.«

»Ich ziehe mich nicht aus«, trotzte Rosario und stampfte mit dem Fuß auf.

Che winkte Crespo und Carnel zu und diese warfen den Oberst zu Boden und entkleideten ihn trotz seiner verzweifelten Gegenwehr. Seine Unterhose sah tatsächlich verschissen aus. Seine Soldaten zogen befreit lachend aus dem Hof. Die Offiziere wurden ebenfalls entkleidet und schlichen mit hängenden Köpfen und ihrem Oberst in der Mitte ab. Sie wussten, dass sie das Gelächter des ganzen Landes erwartete.

Dieser Sieg machte uns zu einer richtigen Armee. Wir erbeuteten eine Menge Springfieldgewehre, Thompson-Maschinengewehre und tausend Schuss Munition.

Dies war die erste erfolgreiche Schlacht und die Nachricht verbreitete sich wie ein Lauffeuer nicht nur über die Insel, sondern über die ganze Welt. Fidels Guerilla wurde nun ernst genommen. Es folgten weitere kühne Aktionen und schon bald gehörte die Sierra Maestra zum befreiten Land. Wir hatten gelernt, mit den Bombenangriffen der Batistaluftwaffe umzugehen und als wir einen Flieger abschießen und beweisen konnten, dass er von CIA-Agenten geflogen wurde, kippte überall die Stimmung zugunsten der Guerilleros. Ich schrieb meinen ersten Artikel: »Befreites Kuba – Notizen aus der Sierra Maestra«, den nicht nur meine Zeitung in Paris brachte, sondern der von vielen europäischen Zeitungen übernommen wurde.

»Kochbas Artikel sind so viel wert wie eine gewonnene Schlacht!«, lobte mich Fidel.

Immer mehr Bauern in der Ebene bekannten sich nun zu den »Barbudos«, wie man uns wegen unserer Bärte nannte.

Bei diesen Scharmützeln kam es zu einem Vorfall, der Ches Charakter deutlich kennzeichnete. Die Episode »Der ermordete Hund« hat er selbst aufgeschrieben und später publiziert. Es geschah auf einem Feldzug gegen ein Batistakommando in einem unübersichtlichen Gelände. Che wollte die Armeegruppe einkreisen. Aber wir kamen nur mühsam voran. Wir wussten die Batistas nicht weit entfernt und näherten uns ihnen deswegen so geräuschlos wie möglich. Schon das gelegentliche Knacken abgebrochener Äste schreckte uns auf. Es ist eine Legende, dass wir stets furchtlos waren. Ein furchtloser Guerillero gefährdet sich und seine Kameraden.

Plötzlich hörten wir hinter uns ein aufgeregtes Bellen. Einer der Hunde aus dem Basislager war uns nachgelaufen. Er gehörte Felix Mendoza, ein Mann, den ich sehr schätzte. Ein besonnener Kämpfer, den ich gern neben mir hatte, wenn es hart herging. Felix versuchte den Hund zu beruhigen, aber das Tier hatte offensichtlich Angst, zitterte und schaute seinen Herrn bettelnd an. Es war herzzerreißend. Wahrscheinlich hatte er Angst, dass wir ihn in der Wildnis zurücklassen würden.

Che schüttelte den Kopf. »Felix, das Bellen muss aufhören. Du bist für das Tier verantwortlich.«

Felix nickte unglücklich, nahm das Tier hoch und streichelte den zitternden Hund mit dem jämmerlichen Blick. Wir marschierten weiter. In der Ferne hörten wir bereits Gefechtslärm. Cienfuegos hatte die Truppe des Sánchez Mosqueros bereits von Süden her angegriffen und wir wollten nun von Norden den Sack zumachen. Wir mussten jeden Augenblick auf die Batistasoldaten treffen und Felix konnte den Hund immer noch nicht beruhigen.

Che, der an der Spitze marschierte, wandte sich verärgert zu ihm um.

»Erdrossle den Hund, dann ist es mit dem Gekläff ein für alle Mal vorbei.«

Felix starrte mich an, als erwarte er meinen Beistand. Aber Che hatte recht. Ich nickte und zog die Schultern hoch.

»Es geht nicht anders.«

Felix setzte den Hund ab, holte einen Strick aus dem Rucksack und legte ihn dem Tier um den Hals. Langsam zog er die Schlinge zu. Erst wedelte das Tier noch vertrauensvoll mit dem Schwanz, aber dann begriff es und diese treuherzigen Augen quollen hervor und es heulte so kläglich, dass die Engel im Himmel ihm sicher alle Tore geöffnet haben. Es dauerte eine Ewigkeit, bis das Zappeln des Tieres aufhörte und sein jammervolles Geheul erstarb. Einige von uns hatten Tränen in den Augen. Es waren alle harte Kämpfer, die schon manchen Batistaschergen getötet hatten, aber die Qual des Tieres war zu viel für sie. Die Episode mit dem Hund führte dazu, dass uns Mosqueros' Truppe entkam.

Als wir am Abend in einem verlassenen Bauernhof unser Camp aufschlugen, fanden wir schnell ein Ferkel, das ohne zu zögern getötet und am Spieß gebraten wurde. Mit ein paar Yamswurzeln gab dies ein festliches Mahl. Carnel fand im Haus eine Gitarre und stimmte ein wehmütiges kubanisches Lied an, das zur Zeit in Havanna sehr beliebt war: »Amor de loca Juventud«.

Wir wurden alle sehr melancholisch. Felix ließ einen Knochen fallen und einer der Hofhunde kam angesprungen und schnappte sich ihn. Felix kraulte den Kopf des Hundes und sah ihn mit tränenden Augen an. Wir alle hatten einen Kloß im Hals. Der Hund blickte uns an und wir hatten den Eindruck, als wäre in seinen Augen ein Vorwurf zu lesen, als würde uns das ermordete Tier durch diesen Hund anklagen.

»Scheiße!«, sagte ich und alle murmelten meinen Gefühlsausbruch nach.

»Ich hatte doch keine Wahl«, entschuldigte sich Che.

Es stimmte. Aber wir sprachen ihn nicht frei. Er war auf dem Rückmarsch zum Basislager noch einsilbiger als sonst. Aber er zeigte uns mit seiner Handlung, dass man der Revolution alles unterordnen musste, selbst die Liebe zu einem Lebewesen, das einen vertrauensvoll anblickt. Trauern konnte man später.

Immer mehr Journalisten aus Lateinamerika wagten sich in die Sierra Maestra und machten Fotos von uns und diese gingen um die Welt. Als ein argentinischer Journalist eintraf, war Che sehr aufgekratzt.

»Der erste Landsmann, den ich seit Ewigkeiten gesehen habe«, sagte er zu mir und nahm mich zu dem Interview mit. Es wurde Ches persönliche Kampferklärung an Batista und den Kapitalismus. Es enthielt die Seele meines Freundes Ernesto Guevara de la Serna, den alle Welt als Che kennt. Auf die Frage, warum er, ein Argentinier, für Kuba kämpfe, antwortete er mit großem Ernst:

»Ich bin hier, weil ich davon überzeugt bin, dass der einzige Weg die südamerikanischen Länder von Diktatoren zu befreien, der ist, diese Diktatoren zu stürzen, und zwar so schnell wie möglich und egal wie.«[1]

Der Journalist verwies darauf, dass Che Argentinier sei und man seine Kampferklärung als unerwünschte Einmischung in die inneren Angelegenheiten Kubas betrachten könne. Ches Antwort klang wie ein Fanfarenstoß:

»Zunächst einmal betrachte ich nicht nur Argentinien, sondern ganz Lateinamerika als mein Land … Außerdem, wenn ich mich selbst hingebe, alles was ich bin, wenn ich mein Blut für eine Sache gebe, die ich für gerecht halte und die dem Wohle des Volkes dient, wenn ich einem Volk helfe, sich von einer Diktatur zu befreien, die es allerdings erlaubt, dass sich eine ausländische Macht einmischt und dies mit Waffen, Flugzeugen, mit Geld und militärischen Beratern unterstützt, dann kann ich nicht erkennen, inwiefern mein Engage-

1 Che Guevara in einem Interview mit dem argentinischen Journalisten Jorge Ricardo Masetti im April 1958. Zitiert nach »Selbstporträt Che Guevara«, hrsg. von Víctor Casaus, Kiepenheuer&Witsch, 1. Auflage, 2005, S. 123.

ment als eine unerlaubte Einmischung betrachtet werden könnte. Kein Land hat bis jetzt die USA verurteilt, weil sie sich in die inneren Angelegenheiten Kubas einmischen … und Batista dabei helfen, sein eigenes Volk abzuschlachten.«[2]

Diese leidenschaftlichen Worte machten Che zu einer politischen Figur neben Fidel. In Südamerika hatte die Bewegung 26. Juli und Fidels Engagement in der Sierra Maestra schon sofort Bewunderung und Zustimmung ausgelöst, aber nun wurden unsere Aktivitäten in Europa wahrgenommen. Besonders in Frankreich fanden meine Artikel große Zustimmung. Meine Beiträge aus der Sierra Maestra gingen über Mexiko nach Paris. Anfangs hatten sie nur Neugier geweckt, aber nun solidarisierten sich mehr und mehr Journalisten für unseren Kampf. Vor allem wollte man mehr über Fidel und Che wissen und sie spekulierten, ob die beiden Kommunisten seien. Ich konnte dies bei Fidel mit gutem Gewissen verneinen. Bei Che war ich mir dessen nicht so sicher. Aber er war auf keinen Fall ein Sowjetkommunist. In dieser Zeit setzte er sich wieder intensiv mit Marx und Lenin auseinander. Ich legte mich des Öfteren mit ihm an.

»Was können dir die Schriften dieser Toten sagen? Du siehst doch, was Stalin mit seinen Gulags angerichtet hat.«

Seine Erwiderung auf meine Provokationen beruhigte mich dann doch.

»Ich bin in erster Linie Revolutionär. Aber mit einem Kommunismus, wie er im Ostblock herrscht, kann ich nicht viel anfangen. Der Kommunismus, wie ich ihn verstehe, muss humanistisch geprägt sein. Man muss Menschen gewinnen und darf sie nicht unterjochen. Aber ganz klar, ich neige eher den sozialistischen Systemen zu als den kapitalistischen. Die Menschen dürfen nicht von den Reichen versklavt werden. Wo das Kapital herrscht, ist der Mensch eine Ware, die beliebig zum Nutzen der Reichen ausgenutzt wird. Wir dürfen es nie

---

2 Ebd., S. 123f.

zulassen, dass ›die Märkte‹, also die Reichen, unsere Menschen beherrschen.«

All dies ließ ich in meine Artikel einfließen. Mir machte es Freude, wieder mehr als Journalist zu arbeiten. Che hielt meine Arbeit für wichtig und sorgte dafür, dass ich immer seltener zu Kämpfen eingeteilt wurde.

Aufgrund seiner Verdienste wurde Che nun auch offiziell zum *Comandante* ernannt, was er aber schon seit Langem war. Seine Führungsqualitäten, seine Strenge und sein Wille, selbst das Unmögliche zu wagen, hatten Fidel veranlasst, ihn fast gleichberechtigt neben sich zu stellen. Niemand protestierte. Im Gegenteil, alle, die ihn erlebt hatten, stimmten der Entscheidung zu, dass er zum Comandante der zweiten Kolonne der Guerillaarmee ernannt wurde. Cienfuegos besorgte ihm einen kleinen roten Stern, den er von nun an an seiner Baskenmütze trug. Aus dem Arzt Guevara war endgültig ein Guerillero geworden. Che hatte seine Bestimmung gefunden.

Den richtigen Instinkt bewies Fidel, als er Che befahl, mit seiner Truppe auf Santa Clara zuzumarschieren. Ein Moltke war Fidel zwar nicht, aber der Plan hätte auch den preußischen General zufriedengestellt. Er wollte die Insel in zwei Hälften spalten. Dies bedeutete für uns den Ausbruch aus der Sierra Maestra. Fidel würde die Belagerung von Santiago de Cuba leiten und damit die Basis der Sierra Maestra sichern. Che sollte die Provinz Las Villas erobern, Cienfuegos parallel Pinar del Río. Mittlerweile war der Kontakt zum bürgerlichen Widerstand in den Städten hergestellt.

Der »26. Juli« unter Frank Pais sollte die Aktivitäten verstärken. Mit Felix Paros und anderen aus den Städten arbeitete Fidel ein Programm aus. Es lief darauf hinaus, dass man eine Agrarreform durchführen wollte, aber alles im Ungefähren beließ. Konkreter war schon das Ziel, den amerikanischen Einfluss in der Politik und Wirtschaft zurückzudrängen sowie die Freilassung aller politischen Gefangenen, Pressefreiheit,

Kampf gegen die Korruption und ... Beschneidung des Großgrundbesitzes. Che war über dieses verschwommene Programm empört.

»Das alles ist viel zu vage!«, kritisierte er. »Sie hätten wenigstens aufnehmen müssen, dass alle Bauern das Land erhalten, das nicht benutzt wird und das sie selbst bearbeiten. Unser Ziel ist nicht der Sieg über Batista, das ist nur eine Etappe. Unser Ziel ist eine allgemeine Revolution, die den Menschen aus wirtschaftlicher Abhängigkeit befreit und ihn ein Leben in Würde und im sozialen Miteinander führen lässt. Unser Endziel ist der freie kommunistische Mensch.«

»Das hätte nie zu einem Programm geführt, das alle Kräfte, auch die bürgerlichen Parteien, mittragen«, entgegnete ich auf seine Vorhaltungen, denn ich verstand, warum Fidel Rücksicht genommen hatte. Er wollte das ganze Volk hinter sich scharen.

»Rede nicht Fidels Parolen nach!«, fauchte Che. »Aber lassen wir das! Ich habe eine Aufgabe für dich. Du bist Journalist. Gestern hat uns Pais eine Radiostation geschickt, um ihre Aktivitäten mit uns abstimmen zu können. Doch das ist nur Kleinkram.« Che hielt nicht viel vom Widerstand der Städter. »Wir werden täglich eine zweistündige Sendung machen. Unser Radio wird ›Radio Rebelde‹ heißen. Organisiere das mit Celia.«

Diese Aufgabe gefiel mir. Ich arbeitete mit Celia ein Programm aus, das drei Ziele hatte: Verunsicherung und Täuschung der Batistaarmee, Aktivierung der Bevölkerung und Stärkung der Sympathie für die Guerilla.

Der Zustrom der Bevölkerung war von einem Rinnsal zu einem immer stärker anschwellenden Fluss geworden und wir mussten viele Freiwillige abweisen, weil ihnen die Konstitution fehlte oder weil wir nicht genug Waffen und Lebensmittel hatten. Was aber nun nicht mehr fehlte, waren Zigarren. Che habe ich von da an kaum noch ohne Zigarre gesehen. Er behauptete, sie würden gegen sein Asthma helfen. Ich habe mich diesem Laster begeistert angeschlossen und bin es nicht mehr losgeworden.

Immer öfter kamen auch Frauen zu uns in die Berge und wir mussten feststellen, dass sie sich zu ernstzunehmenden Guerilleras entwickelten. Che übernahm bei ihnen die Ausbildung am Gewehr. Doch da wir mit Munition sparen mussten, war diese sehr theoretisch. Im Gefecht zeigte sich bald, dass sie allen Anforderungen genügten. Unser Auszug aus den Bergen verzögerte sich.

Nach einer von Batista anberaumten, aber kläglich ausgefallenen Wahl versuchte der Tyrann mit einer machtvollen Offensive, in der er tausende von Soldaten und auch Panzer einsetzte, die Scharte auszuwetzen. Da er CIA-Flugzeuge zur Verfügung hatte, war der Marsch seiner Soldaten auf die Sierra Maestra für uns sehr gefährlich. Er erzielte sofort große Landgewinne. Der Angriff brachte uns bis an den Rand der Niederlage. Wir mussten uns bis auf die Gipfel der Sierra Maestra zurückziehen. Ständig gab es Bombenangriffe und wir mussten immer wieder unser Lager verlegen, was sehr viel Kraft kostete.

Unser großes Problem war außer der Munitionsknappheit weiterhin der Zustand der Schuhe. Sie lösten sich in dem morastigen Boden schnell auf. Wer gute Schuhe trug, hatte sie einem toten Batistasoldaten abgenommen. Wegen unpassender Größe hatten viele wundgeriebene Füße, die Che mit unvollkommenen Mitteln zu verarzten hatte.

Die Batistasoldaten wurden durch ihre Erfolge in einen Siegesrausch versetzt. Radio Havanna meldete, dass die »Fidelisten« fast völlig aufgerieben seien. Doch als sie uns immer waghalsiger in die Berge folgten, konnten wir ihnen Fallen stellen und einige Kolonnen vernichten. Batista verlor in der Schlacht um die Sierra Maestra einige tausend Soldaten. Die Zahlen waren allerdings nur grobe Schätzungen. Fidel stellte fest, dass wir fünftausend Soldaten getötet hatten – und das war dann die Wahrheit und ich ließ sie über ›Radio Rebelde‹ verkünden.

Nachdem wir die Tage der Scheiße, des Hungers, des Abgeschnittenseins von der Ebene überwunden hatten, da Batista wegen der enormen Verluste die Offensive abbrach, stellte sich langsam wieder Optimismus ein.

»Venceremos!«, sprachen unsere Männer Che nach.

In dieser Zeit sah ich Marizia selten. Doch nachdem der größte Druck vorbei war, fanden wir wieder Gelegenheit, uns unserer Liebe zu versichern und selbst die regnerischen Nächte im Gebüsch am Ufer des Flusses waren für uns köstliche Stunden voller Zärtlichkeit, Vertrautheit und manchmal ... wildem Sex. Ich sagte mir, selbst wenn ich jetzt im Gefecht fallen würde, so hatte ich doch, von Kindern abgesehen, eine Menge gutes Leben bekommen.

Ich war ein guter Journalist und ein gar nicht mal so schlechter Guerillero, der für die Würde der Menschen und ihre Freiheit kämpfte. Und ich hatte eine Geliebte, die mich mehr liebte, als ich es verdiente.

Für die ausgehungerten Kameraden waren die wenigen Frauen heiß begehrte Sexualobjekte. Doch ich konnte beobachten, dass sie Marizia mit einer gewissen Scheu behandelten. Vielleicht weil sie es ihr anrechneten, dass sie als Mexikanerin für Kuba eintrat, vielleicht aber auch, weil sie plumpe Flirtversuche mit ihrer sehr scharfen Zunge beantwortete. Ich hatte sie schon sagen hören »Verpiss dich, Kamerad! Geh ins Gebüsch und hol dir einen runter!«

Wir alle hatten ein wenig vom zivilisatorischen Umgang verlernt und das Erdhafte der Existenz war aus uns hervorgebrochen. Das konnten selbst Fidels und Ches strenges Regiment nicht ganz verhindern. Kein Wunder, dass man uns in der Ebene den Namen »Mau-Mau« verpasste, den Kampfnamen der Freiheitskämpfer im Kongo, die die britischen Siedler mit unerbittlicher Härte bekämpft hatten. Man raunte sogar, dass wir unverwundbar wären. Ich war mit der Mau-Mau-Titulierung nicht so ganz einverstanden, denn wir vergingen uns nicht an Frauen und Kindern. Derartige Terroraktionen, wie sie die Mau-Mau praktizierten, gehörten eher zu den Praktiken der Batistaschergen. Fidel war da anderer Meinung.

»Es ist Propaganda«, erklärte er mir. »Die Berichte von unserer Unverwundbarkeit schwächt die Kampfmoral des Feindes.«

Also spielte ich auch auf Radio Rebelde auf dieser Klaviatur. Jeden Tag berichtete ein anderer Mau-Mau-Kämpfer von den Kämpfen und von Siegen, die in unserer Phantasie entstanden. Aber wir betonten auch immer wieder, dass wir die einfachen Soldaten verschonten, so dass die Offiziere Mühe hatten, ihre Männer an die Front zu führen. Hunderte von Soldaten wurden wegen Feigheit vor dem Feind ins Gefängnis geworfen. Ich merkte, dass Che in seiner Truppe immer mehr junge Leute um sich scharte und sprach ihn darauf an.

»Sie sind doch unerfahren. Du hast unter ihnen die meisten Toten und Verletzten.«

»Sie kennen die Gefahr nicht und ihr Wille, Kuba zu befreien, ist stärker als ihre Angst. Sie denken nicht so viel nach, ob es richtig ist, was ich ihnen befehle. Nimm El Vaquerito, der erst kürzlich zu uns gestoßen ist und sich als einer der unerschrockensten Kämpfer ausgezeichnet hat.«

Der kleine Mann mit dem Gesicht eines pubertären Jungen war auch mir schon aufgefallen. Sein wilder Bart ließ ihn wie einen Strolch aussehen, seine Kleidung war so nachlässig wie Ches. Fidel gab ihm wegen seines Mutes den Befehl, für Che Leibwache zu spielen, was eine große Auszeichnung war. Fidel und er stützten den Kult um Che, der unter den Bauern fast religiöse Züge annahm. Meine Artikel trugen dazu bei, dass sein Name auf der ganzen Welt für Unerschrockenheit und Rebellentum stand.

»Du bist unser James Dean!«, spottete Cienfuegos, der sich über die Heldenverehrung köstlich amüsierte.

Seine Doppelfunktion als Arzt und Guerillero, seine romantische Erscheinung, sein Ansehen in der Truppe trugen zur Legendenbildung bei. Man sehnte sich in Kuba und Lateinamerika nach einem Retter und er entsprach diesem Wunschbild. Che war so wie sein Image. Sein Bild in der Öffentlichkeit entsprach der Realität. Selbst die Bürgerlichen sprachen von der romantischen Aura des Che Guevara.

Schließlich zogen wir in die Ebene. Die Frauen sollten nachkommen, wenn das Escambray-Gebirge in unserer Hand war. Unser Ausbruch aus den Bergen erfolgte unter heftigem Regen, unter Blitz und Donner, als der Zyklon Daisy das Land durchfegte. Unsere Lastwagen, die uns in die Ebene bringen sollten, blieben schon bald im Schlamm stecken. Oh ja, wir hatten einige alte Lastwagen erbeutet, die Batistas Truppen beim Rückzug aus der Sierra Maestra zurückgelassen hatten. Doch unsere Motorisierung hielt nicht lange vor, da die altersschwachen Trucks ihren Geist aufgaben und wir uns wieder auf unsere Füße verlassen mussten. Der unablässige Regen hatte die Glacis vor den Bergen in eine Schlammwüste verwandelt, so dass wir anfangs nur langsam vorankamen. Unsere Leute litten unter Erkältungskrankheiten und Durchfall. Zudem lösten sich die Schuhe im Schlamm auf und wir mussten barfuß marschieren. Ich hatte mit den Stiefeln eines Offiziers mehr Glück, aber auch ich war abgekämpft und entsetzlich müde.

Das schlechte Wetter ließ nicht nach. Auf den Zyklon »Daisy« folgte »Elsa« mit noch mehr Regen. Der Feind, der sich in den Bergen vor uns feige zurückgezogen hatte, begann in der Ebene Widerstand zu leisten. Batista hatte in jede große Ansiedlung Truppen gelegt, was Che höhnisch als Fehler bezeichnete, da er damit seine Streitkräfte aufsplitterte.

Auf dem Weg nach Villas wurden wir in heftige Gefechte verwickelt. Ehe wir zum Escambray-Gebirge durchstoßen konnten, erlitten wir große Verluste. Doch konnten wir diese durch Neuzugänge der Bauern ausgleichen. Unter den Kämpfern um Che schälte sich eine Kampfgruppe heraus, die sich »Selbstmordkommando« nannte und diesen Namen durch ihren Wagemut zu recht trug. Ihr Anführer war El Vaquerito und mir kam es vor, als würde er ein kindliches Spiel mit dem Tod betreiben.

Als die Schlacht bei Mota geschlagen war, befahl mir Che, eine große Sache daraus zu machen und wir schilderten im Rundfunk, dass nun Batista auf der Verliererstraße sei. Nach siebenundvierzig Tagen hatten wir die Gegend um das Escambray-Gebirge in unserer Hand und Che sorgte dafür, dass wir hier einen Fokus errichteten, ein Basislager mit Sattlerwerkstätten, Waffenschmieden, Bäckereien und Krankenstationen, wie er es bereits in der Sierra Maestra praktiziert hatte. Doch der Kampf ging weiter.

Vor uns lag Fomento, ein Ort mit zehntausend Einwohnern und einer Armeekaserne mit hundertvierzig Mann. Kurz vor dem Angriff überraschten uns die Frauen. Che war über das Auftauchen seiner Geliebten nicht unglücklich, da sie die Gegend gut kannte und ihm als Führer dienen konnte. Ich dagegen war über Marizias Auftauchen nicht gerade begeistert.

»Warum bist du mitgekommen? Was willst du hier an der Kampflinie?«, empfing ich sie recht unfreundlich.

»Ich bin eine genauso gute Kämpferin wie Aleida. Außerdem liebe ich dich«, erwiderte sie verletzt.

»Ich habe hier genug Sorgen und die Sorge um dich macht alles noch schlimmer.«

»Wir waren bereits zusammen, bevor du dich entschlossen hast, mit Fidel und Che mitzuziehen, und wir hatten uns geschworen, dass wir einander gehören. Wo du bist, da werde auch ich immer sein.«

So absolut hatte ich das nicht in Erinnerung. Aber wir hatten an der Front nicht die Zeit, viel miteinander zu streiten und die Nächte sorgten dafür, dass ich nicht lange mit ihr haderte.

Der Kampf um Fomento spielte sich so ab wie die vorangegangenen Kämpfe. Die Kaserne stand unter dem Befehl von Pérez Valencia, der sich als kluger Befehlshaber erwies. Die Kaserne, die Telefonzentrale daneben, das Borja-Theater und das Hotel Floria hatte er zu einer Kampflinie ausgebaut. Ich hätte die Schlacht um Fomento vergessen, wenn es nicht zu jenem Zwischenfall gekommen wäre, der mich zutiefst erschütterte und mich die Hölle spüren ließ.

Ich hatte von Che den Befehl bekommen, mich um das Theater zu kümmern. Mit Carnel und ein paar anderen Männern von der *Granma* gelang es uns, die Verteidiger dort niederzukämpfen. Moreno, ein guter Mann, den ich seit der *Granma* kannte, wurde dabei schwer verletzt. Ich lief aus dem brennenden Theater und winkte Aleida und Marizia zu, die hinter einer mit Möbeln und Autos notdürftig aufgetürmten Barrikade die Verwundeten versorgten. Marizia signalisierte mir, dass ich im Eingang des Theaters bleiben solle. Ich stellte mich hinters Kassenhäuschen. Marizia kam zu mir herübergelaufen. Es grenzte an ein Wunder, dass sie dabei nicht erschossen wurde. Sie hatte gerade das Theater erreicht, da lief aus dem Haus neben dem Theater ein kleines Mädchen, das von den Batistas sofort unter Beschuss genommen wurde.

»Mein Gott, sie schießen auf das Kind!«, rief Marizia und lief auf die Straße zurück, nahm das Kind an die Hand und wollte zu mir zurückflüchten. Sie hatte mich fast erreicht, da fiel ein Schuss vom Dach der Kirche. Marizia strauchelte, ließ das Mädchen los und fiel zu Boden.

»Lauf, Kind, lauf!«, hörte ich sie schreien. Das Mädchen kam zu mir und ich rief Carnel, der mit einigen Kämpfern nun auch das brennende Theater verlassen hatte, auf das Kind aufzupassen. Ohne auf die Schüsse zu achten, hetzte ich zu Marizia, die mich schmerzlich lächelnd ansah. Ich hob sie hoch und da Carnel und die anderen die Dächer beharkten, erreichte ich unverletzt den Theatereingang. Schwarze Rauchwolken aus dem Theater hüllten uns ein. Ich legte sie vorsichtig gegen das Kassenhäuschen und öffnete ihre Bluse. Ich hatte genug Wunden gesehen, um zu wissen, dass sie tödlich getroffen war. Es schnürte mir die Kehle zu. Tränen schossen mir in die Augen. Die Frau, die ich liebte, war hier in dieser elenden Stadt am

Verrecken. Das war nicht gerecht. Oh Gott, Gott, ich brauche ein Wunder, betete ich.

»Weine nicht«, flüsterte Marizia. »Du bist ein Guerillero, Marc.«

»Scheiß drauf!«, schrie ich und drückte ihren Kopf an mich.

»Ich war bis zuletzt bei dir, wie ich es versprochen habe.«

»Und das ist der Preis, Marizia?«

»Du wirst mich nicht vergessen, nicht wahr?«

»Nein. Du darfst nicht …«, schluchzte ich.

»Du weißt doch, dass ich … sterben werde. Verlasse den Krieg und bleibe ein guter Mann und … denke trotzdem an mich.«

Unterhalb ihres Herzens quoll das Blut heraus. Jedes Mal, wenn sie sprach, wurde der Blutfluss stärker.

»Marizia, du darfst mich nicht ver…«, stöhnte ich.

»Ich verlasse dich doch nicht. Gib auf das Kind acht. Die Augen …«, flüsterte sie mit geschlossenen Augen.

»Was meinst du? Was ist mit den Augen?«

»Das Mädchen … Sie lebt doch?«

»Ja. Sie lebt«, sagte ich und wiegte ihren Kopf an meiner Brust. »Ich liebe dich. Ich liebe dich so«, stammelte ich.

Sie schlug noch einmal die Augen auf und ein Glanz ging von ihrem Gesicht aus. Ich bin mir bis heute nicht sicher, ob es passiert ist oder ob ich es mir eingebildet habe. Ihr Mund formte noch einmal ein Wort. Doch der Laut sagte mir nichts. Ein weher Laut. Ihr Kopf fiel zur Seite. Ihre Augen, ihre schwarzen Augen, die so wild und entschlossen blicken konnten, blieben starr.

Das Mädchen in Carnels Armen hatte aufgehört zu weinen und starrte zu uns herüber. Nun wusste ich, was Marizia gemeint hatte. Das Kind hatte einen leichten Silberblick und zwei verschiedenfarbige Augen. Das eine war grau und das andere von einem tiefen Blau. Der Schmerz riss ein Loch in mir auf, das immer größer wurde. Jetzt, wo ich sie verloren hatte, wurde mir bewusst, wie sehr sie mich geliebt hatte und wie sehr ich darin gefehlt hatte, sie nicht mit gleicher Intensität zu lieben. Das Mädchen löste sich von Carnel und kam zu uns und drückte ihren Kopf an Marizias Gesicht. In ihren Augen lag der gleiche tiefe Ernst, wie ich ihn von Marizia kannte.

Che kam in den Theatereingang, hockte sich neben mich und legte mir den Arm um die Schultern.

»Ein hoher Preis! Ein zu hoher Preis!«, flüsterte er mir ins Ohr und drückte meinen Kopf an sich. Es stimmte. Es war ein zu hoher Preis.

Fidel erwähnte sie später in einer seiner Reden und nannte sie eine Kämpferin, die die Revolution liebte und für sie gestorben war. Es stimmte nicht. Sie war nicht für die Revolution gestorben, sondern um ein Kind zu retten. Sie liebte auch nicht die Revolution, sondern mich.

13

Das Lied von Santa Clara

Nie werde ich den Abend mit dem blutroten Himmel in Fomento vergessen. Carnel führte mich in das eroberte Hotel und wir bahrten Marizia in der Lobby auf. Es war ein altertümliches Hotel mit viel Stuck außen, Heldenköpfen und starr blickenden Engeln. Die Empfangshalle wies dagegen holzgetäfelte Wände mit einem riesigen Bild des kubanischen Freiheitshelden Martí auf. Wir legten Marizia auf einen Marmortisch in der Mitte der Halle. Ich nahm mir einen Stuhl und setzte mich daneben und hielt ihre kalte Hand. Draußen fielen noch vereinzelt Schüsse. Aber sie gingen mich nichts mehr an.

Che hatte recht: Ich hatte meinen Preis gezahlt. Ich legte vor mir selbst Rechenschaft ab. Warum war ich mit Che mitgegangen? Ich war doch kein Revolutionär. Gut, ich liebte ihn wie einen Bruder und bei den Guerilleros war ich vor der Juarezbande sicher. Wollte ich seinen Traum miterleben? Doch ich war kein Mönchssoldat wie er, der für die Befreiung des Menschen sein Leben zu geben bereit war. Und Fidels Kuba war für mich erst recht keine Herzensangelegenheit. Ich hatte die Wahl gehabt. Denn dass mich Juarez' Bande auch in Europa aufgespürt hätte, war nur eine vage Vermutung. Ich gestand mir ein, dass es jenseits aller rationalen Argumente pure Abenteuerlust gewesen war und … mein Ehrgeiz, direkt aus dem Herzen einer Revolution berichten zu können. Und diese Rechnung war aufgegangen: Meine Artikel aus der Sierra Maestra hatten mir eine weltweite Leserschaft eingebracht. Dafür zahlte ich mit der Toten in dieser düsteren Halle. Das Ergebnis meiner Selbsterkenntnis gefiel mir nicht.

Draußen verklangen die letzten Schüsse. Eine gespenstische Ruhe legte sich minutenlang über die Stadt. Wenig später hörte ich Musik. Jubelrufe. Die Bewohner der Stadt feierten die Befreiung. Che kam mit Aleida zu mir in die Halle. Er stellte eine Flasche Rum neben meinen Stuhl.

»Trink. Manchmal hilft es.«

Ich nahm die Flasche hoch, schraubte den Verschluss ab und trank und trank. Um mich abzulenken, erzählte Aleida von dem kleinen Mädchen.

»Sie ist dreizehn Jahre alt und sehr klug. Sie wird mal eine Schönheit werden. Sie hat mich zu ihrem Elternhaus geführt. Beide Eltern sind tot. Sie waren Kommunisten. Auf der Anrichte stand ein Foto, das ihre Eltern vor der Kremlmauer zeigt.«

»Armes Kind«, sagte ich.

»Sie hat niemanden mehr. Ich werde mich um sie kümmern«, sagte sie, richtete sich auf und funkelte mich an. »Ich finde, auch du hast die Verpflichtung, dich um sie zu kümmern. Marizia ist ihretwegen gestorben.«

Ich erschrak. Ich wollte keine weiteren Verpflichtungen eingehen. Was konnte ich diesem Kind sein? Aber ich sprach dies nicht aus. Che merkte, dass mir dieses Thema unangenehm war und lenkte damit ab, dass man am nächsten Tag weiterziehen würde.

»Du kannst nachkommen. Beerdige Marizia, wie es sich gehört und dann erwarte ich dich wieder vor Santa Clara. Wir werden diese Stadt erobern und dann sind die Batistas am Ende. Noch vor dem Frühling werden wir in Havanna einziehen und dann beginnt die eigentliche Arbeit, die Vollendung der Revolution.«

Ich nickte automatisch. Was er mir erzählte, ging mir gründlich am Arsch vorbei.

Carnel kam mit dem Mädchen in die Halle. Sie löste sich von ihm und sprang zu mir, nahm meine Hand und sah zu mir hoch. Ihre verschiedenfarbigen Augen waren irritierend. Es lag eine Selbstgewissheit und ein Vertrauen in mich in ihrem Gesicht, das mich erschütterte. Das Kind kannte mich doch nicht.

»Sie hatte sich versteckt, als die Batistas das Haus stürmten«, fuhr Aleida fort. »Deswegen lebt sie noch. Als die Soldaten vor unseren Leuten flüchteten, ist sie auf die Straße gelaufen. Dann ist es passiert. Sie heißt Lara.«

»Ein Leben für ein Leben«, sagte ich und trank den Rest Rum aus der Flasche. Aleida seufzte. Che boxte mir in die Rippen.

»Nimm dich zusammen. Revolutionäre wissen, dass sie Opfer bringen müssen.«

Er hatte gut reden. Aber ich wusste, dass er es ertragen würde, wenn man ihm die Geliebte, wenn man ihm Aleida nahm. Aleida blickte betroffen zur Seite und streichelte dem Kind mit umflortem Blick über das Haar.

»Du solltest ein paar Stunden schlafen!«, sagte Che streng zu mir.

»Nein. Ich bleibe bei ihr«, widersprach ich.

»Gut. Wir sehen morgen früh nach dir«, setzte Aleida hinzu und gab dem Mädchen die Hand. »Komm! Wir lassen Kochba allein.«

Das Mädchen schüttelte den Kopf.

»Du kannst hier nicht bleiben.«

»Oh doch!«, widersprach sie entschieden.

»Komm«, sagte Che. »Lassen wir die beiden zusammen trauern.«

Er nahm Aleida beim Arm und sie gingen mit Carnel hinaus, der die ganze Zeit stumm und mitfühlend zugehört hatte. Das Mädchen blieb bei mir. Als ich in der Nacht erwachte, hielt sie immer noch meine Hand. Ihr Kopf lag auf meinem Schenkel. Am Morgen weckten mich Carnel und Aleida.

Wir beerdigten Marizia in einer feierlichen Zeremonie. Che war nicht dabei, aber meine Kampfgruppe und Carnel. Aleida hatte für einen Priester gesorgt. Er hielt eine Rede, die wenig mit Marizia zu tun hatte. Auch das Mädchen mit den verschiedenen Augen war bei mir und hielt meine Hand. Als die Erde auf ihren Sarg polterte, drückte sie meine Hand an ihr nasses Gesicht.

»Du musst nicht weinen«, versuchte ich, der selber Trost brauchte, sie zu trösten.

Danach beerdigten wir ihre Eltern. Auch diesmal weinte sie. Als Carnel ihr in tröstenden Worten vom Himmel erzählte, schüttelte sie den Kopf.

»Ich bin ein ›Junger Pionier‹. Ich glaube nicht an den Himmel«, wehrte sie ab. Sie schien genau zu wissen, wie es um sie stand und hatte eine eigene Meinung von der Welt. Aleida trieb eine Familie mit einer revolutionären Gesinnung auf, die sich um sie kümmern würde. Das Mädchen war damit gar nicht einverstanden.

»Hör zu!«, sagte Aleida ernst, als wäre das Kind eine Erwachsene. »Wir sind im Krieg und Che braucht mich in Santa Clara. Wenn wir gesiegt haben, hole ich dich und du wächst bei uns auf.«

»Und was ist mit Kochba? Er hat niemanden, der sich um ihn kümmert.«

»Ich werde immer für dich da sein«, versprach ich wie unter Zwang. Diese verdammten Augen!, fluchte ich in mich hinein.

»Gib mir dein Wort!«, ließ sie nicht locker.

»Na schön – du hast mein Wort.«

»Nichts ist schön«, gab sie trotzig zurück. »Aber du wirst dein Wort halten?«

Ich nickte. Als Aleida sie wegbrachte, drehte sie sich immer wieder um, als ob sie mich an mein Versprechen erinnern wollte. So verstand ich es jedenfalls.

Ich fuhr mit Aleida in ihrem roten Jeep Che hinterher. Carnel folgte in einem erbeuteten Lastwagen mit meiner Kampfgruppe.

»Ein verdammt altkluges Mädchen.«

»Sie ist nicht nur altklug, sondern eine angehende Frau. Kubanische Frauen werden dies früh. Sie ist in dich verliebt.«

»Unfug! Sie ist doch noch ein Kind«, protestierte ich heftig.

»Das ist ja das Schlimme. Sie ist körperlich ein Kind, fühlt aber wie eine Frau.«

»Dann lasse ich mich besser nicht so oft bei ihr sehen. Sie wird mich dann schnell vergessen.«

»Und was hast du ihr versprochen?«

Ich schwieg dazu.

Unser Zug nach Santa Clara war im Gegensatz zu den vorangegangenen Monaten lange nicht so entbehrungsreich. Der Ruf eilte uns voraus, dass wir ritterlich wären, großzügig selbst gegenüber den Batistas und keine Übergriffe gegenüber der Zivilbevölkerung zuließen. Wir wurden als Befreier jubelnd begrüßt und die Batistas ergaben sich kampflos. Fidel war der Anführer, das ja. Aber Che war das Idol der Revolution. Dies war in den Gesichtern der Menschen zu lesen, die uns am Wegesrand zujubelten, wenn wir durch die Dörfer und Städte zogen.

Dann waren wir in Santa Clara. Wie ein Dieb in der Nacht zogen wir in die Stadt ein. Aber alle unsere Männer wussten, wenn wir uns hier bewährten, wenn es uns gelingen würde, die Stadt zu erobern, war der Weg nach Havanna frei. Aleida, die ihre Stadt kannte, die jeden Winkel, jeden Straßenzug im Kopf hatte, führte uns. Da sie sehr bescheiden war, ist in der Öffentlichkeit nie bekannt geworden, welch entscheidenden Anteil sie daran hatte, dass wir so gut vorankamen. Es war ein seltsames Gefühl in eine Stadt zu fahren, die wie tot wirkte. Es war absolut still. Nur das Geräusch unserer Motoren und ab und zu ein Nachtvogel waren zu hören. Kein Soldat war zu sehen, kein Polizist. Um zwei Uhr erreichten wir die Universität, doch Aleida schüttelte den Kopf.

»Weiter! Hier ist jetzt keiner.«

Wir trafen auf zwei Betrunkene, ältliche Lebemänner, die aber zu betrunken waren, um uns Auskünfte zu geben. Langsam bekamen wir ein ungutes Gefühl. Fuhren wir in eine Falle? Diese Stille. Als würde die Stadt, jedes Lebewesen in ihr den Atem anhalten. Über die leere Straße rollte eine zerfledderte Zeitungsseite. Alle Fenster waren dunkel. Auch als wir in der Stadtmitte auf zwei Milchwagen trafen, vermochte dieses beruhigende Bild unsere Unruhe nicht zu vertreiben. Wir hielten, um uns zu orientieren. Misstrauisch beäugten wir unsere Umgebung. Ein erster Lichtstreifen am Horizont kündete den neuen Tag an. Noch war kein einziger Schuss gefallen. Endlich kam Che, der unsere Männer in einzelne Kampfverbände eingeteilt hatte, zu uns nach vorn.

»Kochba, du kümmerst dich um die Radiostation. Es ist ganz wichtig, dass wir sie früh in unsere Hand bekommen, damit wir die Batistas verunsichern können. Bist du dazu wieder in der Lage? Ich brauche den alten Kochba, der sich nicht mit Seelenblähungen aufhält.«

»Ich bin in Ordnung«, erwiderte ich und war froh, dass ich wieder sein Vertrauen hatte. Er befahl Carnel, in meiner Nähe zu bleiben und auf mich aufzupassen. Geschah dies, weil er mir immer noch nicht so ganz traute oder weil er Sorge um seinen alten Freund hatte? Aleida erklärte mir den Weg und ich machte mich mit meiner Kampfgruppe zum Sender auf. Es war fünf Uhr. Der Sender wurde von zwei Polizisten bewacht, die wir lautlos überwältigen konnten. Im »Haus des Rundfunks« war nur eine Notbesetzung, die sich aber als Anhänger des 26. Juli zu erkennen gab und uns freudig begrüßte.

»Sowie draußen die Kämpfe losgehen, meldet ihr euch als Radio Rebelde!«, befahl ich dem Rundfunksprecher. »Berichtet, dass wir Revolutionäre den Radiosender übernommen haben. Mit überwältigender Übermacht hat Che Guevara Santa Clara in Besitz genommen. Wer sich von den Batistas ergibt, hat nichts zu befürchten. Wer sich gegen die Volksarmee stellt, wird als Feind des Volkes betrachtet und erschossen.«

Das war natürlich gewaltig hochgestapelt. Die Schlacht hatte noch nicht einmal begonnen. Aber wir befanden uns im

Krieg und da wird zuerst die Wahrheit vergewaltigt. Ich war mir dessen bewusst, aber ich war jetzt auch nicht Journalist, sondern Guerillero. Nachdem ich meine Leute über das Haus verteilt hatte, ging ich nach draußen, um zu sehen, was in den Straßen passierte. Carnel folgte mir wie ein Schatten. Der rote Lichtstreifen am Horizont war größer geworden. Noch lag ein Grauschleier in den Straßen. Schon bald würde der Tag mit seinem Licht in die Stadt einziehen. Ein Mädchen mit einer Milchkanne kam vorbei. Sie war kaum älter als vierzehn Jahre. Ich hielt sie auf. Erschrocken sah sie mich an. So abgerissen, wie wir waren, gaben wir kein vertrauenerweckendes Bild ab.

»Wer seid ihr? Barbudos?«

»Wir bringen euch die Freiheit«, antwortete Carnel.

»Das sagt der Präsident auch.«

»Und, seid ihr frei?«

»Ich weiß nicht.«

»Gehst du zur Schule?«

Sie schüttelte den Kopf und senkte ihn verschämt. »Dafür haben wir kein Geld. Ich muss im Haushalt helfen. Meine Mutter ist krank.«

»Siehst du. Zur Freiheit gehört, dass du zur Schule gehen kannst. Zur Freiheit gehört, dass deine Mutter ärztlich versorgt wird. Zur Freiheit gehört, dass jeder tun und sagen kann, was er will.«

»Ach, das ist Freiheit?«, sagte sie. Das mit der Schule und dem Arzt schien sie beeindruckt zu haben.

»Weißt du, wie viele Soldaten in der Stadt sind?«, mischte ich mich ein.

»Mein Vater hat gestern gesagt, dass fünftausend Soldaten in der Stadt sind.«

Wenn das stimmte, war unser Einzug in die Stadt ein nicht zu verantwortendes Abenteuer und kam einem Selbstmord gleich. Ich musste dies Che melden. Wir waren nicht einmal zweihundert Mann. Es war Wahnsinn, bei diesem Ungleichgewicht die Stadt erobern zu wollen. Carnel lachte nur.

»Bei einem Anführer, wie wir ihn haben, ist das nicht viel.«

»Wollen mal sehen, was unser Anführer dazu sagt! Pass hier auf den Sender auf. Du übernimmst einstweilen das Kommando. Ich suche Che.«

Ich lief zum Bahnhof, wo ich Che vermutete. Zuerst die Verkehrsknotenpunkte in die Hand zu bekommen, war eine eherne Regel jeder Kriegsführung. Ich traf ihn bereits in einem Gefecht mit einem Panzer. Die Männer hatten hinter den Hauseingängen Deckung gesucht. Che dirigierte vom Eingang einer Lagerhalle den Kampf. Ich erzählte ihm hastig, was ich erfahren hatte.

»Wo ist der verdammte Carnel? Er sollte bei dir bleiben!«

»Schon gut. Wir haben den Sender in unserer Hand. Ich habe ihm dort das Kommando übertragen.«

»Hoffentlich macht er seine Sache gut. Fünftausend Mann, sagst du? Sehr gut. Wenn wir die ausschalten, wird Batista begreifen, dass er verloren hat.«

Wie zur Bestätigung zog sich der Panzer schießend zurück. Seine Granaten ließen einige Häuser einstürzen. Nun kamen Schüsse aus dem Panzerzug, der vor dem Capirohügel Stellung bezogen hatte. Bomber kreisten über der Stadt. B 26- und F 47-Flugzeuge. Sie fingen an, ihre tödliche Fracht abzuwerfen. Sie konzentrierten sich auf das Arbeiterviertel. Sie wussten, dass Batista dort keine Anhänger hatte und wollten die Bewohner einschüchtern. Die Stadt zitterte unter den Einschlägen der Bomben. Rauch zog durch die Straßen. Die Schlacht um Santa Clara hatte begonnen. Che befahl, den Capirohügel mit der Leoncio-Vidal-Kaserne einzukesseln und sich langsam an die Anhöhe heranzurobben. Wir legten einen Ring um den Hügel. Damit war Oberst Casillas, der Befehlshaber, mit seinen Kämpfern fürs Erste neutralisiert. Carnel war unterdessen nicht untätig geblieben. Radio Rebelde rief die Bevölkerung zur Zusammenarbeit auf. Der Sender verkündete die Morgenröte der Freiheit.

Der Panzerzug rückte vor, versuchte näher an die Leoncio-Vidal-Kaserne heranzukommen, um die Umzingelung zu durchbrechen. Doch die Aufrufe des Rundfunks zeigten Wirkung. Aus dem Arbeiterviertel zogen Menschenmassen heran und errichteten Barrikaden mit Autos, Möbeln und Matratzen, um die Panzer zu blockieren. Che ballte die Rechte zu einer Faust und befahl, die Wasserzufuhr und die Elektrizität zu unterbrechen. Er war die Ruhe selbst. Die linke Hand, die er sich bei einem Sturz gebrochen hatte, in der Armschlinge, eine Montecristo im Mund, erteilte er Befehl auf Befehl. Einen Asthmaanfall schien er an diesem Tag nicht zu befürchten. Obwohl wir einige wichtige Straßenzüge kontrollierten, war die Lage noch völlig offen. Als ich Che darauf aufmerksam machte, dass in der Kaserne dreitausend Soldaten saßen, was mir einer der Studenten der Universität erzählt hatte - die sich bei uns einreihten, aber wenig nützlich waren, da sie keine Waffen besaßen - antwortete Che gelassen: »Sie sitzen, Kochba, aber sie kämpfen nicht. Warum kommen sie nicht aus der Kaserne heraus?«

Er hatte recht. Die Offiziere wagten keinen offenen Kampf, da sie sich ihrer Soldaten nicht sicher waren. Unterdessen kreisten über der Stadt die Bomber wie Todesvögel und warfen ihre tödliche Last ab und erreichten doch nur, dass sich die Wut der Bevölkerung noch entschiedener gegen Batista und seine Anhänger richtete. Ich machte einige Aufnahmen von den Kämpfen, die ich für meine Artikel nutzen wollte. Eine Nachricht hätte Che entmutigen müssen. Im Westen von Santa Clara waren unsere Leute durch Panzer zum Rückzug gezwungen worden.

Endlich brach die Nacht herein. Die Panzer zogen sich zurück. Die Schüsse ebbten ab. Die Bomber verschwanden. Nur hin und wieder flackerte ein Feuer auf, das von Molotowcocktails ausgelöst wurde. Im Gegensatz zur vorangegangenen war diese Nacht unruhig. Che gönnte sich keinen Augenblick der Entspannung.

»Komm, Kochba, es gibt viel zu tun! Wir müssen die Bewegungsmöglichkeiten des Panzerzuges einschränken. Er darf nicht noch näher an die Kaserne herankommen.«

Wir gingen den Zug in einiger Entfernung ab. Che schnipste mit der Rechten.

»Ich hab's! Oder ›Heureka‹!, wie die alten Griechen sagen würden.«

Er ließ Presslufthämmer aus der Agronomischen Abteilung der Universität kommen und befahl, die Schienen weit hinter dem Zug aufzureißen. Es war harte Arbeit. Aber wir taten sie mit Begeisterung. Ich verstand den Sinn des Befehls allerdings nicht. Warum hinter und nicht vor dem Zug? Durch Ches Gelassenheit war der Optimismus nicht verflogen, obwohl es weiß Gott noch nicht nach einem Sieg aussah. Obwohl wir wussten, dass wir hoffnungslos in der Unterzahl waren, dass die Soldaten die besseren Waffen hatten, von den Panzern erst gar nicht zu reden, riss uns sein Wille, sein Glauben an den Sieg mit. Es gab nach der Schlacht viele Berichte über die Kämpfe in Santa Clara und es war vieles dabei, was nicht mit den Tatsachen übereinstimmte. Es gab in dem Kampf keine Feuerlinie und jeder erlebte die Schlacht unmittelbar an seiner Stelle, und dies zusammenzufügen ist nicht so leicht. Ich kann nur berichten, wie ich das Durcheinander erlebt habe.

Che eilte mit einer Eskorte, zu der auch ich gehörte, von Brennpunkt zu Brennpunkt. Schließlich stießen wir auf Vaquerito mit seinem Selbstmordkommando. Die Bande sah in ihren abgerissenen Kleidern und den verfilzten Haaren und Bärten wie mexikanische Comancheros aus. Sie hingen Che mit hündischer Ergebenheit an. Che befahl ihnen im Morgengrauen die Polizeistation in der Mitte der Stadt anzugreifen. Es war der 29. Dezember und wir wussten alle, dass dies der Tag der Entscheidung war. Würde die Armee die Kasernen verlassen und zum Angriff übergehen und ihre zahlenmäßige Überlegenheit ausspielen? Sowie es hell war, griffen auch die

B 26- und F 47-Bomber wieder an. Frauen und Kinder irrten schreiend durch die Straßen und liefen auf die Bezirke der Reichen in der Innenstadt zu, die die Bomber nicht angriffen. Die Batistas versuchten nun mit ihren Panzern den Ring um die Kasernen auf dem Capirohügel zu sprengen, aber da keine Soldaten nachrückten, konnten die Panzer mit Molotowcocktails zurückgeschlagen werden. Zwei Panzer gingen in Flammen auf. Che befahl den Angriff auf die Kasernen.

»Da werden jetzt eine Menge Leute sterben!«, rief ich Che besorgt zu.

»Vielleicht ist das unsere Bestimmung. Wir werden sehen«, erwiderte Che unerschütterlich.

»Das ist doch Scheiße!«, brüllte ich.

»Warte ab. Wir sind dabei zu siegen.« Danach sah es aber wirklich nicht aus. Der Panzerzug wollte näher an die Kasernen heranfahren, um uns von der Seite unter Beschuss zu nehmen. Che lächelte, als ihm dies gemeldet wurde.

»Los! Zum Bahnhof! Das wird die Entscheidung bringen«, rief er mir zu.

Er zog den Befehl zum Generalangriff zurück und ich lobte ihn dafür.

»Der Zug ist jetzt wichtiger«, war seine lakonische Antwort.

Wir rannten aus unserer Deckung von dem Hügel hinunter zum Bahnhof und liefen an den Bahnschienen entlang. Wir hörten den Zug bereits herankommen. Che befahl, den Zug unter Dauerbeschuss zu nehmen. Der Abschuss einer eroberten Bazooka brachte den Zug zum Stehen. Der Zugführer erkannte, dass kein Durchkommen war. Er setzte nun zurück. Um sich von uns zu lösen, wurde seine Fahrt immer schneller. Da die aufgerissenen Schienen hinter einer Kurve lagen und vom Zugführer nicht einsehbar waren, konnte er nicht mehr abbremsen.

»Oh, Che, du Hundesohn!«, fluchte ich bewundernd. Deswegen hatte er die Schienen hinter dem Zug zerstören lassen.

Wir waren in Sichtweite, als es passierte. Plötzlich bäumte sich der Zug auf. Es krachte ohrenbetäubend, als würde der

Mond auf die Erde fallen. Wie eine Herde von Elefanten, die aufeinandergerannt waren, türmte sich der Zug zu einem Gebirge auf. Kreischend fuhr er neben den Schienen her. Die zwei Lokomotiven kippten um. Die Spitze des Zuges stellte sich quer zu den Schienen und Feuer und Rauch stiegen von den Lokomotiven auf. Noch immer rutschte der Zug weiter. Cola- und Munitionskisten flogen durch die Luft. Unsere Leute warfen Molotowcocktails auf die Waggons. Ein anderes Kommando nahm die Eingänge der Waggons unter Feuer, die nicht umgekippt waren.

»Wenn sie den Zug verlassen, wird es noch einmal brenzlig«, rief ich Che zu. Dieser schüttelte lachend den Kopf. »Ungläubiger Thomas! Sie werden den Teufel tun und herauskommen!«

Unsere Leute postierten sich längsseits des Zuges und hörten nicht auf zu schießen. Che behielt recht. Sie wagten sich nicht aus dem Zug. Wenn man bedenkt, dass wir mit achtzehn Mann dreihundertfünfzig Soldaten in Schach hielten, dann sagt das viel über die Kampfmoral der Soldaten aus. Che befahl, aus einem vierzig Meter entfernten Haus das erbeutete MG 30 in Stellung zu bringen, um ein Ausbrechen der Soldaten zu verhindern. Wie bei ihm zu erwarten war, konnte er der Versuchung nicht widerstehen und beteiligte sich an dem Kampf. Er war ein Troupier, der von der Spitze seine Kämpfer führte. Er gab das Vorbild und das war auch der Grund, warum so eine kleine Zahl eine so große Übermacht bezwingen konnte. Wir spielten also, wie Che danach spottete, Cowboy und Indianer. Die Cowboys schossen aus der vermeintlichen Sicherheit der Waggons und wir umkreisten sie. Eine kurze Zeit fühlten sie sich relativ sicher, aber als dann einige der Waggons Feuer fingen, war es mit ihrem Widerstand vorbei. Sie wussten warum. Viele Waggons hatten Munition geladen und wenn diese hochging, würde keiner von ihnen überleben.

Als Che mir befahl, einen Maschinengewehrschützen auf einem der hinteren Waggons auszuschalten, zögerte ich einen

Moment. Der Kampf war fast zu Ende und nun gab er mir noch so einen Scheiß-Befehl. Tat man das seinem Freund an? Fluchend winkte ich drei Männern zu und eilte zum Ende des Zuges. Ich hatte Angst, und wie ich Angst hatte, und schalt mich einen Narren, dass ich diesen verdammten Befehl befolgte.

Scheiße, sagte ich mir. Ich war doch kein Kubaner. Mir würde man kein Denkmal setzen, wenn ich hier umkam. Ich drückte mich in den Schotter vor dem Bahndamm, aber dann erlösten mich Rufe, dass die Soldaten aufgaben.

Tatsächlich. Ihr Hauptmann verlangte eine Feuerpause zur Unterredung mit Che. Sie wurden sich schnell einig. Der Hauptmann gab sein Ehrenwort, dass er den Zug aufgeben würde, wenn er freien Abzug bekam. Ich hatte mal wieder Schwein gehabt. Ob ich den Maschinengewehrschützen hätte ausschalten können, blieb besser unbeantwortet.

Um sieben Uhr verließen die Soldaten den Zug, der zum Symbol des Sieges werden sollte. Die Beute war gewaltig. Sechs Bazookas, fünf Granatwerfer, vier MG 30, eine Unmenge Springfields und eine Millionen Patronen. Nie hatte die Guerillera so viele Waffen besessen. Wir konnten nun auch die Arbeiter und Studenten bewaffnen.

Doch die Kämpfe waren damit nicht beendet, besonders die Polizeistation, fünfhundert Meter von der Leoncio-Vidal-Kaserne entfernt, machte uns noch Kummer. Sie wurde von Oberst Rojas befehligt, einem stadtbekannten Folterer und Sadisten. Es war Vaquerito, der die Idee hatte, durch das Innere der nebenstehenden Häuser in die Polizeistation durchzubrechen. Es wurden Wände eingerissen und so arbeitete er sich mit seinem »Todeskommando« Meter um Meter an die Polizeistation heran. Ich war nicht dabei, habe es aber aus erster Hand von jemandem aus dem »Todeskommando« erfahren: El Vaquerito hatte sich auf dem Dach eines daneben liegenden Hauses postiert, um einen Ausbruchversuch der Polizisten zu verhindern. Auf Vorhaltungen seiner eigenen Leute, sich jetzt nicht noch unnötig der Gefahr auszusetzen, hatte er lachend geantwortet: »Die Kugel, die dich tötet, hörst du nie.« Er hat die Kugel aus einem M1-Gewehr nicht gehört. Ohne Schrei fiel er vom Dach.

Als Che davon erfuhr, war er sichtlich erschüttert. »Mit ihm haben wir hundert Mann verloren.«

Als ein gefangener Polizeioffizier vorbeigeführt wurde und ihn einer aus dem »Todeskommando« töten wollte, schritt Che ein.

»Denkst du denn, dass wir so sind wie sie?«

Schließlich ergab sich die Polizeistation, nachdem Rojas einen seiner Stellvertreter erschossen hatte, doch damit nur die Wut seiner eigenen Soldaten schürte. Sie erkannten nun, dass Rojas nur weiterkämpfen wollte, weil er befürchtete, für seine Untaten zur Rechenschaft gezogen zu werden. Rojas entkam trotzdem. 394 Polizisten ergaben sich.

Da wir auf dem Zug Luftabwehrgeschütze erbeutet hatten, konnten wir nun auch die Flugzeuge bekämpfen. Sie warteten nicht ab, bis wir ein Flugzeug abgeschossen hatten, sondern verschwanden sofort.

Nur die Leoncio-Vidal-Kaserne war noch nicht in unserer Hand. Über Radio traf die Nachricht ein, dass ein Gerücht in Havanna umging, dass Batista vorhabe, Kuba zu verlassen. Che rief mich zu sich.

»Ich habe vorhin mit einem der Studentenführer vom 26. Juli in Havanna gesprochen. Es scheint zu stimmen. Wir müssen verhindern, dass Batista mit dem Staatsschatz verschwindet. Du musst sofort nach Havanna. Fidel ist auch der Meinung, dass du dafür der richtige Mann bist, zumal, als ich ihm erzählte, dass du mit dem Anführer der CIA in Havanna noch eine Rechnung offen hast.«

»Was für ein Anführer? Was für eine Rechnung?«, fragte ich ratlos. »Du brauchst mich doch hier. Die Leoncio-Vidal-Kaserne hat sich noch nicht ergeben.«

»Das wird sie, sobald sie die Gerüchte aus Havanna erfahren. Die Schlacht von Santa Clara ist gewonnen. Ich denke bereits daran, dass wir morgen in Richtung Havanna aufbrechen.«

»Wer ist dieser CIA-Offizier?«

»Unser alter Freund Felix Hernández. Er hat bei der CIA Karriere gemacht und ist ein Vertrauter Batistas.«

»Du glaubst, dass es unser Hernández aus Córdoba ist?«

»Darauf könnte ich wetten. Es ist der jüngere Bruder von Juan Hernández, der dich .... Du weißt schon.«

Einen überzeugenderen Grund, mich sofort nach Havanna aufzumachen, gab es für mich nicht.

»Du nimmst Carnel mit und noch ein paar von deiner Gruppe und El Vaqueritos ›Todeskommando‹. Zwölf Mann dürften genügen. Du triffst dich in Havanna mit dem Studentenführer Ramón Pérez, der dir die Lage schildern und dich unterstützen wird, wenn es hart auf hart kommt. Du nimmst den roten Jeep von Aleida. Mit dem kannst du in wenigen Stunden in Havanna sein. Es ist der wichtigste Auftrag, den ich dir bisher erteilt habe. Enttäusche mich nicht. Das Gold gehört Kuba.«

»Du bist manchmal eine Arschgeige! Natürlich weiß ich, wie wichtig das Gold für Kuba ist. Die Reichen werden bereits in Scharen das Land verlassen und alles mitnehmen, was nicht niet- und nagelfest ist. Auch Hernández wird den Goldschatz vielleicht bereits nach Miami gebracht haben.«

»Hat er aber nicht. Der Staatsschatz war in der Obhut der Armee. Aus gut informierten Kreisen der alten Regierung hat Fidel erfahren, dass Batista Hernández den Befehl erteilt hat, sich den Schatz anzueignen und über Miami in die Schweiz zu bringen. Es ist wichtig, dass du Erfolg hast.«

»Ernesto, ich weiß. Nun hör auf.«

»Geh zu Aleida. Sie wird mit dir ein Textilgeschäft aufsuchen. Du brauchst Zivilkleidung. In Havanna soll totales Chaos herrschen und es gibt noch genug Batistaanhänger und Gangster in der Stadt, die einen *Barbudos* gern killen würden, bevor sie sich davonmachen.«

Ich fand Aleida in einem provisorisch eingerichteten Lazarett. Sie befehligte dort das Personal mit der gleichen Sicherheit wie Che seine Männer draußen in den Straßen. Ich sagte ihr, wozu mich Che nach Havanna schickte.

»Ich weiß. Che hat mich informiert. Warte noch einen Augenblick. Ich muss mit den Ärzten besprechen, dass sie die Medikamentenbestände in den Apotheken der Stadt requirieren sollen.«

Nach einer Viertelstunde kam sie zu mir und hakte sich bei mir unter. Wir gingen wie Traumwandler durch die Straßen Santa Claras, die nun mit jubelnden und tanzenden Menschen bevölkert waren. Immer wieder wurden wir angehalten und es wurde uns Rum angeboten. Wir stimmten in ihre Rufe ein, dass die Revolution gewonnen habe. Mittlerweile hatte sich herumgesprochen, was sich in Havanna abspielte.

Sie führte mich in ein Textilgeschäft, musterte mich kritisch und rief den Geschäftsinhaber, ein kleines Männchen, herbei und sagte ihm, was sie sich für mich vorstellte. Dieser warf begeistert die Arme hoch und beteuerte, dass es ihm eine Ehre sei, den Guerilleros zu helfen. Gemeinsam suchten die beiden für mich Wäsche, Hemden und einen Anzug zusammen. Als er mir auch noch eine Fliege aufs Hemd legte, protestierte ich.

»Zum Teufel! Wenn mich meine Männer damit sehen, bekommen sie einen Lachanfall.«

Daraufhin legte das Männchen einen blauweiß gestreiften Schlips dazu, den ich ebenfalls ablehnte. Aleida lächelte mütterlich und legte den Schlips auf das Hemd zurück. »So wird ein Señor aus dir!«

Sie zog mit mir in das Grandhotel, das wir nach schweren Gefechten erobert hatten, dessen Zimmer im obersten Stockwerk jedoch unversehrt geblieben waren. Dort konnte ich mich duschen. Es war eine Menge Dreck, den ich mir herunterscheuern musste. Aleida sah mir dabei ungeniert zu und schrubbte mir sogar den Rücken. Als ich meinen Unterleib notdürftig bedeckte, lachte sie schallend.

»Hab dich nicht so! Ich bin mit zwei Brüdern aufgewachsen und weiß, wie Männer aussehen. Außerdem bist du Ches bester Freund, so dass ich vor dir doch sicher bin, oder?«

Ich weiß nicht, ob Che sehr begeistert gewesen wäre, wenn er seine Geliebte dabei gesehen hätte, wie sie meinen Rücken schrubbte. Nachdem ich mich rasiert hatte, erschrak ich über das Gesicht, das mich im Spiegel anstarrte. Ich hatte mich in den vielen Monaten in der Sierra Maestra in die Rolle des *Barbudos* eingelebt. Aber in dem dunklen Anzug mit dem weißen Hemd sah ich wie ein Amerikaner aus.

Nun traf auch noch Carnel mit den anderen Männern ein und auch sie hatten sich verwandelt, hatten ihre Bärte verloren und trugen Zivilkleidung und Staubmäntel, worunter sie ihre Thompsons verbargen.

»Wusste gar nicht, dass du so ein gutaussehender Kerl bist!«, scherzte Carnel. »Wenn ich auf Männer stehen würde, wärst du mein Fall!«

»Arschloch!«, rief ich ihm wütend zu. Im Moment hatten die Männer keinen Respekt vor mir.

»Oh ja, unser Kochba macht schon was her«, lobte Aleida. »Wenn ich nicht die Amiga von Che wäre, wer weiß …?«

Wir frotzelten noch eine Weile, um unsere Verlegenheit zu überbrücken und bekamen, von Aleida organisiert, unten in der Hotelkantine noch Eier, Speck und Bohnen zu essen und machten uns dann auf den Weg. Dass sich nun auch die Leoncio-Vidal-Kaserne ergab, bekamen wir nicht mehr mit. Havanna erwartete uns, die Sieger aus der Sierra Maestra. Dass wir in einem roten Jeep in Havanna einfuhren, sah ich nicht als böses Omen an.

14

Die Nacht des Löwen

Nie habe ich ein größeres Chaos erlebt als am 1. Januar 1959 in Havanna. Es war Götterdämmerung und Karneval zugleich und dazu eine gehörige Prise »Freude schöner Götterfunken«. Mit drei Jeeps fuhren wir über den Malecón am Meer entlang, durch ein Spalier jubelnder Menschen. Die Brecher schlugen über die Kaimauer und erfrischten unsere glühenden Gesichter. Wir hatten gewonnen. Wir konnten es immer noch nicht fassen. Eine einzige große Schlacht und Batista hatte fliehen müssen. Doch es gab noch genug Nutznießer des alten Regimes in der Stadt, da die Schiffe die Massen nicht aufzunehmen vermochten, die sich mit dem alten Regime eingelassen hatten und nun die Bestrafung fürchteten. Immer noch peitschten Schüsse durch die Straßen. Niemand wusste, ob es Freudenschüsse waren oder ob bereits Rechnungen präsentiert wurden. Ein ohrenbetäubender Lärm. Musikfetzen – trunkene Rufe – Sirenen – Detonationen. Leuchtraketen stiegen immer wieder hoch. Menschen schrien uns die neuesten Nachrichten zu: Fidel hat sich auf den Weg nach Havanna aufgemacht – Die letzten Batistatruppen setzen sich am Yachthafen ab – Die Cosa Nostra hat das *Intercontinental* verlassen.

Unser Konvoi aus drei Jeeps kam nur im Schritttempo voran, sonst hätten wir die Menschen überfahren, denn manche lagen bereits vom Alkohol besiegt am Straßenrand. Wir wandten uns der Stadtmitte zu und wurden ins Viertel Vedado verschlagen, wo die Arrivierten wohnten. Hier war die Stimmung gedrückt. Wir kurvten eine Weile orientierungslos herum. In der Nähe der Universität stießen wir wieder auf jubelnde Massen. Es wurde viel gesungen. Die Kirchenglocken läuteten. Die Lieder gingen in die Nationalhymne über. Die meisten feierten nur die Veränderung. Sie hatten noch nicht begriffen, dass sich nicht nur ein Regierungswechsel anbahnte, sondern eine Revolution. Wir wussten dies, aber nicht von den Geheimverhandlungen. Die CIA versuchte, unseren Sieg in einen der üblichen Putsche münden zu lassen. Der Diktator ist kaputt, also her mit einer neuen Puppe. Sie fanden genug Mitläufer, die Angst vor den *Barbudos* hatten. Aus den Polizeistationen wurde auf die jubelnde Menge geschossen. Sie sorgten nicht für Ordnung, sondern sorgten sich um ihr Leben. Spieltische flogen aus den Casinos auf die Straßen. Vereinzelt kam es zu Plünderungen. Wir kamen am Stadtwald von Havanna vorbei. Hier war es ruhiger. Mich erinnerten die Palmen, Johannisbrotbäume und Lorbeerbäume an Córdoba, wo wir uns am Fluss getroffen und uns unsere Zukunft ausgemalt hatten.

Als wir wieder am Malecón angelangten, hörten wir, dass auf den Autokorso vom Hotel Nacional geschossen wurde. Das Volk hatte seine Fesseln abgeworfen. Feuer brach aus. Die Sirenen der Feuerwehrwagen heulten, blieben aber in den Massen auf den Straßen stecken. Die Hotels am Malecón wurden gestürmt. Die Straße übernahm die Stadt. Der Lärm enthielt Wut, Freude, Schmerz und Verzweiflung. Der Hass auf die Batistaanhänger türmte sich über der Stadt zu einem kreischenden Laut, als wäre der Vorhang im Tempel zu Jerusalem ein zweites Mal gerissen. Die Sonne verdunkelte sich durch den Rauch der brennenden Häuser. Um überhaupt vorwärts zu kommen, drohte Carnel unverhohlen mit seiner Maschinenpistole. Einmal war er sogar gezwungen, in die Luft zu schießen. Man hielt uns wohl für Bodyguards der Gangster.

Als wir an den Zeitungsverlagen vorbeikamen, waren diese bereits von den Männern des 26. Juli besetzt. Junge Burschen, die sich den Anschein gaben, *Barbudos* aus der Sierra Maestra zu sein.

»Penner!«, sagte Carnel verächtlich. »Die würden keine Minute im Gefecht bestehen.«

Wir kamen zur Universität, wo eine Menge junger Leute einem Redner lauschte. Er brüllte immer wieder »Vaterland oder Tod!«, was für mich keinen Sinn ergab. Idiotische Parolen schienen Konjunktur zu haben. Eine junge Frau lief nun neben unserem Jeep her.

»Kochba?«, rief sie.

Carnel hielt den Jeep an. Ich nickte.

»Wie hast du uns erkannt?«

»Ich habe mit Aleida telefoniert. Sie sagte mir, dass du ihren roten Jeep fährst. Es gibt in Havanna nur olivgrüne Jeeps. Da war es nicht schwer dich auszumachen. Ich heiße Estrella.«

Sie war eine grazile, junge Frau. Afrolookfrisur. Kaffeebraun und das schmale Gesicht einer Voodooprinzessin, wenn es bei den Religionen afrikanischen Ursprungs Prinzessinnen gab.

»Wartet hier! Noch besser, fahrt dort gegenüber in die Einfahrt des Hotels. Ich hole Ramón, der gerade wieder mal eine Rede schwingt. Sagt mal, wie Rebellen aus der Sierra Maestra seht ihr nicht gerade aus, ihr geschniegelten Herren!«

»Dann sehen wir richtig aus. Passt zu unserem Auftrag. War Aleidas Idee.«

»Verstehe«, sagte sie lachend und lief durch die Menge die Stufen zur Universität hoch. Wir warteten. Coyote, einer unserer Leute, sprang aus dem Jeep.

»Wo will der Idiot hin?«, fragte ich Carnel. Ich konnte solche Disziplinlosigkeiten nicht dulden. Er hatte verdammt nochmal im Jeep zu bleiben. Coyote, ein spitziges Strichergesicht, das durch die Rasur nicht schöner geworden war, kam wieder. Unter dem Arm trug er eine Zigarrenkiste. Er reichte sie mir.

»Da, Kochba! Montecristo. Was Besseres gibt es auf der Welt nicht.«

»Aber bezahlt hast du die sicher nicht?«, fragte ich ahnungsvoll.

»Nein. Jetzt sind wir die Herren und kassieren ab.«

»Lass das mal Che hören und du hast eine Kugel in deinem Wanst.«

Coyote machte ein beleidigtes Gesicht. »Für irgendwas muss die Revolution ja gut sein. Rum, Tabak und Weiber, soviel das Herz begehrt und natürlich ein Haus im Viertel Casino Deportivo. Jetzt sind wir dran!«

»Hier ist etwas Geld. Bezahl die Zigarren. Wir sind keine Plünderer. Wir sind die Rebellen aus der Sierra Maestra. Wenn ich merke, dass du besoffen bist, leg ich dich um!«

Oben auf der Freitreppe zur Universität verließ der junge Mann das Rednerpult. Unter Schulterklopfen stieg er die Treppe hinunter. Er hatte die Menge so richtig in Stimmung gebracht. Jugendhaft lachend kam er zu uns.

»Ramón Pérez«, stellte er sich vor. »Fidel hat mich informiert.«

Ich nickte ihm zu, mit Estrella hinten im Jeep Platz zu nehmen. Sie saßen hinter mir eng zusammengepresst wie in einer Heringstonne. Er zog eine Flasche Rum aus der Tasche und nahm einen tiefen Schluck.

»Sei vorsichtig mit dem Zeug! Kochba mag es gar nicht, wenn wir saufen«, mahnte Carnel.

»Ich habe nichts gegen das Saufen, nur etwas gegen Besoffene, wenn diese einen Auftrag zu erfüllen haben«, stellte ich richtig.

»So sind die Revolutionäre aus der Sierra Maestra«, lobte Estrella hinter mir begeistert. Ich hatte nichts gegen so viel Bewunderung.

»Ihr wisst, worum es geht?«

»Klar doch. Wir wissen, dass Batista mit seinem ganzen Diebesgut längst in Santo Domingo ist. Aber damit der Staatsschatz auch rüberkommt, musste er sich anderer Diebe versichern.«

»Diese Ratte!«, zischte Carnel. »Was für ein erbärmlicher Diktator, der nicht mal einen anständigen Kampf um Havanna riskiert.«

»Was ist mit dem Staatsschatz?«, drängte ich.

»Aus sicherer Quelle weiß ich, dass Batista die Goldbarren und Devisen in die amerikanische Botschaft bringen lassen musste«, erklärte Ramón mit spitzbübischem Grinsen. »Der Botschafter soll ihm ins Gesicht gesagt haben, dass sie ohnehin den Vereinigten Staaten gehören. Kuba sei pleite und könne die Kredite nicht zurückzahlen. Ich habe erfahren, dass man für den Transport nach Miami einen verlässlichen CIA-Mann beauftragt hat. Vielleicht wird der Staatsschatz auch nicht abtransportiert. Man ist eifrig dabei eine Figur zu suchen, die Batistas Rolle einnimmt. Der Kongress wird den Prätendenten bestätigen und es wird eine Wahl in fernen Zeiten versprochen, die man bis dahin manipulieren kann. Sie betreiben ihr altes Spiel.«

»Woher weißt du das alles?«, fragte ich misstrauisch.

»Der Präsident in spe ist der Bruder meines Vaters. Eine Batistaratte.«

»Schöne Verwandtschaft!«, höhnte Carnel.

»Man kann sie sich nun mal nicht aussuchen! Aber er war bisher nützlich, da er nicht wollte, dass sein Neffe ins Gefängnis kommt. Er weiß jedoch, wie ich denke.«

»So geht das vielen«, ergänzte Estrella. »Mein Vater ist auch Batistaanhänger gewesen. Er wird sich schnell neu einrichten.«

»Also, dann weiter! Wir haben keine Zeit zu verlieren. Zur amerikanischen Botschaft!«

Carnel ließ den Motor aufheulen. Aber immer noch kamen wir nur langsam vorwärts.

Die US-Botschaft befand sich in einem neoklassizistischen Gebäude, unweit des Malecón. Es war durch einen hohen Zaun von der Menge abgeschirmt. Hunderte von Kubanern standen vor dem Gebäude und skandierten: »Yankee, go home!« Die Amerikaner hatten dies schon oft gehört. Die riesigen Soldaten mit silbern schimmernden Helmen und geschulterten Gewehren schien dies wenig zu beeindrucken.

»Und nun?«, fragte Ramón Pérez und wischte sich das in die Stirn fallende schwarze Haar aus der Stirn. Ein sympathischer Bursche. Er würde noch im hohen Alter wie ein Collegeboy aussehen.

Ich stieg aus dem Jeep, nickte meinen Männern zu und hieß Coyote, den Jeep zu bewachen. Für meine Männer in den anderen Jeeps hatte ich bei dem, was ich vorhatte, im Moment keine Verwendung. Wir drängten uns zum Eingang durch. Die Soldaten hielten uns auf, indem sie die Gewehre kreuzten. Militärpolizei.

»Rufen Sie einen Offizier! Ich bin der Abgesandte Fidel Castros und Che Guevaras. Ich wünsche ein Gespräch mit dem Botschafter. Es geht um die Sicherheit der Gesandtschaft.«

Natürlich war das Unsinn. Als ob uns aus der Sierra Maestra etwas an der Sicherheit der Botschaft gelegen war. Der Soldat sprach in sein Walkie Talkie. Nach kurzer Zeit kam ein geschniegelter Offizier mit einer Menge Lametta auf den Schultern, ein gut aussehender Mann mit graumelierten Schläfen. Ein Playboy-Typ, der auf harten Burschen mimte.

»Ich bin Hauptmann Kochba und komme im Namen Che Guevaras, um zu verhindern, dass die Menge die Botschaft stürmt.« Ich wies noch einmal darauf hin, wen ich sprechen wollte und der Offizier musterte mich, als wäre ich ein Haufen Hundescheiße.

»So, so. Sie sind also Kochba. Wir wissen einiges über Sie, Herr Marc Mahon.«

»Kann ich mir denken.«

»Mein Name ist Oberst McCain«, sagte er in einem Ton, als wäre er George Washington. »Ich werde mit dem Botschafter sprechen, ob er Sie empfangen kann.«

»Wenn er zu sehr mit Kofferpacken beschäftigt ist, reicht mir auch Felix Hernández.«

Er sah mich erschrocken an, schüttelte den Kopf und murmelte etwas, was ziemlich verschwurbelt klang, und eilte davon.

»Was meinst du? Wird tatsächlich der Botschafter mit uns reden?«, fragte Ramón Pérez sichtlich beeindruckt.

»Wir kommen in die gute Stube!«, bekräftigte Carnel »Sonst pusten wir die Zinnsoldaten hier weg!«

»Hör auf, Carnel!«, ermahnte ich ihn. »Wir werden ihnen keinen Anlass zu diplomatischen Verwicklungen geben.«

»Es sind doch Scheiß Yankees!«, murrte Carnel.

»Eben!«

McCain kam zurück. »Sie können rein. Der Herr Botschafter nimmt sich Zeit für Sie.«

Ich drängte mich an den Soldaten vorbei. Als Carnel mit unseren Männern folgen wollte, schüttelte McCain energisch den Kopf. »Nein! Nur Sie.«

»So geht das nicht! Wenigstens mein Leutnant muss dabei sein. Ich brauche Zeugen für die Verhandlungen. Außerdem ist Señor Ramón Pérez wichtig, da er die Studenten vertritt. Das ist auch in Ihrem Sinn. Die meisten hier vor der Botschaft sind Studenten!«

McCain wandte sich ab und sprach noch einmal in sein Sprechgerät. Wir durften passieren. McCain führte uns in die Botschaft. In dem Palais wimmelte es wie in einem Ameisenhaufen. Man war am Packen. Der Saal, in dem er uns warten ließ, repräsentierte den Reichtum und die Macht der stärksten Militärnation der Welt. Marmorsäulen, riesige goldgerahmte Porträts von Washington, Jefferson und Hamilton, weinrote Sessel und eine Chaiselongue mit vergoldeten Füßen.

»Darf ich Ihnen eine Erfrischung reichen lassen? Kaffee, Tee oder etwas Stärkeres? Whisky oder Rum?«, fragte er, bevor er abzog.

Ich lehnte ab. Carnel räusperte sich und brachte nach einigem Zögern ein Kopfschütteln zustande. Wir warteten uns also die Beine in den Bauch. An den Fenstern sah ich den Widerschein eines Feuers. Ich öffnete es. Rauch zog herein. Im Hof wurden Akten verbrannt.

»Sieh mal an! Sie verbrennen die Unterlagen, die ihre gemeine Komplizenschaft mit Batista dokumentieren«, klagte Pérez.

Der Botschafter trat ein. Ein graumelierter Herr in einem Flanellanzug mit roter Fliege. Eine distinguierte, sympathische Erscheinung. Neben ihm McCain und zwei schwarz gekleidete Beamtentypen mit nichtssagenden Gesichtern. Der Botschafter musterte mich etwas verunsichert.

»Sie sind ein Abgesandter der Rebellen?«

»So ist es. Ich komme als Abgesandter der Revolutionäre der Sierra Maestra. Mein Name ist Kochba.«

McCain beugte sich zum Botschafter und flüsterte ihm etwas ins Ohr.

»Sie haben eine Botschaft für mich?«, fragte er mit indigniertem Blick. Was McCain ihm über mich erzählt hatte, gefiel ihm wohl nicht.

»Wir haben Informationen, dass der Staatsschatz, das Eigentum des kubanischen Volkes, in die Botschaft gebracht wurde und bitten um Herausgabe.«

Ich reichte ihm ein von Fidel unterzeichnetes Schreiben, das mir Che mitgegeben hatte und meine Legitimation und Forderung bestätigte. Mit spitzen Fingern nahm der Botschafter mein Beglaubigungsschreiben, las es kurz und gab es einem seiner Begleiter.

»Das können wir vorerst nicht tun. Der Staatsschatz ist uns anvertraut worden und wird nur dem neuen Staatschef übergeben. Ich kann doch nicht einem hergelaufenen Desperado aus den Bergen das Vermögen Kubas übergeben! Im Übrigen, wenn es nicht zu einer ordentlichen Regierung kommt, werden wir den Staatsschatz mit den Krediten aufrechnen, die wir Kuba gewährt haben. Ich habe mir nur Zeit für ein Gespräch genommen, weil mir Oberst McCain sagte, dass Sie den Mob draußen daran hindern können, das exterritoriale Gebiet der Botschaft zu stürmen. Die Forderung, die Sie mir eben vorgetragen haben, ist in jedem Fall inakzeptabel. Tut mir leid.«

Natürlich tat es ihm nicht leid. Ein höhnisches Lächeln konnte er sich nicht verkneifen. Ich sah, dass Carnels Hand sich der Hüfte näherte und hielt ihn mit einem strengen Blick zurück. Es wäre Wahnsinn gewesen, hier in der Botschaft auf den Putz zu hauen. Ich hatte hinter der halbgeöffneten Tür zum Saal Helme blitzen sehen.

»Ihre Einstellung ist sehr bedauerlich, da dies gleich am Anfang einer neuen Administration zu schwerwiegenden diplomatischen Verwicklungen führen wird. Mein Begleiter Ramón Pérez von der Bewegung 26. Juli wird seine Leute kaum von einem Sturm auf die Botschaft abhalten können, wenn Sie den Raub kubanischen Eigentums begünstigen.«

Der Botschafter wurde bleich und sah McCain an.

»Wir werden uns zu wehren wissen«, versicherte McCain. »Wir haben Maschinengewehre auf der Mauer postiert.«

»Und Sie glauben, dass beeindruckt uns?«, fragte ich mit süffisantem Unterton. »Es mag Ihnen ja gelingen, die empörten Menschen zurückzuschlagen. Aber in wenigen Stunden sind unsere Leute aus der Sierra Maestra hier, die darauf brennen, Ihnen eine viel größere Rechnung zu präsentieren. Kampferprobte Guerilleros. Ihre Zinnsoldaten, seien wir doch ehrlich, haben noch nie im Gefecht gestanden. Unsere Leute dagegen stehen seit vielen Monaten im Feuer. Sie haben gehungert und gelitten und sind nun am Ziel des Kampfes angelangt. Was, meinen Sie, passiert mit Ihnen, wenn wir die Männer auf Sie loslassen? Wir werden sie kaum davon zurückhalten können, alle in der Botschaft zu töten.«

»Das könnte zu einer militärischen Intervention führen!«, zischte McCain.

»Möglich. Aber Sie alle macht das nicht wieder lebendig.«

Die Yankees sahen sich betroffen an. Dumm waren sie ja nicht. Auf so einen wirtschaftlich wichtigen Posten schickt man keine dummen Leute. Der Botschafter räusperte sich.

»Eine solche Eskalation können wir uns ersparen. Der angebliche Staatsschatz befindet sich nicht mehr in den Räumen der Botschaft. Auf Befehl aus Langley wurde er bereits durch Hauptmann Felix Hernández zum Flughafen geschafft. Ich gebe Ihnen mein Wort, dass dies den Tatsachen entspricht.«

»Das ist Diebstahl!«, stieß ich wütend aus.

»Nein! Es ist unser Geld, solange kein neuer Präsident installiert ist, der unsere alten Verträge bestätigt«, rief McCain schneidend.

Der Botschafter sah McCain wütend an und versuchte sich in einem verbindlichen Ton.

»Ich will ganz offen sein«, gestand er mit ausgebreiteten Armen. »Wir werden einem neuen, vom Volk anerkannten Präsidenten von den bürgerlichen Parteien den Schatz zurückgeben. Aber niemals einem Fidel Castro und seinen *Barbudos*. Seine Haltung zum Kommunismus ist nicht ganz klar. Sein sogenanntes Volksprogramm zeigt kommunistische Tendenzen. Hinzu wissen wir über diesen Guevara, dass er zu den anarchistischen Linken gehört. Der Mann ist völlig inakzeptabel.«

»Er ist der Sieger von Santa Clara!«, erwiderte ich kalt.

»Eben!«, gab mir der Botschafter genauso kühl zurück.

»Ich werde Ihre Worte ausrichten«, fuhr ich fort. »Uns ist durchaus bewusst, welche Rolle die Vereinigten Staaten in Kuba spielen. Ihr wollt uns weiter unter dem Daumen halten und unser Land ausquetschen. Sie unterstützen nicht nur die räuberische Politik der Fruit Company, sondern schicken auch zwielichtige Geschäftemacher nach Havanna, die unser Land ausrauben. Einige davon zählen zur Mafia. Ich gebe Ihnen mein Wort, dass wir all diese Verbrecher aus dem Land jagen werden. Kuba gehört den Kubanern!« Für meine Verhältnisse war das eine ganz schön emotionale Rede. Che hätte sie besser hinbekommen, aber ich war mit mir ganz zufrieden. Der Botschafter war rot angelaufen.

»Ich glaube, unsere Unterhaltung ist sinnlos geworden. Oberst McCain, unsere Besucher haben ihre Botschaft übermittelt und wollen das Haus verlassen.«

Er verbeugte sich leicht und verließ den Saal. McCain machte eine Handbewegung zum Ausgang.

Als wir durch die Botschaft geführt wurden, konnte ich in einen anderen Saal hineinsehen, wo eine Gruppe erregt diskutierend zusammenstand. Sie sahen alle sehr wichtig aus, waren zweifellos amerikanische Geschäftsleute. Sie brüllten, dass die USA militärisch einschreiten müssten. Sie ahnten, was Che mit ihnen vorhatte. Wir grinsten uns an. Beim Gang durch den Garten hielt mich McCain nochmal an.

»Auf ein Wort, Mahon. Ihre Akte wird nach diesem Gespräch gewaltig anwachsen. Sie sind zweifellos ein Anhänger der Kommunisten. Dies wird Sie zukünftig bei Ihrer Arbeit als Journalist gehörig behindern. Sie brauchen erst gar nicht zu versuchen, einen Einreiseantrag in die Staaten zu stellen. Wir werden uns von nun an sehr ausführlich mit Ihnen beschäftigen.«

»Jetzt haben Sie mir aber mächtig Angst gemacht.«

»Das hoffe ich für Sie!«

»Ihr Yankees glaubt, dass nur eure Art der Demokratie die Menschen glücklich macht. Ihr habt in der einen Hand den Friedenszweig, in der anderen den Knüppel. Die Völker Südamerikas und der Karibik haben euch und eure Monroe-Doktrin satt. Ihr mischt euch überall ein, propagiert den ›American Way of Life‹, aber zerstört die gewachsenen Strukturen der Länder zu eurem Vorteil. Eure Konzerne übernehmen die Industrie und machen die Menschen zu Sklaven.«

»Was treibt Sie eigentlich an, Marc Mahon? Sie sind nicht einmal ein richtiger Argentinier, geschweige denn ein Kubaner. Sie sind der Sohn eines geflüchteten Juden aus Deutschland, der jetzt in Frankreich durch seine Berichte aus der Sierra Maestra Furore macht. Ihre Argumentation bestätigt, dass Sie ein Bolschewist sind. Sie kommen sich wohl wie John Reed vor und wollen dessen Buch ›Die Tage, die die Welt erschütterten‹ übertreffen? Wir kennen unsere Feinde und unsere Freunde, Genosse Kochba!«

»Dann wissen wir beide, woran wir sind«, gab ich zurück und wandte ihm den Rücken zu. Wir traten auf die Straße.

»Bravo, Kochba! Dem hast du es gegeben!«, lobte mich Carnel.

»Was machen wir nun?«, fragte Ramón Pérez. »Soll ich auffordern, die Botschaft zu stürmen?«

»Nein. Das wäre ein Fehler. Wir sollten nicht mit den Feindseligkeiten beginnen. Außerdem haben wir Wichtigeres zu tun. Wir müssen zum Flughafen. Vielleicht ist Hernández noch im Land. Ich kann nicht vor Che treten und sagen, dass ich es zwar versucht, aber die Arschkarte gezogen habe!«

Plötzlich brandete ungeheurer Jubel auf. Die Menge vor der Botschaft umarmte sich vor Freude. Estrella rief atemlos: »Cienfuegos ist mit seinen Männern eingetroffen und hat kampflos die Garnison Columbia besetzt. Er hat befohlen, die Gefangenen aus dem Gefängnis zu befreien.«

»Verdammt, dieser Narr!«, fluchte ich. »Damit hätte ich noch gewartet. Es werden jetzt auch noch eine Menge Kriminelle durch die Stadt streunen und an den Plünderungen teilnehmen.«

»Bestimmt hat er sich bei dem Befehl halb totgelacht und es für einen tollen Spaß gehalten«, mutmaßte Carnel.

»Unter den Freigelassenen sind auch eine Menge von unseren Leuten!«, verteidigte Ramón Pérez die Maßnahme.

Ich zuckte mit den Achseln. Es war passiert und ich konnte ohnehin nichts dagegen tun, denn Cienfuegos war *Comandante*. Abgesehen davon war er ein guter Kamerad und Ches Freund und wer war ich, dass ich einen *Comandante* hätte kritisieren dürfen.

»Los! Zum Flugplatz!«, drängte ich. Wir gingen zu den Jeeps. »Abmarsch!«, brüllte ich zu den anderen Jeeps hinüber.

Wir fuhren an brennenden Shell-Tankstellen vorbei. Die Menschen tanzten auf den Straßen und wurden von den schwarzen Limousinen der Kadertruppen Batistas zur Seite gedrängt. Sämtliche Ratten verließen nun das sinkende Schiff. Gut war daran nur, dass sie den Kampf verlorengaben. Von den Dächern warf man Ziegelsteine auf die Autos.

»Was für eine große Stunde!«, jubelte Ramón Pérez. »Es ist der wichtigste Tag in unserem Leben.«

Ich erinnerte mich an Ches Worte: Nur der Krieg ist gewonnen. Die Revolution fängt erst an. Was hatte Che vor? Glaubte er wirklich, er könnte den reinen Kommunismus auf dieser kleinen Insel aufbauen? Mit diesem liebenswerten Volk, das so gern feiert und singt und liebt? Ich machte mir Sorgen um Che. Würde er diese Menschen für seine Ideale begeistern können? Ich selbst hatte auch wenig Neigung, so gleich zu sein wie der Mob, der hier plünderte, aber auch er gehörte zum Volk. Che, mach nur keinen Scheiß!, dachte ich.

Je näher wir zum Flugplatz kamen, umso dichter wurde der Verkehr. Die Nacht brach herein. Die Dunkelheit verschluckte die ängstlichen Gesichter. Es ging immer noch nur im Schritttempo voran und meine Männer mussten zweimal ihre Maschinenpistolen herausholen, um die Autos zu zwingen, zur Seite zu fahren. Die bourgeoise Elite verließ das Land und natürlich nahmen sie an, dass wir zu Batistas Schergen gehörten und denen war alles zuzutrauen und so gaben sie uns den Weg frei. Einmal hatten wir es mit Batistas Offizieren zu tun, die uns ihre Pistolen entgegenhielten. Es bekam ihnen nicht. Coyote schoss dem, der die meisten Orden auf der Brust hatte, ein Loch in den vollgefressenen Wanst. Danach gaben die anderen klein bei.

»Mach halblang, Motherfucker!«, mahnte Carnel. »Wir sind keine schießwütigen Banditen.«

»Es waren doch nur Batistas«, wehrte Coyote ab.

»Das nächste Mal wartest du Kochbas Befehle ab.«

»Wer weiß, wie viele der gefoltert hat«, widersprach Coyote unerschütterlich.

»Ruhe! Keine Indisziplin mehr!«, mischte ich mich ein. Bei Coyote konnte man nie wissen, wie ein Streit enden würde.

Endlich waren die Lichter des Flughafens zu sehen. Lichtstreifen wanderten vom Turm über das Flugfeld. Auch hier setzte sich das Chaos fort. Die Automobile fuhren direkt ans Flugfeld, spuckten die Batistaanhänger aus, die im Laufschritt auf die Gangways zu jagten. Man rief es nicht, aber es stand in ihren Gesichtern: »Rette sich, wer kann!«

Sechs altersschwache Douglas standen mit laufenden Motoren herum. Kleine Cessna und Piper hoben auf einer parallelen Startbahn ab.

»Wie kriegen wir heraus, wo dieser Hernández steckt?«, fragte Pérez ratlos.

»Denken wir logisch«, sagte ich und gab mir den Befehl, genau das zu tun.

»Zu Befehl! Logisch denken!«, nahm mich Carnel auf die Schippe.

»Der Staatsschatz besteht aus beträchtlich viel Gold.«

»Und Gold ist schwer«, ergänzte Carnel grinsend.

»Richtig. Sie werden das Gold erst in einen Hangar gebracht haben, um es ungestört von den Lastwagen ins Flugzeug verladen zu können. Welches Flugzeug steht nahe an einem Hangar?«

»Das Gold werden sie bestimmt nicht einer dieser alten Kisten anvertrauen.«

»Dort drüben, etwas abseits von den Luftfrachthangars, steht eine Boeing neben einer alten Nissenhütte aus den Zwanziger Jahren«, sagte Ramón Pérez aufgeregt. Seine Stimme klang gepresst. Ihn hatte das Jagdfieber gepackt.

»Na los! Worauf warten wir noch?«, erwiderte ich so ruhig wie ich konnte.

Carnel gab Gas. Der Jeep schoss über die Piste. Der hintere Jeep kam ins Schleudern und prallte gegen eine Piper. Der dritte Jeep war zu dicht aufgefahren und kollidierte mit dem vorderen Fahrzeug. Was für ein Durcheinander! Soweit zu erkennen war, schien ihnen jedoch nichts weiter passiert zu sein. Sie würden schon zurechtkommen. Sie waren aus den Jeeps gesprungen und zankten miteinander.

»Weiter!«, befahl ich. »Weiter!«

Mit kreischenden Reifen lenkte Carnel den Jeep neben die Boing vor dem Eingang der Nissenhütte. US-Ranger trugen bereits Kisten heraus. Coyote fegte mit seiner Thompson die Soldaten vor der Ladeöffnung weg. Wir liefen in die Nissenhütte. Die Ranger in der Halle empfingen uns mit einem Kugelhagel. Sie hatten die besseren Waffen. Unsere Männer hatten Springfields. Nur ich und Coyote besaßen Thompsons.

»Deckung nehmen!«, schrie ich.

Meine Männer rollten sich hinter die Kisten. Davon waren genug vorhanden. Es entwickelte sich ein Feuerzauber, der dem Neujahrsfeuerwerk nicht viel nachstand. Ich hörte jemanden brüllen, dass sie Handgranaten werfen sollten. Die Stimme traf mich wie ein Schlag. Oh ja, Felix Hernández' Stimme würde ich aus dem Geschrei bei einem Baseballspiel heraushören. Ich hatte ihn hier erwartet, aber nun mit ihm abrechnen zu können, ließ meinen Puls schneller schlagen. Seinetwegen war es zu jener Nacht in Córdoba gekommen, wo sein Bruder … Splitter rauschten wie Hagelkörner durch die Halle. Ich sah besorgt zu meinen Leuten, die sich hinter den Kisten am Eingang verbarrikadiert hatten.

Unsere Situation war nicht sehr vielversprechend. Wir versperrten zwar den Abtransport der hier noch herumstehenden Kisten, kamen aber nicht an die gut bewaffneten Ranger heran. Es war bestenfalls eine Pattsituation, jedoch mit der Tendenz gegen uns. Zumal plötzlich auch noch dichtes Maschinengewehrfeuer auf uns einprasselte. Wir hörten, dass hinter uns die Boeing angeworfen wurde.

»Sieht nicht gut aus!«, brüllte Carnel.

Ich sah zum Flugzeug hinüber. Zwei Schatten waren in der Kanzel zu sehen.

»Coyote, nimm dir die Kanzel vor.«

»Yippieyeah!«, grölte der verrückte Hund und jagte, von Kugeln verfolgt, zur Boeing hinüber. Aber Wahnsinnige haben wohl einen besonderen Schutzengel. Nun bekamen wir Verstärkung durch den zweiten und dritten Jeep. Drei unserer Männer wurden gleich nach dem Ausstieg aus dem Jeep niedergestreckt.

»Merde, merde!«, fluchte ich in mich hinein.

So ging es nicht weiter. Ein schöner Anführer bist du, machte ich mir Vorwürfe. Mir musste etwas einfallen. Ich steckte mir eine Montecristo an und überlegte. Wie heißt es im Volksmund? In einer Montecristo steckt die Weisheit. Was mir einfiel, sah auf den ersten Blick eher nach Verlegenheit aus.

»He, Hernández! Lass uns reden. Ihr kommt hier nicht mehr weg!«

»Bist du es, Marc Mahon, du verschissener Kommunist?«

»Ja, so trifft man sich wieder. Mich hast du wohl nicht erwartet?«

»Ich habe gehofft, dass du mir noch einmal über den Weg läufst. Und jetzt bist du dran!«

»Du sitzt in der Mausefalle.«

»So? Habt ihr auch ein Maschinengewehr?«, höhnte er und eine Salve tödlicher Funken flog uns um die Ohren. Er zerlegte dabei einige Kisten und die Goldbarren purzelten heraus. Handgranaten wurden wieder in unsere Richtung geworfen. Sie explodierten in einiger Entfernung. Hinter uns hörten wir eine Salve und zersplitterndes Glas. Coyote war in Hochform. Er lief im Bogen um das Flugzeug herum. Auf ihn wurde nun nicht mehr gefeuert, weil die Ranger Angst hatten, ihr Flugzeug zu beschädigen. Coyote warf eine Handgranate in das beschädigte Cockpit. Eine Stichflamme stieg hoch. Niemand würde mehr mit diesem Flugzeug fliegen können. Als sich der Rauch verzogen hatte, sahen wir die Piloten leblos über den Instrumenten hängen. Der Wahnsinnige hatte unsere Karten wesentlich verbessert.

»Yippieyeah!«, grölte Coyote und warf eine Kusshand zur Kanzel hoch. Das war das letzte, was er tat. Eine Garbe aus dem Maschinengewehr zerfetzte seinen Körper.

»Du entkommst uns nicht mehr!«, rief ich zu Hernández hinüber. »Verhandeln wir.«

»Gut. Treffen wir uns an der Piper in der Ecke.«

»Keine Tricks!«

»Keine Tricks! Wir kommen beide aus der Deckung. Meine und deine Leute werden nicht schießen. Wenn das in Ordnung geht, können wir verhandeln.«

Mit einem weißen Tuch kam er heraus. Ich hatte so einen Fetzen nicht, verließ aber trotzdem den schützenden Kistenstapel. Langsam ging ich auf die Piper zu. Der Schweiß trat mir auf die Stirn. Würde er sich an die Abmachung halten? Doch die Waffenruhe hielt. Wir trafen uns vor der Piper. Er hatte sich verändert, sah fülliger aus. Trotzdem hätte ich ihn wiedererkannt. Er war in Zivil. Die Jacke spannte über seinem Bauch. Er sah respektabel aus.

»Du bist also bei den Banditen aus der Sierra Maestra gelandet!«, höhnte Hernández.

»Und du als Hilfsausputzer bei der CIA.«

»Ich habe deinen Weg verfolgt. Bei uns in Langley liegt eine hübsche dicke Akte über dich.«

»Habe ich schon von eurem verdammten McCain gehört.«

»Deine Berichte aus der Sierra Maestra wurden von uns sorgfältig gelesen. Hübsche Heldenstorys hast du für die Zeitungen fabriziert. Die edlen Mau-Mau-Kämpfer, die ›Rächer der Mühseligen und Beladenen‹. Als Journalist wirst du bei uns nicht mehr geführt. Du hast dich eindeutig, wie auch unser Treffen hier beweist, zu einem Kombattanten entwickelt. Der Tod ist dir gewiss, Marc Mahon!«

»Uns allen, Hernández. Früher oder später! Jetzt haben wir erstmal dich im Sack!«

»Ha, wir sind euch an Feuerkraft weit überlegen!«

»Sehen wir uns die Fakten an. Du kommst hier nicht mehr heraus. Dein Flugzeug ist nicht mehr flugfähig. Wie sagen die Amerikaner – und das bist du doch geworden: The game is over!«

»Du hast nicht alle Fakten zusammengezählt. Ich habe über Funk Verstärkung angefordert. Ein Trupp Ranger wird gleich auftauchen und die werden aus euch Hackfleisch machen!«

Ich tat, als würde mich das nicht beeindrucken. Es konnte stimmen oder auch nicht. Ich beschloss, es darauf ankommen zu lassen.

»Na und? Lass deine Ranger ruhig kommen. Wie ich in der Botschaft gesehen habe, sind das Militärpolizisten, die wenig oder gar keine Kampferfahrung haben.«

»Die Übermacht wird euch zerdrücken«, gab er zurück, aber ich merkte, dass er sich dessen nicht mehr so sicher war.

»Lass sie kommen. Ihr könnt bestenfalls noch ein Gefecht gewinnen, aber nicht mehr die Schlacht. Havanna ist in unserer Hand. Haben sie dir in Langley nicht beigebracht, eine Situation ordentlich zu analysieren?«

Sein Gesicht zuckte. Es arbeitete in ihm.

»Ich mache dir einen Vorschlag«, sagte er und zupfte an seiner grellen Krawatte herum. »Du lässt uns abziehen und wir verschwinden mit dem Gold, das bereits in der Boeing ist.«

»Mit der fliegst du keinen Meter.«

»Richtig. Wir kapern eine der Douglas da drüben. Kein Problem. Du hast die Hälfte des Goldes für deine beschissenen Kommunisten gerettet und bist fein heraus. Ist doch ein fairer Deal.«

»Warum beschimpft ihr alle, die gegen euren beschissenen US-Faschismus sind, als Kommunisten? Das verfängt doch nicht mehr. Übrigens: Dem Sieger gehört die Wahrheit.«

»Ach, du ahnungsloser Tor! Ihr wisst gar nicht, mit wem ihr euch anlegt. Glaubst du wirklich, dass wir Kuba einer Bande aus der Sierra Maestra überlassen?«

»Du hast dein Volk verraten, Hernández, aber das war bereits in deiner Jugend so angelegt.« Der Hass nahm mir fast die Stimme. Ich hätte am liebsten nach dem Revolver gegriffen und das Schwein erledigt.

»Verräter? Ich bin kein Kubaner und du bist noch nicht einmal ein richtiger Lateinamerikaner, sondern ein Jude, der einen französischen Pass besitzt. Du siehst, wir wissen alles, wirklich alles über Marc Mahon, genannt Kochba.«

Ich bezwang meine Emotionen. Klar denken!, befahl ich mir. Es war tatsächlich das Vernünftigste, ihn ziehen zu lassen. Aber Che hätte diesen Kompromiss missbilligt.

»Ergib dich! Ich verspreche dir ein ordentliches Gerichtsverfahren«, schlug ich vor, obwohl ich mir sicher war, dass ich dies nicht garantieren konnte. Er merkte wohl, was mein Versprechen wert war.

»Du bist verrückt. Ich bin US-Staatsbürger, Hauptabteilungsleiter in Langley. Was glaubst du, mit wem du sprichst? Man kann mich nicht vor ein kubanisches Gericht stellen. Was glaubt ihr denn, wer ihr seid? Ein Haufen verlauster Banditen aus dem Urwald.«

»Na gut, dann versucht aus diesem Rattenloch herauszukommen«, erwiderte ich kalt und drehte mich um.

»Halt, Mahon. Ich wollte dir noch sagen, dass dein Mädchen damals lustvoll unter meinem Bruder geschrien hat. Sie konnte gar nicht genug bekommen. Auch seine Leute sind auf ihre Kosten gekommen. Dein Arsch war für ihn nichts Besonderes. Jeder Stricher hätte ihm mehr Freude gemacht. Spaß machten ihm allerdings deine Schreie.«

»Selbst das Ende eurer Herrschaft auf Kuba bekommt ihr nicht ordentlich hin. Dein Amerika hat sich selbst an den Kapitalismus verraten und alle Ideale verfälscht. Und du bist ein jämmerlicher Handlanger einer verkommenen Macht.«

Hernández lachte. »Werde erwachsen, Mahon! Wir werden siegen. Es kann gar nicht anders kommen. Wir können die Insel im Ernstfall zu einer von Atommüll verseuchten Wüste machen.«

»Bleibt so hochmütig. Deswegen unterlag Goliath David.«

Ich ging zu meinen Leuten zurück.

»Du bist nur eine Laus! Amerika wird dich zerquetschen!«, schrie er mir nach.

Es war mir keine Antwort wert.

Pérez empfing mich mit einer guten Nachricht. »Es sind Flugzeuge aus Miami eingetroffen. Flugzeuge, die Sympathisanten aus Florida heranbringen.«

»Gut. Versuch dich hinauszuschleichen und Männer zu unserer Verstärkung heranzuführen. Es liegen genug Waffen vor der Boeing herum. Hernández tut so, als bekomme er Unterstützung. Es eilt.«

Er nickte und wieselte zum Ausgang. Er wurde von Schüssen verfolgt. Aber er schaffte es, aus der Halle herauszukommen. Wir schossen wieder aufeinander. Langsam drohte uns die Munition auszugehen. Ich befahl nur zu schießen, wenn die Sicherheit bestand, einen tödlichen Schuss anbringen zu können.

»Hoffentlich schafft es Pérez«, rief mir Carnel zu. Seine Stimme klang nicht so, als glaube er daran.

Es kam noch schlimmer. Hernández hatte nicht geblufft. Plötzlich umstellte ein Trupp Soldaten den Ausgang. Hernández brüllte ihnen zu, dass sie uns fertigmachen sollten. Aber sie griffen nicht an, sondern bepflasterten uns vom Ausgang her mit einem Kugelhagel. Das Feuer wurde so dicht, dass wir uns in eine Ecke der Nissenhütte zurückziehen mussten. Wir waren nur noch zehn Mann mit zu wenig Munition. Sie würden uns gleich fertigmachen. Über das Ende bestand kein Zweifel mehr.

Plötzlich hörten wir das Geräusch schwerer Motoren, das immer stärker wurde. Ein zweites Flugzeug rollte langsam neben die Boeing. Dann verstand ich. Sie versuchten die Kisten aus der Boeing in eine Douglas umzuladen. Zuerst wollten sie das Gold sichern. Sie glaubten, mit uns ohnehin schnell fertigzuwerden.

»Beeilt euch, Kameraden. Schnell, schnell!«, rief Hernández.

Ich hörte den Triumph in seiner Stimme. Da die Douglas mit laufenden Motoren neben der Boeing stand, war der Lärm infernalisch. Wieder starben zwei meiner Männer, die sich unvorsichtigerweise aus der Deckung der Kisten gewagt hatten, um schießen zu können. Hernández' Männer waren Scharfschützen.

Obwohl die Kisten nun umgeladen waren, griffen sie nicht an, sondern schossen Granaten auf uns ab. Wir würden hier alle sterben. Ich hatte meine Männer in ein Desaster geführt.

Plötzlich erhellte ein Blitz den Eingang der Halle. Der Tank der Douglas explodierte. Die Soldaten vor der Halle wurden nun ebenfalls beschossen. Pérez hatte Anhänger der Revolution herangeführt. Schnell wendete sich das Blatt. Unter Pérez' Führung ließen seine Leute ihrem Hass auf die Yankees freien Lauf. Es gab kein Pardon. Einigen Soldaten gelang es zwar, den Belagerungsring zu durchbrechen, aber die Halle war bald in unserer Hand. Wir hatten den Staatsschatz gerettet. Ende gut, alles gut? Pérez umarmte mich.

»Ich habe Angst gehabt, dass ich zu spät komme.«

»Es war knapp, verdammt knapp. Che würde jetzt sagen: Stimme kein Siegesgeheul an am sonnenlosen Tag der Schlacht. Es sind gute Männer gestorben, die das Leben noch vor sich hatten.«

»Aber du warst ein guter Befehlshaber«, tröstete mich der junge Studentenführer. Ich hatte darauf keine Antwort. War das denn wahr?

Hernández' Männer hatten aufgehört zu schießen. Carnel rief ihnen zu, dass sie sich ergeben sollten, dann würde ihnen nichts passieren. Schließlich kamen sie mit erhobenen Händen hinter ihren Kisten hervor. Pérez' Männer entwaffneten sie. Zimperlich gingen sie nicht dabei vor. Aber Hernández war nicht unter ihnen. Wie war er uns entkommen? Auch seine Leute wussten nichts zu sagen oder wollten nichts sagen.

»Dann ist es nur ein halber Sieg«, fluchte ich.

»Du kanntest ihn?«, fragte Pérez.

»Ja. Wir waren schon in Córdoba Todfeinde. Es war schon damals klar, dass er als Gangster enden würde. Nun hat er sich dem größten Gangsterverein der Welt angeschlossen – der CIA.«

Ich gab Carnel den Befehl, Lastwagen zu requirieren und das Gold aus dem Flugzeug zu verladen.

»Pass auf, dass niemand auf dumme Gedanken kommt!«

Dann wandte ich mich meiner persönlichen Abrechnung zu. Mit Pérez' Leuten suchte ich das Flugfeld ab. Wir kontrollierten selbst die abflugbereiten Flugzeuge. Weil wir in der Überzahl waren und Thompsons in den Händen hielten, ließen sie es sich gefallen. Mit hassverzerrten Gesichtern starrten uns die Batistafreunde an. Immer noch fuhren Autos aufs Flugfeld, aus denen die Reichen der Insel auf das Flugfeld strömten. Frauen in kostbaren Roben, noch vom Neujahrsball, Männer in Smokings, die immer noch glaubten, sich uns gegenüber unverschämt benehmen zu können. Einige bezahlten es mit ihrem Leben.

Im Tower bekam ich die Gewissheit. Eine Falcon hatte kurz vorher um Flugerlaubnis gebeten.

»Was ist das für ein Flugzeug?«, fragte ich den Kommandeur der Flugwarte. Er sah ängstlich auf die 45er in meiner Hand. Ich steckte die Waffe weg.

»Eine US-Regierungsmaschine«, stotterte er.

»Sagen Sie dem Piloten, die Startbahn sei blockiert. Er soll warten. Los, schnell!«

»Wird gemacht«, erwiderte er und rief dies als Befehl den Fluglotsen zu.

Ich rannte hinaus. Chaco ›Schweinerüssel‹, einer meiner von Che bestimmten Schatten, folgte mir. Er stammte aus der fast völlig aufgeriebenen Todesschwadron des El Vaquerito und hatte nun die Aufgabe, mit seinem Leben meines zu schützen. Der Zuname ›Schweinerüssel‹ war ihm wegen seiner Nase verpasst worden, da diese sich wie eine Schweineschnauze nach oben wölbte.

Wir rannten zum kleinen Flugfeld. Die Maschine stand dort mit laufenden Motoren. Die Gangway war bereits eingezogen. Wir liefen schießend auf die Falcon zu. Die Tür öffnete sich. Eine mächtige Gestalt erschien am Eingang. Hernández. Er hatte eine Maschinenpistole in der Hand und schoss auf uns. Vor uns spritzten die Kugeln hoch. Wir kamen nicht näher an die Falcon heran. Auch ohne Freigabe nahm das Flugzeug nun Fahrt auf. Hernández rief mir winkend etwas zu. Ich verstand seine Worte nicht, ahnte aber, was er mir zurief. Wir würden uns wiedersehen. Die Tür schloss sich. Die Falcon stieg hoch. Ich hatte einen Augenblick die Hoffnung, dass sie abstürzen würde, denn der Pilot nutzte die Startbahn nicht voll aus und zog das Flugzeug schlingernd hoch. Dann war es nur noch ein Punkt im Grau des Morgens.

Wir gingen zum Hangar zurück, wo Carnel dafür gesorgt hatte, dass dort zwei Lastwagen abfahrbereit standen.

»Wohin?«, fragte Carnel. »Ich bin froh, wenn wir die Verantwortung für das Zeug los sind. Wenn bekannt wird, was wir geladen haben, könnte halb Havanna den Verstand verlieren – und dann gnade uns Gott. In Havanna sind eine Menge Gauner unterwegs, die Camilo Cienfuegos in seiner Naivität aus dem Gefängnis entlassen hat.«

»Er wird halt der Meinung gewesen sein, dass ab heute jeder ein neues Kontobuch eröffnet hat. Jeder hat die Möglichkeit, Kuba und der Revolution zu dienen«, verteidigte ich den Freund, obwohl ich Cienfuegos' Befehl auch für Dünnschiss hielt. Doch wohin mit dem Staatsschatz? Wir beratschlagten eine Weile. Pérez hielt die Universität für einen sicheren Ort, andere nannten das Bischofspalais, wieder andere das Kapitol. Estrella kam nun dazu. Die zarte junge Frau hatte sich während der Kämpfe als sehr mutig erwiesen.

»Nach La Cabaña«, schlug sie vor.

Dass ich nicht gleich darauf gekommen war, wurmte mich. Klar doch, Che hatte den Befehl, La Cabaña zu besetzen. Vielleicht hatte er dies bereits erledigt.

»Gut. Nach La Cabaña!«

Wir fuhren mit zwei Jeeps vorneweg. Hinter dem Lastwagen fuhr unser dritter Jeep. Ich befahl unseren Männern, die Waffen ruhig deutlich zu zeigen und, wenn es nötig war, in die Luft zu schießen. Wir waren jetzt alle vortrefflich bewaffnet. Auf der Motorhaube des roten Jeeps hatte ich das Maschinengewehr von Hernández' Leuten befestigen lassen.

La Cabaña ist eine Festung der Spanier aus dem 18. Jahrhundert, die einst die Bucht von Havanna vor Piraten schützen sollte. Es ist ein zweckmäßiger Festungsbau, wie ihn auch Vauban nicht viel besser hinbekommen hätte, und besteht aus Festungsgräben, Kasematten und Wehrtürmen. Selbst die Kanonen der Spanier standen noch pittoresk auf den Wällen herum. Es schien tatsächlich der richtige Tresor für das Gold des kubanischen Volkes zu sein.

Es war der Morgen des 2. Januar, als wir die Festung erreichten. Che war Gottseidank bereits eingetroffen. Er hatte mit seinen sechshundert Mann die Festung kampflos einnehmen können. Als wir eintrafen, hielt er vor den dreitausend gefangen genommenen Batistasoldaten eine Rede. Sie klang sehr versöhnlich, was mich erstaunte. Che hatte Kreide gefressen. Alle, die sich nicht an den Verbrechen des Batistaregimes beteiligt hätten, würden bald in die neu zu gründende Armee des Volkes eingegliedert werden. Diejenigen, die sich durch Folterungen und andere Verbrechen schuldig gemacht hätten, müssten mit der unerbittlichen Strafe des Volkes rechnen. Als er fertig war, entließ er die Soldaten, nicht ohne sie daran zu erinnern, dass der Lebenslauf jedes Soldaten noch geprüft würde.

Sobald er mich gewahrte, kam er sofort zu mir und umarmte mich. Als ich ihm meldete, dass ich den Staatsschatz hatte retten können, schlug er mir auf die Schulter.

»Ich wusste immer, was in dir steckt.«

»Hernández ist mir leider entkommen.«

»Das wurmt, nicht wahr?«

»Und wie das wurmt!«

»Er ist nicht wichtig. Ein *gusano*. Ein Totschläger. Wichtig ist allein, dass wir das Eigentum des Volkes haben retten können. Kraft meines Ranges als *Comandante* ernenne ich dich zum Hauptmann.«

Nun war ich tatsächlich das, was ich in der Botschaft vorgegeben hatte zu sein. Ein Hauptmann der kubanischen Revolution. Ein wenig stolz war ich schon darauf. Männer sind nun einmal Gockel.

Che befahl, die Lastwagen zu entladen und ich war froh darüber, die Verantwortung los zu sein. Che war bereits dabei, die Festung umzuorganisieren. Mit Befremden registrierte ich, dass er sich auch um die Aufstellung von Militärtribunalen kümmerte. Als ich Che dazu befragte, schüttelte er unwillig den Kopf.

»Kümmere dich nicht darum. Wir machen nicht den gleichen Fehler wie in Guatemala und vernachlässigen die revolutionäre Pflicht«, erwiderte er vage. Später verstand ich, was er damit meinte. »Ruhe dich jetzt aus. In den Hotels sind genug Zimmer frei, da die Amerikaner Hals über Kopf abgezogen sind. Du bist doch Journalist. Vielleicht interessiert dich das Hotel Ambos Mundos. Ernest Hemingway soll dort einen großen Teil seines Romans ›Wem die Stunde schlägt‹ geschrieben haben.«

»Ich zeige es dir gern«, bot sich Estrella an. »Ich kann dich auch zum großen Hemingway fahren.«

»Ist er denn noch auf Kuba?«, fragte ich erstaunt.

»Bestimmt. Wenn er nicht in den Staaten oder in Europa ist, lebt er in Cojímar, nur zwanzig Autominuten von Havanna entfernt. Alle Kubaner lieben Papa.«

Che merkte auf.

»Fahr doch mal hin und sondiere seine Meinung über uns. Könnte wichtig sein, einem solch großen Mann einen wohlmeinenden Kommentar zu entlocken. Du bist Journalist. Es liegt doch auf deiner Linie.«

Ich war nicht sehr erbaut davon. Natürlich hätte ich gern den großen Schriftsteller kennengelernt, aber ich hatte zu viel Achtung vor Hemingway, um ihn für Propaganda auszunutzen. Außerdem fühlte ich mich irgendwie abgeschoben. Ich hatte meine Schuldigkeit getan, aber nun, bei der Verwaltung des Sieges, brauchte man mich nicht mehr. Che bemerkte meine Enttäuschung und zog mich am Ohrläppchen.

»Kochba, wir befinden uns jetzt in der zweiten Phase der Revolution. Wir haben gesiegt, aber jetzt müssen wir an die

Vollendung des Sieges gehen. Die Bourgeoisie kungelt bereits mit einem Direktorium und versucht die Studenten auf ihre Seite zu ziehen. Man will uns ausgrenzen. Unsere Arbeit ist in ihren Augen getan und nun will man uns beiseiteschieben. Sie brauchen uns auch nicht, wenn es darum geht, nur eine Marionettenregierung der USA zu bilden. Aber Fidel ist ein Fuchs. Er ist auf dem Weg nach Havanna und wenn er eingetroffen ist, wird er dafür sorgen, dass das Volk die richtige Regierung bekommt. Und dann … werden Rechnungen präsentiert werden. Ich sagte doch: Den Fehler von Guatemala wiederholen wir nicht. Für unsere Feinde werden wir nicht die Glacéhandschuhe anziehen.«

Mir fiel auf, dass er nicht von Wahlen sprach. War ihnen der Sieg über Batista, der Jubel in den Straßen Legitimation genug? Aber ich war zu müde, um eine Diskussion anzufangen und fuhr mit Estrella, Carnel und Chaco Schweinerüssel ins *Ambos Mundos*.

Es war ein gut erhaltener Bau im spanischen Kolonialstil.

»Dort oben, wo du das Turmfenster siehst, soll er über die Liebe geschrieben haben, der nur drei Tage gegeben waren«, klärte Estrella mich auf.

Die Lobby war gedrängt voll. Dies waren keine Batistaanhänger, auch nicht unsere Leute. Ihre Reden und Fotoapparate verrieten sie. Es war die Journaille der Welt, die sich Fidels Einzug in Havanna nicht entgehen lassen wollte. Ich hatte mich im La Cabaña neu eingekleidet und trug statt der Zivilklamotten eine olivgrüne Uniform und amerikanische Fallschirmspringerstiefel. Als wir eintraten, wandten sich uns alle Blicke zu.

»Das ist doch Marc Mahon aus Paris!«, schrie jemand.

Sofort wurde ich umringt und fotografiert. Schon hielten sie mir die Mikrofone ihrer Tonbandgeräte entgegen.

»Marc Mahon, Sie haben an den Kämpfen gegen die Batistas teilgenommen«, stellte ein kleiner, rundlicher Kerl mit einem rosigen Gesicht gewichtig fest. Er ähnelte einem Frettchen. »Wie verträgt sich das mit Ihrem Status als Journalist?

Hemingway hat einst große Schwierigkeiten bekommen, weil er eine Resistancetruppe auf dem Weg nach Paris angeführt hatte.«

Der Ton gefiel mir nicht.

»Recht hat er getan!«, gab ich schmallippig zurück. »Hemingway hat zu seiner Überzeugung gestanden. Männer taten das damals. Und manche tun es heute noch. Geht das nicht in eure bürgerlichen Schädel hinein? Hemingway war ein leidenschaftlicher Antifaschist – ich habe für die Freiheit mit der Feder und dem Gewehr gekämpft. Ich stehe da in einer guten Tradition. Lest Jack London, lest George Orwell und seht euch die Aufnahmen von Robert Capa an. Punkt, Leute! Mehr habe ich dazu nicht zu sagen.«

»Aber die Genfer Konvention besagt …«

»So? Tut sie was sagen?«

Ein schmaler Mann mit einem offenen, jugendlichen Gesicht kam mir zu Hilfe.

»Es steht wohl außer Frage, dass sich jeder von uns die Frage stellen muss, warum er nicht den Fidelitos zu Hilfe gekommen ist. Erst jetzt, wo die Guerilleros gesiegt haben, schreiben alle über die Gräuel der Batistaschergen.«

»Was will Fidel?«, schrie ein anderer. »Sein engster Berater Che Guevara soll ein Kommunist sein.«

»Ich weiß, dass Fidel und Che die Freiheit Kubas und die Unabhängigkeit vom US-Imperialismus wollen.« Mir war bei diesem Statement nicht wohl. Ich hatte weder die Legitimation, noch war ich genug informiert, um über die Ziele der beiden einen Kommentar abzugeben.

»Wird das Eigentum der amerikanischen Unternehmen auf Kuba respektiert? Louis Trader von der *Chicago Tribune*«, stellte er sich vor, ein breitschultriger Mann mit einem pausbäckigen Gesicht.

»Man wird das tun, was für das kubanische Volk das Beste ist«, wich ich aus. Ich kannte Ches Hass auf die amerikanischen Konzerne und wollte mich nicht festlegen. »Leute, ich bin müde. Ich habe seit zwanzig Stunden nicht mehr geschlafen. Lasst mich in Ruhe.«

Ich fühlte mich wie in Watte gepackt, zwischen mir und den Journalistenkollegen weitete sich der Raum. Die Menschen um mich herum sah ich wie in einem Vexierspiegel. Verformte Köpfe. Aufgerissene Münder. Ich rieb mir das Gesicht. Alles kam mir surreal vor. Estrella erfasste meinen Zustand und nahm mich am Arm.

»Ich habe das Hemingway-Zimmer für uns requiriert.«

Doch am Fahrstuhl wurden wir aufgehalten. Zayes y Machantes, einer von Ches Adjutanten, legte mir die Hand auf die Schulter.

»Ich muss dich sprechen, Hauptmann. Ich komme von Che.«

»Was willst du?«, fragte ich unwillig. »Ich bin so was von müde. Er wird wohl mal vierundzwanzig Stunden auf mich verzichten können.«

»Es ist wichtig … für dich!«

»Ach so, dann komm.«

Wir setzten uns in eine Ecke der Bar. Carnel sorgte dafür, dass ein paar Sessel für uns frei wurden. Sein Aufzug, seine drohenden Blicke und seine Thompson gaben ihm das Recht dazu, was die Journalisten nur maulend akzeptierten.

»Also, was ist wichtig für mich?«

Estrella schob mir einen Whisky zu. »Entspanne dich, compañero.«

»Ich soll dir sagen, dass sich Juarez mit einem Haufen seiner Gangster noch im Hotel Nacional befindet. Er scheint abwarten zu wollen, wie hier die Entwicklung weitergeht. Er glaubt wohl immer noch genug Freunde unter den Politikern zu haben. Schließlich hat er alle Parteien mit Geld versorgt, auch die Kommunisten. Im Übrigen war er es, der für seine amerikanischen Mafiafreunde das goldene Telefon besorgt hat, dass diese dem Diktator überreicht haben.«

»Und was verlangt Che von mir?«

»Keine Ahnung. Du wüsstest dann schon, was zu tun ist.«

Ich wusste es. Aber ich fühlte mich nicht in der Lage, dieses Wissen in die Tat umzusetzen. Jedenfalls nicht sofort.

»Er ist fertig. Siehst du das nicht?«, verteidigte mich Estrella in scharfem Ton.

Sie zog mich hoch und wir gingen zum Fahrstuhl und er klapperte langsam nach oben. Es war ein schönes, großes Zimmer mit einer großartigen Aussicht auf den Malecón. Aber im Moment war mir das egal. Auch dass es Ernest Hemingways Zimmer war, in dem er »Wem die Stunde schlägt« geschrieben hatte. Es war mir sogar egal, dass eine kaffeebraune Kubanerin mit langen Beinen und festen Brüsten mir die Kleidung vom Leibe zog. Als sie mich aufs Bett schubste und sich auf mich legte, war mir auch dies egal. Ich weiß nicht mehr, was dann geschah. Ich war sofort weg. Jedenfalls ist dies meine Erinnerung.

Ich träumte davon, dass ich mit Che und Hemingway auf Löwenjagd war. Wir befanden uns in einer Ebene, einer Savanne mit einem ausgetrockneten Flusslauf und verbranntem Gras und Bäumen, die wie Korkeichen aussahen. Ein Löwe kam auf uns zu und Hemingway rief mir zu, dass ich schießen solle. Das Tier preschte auf mich zu. Der Löwe hatte eine majestätische Mähne und seine grünen Augen verrieten den Wunsch zu töten. Hemingway brüllte, dass Che verdammt nochmal das Greenhorn retten solle. Und Che schoss. Der Löwe bäumte sich auf und stürzte vor mir zu Boden. Wir gingen zu dem Tier.

»Ein Prachtbursche«, freute sich Hemingway.

Mir tat der Prachtbursche leid. Er war mehr als das, ein Geschöpf, das Respekt verdiente. Ein König, und wir waren unberechtigt in sein Reich eingedrungen.

»Bei einer Revolution muss man die Raubtiere töten«, sagte Che.

Ich wachte auf und fragte mich, was ein Löwe mit der Revolution zu tun hatte. Ich kam zu keinem Ergebnis und schlief wieder ein.

Dann war ich wieder in Fomento. Marizia kam über die Straße gelaufen und nahm das Kind bei der Hand und stürmte auf mich zu. Wir hockten zusammengedrängt im Eingang des Theaters und ich hatte Marizias Kopf im Arm und plötzlich war es Laras Kopf, der sich an mich schmiegte. Darüber erwachte ich erneut.

Die Sonne schien bereits in das Hemingway-Zimmer. Ich stellte fest, dass ich nackt war. Neben mir lag Estrella mit angezogenen Beinen in der Embryohaltung. Ich stand auf und ging ins Bad. Ich rasierte mich nicht, sondern duschte nur. Estrella erwachte und kam zu mir. Sie schien über den Verlauf der Nacht nicht enttäuscht zu sein. Sie berührte mich zwischen den Beinen. Ich liebte eine schöne Frau am Morgen nach Ches Einzug in Havanna. Es war nicht die schlechteste Art, eine Revolution zu feiern.

15

Der Tag der Hyäne

Es war ein Morgen wie auf einem Bild von Claude Monet. Eigentlich zu schön für das, was ich vorhatte. Auf den Palmblättern lag noch der Tau der Nacht. Die Flamboyants zitterten in der Morgenbrise. Von meinem Zimmer konnte ich bis zur Festung La Cabaña sehen. Die Straßen waren wie ausgestorben. Die Fiesta war erst einmal vorbei. Man erwartete den nächsten Akt. Fidels Einzug in Havanna.

»Ich kann für dich im *Nacional* die Lage sondieren«, schlug Estrella vor.

»Zu gefährlich«, wehrte ich ab.

»Dein Juarez hat uns nicht zusammen gesehen und heute Nacht war er auch nicht unter unserem Bett.«

»Na gut!«, stimmte ich zu. »Schwirr ab. Geh aber kein Risiko ein.«

»Zu Befehl, Genosse Hauptmann!« Sie salutierte grinsend vor mir. Dabei schob sich ihr Hemd hoch und ich konnte ihren entzückenden kleinen Bauchnabel sehen. Sie war die richtige Medizin gewesen, mich wieder aufzubauen.

»Bald bin ich kein Hauptmann mehr.«

»Was bist du dann?«

»Ein passabler Journalist, den die Umstände und die Freundschaft in die Sierra Maestra verschlagen hatten.«

»Dafür hast du deine Sache ganz gut gemacht, wie ich weiß.«

»Finde ich auch.«

Wir gingen aus Hemingways Zimmer. Ich warf noch einen letzten Blick zurück. Hier waren ihm ein paar verdammt gute

Szenen eingefallen und ich konnte mich über den Morgen auch nicht beklagen.

Der Fahrstuhl klapperte uns nach unten. Carnel und Chaco und die anderen Jungs lümmelten im Frühstücksraum und aßen Tortillas mit Bohnen. Für so etwas am frühen Morgen muss man Kubaner sein. Sie sahen hoch und grinsten unverschämt. Estrella warf den Kopf zurück und stöckelte, den kleinen Hintern demonstrativ schwenkend, an ihnen vorbei hinaus auf die Straße. Außer von meinen Leuten war der Frühstücksraum nur spärlich besucht. Die Journalisten schliefen noch ihren Rausch aus. Lediglich der Journalist, der mir beigestanden hatte, sah hoch, nickte mir zu, kam mit seiner Kaffeetasse an unseren Tisch und setzte sich.

»Monsieur Mahon, ich möchte nicht nerven. Aber haben Sie Zeit für ein kurzes Interview?«

»Nein. Habe ich nicht«, wies ich ihn ab.

»Ich habe Brioches und Marmelade organisieren können. Frühstücken wir zusammen?«

»Frische Brioches?«

»Frische Brioches, schmecken fast so gut wie die im Café de la Paix. Und dazu Café au lait.«

»Wie haben Sie das geschafft?«

»Ich habe mit der Köchin geflirtet.«

»Hier in Kuba läuft alles über die Herzen der Frauen.«

»So ist es. Wenn man das kapiert hat, ist Kuba das richtige Land für ein gutes Leben.«

Die Bedienung kam und ich verstand, warum er mit ihr einen Flirt angefangen hatte. Die Mulattin hatte Kurven, die denen der Mansfield oder der Loren in nichts nachstanden. Er sagte ihr, dass ich sein Amigo sei und sie mich verwöhnen solle.

»Er hat doch eine Amiga«, sagte sie augenrollend, brachte aber auch für mich Kaffee und noch warme Brioches.

»Ich heiße Tommy Bell, von der London *Times*«, stellte er sich vor und machte sein Tonbandgerät betriebsbereit. »Niemand kennt wohl besser die Guerilleros als Marc Mahon, dessen Berichte wir alle gelesen haben. Was für ein Regime wird Castro errichten?«

»Eine Scheißfrage!«, murrte ich. »Wie soll ich das wissen? Auf jeden Fall ein revolutionäres«, fügte ich grinsend hinzu.

»Wird es eine Demokratie sein?«

»Jedenfalls keine amerikanische. Die USA haben ihre Ideale längst verraten. Jefferson würden sie heute als linken Spinner vor Gericht stellen. Die USA tragen die hehren Worte wie Freiheit, Demokratie und Selbstbestimmung wie Fahnen vor sich her, aber dahinter stecken die Interessen der Wallstreet. Die amerikanische Administration behandelt die südamerikanischen Staaten wie unmündige Kinder. Es ist verräterisch genug, dass die USA gern ihre Generäle zu Präsidenten machen. Das fing schon mit Washington an. Jetzt kommt allerdings etwas Entscheidendes hinzu, die Macht der Märkte, sprich der Superreichen. Sie bestimmen den Präsidenten, indem sie ihn sponsern und dadurch abhängig machen. So sieht es aus!«

Bell machte eine zustimmende Kopfbewegung.

»Wird Castro ein Caudillo wie Trujillo in der Dominikanischen Republik oder gar ... ein Perón?«

»Perón ist mit den ›Hemdlosen‹ hochgekommen und hat sie dann an die Oligarchen verraten. Nein, Castro meint es ernst damit, dem Volk dienen zu wollen.«

»Man sagt, dass er unter dem Einfluss von Ernesto Guevara steht, der bekanntlich ein Kommunist ist.«

»Castro hat seinen eigenen Kopf. Ches Rolle in Guatemala wird maßlos übertrieben. Propaganda der CIA. Er ist ein junger Mann, der sich der Gerechtigkeit verpflichtet fühlt. Che wird immer auf der Seite der ›Erniedrigten und Beladenen‹ sein, um die Worte von den Verdammten dieser Erde aufzugreifen.«

»Wird Che, er ist Argentinier, nun die Revolution nach Argentinien tragen?«

»Das müssen Sie ihn schon selbst fragen. Sagen wir es mal so: Er wird überall auf der Erde denen beistehen, die gegen den Yankee-Imperialismus kämpfen. Ob er das mit der Feder oder mit dem Gewehr tut, kann ich Ihnen nicht voraussagen.«

Ein Blick auf die Uhr beendete mein Rendezvous mit der französischen Lebensart.

»Ich habe noch eine Verabredung«, entschuldigte ich mich. Er nickte.

»Nur noch eine Frage: Gehen Sie jetzt nach Frankreich zurück oder bleiben Sie in Kuba?«

»Um nach Frankreich zurückkehren zu können, habe ich hier noch ein Geschäft zu erledigen. Doch, wer weiß, meine Freundschaft zu Che ist ein starkes Band. Es wird darauf ankommen, wie sich die Situation in Kuba entwickelt und ob man mich noch braucht.« Ich erhob mich und winkte zu dem Tisch hinüber, wo meine Männer saßen.

Wir fuhren den Malecón entlang zum *Hotel Nacional*. Die Brecher schlugen an diesem Morgen mächtig über die Kaimauer und nässten die Straße.

»Es wird ein Sturm aufkommen!«, mutmaßte Carnel. »Selten in dieser Jahreszeit.«

Wir stiegen die Treppe zum Hotel hoch. Wir waren nur sechs Männer, aber wir waren Männer aus der Sierra Maestra.

Als wir die Halle betraten, verstummten die Gespräche. Hinter der Rezeption starrte man erschrocken zu uns herüber. Auf den Sesseln in der Lobby rutschte man beunruhigt hin und her. Die Männer hier, in ihren dunklen Anzügen, ihren blütenweißen Hemden und gewichsten Schuhen, gehörten nicht zu den Anhängern der Revolution. Im *Nacional* hatten die Profiteure des alten Regimes ihre Heimstatt. Sie wussten noch nicht, dass sie nur noch Gespenster der Vergangenheit waren. Als die Gespräche wieder aufflammten, hörten wir viele Yankeelaute.

Estrella kam auf mich zugelaufen, warf sich in meine Arme und küsste mich stürmisch, als hätten wir uns seit Monaten nicht gesehen.

»Juarez hat das ganze oberste Stockwerk in Beschlag genommen«, flüsterte sie hastig. »Alle Suiten daneben sind mit seinen Leuten besetzt. Er hat wenigstens zwanzig Mann als Leibwache um sich.«

»Das wird nicht einfach werden«, stöhnte Carnel.

»Ich habe noch einen Sack Eierhandgranaten vom Flughafen dabei. Die können uns gute Dienste leisten«, schlug Chaco Schweinerüssel grinsend vor.

»Sehr gut. Wir haben also die Überraschung auf unserer Seite.«

»Du willst es auf die harte Tour?«

»Das war doch von Anfang an klar. Er ist Kochba, der Gefährte Ches«, kommentierte Estrella.

»Du bleibst hier!«, sagte ich zu ihr.

»Nein, Kochba. Ich bin eine Guerillera!« Sie wies auf die Pistole an ihrer Hüfte.

Ich hob ergeben die Hände. Sie hatte auf dem Flugplatz bewiesen, dass sie zu kämpfen verstand.

»Was soll man bei den verrückten kubanischen Hühnern tun?«

»Sie machen lassen«, sagte sie kurz.

»Dann tun wir, was wir tun müssen.«

»Ach, noch etwas! Er hat den ganzen Morgen Gäste empfangen. Auch vom provisorischen Direktorium, das sich zu einer Übergangsregierung aufschwingen will. Sicher hat er sie geschmiert. Man sagt, dass ihm am Malecón bereits einige Hotels gehören.«

»Er denkt, dass er so weitermachen kann wie bisher. Zeigen wir ihm, dass er sich diesmal geirrt hat.«

Wir fuhren hoch bis in den obersten Stock. Dieser Fahrstuhl gab keine Klagelaute von sich. Wir betraten ein Vestibül, in dem sich zwei Männer langweilten. Ihre großen Sonnenbrillen ließen ihre Gesichter maskenhaft erscheinen. Es waren weder Kubaner noch Mexikaner; ich tippte auf amerikanische Gangster. Solche Hochwasserhosen tragen eigentlich nur Yankees. Die Schultern ihrer Jacken wölbten sich gewaltig.

»Wer seid ihr? Was wollt ihr?«, radebrechte der Größere mit dem Mittelscheitel und viel Gel im Haar und tastete nach seiner Waffe.

»Juarez erwartet uns«, log ich dreist und nickte meinen Leuten zu.

Wir hatten zwar die Thompsons im *Ambos Mundos* gelassen, aber dafür großkalibrige Revolver von Smith & Wesson mitgenommen. Die beiden Amis waren sich hinsichtlich unserer Identifikation noch nicht sicher. Dies brachte uns den entscheidenden Sekundenbruchteil, den wir brauchten. Die beiden Männer starben im Kugelhagel unserer 45er.

»Los, weiter!«

Wir hasteten einen langen Gang entlang. Überall wurden Türen aufgerissen. Die Muchachos sahen alle nicht sehr vertrauenerweckend aus. Wir fragten nicht nach ihrem Lebenslauf und feuerten. Wir überraschten eine Runde beim Kartenspiel. Sie hatten alle sehr schlechte Blätter. Chaco erledigte sie mit einer Handgranate. Nachdem wir drei Suiten zerlegt hatten, kamen wir zu einer Tür, die verschlossen war. Rauch zog durch den Gang. In einem Zimmer war Feuer ausgebrochen. Carnel öffnete die Tür mit zwei Schüssen. Wir stürmten in eine Suite, die wohl für Präsidenten und Könige reserviert war. Männer waren hier nicht mehr, dafür aber die schöne Tochter des Eduardo Juarez. Geschmeidig wie eine Katze glitt sie von der samtroten Chaiselongue. Sie war nicht hässlicher geworden, obwohl der Schrecken ihr Gesicht verzerrte.

»Du?«, keuchte sie.

»Ja. Ich.«

Doch sie fasste sich sehr schnell, wie es sich für die Tochter des größten Drogenbarons gehörte.

»Sieh mal an, mein Blondie. Kompliment für den dramatischen Auftritt!«

Das musste man ihr lassen. Sie hatte die Kaltblütigkeit einer Borgia. Der Rauch zog nun auch in dieses Zimmer hinein. Wir hörten das Feuersignal jaulen.

»Da dein Papilein nicht zu mir gekommen ist, möchte ich ihm gern einen Besuch abstatten.«

»Für eine Schreibschwuchtel hast du verdammt große *cojones*.«

Ein wenig bewunderte ich sie. Nicht, dass ich dabei übertrieb, aber eine kalte Nummer war sie schon.

»Mein Vater hatte nicht umsonst einen Narren an dir gefressen. Du hättest ein großer Mann werden können. Stattdessen hast du dich in der Sierra Maestra verkrochen und dumme Geschichten geschrieben.«

»Dein Bett war mir zu kalt.«

»Du hast keine Ahnung, wie heiß es in meinem Bett ist.«

Meine Leute starrten uns so ratlos an, als würden wir uns in Esperanto üben.

»Tja, man muss nicht jede Erfahrung mitnehmen. Ist er da drin?«, fragte ich und wies auf die verschlossene Tür hinter ihr.

»Er ist ein kranker Mann. Die Ärzte sind bei ihm.«

»Ich habe für ihn die Medizin, die ihn von allen Leiden befreit.«

Sie griff in ihren Ausschnitt. Frauen wissen, dass ein Büstenhalter nicht nur Brüste enthalten kann. Ehe sie den glitzernden kleinen Derringer aus ihrem Ausschnitt zerren konnte, schoss Estrella. Mit einem kreisrunden kleinen Loch auf der Stirn legte sich die Tochter des Juarez auf den Boden.

»Was hältst du dich so lange mit der Hexe auf?«, fauchte meine Voodookönigin.

Dass Männer Frauen töten, war nicht in Ordnung. Aber wenn dies Frauen erledigten, was sollte man dagegen einwenden? So ein kleiner Derringer konnte einen auch ins Jenseits befördern.

Chaco öffnete auch diese Tür auf die bewährte Weise mit seinem Revolver. Wir stürmten in einen Salon mit riesigen Fenstern und einer Terrasse mit Blick auf den Malecón. Zwei Männer feuerten ihre Pistolen auf uns ab. Ich fühlte einen stechenden Schmerz an meiner rechten Gesichtshälfte, warf mich auf den Boden und feuerte von dort. Carnel und Chaco unterstützten mich dabei. Die Gangster würden die USA nicht wiedersehen. Ich blutete wie ein angestochenes Schwein. Mir war, als hätte man mir den Kiefer weggeschossen. Estrella beugte sich über mich und wischte mir das Blut ab.

»Nur ein Streifschuss. Guerillaglück. Du wirst jetzt noch interessanter aussehen. Die Chicas werden verrückt nach dir sein!«

»Und das soll mich trösten?«, knurrte ich und stand auf. Es hörte nicht auf zu bluten.

Juarez saß in seinem Rollstuhl. Sein Gesicht zeigte keine Emotionen. Neben ihm standen angstschlotternd zwei Männer in weißen Kitteln.

»Ihr habt doch Verbandszeug?«, herrschte Estrella sie an. Sie hatten und wiesen auf ihre Koffer. »Versorgt seine Wunde, sonst bekommt ihr eine Kugel in eure Hühnerbrüste!«, schrie sie die beiden an und sie kamen schnellstens ihrer ärztlichen Pflicht nach.

Chaco hielt Juarez seine Kanone an die Schläfe, während die Ärzte mich versorgten. Danach sah ich aus, als wollte ich den ägyptischen Mumien Konkurrenz machen. Eine Frau in einem roten Kleid mit einem etwas übertriebenen Ausschnitt rauschte herein. Ihre Brüste fielen fast aus dem Kleid. Der Sahnetyp. Im Gegensatz zu den Weißkitteln schien sie vor uns keine Angst zu haben. Juarez hatte eine ihm ebenbürtige Partnerin.

»Wir stehen unter dem Schutz des Direktoriums. Man wird euch zur Verantwortung ziehen, ihr Banditen!«

Juarez spielte »Little Cesar«, wie in einem B-Movie aus Hollywood.

»Du bist mir also zuvorgekommen«, sagte er ruhig.

»Sieht ganz danach aus!« Ich konnte nur sehr langsam sprechen, da meine Gesichtshaut spannte und sich wie ein Panzer anfühlte.

»Mein Angebot gilt immer noch. Ich bin krank, sehr krank. Krebs. Ich biete dir ein Imperium an. Mit mir ist es ohnehin bald aus.«

Ich glaubte ihm kein Wort.

»Ach ja? Und deswegen verhandelst du bereits mit dem neuen Direktorium? So viel weiß ich von dir. Du gibst niemals auf. Du hast immer einen Plan B in der Hinterhand. Solltest du tatsächlich Krebs haben – der König der Drogen glaubt selbst dem Tod ein Schnippchen schlagen zu können.«

»Mein Angebot macht dich zu meinem Nachfolger. Es ist ein Imperium. Der Mann meiner Tochter erbt es. Ich habe die Reichen und Mächtigen bis nach Europa in der Tasche.«

»Deine Tochter ist tot.«

Er schloss einen Augenblick die Augen und atmete schwer. »Du hast sie …?«

»Nein. Sie wollte mich erschießen und ist deswegen erschossen worden. So sieht's aus.«

»Ich hätte nicht nach Kuba kommen sollen«, sagte er nun mit einem Hauch Resignation in der Stimme.

»Wie steht es wirklich mit dem Schweinehund?«, fragte ich einen der Weißkittel, dessen Zwicker seine Augen unnatürlich vergrößerte. Er zitterte wie Espenlaub.

»Señor Juarez ist tatsächlich sehr krank«, bestätigte er.

»Wie lange hat er noch zu leben?«

»Das weiß man nicht so genau. Vielleicht noch ein halbes Jahr. Vielleicht sogar ein Jahr? Es kommt darauf an, wie die Chemo anschlägt.«

»Nun, das dauert mir zu lange und ist mir zu ungewiss. Hör zu, Juarez. Bei unserem letzten Aufeinandertreffen hast du mir den Tod versprochen. Auch deinetwegen ging ich nach Kuba. Das war, wie sich herausstellte, nicht die schlechteste Idee. Und nun hast du ein Drecksblatt!«

Juarez lächelte ganz ruhig. »Ich habe dich schon richtig eingeschätzt«, wiederholte er das, was schon seine Tochter gesagt hatte. »Ein Jude aus Deutschland. Eine Mischung, die ich unterschätzt habe.«

Ich nickte Chaco zu und dieser drückte ab. Juarez' Gehirn spritzte durch das Zimmer. Wir bekamen alle etwas von seinem Glibber ab. Er würde keine Menschen mehr ins Unglück stürzen. Ich machte mir jedoch keine Illusionen. Seinen Platz würde ein anderer einnehmen. Aber eine Weile würden sie sich um sein Erbe balgen. Es würde eine Zeit dauern, ehe ein neuer Juarez fest im Sattel saß und wieder die Menschen vergiften konnte.

Die Frau im roten Kleid lag kreischend über Juarez' Leichnam. Mochte sie um ihn trauern. Es ging uns nichts an. Wir verließen das Zimmer, ohne einen Blick zurückzuwerfen. Es war ein gutes Gefühl, Juarez nicht mehr im Nacken zu haben. Auf dem Gang kamen uns die Feuerwehrleute entgegen. Scheu sahen sie auf die Waffen in unseren Händen.

»Kein Problem!«, rief ich ihnen zu. »Löscht das Feuer und beerdigt die Gangster.« Die oberste Etage des *Nacional* hatten wir wirklich zu Kleinholz gemacht. Es würde eine Weile dauern, bis man sie wieder an Gäste vermieten konnte. Aber Gangster würden in der nächsten Zeit nicht mehr im *Nacional* residieren.

»Und nun, mein DiMaggio?«, fragte Estrella. Dass sie mir den Namen des berühmtesten Baseballspielers der Welt verpasste, sollte wohl ein Trost für mein nicht gerade heroisches Aussehen sein. Sie nahm wohl an, dass es mich zum *Ambos Mundos* hinzog, um das zu wiederholen, was wir am Morgen so verheißungsvoll begonnen hatten.

Doch nun, als die Anspannung abfiel, fühlte ich mich schwach und ich hatte keinen Sinn für Sex und Rum und Trallala. Ich hatte eine Menge zu Papier zu bringen. Ich war ein »Homme des lettres« und kein Killer und hatte doch eine Menge gemeiner Kerle zum Teufel geschickt. Dass ich den Schatz gerettet hatte, bedeutete mir nicht viel. Ich hatte nur einen Befehl ausgeführt und dabei eine Menge Dusel gehabt. Aber gegen Juarez hatte ich gewonnen und mich von einer Fessel befreit.

»Wir fahren nach Cojímar und besuchen den großen Mann. Dies ist der richtige Tag dafür. Che glaubt, dass seine Meinung für die Revolution wichtig ist.«

Die Finca Vigia – einst ein reiner Beobachtungsposten der Spanier – war zu einer prächtigen weißen Villa umgebaut worden. Martha Gellhorn, die dritte Frau Hemingways, hatte sie einst entdeckt. Als wir vor der Finca hielten, sprang Chaco aus dem Jeep und öffnete das schmiedeeiserne Tor. Wir fuhren den Hügel hoch und eine kleine blonde Frau trat aus dem Haus.

»Ach, die neuen Herren von Kuba!«, sagte sie spöttisch. »Was kann ich für Sie tun?«

Ich kannte sie von Fotos in den Zeitungen. Mary Welsh, Nummer 4 von Hemingways Gemahlinnen. Was hatte noch Fitzgerald gesagt? Ernest braucht für jedes neue Buch eine neue Ehefrau.

»Wir möchten Ernest Hemingway sprechen.«

»Um ihn festzunehmen?«, fragte sie kühl.

»Keineswegs. Im Gegenteil. Wir wollen ihm versichern, dass er von der Revolution nichts zu befürchten hat.«

»Erfreulich zu hören«, erwiderte sie. »Dann kommen Sie mal rein. Aber Ihre Waffen lassen Sie im Jeep.«

Wir folgten ihr ins Wohnzimmer, das mir einerseits durch seine Sachlichkeit gefiel. Exotisch waren dagegen das Stierkampfplakat und der Antilopen- und Büffelkopf, die von den Leidenschaften des Hausbesitzers erzählten.

»Ich würde gern allein mit ihm sprechen«, sagte ich zu der kleinen Frau.

»Gut. Sie finden ihn auf der Terrasse. Ich werde Ihren Freunden eine kleine Erfrischung anbieten. Wir haben für richtige Männer eine gut sortierte Bar.« Sie deutete auf die vielen Flaschen auf einem Regal. Gin, Whisky, Rum und Martini.

»Besauft euch nicht«, warnte ich Carnel.

»Oh, ich mag Männer, die etwas vertragen können«, sagte Mary Welsh und stellte Gläser auf den Tisch. Meine schöne Estrella beäugte sie mit einem kritischen Blick. Sie schüttete sich selbst einen ordentlichen Schluck Gin ein. Antialkoholikerin war sie sicher nicht.

»Ist das Ihre … *amiga*?«, fragte sie mich.

Estrella antwortete an meiner Stelle: »Seine *amiga* und seine Kampfgefährtin.« Sie schlug dabei auf das Pistolenhalfter an ihrer Hüfte.

»Ja, solche Frauen brauchen richtige Männer«, sagte Mary Welsh. »Aber sie sollte auch Diplomatin und Hausfrau sein.«

»Komm!«, forderte ich Estrella auf, ehe die beiden Frauen zu sehr die Stacheln ausfuhren. Ich ging auf die Terrasse. Estrella folgte mir.

»Ich wollte den berühmten Schriftsteller immer mal kennenlernen«, sagte sie unbeeindruckt von Mary Welshs kleiner Attacke.

Ich redete es ihr nicht aus. Man soll Mädchen, die dem Hemingwaymythos erlegen waren, nicht die Heldenverehrung ausreden. Man schafft es ohnehin nicht.

Hemingway war neben dem großen Swimmingpool unter einem riesigen Baum eingenickt. Neben ihm stand eine halbvolle Flasche Johnny Walker. Das Glas auf einem kleinen Hocker war leer. Auf seinem Schoß saß eine fette Katze und blinzelte uns unfreundlich an. Mary Welsh steckte den Kopf aus dem Fenster.

»Ernest, aufwachen! Besuch!«

Hemingway regte sich, dehnte die Arme und sah uns einen Augenblick irritiert an.

»Guerilleros?« Unsere olivgrünen Uniformen machten diese Identifikation leicht.

»Was wollen Sie?«, fragte er mit zusammengekniffenen Augen. Er befürchtete Ärger. Er machte jetzt eine genauso ablehnende Miene wie sein Kater.

Ein dunkelhäutiger Mann kam aus dem Haus. Er trug eine weiße saubere Livree und stellte zwei Stühle neben Hemingway. Der Großschriftsteller hatte sich mittlerweile gefangen und brummte: »Setzen Sie sich. Mixe der jungen Dame einen Martini – mit Gin und nicht mit Wodka. Für uns Männer bringst du frisches kaltes Wasser. Wir mixen uns den Whisky selbst.«

Der Diener verbeugte sich und verschwand. Hemingway starrte mich herausfordernd an. Ich stellte mich vor und er nickte anerkennend.

»Ich habe Ihre Berichte aus der Sierra Maestra gelesen. Aber zu viel Beschreibung, würde Gertrude Stein sagen.«

»Ich lerne immer noch.«

»Gute Einstellung. Aber Sie sind ein Schriftsteller. Jeder Ausflug in den Journalismus oder jede Arbeit für den Rundfunk, den Film oder die Werbung, wie hervorragend sie auch sein mag, führt zur Enttäuschung.«

»Ich muss schließlich von etwas leben.«

»Verstehe. Ging mir auch so, damals in Paris. Ich habe den Journalismus jedoch bald aufgegeben. Man darf nicht aus zu vielen Fenstern in die Welt schauen, wie schon Scott sagte. Also, packen Sie es an. Verlieren Sie nicht zu viel Zeit. Werfen Sie die Würfel und lassen Sie sich nicht durch einen schlechten Wurf entmutigen. Schreiben Sie einfach und klar und wahrhaftig. Dann kann nichts schiefgehen. Aber Sie sind sicher nicht nach Cojímar gekommen, um mit mir über Journalismus und Schriftstellerei zu reden.«

»Richtig. Ich soll Ihnen im Namen Che Guevaras versichern, dass wir stolz darauf sind, dass Sie auf Kuba eine Heimstatt gefunden haben. Ihr Buch ›Der alte Mann und das Meer‹ ist eine kubanische Geschichte. Wir können noch so oft geschlagen werden, aber unsere Menschen geben niemals auf. Man kann uns auf die Knie zwingen, aber wir erheben uns immer wieder aufs Neue und das geschieht in diesen Tagen.«

»Wenn Sie es so sehen wollen? Ich habe nichts dagegen«, erwiderte Hemingway schmunzelnd.

Ich wusste, dass er, wie jeder gute Schriftsteller, viel von sich selbst in den Roman gepackt hatte. Er sah mit seinem weißen, sorgfältig gestutzten Vollbart und dem mächtigen Körper so aus, wie ich mir den Fischer Santiago vorgestellt hatte. Mein Gott, wie ich diese Geschichte liebte und seine Erzählungen

›Schnee am Kilimandscharo‹ und ›Ein sauberes, gut beleuchtetes Café‹ und ›Alter Mann an der Brücke‹ und …

»Che hat mich gebeten, Ihnen ausdrücklich zu versichern, wie sehr wir Sie verehren.«

»Hat er das? Es wird interessant sein, was aus ihm wird. Er ist ja noch jung. Bewunderung, Lobhudelei oder einfach in Mode zu sein, das kann den besten Kerl vernichten. Sagen Sie ihm, er soll aufpassen, dass er nicht zum Abziehbild einer Mode wird, unter der man Schandtaten versteckt. Aber ich bin Ihnen für die erfreuliche Botschaft dankbar. Wir sind hier zu Hause und man läuft nicht von zu Hause weg. Wie sagen noch die Engländer: Mein Heim ist meine Festung. Ich habe mich hier nicht als Auslandsamerikaner gefühlt. Mit dem Flugzeug sind wir ja nur 35 Minuten von Key West entfernt.«

»Ein Amerikaner in Kuba«, bestätigte ich.

»Ach, Amerikaner? Ich bin Franzose, Spanier und Afrikaner. Ich habe viele Jahre im Ausland gelebt, als ich jung war und die guten Jahre hatte. Wie leicht war damals alles.«

Aufgrund der Bemerkung sah ich ihn mir genauer an. Er war gegenüber den Bildern in den Zeitschriften merklich gealtert. Dies war nicht mehr der kraftstrotzende Bulle, der jeden zum Boxkampf aufforderte und besiegte. Ich saß neben einem müden alten Mann.

»Wir legen Wert darauf, dass Sie unsere Bewegung verstehen und eine objektive Meinung von uns haben und … abgeben«, kam ich zum Kern meines Besuches.

»Versteht ihr denn selbst, was ihr wollt?«, fragte Hemingway, überlegen lächelnd. Er hatte den Punkt getroffen. Seine Gehirnzellen schienen jedenfalls noch prächtig zu funktionieren.

»Touché!«, gab ich zu. Ich hatte nicht vor, dem großen Mann etwas vorzumachen. »Es ist noch alles am Gären. Natürlich wollen wir das Volk aus der Not befreien, den Analphabetismus abschaffen, ein gutes Krankenhauswesen aufbauen, die Ausbeutung durch die Konzerne beseitigen. Es gibt so viel zu tun.«

»Dann müsst ihr die Konzerne enteignen. Und das wird sich der Mann im Weißen Haus nicht gefallen lassen und den Knüppel herausholen.«

»Die Flamme der Freiheit, die wir entzündet haben, kann man nicht ausblasen«, sagte ich etwas pathetisch und schämte mich auch gleich dafür. Mit solchen Phrasen konnte man doch einem Hemingway nicht kommen.

Der Diener brachte Estrella den Martini und goss bei unseren Gläsern Whisky nach. Er wusste, wie das richtige Verhältnis zwischen Whisky und Wasser zu sein hatte. Hemingway lächelte milde.

»Hoho, welch stolze Worte! Aber es sind nur Worte. Schreiben Sie so etwas in Ihren Artikeln, in einem Roman klingen sie albern.«

»Wenn Sie Che kennenlernen, werden Sie zu der Überzeugung kommen, dass dies für ihn keine Worthülsen sind. Er ist gewillt eine Gesellschaft aufzubauen, die eine neue Qualität des Menschseins ermöglicht. Menschen, die dem Gemeinwohl dienen und sich selbst und den Mitmenschen nicht der Wolf sind.«

Hemingway winkte mit seiner von Altersflecken übersäten Hand ab.

»Daran ist schon Christus gescheitert. Hält sich Che für einen neuen Christus?«

»Nein. Er hat es nicht so mit der Religion, aber er glaubt, dass sich der Mensch verändern kann.«

»In der Jugend glauben wir das alle. Aber schauen Sie sich die Welt an. Ich bin im Ersten Weltkrieg verletzt worden. Nach dem Krieg waren wir alle gezeichnet. Gertrude Stein nannte uns die ›Verlorene Generation‹. Aber wir glaubten, dass die Welt gelernt hätte. Welch ein Irrtum! Der Zweite Weltkrieg kam und die Hunnen überzogen Europa mit ihrer vergifteten Ideologie und türmten Megatonnen von Schädeln auf. Der Holocaust zeigte uns, dass die Menschheit immer noch vor den Beginn der Zivilisation zurückfallen kann. Für uns Amerikaner war es der letzte gute

Krieg. Die Sache war klar. Wir waren die Guten und die Nazis die Bösen. Wir waren Ritter Galahad. Ich glaube nicht, dass sich der Mensch ändern kann. Wenn ihr den neuen Menschen wollt, dann werdet ihr die menschliche Natur vergewaltigen müssen und einen riesigen Friedhof zu verantworten haben. Aus Kuba würde ein Schlachthaus werden. Was ist mit Castro? Träumt er auch utopische Träume? Er ist doch der Máximo Líder!«

»Fidel ist ein Pragmatiker. Er wird versuchen, das Volk mit sich selbst zu versöhnen und ihm die Würde zurückzugeben und ein Kuba zu schaffen, in dem die Menschen ohne Not in Freiheit leben können.«

»Das haben schon viele Caudillos versprochen.«

Wir nippten an unserem Whisky. Hemingway betrachtete mit Wohlwollen Estrella, die ihn fast ehrfürchtig anstarrte und vor lauter Aufregung ihren Martini bereits ausgetrunken hatte.

»Und Sie, schöne Frau, sind Sie auch ein Guerillero aus der Sierra Maestra?«

»Ich bin eine Guerillera, aber ich bin aus Santa Clara. Ich habe dort Literatur studiert und mich der Bewegung 26. Juli angeschlossen. Kochba wird Ihnen bestätigen, dass ich so gut wie ein Mann kämpfen kann.«

»Sie hat mir heute das Leben gerettet«, bestätigte ich.

»Ich habe eine Frage, aber ich muss gestehen, ich getraue mich nicht so recht sie zu stellen. Sie wird Ihnen vielleicht kindisch vorkommen.«

»Stellen Sie sie ruhig, Tochter.«

»Ist die Renata in ›Über den Fluss und die Wälder‹ Fiktion? Der Oberst sind Sie doch?«

»Er ist Phantasie mit realen Bezügen. Es ist viel Wahrheit in dem Buch, aber auch sehr viele Träume eines alten Mannes. Wie Sie vielleicht wissen, wurde der Roman von der Presse schlecht aufgenommen. Jeder glaubte sich an der alten Eiche reiben zu können. Aber mit meiner Geschichte über den alten Mann auf der See habe ich ihnen allen die Lästermäuler gestopft! Klassischer K.O.!«

»Ich fand den Venedigroman schön und traurig zugleich. Ich würde gern mal nach Venedig reisen.«

»Das sollten Sie. Hier, unser Marc Mahon könnte der richtige Begleiter für eine solche Reise sein. Er ist jung und stark und hat die Zukunft vor sich. Und *cojones* scheint er auch zu haben.« Er schlug sich lachend auf die Schenkel, als hätte er einen tollen Scherz gemacht.

Mir war die Wendung des Gesprächs etwas peinlich und ich warf Estrella einen unwilligen Blick zu. Sie errötete und sagte etwas schnippisch:

»Leider gehört der Guerillero Kochba zu den Männern, die sich noch nicht so klar darüber sind, wohin ihr Weg gehen soll.«

Sie hatte recht. Das wusste ich nicht. Aber woher wusste sie es? Weibliche Intuition? Ich hatte nie mit ihr darüber gesprochen. Nachdem Juarez tot war, fühlte ich mich frei. Brauchte man mich hier noch? Ein subalterner Posten, gleich unter dem Ministerrang, den man mir sicher anbieten würde, war keine Alternative. Auch Radioredakteur, zuständig für Propaganda, wäre keine Aufgabe, die mich reizte.

»Ich will erstmal abwarten, wie sich die Revolution weiter entwickelt. Es ist alles offen«, setzte ich hinzu, um Estrella nicht zu verletzen.

Hemingway kratzte sich den Bart.

»Ja. Warten wir ab, wie es sich entwickelt«, stimmte er mir zu.

»Ich darf also Che berichten, dass Sie die Entwicklung unserer Bewegung wohlwollend beobachten werden.«

»Mit Interesse beobachten werde!«, korrigierte er mich. »Sollte sich Castro als linker Batista demaskieren, werde ich Kuba verlassen, so leid mir das täte. Gut, die Revolution ist etwas Positives. Batista war übel, ein Freund von Gaunern, Verbrechern und Geschäftemachern. Viele üble Burschen aus Miami haben sich auf Kuba eingenistet. Nun werden die Karten neu verteilt und ich bin gespannt, wie Castro sie ausspielen wird.«

»Gut. Ich werde das Che ausrichten.«

Ich war von dem Ergebnis ein wenig enttäuscht, denn ich hatte auf eine eindeutige Aussage gehofft. Eine Unterstützung waren seine Worte nicht. Ich stand auf und bedankte mich für das Gespräch und den Whisky.

»Grüßen Sie Comandante Che von mir. Sagen Sie ihm, dass er auf seinem Weg viel Geduld haben muss und dass am Ende hoffentlich die Erkenntnis steht, dass er den Menschen so akzeptieren muss, wie er ist. Das bedarf großer Kraft und die wünsche ich ihm.«

Ich verbeugte mich und wollte die Treppe zur Terrasse hochgehen.

»Ach, Hauptmann Marc Mahon«, hielt er mich auf. »Seien Sie nett zu dem Mädchen. Sie ist es wert, geliebt zu werden.«

Estrella lief zu dem alten Mann zurück und küsste ihn auf die Wangen.

»Danke. Sie sind nicht nur ein großer Schriftsteller, sondern auch ein großherziger Mensch.«

»Ach, Tochter, wenn du wüsstest ... Ich bin ein alter verbrauchter Mann, der viele Fehler gemacht hat und immer noch macht.«

»Davon kann ich ein Lied singen!«, rief seine Frau, die auf die Terrasse gekommen war. Ich bedankte mich auch bei ihr und ging in das große Wohnzimmer. Ich sah den roten Gesichtern meiner Leute an, dass sie gehörig getankt hatten. Wir gingen zu unserem Jeep und ich übernahm das Steuer.

»Wie war er?«, frage Carnel.

»Er ist ein abwartender alter Löwe und hält sein Pulver trocken.«

»Er ist ein großartiger alter Mann!«, korrigierte mich Estrella.

Je näher wir Havanna kamen, desto lauter wurde ein Geräusch. Zuerst hörte es sich wie das Summen von Grillen an, aber dann schwoll es langsam zu einem Löwengebrüll.

»Fidel – Fidel – Fidel!«, gellte es und schlug über den Häusern von Havanna zu einem einzigen Donner zusammen. Vor dem riesigen Monument des Martí hatten sich hunderttausende von Menschen versammelt und Fidel redete wie in Trance, redete von Martí, Cuba libre, vom Ende aller Not und einer neuen Gesellschaft der Revolutionäre. Die Menge um ihn herum wirkte wie hypnotisiert. Die meisten verstanden nicht, was er sagte, aber seine Gesten lösten immer wieder ein Crescendo von Jubelrufen aus. Wir drängten uns zur Tribüne durch. Unterhalb des Gerüstes stieß ich auf Aleida.

»Alles in Ordnung?«, schrie ich ihr ins Ohr.

»Ja. Es geht alles seinen vorgesehenen Gang. Die Revolution beginnt. Ach, Lara habe ich bei mir in einem requirierten Haus untergebracht. Wenn Che und ich geheiratet haben, werden wir sie wie unser eigenes Kind großziehen.«

Ich war damit zufrieden. So etwas in der Art hatte ich erhofft.

»Schau mal, da ist Che!«, jubelte Aleida glücklich und wies auf meinen Freund, der in einer schwarzen Lederjacke hinter Fidel stand. Er sah wirklich wie ein neuer Christus aus. Das Barett mit dem Stern auf dem Kopf gab ihm die Aura des Siegers. Sein Gesicht spiegelte die Gewissheit wider, dass er seine Bestimmung gefunden hatte. Dass er einen Arm noch in der Schlinge trug, wurde vom feixenden Cienfuegos verdeckt. So hatte ein Held auszusehen, der die Menschen zu neuen Ufern führte, sagte ich mir. So wie ich ihn an diesem Tag sah, sollte ihn später die ganze Welt sehen. Auf tausendfachen Postern. Es ließ hoffen, dass alles möglich war. Auch der neue Mensch.

16

Der Engel des Todes

Die unschuldige Phase der Revolution währte nur wenige Tage. Nach Fidels Einzug in Havanna sah es so aus, als habe man Che ins zweite Glied versetzt. Er blieb Kommandeur in La Cabaña. Es schien so, als würde ihm dies genügen. Vielleicht fügte er sich drein, weil er Luft holen musste. Er hatte in den letzten Tagen der Revolution Unmenschliches geleistet. In seiner abgerissenen Uniform, mit seinem bärtigen, ausgezehrten Gesicht mit den tiefen Augenringen wirkte er wie ein Heiliger aus der Wüste. Wenn man mit ihm redete, hatte man den Eindruck, als spräche er aus einer anderen Sphäre. Ich schrieb dies seiner Erschöpfung zu. Er murrte nicht, dass Fidel ihn nicht an den Verhandlungen zur Bildung der Regierung beteiligte. In dieser Phase der Revolution hatte er nicht den Willen zur Macht.

Er hatte in La Cabaña einige kleine Zimmer für sich reserviert, die so schlicht und karg wie die Klause eines Mönches waren. Aleida nannte sie Gefängniszellen. Allerdings entschädigte der Blick auf Havanna, auf den Malecón und das Panorama der Stadt, in dessen Mitte die Kuppel des Kapitols schwebte. Aleida war nun seine offiziell anerkannte *esposa* und sie kümmerte sich rührend um das Mädchen Lara mit den verschiedenfarbigen Augen. Ich empfand Schuldgefühle, wenn ich sie sah, denn sie erinnerte mich an Marizias Tod und ihre Worte, dass ich mich um das Mädchen kümmern sollte.

Che arbeitete Tag und Nacht. Die Presse der Welt belagerte ihn regelrecht. Jeder Journalist wollte ein Interview mit dem Sieger von Santa Clara. Immer wieder belästigten sie ihn mit der Frage, ob er ein Kommunist sei. Er wich dieser Frage meist sehr geschickt aus.

»Alle, die sich nicht unterwerfen wollen, als Kommunist zu bezeichnen, ist ein alter Trick der Diktatoren. Der 26. Juli ist eine demokratische Bewegung.«

Um ihn herum war stets seine jugendliche Leibwache, von der ich Villegas und Castellanes besonders gut kannte. Che behandelte sie wie junge Hunde, die noch zu erziehen waren. Wenn sie nachts ausbüxten, um sich auf dem Malecón mit ihren Freundinnen zu treffen, predigte er ihnen zwar Zucht und Verantwortung, übte sonst aber Nachsicht. Und diese Mischung von Verständnis und Strenge vertiefte noch die Liebe seiner Anhänger.

Ja, es wurde in diesen ersten Tagen der glorreichen Revolution viel geliebt. Sex ist für die Kubaner so selbstverständlich wie essen, trinken und … rauchen. Einen Grund zum Feiern finden Kubaner immer. Che bemühte sich, die erregte Stimmung zu dämpfen und die Männer anzuhalten, zur Normalität zurückzukehren. Er versuchte das umzusetzen, was er die Erweckung des Volkes nannte. Er gründete auf La Cabaña eine militärische Kulturakademie, in der Militärwissenschaft, Geografie, Geschichte und Volkswirtschaft gelehrt wurden. Außerdem verwirklichte er viele Ideen von Mao und wie in der Sierra Maestra schuf er die Grundlagen zur Selbstversorgung und so entstanden in der Festung Schuhmacher- und Waffenwerkstätten und sogar Bäckereien. Hier zeigte sich sein Organisationstalent, das auch Fidel begeisterte, der ihn schließlich in den engsten Kreis der Macht holte. Wie improvisiert und dilettantisch dies alles war, zeigte sich auch daran, dass Fidel ihm die Leitung der kubanischen Bank und das Industrieministerium übertrug.

Wie ich es vermutet hatte, spannte man auch mich in den Machtapparat ein. Che gab mir den Auftrag, aufgrund meiner Erfahrungen mit Radio Rebelde den kubanischen Rundfunk aufzubauen. Estrella war mir dabei eine große Hilfe. Ich entwickelte mit ihr mehrere Konzepte, wie »Die revolutionäre

Arbeitsfront«, wo Arbeiter von ihren Erfahrungen berichteten und eigene Verbesserungsvorschläge einbrachten, oder »Die Verantwortung der Kulturschaffenden im revolutionären Prozess«, wo bekannte Sänger populäre kubanische Volkslieder mit kämpferischen Texten vortrugen.

Als ich feststellte, dass Estrella eine gute Radiostimme hatte, übertrug ich ihr die Sendung »Wie war das in der Sierra Maestra?«. Auch die Sendung »Was verlangt José Martí von uns?«, in der wir die Bevölkerung zu Vorschlägen aufriefen, wurde ein großer Erfolg, da es die Kommunikation mit den Massen ermöglichte. Selbst Fidel kam zu uns ins Rundfunkhaus und lobte unsere Arbeit und nannte mich bei einem Radiointerview einen großen Revolutionär und Freund des kubanischen Volkes, der sich durch die Rettung des kubanischen Goldschatzes große Verdienste erworben habe. Ich gebe zu, dass ich damals sehr stolz über dieses Kompliment war. Fidel sorgte auch dafür, dass ich eine schöne Wohnung gegenüber der Universität bekam. Es war eine Dreizimmerwohnung mit hohen Zimmern, viel Stuck und einer Terrasse, die einen schönen Blick über die Altstadt ermöglichte. Unter mir lebte ein Geschichtsprofessor, mit dem ich abends Schach spielen und stundenlang über die Antike, über Cicero und Catalina oder über die Gracchenbrüder diskutieren konnte. Besonders seine Bibliothek hatte es mir angetan, da er gute amerikanische Literatur besaß: Hemingway, Fitzgerald, Steinbeck, Faulkner, Thomas Wolfe und wie sie alle hießen. Dass er ein unverbesserlicher Bourgeois war, kümmerte mich nicht.

Ich lebte mit Estrella wie ein Ehepaar zusammen. Sie war eine gute Partnerin, schön, intelligent und jederzeit zum Sex bereit. Sie liebte mich, wie ich sie hätte lieben sollen. Aber die Erinnerung an Marizia war noch zu frisch. Unruhig sah sie mich an, wenn wir nach der Liebe nackt auf dem Bett lagen und ich rauchend an die Decke starrte. Sie ahnte, dass mich die Frage beschäftigte, ob ich dabei helfen sollte, ein neues Kuba aufzubauen, um den Traum Ches vom neuen Menschen zu verwirklichen, oder mein Vagabundenleben als Journalist wieder aufnehmen wollte. Ich war doch ein »Homme des Lettres«. Natürlich kannte ich Ches Lieblingsspruch: Seien wir realistisch, wagen wir das Unmögliche.

»Kochba, wirst du bleiben?«, fasste sie sich schließlich ein Herz. Es geschah vor dem Abend, als in Havanna ein Gerücht die Runde machte, das wir nicht glauben wollten.

»Ich weiß es nicht«, gab ich ehrlicherweise zu.

»Ach«, hauchte sie. »Und was wird aus mir?«

Ich gestand mir ein, dass ich sie nicht liebte. Ich mochte sie und hatte mich an sie gewöhnt und wenn ich in Kuba geblieben wäre, wären wir sicher Ches und Aleidas Beispiel gefolgt und hätten geheiratet. Aber ich wollte mir noch die andere Option offenlassen.

»Wir sind doch alle auf einer Reise und wissen nicht, wohin sie führt.«

»Verstehe. Ein Guerillero ist mit der Revolution verheiratet«, sagte sie leise. Ich ließ sie in dem Glauben, dass dies der Grund war. Er war es nicht. Ich war der streunende Odysseus, der Ithaka noch nicht ansteuern wollte. Aber ich widersprach ihrer Vermutung nicht, denn dies ließ sie glauben, ich wäre wie Che und das hatte sie als Guerillera zu billigen.

Diese Tage waren noch voller Musik. Überall klang aus den Häusern Rumba, Bolero, Salsa, Bossa Nova und Tango.

»Ihr wollt die Menschen befreien und dieses Ziel macht euch unfrei. Aber du sollst wissen, dass ich auf dich warte«, eröffnete sie mir. Ihr Versprechen bedrückte mich und ich verschwand bei solchem Geständnis schnell hinunter in die Wohnung des Professors, dessen Frau, eine stattliche Mittfünfzigerin, mich in ihr mütterliches Herz geschlossen hatte und mit süßem Kuchen versorgte. Wenn ich mit dem Professor auf dem efeubewachsenen Balkon saß und wir bei gutem Rum über die kubanische Zukunft philosophierten und er Sokrates, Platon und Aristoteles zitierte, Thales und Heraklit nicht zu vergessen, kam die Ruhe zurück und Ordnung in meine Gedanken.

Wir starrten, während wir an unseren Zigarren zogen, in die Richtung, wo wir La Cabaña wussten.

»Ihr seid auf der Suche nach dem neuen Menschen? Wollt ihr Gott korrigieren?«, spottete der Professor. Ich wusste längst, dass er uns *Barbudos* für eine oberflächliche Bande nicht ganz ausgebackener Abenteurer hielt.

»Da hat sich schon Platon mit Alkibiades verhoben. Moses hatte erkannt, wie wir sind und deswegen die heiligen Tafeln vom Berg Sinai geholt. Wenn wir in uns hinabtauchen, müssen wir ehrlicherweise feststellen, dass wir sowohl das Gute als auch das Böse in uns haben. Wer versuchen will, die Menschen zu formen, wird schon bald mit blutgetränkter Schürze herumlaufen.«

»Gibt es keinen Gott?«

»Nietzsche sagt, dass er tot ist.«

»Sind wir ein Zufall der Evolution?«

Er zuckte mit den Schultern. »Einstein glaubte an Gott, an die Kraft, die alles auslöste. Doch wenn es den Urknall gab, was geschah davor?«

»Also doch Gott?«

Er zuckte mit den Achseln. »Wer bin ich, dass ich die Welt ergründen kann? Ich kann nur feststellen, dass wir seit der Zeit der Höhlenmenschen nicht allzu viel dazu gelernt haben. Euer Che wird daran nicht viel ändern können.«

»Ach, Sie sind ein pessimistischer Bourgeois.«

»Auch das. Vor allem bin ich dreißig Jahre älter als der Guerillero Kochba. Jede Jugend hat das Recht, der Morgenröte entgegenzumarschieren.«

Ich diskutierte gern mit ihm, aber immer hatte ich das Gefühl, ihm unterlegen zu sein. Na ja, ein großer Philosoph war ich wahrlich nicht. Für bahnbrechende Weisheiten war ich nicht zuständig.

Erst war es nur ein Gerücht und ich beachtete es nicht, da ich es für Propaganda der Bourgeoisie hielt, die uns Guerilleros in ein schlechtes Licht rücken wollte. Radio Miami, das wir alle hörten, um zu wissen, was die Yankees vorhatten, brachte es jede Stunde: In La Cabaña würden Massenhinrichtungen stattfinden.

»Sie werfen jetzt Kübel von Dreck auf uns!«, sagte Estrella und ging in ihren Radiosendungen darauf ein und verteidigte mit glühenden Worten die Revolution und nannte die Yankees verbrecherische Lügner.

Eines Abends kam Aleida mit Lara zu uns.

»Sie hat dauernd nach dir gefragt«, sagte sie und wies auf das Kind, das mich mit seinen so unterschiedlichen Augen ernst ansah. Lara nahm meine Hand und stellte sich auf die Zehenspitzen und ihre Worte verwirrten mich:

»Magst du mich nicht, Kochba? Wenigstens ein bisschen?«

Die Frage war kindlich, aber so wie sie mich ansah, sollte kein Kind einen Erwachsenen ansehen. Aleidas Worte, dass kubanische Frauen früher die Liebe entdecken, gingen mir dabei durch den Kopf. Ich tat den Gedanken als Hirngespinst ab. Sie war ein Kind und basta. Und wie zu einem Kind redete ich auch mit ihr: »Du Dummerchen. Onkel Kochba hat nur so viel zu tun. Wenn wir die Revolution vollendet haben, werde ich dich öfter besuchen. Was soll ich dir dann mitbringen?«

Ihre Augen umflorten sich und sie senkte den Kopf. »Nichts. Gar nichts!«, stieß sie hervor.

Wir setzten uns an dem wunderschönen Abend mit den roten sonnendurchglühten Wolken in den Patio vor dem Haus, der mit seinen Säulen an einen mallorquinischen Innenhof erinnerte und trotz der unübersehbaren Zeichen des Verfalls seine Würde nicht verloren hatte. Die Frau des Professors brachte uns herrlich kühles Wasser und ihre kleinen Kuchen und ich steuerte den Rum bei, den uns Ernest Hemingway als Gruß geschickt hatte. Sieben Jahre alter Rum kostete mittlerweile ein kleines Vermögen. Wir tranken. Das Mädchen ließ keinen Blick von mir. Estrella schien für sie nicht zu existieren.

»Schön hast du es hier«, lobte Aleida mein Zuhause. »Diese herrliche Ruhe vermisse ich bei uns. Bei uns ist es wie in einem Taubenschlag. Und dann noch die schlimmen äußeren Umstände.«

Ich kapierte nicht, was sie damit meinte und bezog die Worte auf die beengten, primitiven Zustände in der Festung.

Aleida und Estrella verstanden sich gut und als sie sich giggelnd in das Wohnzimmer zurückzogen, beachtete ich dies nicht weiter. Frauentratschereien, nahm ich an. So kam es, dass Lara und ich eine Weile allein waren.

»Ich höre jedes Mal zu, wenn du im Radio sprichst«, sagte sie mit einem bettelnden Blick, ein Hündchen, das Angst hatte, etwas falsch zu machen.

»Schön. Gehst du denn schon zur Schule?«

»Ja. Aber es langweilt mich.«

»So? Liebst du es nicht zu lernen?«

»Oh doch. Aber früher hatte ich auch noch meinen Vater als Lehrer. Er war Professor für Physik. Es ist alles so primitiv, was sie mir erzählen. Und immer nur von der Revolution zu hören, ist langweilig. Aleida will, dass ich eine Klasse überspringe, vielleicht wird es dann interessanter.«

»Dann bist du ja ein kluges Mädchen.«

»Das bin ich«, stimmte sie mir selbstbewusst zu. Bei einem anderen Kind hätte ich das als altklug eingestuft, vielleicht sogar als eingebildet. Aber bei ihr klang es wie selbstverständlich und ohne Arroganz.

»Wirst du mich, wenn es mit der Revolution vorbei ist, wirklich öfter besuchen?«

»Das habe ich doch versprochen.«

»Trauerst du noch um Marizia?«

Ich sah erstaunt auf. Im ersten Augenblick wollte ich ihr antworten, dass es sie nichts anging, aber der Blick war so ernsthaft, dass ich sie nicht zurückweisen wollte.

»Doch. Manchmal schon.«

»Sie war eine gute Frau?«

»Ja. Das war sie.«

»Besser als … Estrella?«

»Das kann man nicht vergleichen.«

»Und warum nicht?«

»Jetzt hör auf, mir ein Loch in den Bauch zu fragen!«, beschied ich ihr unwirsch.

»Ich werde dir eines Tages auch eine gute Frau sein. Höre nur erstmal mit der Revolution auf.«

Mir verschlug es die Sprache. Aleida schien recht zu haben. Dieses Kind tat so, als wäre sie in mich verliebt. Ein Spiel?

»Ich bin doch viel zu alt für dich.«

»In vier Jahren bin ich siebzehn.«

»Wer weiß, was in vier Jahren ist.«

»Aber du hast es doch Marizia versprochen, dich um mich zu kümmern«, sagte sie und stampfte mit dem Fuß auf. Ihre Augen sprühten vor Empörung.

»Ich werde für dich da sein, wenn du mich brauchst«, versprach ich erneut, bezwungen durch den Blick. Es war irreal. »Und bis du siebzehn bist, wirst du dich in einen Gleichaltrigen verliebt haben und alles wird gut«, versuchte ich sie zu beruhigen.

»Du hast es versprochen.«

»Was? Dich zu heiraten?«, spottete ich.

»Ja. Dich um mich zu kümmern«, wiederholte sie.

»Das ist nicht das gleiche.«

»Für mich schon.«

Ich war froh, als Aleida und Estrella mich von diesem Gespräch erlösten. Das verrückte Kind hatte mir Schweißperlen auf die Stirn getrieben.

Auch Estrella hatte bemerkt, dass mit dem Mädchen etwas nicht stimmte.

»Was hat das zu bedeuten?«, fragte sie, nachdem sich die beiden verabschiedet hatten.

»Was meinst du?«, tat ich ahnungslos.

»Du weißt schon! Wie das Mädchen dich anhimmelt, das ist doch nicht normal. Es ist doch ein Kind.«

»Kindereien. Du sagst es. So etwas wächst sich aus.«

»Du hast recht. Es ist ja lächerlich, dass mich dieses Kind beunruhigt. Übrigens, Aleida ist schwanger.«

»Das ist ja eine tolle Nachricht. Freut sich Che?«

Kinder würden Che vielleicht ruhiger machen und ihn daran erinnern, dass es noch ein anderes Glück gab, als Revolutionen anzuzetteln.

»Er weiß es noch nicht. Aleida will es ihm erst sagen, wenn die Erschießungen vorbei sind. Diese freudige Nachricht passt nicht zu seiner derzeitigen Stimmung, sagt sie.«

Ich glaubte, nicht richtig gehört zu haben.

»Was für Erschießungen?«, fuhr ich hoch und mir fielen dazu die Hetztiraden aus Miami ein.

»Die Nachricht wird dir nicht gefallen. Es gibt ein Schnellgericht. Das Exekutionskommando unter Herman Marks arbeitet die ganzen Nächte durch.«

»Und Che überlässt ausgerechnet Herman Marks die Blutarbeit?«

Ich kannte Marks, ein Amerikaner. Er war bereits in der Sierra Maestra zu uns gestoßen. Che hatte damals nur verächtlich von ihm gesprochen. Er hatte ihn sogar wegen seines Sadismus aus seiner Kampfgruppe entfernt und nun …

»Warum hat Aleida mir nichts davon erzählt?«

»Vielleicht hat Che sie darum gebeten?«

Das war natürlich möglich. »Hast du Aleida nicht gefragt, warum sich Che Herman Marks' bedient?«

»Natürlich. Che hält ihn für den geeigneten Mann für die Drecksarbeit. Aleida ist in ihrer Solidarität zu Che unerschütterlich.«

»Marks ist ein in den Staaten gesuchter Mörder. Das kann doch alles nicht wahr sein! Ich muss zu Ernesto!«

Ich sprang auf und lief aus dem Innenhof zum Nebenhaus, wo Chaco und Carnel einquartiert waren, die immer noch als meine Leibwächter abgestellt waren. Sie saßen auf dem Balkon beim Dominospiel zusammen, das die Kubaner den ganzen Tag lang spielen können.

»Los, kommt! Wir müssen zur La Cabaña. Dort ist die Kacke am Dampfen! Che baut Scheiße.«

»Che doch nicht!«, verteidigte Carnel ihn sofort.

»Redet nicht. Kommt!«

Sie holten ihre Maschinenpistolen und wir sprangen in den roten Jeep von Aleida, den wir immer noch benutzten. Carnel fuhr wieder, als wolle er sich mit Fangio messen. In der Festung war es still. Von Erschießungen war jedenfalls nichts zu hören.

»Ihr wartet hier im Hof!«, befahl ich Carnel.

Ich eilte in Ches Büro. Ernesto saß müde aussehend an seinem Schreibtisch und blätterte in einer Akte. Es lagen noch eine Menge davon vor ihm.

»Ach, Kochba, schön dich zu sehen. Ein Schluck Wasser oder Rum?« Ich überhörte das Angebot.

»Was höre ich da von Erschießungen?«, sagte ich, warf mich in den Sessel und sah ihn anklagend an.

»Wusste ich doch, dass dich das aufregt. Wir werden den Fehler von Guatemala nicht wiederholen und so dumm sein, die Armee nicht von unsauberen Elementen zu säubern. Es muss getan werden. Die Hinrichtungen verbrecherischer Subjekte sind nicht nur eine Notwendigkeit, sondern auch eine uns vom Volk auferlegte Verpflichtung.«

»Phrasen, Che! Wer hat dich dazu ermächtigt?«

»Die Revolution. Fidel hält es für absolut notwendig. Wir erschießen ja keine Unschuldigen. Damit wir uns richtig verstehen: Wir erschießen auch keine Menschen, die nicht unserer Meinung sind. Wir erschießen Folterknechte, Verbrecher, die sich am Volk vergangen haben.«

»Und warum übernimmst du diese Drecksarbeit? Du, der nie so sein wollte wie die Batistaschergen?«

»Reg dich ab, Kochba!«, rief er zornig, sprang auf und tigerte vor mir im Zimmer auf und ab. »Begreife doch! Wir gehen nur gegen die vor, die Verbrechen begangen haben. Unsere Erschießungen sind die Antwort auf die Taten von Bestien, die Augen ausgerissen und Männer kastriert haben. Sie haben entsetzliche Verbrechen an Frauen begangen, brennende Eisen in ihre Vaginas gesteckt, Füße verbrannt und Finger abgeschnitten! Wir strafen die, die Kuba in ein Schlachthaus verwandelt hatten. Mit solchen Menschen können wir kein neues Kuba aufbauen. Ich habe dafür gesorgt, dass ordentliche revolutionäre Gerichte über sie urteilen. Wir haben vier Tribunale, die sich mit den Beweisen über die Verbrechen verantwortungsvoll auseinandersetzen. Ich selbst bin bei den Tribunals gar nicht dabei, aber natürlich bin ich als Kommandant von La Cabaña für ihre Arbeit verantwortlich.«

»Läuft das nach rechtsstaatlichen Grundsätzen ab oder wie in einem jakobinischen Club?«

»Das sind doch die schwächlichen Einwendungen eines Bourgeois! Klar, es ist ein Revolutionstribunal. Beruhige dich! In ein paar Tagen ist alles vorbei. Wir werden dann ca. zweihundert Männer hingerichtet haben. Der Prozess läuft unter dem Vorsitz von Richter Duque de Estrada. Er prüft die Beweise, die Zeugenaussagen. Ich prüfe jedes Urteil, jede Berufung. Ich habe nicht einen einzigen Fall gehabt, wo ich das Urteil nicht für richtig hielt. Es muss getan werden!«

»Man wird dich als Schlächter von La Cabaña verunglimpfen! Che, du bist der Sieger von Santa Clara! Die Taten in La Cabaña werden deinen Ruhm verdunkeln.«

»Die imperialistische Presse wird mich zweifellos verunglimpfen«, gab Che ruhig zu. »Was glaubst du, was mir das ausmacht?«

»Wird den Angeklagten wenigstens juristischer Beistand gewährt?«

»Natürlich. Aber bisher haben die Verteidiger sich noch immer entschuldigt, dass sie solche Bestien verteidigen müssen.«

»Mein Gott, Che, das Ganze erinnert doch an die Blutgerichte Stalins! Das passt doch nicht zum *Comandante* aus der

Sierra Maestra, der jede Willkür verabscheute. Das bist nicht du! Ist das der Weg zum neuen Menschen?«

»Kochba, du redest wie ein verdammter *gusano*! Was soll das Gewimmer? Die Kerle, die wir erschießen, haben nichts anderes verdient. Erinnere dich. Ich habe in der Sierra Maestra den Verräter getötet, den du nicht töten konntest. Ich stehe in La Cabaña für die revolutionäre Gerechtigkeit.«

»Du stehst für ein Blutbad!«, erwiderte ich wütend. Er war mein Freund. Ich liebte ihn wie einen Bruder und ich wollte nicht, dass er das Bild, das ich und die Welt von ihm hatte, selbst zerstörte.

»Du bist ein verdammter selbstgerechter Bourgeois!«, schimpfte er, ging zum Fenster und sah hinüber nach Havanna. Eine Weile war es still zwischen uns. Von draußen drangen Kommandorufe herein. Jäh wandte er sich um und umfasste meine Schultern.

»Kochba, Freund, Bruder, Kampfgefährte! Lege deine bourgeoisen rückständigen Anwandlungen ab. Wir befinden uns im Krieg gegen die mächtigste Militärmacht der Welt. Wir brauchen ein starkes, ein einiges Kuba, in dem alle für die Vollendung der Revolution arbeiten. Wir müssen hart gegen uns selbst sein, nur dann können wir hart gegen unsere Feinde sein. Lege deine humanistische Gefühlsduselei ab.«

»Che, du bist nicht mehr du selbst. Alle rühmen deinen Gerechtigkeitssinn, deine Leidenschaft, deinen Glauben an die hehre Sache. Rede dich nicht mit dem US-Imperialismus heraus.«

»Ich sage dir voraus, dass es zu einer existenzbedrohenden Krise mit den USA kommen wird. Die Yankee-Kapitalisten werden zurückschlagen, noch bevor sich ganz Lateinamerika ein Beispiel an uns nimmt. Dafür muss Kuba stark sein. Dafür muss ich hart sein. Mir gefällt das auch nicht, dass ich diese Arbeit tun muss. Aber jemand muss sie tun. Und Fidel weiß, dass ich dazu die nötige Entschlossenheit mitbringe und den Gerechtigkeitssinn eines Revolutionärs.«

»Du spielst Robespierre!«, sagte ich zitternd vor Zorn.

»Kochba, nimm Vernunft an. Was sind zweihundert getötete Mörder gegen die Zehntausende, die diese gequält und getötet haben?«

»Was hier abläuft ist Rache! Jeder Tote ist zu viel. Ich habe bisher nicht glauben wollen, was Radio Miami berichtet. Ich habe auch für die kubanische Revolution getötet - im Kampf - aber niemals würde ich mich für deine Schnellgerichte hergeben.«

»Miami spricht von hunderttausenden Toten«, erwiderte Che spöttisch und überging meinen Einwand. »Das ist die Stimme der CIA. In Lügen und Verleumdungen waren die schon immer groß.«

»Ernesto, ich kann und werde diese Politik, diese Erschießungen nicht mittragen. Das ist nicht die Revolution, für die ich mit dir nach Kuba gekommen bin. Ich reise ab.«

»Willst du das wirklich?«, fragte er und senkte den Kopf. »Soll unsere Freundschaft so enden?«

»Unsere Freundschaft endet nicht, aber mein Beitrag an der Revolution.«

»Ich kann nur Revolutionäre meine Freunde nennen!«, rief er mir mit sich überschlagender Stimme entgegen und sah nun so entschlossen aus wie auf dem Foto von Korda.

»Dann tust du mir leid. Aber mit solchen Methoden wirst du nicht den neuen Menschen schaffen. Du hast den neuen Menschen vorgelebt und fällst doch in alte Verhaltensmuster zurück.«

»Dann geh! Geh doch und bleibe das, was du immer warst. Ein Salonkommunist. Ein Schönredner, groß mit Worten! Lebe dein kleines, bürgerliches Leben und vegetiere im Alltag dahin, während wir auf Kuba etwas Neues aufbauen. Noch jede Revolution ist gescheitert, wenn man den Feind nicht beizeiten liquidiert. Diese Phase ist bald vorbei. Die Geschichte, wie Fidel es einmal formulierte, wird uns freisprechen. Augustus ließ in Perugia dreißigtausend Menschen töten und doch nannte man ihn später den ›Friedensfürst‹.«

»Aber wir wissen es doch besser, nicht wahr?«, hielt ich dagegen. »Octavian, dem man später den Ehrentitel Augustus gab, war ein Heuchler, Schauspieler und Mörder. Seine letzten Worte ›Habe ich meine Rolle gut gespielt?‹ belegen dies nur zu deutlich.«

»Da kann ich dich beruhigen. Ich werde nicht schauspielern, sondern die Revolution nach Lateinamerika tragen. Kuba ist erst der Anfang.«

»Sei nicht so anmaßend und selbstgerecht. Zweifelst du niemals, ob deine Vorstellung von Gerechtigkeit richtig ist? Sind nur deine Gedanken das Maß aller Dinge? Bist du Gott?«

»Ich weiß, wofür ich bestimmt bin. Und nun geh, Kochba, und flieh nach Frankreich! Hoffentlich sehe ich dich nicht bald auf der anderen Seite der Barrikade.«

»Dann leb wohl, Ernestito!«

Er antwortete nicht und ich stolperte aus seinem Büro. Carnel und Chaco sahen wohl meinem Gesicht an, dass ich eine unangenehme Auseinandersetzung hinter mir hatte.

»Was ist los, Kochba?«, fragte Carnel.

»Ich habe gerade meinen Abschied aus Kuba eingereicht.«

»Du hast was?«, rief Carnel entsetzt.

»Ja. Ich verlasse Kuba. Die Erschießungen kann ich nicht mittragen. Jeden Abend tritt ein Exekutionskommando zusammen und füsiliert ehemalige Batistaanhänger.«

»Was ist daran schlimm? Es war doch von Anfang an klar, dass wir die Batistaleute für ihre Schandtaten an die Wand stellen werden«, entgegnete Carnel ratlos.

»Wir wollten sie richten. Aber nicht so, wie es auf La Cabaña abläuft. Nicht so! Che und ich haben uns furchtbar gestritten und wehgetan. Das Tischtuch ist zerschnitten. Fahren wir!« Schweigend fuhren wir nach Havanna zurück. Ich verabschiedete mich von meinen beiden »Schatten«, die mir so treu gedient hatten. Beide hatten Tränen in den Augen.

»Die Meinungsverschiedenheit muss doch nicht zum Bruch führen. Du bist doch einer von uns, unser Hauptmann«, rief Carnel leidenschaftlich.

»Tut mir leid, tut mir wirklich leid. Es ist entschieden.«

»Kochba, ich verstehe dich nicht. Es ist Revolution. Das geht nicht ohne Tote ab«, setzte Chaco Schweinerüssel hinzu.

Sie verstanden mich nicht. Ich umarmte die beiden. Ich hatte einen Kloß im Hals, als ich in ihre fassungslosen Augen sah.

»Ist das wirklich für immer – der Abschied?«, fragte Chaco.

»Sieht im Moment so aus. Behaltet mich in guter Erinnerung.« Ich trennte mich von den beiden mit wehem Herzen.

Estrella sah mich gleich erschrocken an, als ich eintrat.

»Du hast Krach bekommen, stimmt's?«

Ich erzählte ihr, was passiert war.

»Das heißt, du willst Kuba verlassen?«

Ich nickte. »Ja. Ich reise ab. Kuba kann Männer wie mich nicht gebrauchen. Ich habe es kommen sehen. Du warst es vor allem, die mich hier noch gehalten hat.«

Das war nicht die ganze Wahrheit. Aber ich hoffte, es tröstete sie.

»Du gehörst nach Kuba!«, protestierte sie.

»Nicht mehr, Estrella. Nicht mehr.«

»Du willst mich verlassen?«

»Du kannst mit mir nach Frankreich gehen«, schlug ich vor, obwohl ich wusste, dass sie viel zu sehr Kubanerin war, um der Insel den Rücken zu kehren.

»Wer bin ich da, in deinem Frankreich? Deine Hure? Und selbst wenn wir heiraten und ich deine Kinder großziehe, dann sitze ich allein in Paris, während du dich in der Welt herumtreibst. Nein. Hier bin ich wer. Hier habe ich eine Aufgabe.«

Insgeheim war ich froh, dass sie nicht mitkam. Ich konnte sie mir als Hausfrau und Mutter auch nicht so recht vorstellen. Sie hatte recht, sie gehörte hierher. Sie war eine gute Redakteurin geworden und bereits mehr als das. Sie schmiss Radio Rebelde auch ohne mich. Ich redete mir ein, dass es auch gut für sie war, dass es so endete.

»*Gusano*!«, schrie sie und schlug mit den Fäusten auf mich ein. Ich stieß sie zurück und suchte meine Sachen zusammen.

Doch ich ging noch nicht an diesem Tag, sondern blieb noch zwei Tage in Havanna und instruierte Estrella, wie man das Radioprogramm weiterführen und ausbauen konnte. Sie war zu Aleida gezogen und sprach nur noch dienstlich mit mir.

Ich war noch dabei, als Fidel vor der großen Menschenmenge vor dem Denkmal von José Martí sprach und ihm eine Taube auf die Schulter flatterte. In ganz Kuba sah man dies als Zeichen des Himmels an. Fidel empfing mich noch am gleichen Abend. Wie immer, wenn er mit einem ernsten Problem zu tun hatte, spitzte er den Mund.

»Das alles ist bedauerlich. Außerordentlich bedauerlich. Ich habe es schon von Che gehört, dass du uns verlässt. Aber ich will nicht mit dir Argumente austauschen. Ich will dir sagen, dass du immer einen Platz in Kuba haben wirst, solltest du zurückkehren. Wir Kubaner vergessen unsere Freunde nicht. Und du warst mehr als das: Ein Guerillero der Sierra Maestra.« Dieser Abschied fiel ohne Tränen aus.

Als ich am nächsten Tag das Flugzeug nach Miami bestieg, sah ich Aleida, Estrella und das Mädchen vor der Nissenhütte stehen, wo ich Kubas Schatz gerettet hatte. Ich wusste, dass sie mich daran erinnern wollten, dass ich nach Kuba gehörte. Ich winkte ihnen zu. Sie winkten nicht zurück. Nein, es war vorbei. Ich gehörte nicht mehr zu Kuba.

3. Buch

Der neue Mensch

17

In Havanna fließt die Milch des Lebens

Im Frühsommer 1967 befand sich Marc Mahon auf dem Flug von Buenos Aires nach Havanna. Er sah versonnen auf seine Notizen. Er fand, dass sie seinem Anspruch »Ein Roman ist nur dann gut, wenn der Leser glaubt dabei zu sein« genügen konnten. Das Wesentliche war darin. Es war Liebe darin und Schmerz und Schweiß und Trauer. Doch hatte er seitdem mit einem weißen Fleck gelebt, man könnte auch sagen: mit einem Loch. Er hatte sich in die Arbeit gestürzt und war ein Journalist geworden, der von Kriegsschauplatz zu Kriegsschauplatz eilte. Er war kein professioneller Schriftsteller geworden, wie er es sich gewünscht hatte, als er noch jung war. Nicht annähernd hatte er so etwas wie Hemingway geschrieben, obwohl sein Buch über Robert Capa gut angenommen worden war. Er war stolz auf das Buch. Er hatte es schreiben können, weil er in Robert Capa eine verwandte Seele sah, weil auch Capa auf der Suche gewesen war und nicht genau gewusst hatte, wonach er suchte.

Er blätterte in den Notizen, die bereits mehr als das waren, bereits ganze Passagen enthielten, die er in den Roman einbauen würde. Für die Artikel zwar ungeeignet, weil sie das Feld zu tief pflügten, aber den Bruch der Freundschaft zwischen ihm und Che erklären konnten. Er hätte noch mehr über die Zeit in der Sierra Maestra erzählen können. Aber war darüber nicht bereits genug geschrieben worden? Es war ihm bewusst, störte ihn aber nicht, dass es auch seine Geschichte werden würde, die viel über ihn verriet, über seine Gefühle, seine Enttäuschungen, seine Hoffnungen – und anders konnte es auch nicht sein. Nur von seinem Standpunkt aus konnte er Che erklären. Che war wie Alexander, war wie dieser trotz aller Warnungen ins Unbekannte aufgebrochen. Sein Persien war die USA, war der Yankee-Kapitalismus und schien genauso unbesiegbar zu sein wie für Alexander das persische Reich. Doch er, Alexander, hatte sich vollendet. Selbst sein Tod konnte das nicht auslöschen. Wie würde es Che ergehen, hatte er sich selbst ausgelöscht, indem er verschwand, oder arbeitete er an seinem Sieg?

Er war sich bewusst, dass er in dem Buch nur den Hephaistion abgeben würde, natürlich nicht in jeder Beziehung, niemals hatte er erotische Gefühle für Che empfunden, aber Liebe war es doch gewesen. War es immer noch. Das Buch war die Geschichte ihrer Jugend, ihres Aufbruchs ins Leben und schilderte ihre Träume, ihre tastenden Versuche zu erproben, die Grenzen auszuloten, um sich das Rüstzeug zuzulegen, künftige Gefahren meistern zu können. Und nun musste er ergründen, ob er, sie beide, im Leben bestanden hatten.

Er hatte Aleida angerufen. Natürlich Aleida, nur sie konnte der Ausgangspunkt sein; bei ihr war er sicher, dass sie ihn willkommen heißen würde. Sie konnte ihm helfen, Ches Seele zu entschlüsseln. Wie dachte sie über Che, fühlte sie sich verlassen, betrogen, weil er ins Nichts aufgebrochen war und sie mit den Kindern zurückgelassen hatte oder war alles ganz anders? War er, Che, längst tot, in irgendeinem armseligen Gefecht in einem unbekannten Land gestorben oder stimmten die Berichte, dass Fidel den Störenfried in den Beziehungen zu Russland beseitigen ließ? Hatte Fidel gesagt: Wer befreit mich von diesem Phantasten? Nein, korrigierte er sich, Fidel war kein Heinrich II. und Che kein Thomas Beckett.

Er seufzte. Nicht weil ihn das, was er sich vorgenommen hatte, entmutigte, sondern weil er spürte, dass er nach so vielen Jahren der Trennung nicht mehr die Nabelschnur spürte, die sie einst verbunden hatte. Wie war Che geworden? Er, der einst in Kuba allgegenwärtig gewesen war, der Kuba ins

21. Jahrhundert katapultieren wollte, der den neuen Menschen vorlebte, auf den Zuckerrohrfeldern schuftete, mit der Maurerkelle half Häuser zu bauen, der keine Privilegien für sich beanspruchte. War er so geblieben? Er dachte an das Telefongespräch mit Aleida, das er noch in Córdoba mit ihr geführt hatte.

»Du kommst spät, Kochba. Was suchst du in Kuba?«, hatte sie gefragt.

»Ich bin auf der Suche nach Ernestito.«

Er hatte nicht Che gesagt, sondern den vertrauten Kosenamen aus ihrer Jugendzeit, so andeutend, dass er sich immer noch mit ihm verbunden fühlte, obwohl dies eine andere Verbundenheit war als damals, wie er sich selbst eingestand.

»Warum jetzt? Bist du auch auf der Jagd nach dem Phantom Che Guevara? Es vergeht keine Woche, in der die Zeitungen nicht berichten, dass er in irgendeinem entfernten Winkel der Welt gesichtet wurde. Überall dort, wo die Menschen die Arme zum Himmel recken und schreien: Wer erlöst uns von dem Übel? Aber gut, großer Journalist, komm heim. Es gibt jemanden, den du glücklich machen kannst.«

Er erschrak über diese Worte und erinnerte sich. Er hatte etwas nicht eingelöst. Aleidas Stimme hatte resigniert geklungen, erschöpft, traurig. Es war nicht mehr die zupackende Stimme der Aleida aus Santa Clara.

Er strich über die Unterlagen neben sich auf dem Flugzeugsitz. Er machte sich klar, dass er nicht darauf hoffen konnte, Kuba so vorzufinden wie damals, in der jungfräulichen Phase der Revolution. Auch du hast dich verändert, sagte er sich. Seit dem Bruch mit Che waren nun fast neun Jahre vergangen und all die Jahre hatte er nur aus den Zeitungen von dem großen Revolutionär gehört, der den Völkern der Welt im Plenarsaal der UNO die Leviten gelesen hatte. Aus verletzter Liebe hatte er sich nur oberflächlich mit den Nachrichten über ihn auseinandergesetzt und sich konsequent um seine Karriere in Frankreich gekümmert. Er hatte die Ernte, die aus seinen Nachrichten in der Sierra Maestra stammte, eingefahren und war zum Starjournalisten avanciert. Er hatte aus Vietnam berichtet, aus dem Kongo, Südamerika und dem Iran und dabei hatte er immer wieder die Despoten der Welt angeklagt. Er war Partei gewesen, im Zweifelsfall immer links, und voller Leidenschaft für die »Unterdrückten und Bedrängten«. Das hatte ihm Freundschaften mit Präsidenten, Philosophen, Schauspielern und Sängern eingebracht und er war so etwas wie eine Instanz in Sachen Revolution geworden. Bei dieser Umtriebigkeit gelang es ihm, Che, wenn nicht zu vergessen, das konnte er doch nicht, zumindest zu verdrängen. All die Jahre hatten sie nie miteinander kommuniziert, kein Telefongespräch, kein Brief. Und er hatte Kuba gemieden, obwohl ihn die Chefredaktion immer wieder gebeten hatte, nach Kuba zu gehen, ihn angefleht hatte, darüber zu berichten, er kenne doch den inneren Zirkel der dortigen Machthaber, sei selbst einmal Guerillero gewesen und wisse doch, wie die *Barbudos* so tickten. Erst recht in der Kubakrise hatte er sich strikt geweigert, nach Kuba zu reisen und Fidel zu fragen: Hättest du tatsächlich die Raketen abfeuern lassen, die die Erde vernichtet hätten? Natürlich ließ es sich nicht verhindern, dass er manches über Che aus den Zeitungen erfuhr. Seine Ämterhäufung, sein Triumphzug durch die sozialistischen Staaten, seine Freundschaft mit Ben Bella, seine Kritik ›Die sozialistischen Staaten sind in gewissem Sinn Komplizen der imperialistischen Ausbeuter. Waffen müssen gratis geliefert werden.‹

Oh ja, das war sicher selbst Fidel zu viel gewesen. Also hatte Che die Ämter niedergelegt, wahrscheinlich niederlegen müssen, und war … abgetaucht oder von einer Kugel ausgeschieden worden oder was? All das war vorhersehbar gewesen. Aber diese Erkenntnis erwuchs ihm nicht aus Informationen über Kuba, sondern hatte die Logik der Revolution. Alle Revolutionen enden in der Restauration. Geld besiegt immer die Idee. Er hatte ihn also nicht fragen können: Warst auch du,

Che, mit den Raketen einverstanden? Patria o Muerte? Riesige Feuerbälle hätten Florida, vielleicht sogar New York vernichtet und Kuba wäre eine wüste, menschenleere Insel geworden. Wie weit wärst du gegangen, Che Guevara? Wie geht das zusammen mit dem Bekenntnis: Ohne den neuen Menschen wird es keinen Sozialismus geben. Jeden Tag müssen wir kämpfen, damit diese Liebe zur lebendigen Menschheit sich in konkrete Taten, in Handlungen umsetzt, die als Beispiel zur Mobilisierung der Massen dienen.

Oh ja, Marc Mahon wusste noch alles, was ihm Che in der Sierra Maestra erzählt hatte, unten, am Ufer des Flusses, in dem sich der Mond spiegelte. Aber aktuelle Informationen? Nada. So konnte er ihn nicht fragen: Willst du, Che, die Liebe zur lebendigen Menschheit in einem Feuerball manifestieren? Würde er eine Antwort bekommen, wenn er ihn fand oder wäre er, Che, über die Stellung der Frage bereits erbost?

Aleida hatte recht, Che war ein Gespenst. Er geisterte als Gedanke durch die Welt. In Argentinien, Chile, Brasilien, Peru und Kolumbien wurde er gesichtet und aus Langley wurde von der CIA die Nachricht verbreitet, dass Che wegen seiner prochinesischen Ansichten von Fidel liquidiert worden sei.

Marc seufzte und schrieb den Satz hin: Du tauchtest wie ein Stern auf und warst bis La Cabaña der Mensch, der du sein wolltest und dann verglühtest du. Er stutzte und schrieb weiter: Wer schrieb noch, dass mit der Machtübernahme die Revolution in den Zustand der Sünde eintritt? Marc machte einen Kringel um den Satz. Lass das raus, sagte er sich, das ist bereits eine Binsenweisheit. Ja, Che, dachte er, du wolltest mit deinem Zorn ein Feuer entzünden, das die Drachenbrut vernichtet. Du willst die Favelas in Caracas, in Río und Kolumbien beseitigen, die Schrecken der Armut besiegen und vor allem die gangsterhafte Ausbeutung durch die Imperialisten beseitigen. Du hattest bereits ganz praktische Ideen: Massenhafte Ausbildung von Ärzten, die Beseitigung des Analphabetismus. Und manches davon hatte man, wie zu lesen war, in

Kuba verwirklicht. Wo bist du, Che? Was denkst du jetzt? Hat dein Festhalten an den Idealen der Revolution zum Bruch mit Fidel geführt?

Er ist allein, dachte Marc. Er zündete sich eine Zigarre an. Das Laster aus den Tagen des Sieges, aus den guten Tagen in der Sierra Maestra und dem triumphalen Einzug in Havanna, wo der Schrei nach Freiheit den Himmel über Havanna berührte und wie eine Glocke tagelang über der Stadt lag. Und dann residierte Che in La Cabaña und jede Nacht arbeiteten die Pelotons.

Hinter sich hörte er ein Räuspern. Er drehte sich um. Die Black Lady – und sie hatte nichts mit den Sonetten von Shakespeare zu tun –, gleichwohl umgab sie eine geheimnisvolle Aura und kam ihm wie eine Priesterin vor, doch welcher Göttin huldigte sie? Einer weiblichen, das war gewiss. Doch sie erreichte nicht sein Herz. Sie war eine schöne Frau, das schon, aber er fand sie kalt und zu schillernd, faszinierend wie eine Anakonda, aber eben doch gefährlich.

»An Zufälle glaube ich nicht mehr. Was wollen Sie?«, fragte er.

»Wir haben nun einmal das gleiche Ziel. Sie arbeiten an einer Artikelserie, Marc Mahon, oder an einem Buch über Che.«

»Woher wissen Sie das?«, gestand er in seiner Verblüffung ein.

»Auch ich kenne all die Zeitungsausschnitte, die Sie neben sich auf dem Sitz haben. Alle handeln von Che, von Vermutungen über seinen derzeitigen Aufenthaltsort.«

»Ach, das.« Marc wies verächtlich auf den Stapel Papier. »All die Berichte geben nur ein Zerrbild von Che wieder. Auch die sozialistischen Länder haben Che nicht begriffen.«

Die Black Lady erhob sich und setzte sich auf den leeren Sitz auf der anderen Seite des Ganges.

»So lässt es sich besser unterhalten.«

Marc nickte automatisch, obwohl er wenig Lust verspürte, sich mit dieser geheimnisvollen Frau zu unterhalten, die, er war sich dessen mittlerweile ganz sicher, irgendein konspiratives Ziel verfolgte.

»Was wollen Sie?«

»Auch ich will vielleicht wissen, was hinter dem Mythos steckt.«

»Sie sind Journalistin?«

»Was halten Sie von seiner These ›Schaffen wir zwei, drei, viele Vietnam‹? Ist die Kritik der sozialistischen Staaten nicht berechtigt, ihn als Abenteurer zu bezeichnen?«, wich sie seiner Frage aus. Sie zog ein Etui heraus und entnahm ihm eine Zigarre. Er gab ihr Feuer. Sie zog den Rauch tief ein und blies ihm den Rauch entgegen. Die Zigarre in ihrem tiefrot angemalten Mund sah sehr erotisch aus. Sie wusste dies und auch, dass er es wusste.

Black Lady? Warum war ihm dieser Name für sie eingefallen? Er forschte in seinem Gedächtnis und wurde darüber zornig auf sich selbst. Shakespeare? Bei ihm hieß sie »Dark Lady«. Zum Teufel, was zerbrach er sich über diese Frau den Kopf?

»Der Sozialismus in den sowjetisch beherrschten Ländern hat mit seinen Vorstellungen überhaupt nichts zu tun«, entgegnete er feindselig.

»Und doch hat er die UdSSR als Vorbild gepriesen.«

»Da hatte er noch nicht erkannt, dass in diesen Ländern eine rot angestrichene Bourgeoisie herrscht. Aber er hat die Brüder sehr schnell durchschaut.«

»Und sich auf die Seite Maos geschlagen.«

»Würde ich auch nicht überbewerten. Ihm hat die Idee von der permanenten Revolution gefallen und dass der Schlüssel zum Sieg bei den unterdrückten und ausgebeuteten Bauern liegt. Die permanente Revolution als Ausbildung zum neuen Menschen.«

»Er hat nicht mehr viele Freunde.«

»Es gab da einen Mann aus Galiläa, der auch nicht viele Freunde hatte.«

»Ach ja? Trommeln Sie auch für die Legende des neuen Christus? Jesus starb am Kreuz.«

»Und siegte doch!«, gab Marc trotzig zurück.

»Viel ist von seiner Idee, außer Ritualen, nicht übrig geblieben.«

»Was zum Teufel wollen Sie von mir?«, fragte Marc aggressiv.

»Sie sind ein interessanter Mann, Marc Mahon. Ich kenne all Ihre Berichte aus der Sierra Maestra.«

»Ach, das ist eine Ewigkeit her. Warum stöbern Sie über mich in den Archiven?«

»Weil Sie ein Freund von Che Guevara sind.«

»Auch das ist lange her. Jugendfreundschaften halten oft nicht eine Ewigkeit. Das beantwortet nicht Ihr Interesse an meiner Person.«

Die Zigarre tauchte wieder in ihre roten Lippen ein. Es geschah so zweideutig, dass er sich vorstellte, wie sie sich sein Glied vereinnahmte. Er wurde rot. Sie lachte hell auf. Eine Antwort auf seine Frage bekam er nicht, dafür einen tiefen Blick, der seine Vorstellungen zu bestätigen schien.

Fast erleichtert hörte er die Durchsage, dass man sich im Landeanflug auf Havanna befände und sich wieder anschnallen solle. Er verstaute den Stapel Papier und die Notizen in seiner Ledertasche. Die Black Lady ging auf ihren Platz zurück. Das Flugzeug sackte tiefer. Er sah die Bucht von Havanna. Nun gewahrte er La Cabaña. Das Flugzeug setzte hart auf. Sofort entstand im Gang ein Gedränge. Die Stewardess bat darum, sitzen zu bleiben. Vergebens. Endlich rollte das Flugzeug aus. Marc nickte der Black Lady zu. Sie war ihm eine Antwort schuldig geblieben.

»Wir sehen uns wieder!«, rief sie ihm mit herausforderndem Lächeln zu.

Er zuckte Gleichgültigkeit vortäuschend mit den Achseln und drängte ebenfalls zum Ausgang. Er stieg die Gangway hinunter und ging über das Flugfeld.

In der Halle sah er sie sofort. Aleida hatte ein Mädchen an ihrer Seite. Jetzt erinnerte er sich, dass sie gesagt hatte, dass jemand sich über seinen Besuch freuen würde. Wer war diese Schönheit? Lara? Neben Aleida stand eine hochgewachsene Frau mit langen schwarzen Haaren. Als er näherkam, erkannte er sie an den verschiedenfarbigen Augen und dem leichten Silberblick. Der Unterschied der Augenfarbe war nicht mehr so deutlich wie früher. Das eine Auge war blau, das andere hatte ein grünliches Grau.

Mein Gott, war sie schön geworden. Ein schmales Gesicht, das von den Augen beherrscht wurde. Eine wohlgeformte schmale Nase, wie auf den Marienbildern Leonardos. Sie blickte ihm herausfordernd, zwingend entgegen, als erwarte sie eine Antwort von ihm. Aber da löste sich aus der Gruppe ein kleines Mädchen und umarmte ihn. Zweifellos Ches Tochter.

»Einer der Schätze, die mir Che hinterlassen hat«, bestätigte Aleida. »Lara kennst du sicher noch.« Es klang nicht verbittert. Sie schien es so zu meinen, wie sie es sagte.

»Das kleine Mädchen aus Fomento.« Marc starrte sie bewundernd an.

»Willkommen Kochba«, sagte Lara.

»Ja, das Entlein, das du zurückgelassen hast«, sagte Aleida jetzt mit leichtem Vorwurf in der Stimme. »Doch nun komm, du wohnst natürlich bei uns.«

Er hatte zwar vorgehabt, sich ein Zimmer im *Ambos Mundos* zu nehmen, akzeptierte aber gern die Einladung.

Sie gingen zu den Taxis. Dodges, Chevrolets und sogar Cadillacs aus einer anderen Zeit. Aber das US-Embargo wirkte. Havanna sah verstaubt und schäbig aus. Eine abgetakelte Matrone, die den besseren Zeiten nachtrauerte. Dies war nicht mehr die glitzernde Metropole der Karibik. Die Häuser am Malecón sahen aus wie verarmte Witwen. Und doch. Es war Havanna, das auch mit seiner welken Haut immer noch verzaubern konnte und bei ihm Erinnerungen hervorrief an die Zeit, als er jung gewesen war und einer gerechten Sache zu dienen glaubte. Die Brecher schlugen immer noch über die Kaimauer. Immer noch sah er Liebespärchen, unbeeindruckt von der Gischt, sich auf dem Malecón zärtlich umarmen.

Sie fuhren mit einem Chevrolet nach Vedado, das neue Viertel, wo vor den Ziegelsteinhäusern Flamboyants herrlich rot blühten und Bougainvillea in der Sonne die Gärten umrahmten. Havanna, die Schöne, war hier noch zu erahnen. Auch die Musik aus dem Autoradio erinnerte noch an die Lebenslust der Menschen hier. Aleidas Haus lag in einer stillen Straße in der Nähe des Friedhofs. Das Haus vereinigte die Moderne mit dem klassischen spanischen Kolonialstil und hatte schmiedeeiserne Balkone, einst geschaffen, damit stolze Señoritas Hibiskusblüten auf die Troubadoure vor ihrem Haus werfen konnten.

»Das Haus hat mir Fidel zugewiesen«, sagte Aleida, als sie die Tür aufschloss. »Wenn Che wüsste, dass wir hier wie Bourgeois wohnen, würde er uns zwingen, sofort auszuziehen. Eine unstatthafte Bevorzugung. Mein Gott, er konnte so ehrpusselig sein.« Warum sagte sie »konnte«? Wusste sie, was mit ihm passiert war. Ihn schauderte.

Sie setzten sich im Wohnzimmer zusammen. Es war nicht elegant, aber gemütlich eingerichtet. Schwere spanische Möbel. Dicke Sessel, die etwas abgenutzt aussahen. Auf einer Anrichte standen viele Bilder von Che aus der Zeit der Sierra Maestra. Besonders gefiel ihm ein Bild, das Che auf einem Pferd zeigte. Marc hatte es selbst aufgenommen. Er hatte es vor der Einnahme von Santa Clara fotografiert. Che in stolzer Haltung, wie ein römischer Feldherr. Veni, vidi, vici. Oh ja, Santa Clara bestätigte seinen Ruhm.

Nun kamen die anderen Kinder und beäugten ihn neugierig und wachsam. Sie hatten Ches Augen, seinen melancholischen Ernst. Die Älteste ging zu dem Plattenspieler und legte eine Platte auf. »Che Comandante« hieß das Lied. Er hatte die Platte ebenfalls, die er immer dann spielte, wenn ihm melancholisch zumute war. Ein wehmütiges Lied, trotz der Verklärung, die es ausdrückte. Für ihn eine Erinnerung an die Zeit, als alles noch einfach und klar und unbefleckt war.

»Schalt die Platte aus!«, mahnte Aleida. »Kinder, geht nach oben. Mutter hat mit Kochba wichtige Dinge zu besprechen.«

Lara kam und stellte Kaffeetassen auf den Tisch.

»Du kannst auch Mate haben«, sagte Aleida lächelnd.

»Später. Wenn ich genug Havanna eingeatmet habe.«

»Es gibt nachher gefüllte Tomaten«, erklärte Lara. »Rauchst du immer noch Montecristo?«, setzte sie hinzu.

»Das weißt du noch?«

»Ja. Ich habe deswegen den ›Graf von Montechristo‹ von Dumas verschlungen.«

»Sie war verrückt nach Montechristo. Den Film mit Jean Marais hat sie sich dreimal angesehen«, erklärte Aleida lächelnd und wurde dann ernst. »Warum kommst du jetzt nach Kuba zurück?«

»Was zählt, ist, dass er zurückgekommen ist!«, verteidigte Lara ihn sofort.

»Ich bin Journalist und wenn man dies ernsthaft betreibt, kommt man am mysteriösen Verschwinden Ches nicht vorbei.«

»Du bist nicht mehr der Guerillero aus den Bergen«, stellte Aleida fest, nachdem sie ihn eine Weile gemustert hatte.

»Nein. Der war ich schon nicht mehr, als ich aus Kuba wegging.«

»Ich weiß. Che hat deine bourgeoise Einstellung bitter beklagt.« Es klang nicht wie eine Anklage, sondern eher wie eine Feststellung.

»Beim Streit zwischen Sartre und Camus bin ich auf der Seite Camus'. Das hehre Ziel heiligt nicht alle Mittel. Jede radikale Unbedingtheit beschädigt den Menschen. Das Ziel, den Kommunismus zu verwirklichen, rechtfertigte nicht die Konzentrationslager in der Sowjetunion.«

»Che hat stundenlang mit Sartre und der Beauvoir diskutiert. Sie waren sich in ihren Ansichten sehr nahe«, entgegnete Aleida entschieden. »Man kann Gewehre nicht mit frommen

Wünschen besiegen. Wenn Diktatoren, wenn Unterdrückung und Ausbeutung Tatsachen sind, ist die Revolution eine Pflicht. Kuba ist heute eine Bastion gegen die Reichen, die die Völker bestehlen.«

Marc unterdrückte ein Lächeln. Er kannte diese Worte von Che. Sie war also immer noch in den Revolutionär verliebt, der seine Liebe der Revolution geschenkt hatte.

»Und was will der Journalist in Havanna?«, präzisierte sie die Frage, die sie schon am Telefon gestellt hatte.

»Ich will wissen, was mit Che ist.«

»Warum? Du hast dich jahrelang nicht um ihn gekümmert.«

Er stöhnte. Er konnte sie nicht anlügen. Er musste ihr die Wahrheit sagen.

»Ich schreibe an einer Artikelserie über ihn, die danach in ein Buch einfließen soll.«

»Du willst eure Freundschaft fleddern?«, sagte Aleida scharf.

»So mag es für dich aussehen. Aber du kannst mir auch zugestehen, dass ich ehrlich bemüht sein werde, den Menschen Che sichtbar zu machen. Ich will zeigen, was hinter der Legende steckt. Die Menschen haben ein Recht darauf zu erfahren, warum er viele Vietnam fordert, und dass hinter seinem Kampf gegen die Imperialisten eine zutiefst menschliche Idee steht.«

Sie sah nach dieser Erklärung eine Weile nur konzentriert auf die Hände in ihrem Schoß.

»Gut«, gab sie sich einen Ruck. »Wenn du das glaubst und wenn es so ist, dann werde ich dir helfen. Aber warum habe ich das Gefühl, dass du derjenige sein willst, der sagen kann, dass Che lebt und er dort und dort ist?«

»Das gehört zum journalistischen Geschäft«, gab er zu. »Mit der Sensationsnachricht kann man die Menschen interessieren, sich auch mit Ches Beweggründen auseinanderzusetzen.«

Die gefüllten Tomaten wurden gebracht und verbreiteten einen herrlichen Duft und er aß mit großem Appetit. Während des Essens unterhielten sie sich über unverfängliche Dinge, über die Einschränkungen, die das Volk von Kuba durch das US-Embargo erlebte.

»Was wir aus Russland bekommen, ist oft minderwertig. Schon Che hat geschimpft, dass die Landmaschinen und Trecker nicht annähernd so gut sind wie die aus den kapitalistischen Ländern.«

Nach dem Essen forderte ihn Aleida auf, sich frisch zu machen und ein wenig auszuruhen.

»Ich werde derweil versuchen Fidel zu erreichen, damit du mit ihm sprechen kannst. Ich weiß nicht, wo Che ist, weiß nicht einmal, ob er noch lebt.«

Marc sah sie bestürzt an. Sie wusste also nicht, ob sie bereits Witwe war. Wie groß war diese Liebe, nicht nur zu Che, sondern vor allem zur Revolution. Nur deswegen akzeptierte sie die Ungewissheit.

Lara führte ihn eine Treppe hoch, an einer Bildergalerie vorbei, die Che mit den Staatsmännern der Welt zeigte. Ben Bella, Chruschtschow, Mikojan, Mao und viele andere mehr. Es war ein schlichtes Zimmer mit einem schmiedeeisernen Bettgestell, einem Schrank, einem kleinen Schreibtisch am Fenster, von dem man hinunter in einen Patio sehen konnte.

»Sehr schön!«, lobte Marc.

An der Wand hing, neben einem Bild von Che, das ihn beim Baseball zeigte, ein Kruzifix. Lara gewahrte seinen verwunderten Blick.

»Es ist mein Zimmer. Ich schlafe, während du hier bist, bei den Kindern. Gegen das Kruzifix hätte Che nichts gehabt. Er war zwar nicht religiös, aber er mochte den Revolutionär aus Galiläa. Er glaubte an das Göttliche in uns. Che nennt es das wahrhaft Menschliche. Kochba, warum bist du erst jetzt gekommen?«

Er wusste nicht, was er darauf antworten sollte. Um Zeit zu gewinnen, legte er den Koffer aufs Bett. Er konnte ihr doch nicht sagen, dass ihn die Alltäglichkeit aufgefressen, dass er nur selten an sie gedacht hatte, was ihn nicht freisprach und auch ein Fehler war, gestand er sich ein. Wie hatte er ahnen können, dass aus dem kleinen Mädchen eine so bestrickende Frau werden würde, die sanft und aufreizend zugleich wirkte, die in jedem Mann den Wunsch weckte, sie beschützen zu dürfen und mehr noch den Wunsch weckte, sie in sich verliebt zu machen.

»Ich war viel in der Welt unterwegs. Mein Beruf bringt das so mit sich. Was machst du eigentlich?« Es war eine lahme Erklärung. Aber sie ließ sie gelten. Erst einmal, das wusste er bereits.

»Ich habe Journalistik studiert und arbeite beim Rundfunk. Estrella ist meine Chefin.«

Er bekam einen roten Kopf.

»Ach so. Estrella!«, sagte er lahm. Auch eine Frau, die er enttäuscht zurückgelassen hatte.

»Ich führe ein vagabundierendes Leben, da war für ein kleines Mädchen kein Platz«, fuhr er hastig fort. »Du warst bei Aleida bestens aufgehoben.« Er wusste, dass ihr diese Erklärung nicht genügen würde. Aber es war die Wahrheit.

»Ja. Aleida ist mir wie eine … Schwester, aber ich bin doch kein Familienglied der Familie Guevara. Ich war jahrelang allein, Marc. Immer noch träume ich von Fomento. Ich sehe mich an Marizias Hand über die Straße laufen, höre die Schüsse und ihren Schrei: ›Lauf, Kind, lauf!‹. Und ich laufe und laufe und dann sehe ich mich in deinen Armen und höre ihre Stimme: ›Kümmere dich um sie.‹ Und du versprachst es.«

Marc senkte den Kopf. Betroffen darüber, wie schlecht er das Versprechen gehalten hatte. Für ihn war Fomento ein schmerzliches Erlebnis gewesen, aber bei ihr hatte es zu einem Trauma geführt, zu einer Vereinsamung. Gleichwohl wehrte er sich gegen die Vereinnahmung. Sie hatte ihm einen Platz in ihrem Leben eingeräumt, der im Widerspruch zu dem stand, wie er damals sein Versprechen verstanden hatte. Nachdem er gewusst hatte, dass Aleida für sie sorgen würde, glaubte er, das mit dem »Kümmern« eingelöst zu haben. Aber vielleicht hatte Marizia mehr mit dem »Kümmern« gemeint? Hatte sie in dem kleinen Mädchen die Nachfolgerin gesehen? Nein, du verrennst dich in etwas, sagte er sich. Klagte Lara nun etwas ein? Oder war das nur ein eitler Gedanke, weil aus dem Mädchen eine Schönheit geworden war?

Sie trat auf ihn zu, nahm sein Gesicht und küsste ihn und es war nicht der Kuss eines kleinen Mädchens, sondern einer Frau, die liebte. Als ihre Zunge seine Zähne überwand, küsste er zurück und drückte sie an sich.

»Ich habe dich schon damals geliebt, als du mich in die Arme genommen und gestreichelt hast«, gestand sie atemlos und glücklich lächelnd. »Als ich älter wurde, habe ich mir weismachen wollen, dass es nur eine Kinderliebe ist, aber die Sehnsucht nach dir blieb.«

Das Geständnis brachte ihn noch mehr durcheinander. Er sah in ihre unterschiedlichen Augen. Es wärmte ihm das Herz, als er feststellte, dass sie immer noch diesen scheuen kleinen Silberblick hatte.

»Wenn ich das gewusst hätte, wäre ich sicher eher gekommen«, sagte er rau.

Er war sich nicht sicher, ob es stimmte. Der warme Frauenleib in seinen Armen ließ ihn dies glauben, aber sein bisheriges Leben sprach nicht dafür. Seinen Liebschaften war durch seine häufigen Reisen, durch seine ständig neuen Frauenbekanntschaften bislang keine Dauer beschieden gewesen. Er musste sich neu justieren, musste seinen kühlen Kopf zurückgewinnen. Liebe hatte er in Havanna nicht finden wollen. Stimmte es, was die alten Bauern in der Sierra Maestra sich erzählten? In Havanna trinkst du die Milch des Lebens.

»Ich sehe, dass ich dich mit meinem Bekenntnis ganz schön überfallen habe. Ruh dich ein wenig aus. Wir werden Zeit haben, das zu vollenden, was in Fomento begonnen hat.« Welche Bestimmtheit, welche Selbstgewissheit sprach aus diesen Worten.

Er nickte und kam sich wie ein kleiner Junge vor. Sie war schön und eine Frau, die sich ihrer Wirkung auf Männer bewusst war. Sie schenkte ihm noch einmal einen Blick, der ihn mahnte, sein Versprechen einzulösen. So jedenfalls empfand er es.

18

Wie es niemals wieder sein wird

Er hatte vorgehabt ein wenig zu schlafen, aber dafür war er zu aufgewühlt. Er duschte und zog sich um, zog seine abgewetzte Lederjacke an, die ihn schon auf so vielen Reisen um die Welt begleitete, steckte sein Notizbuch ein und den silbernen Kugelschreiber, den ihm einst eine römische Schauspielerin geschenkt hatte. Ihm fiel die Liebesnacht mit ihr im Park der Villa Borghese unter einer Statue der Diana ein. Eine »Amour fou«, die keine Vollendung fand. Passiert dir wieder das gleiche?, fragte er sich verwirrt. Er ging hinunter ins Wohnzimmer. Lara war nicht zu sehen.

»Nun ist es passiert, nicht wahr?«, sagte Aleida und schaltete den Fernseher aus.

Er nickte. »Ich habe es nicht gewusst.«

»Rede dich nicht raus! Ich habe es dir damals schon gesagt!«

»Sie war doch noch ein Kind.«

»Damit wolltest du dich damals aus der Verantwortung ziehen. Aber nun hast du kapiert, was dir entgangen wäre, oder?«

»Nie hätte ich gedacht, dass diese Kinderliebe Bestand haben würde.«

»Weil du ein dummer Mann bist. Alle Männer sind dumm. Sie wissen nicht, wie Frauen lieben können. Ach ja, ich habe mit Fidel gesprochen. Er wird dich heute Nacht um zwei Uhr in seinem Haus empfangen.«

»So spät?«

»Er arbeitet noch immer bis in die Nacht hinein.«

»Es ist ein seltsames Gefühl, dem *Comandante Máximo* wieder zu begegnen. Wie wird er mich empfangen?«

»Du bist nervös? Nein, er verzeiht leichter die menschlichen Schwächen. Er ist längst nicht so rigoros wie Che. Er ist dir sicher noch dankbar für das, was du damals für Kuba getan hast. Er ist kein dogmatischer Kommunist geworden, nur weil er die sowjetische Karte ausgespielt hat. Erst Che und Raúl und die Umstände haben ihn damals das Bündnis mit den Sowjets eingehen lassen.«

»Und doch hat auch er La Cabaña zu verantworten und, soweit ich weiß, sind die Gefängnisse voll mit Gegnern des Castroismus.«

Aleida straffte sich und ihr Gesicht wurde abweisend.

»Wir halten nicht die andere Wange hin. Was glaubst du, wie viele Sabotageakte gegen uns betrieben wurden, wie viele Attentatsversuche es auf Fidel gab? Informiere dich und urteile erst dann! Vom Guerillero der Sierra Maestra ist bei dir nicht mehr viel übrig geblieben!«

»Nein. Davon ist nicht mehr viel übrig!«, räumte er ein.

»Wir befinden uns immer noch im Krieg gegen den imperialistischen Wahn! Amerika ist der Feind aller freiheitsliebender Völker.«

Marc schien dieses Urteil zu hart. Nicht Amerika, sondern der Kapitalismus. Es gab vieles, was er an Amerika liebte, die Schriftsteller, den Blues, Countrymusik und Rock'n'roll. Aber stimmte es nicht? Hatten sich nicht schon die ersten Pilger mit gnadenloser Selbstgerechtigkeit das Land angeeignet? Hatten die Siedler nicht mit der Macht des Gewehrs die Prärie erschlossen, die Indianer gemordet und die Büffel? Hatten sie Texas nicht Mexiko entrissen? Waren sie nicht zu ihren farbigen Mitbürgern immer noch grausam und würdelos und sangen doch in ihren Kirchen vom »süßen Heiland«? Ihre Selbstgerechtigkeit ging so weit, dass sie sich mit ihrer Monroedoktrin die Herrschaft über ganz Amerika bis Feuerland anmaßten. Die Freiheitsstatue vor Coney Island sollte keine Fackel hochhalten, sondern ein blutiges Schwert.

»Ihr Europäer seid schwach geworden!«, fuhr Aleida leidenschaftlich fort. »Ihr beruft euch auf eure Kultur und verschließt die Augen und ergebt euch dem ›American Way of Life‹. Europa ist ein Museum geworden und in ihm leben nur Museumswärter.«

»Und doch habt ihr viele Freunde bei uns und die Jugend Europas trägt Ches Bild durch die Straßen von Paris und Berlin. Wir versuchen Risiken zu vermeiden, denn wir leiden noch unter den Nachwirkungen von Hekatomben von Totenschädeln, angehäuft vor Verdun, an der Somme, in Spanien, Stalingrad, Auschwitz und Treblinka.«

»Ihr seid alt und wir gehören zu den jungen Völkern, denen die Zukunft gehört, wenn wir den Kraken USA besiegen.«

Sie war immer noch eine überzeugte Guerillera. Sie hatte immer noch die gleiche kämpferische Art, die Che schon damals angezogen hatte.

»Der Kapitalismus kann nur überwunden werden, wenn er sich selbst zerstört. Im Augenblick seid ihr chancenlos. Euch schützt nur die Atommacht Sowjetunion.«

»Ach, Kochba!«, stöhnte sie. »Che hat schon recht. Er sagte mir mal, dass du zum Grübeln neigst, dass du keinen unverrückbaren Standpunkt hast und dass dies dein Dilemma ist. Du bist deutsch und jüdisch. Einen Argentinier hat dein Aufenthalt in Córdoba nicht aus dir gemacht.«

»Hat er oft von mir gesprochen?«, fragte Marc begierig.

»Nein. Nur manchmal, spät nachts, wenn er müde war und trotzdem nicht einschlafen konnte und ihm die Selbstkontrolle entglitt. Er hatte ja nicht so viele Freunde wie dich, nachdem Camilo Cienfuegos mit dem Flugzeug abstürzte.«

»Ein seltsamer Unfall.«

Sie schrak hoch. »Ja«, sagte sie tonlos. »Seltsam.«

»Ich werde mir mal die Stadt ansehen«, schlug er vor, denn das Gespräch hatte ihm aufgezeigt, dass doch viel Trennendes zwischen ihnen war und er brauchte Zeit, darüber nachzudenken.

»Soll Lara dich begleiten? Sie ist nur kurz zu unseren Nachbarn gegangen, um ihnen Olivenöl zu bringen, um das sie gebeten hatten. In den Läden fehlt dauernd irgendetwas. Schuld des Embargos. Sie müsste eigentlich längst wieder da sein, aber sicher ist sie zu aufgewühlt nach dem Wiedersehen mit dir und denkt irgendwo über dich nach.«

»Mich hat ihr Geständnis genauso umgehauen.«

»Du wirst dir überlegen müssen, was du daraus machst. Mit Lara treibt man keine Machospielchen. Ich würde dir das nie verzeihen.«

»Natürlich«, bestätigte Marc und floh fast aus dem Haus, winkte ein Taxi heran und bat, in das *Floridita* gefahren zu werden, wo einst Hemingway sämtliche Daiquirirekorde gebrochen hatte. Aus dem Radio des Taxis kamen südamerikanische Rhythmen. Die Jacarandabäume blühten in diesem Jahr besonders schön und waren so türkisfarben wie das Meer jenseits des Malecón. Der Fahrer bot Zigarren, Mädchen und weißen Rum zu sensationellen Preisen an, wie er sagte.

»Aha, du bist ein Gauner«, scherzte Marc. »Der letzte Vertreter des absterbenden Kapitalismus.«

»Von wegen abgestorben? Der Kapitalismus lebt. Und ich muss sehen, wie ich durchkomme«, erwiderte der Fahrer ungerührt. Es schien ihm nicht gut zu gehen. Sein Hemd war mehrmals geflickt.

»Wie steht es um die Revolution?«

»Sehen Sie doch selbst! So wie die Häuser am Malecón. So steht es um die Revolution.«

»Aber Che ist immer noch gegenwärtig.« Marc wies auf die Plakate am Straßenrand, die das Foto von Korda zeigten.

»Che? Nein. Che ist nicht mehr bei uns. Er wird längst tot sein.«

»Wer sagt das?«

»Niemand. Aber jeder weiß es!«

Er bestätigte, was auch in den westlichen Zeitungen gestanden hatte. Die Stimmung in der Stadt hatte nichts mehr mit der Begeisterung zu tun, die damals, nach dem Einzug der *Barbudos* in Havanna, geherrscht hatte.

Als er die Bar betreten wollte, stieß er mit zwei Männern zusammen. Sie starrten sich an.

»Das kann doch nicht wahr sein!«, stammelte Carnel. »Kochba ist zurück.«

»Kochba, warum hast du dich nicht angekündigt? Wir hätten deine alte Truppe zusammengetrommelt und eine riesige Fiesta gefeiert!«, ergänzte Chaco Schweinerüssel.

Sie umarmten ihn, klopften ihm tüchtig den Rücken und zogen ihn in die Bar. Sie trugen Zivil statt Uniform. Der Geräuschpegel war nach ihrem Eintritt erheblich gesunken. Die Kellner bedienten sie sofort. Sie bestellten Daiquiris, eine Hommage an Hemingway.

»Ohne Uniform kommt ihr mir fremd vor. Wie geht es hier?«, fragte Marc neugierig. »Womit verdient ihr euer Geld?«

»Sieh dich doch um, dann weißt du, wie es um uns Kubaner steht. Ich bin bei der Polizei. Ein Scheißjob in diesen Zeiten«, bekannte Carnel.

»Ohne die Hilfe der Russen würden wir das Embargo nicht durchhalten und Gras fressen«, erklärte Chaco. »Klar, nachdem Chruschtschow die Raketen abzog, haben wir alle gerufen: Was man schenkt, das fordert man nicht zurück, alte Tunte! Aber die Tunte verhindert, dass wir verhungern. Also schlagen wir uns durch und besaufen uns. Ich bin beim Rundfunk. Eine gewisse Estrella, die dir nicht ganz unbekannt sein dürfte, ist mein Chef. Soll ich ihr flüstern, dass du hier bist? Kann mir vorstellen, dass sie sich sehr hübsch für dich macht.«

»Das lass mal. Ich bin nur kurz in Havanna.«

»Was führt dich nach so vielen Jahren zu uns?«

Er spürte ihre Spannung. Sie hatten nicht nur aus Neugier gefragt. Er war mal ihr Chef gewesen und insgeheim hofften sie wohl, dass er immer noch irgendetwas für sie tun könnte.

»Ich will wissen, was mit Che passiert ist.«

»Darüber rätselt ganz Kuba«, bekannte Carnel.

»Und?«

»Die einen sagen so, die anderen so. Tot oder als Guerillero in einem fremden Land. Niemand weiß wirklich was«, warf Chaco ein.

»Wenn Chaco nichts weiß, dann weiß nur Fidel, was Sache ist. Chaco hat noch einen zweiten Job und ist fein raus«, verriet Carnel mit ein wenig Neid in der Stimme. Marc Mahon sah den Kleinen irritiert an. Er hatte Chaco schon immer für ein Schlitzohr gehalten.

»Ach, nichts Tolles«, wehrte dieser ab. »Nebenbei bin ich so eine Art Impresario im Hotel Nacional. Ich sorge für die Bühnenshow. Kein schlechtes Leben, aber wenn man anderes gewöhnt ist, nicht gerade aufregend. Die größte Aufregung habe ich, wenn meine Tänzerinnen schwanger werden. Du willst also Che suchen?«

»Warum?«, fragte Carnel.

Ein Mann taumelte gegen ihn und Carnel stieß ihn gelassen zurück. Der Betrunkene hob die Faust, aber ein Blick in das Gesicht des ehemaligen Guerilleros ließ ihn die Fäuste senken. Er entschuldigte sich und taumelte aus dem *Floridita*. Marc erinnerte sich nun, dass es still geworden war, als er mit Carnel und Chaco die Bar betreten hatte. Die Leute hatten vor seinen ehemaligen Leutnants Angst.

»Wir waren, wir sind Freunde«, erwiderte Marc.

Carnel wollte etwas sagen, unterließ es dann aber. Marc sah zu dem Platz hinüber, von dem es hieß, dass dort immer Hemingway gestanden hatte. Die lange, chromblitzende Theke war noch die gleiche, aber Hemingway war nicht mehr auf Kuba und lag bereits unter der schwarzen Erde von Ketchum. Alles ist im Fluss, fiel ihm die Erkenntnis des Heraklit ein. Ein Allgemeinplatz. Und doch hatte er das Gefühl, zu Hause zu sein. Er fühlte sich gut. Es stimmte also immer noch. In Havanna trinkt man die Milch des Lebens, dachte er mit einem Kloß im Hals.

»Ihr habt euch damals mordsmäßig verkracht«, kam Chaco unumwunden darauf zurück, was sie, Carnel und er, damals nicht verstanden hatten.

»Du hast die Revolution verlassen«, stimmte Carnel zu. Wenigstens sagt er nicht, dass ich sie verraten habe, dachte Marc.

»Ich bin einen anderen Weg gegangen, aber das ändert nichts an unserer Freundschaft. Und nun sagt mal, ihr beiden, seid ihr zufrieden mit dem, was mit der Revolution passiert ist?«

Sie senkten die Köpfe. Chaco drehte sich um, als befürchte er belauscht zu werden. Doch niemand sah zu ihnen herüber. Für die anderen Gäste schienen sie nicht zu existieren.

»Nein. Niemand ist damit zufrieden. Die Bürokraten haben das Land übernommen, die Wendigen, die Schlauen, die Korrupten, die Spitzel. Kuba ist ein Sumpf an Gemeinheit. Das hier ist die Sowjetunion auf karibische Art.«

»Übertreib nicht!«, widersprach Carnel. »Du bist doch einer von denen, die ganz oben auf der Sahne schwimmen.«

»Klar doch. Ich habe Glück gehabt. Aber ich gehöre wenigstens nicht zum Apparat, der für Ruhe auf dem Friedhof sorgt.«

Carnel wurde rot. »Ich tue nur meine Arbeit als Polizist. Ich bin keiner von den Sonderermittlern. Ich bekämpfe die Verbrecher … auch die Korruption«, schob Carnel eifrig nach. »Manchmal schäme ich mich, dass wir uns so weit von unseren Träumen entfernt haben. Jawohl, ich sehe, was aus Kuba geworden ist.«

»Das also ist aus unseren Träumen geworden«, sagte Marc traurig.

»Ein unvollendetes Lied!«, bestätigte Chaco. »Ich glaube, deswegen hat Che alle Ämter niedergelegt. Er hat gesehen, dass dies nicht mehr das Kuba ist, das er sich erträumt hatte. Wir sind alle nicht mehr die, die wir einmal waren. Das ist die reine, traurige, verfickte Wahrheit.«

»Noch einen Daiquiri?«, fragte Carnel.

»Nein. Ich treffe mich heute Nacht mit Fidel.«

»Oha!«, sagte Carnel.

»Mannomann. Du bist wohl drüben in Europa eine große Nummer geworden?«

»Che würde sagen, dass ich ein Handlanger der Bourgeoisie geworden bin.«

»Ich habe dein Buch über Robert Capa gelesen, das in Spanien erschienen ist«, bekannte Carnel. »Ein spannendes Buch über einen verdammt mutigen Kerl.«

»Vor allem war Capa integer. Darin erinnerte er mich an Che.«

»Integer? Ich erinnere mich, dass euer Zerwürfnis dadurch entstand, was in La Cabaña ablief«, warf Chaco ein.

»Richtig. Aber man muss ihm zugutehalten, dass er es in dem festen Glauben tat, dass die Revolution nur so siegen würde.«

»Beim Pimmel des *Máximo Líder*! Da hat er sich aber mal tüchtig geirrt«, sagte Chaco. »Das wissen wir jetzt.«

»Ja, jetzt!«, bestätigte Carnel. »Du bist also aus Freundschaft hier, hast dich deswegen nach Jahren an Che erinnert«, insistierte Carnel.

Er ahnt, dass ich nicht mit der ganzen Wahrheit herausgerückt bin, dachte Marc und seufzte. Richtig, er ist ja auch Polizist geworden.

»Nicht nur. Ich will wissen, wie er heute denkt. Welche Schlüsse er nach so vielen Niederlagen zieht. Ob er immer noch an den Sieg des Sozialismus und den neuen Menschen glaubt.« Auch das war noch nicht die ganze Wahrheit. Aber würden sie verstehen, dass er einem kapitalistischen Verlag diente?

»Was für Niederlagen?«, fragte Carnel stirnrunzelnd.

»Mit der Industrialisierung ist er doch grandios gescheitert. Der Zuckerrohrernte, die immer das Rückgrat der kubanischen Wirtschaft war, hat er lange Zeit nicht die erste Priorität eingeräumt. Deswegen haben sie ihn seiner Ämter enthoben.«

»Moment mal!«, schnaubte Carnel. »Er hat die Ämter niedergelegt, weil er hinsichtlich der Politik mit den Sowjets nicht einverstanden sein konnte. Er hat eingesehen, dass es den Beziehungen zwischen Kuba und der Sowjetunion schadet, wenn er weiterhin ein hohes Ministeramt bekleidet. Die Russen hatten sich nämlich mordsmäßig auf ihn eingeschossen.«

Der alte Reflex, sagte sich Marc. Sie wissen, dass Che mit seinen Zielen gescheitert ist und verteidigen ihn trotzdem. Aus Liebe, aus Sentimentalität zu den Männern, die sie einst waren?

»Schön, lassen wir das so stehen«, versuchte Marc das Gespräch nicht in einen Streit abgleiten zu lassen. Die beiden waren schließlich seine engsten Kampfgefährten gewesen. Ihm kam ein Gedanke. »Wollt ihr mich nicht begleiten?«

»Wohin? Wobei?«, fragte Carnel gedehnt.

»Bei der Suche nach Che. Ich könnte euch meiner Redaktion als Guides verkaufen und ihr werdet ordentlich bezahlt. Natürlich kann es gefährlich werden, denn wo Che ist, wenn er noch lebt, droht sicher Gefahr.«

»Ich bin dabei«, sagte Chaco schnell. »Vielleicht wird es wieder wie damals in der Sierra Maestra.«

»Wir sind nicht mehr wie damals!«, brummte Carnel. »Dir geht es doch gut. Mit zwei Jobs lebst du wie die Made im Speck.«

»Na ja, ich schlage mich ganz gut durch. Aber hast du nicht auch ständig das Gefühl, dass etwas ganz falsch in unserem Leben läuft?«

Carnel starrte dumpf auf sein leeres Daiquiriglas.

»Nun gut. Ich werde es mir überlegen.«

Marc hatte ein schlechtes Gewissen. Irgendwann würde er ihnen von dem Auftrag des Verlages erzählen müssen. Doch nicht jetzt. Das Argument der Freundschaft würden sie verstehen. Koscher war das natürlich nicht.

»Ich werde von Fidel die Genehmigung einholen, Che aufzuspüren. Aleida hat ein gutes Wort für mich eingelegt.«

»Ja. Das kann dir helfen«, bestätigte Carnel. »Für Aleidas und Ches Kinder fühlt er sich verantwortlich«, sagte Carnel sichtlich erleichtert. »Wenn Fidel dir grünes Licht gibt, bin ich dabei.«

»Kommt morgen zu Aleida, dann weiß ich, wie es gelaufen ist.«

Sie unterhielten sich noch eine Weile entspannt über die Schwierigkeiten, die die amerikanische Blockade jedem einzelnen bereitete, über die Ungleichheit, das Versagen der Planwirtschaft und die Macht der Bürokraten. Seine beiden Leutnants taten sich beim Trinken keine Zurückhaltung an. Marc jedoch trank nur noch Wasser. Man ging nicht mit einer Alkoholfahne zu Fidel Castro.

Er wurde um halb zwei von einer Staatslimousine, einem schwarzen Mercedes, abgeholt. Sie saßen im Wohnzimmer zusammen, als es klingelte. Aleida ging ans Fenster und nickte.

»Es ist Raúls Mercedes.«

Marc erhob sich. »Hoffen wir, dass es ein gutes Gespräch wird.«

»Mach dir nicht in den Frack«, sagte Aleida. »Fidel ist kein Ungeheuer.«

»Ich wünsche dir, dass er dir nicht sagt, wo Che ist!«, gestand Lara mit trotzig erhobenem Kopf.

Marc wusste darauf nichts zu antworten, aber er fragte nicht, warum sie das sagte. Er wusste es.

»Du bist kein Guerillero mehr«, schob sie nach.

»Nein. Darin hast du recht.« Er nickte den beiden Frauen zu und ging hinunter auf die Straße.

Ein Soldat sprang aus dem Wagen und hielt ihm die Wagentür auf. So ganz kann man doch nicht auf die Symbole des Kapitalismus verzichten, dachte er und schmunzelte. Dass neben ihm zwei Soldaten mit AK 47 saßen, fand er doch befremdend. Es waren junge Burschen, die bestimmt nicht in der Sierra Maestra dabei gewesen waren.

Man fuhr ihn eine Weile durch Havanna. Sie wollten wohl verhindern, dass er sich den Weg merkte. Schließlich hielten sie vor einer Absperrung. Ein Offizier kam heraus, musterte die Insassen und nickte. Gesprochen wurde nicht. Der Schlagbaum ging hoch. Schließlich hielten sie vor einem Haus, das nach verhunztem Bauhausstil aussah. Klinkerwürfel waren übereinander getürmt. Die Villa verbarg sich hinter riesigen Jacarandabäumen. Sie fuhren in eine Tiefgarage. Aus einem Seiteneingang kamen zwei Soldaten mit viel Lametta auf den Schultern herausgelaufen. An ihren Hüften baumelten riesige Revolver. Sie führten ihn schweigend durch lange Gänge. Die Mauern waren aus roten Ziegelsteinen. Es hingen Fotos an der Wand. Einige waren Marc bekannt. Es waren Ches Fotos aus der Sierra Maestra. Zwei waren sogar von ihm. Wie jung sahen sie damals doch alle aus. Er wurde in einen großen Konferenzraum geführt. Auf dem langen rotbraunen Mahagonitisch standen Kaffeekannen und Mineralwasser bereit. Man sagte ihm, dass der *Comandante* gleich erscheinen würde. Marc setzte sich und goss sich Kaffee ein. Es war kurz nach zwei Uhr nachts. Fenster hatte der Raum nicht. Das Neonlicht war kalt und mitleidlos in seiner Klarheit. Welche Entscheidungen mochten hier schon getroffen worden sein? Wurde hier die Erklärung Chruschtschows entgegengenommen, mit der dieser einen Rückzieher machte und die Raketen wieder zurückholte?

Die Tür ging auf. Fidel und Raúl traten ein. Beide in Zivil. Für Marc ein ungewohntes Bild. Er kannte sie nur in feldgrünen Uniformen. Sie wirkten auf ihn fremd. Fidel trug eine braune Cordjacke, Trainingshose und Sportschuhe mit den drei Streifen. Raúl in einem dunklen Anzug sah sehr würdig aus. Das Flitterhafte hatte er abgelegt. Beide waren fülliger, als er sie in Erinnerung hatte.

»Da bist du ja endlich!«, sagte Fidel und umarmte ihn.

»Der verlorene Sohn ist an den heimischen Herd zurückgekehrt«, setzte Raúl hinzu. Er beließ es bei einem Händedruck und einem Klaps auf die Schulter. »Da bin ich ja mal gespannt, was dich wieder nach Havanna zurückgeführt hat, alter Jude!«, ging er auch sofort in die Offensive.

Sie setzten sich.

»Eine gute Havanna?«, fragte Fidel. »Du rauchst noch immer die Montecristo?«

»Immer, wenn ich es mir leisten kann.«

Castro schnippte mit den Fingern. Ein Bediensteter in weißer Jacke erschien und brachte einen Humidor herein. Woher wusste er von dem Wunsch? Wurde der Konferenzraum abgehört? Fidel schob ihm den Humidor zu.

»Bediene dich. Cohibas, Romeo & Julieta und Montecristo. Mir hat der Arzt leider das Rauchen verboten. Ein Jammer. Aber ich rieche immer noch gern eine gute Zigarre.« Fidel musterte ihn ausgiebig, nickte und faltete die Hände auf der Tischplatte. »Du siehst gut in Form aus. Wie geht es dir? Hast du geheiratet? Familie? Kinder?«

Marc schüttelte den Kopf.

»Nein. Ich bin ständig in der Welt unterwegs. Da bleibt keine Zeit für Familie und Kinder.«

Raúl lümmelte sich in den Sessel und rauchte eine Cohiba. Er schien keine Probleme mit seiner Gesundheit zu haben. Er war ja auch jünger als Fidel.

»Das ist schade«, murmelte Fidel. »Eine Familie zu gründen, gibt dem Leben Sinn und Struktur.«

»Habe dein Buch über Robert Capa gelesen. Wandelst du auf seinen Pfaden?«, warf Raúl ein. »Kein schlechtes Buch«, fügte er gönnerhaft hinzu.

»Nein. Ich bin zwar kein schlechter Fotograf, wie ihr wisst. Aber an Capa reiche ich nicht heran. Meine Stärke ist das Wort.«

»Was führt dich nach so langen Jahren hierher?«, fragte Raúl und beugte sich vor.

»Das lässt sich mit drei Worten beantworten: Wo ist Che?«

»Deswegen bist du also hier?«, stellte Fidel fest und fuhr sich mit dem Finger durch den Kragen.

»Ja. Deswegen.«

Eine Weile war es still. Man hörte nur das Brummen der Klimaanlage.

»Hast du nicht auch eine unerledigte Sache in Kuba zurückgelassen?«, fragte Raúl höhnisch. Marc ahnte, worauf er anspielte, ließ es sich aber nicht anmerken. Sein Versprechen an Marizia war also auch den Castro-Brüdern bekannt.

»Das ist seine Sache!«, mahnte Fidel.

»Ich werde mich auch darum kümmern.«

»Wurde auch Zeit«, erwiderte Raúl grinsend. »Und nun mal mit der ganzen Wahrheit heraus! Du hast einen Vertrag in der Tasche, dass du ihn finden sollst, nicht wahr?«

»Du bist gut informiert!«, staunte Marc und beschloss, die Karten auf den Tisch zu legen.

»Das war nicht schwer zu erraten. Du bist Journalist und ein nicht ganz unbekannter zudem. Deine Artikel werden in der ganzen Welt gelesen.«

»Stimmt. Das gab den Anstoß. Aber natürlich will ich auch wissen, was mit meinem Freund passiert ist.«

»Ob er dich auch noch als Freund sieht? Wir wissen doch, dass er sehr etepetete sein konnte.«

»Raúl!«, mahnte Fidel.

»Konnte?«, fragte Marc entsetzt.

»Wie dem auch sei, ich habe ihn nicht gerade begeistert über Kochba reden hören«, wich Raúl aus.

»Nur die Ruhe! Lass ihn reden«, wies ihn Fidel zurecht.

»Ich will von ihm wissen, wie er heute über die Revolution denkt. Glaubt er immer noch an den neuen Menschen? Ist er immer noch der glühende Idealist? Ich will den Menschen Che nahebringen. Er ist ein Mythos geworden. Aber was steckt dahinter? Ist er selbst die Verkörperung des neuen Menschen, der sein Leben für die Beseitigung der Not der Menschen einsetzt? Ist er noch der Che, den ich liebte? Wie sieht er heute das, was er in La Cabaña zu verantworten hat?«

»Sachte, sachte! Die Erschießungen in La Cabaña wurden von mir als absolut notwendig abgesegnet. Alle waren dafür. Auch Raúl«, sagte Fidel und hob noch einmal mahnend die Hand.

»Du willst ihn in einer Artikelserie verramschen!«, setzte Raúl mit bösem Blick hinzu.

»Nein. Ich will Millionen von Lesern seine Beweggründe erzählen. Und damit ich einen ›Aufreger‹ habe, muss ich ihn finden und mit ihm reden, dann wird man sich auch dafür interessieren, was ihn zum Gewehr greifen lässt.«

»Verstehe!«, sagte Fidel und spitzte den Mund, als lutsche er ein Bonbon, und nickte.

»Es ist in Ordnung, was du vorhast. Besser du schreibst über ihn als ein anderer dieser widerlichen Schreiberlinge, die keine Ahnung von Che als Mensch haben. Wir wissen, dass sich eine ganze Menge *gusanos* auf seinen Fersen befinden. Gottseidank sind sie ihm bisher noch nicht zu nahe gekommen.«

»Er lebt also!«, freute sich Marc und sprang fast aus dem Sessel.

»Er lebt!«, bestätigte Fidel gewichtig.

»Wo ist er?«

»Du willst die Artikelserie zu einem Buch ausweiten?«

»Woher weißt du das?«, staunte Marc.

»Ach, ich kenne doch unseren Kochba«, erwiderte Fidel und goss sich ein Glas Mineralwasser ein. »Nachdem ich den Capa gelesen habe, weiß ich, wohin du deine Karriere steuerst. Das ist auch in Ordnung. Nur ein Buch von einem Freund kann Che gerecht werden.«

»Mach ein Buch wie dein Capabuch daraus«, sagte Raúl nun friedlicher gestimmt.

»Gut. Kommen wir zum Kern, warum wir dir helfen wollen, Che zu finden. Wir machen uns große Sorgen um ihn.« Fidel stand auf und ging unruhig neben dem langen Tisch auf und ab. »Afrika war ein Fiasko!«, stöhnte er. »Che war fix und fertig, als er aus Afrika zurückkam. Die dortigen Anführer haben ihn und die Revolution verraten. Du kennst Che. Er wollte als Ausländer nicht die Richtung vorgeben und verließ sich auf die einheimischen Führer. Er stellte sich in deren Dienst. Es ging völlig in die Hose. Die Führer dort sind keine Revolutionäre, sondern machtgeile, korrupte Politiker, mögen sie auch von China unterstützt werden. Sie sind Dreck! Nur mit Mühe konnten wir ihn aus dem Schlamassel herausholen.«

»War das die Idee von den zwei, drei Vietnam?«

»Richtig. Auch wir haben die Situation falsch eingeschätzt und Che musste es ausbaden. Dort sind wir auf belgische Kapitalisten, südamerikanische Söldner und vor allem auf die Intrigen der CIA gestoßen. Che war krank, entmutigt und voller Wut auf die Welt und sich selbst, als er erkennen musste, wozu man ihn benutzte. Er hat sich eine Zeitlang in Prag erholt. Aber dann haben wir ihn nach Kuba zurückgeholt. Er wollte erst nicht. Er hatte ja den schönen Abschiedsbrief geschrieben, dass er Kuba verlassen würde, um sich neuen revolutionären Bewegungen anzuschließen. Ich hatte ihm versprochen, dass ich ihm helfe, wo immer er hingehen würde. Trotz seines Widerwillens, nach Hause zu kommen, konnte ich ihn davon überzeugen, dass er unsere Unterstützung braucht, wenn er weitermachen will. Als er uns sein neues Ziel nannte, waren wir alle sprachlos und … entsetzt. Ausgerechnet nach Argentinien, wo wir noch keinen Fokus, keinen Stützpunkt haben, wo die linke Bewegung schwach ist, wollte er die Revolution tragen. Der sichere Tod! Wir haben stundenlang, tagelang mit ihm diskutiert. Schließlich konnten wir ihn überzeugen. Aber er hat nur widerwillig zugestimmt. Es ging ihm, so glaube ich heute, nur darum, schnellstens die Scharte der Niederlage auszumerzen. Sein Idealismus war jedenfalls ungebrochen. Darin hat er sich überhaupt nicht verändert.«

»Er hat, wie er es nannte, wieder seine Rosinante bestiegen und ist zur nächsten Revolution aufgebrochen. Der ewige Don Quijote«, resümierte Marc mit schmerzlichem Lächeln.

»Ja! Wir haben ihm die besten Kämpfer aus der Sierra Maestra zur Verfügung gestellt«, warf Raúl ein.

»Du glaubst gar nicht, mit wie viel Liebe die Kubaner an ihm hängen«, fuhr Fidel fort. »Natürlich waren unsere Leute nicht mehr die Krieger aus den Bergen. Sie waren Zivilisten oder Soldaten in der Kaserne geworden. Che hatte ein hartes Training angeordnet, und das ging über Monate. Und die Männer wussten nicht einmal, unter wem sie kämpfen würden. Sie wussten nur, dass wir die Revolution in einem anderen Land unterstützen. Die Männer erfuhren erst kurz vor dem Aufbruch, dass sie unter Ches Befehl stehen würden und waren natürlich begeistert. Er sollte in einem Land einen Fokus aufbauen, aus dem wir dann die Revolution in die Nachbarstaaten tragen wollten. Das war der ursprüngliche Plan. Es war sein Entschluss, das Wagnis einzugehen. Ich hätte ihn gern davon abgehalten. Che verkörpert den Mythos der kubanischen Revolution. Er darf nicht scheitern. Nur ungern habe ich dem Risiko zugestimmt.«

»Wo? Wo ist er?«, fragte Marc ungeduldig.

Fidel schürzte seine Lippen und sagte: »Bolivien!«

»Bolivien?«, schrie Marc. »Ausgerechnet Bolivien?« Sein Herz schlug sehr schnell und hart und ging in ein Flattern über. »Bolivien!«, stöhnte er.

19

Die Zinsen der Revolution

Fidel spitzte die Lippen und griff mit einem bekümmerten Blick in die Tasche, holte ein Bonbon heraus, wickelte es aus dem Papier, steckte es in den Mund und lutschte.

»Ein Drachennest«, stimmte er zu.

Marc war oberflächlich darüber informiert, dass dort ein blutiger Militärputsch stattgefunden hatte und sich die zwei Generäle Barrientos und Ovando die Macht teilten. Noch vor kurzem hatten sie die Proteste der Arbeiter niedergeschlagen. Es war kein Geheimnis, dass die beiden Schurken die Unterstützung der CIA hatten.

»Schlimmer noch. Ein Nest von verräterischen Reptilien«, pflichtete Raúl bei.

»Und dorthin habt ihr ihn gehen lassen?«, entrüstete sich Marc.

Fidel war in der Sierra Maestra ein umsichtiger Führer gewesen, der jedes Risiko genau kalkulierte. Deswegen erstaunte es ihn, dass er Che hatte ziehen lassen. Ihm kam ein unangenehmer Gedanke. Sollte Che, der wegen der Russen so unbequem war, in Bolivien scheitern? Sofort wies er ihn als unsinnig zurück. Fidel hatte Che, wenn nicht geliebt, so doch auf jeden Fall bewundert. Er wusste, dass er ihm den Sieg verdankte. Ohne Santa Clara kein schneller Einzug in Havanna. Fidel strich sich gedankenschwer mit der Linken über die bereits mit Altersflecken bedeckte rechte Hand und stöhnte.

»Wir alle, mich eingeschlossen, sind von einer falschen Lageanalyse ausgegangen«, gestand er mit gebrochener Stimme. »Che hatte sich noch 1954 mit Óscar Zamora getroffen, dem Spitzenmann der bolivianischen KP, der Che jede Unterstützung versprach. Aber die Partei wird jetzt von Mario Monje geführt und der ist ein anderes Kaliber. Als wir bei ihm insistierten, kam er gleich zu uns nach Kuba und protestierte, schalt den Aufbau eines Fokus, der Anlaufstelle der Guerilleros in Bolivien, ein Abenteuer. Wir haben das damals nicht so ernst genommen und eine Intervention in Bolivien war ja zu diesem Zeitpunkt nur eine von vielen Optionen. Wir hatten ganz andere Probleme. Im Mai 1966 traf ich mich noch einmal mit Monje und habe ihn über unsere Pläne unterrichtet. Der Zeitpunkt, etwas zu unternehmen, war näher gerückt. Ich teilte ihm mit, dass wir eine Guerillera in Peru, Bolivien und Argentinien planten. Ich konnte damals noch nicht so konkret werden, weil noch alles in der Schwebe war. Er vermittelte mir den Eindruck, einverstanden zu sein. Bei dem Leben meiner Kinder, ich hatte nicht den leisesten Zweifel, dass er nicht mitmachen würde!«

»Und seitdem signalisiert er dauernd widersprüchliche Botschaften!«, ergänzte Raúl. »Wie ein Derwisch springt er hin und her und ist einmal dafür und dann wieder dagegen. Der unangenehmste Mensch, den man sich vorstellen kann. Als Che im Juli letzten Jahres unter dem Decknamen Ramón Benitez mit kahlgeschorenem Kopf nach La Paz einreiste, dachte er, dass die KP Boliviens alles für einen Aufstand in den Städten vorbereitet hat. Nichts war vorbereitet!«

»Hier ist ein Foto von Che«, sagte Fidel, öffnete unter dem Tisch eine Schublade, holte ein Bild hervor und reichte es Marc.

»Das soll Che sein? Unmöglich«, staunte Marc. »Dieser dicke alte Kerl ist doch nicht ...«

»Doch, doch!«, beteuerte Fidel. »So konnte er unerkannt La Paz erreichen.«

Kopfschüttelnd sah Marc auf das Foto. Es zeigte einen Mann im Anzug und mit Schlips, der wie ein angejahrter Geschäftsmann aussah. Mit Che hatte dieser Mann nicht mal eine entfernte Ähnlichkeit.

»Gute Tarnung, nicht wahr?«, freute sich Raúl.

»Von uns war alles generalstabsmäßig vorbereitet worden«, fuhr Fidel fort. »Ein Vorauskommando war bereits in Bolivien. Als Monje begriff, dass wir es ernst meinten und dass Che die Guerilleros anführen würde, wollte er auf einmal an seiner Seite mitkämpfen … und tat innerhalb der Partei genau das Gegenteil und verpflichtete sie darauf, den Guerillakampf in Bolivien abzulehnen. Er trieb also ein doppelzüngiges, verräterisches Spiel …«

»… und das ist auch noch nicht das Ende seiner verräterischen Machenschaften«, ereiferte sich Raúl. »Im Moment ist er entschieden gegen den Kampf mit der Waffe. Er hat allen Parteimitgliedern, die sich Che anschließen wollen, mit dem Parteiausschluss gedroht. Aber durchgezogen hat er das noch nicht. Er will auf keinen Fall einen Fehler machen, diese widerliche Ratte!«

»Dann hat Che nur Kubaner zur Verfügung?«, fragte Marc besorgt. Wenn keine Bolivianer dabei waren, würde man Ches Revolutionsversuch als die Einmischung einer fremden Macht diskreditieren.

»Nein. Er hat schon Unterstützung und Zulauf von linken Studenten, aber sie belasten mehr als dass sie nützen. Ehe die zu richtigen Guerilleros werden, wird es seine Zeit brauchen. Auch Peruaner und Genossen von der maoistischen KP haben sich ihm angeschlossen. Aber auch deren Kampfwert ist nicht sehr hoch.«

»Moment mal!«, stieß Marc wütend hervor. »Sehe ich das richtig? Er wird keine Unterstützung durch die KP und die Linke in den Städten bekommen? Es wird keinen Aufstand in den Städten geben?«

»Du hast es erfasst«, bekannte Raúl kläglich.

»Es kommt noch schlimmer«, fuhr Fidel fort. »Von den Bauern wird er auch keine große Unterstützung erhalten, denn Barrientos hat diese durch eine große Landreform ruhiggestellt. Es gibt nicht den Ansatz eines revolutionären Bewusstseins unter den Indios.«

»Mein Gott, das widerspricht doch allen Erkenntnissen aus der Revolution in Kuba, die Che zur Lehre erhoben und wieder und wieder in seinen Schriften als Voraussetzung für das Gelingen einer Revolution gefordert hat. Wenn man sich wie Fische im Wasser im Land bewegen will, braucht man in einem Agrarflächenland die Unterstützung der Bauern. Das hat schon Mao gelehrt. Ihr müsst ihn zurückholen. Warum habt ihr ihn nicht aufgehalten, als sichtbar wurde, dass Monje ein unsicherer Kantonist ist?«

Fidel räusperte sich und warf Raúl einen ärgerlichen Blick zu.

»Monje ist ein Strohmann Moskaus und die Führung der sowjetischen Genossen will aus geopolitischen Überlegungen keine Unruhe in Südamerika. Sie sagen das nicht so deutlich, dafür hetzen die Ungarn, die Tschechen und die Ostdeutschen heftig gegen das Abenteurertum Ches. Uns gegenüber hat man das aber nie so kategorisch gesagt und wir dachten, dass sie schließlich doch Solidarität üben würden.«

»Hinterher ist man immer klüger«, klagte Raúl. »Und überhaupt, Che war ohnehin nicht zu stoppen. Er wollte wieder Guerillero sein.«

»Ja. Er war so … voller Enthusiasmus«, bestätigte Fidel. »Es war wie ein Fieber bei ihm. Es hat vielleicht auch etwas mit seinem Alter und seiner Krankheit zu tun, denke ich. Er war sich dessen bewusst, dass er wegen seines Asthmas nicht mehr lange die Strapazen eines Guerillakampfes auf sich nehmen konnte. Er wollte sich noch einmal der Reinheit des Kampfes hingeben.«

»Du hast ihm ja vorgeschlagen, dass er erst zu einem späteren Zeitpunkt, wenn der Fokus steht, zu unseren Leuten stoßen soll – wenn sich dieser als kämpfende Einheit bewährt hat. Aber nein, er wollte von Anfang an dabei sein«, verteidigte Raúl die Entscheidung, Che ziehen zu lassen.

»Er wollte zur Zeit des Ruhms zurück«, setzte Fidel flüsternd hinzu.

Ein wehmütiger Blick trat in seine Augen. Auch er würde gern dahin zurückkehren, dachte Marc.

»Die Revolution war strapazenreich, aber schön und ruhmvoll, aber die Schwierigkeiten damals waren nichts gegen unsere jetzigen, die Revolution uns und dem Volk zu erhalten«, klagte Fidel und seine Hand fiel schwer auf den Tisch. »Wir müssen das Bewusstsein der Menschen verändern und die CIA intrigiert in Kuba hinein und wirft uns dauernd Knüppel zwischen die Beine.«

»Wie hoch sind Ches Chancen, dass er dort wenigstens heil herauskommt?«, fragte Marc, alarmiert durch diese Information.

»Dreißig zu siebzig. Aber noch besteht eine Chance«, mutmaßte Raúl.

»Nein. So schlimm sehe ich es nicht, Bruder!«, widersprach Fidel. »Er ist immerhin Che, der Sieger von Santa Clara und er hat inzwischen viel dazugelernt. Und … er hat unsere besten Kämpfer.«

»Wer ist dabei?«, fragte Marc. Es war nicht nur Neugier, denn je bessere Männer Che dabei hatte, desto größer waren seine Chancen, aus dem Schlamassel noch zu entkommen.

»Seine alte Truppe. Coello, Harry Villegas, Leonardo Tamayo, der kleine Indio, der in der Sierra Maestra den Boten gespielt hat, sowie Montes, Pantoja und Antonio Sánchez .«

»Auch Manuel Hernández und Maria Martinez Tamayo, unser Papi M'bili, und viele andere mehr. Gute Leute!«, ergänzte Raúl.

Marc kannte die meisten. Raúl hatte recht. Das waren die Besten.

»Wo ist Che jetzt? Doch nicht mehr in La Paz?«

»Nein. In der Nähe des Flusses Ñancahuazú, eine Berggegend mit üppiger Vegetation, so wie einst in der Sierra Maestra.«

»Eine dünn besiedelte Gegend, in der man gut einen Fokus aufbauen kann«, erklärte Raúl.

»Was aber auch Nachteile hat«, schränkte Fidel ein. »Dort gibt es kaum Bauern, die man für sich gewinnen und von denen man Lebensmittel kaufen kann. Regis Debray, du kennst ihn, hat die Gegend analysiert.«

»Ich kenne Regis, der Mann ist in Ordnung«, gab Marc zu.

Regis Debray war ein französischer Journalist, der den Kampf der Lateinamerikaner gegen die Yankees journalistisch unterstützte.

»Wir haben den Eindruck, dass sich Che aus lauter Kampfeslust nicht ausreichend mit der Situation am Ñancahuazú befasst hat«, erklärte Fidel. Die Daumen seiner gefalteten Hände kreisten umeinander. »Es gab Alternativen, die näher an der argentinischen Grenze lagen. Aber er war so ungeduldig, wollte unbedingt die Führung übernehmen und aus seinen Männern eine kampferprobte Truppe schmieden. Es war ihm, so schien es uns, eigentlich egal, wo das Hauptlager errichtet wird. Hauptsache, er konnte endlich anfangen. So ist Che eben: Seien wir realistisch, wagen wir das Unmögliche!«, schloss Fidel seine Erklärungen mit einem Spruch von Che ab.

»Ich muss zu ihm«, drängte Marc.

»Das kommt uns entgegen«, ging Raúl darauf ein. »Wir empfangen seit einigen Wochen keine Nachrichten über Funk mehr von ihm. Wir müssen mit Boten kommunizieren, die wir von La Paz an den Ñancahuazú schicken, wodurch viel Zeit verloren geht. Wie wir hören, kann er uns zwar empfangen, aber er kann nicht senden.«

»Auch das noch!«, entsetzte sich Marc. »Er ist also isoliert.«

»Fast«, stöhnte Fidel. »Wir werden dich unterstützen. Du musst ihm klarmachen, dass er den Kampf in Bolivien abbrechen soll. Erinnere ihn an seine eigenen Analysen. Wir haben ihn dazu bereits aufgefordert. Aber du kennst ja Che. Er kann wie ein Maultier sein.«

»Du bist nicht in Form für einen Guerillakampf. Wenn du zu ihm gehst, darfst du keine Belastung für ihn sein«, warf Raúl mit kritischem Blick auf Marcs Gestalt ein.

»Dann bringen wir ihn in Form«, entschied Fidel. »Er sieht doch gut in Schuss aus. Das Hüftfett bekommen wir schnell weg. Zwei Monate Training und wir haben den alten Kochba wieder.«

»Einverstanden. Aber gebt mir Carnel und Chaco mit.«

»Deine alten Leutnants? Meinetwegen, aber die müssen dann auch durchs Sondertraining. Hast du mit ihnen gesprochen?«

»Natürlich. Sie sind immer noch Revolutionäre und bereit mitzukommen, wohin es auch geht.«

»Bueno. Dann ist alles besprochen«, sagte Raúl. Er sah auf seine Rolex. »Ich gehöre ins Bett.«

»Geh nur. Ich werde mit Kochba noch ein wenig über die alten Zeiten plaudern. Mit Schlaf ist ohnehin nicht mehr viel«, stimmte Fidel zu. »Komm, alter Freund, gehen wir in den Garten und zählen die Sterne.«

Er erhob sich mühsam und ging ihm voran, öffnete die Tür und es ging einen langen Gang entlang in einen Garten, der wie eine Oase hinter dem Haus lag und von hohen Königspalmen eingerahmt wurde. Fidel wies auf eine Bank, neben der zwei Fackeln brannten. Das Licht sorgte dafür, dass die Flamboyants in schönem glutvollem Rot hervortraten.

»Ist Kuba nicht schön«, sagte Fidel andächtig.

»Du hast doch noch was auf dem Herzen.«

Fidel lächelte. »Hast du eine Zigarre dabei?«

»Ich denke, du darfst nicht …«

»Richtig. Aber heute mache ich eine Ausnahme.«

Marc reichte ihm sein Zigarrenetui und nahm sich selbst eine heraus. Castro lachte glücklich, ließ sich Feuer geben und atmete tief durch.

»Du bleibst Alexandre Dumas treu, was?«

»Ja. Einer für alle – alle für einen!«, erwiderte Marc grinsend.

»Und damit sind wir beim Punkt. Ich mache mir große Vorwürfe, dass ich ihm das Bolivienprojekt vorgeschlagen habe. Aber es schien mir damals aussichtsreich. Der Verrat von

Monje hat alles verändert. Er hätte eine Chance gehabt, wenn die Städte sich erhoben, wenn die Bergarbeiter zur gleichen Zeit ihre Rechte eingefordert und die Arbeiter einen Generalstreik ausgerufen hätten. Aber so wie es jetzt aussieht, ist es ein Selbstmordkommando.«

»Ich kenne Che seit meiner Schulzeit. Wenn er sich mal etwas in den Kopf gesetzt hat, dann kann ihn niemand aufhalten.«

»Che darf nicht gefangen genommen werden«, wiederholte Fidel seine Befürchtung. »Er ist das Symbol unserer siegreichen Revolution. Er hat außerdem tausendfach den Dank des kubanischen Volkes verdient. Außerdem, er ist mein Freund, mein Bruder, vielleicht sogar mein besseres Ich. Er hat Fehler, gewiss, denn er ist ein Mensch, aber wenn man dagegen seine Anlagen stellt, seine glühende Gegnerschaft des Imperialismus, so wiegen diese gering. Wie oft wünschte ich mir, dass ich so rigoros sein könnte wie Che. Aber ich habe die Verantwortung für Kuba. Ich konnte doch nicht auf die Unterstützung der Russen verzichten. Che hat ja recht mit seiner Kritik. Die Sowjets sind keine Revolutionäre mehr, sondern sattgefressene Bürokraten. Im ganzen Zentralkomitee findest du keinen, den ich mir in der Sierra Maestra an meiner Seite gewünscht hätte. Da findest du keinen Bucharin, Rykow, Trotzki, Radek oder Kamenew, von Lenin ganz zu schweigen. Nein, das sind alles Arschlöcher.«

»Seid ihr im Streit auseinandergegangen, als er damals nach Afrika ging und alle Ämter niederlegte?«

»Streit? Nein. Wir haben diskutiert, leidenschaftlich diskutiert, stundenlang, tagelang. Eine Freundschaft muss das aushalten.« Fidels Zigarre glühte auf, als gehöre sie zu den Glühwürmchen, die die Flamboyants umtanzten.

»Danke, dass du mir deine Hilfe nicht versagst.«

»Du bekommst die Zinsen der Revolution. Wir sind nicht undankbar, dass du bei uns in der Sierra Maestra dabei warst. Und immerhin hast du uns den Staatsschatz gerettet. Trotz eures Streits weiß ich, dass eure Freundschaft fest begründet ist. Wir werden ihm funken, dass du auf dem Weg zu ihm bist.«

»Vielleicht wird er darüber gar nicht erfreut sein.«

»Schon möglich. Aber letztendlich wird eure Freundschaft siegen. Wenn er schon nicht auf uns hört, auf dich wird er hören.«

»Da bin ich mir nicht so sicher.«

»Ein Versuch ist es allemal wert.«

Ein Kauz kam herangeflogen, umkreiste einmal die Bank und ließ sich auf Fidels Schulter nieder.

»Der kommt jede Nacht, wenn ich hier sitze. Na, Santa Clara, da bist du ja. Hast dich nicht gleich herangetraut, weil ich Besuch habe. Aber das hier ist ein Genosse, jemand aus der Sierra Maestra.«

Er strich über die Federn des Tieres und das Käuzchen neigte den Kopf und starrte Fidel an.

»Weißt du, dass die Eulen in der Antike heilige Vögel waren?«

Marc nickte.

»Nicht umsonst haben sich die Athener die Eule als Symbol ausgesucht.«

»Sie sind voller Wissen«, stimmte Fidel nachdenklich zu. »Und sie sind nützlich und reinigen die Natur. Solches mussten wir auch damals tun. Du weißt schon, in La Cabaña. Wir mussten uns von den Mördern und Folterknechten befreien.«

»Du weißt, dass ich anders darüber denke.«

»Ich weiß. Aber Che hat recht und du hast unrecht. Außerdem … wenn du einen anklagen willst, dann mich. Ich trage die Verantwortung für das, was er in La Cabaña für Kuba tat.«

»Eure Gefängnisse sind voll von denen, die für die Freiheit, für ein anderes, ein demokratisches Kuba eintreten.«

Fidel lachte rau. »Du bist mutig, Kochba! Einen anderen würde ich jetzt von der Insel jagen. Demokratie? Bei uns sind auch Wahlen, schließlich sollen die Besten, die Überzeugtesten, die Durchschlagskräftigsten Kuba dienen!«

»Aber deine Partei bestimmt die Abgeordneten. Das ist keine Demokratie!«

»Haben die USA eine Demokratie? Da bestimmen die Reichen, wer das Land regiert. Es ist bestenfalls eine Oligarchie, das weißt du, Kochba. Und wenn in Lateinamerika Wahlen abgehalten werden, putschen die Militärs, wenn kein amerikahöriger Kandidat die Wahlen gewinnt. Warum, zum Teufel, sollen alle Völker die Demokratie der Amerikaner übernehmen? Wo steht geschrieben, dass man nur in dem ausbeuterischen System des Neoliberalismus glücklich werden kann? Nein, auch darin hat Che recht. *Socialismo o muerte.* Es gibt keine Alternative, wenn wir mit der Menschheit vorankommen wollen.«

Als wollte der Himmel seine Worte unterstreichen, fiel ein Sternschnuppenschauer auf Havanna herab.

»Siehst du, der Himmel gibt mir recht«, freute sich Fidel.

»Wie von Cecil DeMille inszeniert«, stimmte Marc in sein Lachen ein. »Es ist so kitschig, dass ich es nicht mal in mein Buch aufnehmen kann. Sag mal, als bei der Großdemonstration vor dem Martí-Denkmal die Taube auf deine Schulter flog, hast du das auch inszeniert? Ganz Kuba sprach von einem Wunder.«

»Wenn es ein Wunder war, dann kann man es ohnehin nicht erklären!«, erwiderte Fidel schmunzelnd. »Es gibt Dinge, die sich nicht erklären lassen. Ich sagte: *Socialismo o muerte!* Es gibt keinen anderen Weg für das Glück der Menschen. Unser Sieg auf Kuba war auch ein Mirakel und dieses hatte mit Che zu tun. Sag mir nicht, dass sein Sieg vorauszusehen war.«

»Du spinnst ganz schön, *Comandante Máximo*«, erwiderte Marc lachend.

Fidel warf die fast aufgerauchte Zigarre lachend weg und schlug sich auf die Knie. »Es war eine gute Zigarre. Ich danke dir, Kochba.«

»Wofür?«

»Für die wunderbare Montecristo, für das Gespräch, für deine Offenheit. Du hast immer noch *cojones*.«

»Sieht so aus.«

»Nehmen wir noch eine Mütze Schlaf und, mein Lieber …« Er tippte Marc auf die Brust. »… bring das mit dem Mädchen Lara in Ordnung. Sie ist ein Kind der Revolution.«

»Du auch? Jeder versucht mich wegen ihr unter Druck zu setzen.«

»Weil das mit dir und dem Mädchen zu den Wundern der Revolution gehört. Du wärst ein Idiot, wenn du die Geschichte nicht in Ordnung bringen würdest.«

»Was verstehst du darunter?«

»Das weißt du.«

»Sie war ein Kind, als ich sie zum ersten Mal sah, damals in Fomento.«

»Na und? Heute ist sie eine der schönsten Frauen auf Kuba und wir haben weiß Gott viele schöne Frauen.«

»Ach, kratz mir den Toches!«

»Alter Jude, du! Verpass dein Glück nicht!«, mahnte der *Comandante Máximo,* umfasste seine Schultern und schüttelte ihn. Er begleitete Marc in die Tiefgarage und nickte dem Offizier zu.

»Fahrt ihn nach Hause. Und du, mein Freund«, wandte er sich noch einmal an Marc. »Bring Che dazu, sich zu retten.«

Marc versprach sein Bestes zu tun, bekam einen Klaps auf die Schulter und einen feuchten Kuss auf die Wange. Als er im Auto saß, fragte er sich, ob Che nicht die Unmöglichkeit, die Welt zu verändern, erkannt hatte und nun in einem letzten Versuch ein Zeichen setzen wollte, das man bis zur Selbstaufopferung gehen musste, wenn man den Sozialismus verwirklichen wollte? War es das, was Che dazu gebracht hatte, nach Bolivien zu gehen?

Er bekam nicht mehr als eine Stunde Schlaf. Bereits um sieben Uhr stand ein Wagen vor Aleidas Haus und hupte. Er sprang aus dem Bett und zog sich hastig an. Als er die Treppe hinunter in die Küche ging, kam ihm Aleida im Morgenmantel entgegen.

»Komm. Ich mache dir schnell noch einen Kaffee. Es ist gut gelaufen?«

»Ja. Ich gehe zu Che.«

Sie legte die Hand auf den Mund und drückte sie dann auf Marcs Lippen. »Dafür danke ich dir. Bring ihn zurück! Weißt du, wie es ihm geht?«

Er sagte ihr nicht, dass es ihm seiner Meinung nach nicht gut gehen konnte. Es wäre ja nur eine Vermutung gewesen.

»Seine jetzige Situation kennen wir nicht – nicht einmal Fidel.«

»Nimmst du einen Brief für mich mit?«

»Natürlich.«

Sie reichte ihm den Brief und er steckte ihn in seine Lederjacke.

»Wo ist er?«

»In … Bolivien.«

Er hatte gezögert, es zu sagen. Schließlich sollte es ein Geheimnis bleiben. Aber hatte Ches Frau nicht ein Recht darauf, seinen Aufenthaltsort zu kennen?

»Ich sag es schon nicht weiter!«, beruhigte sie ihn. »Wie ist das Klima dort? Ist es für sein Asthma erträglich?«

»Das weiß ich nicht. Aber ich werde auf jeden Fall Asthmatabletten für ihn mitnehmen.«

Sie reichte ihm die Kaffeetasse. Er trank schnell den heißen, süßen und aromatischen Kaffee und reichte ihr die Tasse zurück.

»Du kommst doch noch einmal vorbei?«

»Ich mache jetzt erst einmal ein Guerillatraining. Danach komme ich noch einmal zu euch.«

»Gut, dass du ›euch‹ gesagt hast. Ich wollte Lara nicht wecken, weil ich zuerst wissen wollte, wie es mit Fidel gelaufen ist.«

»Sag ihr, dass ich … Ach, zum Teufel, sag ihr einfach, dass ich mein Wort bisher immer gehalten habe und dass es diesmal nicht allein mein Wort ist, wenn ich zurückkomme.«

Aleida lächelte zufrieden. »Auch aus … Liebe?«

»Schon möglich. Vielleicht. Ach, was weiß ich.«

Er lief hinaus. Marc hörte sie noch lachen. Er sah nicht, dass am Fenster eine Gardine zur Seite geschoben wurde und brennende Augen ihn beobachteten, wie er in die Limousine stieg. Sah nicht, konnte auch nicht sehen, wenn er hochgeblickt hätte, dass sich diese mit Tränen füllten, war ja ganz beherrscht von dem Gedanken: Ich muss Che zurückholen. Ich muss gegen den Dämon, der ihn beherrscht, ankämpfen, ich muss … ich muss … Er ist doch auch nur ein Mensch, er kann doch nicht allein für den besseren Menschen kämpfen. Er ist weder Jesus noch Mohammed, weder Buddha noch Zarathustra, sondern ein Mensch und damit unfertig, nach den Regeln, die er, Che, sich selbst gegeben hatte.

Der Wagen brachte ihn nach La Cabaña. Ausgerechnet La Cabaña. Er vermutete, dass Raúl dies eingefädelt hatte. So etwas gehörte zu seinen kleinen boshaften Späßchen. Der Fahrer führte ihn in das Kommandeurszimmer, das er aus Ches Zeiten kannte. Hinter dem Schreibtisch erhob sich ein bulliger Mann.

»Hauptmann Pérez Montoya. Ich soll dich in Form bringen. Deine beiden Genossen Carnel und Chaco sind bereits da. Wir haben sie heute Nacht aus den Federn geholt. Sie hatten ganz schön Schiss, als sie in La Cabaña ankamen. Ich habe sie beruhigt. Ihr bleibt ein paar Tage hier. Schießübungen, ein bisschen Theorie und dann geht es ab nach Pinar del Río. Dort werden wir euch schleifen, dass euch das Wasser im Arsch kocht! Ich bin der schlimmste Ausbilder der kubanischen Armee, aber ich gebe euch mein Wort, ihr werdet, wenn ihr das Training überlebt, so fit sein wie damals in der Sierra Maestra. Ich weiß nicht, wohin man euch schicken wird. Aber da der Befehl von Raúl persönlich kommt, muss es eine wichtige Sache sein. Ihr werdet zur Elite der Guerilleros gehören oder krepieren.«

Als Marc seine Freunde traf, machten diese vorwurfsvolle Gesichter.

»Da hast du uns ja was Schönes eingebrockt«, beschwerte sich Chaco. »Pérez Montoya ist der gemeinste Schleifer der südlichen Hemisphäre, ein Ungeheuer, ein Schreckgespenst!«

»Beschwere dich nicht. Der *Máximo Líder* will nur sicherstellen, dass wir eine Überlebenschance haben.«

»So schlimm steht es? Oha, in welche Hölle schickt man uns?«

Er sagte es ihnen.

»Ein Scheißland!«

»Argentinien wäre in Anbetracht der dortigen politischen Verhältnisse auch nicht besser.«

»Mag sein. Von Politik habe ich keine Ahnung. Mir wäre die Dominikanische Republik lieber gewesen, so etwas in der Art. Die haben dort auch einen kleinen Fiesling und Schlächter als Präsidenten.«

»Che geht es nicht um eine weitere Insel, sondern um Südamerika.«

»Oha«, bemerkte Chaco. »Wir haben eine Scheißkarte gezogen.«

Am Abend brachte Marc seine Notizen in Ordnung, schilderte die Gespräche mit Fidel und Raúl. Es kam ganz schön was zusammen. Von Lara schrieb er nicht. Er hatte noch viele Seiten vollzuschreiben.

Die Tage in La Cabaña waren nicht so schlimm wie befürchtet. Sie übten an M1 und Thompsons, an Granatwerfern und Panzerfäusten. Unablässig trieb Montoya sie an und verlangte mehr Ausdauer, mehr Präzision, mehr Konzentration. Wenn er nicht zufrieden war – und das war er selten – fluchte er wie ein spanischer Bordellwirt. Sie lernten, mit verbundenen Augen die Waffen auseinanderzunehmen und wieder zusammenzubauen. Aber sie waren ja keine unerfahrenen Männer und fanden bald zu den alten Fähigkeiten zurück. Marc geriet mit Montoya in einen heftigen Streit, weil er sich als persönliche Waffe für einen großkalibrigen Revolver von

Smith & Wesson entschied und nicht für eine Pistole von Colt.

»Willst du dort, wo immer euer verficktes Ziel ist, Cowboy spielen?«, brüllte der Ausbilder aufgebracht.

»Nein, aber die Magnum versagt nie. Außerdem hat sie die Durchschlagskraft, die schon bei einer leichteren Verletzung den Gegner unschädlich macht. Ich habe schon in der Sierra Maestra so eine Waffe benutzt.«

»Na dann!«, gab Montoya mürrisch nach, der nicht in der Sierra Maestra dabei gewesen war und dies als das größte Manko seiner Laufbahn ansah. Er hatte einst in der Armee von Batista gedient, war aber zu einem überzeugten Anhänger der Revolution geworden. Gegen den Ruhm der Männer der ersten Stunde konnte er schlecht anstinken.

In Pinar del Río wurde es dann wirklich schlimm. Das Lager war eine Finca in den Bergen und so luxuriös wie ein Haus in den Favelas von Río. Sie mussten jeden Tag vierzig Kilometer mit vollem Marschgepäck marschieren und bekamen weder Wasser noch Essen. Und dazu kamen noch stundenlange Nachtmärsche. Am härtesten waren die endlosen Nahkampfübungen. Einen Menschen zu töten geht gegen die Natur des Menschen, und sie lernten wieder Skrupel zu überwinden und trainierten Jiu Jitsu und Karate. Sie lernten den tödlichen Schlag, sie zerschlugen Ziegelsteine und rannten durch feurige Asche. Sie robbten durch Sümpfe und Montoya ließ scharf auf sie schießen.

Auch Marc fragte sich so manches Mal, ob das alles nötig war oder nur eine Schikane von Raúl, der ihm seinen Weggang von Kuba nicht verziehen hatte.

»Vielleicht ist es doch für etwas gut«, versuchte er die Genossen zu beruhigen, die längst bereuten, dass sie sich für dieses Kommando freiwillig gemeldet hatten.

»Wenn ich hier fertig bin, bringe ich Montoya um«, flüsterte Carnel ihm eines Nachts zu. Sie hatten ein Zimmer ohne Möbel, ohne Matratzen und der einzige Vorzug war, dass die

Türen offenblieben und frische Luft hereinkam. »Und wenn es das letzte ist, was ich tue! Das Vergnügen gönne ich mir.«

»Er tut doch nur das, was Raúl ihm befohlen hat. Wir sollen Elitesoldaten werden.«

Gut an dem Training war, dass auch ein Arzt kam, der ihnen die Versorgung von Wunden beibrachte. Sie lernten also Fleischwunden, Brüche und ausgerenkte Schultern zu behandeln, Beine zu schienen oder was bei einem Bauchschuss zu tun war. Der Arzt war so gut vorbereitet wie sie. Er wusste über die Heilpflanzen in den bolivianischen Wäldern Bescheid und lehrte sie, heilbringende Pasten und Getränke herzustellen.

»Damals, in der Sierra Maestra, sind wir nicht so gut vorbereitet in den Kampf gegangen«, tröstete Marc die Freunde. Er hatte zwanzig Kilo abgespeckt und sah, so fand er, jünger aus als damals auf der *Granma*. Als er die vierzig Kilo auf dem Rucksack nicht mehr spürte, wusste er, dass er für Che ein guter Kämpfer sein würde.

Am Ende der Ausbildung kam Fidel in das Camp und brachte jede Menge Zeitungen mit.

»Die Zeitungen machen sich bereits Sorgen darüber, wo der berühmte Topjournalist Marc Mahon abgeblieben ist«, kommentierte Fidel, als er ihm die Zeitungen zuwarf. Tatsächlich fand er in einigen Zeitungen unter »Gemischtes«, dass er verschwunden sei und auch sein Verlag nicht sagen könne, wo er sich aufhielte.

»Die werden sich noch eine Weile begnügen müssen«, schnaubte Fidel.

Am Abend, nachdem er den Übungen zugesehen hatte, nahm er Marc beiseite. »Setzen wir uns in die Laube hinter der Finca.«

Die Dunkelheit kroch bereits heran. Das letzte Tageslicht versickerte rotgelb hinter den Königspalmen. Marc erinnerte ihn an den Sternenregen über Havanna bei ihrem letzten Gespräch.

»Hoffen wir, dass dies ein gutes Omen war.«

Fidel holte einen Zeitungsartikel aus seiner Uniformjacke. Jawohl, hier im Camp trug er wieder das vertraute Olivgrün der Sierra Maestra. Zornig schlug er auf den Artikel.

»Die Katze ist aus dem Sack! Barrientos hat vor der Presse erklärt, dass Che in Bolivien ist, er ihn aber bald wie ein Tier in einem Käfig präsentieren würde. Er hätte General Ovando alle Vollmachten erteilt. Die Jagd sei eröffnet.«

»Wie ist es herausgekommen?«

»Vermutlich aus dem Umkreis von Monje. Die bolivianischen Kommunisten erweisen sich wie vermutet weiterhin als sehr unzuverlässig. Allerdings habe ich aus den USA erfahren, dass die Amerikaner nicht so recht daran glauben, dass Che in Bolivien ist und Barrientos ihrer Meinung nach nur mehr Waffen und Rangerunterstützung mit übertriebenen Meldungen herausschlagen will. Obwohl sie zweifeln, haben sie ihm die Unterstützung zugesagt. Du musst also schnellstens nach Bolivien. Montoya meint, dass ihr soweit seid.«

»Das denke ich auch. Ich bin besser in Schuss als damals in unseren Bergen.«

»Gut. Dann fliegt ihr in drei Tagen. Zuerst nach Río und von dort nach La Paz. Natürlich in Zivil. Ausrüstung bekommt ihr von Villegas, der gerade dort ist, weil er sich noch einmal mit Monje treffen will. Dieser hat mal wieder Zustimmung zur Zusammenarbeit signalisiert, ist aber laut eigenem Bekenntnis körperlich nicht in der Lage mitzukämpfen. Es ist wohl wieder eines seiner Spielchen, um vor uns nicht völlig das Gesicht zu verlieren. Ich habe die Schnauze gestrichen voll von diesem *gusano*!«

»Alles deutet also immer noch auf einen Kreuzgang hin«, stellte Marc fest.

»Sieht so aus. Es ist eine total verschissene Aktion geworden. Aber er ist Che. Glaubst du, das Schicksal lässt ihn in so einem Scheißland scheitern?«

»Glaubst du an das Schicksal? Meinst du Gott? Hat er nicht auch seinen Sohn geopfert?«

Fidel lachte auf und schlug Marc auf die Schulter.

»Mann, was ist mit uns los? Wir faseln von Schicksal und Gott und haben doch keine Ahnung von solchen Dingen. Schöne Revolutionäre sind wir. Ich habe eine gute Flasche Rum mitgebracht. Lass uns einen saufen. Mir ist nicht oft danach, aber heute ist so ein Abend.«

Bereits am nächsten Tag ging es zurück nach Havanna. Die Abreise kam für Carnel so unvermittelt, dass er sein Vorhaben, Montoya zu töten, nicht ausführen konnte. Marc nahm ganz automatisch bei Aleida Quartier. Auch seine beiden Genossen erhielten Gelegenheit, sich von ihren Familienangehörigen zu verabschieden.

»Nun?«, fragte Aleida, als er eintrat. Er wusste, was sie erwartete.

»Wir brechen übermorgen auf. Unsere Aufgabe ist ganz klar: Versucht Che dazu zu bringen aufzugeben. Fidel erwägt eine Herausholaktion, aber vorher braucht er Fakten.«

Aleida schüttelte energisch den Kopf.

»Die Lage ist doch ohnehin schon beschissen genug. Warum ihn nicht gleich herausholen?«

»Weil Fidel hofft, dass Che abbricht und die Rettungsaktion nicht notwendig wird. Wenn noch mehr Kubaner in Bolivien auftauchen, ist das die Invasion einer fremden Macht, und das wird der große Lümmel in Washington nicht tatenlos hinnehmen. Fidel muss an Kuba denken.«

Aleida warf die Hände hoch, so andeutend, dass sie mit dem Warten nicht einverstanden war, sich aber der Notwendigkeit beugte.

»Wo ist Lara?«

»Was hast du nun mit ihr vor?«, fragte sie misstrauisch. »Ihr beibringen, dass du sie wieder zurücklässt? Das weiß sie längst. Sie ist ja nicht dumm.«

»Ich will ihr noch einmal begreiflich machen, warum ich sie damals …«

»Über verschüttete Milch jammert man nicht. Was für sie zählt, ist das Heute.«

»Ich bin nicht Herr über mein Schicksal. Ches Befreiung geht vor. Alles andere muss zurückstehen. Wenn ich zurückkomme, kann ich alles in Ordnung bringen. Sag mal, wie kommt es, dass alle wissen, wie es zwischen Lara und mir steht?«

»Alle? Nur Fidel, Raúl und noch ein paar Compañeros aus der Sierra Maestra. Lara ist so eine Art Mündel der Revolution geworden. Lara hat sie mit ihren Fragen nach dir oft genug genervt. Ihre Liebe zu dir hat sie nie verheimlicht.«

»Die Liebe eines Kindes …!«

»Das längst zur Frau geworden ist, wie du dich überzeugen konntest. Nun geh und erkläre dich ihr und verschlimmere die Sache nicht. Sie ist im ›Haus der Lieder‹.«

»Was macht sie dort?«

»Sie singt, was soll man dort anderes tun? Ach, das weißt du ja gar nicht. Sie ist eine der bekanntesten Sängerinnen Kubas. Man nennt sie das Goldkehlchen der Revolution.«

»Wo ist der Club?«

»Es ist kein Club, eher ein Haus der Begegnung und liegt ganz in der Nähe des Stadtparks. Marc, tu jetzt nichts Falsches! Ich will hier keine gebrochene Frau im Haus haben. Ich habe mit mir selbst genug zu tun.«

»Warum hat alle Welt Angst, dass ich etwas falsch machen könnte?«

»Ich sagte doch schon: Sie ist das Mündel der Revolution«, erwiderte Aleida streng und sah auf die Uhr. »Nun zieh endlich los. Ihr Auftritt wird im Fernsehen übertragen. Ich werde ihn mir ansehen.«

Er machte sich kurz frisch und zog seine Sachen aus Paris an. Nach zwei Monaten in Olivgrün, in denen er manchmal tagelang nicht die Wäsche hatte wechseln dürfen, war es angenehm, ein frisches Hemd zu tragen, das einen leichten Rosenduft verströmte. Als er dies Aleida sagte, erwiderte sie lachend, dass Lara sich um seine Kleider gekümmert hatte.

Die »Casa de Canto« war ein weißes Haus auf einer Anhöhe mit einem schönen schmiedeeisernen Tor und allegorischen Figuren neben dem Eingang. Er betrat den Innenhof und fühlte sein Herz schneller schlagen.

Auf einer Bühne, umringt von vielen Menschen, sang Lara. Marc drängte sich zur Tribüne durch. Unwillige Blicke begleiteten ihn. Durch seine westliche Kleidung hielt man ihn für einen Gringo. Lara lächelte, als sie ihn entdeckte. Sie sang ein Lied von Teresa Vera, das sogar er kannte. Lara hatte eine klare Stimme. Sie verdiente den Namen Goldkehlchen, stellte er stolz fest. Ihm zugewandt sang sie:

What does my love mean to you
If you no longer love me?
We should not dwell
On love that is past.

Dass sie das Lied auf Englisch sang, schien niemanden zu stören. Als sie geendet hatte, klang lauter Jubel auf. Sie stieg die Treppe des Podests hinunter und kam zu ihm. Sie legte ihm ihre Hände um den Hals und küsste ihn erst sanft und dann heftig, als müsse sie einen lange durchlittenen Durst löschen.

»Du bist zurück.«

»Leider nur eine Zwischenstation.«

»Ich weiß. Aleida hat mich darauf vorbereitet. Aber du bist angekommen.«

Was meinte sie damit? Er war sich seiner nicht sicher. Diese ungewöhnliche Liebe, erwachsen aus der Kinderzeit, machte ihn glücklich und verunsicherte ihn zugleich.

»Komm!«, sagte sie und nahm ihn bei der Hand.

»Wohin?«

»Zu den Engeln Kubas!«, erwiderte sie rätselhaft.

Sie zog ihn aus der ›Casa de Canto‹ und sie liefen Hand in Hand die Straße hinunter in eine Jacarandaallee. Es dämmerte bereits. Die Sterne traten heraus.

»Fidels Sterne«, bemerkte er.

»Nein. Über die Sterne gebietet er noch nicht«, widersprach sie lachend.

Sie liefen eine Anhöhe hoch, immer noch die Hände ineinander verschränkt. Durch ein marmornes Tor betraten sie den Friedhof Cristóbal Colón. Der Mond warf ein silbernes Licht auf die Grabsteine. Nun verstand er ihre Worte von den Engeln Kubas. Auf vielen der endlosen Reihen von Grabsteinen standen riesige Engel in weißer Unschuld.

»Der dort ist mein Lieblingsengel«, sagte sie und deutete auf einen Engel, der mit riesigen Flügeln schützend über dem Grabmal stand. »Komm, setzen wir uns«, sagte sie und zog ihn auf die Grabplatte.

»Stören wir hier nicht?«

»Die Toten? Nein. Nur tagsüber kommen die Familien hierher, um am Grab ihrer Angehörigen Picknick zu machen.«

Ihn erinnerte die Szenerie an Thomas Wolfes Roman »Schau heimwärts Engel«, den er in seiner Jugend gelesen hatte und der ihn zu einem begeisterten Leser amerikanischer Romane gemacht hatte. Wolfe stand bei ihm am Anfang. Später kamen Hemingway, Fitzgerald, Steinbeck und Faulkner dazu. Man muss Wolfe in dem richtigen Alter lesen. Es ist ein Buch für junge Menschen, die auf der Suche nach sich selbst sind.

Sie legte ihre Arme um seinen Hals, drückte ihn auf die Steinplatte und beugte sich über ihn und er sah durch ihr Haar das Gesicht des Engels, der, wie er fand, schützend seine Flügel über sie ausbreitete.

»Begreifst du endlich?«, flüsterte sie. »Ich bin das Versprechen, das du von Marizia in Fomento gehört hast.«

Sie küssten sich und eine große Ruhe und Zufriedenheit kam über ihn, wie er es schon seit seiner Jugend nicht gefühlt hatte. Und hier auf dem Friedhof, unter dem Schutz des marmornen Engels, fielen ihm Wolfes Worte ein:

»... ein Stein, ein Blatt, eine nie gefundene Tür,
von einem Stein, einem Blatt, einer Tür.

Und von all den vergessenen Gesichtern …
… uns sprachlos erinnernd suchen wir die große
vergessene Sprache, den verlorenen Himmelspfad,
einen Stein, ein Blatt, eine nie gefundene Tür.
Oh verloren und vom Winde betrauert, Geist, kehr wieder
zurück.«[3]

Vollendete sich Marizias Liebe durch die Liebe Laras? War das ihr letztes Geschenk an ihn? Sie streichelte seine Brust und er öffnete ihr Kleid. Ihr Leib schimmerte weiß und silbern und geheimnisvoll im Mondlicht wie auf den Bildern der Raffaeliten. Fledermäuse umflatterten den Kopf der Engel. Sie störten nicht. Niemand störte. Unter dem Lächeln der Engel tat er es. Er sah nicht die Sterne, nicht den Mond über Havanna. Er sah durch ihren Haarschleier das freundliche, lächelnde Gesicht des Engels. Wie stand es noch in den alten Schriften der Sumerer und Hebräer: Er erkannte sein Weib.

Er wusste nun, dass sie recht gehabt hatte. Nun verstand er sie. Er war angekommen.

Dann kam die Stunde des Abschieds. Sie weinte nicht. Ihre Kehle zuckte zwar, aber ihr entfloh kein weher Ton. Sie küsste ihn und ihre Lippen waren kalt, wie abgestorben, aber sie weinte nicht.

»Du kommst zurück.«

»Gewiss. Und diesmal für immer.«

»Du wirst nicht sterben.«

»Nein. Nicht in den nächsten hundert Jahren.«

»Ich warte auf dich.« Ihre Stimme klang dünn, als habe sie Mühe zu sprechen.

»Nun macht Schluss! Zögert es nicht zu lange hinaus«, drängte Aleida.

---

3 Zitat aus Thomas Wolfe, „Schau heimwärts, Engel“, Manesse, 2009

Er löste sich von Lara, schulterte den Rucksack und lief die Treppe hinunter. ›… ein Stein, ein Blatt, eine nie gefundene Tür?‹, dachte er. Was bedeutet es? Du hast doch die Tür gefunden, du hast aus der Vergangenheit heraus den Weg gefunden. Die Parole, die er auf dem Weg zum Flughafen auf einem Plakat las, hatte nichts mit diesem Weg zu tun: Socialismo o muerte.

Was für ein Unsinn, Che!, dachte er. Es ging um ihn, um Ernesto Guevara de la Serna, der ihm in Córdoba zum Freund geworden war.

20

Ein stinkender Kadaver auf einem Gipfel der Anden

La Paz ist eine Stadt auf viertausend Metern Höhe. Der erste Eindruck ist übel und auch der zweite macht ihn nicht besser. Es ist die einzige Stadt der Welt, wo die Armen in großer Höhe wohnen und die Reichen im Talgrund unter ihnen. Der Grund hat nichts mit der Aussicht zu tun, sondern mit der Luft, die dort unter den Wolken recht dünn ist und die Lungen nicht mit ausreichend Sauerstoff versorgt. Über die Sterblichkeitsrate ist nichts bekannt. Rings um die Stadt ragen die Berge in die Höhe und sie sind karg und trostlos und niederdrückend. Auch der Gipfel des Illimani in der Ferne verbreitet keine Hoffnung.

Marc stieg allein in ein Taxi. Seine Freunde mussten sich ein anderes Fahrzeug nehmen. Eine Gruppe von drei Männern wäre gar zu auffällig gewesen. Er ließ sich zur *Posada de la Abuela Obudlia* fahren, ein Hotel im landestypischen Stil, das Villegas für ihn gebucht hatte. Die Freunde waren in einer Pension gegenüber untergebracht, von wo sie den Hoteleingang beobachten konnten.

Marc trug einen schwarzen Anzug, ein weißes Hemd, Krawatte mit dem Wappen eines englischen Clubs und blitzblanke schwarze Schuhe und hatte neben seinem Koffer eine gewichtig aussehende Aktentasche bei sich. Er sah aus wie ein europäischer Geschäftsmann. Im Koffer waren zwei Hemden, Unterwäsche und eine Ersatzkrawatte mit rosafarbenen Flamingos. Für ihn war bereits ein großes Paket abgegeben worden, das neben klimabedingter Khakikleidung einen kurzläufigen Revolver, eine Thompson und ein Wurfmesser enthielt. Er steckte den Revolver hinten in den Gürtel. Sein Jackett war so weit geschnitten, dass man die Erhöhung kaum bemerkte.

Er ging hinunter in die Lobby, die mit ihren Palmen und anderen exotischen Pflanzen wie ein Gartenhaus aussah und gut besucht war. Er setzte sich in eine Ecke, von der er die Empfangshalle übersehen konnte. Nach einer Weile hatte er herausbekommen, dass ihn zwei Männer beobachteten. Auch sie trugen unauffällige Geschäftskleidung. Ihre indigenen Gesichter und schwarzen Knopfaugen verrieten keine Gefühle, vielleicht weil sie keine hatten. War dies hier so üblich, dass man Neuankömmlinge überwachte oder war durchgesickert, auf welcher Reise er sich befand? Trotzdem glaubte er alles im Griff zu haben. Und doch wurde er überrascht.

Plötzlich setzte sich ein Mann neben ihn auf die roten Lederpolster der Bank. Villegas.

»Ganz ruhig! Alles in Ordnung, Kochba!«, sagte Villegas. Sie kannten sich seit der Sierra Maestra. Ohne die beiden Beobachter eines Blickes zu würdigen, schüttelte er Marc herzlich die Hand.

»Vorsicht! Die Freunde dort beobachten mich.«

Villegas grinste. »Keine Sorge. Die gehören zu uns und haben alles unter Kontrolle. Im Moment ist die Lobby sauber. Gehen wir trotzdem. Man kann in den Hotels nie wissen, ob nicht die Angestellten Spitzel sind.«

Sie gingen auf die Straße, tauchten in das Gedränge der Hauptstadt ein. Sofort umspülte sie die Kakophonie eines unkontrollierten Verkehrschaos.

»In drei Tagen geht es zum Ñancahuazú«, sagte Villegas und steckte sich eine Camel an. Er war ein schlaksiger, austrainierter Mann mit einem schmalen braunen Gesicht, das Energie und Tatkraft verriet. Che schätzte ihn. Villegas hatte bei den Kapitulationsverhandlungen in Santa Clara eine herausragende Rolle gespielt, erinnerte sich Marc.

»Warum nicht gleich morgen?«

»Weil wir noch einiges klären müssen. Doch davon später. Hast du die Medikamente für Che dabei?«

»Natürlich. Wie geht es ihm?«

»Beschissen. Er ist bereits ein paar Mal ohnmächtig geworden. Aber du kennst ihn ja. Er ist unerschütterlich. Wenn er sich doch mehr lieben und seinen Körper schonen würde, aber er setzt sich Strapazen aus, die manchmal gar nicht notwendig sind. Immer muss er ein Vorbild geben.«

»Wie ist die Situation?«

»Wir sind durch den Ausfall der Funkgeräte total isoliert. Es ist schon zu Desertationen gekommen. Das Stammlager ist dadurch verraten worden.«

»Mein Gott, dann sieht es noch schlimmer aus, als wir in Kuba befürchtet haben. Ist Che nicht mehr am Ñancahuazú?«

»Nein. Aber weit kann er sich nicht von dort entfernt haben, weil in der Nähe des Stammlagers unsere Depots sind, wo wir Lebensmittel und Munition gebunkert haben.«

»Glaubt Che, dass er noch einen allgemeinen Aufstand auslösen kann?«

Villegas räusperte sich. »Nun ja, er vermittelt jedenfalls diesen Eindruck. Anfangs lief es auch ganz gut. Wir töteten viele Soldaten, machten Gefangene. Die Stimmung und Kampfmoral unter den bolivianischen Soldaten war beschissen. Sie liefen wie die Hasen. Aber das hat sich geändert, seit Rangerausbilder und hohe CIA-Offiziere eingetroffen sind. Das Kommando über die Ranger hat der berüchtigte Antiterrorspezialist Ralph ›Pappy‹ Shelton. Barrientos war vor Kurzem bereits am Ende und musste seine Regierung umbilden. Doch seit Eintreffen der US-Militärberater hat sich der Wind gedreht.« Villegas sah sich ein paar Mal um und deutete auf ein Café. »Setzen wir uns dort hinein. Die beiden Männer, die uns folgen, gehören zu unseren Leuten. Es ist alles in Ordnung.«

Er warf die Kippe weg und steckte sich eine neue Zigarette an. Er ist nervös, dachte Marc. Warum ist er so verdammt nervös, wenn alles in Ordnung ist? Sie setzten sich und bestellten Kaffee.

»Shelton von der CIA hat eine Todesschwadron aufgestellt. Außerdem bekommt Barrientos Flugzeuge. Hubschrauber vor allem. Nach anfänglichem Zögern haben die Amerikaner Barrientos nun doch mit allem versorgt, was er haben wollte. Trotzdem rebellierten die Bergarbeiter und solidarisierten sich mit Che. General Ovandos Schergen haben den Streik erbarmungslos niedergeschlagen. Man spricht von achtzig Toten. Obwohl im Land jetzt alles ruhig ist, hat Barrientos die Regierung umgebildet.«

»Dann hat Che doch bereits schneller als in Kuba die politische Ebene des Guerillakampfes erreicht«, staunte Marc. »Ein Ergebnis, das Che recht gibt. Eine gut trainierte Guerillaeinheit kann sich gegen eine Armee behaupten und sie letztendlich besiegen.«

»Nicht so vorschnell! Ches Nachhut wurde bei der Überquerung einer Furt verraten. Acht Männer und die Genossin Tamara wurden getötet. Nach einigen siegreichen Gefechten, wo er der Panther war, ist er nun zum gejagten Wild geworden. Er hat bereits zu viele unserer Kämpfer verloren und an der Haltung der Bauern hat sich noch immer nichts geändert. Ich soll noch einmal mit dem verdammten Monje reden. Vielleicht kannst du mir dabei helfen. Dass Barrientos sich trotz der Unterstützung durch die CIA unsicher fühlt, kannst du daran erkennen, dass er sich mit Klaus Barbie zusammengetan hat, dem Schlächter von Lyon.«

»Das ist wohl eines der übelsten Subjekte neben Adolf Eichmann!«

Marc wusste von Barbie, jeder Franzose wusste von ihm, diesem Sadisten, der während der Besatzung Frankreichs durch die Nazis Frauen mit Schneidbrennern folterte, sie von seinen Schergen vergewaltigen ließ und sie sogar zwang, sich mit Hunden zu paaren. Dieser Klaus Barbie hatte nicht nur den Tod Jean Moulins, des Chefs der Resistance zu verantworten, sondern Kinder nach Auschwitz geschickt. Da er sich den Amerikanern nach dem Krieg andiente, konnte er den Gerichten Frankreichs entkommen.

»Ein SS-Verbrecher, ein Diktator und die CIA. Der Abschaum der Welt kämpft gegen Che«, stöhnte Marc.

»Sie reißen sich darum, ihn umzubringen, damit sie sich im Ruhm des großen *Comandante* suhlen können. Sie begreifen nicht, dass man eine Legende nicht töten kann.«

»Legende? Die ist mir scheißegal. Ich will, dass er lebend aus Bolivien herauskommt.«

Villegas sah auf die Uhr. »Es wird Zeit. Suchen wir Monje auf.«

Sie nahmen ein Taxi, das sie zu den Favelas am oberen Stadtrand brachte. Der Taxifahrer war froh, als sie ihm sagten, dass er halten könne. Er fuhr nicht oft in diese Gegend. Niemand fuhr hier gern hin. Es war oft genug zu Übergriffen gekommen. Die Verzweiflung der Menschen entlud sich manchmal in Gewalttaten. Villegas steuerte eine Hütte in einer ungepflasterten Straße an.

»Er hat natürlich auch ein Büro und wohnt in der Unterstadt. Aber mich lässt er immer hierher kommen. Angeblich, weil sich die Spitzel nicht hierher wagen.«

»Wie oft hast du dich schon mit ihm getroffen?«

»Drei Mal. Und jedes Mal hatte er eine andere Meinung zur Unterstützung. Wenn es nicht so traurig wäre, müsste man darüber lachen.«

Monje war ein dicklicher Mann mit einem feisten roten Gesicht und unruhig blickenden Augen. Er saß an einem Tisch, der mit Papier übersät war. Neben ihm saß eine Frau, die Marc nur zu gut kannte. Die Black Lady lehnte sich spöttisch lächelnd zurück und schlug die schönen Beine übereinander.

»So schnell sieht man sich wieder!«

»Da bist du ja!«, sagte Monje unwillig zu Villegas. »Du hast eine halbe Stunde Verspätung. Und wer ist dein Begleiter?«

»Ein Mann aus der Sierra Maestra. Fidel hat ihn hergeschickt.«

»Wozu?«, fragte Monje schmallippig.

»Um sich ein Bild zu machen, was in Bolivien vorgeht.«

»Schlimmes geht hier vor. Sie haben Che bereits eingekreist. Es kommt genauso, wie ich es vorausgesagt habe. Es war von Anfang an eine verlorene Sache. Eine verrückte Idee, ausgerechnet in Bolivien einen Fokus zu errichten. Wir haben in Bolivien keine revolutionäre Situation.«

»Woran du schuld bist!«, erregte sich Villegas. »Du hättest längst eine zweite Front in den Städten aufbauen können. Noch kannst du deine Solidarität beweisen. Wenn ihr jetzt losschlagt, kann das Che Entlastung bringen.«

»Und was wird dann passieren?«, fauchte Monje und wischte sich den Schweiß von der Stirn. »Sie werden sofort Ranger in die Hauptstadt verlegen und ein Blutbad anrichten. Dafür bin ich nicht zu haben!«

»Das wäre konterrevolutionär«, mischte sich die Black Lady ein. »Vielleicht kann man in ein paar Jahren über einen Aufstand nachdenken. Aber jetzt würde die KP nicht genug Menschen auf die Straßen bringen.«

»Wer ist die Frau? Mit welchem Recht nimmt sie an dieser Besprechung teil?«, fragte Marc und bekam dafür einen amüsierten Blick.

»Eine Genossin aus Ostberlin«, erwiderte Monje. »Das ZK der KP Ostdeutschlands hat sie zu uns geschickt. Ostberlin ist einer unserer wichtigsten Unterstützer.«

»Was ist nun mit den Tupamaros?«, rief Villegas ungeduldig und schlug mit der Faust auf den Schreibtisch, so dass die Papiere durcheinander rutschten. »Bei unserem letzten Gespräch sprachst du davon, dass du Hunderte in La Paz aktivieren könntest.«

»Die Genossen der Bruderstaaten raten zur Vorsicht.«

»Mann, was bist du doch für ein Wendehals! Vor ein paar Monaten sprachst du davon, dass du dich der Guerilla anschließen willst und dann wieder nicht. Als du hörtest, dass Che die Sache übernimmt, wolltest du unbedingt wieder dabei sein. Dann zickst du auf einmal wieder und verlangst die politische Führung, die dir ein Che Guevara niemals zugestehen kann. Che ist der *Comandante* und der nimmt keine Befehle entgegen.«

»Ich bin Chef der KP Boliviens!«, schrie Monje zurück. »Ich allein trage die Verantwortung für meine Genossen. Ich denke und handle für das Proletariat Boliviens. Auch die Genossen in Moskau und Ostberlin stufen Ches Vorgehen in Bolivien als Abenteurertum ein.«

Marc riss der Geduldsfaden. »Das ist doch alles gequirlte Scheiße! Ja oder nein! Kämpft ihr mit Che für die Befreiung Boliviens oder scheißt ihr euch in die Hosen und wollt als Verräter an Che in die Geschichte eingehen?«

»Wir scheißen uns lieber in die Hosen und retten die Partei.«

»Das ist Verrat! Nichts anderes. Hundsgemeiner Verrat!«, brüllte Villegas.

»Ich bin ein verantwortlich handelnder Mensch. Kein Hasardeur«, verteidigte sich Monje, kalkbleich geworden.

»Er ist ganz auf der Linie der Genossen in den Bruderstaaten«, unterstützte ihn die Black Lady.

»Villegas hat recht! Ihr seid Verräter!«, brüllte Marc, griff in den Rücken und holte den kurzläufigen Revolver hervor. »Wisst ihr beiden, was wir in der Sierra Maestra mit Verrätern gemacht haben?«

Er beugte sich über den Tisch und stieß Monje den Lauf des Revolvers in den Bauch. Langsam zog er den Hahn zurück. Es knackte hässlich. Monje quollen die Augen aus dem Gesicht.

»Was soll das, Kochba? Bist du verrückt geworden?«, kreischte die Black Lady. Sie kannte also seinen »Nom de guerre«. Wahrscheinlich kannte sie sogar seine Schuhgröße und seinen Brustumfang. Man wusste ja, dass die DDR einen leistungsfähigen Geheimdienst hatte.

»Mit den Mitteln des Desperados kommt ihr nicht weiter. Es ist eine politische Auseinandersetzung. Und wir, alle Bruderstaaten, beurteilen die hiesige Situation anders als ihr. Man darf die kommunistische Partei Boliviens nicht in ein Abenteuer schicken.«

»Es bringt nichts!«, sagte Villegas und legte Marc die Hand auf den Arm.

Er sicherte die Waffe und steckte sie ein. Villegas hatte ja recht. Es brachte nichts, Monje umzulegen. Marc hätte sich auch nicht zu dieser Drohung hinreißen lassen, wenn er sich durch die Black Lady nicht so provoziert gefühlt hätte.

»Wenn Che scheitern sollte, wird der Fluch der Unterdrückten der Welt über euch kommen! Du wirst dich hinter den Mauern des Kreml verstecken müssen, damit du nicht die Rechnung präsentiert bekommst.«

»Raus!«, keuchte Monje. »Verschwindet! Ich will mit euch Banditen nichts mehr zu tun haben. Und nun meine endgültige Antwort: Nein und nochmals nein! Ich opfere die Genossen nicht in einem sinnlosen Aufstand. Wir werden auch politisch und ohne Blutvergießen die Macht erringen. Eines Tages wird uns die Macht wie eine reife Frucht zufallen, so oder so. Niemand hat Che gebeten, nach Bolivien zu kommen. Es ist sein eigener Krieg, also soll er sehen, wie er ihn gewinnen kann.«

»Moment mal!«, brüllte Villegas. »Du warst bei Fidel und er hat dir unterbreitet, was wir vorhaben.«

»Hat er eben nicht. Er sprach allgemein von einer Guerilla in Südamerika. Bolivien sah er nur, so musste ich es verstehen, als Ausgangspunkt an, um die Aktivitäten sodann nach Peru und Argentinien zu verlagern.«

»So reden sich Feiglinge heraus!«, erwiderte Marc schneidend. »Gehen wir, sonst bringe ich ihn doch noch um.«

»Was für ein Schisser!«, stellte Marc fest, als sie die Straße hinunter zum Tal gingen. Ein Taxi war hier nicht zu bekommen.

»Also dann!«, sagte Villegas zum Abschied. »Ich hole dich übermorgen in der Frühe ab. Mein Gott, wir werden Che keine guten Nachrichten bringen. Ich habe versagt.«

»Du hast alles getan, was möglich war. Das einzige, was man mit so einem feigen Schwein tun könnte, wäre ihn abzuknallen.«

»Das ist keine Lösung.«

»Weiß man's?«, erwiderte Marc wütend über die Aussichtslosigkeit.

Ein neutraler Journalist bist du nicht mehr, sagte sich Marc, als er im Hotelzimmer Resümee zog. Das war aber abzusehen, oder?, stellte er abschließend fest.

Deprimiert saß er spätabends an der Hotelbar und starrte in seinen Whisky. Er wusste, dass er nach diesem Tag nicht betrunken werden würde. Immer noch beschäftigte ihn das Gespräch mit Monje. Mit was für erbärmlichen Ausflüchten hatte dieser versucht, seine Feigheit zu kaschieren. Sollte Che scheitern, dann war Monjes Verrat der Hauptgrund.

Als die Frau neben ihn auf den Barhocker schlüpfte, war er zum zweiten Mal verblüfft. Was für eine Chuzpe, dachte er fast bewundernd.

»Hast du auch Lust, meinen Revolver kennenzulernen?«, fragte er aggressiv.

»Ach, spiel dich nicht so auf. Es war eine rein politische Entscheidung von Monje. Ihr Kubaner müsst auch mal akzeptieren, dass man in anderen Ländern andere Vorstellungen vom richtigen Weg zum Sozialismus hat. Bolivien ist nicht reif für die Revolution. Und Monje hat recht. Es läuft hier alles auf die Machtübernahme durch die KP zu, ohne dass man kubanische Kriege führen muss. Du hättest auch mal eine Schulung bei uns am Bogensee durchlaufen sollen, dann könntest du wissenschaftlich denken. Ach nein, mir fällt ein, du bist ja gar kein Revolutionär, nicht einmal Kubaner. Aber was bist du dann? Journalist? Marc Mahon, der von Zeit zu Zeit den Federhalter gegen eine Kalaschnikow austauscht?«

Sie lachte hell und bestellte einen Daiquiri. Das schwarze Kleid verrutschte und gab ihre langen, schlanken Beine frei. Als sie seinen Blick bemerkte, lächelte sie.

»Also, Marc Mahon ist ein ganz normaler Mensch. Ich schlafe auch nicht gern allein.«

Er ging nicht auf die Bemerkung ein.

»Für mich gehörst du zu einer Verräterbande. Was suchst du eigentlich in Bolivien?«, fragte Marc aggressiv.

Sie überging diesen Vorwurf.

»Ich habe Monje die Nachricht gebracht, dass wir ihn finanziell nicht weiter unterstützen, wenn er sich auf die abenteuerlichen Pläne Guevaras einlässt. Er ist nicht dumm und kapierte die Botschaft.«

»Und das ist alles?«

»Natürlich nicht.«

»Du solltest rauskriegen, ob Che tatsächlich in Bolivien ist?«

»Ja. Die Bestätigung hat mir Monje gegeben. Aber das ist noch nicht alles.«

»Du willst helfen, ihn zu eliminieren.«

Sie machte eine Kopfbewegung, die man als Zustimmung auslegen konnte.

»Zumindest seinen politischen Einfluss. Wenn er nach der Afrikapleite erneut versagt, dürfte sich sein Ansehen kräftig reduzieren.«

»Du bist sehr offen.«

»Ach, mit ein bisschen Grips könnt ihr euch das ohnehin zusammenreimen.«

»Ich könnte dich töten. Ich hätte nicht mal Gewissensbisse dabei.«

»Der Journalist mutiert wieder zum Guerillero? Es ist faszinierend, ein Chamäleon mal aus der Nähe zu betrachten.«

»Es wäre nicht mein erster Toter.«

»Ich weiß. Ach, komm, Marc, sei mal locker. Man sagt euch Guerilleros doch nach, dass ihr durchaus lebenslustige Gesellen seid. Wir sind zwar politisch nicht der gleichen Meinung, stehen aber auf derselben Seite der Barrikade.«

»Da sind mir die faschistischen Konterrevolutionäre fast lieber als verräterische Genossen, die so tun, als würden sie mit mir gegen die Imperialisten kämpfen.«

»Marc Mahon, Guerillero, Journalist, Autor und Weltenretter?«, spottete sie.

»Ach, trink dein Schlabberwasser aus und verzieh dich.«

»Sei nicht so unhöflich! Ich habe ein Geschenk für deinen Che, damit du siehst, dass uns zwar manches trennt, aber wir durchaus Achtung vor Ches Idealen haben. Nur passen sie nicht in diese Zeit. Man stürmt nicht mehr das Winterpalais.«

Misstrauisch hob Marc den Kopf. Vorsicht, sagte er sich, diese Frau ist gefährlicher als jedes Reptil.

»Im Gefolge des Oberstleutnants Selich gibt es einen Mann von der CIA, der sich rühmt, das Flugzeug von Cienfuegos manipuliert zu haben, so dass es abstürzte.«

Marc verschlug es schier die Sprache. Der geheimnisvolle Absturz des dritten *Comandante* hatte zu den schlimmsten Gerüchten geführt, die selbst vor Fidel und Raúl nicht haltgemacht hatten.

»Wo ist der Mann? Wer ist es?«, fragte er hastig.

»Hier in La Paz. Er versteht sich prächtig mit Klaus Barbie. Wenn er besoffen ist, kann er nicht genug davon erzählen, wie er die Benzinleitung manipuliert hat.«

»Woher weißt du das?«

Die Black Lady lachte schrill. »Weißt du denn nicht, wer den besten Geheimdienst der Welt hat?«

»Die Israelis!«, erwiderte er, um sie zu ärgern.

»Die sind nicht schlecht. Aber der ostdeutsche ist besser.«

»Meinetwegen. Wie heißt der Kerl?«

»Big Billy Moreno. Die CIA setzt ihn für ihre schmutzigen Geschäfte ein.«

»Wo finde ich ihn?«

»Ich soll wohl sehr großzügig sein? Nun, ich habe eine Schwäche für den Autor des Robert Capa. Big Billy besäuft sich regelmäßig in der *Cantina Fuego*, eine üble Spelunke im Bordellviertel, wo der Abschaum von La Paz verkehrt. Na, ist das ein Geschenk?«

»Es macht uns nicht zu Freunden.«

»Dein Fehler. Schön dumm«, erwiderte sie maliziös lächelnd.

Marc stand auf. »Du wirst allein schlafen müssen.«

»Mein armes, armes Kopfkissen«, höhnte sie. »Dann werde ich auf diesem einige Tränen vergießen. Aber eines Tages wirst du in meinem Bett liegen.«

»Nicht alle Wünsche erfüllen sich.«

Marc wandte sich, von ihrem Lachen verfolgt, dem Ausgang zu. Er hatte nicht vor, Zeit zu verschwenden. Wenn er den Mörder Cienfuegos zur Rechenschaft ziehen konnte, war dies tatsächlich ein Geschenk für Che. Die beiden *Comandante* hatten einander wie Brüder geschätzt.

Er ließ sich von einem Taxi zu der Bar fahren. Es war ein rot angestrichenes Haus in einem schlecht beleuchteten Stadtviertel. Die Neonreklame spiegelte sich in den Wasserpfützen der ungepflasterten Straße. Der Taxifahrer sagte, dass er auf sich aufpassen solle.

Ein paar Nutten standen gelangweilt vor den Bars. Ihren verhärmten Gesichtern nach waren sie bereits so gut wie tot. Er betrat die Bar. Einige Männer an der Theke sahen auf und musterten ihn erstaunt. Die elende Spelunke machte gar nicht erst den Versuch, Behaglichkeit auszustrahlen. Die Tische wiesen Brandflecken auf. Die Stühle waren nicht gepolstert und ihre Rückenlehnen hingen schief herunter. Selbst der Chrom der Theke spiegelte nicht mehr. Nur wenige Tische waren von Männern besetzt, die vor sich hin dämmerten. Den drei Typen an der Theke hätte er nicht gern den Rücken zugekehrt. Brutale Gesichter, die ihn dumpf anstarrten. Marc ging an den Tresen und verlangte einen Whisky. Der Wirt, Barkeeper oder wie man ihn nennen sollte, mit seiner dreckigen Schürze, nickte gleichmütig, griff hinter sich und schenkte aus einer Flasche ohne Etikett etwas ein, was der Farbe nach wie Whisky aussah.

»Was ist das?«, fragte Marc und reckte das Kinn vor.

»Unsere Hausmarke. Astreiner Maiswhisky.«

Marc nahm das Glas, roch daran und schüttelte den Kopf.

»Ich möchte richtigen Whisky. Scotch.«

»Du bist wohl zu fein für unseren Whisky?«

»Du siehst doch, dass das ein feiner Pinkel ist«, rief jemand von den Männern an der Theke herüber.

»Starke Krawatte«, sagte ein anderer. »Hast du mal jemand mit einer Krawatte mit so vielen Kronen gesehen?«

»Der Kerl muss ein Herzog sein oder so etwas«, mutmaßte der Dritte.

»Gringos haben nun mal ihren eigenen Geschmack«, sagte der erste, der eine blau verfärbte Narbe im Gesicht hatte.

»Was ist nun? Bekomme ich einen richtigen schottischen Whisky?«

»Wie der Herr beliebt. Kostet aber das Dreifache«, sagte der Wirt und zeigte dabei ein paar prächtige Goldzähne. Er griff diesmal unter die Theke und stellte eine unangebrochene Flasche Johnny Walker vor Marc hin.

»Na also. Johnny ist mein Freund«, stimmte er zu. »Gib den Herren dort drüben auch ein Glas.« Diese murmelten nun beifällig.

»Ein Geizhals ist der Gringo nicht«, lobte Narbengesicht.

»Darf ich auch?«, fragte der Wirt und wies auf die Flasche. Seine Goldzähne blitzten.

»Klar doch. Wann hat man schon mal die Gelegenheit, mit jemandem zu trinken, der ein Vermögen im Mund mit sich trägt.«

»Du bist wohl ein Spaßvogel?«

»Das trifft es.« Er prostete dem Wirt und den Männern zu. Sie tranken. Die Gläser waren sofort leer. Der Wirt wollte die Flasche wieder verstauen. Marc hielt ihn auf.

»Wir werden die noch leer kriegen!«

»Dann zahl erstmal.«

Marc griff in die Tasche, zog dreißig Dollarscheine aus der Rolle und warf sie auf den Tisch. »Das wird wohl reichen!«

»Aber gerade so«, sagte der Wirt und strich das Geld ein.

»Was führt dich ins *Fuego*?«, fragte er wohlwollend, stützte sich mit seinen Armen auf die Theke und legte den Kopf in seine großen Hände. Narbengesicht und seine Kumpels starrten neugierig herüber.

»Ich suche einen Freund. Man sagte mir, dass er hier verkehrt.« Marc nannte den Namen.

»Den kenne ich gut«, rief Narbengesicht herüber, dabei den Blick unverwandt auf die Flasche gerichtet.

»Na also, dann bin ich am richtigen Ort. Noch einmal eine Runde für meine Freunde.«

»Tja, aber du hast Pech!«, sagte Narbengesicht und kam zu ihm. »Big Billy ist auf der Jagd. Irgendwo vor den Hängen des Illimani.«

»Was jagt man denn dort?«

»Er will einen Kondor schießen!«

»Ist das nicht verboten?«

»Für Big Billy ist nichts verboten. Er ist mit dem Präsidenten dick befreundet.«

»Na dann. Schade, ich hätte ihm ein gutes Geschäft vorzuschlagen. Wie lange bleibt er denn weg?«

»Er ist gestern los. Bestimmt eine Woche.«

»Dann wird wohl nichts aus dem Geschäft. So lange kann ich nicht warten.«

»Ich weiß, wo er jagt«, sagte Narbengesicht eifrig. »Ich habe ihn oft selbst in die Berge geführt. Ich könnte dich zu ihm bringen. Man kann immer ein paar Dollars gebrauchen, stimmt's? Ich heiße Román Pereira.«

»In Ordnung.«

Es läuft besser, als ich gedacht habe, sagte sich Marc. Sie einigten sich schnell auf den Preis. Als Pereira den Namen des Hotels hörte, von dem er Marc abholen sollte, stieß er einen Pfiff aus.

»Du musst gut bei Kasse sein. Gehörst du auch zu der Mannschaft von Oberst Selich?«

»Bei einem ähnlichen Verein.«

»Dachte ich es mir doch«, sagte Narbengesicht und nickte, um Anerkennung buhlend, seinen Kameraden zu.

»Du kennst dich aus«, lobten ihn diese pflichtschuldig.

Als alle noch einmal mit einem Whisky versorgt worden waren, war die Flasche leer.

»Noch eine Flasche?«, fragte der Wirt lauernd.

»Nein. Ich habe die richtige Bettschwere.«

»Du kannst auch bei uns kuscheln. Wir haben hier eine messerscharfe Mulattin, die dich in den Schlaf wiegen wird. Dolores, zeig dich mal!«, brüllte er nach hinten.

Ein Perlenvorhang glitt zur Seite und Dolores stand in voller Pracht vor ihnen. Sie trug ein rotes Kleid mit einem Ausschnitt, der die Brustwarzen aufblitzen ließ. Ihre Gesichtszüge waren zwar etwas verlebt, aber ihr Körper war der eines jungen Mädchens.

»Was hältst du davon, den Amigo zu verwöhnen?«, fragte der Wirt.

Die Mulattin beäugte Marc so begeistert, als würden ihr Kaviar und Champagner angeboten.

»Aber gern. So ein feiner Gringo ist selten bei uns.«

»Er hat gerade eine Flasche Johnny Walker springen lassen.«

»Mit dem Preis für die Flasche wäre ich auch einverstanden.« Sie legte Marc die Hand auf den Arm. »Und Muskeln hat er auch. Ich mag starke Männer.«

»Weil die dich kräftig durchklopfen können«, brüllte Pereira und schlug sich lachend auf die Schenkel. Die anderen johlten begeistert mit.

»Nein. Ein anderes Mal, Dolores. Ich muss morgen früh raus. Pereira, sei pünktlich! Um fünf Uhr vor dem Hotel.«

»Klar doch, *jefe*. Klar doch.«

»Ich habe keine Lust, nachts durch La Paz zu stolpern. Ruf mir ein Taxi!«, sagte er zum Wirt.

Als er im Hotel war, übergab der Nachtportier ihm einen Brief. Er war von der Black Lady.

»Gute Jagd!«, war die Nachricht, nebst Abdruck eines roten Mundes.

»Puta!«, brummte er böse. »Weißt du nicht, dass es Kerle gibt, die nicht jedes Angebot annehmen?«

Er ging auf sein Zimmer und überdachte den Tag. Gut war an ihm allein, dass er von der Black Lady Cienfuegos Mörder erfahren hatte. Er zweifelte nicht daran, dass sie die Wahrheit erzählt hatte. Das Gespräch mit Monje war ein Fiasko gewesen, das Ches Tod bedeuten konnte.

Er versuchte ein Überseegespräch nach Kuba zu bekommen. Es dauerte lange, ehe eine Verbindung zustande kam. Schließlich hatte er Aleida am Apparat.

»Ist etwas passiert?«, fragte sie aufgeregt, als sie seine Stimme erkannte.

Er schilderte schonungslos Ches Lage und Monjes Verrat. Aleida war eine starke Frau. Sie würde die schlechten Nachrichten verkraften.

»Ich kenne Monje. Ein Apparatschik. So schlimm steht es also.«

»Wenn ich Che davon überzeugen kann, die Guerillera sofort abzubrechen, bekommen wir ihn noch aus dem Land.«

»Oh, mein Gott. Davon muss er erstmal überzeugt werden. Ich kenne meinen Mann.«

»Du musst zu Fidel. Heute Nacht noch. Er muss eine Rettungsaktion vorbereiten, falls Che nicht auf mich hört. Fünfzig Mann dürften genügen. Besser wären hundert Mann. Es ist zwar ein Rangerbataillon in der Gegend von Vallegrande, aber trotz des Drills durch die CIA sind es Burschen, die noch nie im Gefecht standen. Es ist keine Zeit mehr zu verlieren. Che brennt der Kittel.«

»Gut. Ich gehe sofort zu ihm. Wenn er kann, wird er Che helfen.«

»Das hoffe ich sehr. Sie scheinen zwar noch nicht zu wissen, wo er ist, aber nach unseren Befürchtungen sind sie dabei, ihn einzukesseln.«

»Mein Gott. Mein armer Che!«

»Aber er ist immer noch Che.«

»Ja. Das ist er.«

Nach dem Gespräch fühlte er sich besser. Er hatte alles getan, was er im Moment tun konnte. Na, Topjournalist, du bist also wieder ein Guerillero, sagte er sich schmunzelnd. Dabei wolltest du nur ein paar Artikel schreiben und das Buch über einen Freund. Er sah auf die Uhr. Es ging auf drei zu, trotzdem setzte er sich an den Schreibtisch und schrieb den ersten Artikel: BESTÄTIGT: CHE FÜHRT DIE BOLIVIANISCHE REVOLUTION AN.

Er wachte auf, als das Telefon klingelte. Er war am Tisch eingeschlafen. Er zog sich um. Als Geschäftsmann verkleidet, konnte er sich schlecht in den Bergen herumtreiben. Er überlegte, ob er Carnel und Chaco mitnehmen sollte, schloss es dann aber aus. Vier Männer fielen zu sehr auf. Für das, was er sich vorgenommen hatte, konnte er kein Aufsehen, keinen Ärger gebrauchen, denn noch wichtiger war, Che zu erreichen und ihn zur Umkehr zu bewegen. Er steckte die Magnum ein. Besser wäre, ich hätte noch eine Thompson dabei, dachte er. Aber er musste sich mit dem begnügen, was er hatte, und so fand er sich mit der Situation ab.

Pereira wartete in einem Jeep vor dem Hotel. Sein Lächeln gefiel Marc nicht. Es war so schmierig wie ein Ölkanister. Die Kalaschnikow neben ihm passte auch nicht in das Bild von einer waidgerechten Jagd. Er wunderte sich nicht mehr über die schwere Army-Pistole an Pereiras Hüften. Sie fuhren ins erste Morgenlicht.

»Heute wird ein guter Tag für die Jagd«, erklärte Pereira.

Sie fuhren stundenlang dem schneebedeckten Gipfel des Illimani entgegen. Es wurde sehr heiß und die Sonne verbrannte ihnen das Gesicht. Pereira griff ins Handschuhfach und warf ihm eine Dose Creme zu.

»Reib dich ein, sonst hast du nachher einen höllischen Sonnenbrand.« Er spielte den fürsorglichen Guide.

Am Fuße des Illimani an einer Hütte hielt Pereira.

»Weiter geht es nicht mit dem Jeep. Ab hier müssen wir zu Fuß weiter.«

Sie stiegen aus. Pereira ging zur Hütte. Marc folgte ihm. Der Bolivianer öffnete die Tür. Er wies auf einen Rucksack.

»Big Billy ist hier. Er hat den Rucksack zurückgelassen, also kann er nicht weit sein.«

Es ging von nun an immer aufwärts. Er hatte nicht das Gefühl, dass sie gut vorankamen. Aber in Kuba hatte man ihn gut in Form gebracht. Pereira registrierte das mit scheelem Grinsen.

»Für einen Bürohengst hältst du dich verdammt gut.«

Schließlich erreichten sie ein Hochtal, das sich am Ende zu einer Schlucht verjüngte. In einem fast ausgetrockneten Flussbett glänzten die Steine wie Bernstein.

»Big Billy wird hinter der Schlucht sein. Schau mal, da sind die verdammten Viecher!« Pereira wies auf zwei große Vögel, die über dem Tal kreisten. Er riss die Kalaschnikow von der Schulter und gab einen Feuerstoß auf sie ab. Natürlich bewirkte er nichts. Wenn er jemanden warnen wollte, hätte er genau dies tun müssen. Sie durchschritten das Tal an dem ausgetrockneten Wasserlauf entlang. In wenigen Wochen würde dies ein reißender Fluss sein. Vor der Schlucht, die wer weiß wohin führte, gab es links und rechts einen Höhenweg. Pereira sah auf die Uhr. Eine amerikanische Fliegeruhr. Am Vorabend hatte er keine Uhr am Handgelenk gehabt.

»Du gehst rechts, ich übernehme den linken Weg. Wir treffen uns hier in zwei Stunden wieder. Wer ihn getroffen hat, gibt ein paar Schüsse ab. Einverstanden? Du hast doch eine Waffe dabei, oder?« Pereira sah ihn lauernd an.

Für wie dumm hält der Kerl mich eigentlich?, fragte sich Marc. Er nickte gleichmütig, sprang in den ausgetrockneten Flusslauf und wandte sich nach rechts. Die Uferböschung war zu beiden Seiten fast mannshoch und vom Wasser unterspült. Die Gegend wurde immer unwirtlicher. Der Flusslauf verschwand unter einer Felsgruppierung. Dafür tat sich ein Höhenweg auf. Er wollte gerade zu ihm hochklettern, da peitschten Schüsse, die von den Berghängen als Echo zurückgeworfen wurden. Aber es war nicht das vereinbarte Signal. Die Schüsse kamen von hinten. Kugeln spritzten vor ihm hoch. Er begriff. Die Schüsse galten ihm. Marc warf sich hinter einen Felsen. Nun sah er Pereira von Stein zu Stein hüpfen. Dabei schwenkte er seine Kalaschnikow.

Da bist du ja trotz aller Vorsicht wie ein Greenhorn in eine Falle gelaufen, haderte er mit sich. Nun bekam er auch von der anderen Seite gut gezieltes Feuer. Aber er sah niemanden. Die Einschüsse waren so nah, dass der Schütze ein Zielfernrohr haben musste. Die herumschwirrenden Kugeln verursachten ein hohes, irritierendes Geräusch und das Echo sorgte dafür, dass es jedes Mal wie eine Salve klang. In keinem Militärhandbuch stand, wie in einer solchen Situation zu reagieren war. Höchstens lapidar, dass man schleunigst den Rückweg einschlagen sollte. Aber der Rückweg war durch Pereira abgeschnitten.

Ich muss von dem Zielfernrohrschützen weg, befahl er sich selbst. Er verließ die Deckung, sprang in das Flussbett und jagte den Weg zurück. Es musste für seine Verfolger so aussehen, als habe er die Nerven verloren. Pereiras Schüsse waren glücklicherweise sehr ungenau. Nur wenn es mir gelingt, die Einkreisung zu durchbrechen, habe ich eine Chance, sagte er sich. Von den Schüssen verfolgt, lief er gebückt am Rande der Uferböschung entlang. Er hörte sie lachen. Sie spielten mit ihm. Das war es. Sie jagten jetzt nicht den Kondor, sondern einen Menschen. Eine viel spannendere Jagd. Er fand Deckung in einer Aushöhlung in der Uferböschung. Er musste abwarten. Er lehnte sich keuchend gegen die lehmige Erdwand und beobachtete die Umgebung. Er zwang sich, ganz flach zu atmen. Weder Pereira noch Big Billy Moreno waren zu sehen. Eine Weile war es still. Über ihm bewegten sich Steine und fielen an ihm vorbei ins Flussbett. Um nicht in Panik zu geraten, versuchte er seinen Geist abzulenken. Ihm fiel ein Satz von Seneca ein: Klein nur ist der Teil unseres Lebens, in dem wir wahrhaft leben. Wie, zum Teufel, kommst du denn jetzt darauf?, fragte er sich. War diese Herausforderung Teil des wirklichen Lebens oder nur ein Schattenspiel? Spinn jetzt nicht herum, schalt er sich. Konzentriere dich. Verdammt, du hast doch gelernt, wie man sich konzentriert. Du bist ein passabler Schriftsteller und Journalist, aber kein Philosoph. Du bist wegen deines Freundes in dieser Bredouille und nicht einmal das stimmt. Du wolltest Che ein Geschenk mitbringen. Den Tod des Mörders von Cienfuegos. Konzentriere dich, ermahnte er sich erneut. Wenigstens hast du keine Angst, stellte er befriedigt fest. Du bist kein verficktes Arschloch, das bibbert. Vielleicht ist Vergil besser: Geh deines Weges und bringe das begonnene Geschäft zu Ende. Das passte. Das war schon besser.

Eine Stimme grölte: »He, du Scheißkubaner, du hättest wissen müssen, dass wir über dich informiert sind!« Ein grobes Lachen folgte. Das Echo wiederholte die Stimme. Das musste Big Billy sein.

Marc antwortete nicht. Es gab dazu nichts zu sagen. Er lehnte den Kopf an die Wand. Er würde, er musste aus dieser Situation herauskommen. Bist du nun ein Guerillero oder ein Penner? Die höhlenartige Ausbuchtung verschonte ihn vor der Sonne. Seine beiden Kontrahenten waren ihr schonungslos ausgesetzt. Das konnte ihnen nicht gefallen. Sie würden versuchen eine Entscheidung herbeizuführen. Er hörte ihre Schritte.

»Wir kriegen dich!« Pereiras Stimme. Triumphierend klang sie nicht mehr.

Marc lächelte. Er machte sich Mut. Ein Guerillero aus Kuba muss doch mit zwei versoffenen Banditen fertigwerden. Er überprüfte die Magnum. Die Trommel war gefüllt. In der Jackentasche hatte er noch zwölf Patronen. In seinem Kopf dröhnte Montoyas Stimme: »Bist du ein Guerillero in der Nacht, entscheidet oft das Messer, ob du eine günstige Ausgangsposition für den Kampf bekommst.«

Er zog das Bowiemesser aus dem Gürtel und strich über die Schneide. Scharf wie ein Rasiermesser, dachte er zufrieden. Aber dafür muss ich an einen der beiden herankommen, beantwortete er sich den Ratschlag des Ausbilders. Er hörte seine beiden Gegner miteinander reden. Er verstand nicht die Worte, aber die Tonlage verriet, dass sie miteinander stritten. Der CIA-Mann wusste also, dass er zu den Kubanern gehörte. Wer hatte ihm dies verraten? War der Tipp der Black Lady eine Falle gewesen? Warum hatten sie bisher nicht den tödlichen Schuss abgegeben? Natürlich, das war es. Sie wollten, dass er sie zu Che führte. Sie wussten zwar, dass Che im Land war, aber hatten keine Ahnung wo. Durch sein offensichtliches Interesse an Big Billy war alles durcheinandergekommen und sie hatten daraus geschlossen, dass die Kubaner Big Billy für den Tod Cienfuegos töten wollten und er, Marc Mahon, dies erledigen sollte. Doch ganz schlüssig war das auch nicht. Bisher hatte niemand von ihnen gewusst, wie Cienfuegos umgekommen war. Wieder kam er auf die Black Lady. Gehörte ihr Hinweis zur Falle? Er würde es jetzt nicht herausbekommen und musste geduldig sein, die besseren Nerven haben.

Marc legte sich flach auf den Boden, um sich zu entspannen. Er hatte Durst. Aber bei den Gewaltmärschen unter Pérez Montoya war es schlimmer gewesen. Er würde es aushalten.

Er schreckte hoch. Er hörte nun seine beiden Gegner ganz in der Nähe miteinander streiten. Diesmal verstand er sie. Sie standen direkt über ihm auf einem Felsvorsprung.

»Du hättest ihn gleich in der Hütte ausschalten müssen, du Affenarsch! Ein Schlag auf den Schädel und wir könnten ihn in Ruhe ausquetschen, wo der verdammte Che ist.«

»Ich wollte ein wenig Spaß. Ist doch etwas anderes, als Kondore abzuknallen, oder?«

»Wo steckt der verdammte Kubaner? Vielleicht ist er doch bei dir durchgebrochen, du Anfänger!«

»Nein! Er konnte nur durch das Flussbett zurück zur Hütte. Das hätte ich sehen müssen.«

»Wehe, wenn du ihn hast entkommen lassen, Pereira!«

Schritte. Sie entfernten sich. Wieder warten. Er hätte jetzt gern eine Montecristo geraucht. Ein idiotischer Wunsch, sagte er sich selbst. Es dämmerte. Einher ging damit der Abfall der

Temperatur. Ihn fröstelte. Doch er fühlte sich gut. Die Nacht ist die Geliebte des Guerilleros, hatte Montoya gesagt. Der Mond war jetzt verhangen. Auf wieviel tausend Meter bist du eigentlich, fragte er sich. Der Mond dort oben war nicht der gleiche wie der in Havanna. Von Romantik keine Spur. Irgendwo kullerten Steine die Böschung hinunter. Er dehnte die Glieder. Dies war seine Nacht. Sie würde zeigen, wie gut er in Form war oder … Er dachte das nicht zu Ende. Waren seine Reflexe tatsächlich noch wie damals in der Sierra Maestra? Wenn er versagte, würde Che die Medikamente nicht bekommen. Schriftsteller kämpfen mit anderen Waffen als die, die er jetzt einsetzen würde. Gab es Schriftsteller, die auch gute Kämpfer waren? Ihm fielen nur Hemingway und Jack London ein.

Er roch zuerst den Rauch. Dann sah er eine Zigarette aufglühen. Dort also war einer von ihnen. Genau ihm gegenüber auf der anderen Seite des Flussbettes. Ein plötzlicher Summton war zu hören, als ob aus der Ferne etwas herangerauscht kam. Der Ton verstärkte sich und schwoll zu einem Brüllen an. Ein Sturm fegte über das Hochplateau. Von den Hängen des Illimani kam eine Geröllhalde herab. Das Echo warf den Ton zurück, verstärkte ihn. Die Erde bebte. Die Natur half ihm. Er schob sich langsam aus der Uferböschung heraus und lief gebückt durch das Flussbett auf die andere Seite. Er erwartete Schüsse. Aber sie blieben aus, vielleicht, weil der Sturm Staub hochwirbelte und ihn verbarg. Wo hatte er das Aufleuchten der Zigarette gesehen? Er hockte sich nieder und sah zu einem Felsvorsprung hoch. Er horchte. Außer dem Brausen des Sturms war nichts zu hören. Oder doch? War das nicht ein Husten? Über ihm bewegte sich etwas. Steine rutschten. Der Mann über ihm kam herunter. Wollte er unter einem der Überhänge der Flussböschung Schutz suchen? Nun war der Mann ganz nah, nicht mehr als zwei Meter entfernt. Er roch seine Ausdünstungen. Er erkannte ihn daran. Pereira. Er machte einen Satz, umfasste seinen Hals und zog ihm das Messer über die Kehle. Ein gut angesetzter Schnitt. Ein Blutstrom ergoss sich auf Marcs Brust. Außer einem »Urrrgh« war nichts zu hören gewesen. Er lauschte wie ein Tier, das sich zu vergewissern suchte, ob die Gefahr vorbei war. Langsam ließ er Pereiras Leiche zu Boden gleiten. Der Sturm ließ nach. Plötzlich war es gespenstisch still. Marc wollte nun zur Hütte zurück, denn den Weg zu dieser wähnte er frei.

Er nahm die Richtung zur Hütte. Doch ein Kugelhagel zwang ihn zurück zur Uferböschung.

»Die Jagd ist noch nicht vorbei!«, rief eine tiefe Stimme. Neben ihm fuhren Kugeln in die Wand, prallten von dort ab und flogen kreischend ins Flussbett. »Ich wusste, dass du Affenarsch erledigen würdest. Er war mein Köder. Jetzt bist du geliefert. Nun komm mal ganz langsam hoch. Ich habe dich im Fadenkreuz. Lass das Messer fallen, verdammter Kommi! Mach schon!«

Marc ließ das Messer fallen. Es polterte ins Flussbett.

»Schön. Wirf deine Kanone hinterher.«

»Was für eine Kanone?«, versuchte Marc zu bluffen.

»Spiel hier nicht den Schlaumeier. Nun mach schon!«

Lass dir etwas einfallen, ermahnte er sich. Ohne Revolver bist du Big Billy restlos ausgeliefert. Wo war der Kerl? Er konnte nicht weit entfernt sein. Seine Stimme war zu deutlich. Aber er vermochte ihn nicht zu entdecken. Er nahm einen Stein und ließ ihn hinunterrollen.

»Zufrieden? Ich hätte ein Geschäft vorzuschlagen.«

»Später. Nun komm langsam hervor.«

Marc steckte die Waffe vorn in den Hosenbund, da er beide Hände benutzen musste, um herunter balancieren zu können. Er rutschte mehr, als dass er ging. Ein Schlag von hinten streckte ihn zu Boden. Als er zu sich kam, hatte er Handschellen an den Handgelenken.

»Du bist ein ganz Schlauer, was?«, wieherte Big Billy und hielt Marc den eigenen Revolver unter die Nase.

»So schlau wohl doch nicht«, gestand er ein. »Woher weißt du, dass wir in La Paz sind?« Big Billy hockte sich neben ihn und tätschelte seinen Kopf.

»Das möchtest du wissen, was? Ich werde es dir sogar sagen, denn das Wissen wird dir nicht viel nützen. Ich werde dich töten. Vorher wirst du mir verraten, wo der verdammte Che ist und dafür werde ich dir nicht die Eier abschneiden.«

Big Billy war so nah, dass er im Mondlicht sein Gesicht deutlich sehen konnte. Ein verlebtes Gesicht. Bürstenhaarschnitt. Ein breitschultriger Kerl, der gut austrainiert war.

»Wer hat mich verraten?«

»Du scheinst kein Glück bei den Frauen zu haben. Sie sagte mir allerdings, dass ich Grüße ausrichten und dir sagen soll, dass man eine Dame nicht beleidigt, indem man ihr Geschenk ablehnt. Keine Ahnung, was das bedeuten soll. Zwischen euch scheint etwas Persönliches zu laufen.«

Er wusste, wen Big Billy meinte. Hatte sie ihn auf Monjes Befehl hin verraten? War der KP-Führer so weit gegangen, dass er jede Ehre von sozialistischer Solidarität nicht nur missachtete, sondern ins Gegenteil verkehrt hatte?

»Du bist von der CIA?«, fragte Marc, obwohl er dies doch wusste, nur um das Gespräch zu verlängern.

»Schnellmerker, was? Ich bin Big Billy Moreno, CIA Special Agent. Der Mann für die unmöglichen Aufgaben«, setzte er stolz hinzu.

»Und du willst Cienfuegos umgebracht haben?«

»Und ob ich den umgebracht habe, du Loser. Die Señora hat mir verraten, dass dich das so heiß machte wie ein Bär auf den Honig. Ich bin bei dem Schweinehund auf Nummer sicher gegangen und habe nicht nur die Benzinleitung manipuliert, sondern auch ein hübsches Paket im Flugzeug platziert. Die Explosion hat die kleine Maschine in tausend Stücke zerrissen. Wir haben die Explosion von einem U2-Spionageflugzeug fotografiert. Nicht mal ein Fitzelchen vom Flugzeug habt ihr finden können. Eine saubere Sache. Alles, was ich tue, ist sauber. Hat mir eine Beförderung und eine hübsche Prämie eingebracht. Und nun werde ich eine weitere Prämie bekommen, wenn ich melde, dass ich Ches ältesten Freund eliminiert habe.

Doch nun sag mal, wo Che ist. Oder soll ich mir deine Eier vornehmen?«

»Ich weiß es nicht. Wenn du so gut Bescheid weißt, dann müsstest du doch auch wissen, dass Che einen Führer geschickt hat, der mich zu ihm bringen wird.«

»Villegas«, sagte Big Billy dumpf.

»Du hast es gesagt.«

»Aber du wirst doch gefragt haben, wo sich *El Comandante* wie eine Ratte versteckt?«

»Eher wohl wie ein Jaguar, der darauf wartet, dass ihr ihm in die Falle geht.«

Big Billy schlug zu und Marc traf mit dem Kopf hart auf der Erde auf.

»Ich werde dir als Vorgeschmack, was auf dich zukommt, erstmal einen Finger abschneiden!«, drohte Big Billy.

»Erfahren wirst du ohnehin nichts, da ich nicht weiß, wo Che steckt.«

»Wir werden sehen, ob du das in ein paar Minuten immer noch sagst.«

»Du bist ein mieser Sadist! Leute wie du können sich Orden umhängen lassen, soviel sie wollen, und bleiben doch immer Abschaum!«

Big Billy schlug ihm erneut ins Gesicht. Der Schmerz lief wie Feuer durch seinen Körper. Er versuchte an etwas Positives zu denken. Lara. Es würde bei einem nicht eingelösten Versprechen bleiben. Er wischte den Gedanken fort. Es war nicht gut, an das Mädchen zu denken, das ihn liebte, und was dies für sein Leben hätte bedeuten können. Er wollte nur, dass es schnell vorbei war und beschloss, Big Billy zu provozieren.

»Die meisten Folterknechte sind verhinderte Schwanzlutscher!«

Er hatte damit wohl einen wunden Punkt getroffen. Big Billy riss ihn hoch und stieß ihm seinen Revolver in den Mund.

»So, nun fahr zur Hölle!«

Er hörte noch den Schuss.

21

Die Fährte des Jaguars

Es klatschte nass in sein Gesicht. Er öffnete die Augen, versuchte es. Eine rote Masse verkleisterte seine Augen. Big Billy lag nach vorn gebeugt über ihm. Er wischte sich übers Gesicht. Was er nun sah, wurde nicht besser. Big Billy fehlte die Schädeldecke. Es war dessen Blut und sein Gehirn, das er im Gesicht hatte. Carnel und Chaco standen vor ihm.

»Das ist ja noch einmal gutgegangen«, kommentierte Carnel trocken.

»Wie kommt ihr denn hierher?«, stotterte Marc.

Chaco klopfte Big Billys Taschen ab. Schließlich fand er den Schlüssel und befreite ihn von den Handschellen.

»Sehr dankbar hört sich das nicht an«, brummte er dabei. »Wir hätten ihn schon vor fünf Minuten erledigen können, aber Carnel wollte unbedingt wissen, was du mit ihm so Interessantes zu bequatschen hast.«

»Bist du auf deine Kosten gekommen?«, fragte Marc und rieb sich das Handgelenk.

»Ich bin aus eurem Gequatsche nicht klug geworden.«

»Er hat Cienfuegos getötet.«

»Aha. Na, dann hat er heute gezahlt!«

»Und wir haben ein reines Gewissen«, ergänzte Chaco grinsend.

»Habe ich ohnehin«, erwiderte Carnel und reichte Marc einen Flakon.

»Rum?«

»Was denkst du denn? Zwölf Jahre alter kubanischer Rum. Es gibt nichts Besseres.«

Er nahm einen Schluck. Carnel und Chaco folgten seinem Beispiel.

»Wie seid ihr hierhergekommen?«

»War schon eine gute Idee von dir, uns gegenüber deinem Hotel einzuquartieren. Du wärst nicht in die Scheißsituation gekommen, wenn du nicht plötzlich den einsamen Rächer hättest spielen wollen.«

»Wir sind dir ins Rotlichtviertel gefolgt«, ergänzte Chaco. »Als du dort abgezogen warst, haben wir im *Fuego* den Big Spender gespielt und herausbekommen, wohin dich Pereira führen wollte. Wir sind dir am Morgen also nach. Als wir Schüsse hörten, haben wir uns natürlich einiges zusammengereimt. Und ganz falsch war das ja nicht. Den Rest kennst du.«

»Ich werde euch in mein Nachtgebet einschließen.«

»Mach das. Aber noch besser wäre es, du würdest keine Extratouren unternehmen, Hombre!«

»Ich darf gar nicht daran denken, was Fidel aus uns gemacht hätte, wenn es schiefgegangen wäre«, brummte Carnel.

»Es ist ja alles gut gegangen. Lass uns diese verdammten Berge verlassen.«

Sie begruben zwei Kadaver unterhalb des Illimani. Auf Holzkreuze verzichteten sie. Ein Kondor kreiste über ihnen. Er würde nicht lange warten.

Villegas tobte, als er erfuhr, was in den Bergen geschehen war.

»Wir haben den Mörder Cienfuegos' gerichtet«, verteidigte sich Marc. »Che hätte genauso gehandelt.«

»Sagte Che nicht immer, man muss alles Persönliche der Revolution unterordnen?«, gab Villegas scharf zurück.

»Richtig. Es war auch nichts Persönliches. Cienfuegos gehörte zur Revolution.« Marc fand selbst, dass es sich etwas pathetisch anhörte. Aber alles, was mit der Revolution zu tun hatte, war etwas pathetisch.

»Wir müssen weg!«, forderte Villegas.

»Und zwar sofort«, stimmte Marc zu.

»Sie werden uns folgen«, gab Carnel zu bedenken.

»Sicher«, gab Villegas zu. »Dazu wird uns unterwegs schon etwas einfallen.«

Bevor Marc auscheckte, riss er ein Blatt Papier aus seinem Notizbuch und malte eine schwarz gekleidete Frau mit Tränen im Gesicht. Es war kein Meisterwerk, aber die Black Lady würde verstehen, was er meinte, zumal er eine Patrone in den Briefumschlag legte. Fürchte dich und kehre zu deinem Herd zurück, schwarzer Vogel, schrieb er darunter. Er übergab den Briefumschlag dem Portier mit der Bitte, ihn der Black Lady zu übergeben, falls sie auftauchte. Er war ziemlich sicher, dass sie auftauchen würde, um sich zu versichern, ob er in den Anden zurückgeblieben war.

Es schneite auf sechstausend Metern Höhe, als sie losfuhren. Er hoffte, dass er nie wieder nach La Paz zurückkommen musste, in diese Stadt, wo die Armen unter der Wolkendecke lebten und die Reichen im Talgrund, wo Verräter eine Menge Gründe wussten, um ihr Leben nicht zu gefährden.

Sie fuhren zwei Tage lang auf rotbraunen, ungepflasterten Straßen. Hier unten nahm sie eine feuchtwarme Schwüle in Empfang. Von ihren Verfolgern sahen sie nichts, aber sie wussten, dass sie hinter ihnen waren. Villegas hatte ein Transistorradio mitgenommen und nachts hörten sie Radio Havanna, das sie trotz der Störgeräusche einigermaßen gut hereinbekamen. Die Musik erinnerte sie daran, dass es ein anderes Leben gab als das eines Guerilleros. Die Lieder aus dem Transistorradio erzählten von Liebe und verschwitzten Leibern und dem Gestammel der Vereinigung. Schön, sich das vorzustellen, dachte Marc und war in Gedanken mit Lara in der *Floridita* und sie tranken eisgekühlte Daiquiris.

Nach Tagen erreichten sie den Ñancahuazú. Ein trüber breiter Fluss, dessen Ufer dicht bewachsen war. Sie hatten schon vor zwei Tagen den Jeep verlassen und sich mit Macheten den Weg durch den Dschungel schlagen müssen.

»Wir müssen auf die andere Flussseite. Dann noch ein Tagesmarsch und wir stoßen auf unser Hauptlager. Leider ist es entdeckt worden.«

»Bei den Schwänzen der Tainos. Was wollen wir dann dort?«, brauste Chaco auf, der schon seit geraumer Zeit unzufrieden wegen der Strapazen war. Auch Marc schmerzten die Blasen an seinen Händen und Füßen.

»Wir haben dahinter zwei Depots angelegt. Vielleicht sind sie noch nicht entdeckt worden. Und dann suchen wir weiter nach Che.«

»Kommt mir vor wie die Nadel im Heuhaufen zu suchen.«

»Wir ziehen den Ñancahuazú entlang. Che wollte bis nach Vallegrande durchstoßen. Vielleicht begegnen wir ihm auf seinem Rückweg«, erwiderte Villegas unerschütterlich.

Sie zogen sich aus, banden ihre Sachen zu Bündeln zusammen und überquerten den Fluss. Beinahe wäre Chaco von der Strömung fortgerissen worden, aber Carnel konnte ihn einholen und beim Schwimmen unterstützen. Leider verlor Chaco dabei sein Bündel, so dass ihn die anderen notdürftig ausstaffieren mussten. Seine Thompson ging jedoch verloren.

»Wenigstens habe ich noch die Luger«, tröstete er sich.

»Damit wirst du den Rangern einen ganz schönen Schrecken einjagen!«, verspottete ihn Carnel.

»Du kennst doch Ches Wahlspruch: Man kann alles verlieren, aber niemals seine Waffe«, brummte Villegas verärgert. Chaco war ein paar Stunden sehr schweigsam.

Dass das ehemalige Hauptlager in der Nähe war, verrieten schließlich der Rauch in der Luft und später das Gegacker der Hühner.

»Wartet! Ich habe da so eine Idee«, stoppte Marc den Marsch. »Wir werden unseren Verfolgern hier eine Falle stellen.«

»Bist du verrückt? Warum ausgerechnet hier?«, protestierte Carnel.

»Weil sie froh sein werden, das von ihnen besetzte Hauptlager erreicht zu haben. Sie werden genauso erledigt sein wie wir. Dabei wird ihre Disziplin nachgelassen haben. Wir sollten ihnen ein Cannae bereiten.«

»Was für ein Ding?«, fragte Chaco.

»Erzähl ich dir später. Nun komm, suchen wir uns eine Stelle, von der wir unbemerkt das Lager beobachten können.«

Es war kein großes Anwesen, nur eine elende Hütte mit drei Räumen, wie er von Villegas erfuhr, und das Besondere war nur, dass das Dach aus Wellblech war und nicht aus Palmblättern wie die Dächer der beiden anderen Gehöfte. Im Hof kümmerten sich ein paar Hühner um etwas Leben. Zwei Soldaten dösten, an die Hauswand gelehnt, vor dem Eingang des »Wellblechpalastes«.

»Im Haus müssen noch ein paar Männer sein«, klärte Villegas auf.

»Dies sind keine Ranger«, stellte Chaco fest.

»Nein. Das sind arme Schweine, die der Hunger in die Armee getrieben hat.«

Ihr Versteck lag über einem Felsvorsprung, der dicht bewachsen war. Marc beorderte Chaco und Villegas jeweils an den Aus- und Eingang des Tales.

»Wenn sie sich absetzen wollen, müsst ihr dies verhindern. Unser Feuerzauber wird euch sagen, wann es losgeht. Überprüft eure Waffen!«

Diese machten ihm die wenigsten Sorgen. Marc vertraute seiner Thompson und Carnel hatte eine israelische Maschinenpistole, die unter normalen Umständen sehr verlässlich war. Munition hatten sie auch genug. Wichtiger waren die Eierhandgranaten, die Carnel und Villegas in ihren Rucksäcken mitgeschleppt hatten. Es würde darauf ankommen, über welche Waffen die Verfolger verfügten. Sie brauchten nicht lange zu warten.

Am nächsten Tag trafen die Soldaten ein. Es waren zwar auch Bolivianer, aber von der CIA ausgebildete Ranger, was nicht nur an den Uniformen, sondern auch an ihren trainierten Körpern unschwer zu erkennen war. Die Befehle gab allerdings ein hellhäutiger Mann. Sicher ein CIA-Offizier, obwohl er die Uniform des bolivianischen Militärs trug. Er scheuchte die Stammbesatzung aus den Hütten und ließ sie antreten. Nach seinem Gebrüll zu urteilen, schien er nicht viel von ihnen zu halten. Ihre schlappe Haltung ließ darauf schließen, dass sie beim ersten Schuss Fersengeld geben würden.

Die Verfolgergruppe bestand aus vierzehn Mann und sie wurde von dem Offizier klug eingeteilt. Zwei Männer schickte er an den Eingang der Lichtung, zwei an den Ausgang. Zwei weitere kletterten aufs Wellblechdach und brachten dort ein leichtes Maschinengewehr in Stellung. Dann verschwand er mit den übrigen im Haus. Stille. Warten.

»Wann?«, flüsterte Carnel.

»Heute Nacht. Lassen wir sie erst einmal müde werden.«

Eine Ziege meckerte. Ein klagender Laut. Bratengeruch zog zu ihnen hoch und strapazierte ihre Magenwände.

»Sie haben die Ziege geschlachtet. Ein Festmahl«, kommentierte Carnel.

Ein Nachtvogel begrüßte die einbrechende Dunkelheit. Lange drang das Gemurmel aus der Hütte bis zu ihnen hoch. Endlich wurde es still. Die Wache vor dem Eingang hatte aufgehört zu rauchen. Gegen drei Uhr beschloss Marc, nicht länger zu warten. So eine gute Ausgangslage würden sie vielleicht nie wieder bekommen. Es würde sein erstes Gefecht seit den Tagen der Sierra Maestra sein, ging es ihm durch den Kopf. Er korrigierte sich. Da war ja noch das Gefecht auf dem Flughafen von Havanna, als er Hernández den Schatz abgejagt hatte. Warum fällt mir das Schwein immer dann ein, wenn ich Wichtiges zu denken habe, fragte er sich.

»Ich werde mich näher ans Haus schleichen und die beiden Wachen mit Handgranaten erledigen«, schlug Carnel vor.

»In Ordnung. Die Handgranaten werden viel Lärm verursachen und sie werden annehmen, dass sie es mit Ches Hauptgruppe und überlegener Feuerkraft zu tun haben.«

»Die Männer mit dem Maschinengewehr!«, erinnerte Carnel.

»Ja. Die sind das eigentliche Problem. Wir müssen sie gleichzeitig mit den Wachen ausschalten.«

»Und wie wollen wir das anstellen?«

»Ich werde mit dir heruntergehen und sie vom Dach putzen.«

»Den Teufel wirst du tun! Ich übernehme sie nach den Wachen.«

»Willst du Selbstmord begehen? Es muss gleichzeitig geschehen. Wer ist der *Comandante*?«, versuchte Marc das Thema zu beenden.

»Ist doch wahr!«, brummte Carnel wütend. »In der Sierra Maestra hat man sich nicht auf seinen Rang berufen.«

»Und ob man das hat! Nun ist Schluss. Ich habe die Verantwortung.«

»Und wenn es dich erwischt, ist das hier alles sinnlos!«, gab Carnel nicht nach. »Wenn du nicht mit Che reden kannst, was doch das Ziel unserer Expedition ist, dann können wir mit eingezogenem Schwanz nach Havanna zurückkehren und Fidel wird uns den Kopf waschen.«

»Hör auf zu mosern!«

Die Stille der Nacht wurde nur durch Nachttiere belebt. Irgendwo knackste es immer und man hörte das Flattern der Vögel. Eulen vielleicht oder Fledermäuse. Wir haben die Überraschung auf unserer Seite, machte sich Marc Mut. Er befahl sich, an das Gelingen zu glauben. Er sah auf die Uhr. Endlich war es soweit.

»Also, dann los! Nach deinem Feuerstoß auf das Dach werfe ich die Eierhandgranaten auf den Eingang. Pass auf, dass du mich nicht aus Versehen erwischst.«

»Das wäre ein Spaß, würde Chaco sagen«, erwiderte Marc lakonisch.

»Arschloch!«

»In der kubanischen Armee fehlt der Respekt vor den Vorgesetzten! Habe ich schon immer bemängelt.«

Sie ließen sich beide den Abhang hinabgleiten. Schon waren sie im Hof. Geduckt schlichen sie sich weiter an das Wellblechdachhaus heran. Die beiden Männer auf dem Dach zeichneten sich gegen das Mondlicht ab. Sie saßen vornübergebeugt und sahen aus wie riesengroße Affen. Hoffentlich waren sie eingeschlafen. Ein Feuerstoß aus der Thompson fegte beide vom Dach. Im gleichen Moment explodierten Carnels Handgranaten am Eingang des Hauses. Das Maschinengewehr polterte hinunter und Marc lief zu der Waffe, warf sich auf den Boden und sicherte sie. Soldaten kamen brüllend aus dem Haus gelaufen. Sie rannten direkt in die Salve seines Maschinengewehrs. Chaco und Villegas warfen an den Ein- und Ausgängen der Lichtung ebenfalls ihre Handgranaten. Der Anbau der Wellblechdachhütte fing an zu brennen. Plötzlich war es still. Im Lichtschein des Feuers erkannte er dunkle Schatten, über den Hof verstreut. Chaco und Villegas kamen angelaufen.

»Die an den Ausgängen sind erledigt!«, rief Chaco begeistert und schwenkte eine Maschinenpistole, die er einer getöteten Wache abgenommen hatte. Er inspizierte die Toten und Verletzten. Zwei Soldaten lebten noch. Einer bewegte sich und versuchte die Pistole auf den Guerillero anzulegen. Marc sah etwas aufblitzen und schoss sofort. Der Soldat sackte zusammen.

»Danke, *Comandante*!«, brüllte Chaco.

»Wie viele sind noch in der Hütte?«, rief Villegas.

»Schätze, gut zehn Mann«, brüllte Carnel.

»Handgranaten in den Eingang!«, befahl Marc.

Carnel und Chaco befolgten den Befehl.

Das Haus hob sich wie ein todgeweihter Wal in die Luft. Das Dach stürzte hinunter. Nur wenige hatten diese Handgranatenattacke überlebt. Vier Mann taumelten mit erhobenen Händen heraus. Unter ihnen war der CIA-Offizier. Seine linke Hand war zerfetzt. Sie anstarrend klagte er: »Ihr Schweine! Oh, ihr Schweine!«

»Schnauze!«, brüllte Chaco und gab ihm einen Stoß.

»Die Verwundeten in das Haus oder was von ihnen noch übrig ist«, befahl Marc. »Vielleicht können wir dort etwas für sie tun. Schaut nach, ob ihr etwas zur Versorgung der Wunden findet.«

Auf dem primitiven Herd der Küche stand eine riesige Pfanne mit noch genug Fleisch, um alle Guerilleros satt zu machen. Auch Wasser war ausreichend da. Den CIA-Offizier hatten sie auf eine Pritsche gelegt. Er sah mit schmerzverzerrtem Gesicht hasserfüllt zu ihnen herüber und beobachtete sie beim Essen. Plötzlich stöhnte er auf.

»In der Kiste dort unter dem Tisch ist ein Verbandskasten mit allem Nötigen, auch Morphium. Ich habe große Schmerzen.«

»Morphium? Nein, das Zeug brauchen wir für unsere eigenen Leute. Aber wenn du auspackst, kann ich mich vielleicht erweichen. Chaco, schau mal nach.«

Dieser warf die Gabel in die Schüssel, holte den Verbandskasten hervor und öffnete ihn.

»Stimmt. Ein paar Ampullen und ein Spritzenbesteck.«

»Tja, dann könnten wir dir helfen. Rede endlich!«

»Ich weiß doch nichts. Ich habe nur den Befehl erhalten, euch zu folgen und, wenn ihr bei Guevara seid, die Koordinaten durchzugeben. Ein ganzes Rangerbataillon steht bereit, den Rest zu besorgen.«

»Womit?«, fragte Marc und legte das Messer zurück, mit dem er sich Fleischstücke vom Knochen geschnitten hatte.

»Im Rucksack dort ist ein Funkgerät.«

»Na wunderbar! Vielleicht können wir sie mit einer Nachricht täuschen«, freute sich Villegas.

»Die Codes sind in meinem Kopf. Ihr werdet niemanden täuschen«, keuchte der CIA-Offizier gehässig.

»Das wollen wir doch mal sehen!«, sagte Carnel und gab ihm einen Tritt in die Seite. »Wie heißt du eigentlich? Damit wir deinen Tod nach La Paz melden können.« Der Verwundete schrie auf.

»Nun pack endlich aus!«, forderte Carnel. »Lange hältst du das doch nicht durch. Warum so viel Schmerzen ertragen?«

»Ich bin Hauptmann Ruben Caribe von der Spezialeinheit zur Unterstützung der bolivianischen Streitkräfte. Mehr sage ich nicht.«

»Rede nicht so geschwollen daher!«, erwiderte Chaco und schlug ihm mit dem Lauf der Uzi auf die Hand, was den Hauptmann wieder aufschreien ließ. »Du bist ein CIA-Schwein, das zur Unterdrückung und Ausbeutung den Handlanger spielt.«

»Ihr werdet alle sterben!«, keuchte Caribe.

»Aber du vor uns«, warf Carnel ein, während er einen Knochen abnagte.

Villegas kam herein, den Marc noch einmal zur Inspektion geschickt hatte. Marc wies auf den Tisch.

»Iss und trink. Der Tisch ist von gestern noch reich gedeckt. Doch erstmal den Lagebericht.«

»Sechzehn Tote, zwei Schwerverletzte, die kaum die Nacht überleben werden. Fünf Leichtverletzte, die nicht mehr viel vom Soldatensein halten.«

Marc nickte zufrieden.

»Es war ein gutes Gefecht. Che wird das zu schätzen wissen.«

»Guevara wird nicht lange zufrieden sein«, meldete sich mit hämischem Unterton der CIA-Offizier. »Er ist eingekesselt. Langsam zieht sich die Schlinge zu. Wir durchkämmen die gesamte Gegend zwischen dem Río Grande und dem Río Avero. Diesen Journalisten Debray haben wir bereits erwischt. Es ist nur noch eine Frage der Zeit, bis wir Guevara erledigt haben.«

Das mit Debray war tatsächlich ein Schlag. Bestimmt hatte Che ihn losgeschickt, um eine Botschaft an die Welt zu übermitteln oder an Fidel. Debray war ein großartiger Journalist und ein absolut integrer Mann. Er würde auch unter Folter nicht verraten, wo sich Che aufhielt. Die Nachricht zeigte immer deutlicher, in welch verzweifelter Lage Che sich befand, obwohl es ihm vielleicht gar nicht bewusst war.

»Wir müssen eine Botschaft an Fidel schicken.«

Chaco nickte und holte das Funkgerät aus dem Rucksack.

»Du kennst die Frequenz für Havanna?«, wandte sich Marc an Villegas.

»Klar doch. Montoya hat mich als Hilfsfunker ausgebildet.« Er schraubte eine Weile an den Knöpfen herum, setzte sich die Kopfhörer auf und nickte Marc zu.

»Du kannst loslegen. Verschlüsselungscode habe ich im Kopf.«

Marc diktierte, in welcher Lage sich Che tatsächlich befand und dass nun auf jeden Fall eine Rettungsaktion noch notwendiger war, schilderte auch das gerade überstandene Gefecht und schloss mit der Parole: »Weiter bis zum Sieg.«

Pfeifen im Wald, dachte er dabei. Die Parole hättest du dir sparen können.

Er diktierte dann einen Funkspruch für seinen Verlag, der an die Weltöffentlichkeit gehen sollte und die Lage beschönigend beschrieb und von Ches erfolgreichen Gefechten handelte und in einem Aufruf an die Völker Lateinamerikas endete, die Herrschaft des Yankee-Imperialismus abzuschütteln. Er war sich ziemlich sicher, dass der Bericht entschärft werden würde.

Damit hast du den Rubikon überschritten und bist nun unwiderruflich vom Journalisten zum Kombattanten geworden, stellte er erneut fest. Hoffentlich habe ich so viel Glück wie Ernest Hemingway.

»Was machen wir mit dem da?«, fragte Villegas und deutete auf Caribe.

»Oh, ihm fällt eine wichtige Aufgabe zu. Er wird eine Botschaft an sein Hauptquartier abgeben.«

»Niemals!«, brüllte der CIA-Mann.

»Du wirst funken, dass du ein Gefecht mit Che Guevara hattest und ihn ziehen lassen musstest, verwundet bist und schnellstens Hilfe brauchst. Wenn du das nicht tust, wirst du hier elendig verrecken.«

»Du gibst mir kein Morphium?«

»Richtig. Das brauchen wir für unsere Leute. Du führst jetzt meinen Befehl aus oder man wird dir keine Unterstützung schicken und ohne baldige Hilfe krepierst du. Ein Gastmahl für die Ameisen.«

»Du Fuchs, du!«, lobte Villegas. »Du willst ihnen suggerieren, dass Che durchgebrochen ist und sich die Ranger hierher begeben sollen und damit die Einkreisung beenden.«

»So etwas in der Richtung dachte ich mir.«

»Das werde ich nicht tun!«, wehrte sich Caribe immer noch.

»Du willst also sterben?«, fragte Marc.

Im Gesicht des Verletzten arbeitete es. Er erkannte langsam, dass ihm Heldenmut nichts einbringen würde und entschied sich fürs Leben.

»Gut. Ich sage euch die Frequenz«, quetschte er heraus. Der Funkspruch wurde so abgesetzt, wie Marc es verlangt hatte.

»Ich will doch … leben«, stammelte Caribe, als der Funkspruch herausgegangen war.

»Bringt all die Verwundeten ins Haus!«, befahl Marc. »Dann marschieren wir los.«

»Jetzt gleich ein Marsch?«, protestierte Chaco.

»Ja. Wir müssen weg. Wir müssen zu Che. Je eher wir ihn erreichen, desto besser. Ohne seine Asthmamedikamente leidet er wie ein Hund.«

»Natürlich!«, gab Chaco nach. »Du hast recht.«

Sie nahmen einige Lebensmittelrationen der Ranger mit und füllten die Feldflaschen mit Wasser.

»Ihr habt noch Verbandszeug und Schmerztabletten im Medikamentenkasten. Es bleibt euch die Hoffnung, dass ihr bald abgeholt werdet.«

Der Morgen brach an, als sie abzogen.

Sie marschierten zwei weitere Tage und auch die Nächte durch und sie spürten ihre Kräfte schwinden. Doch Marc trieb sie unablässig weiter. Die Sorge um den Freund ließ ihm keine Ruhe. Da sie durch eine dicht bewaldete, gebirgige Landschaft kamen, wurde der Marsch immer anstrengender, ständig ging es auf und ab. Der Abstieg war wegen des vielen Gepäcks genauso mühselig wie der Aufstieg. Zudem war der Boden manchmal morastig, so dass man leicht ausrutschen konnte. Die Vierzig-Kilo-Rucksäcke wurden immer schwerer. Sie sahen mittlerweile wie Desperados aus, verschmutzt, bärtig und abgerissen. Hinzu kam, dass sie alle an Durchfall litten und sich die Hosen vollschissen, so dass sie stanken, was nur Chaco witzig fand und sie mit einer Horde stinkender Paviane verglich.

»Wir müssten längst in dem Gebiet sein, wo sich Che aufhält«, sorgte sich Villegas.

Am nächsten Tag hörten sie Stimmen. Vorsichtig bewegten sie sich weiter, auf die Geräusche eines Lagers zu. Aber es waren nicht die Guerilleros, sondern Ranger, die sich recht sorglos benahmen. Sie konnten sich jedoch, ohne bemerkt zu werden, absetzen. Dies passierte noch zweimal.

»Die ganze Gegend wimmelt von Barrientos' Truppen«, fluchte Villegas.

»Barrientos' Truppen?«, höhnte Chaco. »Wenn es doch so wäre. Aber das sind alles Elite-Ranger, von der CIA geschult und unter deren Kommando.«

Dann kam der Regen. Ein dichter Regen wie unter einem Wasserfall.

»Dann können wir heute Nacht unsere Hosen ausziehen und vom Regen waschen lassen«, kommentierte Chaco.

»Als ob du dann sauberer bist, altes Rüsselschwein!«, scherzte Carnel. Es waren seine letzten Worte.

Das Feuer kam von allen Seiten. Sie waren in eine Falle gelaufen. Verzweifelt versuchten sie Deckung zu nehmen. Marc fand eine Bodenmulde hinter einem Wasserbrotbaum. Er presste sich auf die Erde. Plötzlich ließen die Schüsse nach. Eine selbstbewusste Stimme befahl ihnen, sich zu ergeben. Marc sah zu seinen Kameraden hinüber und deutete an zu verschwinden. Jeder musste nun auf eigene Faust handeln. Er sah, wie sich Villegas und Chaco seitlich fortbewegten. Marc robbte zu Carnel. Da war nichts mehr zu machen. Seine Augen blickten starr. Er drückte sie zu. Er nahm die Uzi und den Revolver und griff nach dem Rucksack mit den Medikamenten für Che. Noch einmal kam der Ruf, sich zu ergeben. Eine Detonation erfolgte. Chaco musste eine Granate geworfen haben. Wieder peitschten Schüsse. Aber sie brachten nur das Buschwerk zum Rascheln. Die Schüsse waren verdammt nah. Er legte sich den Riemen des Rucksacks um die Schulter und ließ sich einen Abhang hinabrollen. Ein Schuss traf ihn am Arm. Der Schmerz ließ ihn den Rucksack fallen lassen. Er wollte danach greifen, als plötzlich ein Soldat vor ihm stand. Ein verdammt junger Mensch. Dieser war genauso erschrocken wie er. Marc erholte sich schneller von der Überraschung. Eine Salve aus der Uzi erledigte das Problem. Für Mitleid war keine Zeit.

Plötzlich stieg im Dickicht ein großer Feuerball hoch. Das musste Villegas gewesen sein. Der gute alte Villegas. Er wollte wieder nach dem Rucksack greifen, aber dichtes Feuer zwang ihn, in einem Graben zu verharren. Verdammt, Ches Medizin, dachte er in Panik. Ich darf die Medizin nicht verlieren. Er wollte zu der Stelle robben, wo er den Rucksack verloren hatte. Der Arm schmerzte ihm höllisch. Aber er hatte genug Gefechte erlebt, um zu wissen, dass es nur ein Streifschuss war, der zwar schmerzte, aber seine Bewegungsfreiheit noch nicht groß einschränkte. Er hörte seitlich vor sich Schüsse. Dort musste Chaco sein. Verdammt, auch er hätte längst fort sein müssen. Doch nun tat sich die Erde vor ihnen auf. Ein riesiger Feuerball wurde so groß wie die Sonne. Chaco musste eine Kiste mit Granatmunition getroffen haben, denn die Stichflamme schoss bis zu den Wipfeln der Bäume hoch. Gellende Schreie waren zu hören. Flüche. Immer noch detonierte Munition. Dafür hatten die Schüsse der Ranger aufgehört. Dort wo der Rucksack gewesen war, brannte ein rötlichgelbes Feuer. Die Medizin war für einen Hexensabbat. Einer der Gründe, Che zu treffen, hatte sich nun erledigt, dachte Marc. Er hatte einen bitteren

Geschmack im Mund. So schmeckte also die Niederlage. Was für ein Scheißtag. Er lief gebückt nach links. Niemand hielt ihn auf. Nach einer Weile erhob er sich und lief aufrecht weiter. Die Zweige schlugen ihm ins Gesicht. Dichte Farnkräuter erschwerten den Marsch durch eine Schlucht. Er wusste nicht, wie lange er gelaufen war, aber es stand fest, dass er die Linie der Ranger durchbrochen hatte. In der Ferne sah er über den Ameisenbäumen und Palmen eine Rauchwolke.

Er hielt inne und überprüfte, was er noch hatte retten können. Mit der Uzi und der Magnum war er immer noch gut bewaffnet. In einer Seitentasche befand sich eine Rolle Kekse, ein wenig Dörrfleisch und zwei Dosen Sardinen. Dann realisierte er, dass Carnel nicht mehr lebte. Er war so lange sein Begleiter und Freund gewesen und würde nun Fidel nicht mehr berichten können, dass er auf Marc gut achtgegeben hatte. Was war mit Chaco und Villegas? Hatten sie auch entkommen können? Er sah auf die Kompassuhr und versuchte zu bestimmen, wo er war und welche Richtung er einschlagen musste.

Da hörte er Geräusche. Er warf sich auf den Boden und machte die Uzi schussbereit. Aus dem Gebüsch taumelte schweratmend Villegas. Marc erhob sich erleichtert und sie umarmten sich.

»Gottseidank, du bist entkommen«, staunte Ches Vertrauter.

»Ja. Doch Carnel hat es erwischt und ich habe die Medikamente für Che verloren.«

»Caramba! Was für ein Desaster!«, stöhnte Villegas.

»Verdammt, ja. Aber wo ist Chaco?« Sie sahen sich ratlos an.

»Wir müssen weiter. Weiter!«, entschied Marc.

»Warte mal. Lass uns nachdenken. Wir wissen, dass die Einkreisung vom Río Grande bis zum Río Avero verläuft. Che wird dies auch bemerkt haben. Er muss, wie wir, schließlich auf Ranger gestoßen sein. Er wird, wenn er sich von ihnen hat lösen können, wieder in Richtung des Ñancahuazú marschieren, wo wir Depots eingerichtet haben. Wenn diese nicht entdeckt wurden, dann kann es ihm gelingen, sich zu regenerieren.«

»Klingt logisch. Also marschieren wir wieder zurück. Vielleicht ist Chaco zu einer ähnlichen Erkenntnis gekommen.«

Sie aßen ein wenig von den Keksen und da es wieder zu regnen anfing, konnten sie mit Regenwasser den Durst stillen. Ein Geräusch ließ darauf schließen, dass sich ihnen ein größeres Tier näherte. Villegas hob die Maschinenpistole. Doch das Tier hatte zwei Beine und grinste sie unverschämt an.

»Glück gehabt, was?«, fragte Chaco lachend, wobei offen blieb, ob er sich selbst meinte oder seine beiden Kameraden.

»Warst du es, der die Munition hat hochgehen lassen?«

»Klar doch. Ich konnte von meinem Platz aus sehen, wie sie den Granatwerfer schussbereit machten und da habe ich mir gedacht, dass ein Schuss auf die Munitionskiste vielleicht mehr einbringt. Ein Sonntagsschuss, der den ganzen Laden zum Himmel schickte. Was ist mit Carnel?«, fragte er unvermittelt, sah sie vorwurfsvoll an, als würden sie ihm etwas vorenthalten, auf jeden Fall die Antwort schuldig sein.

»Er ist doch nicht …?«

»Doch«, bestätigte Marc tonlos.

»Armer … armer Scheißkerl!«, stöhnte Chaco.

»Er war ein guter Kamerad und Guerillero«, sagte Marc mit trockenem Mund und ihm kamen selbst diese Worte armselig vor.

»Das war er, weiß Gott«, bestätigte Chaco.

»Dann weiter.«

Die beiden Guerilleros stöhnten, folgten aber dem Befehl. Es dämmerte, als sie durch Schüsse gestoppt wurden, die vor ihnen die Erde aufspritzen ließ.

»Ergebt euch!«, forderte eine energische Stimme.

Nun haben sie uns doch noch erwischt und alles war umsonst, schoss es Marc durch den Kopf.

22

Der Gefährte des *Comandante*

Ein Fluch folgte. »Beim Gemächt des Esels!«

Marc musste lachen. So fluchten nur die Gauchos der Pampa. Che trat mit seinen Männern aus dem Gebüsch und kam den Abhang herunter. Es war acht Jahre her, seit sie sich gesehen hatten. Marc bekam einen trockenen Hals. Er räusperte sich, um seiner Befangenheit Herr zu werden.

»Da bist du ja endlich!«, sagte Che ohne Umstände und umarmte ihn fest. »Alter Kochba, du hast es doch noch geschafft. Wir wussten durch den Funkspruch aus Havanna von dir, wähnten dich aber in Gefangenschaft, genau so wie Debray.« Er musterte die Neuankömmlinge. »Ihr seht beschissen aus!«

»Und du wie nach einem Urlaub in Varadero«, gab Marc zurück.

Er war erschrocken über Ches Aussehen. Er war abgemagert, seine Haare verfilzt und er sah aus wie ein Desperado. Die Linien um seinen Mund waren tief und die Augen hatten nicht mehr das Feuer der Sierra Maestra. War dies das Eingeständnis der Niederlage?

»Wir würden im Moment alle nicht die Frauen von Havanna beeindrucken«, gab Che zu. Er lächelte schmerzlich und sah zu seinen Leuten, die genauso verwahrlost aussahen. »Hast du die Medikamente mitgebracht?«

Marc senkte den Kopf und erzählte stockend vom letzten Gefecht und vom Verlust der Medikamente. Che versuchte seine Enttäuschung zu verbergen.

»So ist das im Gefecht«, ging er über den Verlust hinweg, obwohl dieser für ihn Schmerzen und Qualen bis zur Besinnungslosigkeit bedeutete. »Nun kommt! Wir müssen weg. Es wimmelt hier von Barrientos' Rangern.«

Sie waren noch siebzehn Mann, Marc, Chaco und Villegas nicht eingerechnet. Der bolivianische Präsident hatte tausende Soldaten in die Gegend geschickt, zudem Einheiten, die von der CIA gedrillt worden waren.

Was denkt er?, fragte sich Marc. Seine Befehle kamen so präzise, wie er es von ihm aus der Sierra Maestra kannte. Doch Ches gebückte Haltung gefiel ihm nicht. Er wirkte, als würde ihn etwas herunterziehen. Die Erkenntnis, dass er gescheitert war?

Sie marschierten drei Stunden, bis sie eine Lichtung erreichten. Che befahl, ein provisorisches Lager zu errichten. Der Hauptgrund war eine Quelle mit klarem Wasser, so dass man nicht nur den Durst löschen, sondern auch etwas für die Hygiene tun konnte. Doch die Reinigung fiel sehr nachlässig aus, weil alle zu erschöpft waren und sie im Schatten der Bäume bald zusammensanken. Sorgenvoll musterte Marc die Männer. Keiner von ihnen schien mehr in Form zu sein. Das war keine siegesgewisse Truppe, sondern ein geschlagener, heruntergekommener Haufen, der nur von Ches Willen zusammengehalten wurde. Marc und Villegas verteilten die Sardinendosen, die sie aus dem Proviantvorrat in der Wellblechdachhütte mitgenommen hatten. Die Männer aßen heißhungrig. Che sah dies kopfschüttelnd und senkte den Kopf. Normalerweise hätte er gesagt, dass sie sich die Ration einteilen sollten. Che bekam einen Hustenanfall und krümmte sich am Boden. Die Arme um den Körper gelegt, als müsse er verhindern, dass er auseinanderfiel, wand er sich am Boden. Seine Männer sahen scheu und voller Angst und Verzweiflung zu ihm hinüber. Niemand machte eine Bemerkung. Als sein Anfall sich gelegt hatte, gab Villegas ihm das Morphium, das er gerettet hatte.

»Gut. Wenigstens etwas. Das wird den Verwundeten den Marsch erleichtern.«

Marc schüttelte den Kopf.

»Ich dachte eher daran, dass es dir helfen könnte.«

»Ach das. Komm. Wir müssen reden.« Er stand auf und sie gingen etwas abseits, wo sie sich ungestört unterhalten konnten.

»Du bist also zu mir zurückgekommen, Kochba. Warum?«

»Ich habe ein ganzes Bündel von Gründen.«

»Dann fang mal mit den wichtigsten Gründen an. Bist du zu der Erkenntnis gekommen, dass es ein Fehler war, uns damals im Stich zu lassen?«

»Nein. Es ist viel ... profaner.«

Er zögerte, ihm die ungeschminkte Wahrheit zu sagen. Wie würde Che darauf reagieren? Er, der so unerbittlich in seinem Urteil sein konnte, sei es gegenüber seinen Leuten, sei es gegenüber sich selbst. Trotzdem, den Freund durfte er nicht anlügen. Und wenn sie wirklich noch Freunde waren, dann würde er es schlucken.

»Ich schreibe an einer Artikelserie über dich, die später in ein Buch eingearbeitet werden soll. Ich will den Millionen Menschen in der Welt den Mythos Che erklären, deine Ideale und Ziele.«

Che blickte hoch. »Das ist es also.«

»Neben vielen anderen Gründen.«

Ein Lächeln erschien auf seinem Gesicht. Es verwandelte sich, wurde jünger und sah fast wie damals aus, in den glücklichen Tagen in Córdoba.

»Besser du als ein anderer. Aber deswegen brauchtest du doch nicht zu mir in den Dschungel zu kommen. Deswegen brauchtest du doch nicht wieder zum Guerillero zu werden.«

»Mein Verleger glaubte, dass ich der geeignete bin, dich zu finden. Die ganze Welt fragt sich doch: Wo ist Che? Barrientos hat mir den Knüller ein wenig verdorben.«

»Ja. Sie haben im Lager Fotos von mir gefunden. Seit Tagen posaunen sie in den Nachrichten, dass ich bereits tot bin oder in Kürze tot sein werde. Sie können sich in dieser Beziehung nicht entscheiden.«

»Ich denke, ihr habt keinen Funkkontakt zur Außenwelt?«

»So gut wie keinen. Aber wir haben ein Transistorradio. Sie können ja meine Existenz nicht länger geheim halten. Ihre Falschmeldungen erhöhen die Hysterie um die Größe des Aufstandes.«

»Einer der Gründe, warum ich hier bin: Fidel möchte, dass du den Kampf abbrichst. Ich soll dir sagen, dass er dich hundertprozentig unterstützt mit mehr Kämpfern, mit mehr Waffen, wenn du das nächste Mal aufbrichst. Ihm ist klar, dass du es wieder versuchen wirst und er ist solidarisch mit dir. Ihn plagt das Gewissen, dass er dir nicht mehr Männer mitgegeben hat. Also, brich den Kampf ab. Manchmal gibt ein Schritt zurück den Schwung, um mehr Schritte nach vorn zu tun.«

»Und da hat er gedacht, wenn ich nicht auf ihn höre, höre ich auf den Freund aus alten Jugendtagen. Ein Fuchs ist der Alte. Hat er nicht daran gedacht, dass wir beide im Streit auseinandergegangen sind? Damals, als ich Folterknechte, CIA-Kollaborateure und Mörder erschießen ließ? Oh ja, ich war wütend auf dich, auf deine bourgeoise Sichtweise. Du wolltest das Omelett, eine sozial gerechte Gesellschaft, aber nicht das Ei zerschlagen. Du hast mich damals enttäuscht!«

»Es ging mir ebenso«, antwortete Marc scharf. »Das Massaker in La Cabaña bekam ich nicht mit dem Bild in Übereinstimmung, das ich von dir hatte, mit deiner Liebe zu den Menschen, mit dem Ziel, eine gerechtere Gesellschaft zu schaffen.«

»Ich weiß. Ich weiß doch«, wehrte Che müde ab. »In dem Punkt kann man nicht mit dir reden. Lassen wir das also, sonst erzürnen wir uns wieder. Aber du kennst mich doch. Du hättest wissen müssen, dass ich nicht aufgebe.«

»Ja. Ich weiß, dass es ein hartes Stück Arbeit wird, dich davon abzubringen, hier zu sterben. Aber als Toter kannst du nichts mehr für deine Ideale, für das Ziel tun. Den neuen Menschen aus einer neuen Gesellschaft heraus wird es nicht geben.«

»Meine Kameraden sind mit mir einig. Wir stehen für das Ansehen der kubanischen Revolution, und dieses Ansehen werden wir bis zum letzten Mann, bis zur letzten Patrone verteidigen. Also: Ich schleiche mich nicht wie ein geprügelter Hund aus dem Land. Welche Gründe hattest du noch, in den Dschungel zu kommen?«

»Du hast eine Verantwortung gegenüber deiner Frau und deinen Kindern. Es hat doch keinen Sinn, sich zu opfern! Du bist eingekreist. Du kannst nur noch das Ziel haben, die Einkreisung zu durchbrechen und zu deiner Familie zurückzukehren.«

»Misch dich nicht in Sachen ein, von denen du keine Ahnung hast! Aleida wusste, wen sie heiratet und was auf sie zukommt. Hat sie dich etwa aufgefordert, mich zu überreden?«

Marc senkte den Kopf. »Nicht wirklich. Sie hat nur gesagt, dass eine Menge Überzeugungsarbeit auf mich zukommt. Aber sie wünscht es sich.«

»Wir haben alle unsere Wünsche«, sagte Che kategorisch.

»Che, wach auf! Diese ganze Bolivienkiste ist im Arsch! Warum glaubst du, dass du in Bolivien eine Revolution in Gang bringen kannst, obwohl alle Bedingungen, die du selbst aufgestellt hast, nicht vorhanden sind?«

»Die Revolution beginnt mit dem ersten Revolutionär, beginnt mit dem ersten Gefecht gegen den Unterdrücker. Ergo: Die Revolution hat bereits begonnen.«

»Das ist Propaganda und deiner unwürdig.«

»Du bist immer noch eine Schmeißfliege!«

»Ja, die hier einen stinkenden Misthaufen umkreist. Du selbst hast geschrieben, dass man die Bauern hinter sich haben muss, dass man die Avantgarde der Studenten in den Städten hinter sich haben muss, dass man die kommunistische Partei, so klein sie auch sei, hinter sich haben muss. Du hast ganz richtig festgestellt, dass die allgemeine Unzufriedenheit zu einer revolutionären Stimmung geführt haben muss. Nichts davon trifft auf Bolivien zu.«

»Die Bergarbeiter haben sich für mich ausgesprochen.«

»Richtig. Und wurden bereits zusammengeschossen. Die kommunistische Partei hat dich verraten. Du bist allein.«

Che zuckte mit den Achseln. »Es ist meine revolutionäre Pflicht, ein Beispiel zu geben.«

»Was für ein Beispiel? Den Opfertod?«

Che schüttelte den Kopf, antwortete aber nicht. Hat er sich damit abgefunden, dass er gescheitert ist?, fragte sich Marc. Sucht er das Finale, das ihn zum Märtyrer macht? Ist das das Beispiel, das er geben will? War das nicht von Anfang an sein Ziel, nachdem er gesehen hat, dass auch die kubanische Revolution im Bürokratismus erstickte? Ging er nach Bolivien – es war ihm fast egal, welches Land es war –, um zu sterben? Die Träume waren zerstoben und nun blieb ihm nur noch das Kreuz?

»Ich sage dir, dass der Yankee-Imperialismus in hundert Jahren nur noch Geschichte ist. Die Völker der Welt werden sich nicht ewig bevormunden, auspressen und vergewaltigen lassen.«

»Das hört sich sehr nach Religion an. Mir ist daran zu viel Glaube. Nirgendwo ist festgeschrieben, dass das Gute immer siegt. Den neuen Menschen gibt es nicht und wird es nicht geben. Dafür ist uns Menschen zu viel Gier mitgegeben.«

»Er wird sich im Ringen um Gerechtigkeit und Freiheit entwickeln. Wir müssen in Jahrzehnten, vielleicht sogar in Jahrhunderten denken. Es war doch erst gestern, als wir die Höhle verlassen und angefangen haben, der Erde die Nahrung abzuringen.«

»Che, meiner Meinung nach kommst du dem Ideal sehr nahe und doch hast du die Taten von La Cabaña zu verantworten. So viel zum neuen Menschen.«

»Komm mir nicht immer mit der alten Geschichte!« Che machte ein Gesicht, als habe er auf eine Zitrone gebissen. »Weißt du, dass es Überlegungen gab, dich umzulegen, mein Kochba?«

»Fidel?«, fragte Marc bestürzt.

»Nein. Fidel nicht. Er hat dich gleich als nützlichen Bourgeois eingestuft und nichts Nachhaltiges von dir erwartet.

Er war zufrieden damit, dass du es warst, der den Staatsschatz rettete. Aber es gab andere, die dir deine Fahnenflucht nicht verzeihen wollten. Cienfuegos hat für dich gesprochen und … ich.«

Ein warmes Gefühl durchströmte ihn.

»Dann habe ich wenigstes Cienfuegos gegenüber meine Dankespflicht erfüllt.«

Er erzählte von dem Kampf in den Bergen der Anden und wie Big Billy Moreno gestorben war. Che gab ihm eine Kopfnuss.

»Du verfluchter Kochba! Kaum ist man böse auf dich, da zeigst du wieder ein anderes Gesicht und handelst wie ein Guerillero, wie einer, der fest im Glauben an die Revolution ist.«

»Vor allem bin ich dein Freund. Hör auf in diesem Kampf! Er erfüllt nicht die Bedingungen, die du selbst aufgestellt hast«, wiederholte Marc eindringlich. »Es ist Hochmut, was du tust. Woher nimmst du die Berechtigung, Menschen zu einem unsinnigen Kampf zu führen? Woher nimmst du das Recht, dass für deine Vorstellung vom Sozialismus und dem neuen Menschen Völker bis zum Tod kämpfen?«

»Jede Revolution verlangt Opfer! Mit Blut wurden die großen Revolutionen zum Sieg geführt.«

»Und wo hat sich der Traum der Revolutionäre verwirklichen lassen? Sieh dir doch den Bürokratensozialismus in den sowjetisch beherrschten Ländern an. Gleichheit erreichst du nur mit Gewalt. Die Menschen sind nicht gleich. Du selbst bist der Beweis. Ich kenne nur einen Che Guevara.«

»Der Umkehrschluss deiner Argumente ist, dass man den Yankee-Imperialismus, den schamlosen Kapitalismus der United Fruit Company, hinnehmen muss. Von allein entwickelt sich der Kapitalismus nicht zum Guten. Er bleibt ein gefräßiges, menschenverachtendes Raubtier.«

Marc war ratlos, was er darauf antworten sollte. Che hatte ja recht, was den Kapitalismus betraf, aber Menschen zu einem Kampf zu verleiten, der in den Tod führte, war unrecht.

»Che, welche Legitimation hast du für deinen Aufruf der vielen Vietnams?«, fuhr er verzweifelt fort. »Es gab schon so viele sogenannte Befreier, die eine Revolution entfachten und Menschen starben für die große Idee des *Libertador*. Nimm nur Simón Bolívar. Er befreite Südamerika von den Spaniern und endete als Diktator, den man verfluchte und verjagte.«

»Weil er nicht das Wesen im Ringen für die Freiheit begriffen hatte. Im Kampf für den Sozialismus wird sich der Mensch zu einer neuen Ebene des Menschseins emporschwingen.«

»Du bist nicht Gott, Ernesto Che Guevara de la Serna.«

Che stutzte und ein Lächeln flog über sein Gesicht.

»Heißt es nicht, dass in jedem Menschen ein göttlicher Funke ist?«

»Hör auf! Für Religion bist du nicht zuständig. Ich finde scheiße, was du vorhast.«

»Ich habe dich nicht aufgefordert zu kommen.«

»Ich habe Fidel gefunkt, uns herauszuhauen.«

Che sah Marc scharf an. »Ihr habt ein Funkgerät?«

Es tat Marc weh, ihn enttäuschen zu müssen. »Carnel hatte es in seinem Rucksack. Er ist bei unserem Zusammenstoß mit den Rangern gestorben. Ich konnte sein Gepäck nicht übernehmen, sondern musste türmen.«

»Schwamm drüber. Es könnte uns ohnehin nicht helfen. Es würde als Überfall Kubas auf Bolivien gewertet werden. Er hätte die ganze Welt gegen sich. Nein, mein lieber Kochba, Fidel wird uns nicht heraushauen.«

»Er hat es mir zugesichert. Wenn ich dich nicht dazu bewegen kann, diesen nutzlosen Kampf abzubrechen, will er …«

»Ja, das hat er sicher versprochen. Immerhin ist er mein Amigo. Aber er wird sich das noch anders überlegen oder Raúl wird dafür sorgen, dass er es sich anders überlegt. Wie nennt man das? Realpolitik? Doch nun genug der Diskussion. Wir werden auf Vallegrande marschieren. Im Radio war zu hören, dass dies das Hauptquartier der Ranger ist. Sie werden nicht damit rechnen, dass wir das Unmögliche wagen. Sollten wir dort einen Erfolg verbuchen können, haben wir ein Zeichen gesetzt, das die Welt aufhorchen lassen wird. Dann können wir immer noch entscheiden, ob dein Vorschlag eine Option enthält.«

Marc erkannte, dass er mehr nicht erreichen konnte. Er hatte alle Argumente angeführt. Er glaubte auch nicht, dass Che das mit der Option ernst meinte. Er wollte nur eine lästige Diskussion beenden.

»Sag mir, was mich all die Jahre beschäftigt hat: Wärst du damals das Risiko eines Atomkrieges eingegangen?«

»Du wirst nie ein richtiger Revolutionär, Kochba. Ein Guerillero bist du geworden, aber kein Revolutionär. In einer Revolution siegt man oder stirbt. Ich hätte den Vertrag über die Atomraketen mit Chruschtschow so abgeschlossen, dass die Kubaner die Kontrolle über die Raketen gehabt hätten und dann … wären sie auch gezündet worden. Wenn die Amerikaner angegriffen hätten«, schob er hastig nach.

»Du hättest die Menschheit vernichtet!«, sagte Marc erschüttert. »Glaubst du, von Kuba wäre noch etwas übrig geblieben?«

»Wir hatten uns darauf vorbereitet, in den Bergen zu überleben.«

»Du hast ein kaltes Herz, Che.«

»Ein revolutionäres Herz, das für Humanismus und Menschlichkeit eintritt. *Hasta la victoria siempre!*«

»Ich bin froh, dass du nicht den Befehl über die Atomraketen hattest.«

»Ich weiß, Kochba, ich weiß«, sagte er leise. »Du bist eben ein Geschichtenerzähler. Es mangelt dir am Glauben an die Aufgabe eines Revolutionärs.«

»Glauben? Und du bist ein Religionsstifter?«

»Nein.«

Che brach unvermittelt das Gespräch ab, ging zu seinem Rucksack, holte eine Landkarte hervor, setzte sich in die Hocke und grübelte über sie. Marc ging zu seinen *compañeros*.

»Hast du etwas erreicht?«, fragte Villegas eifrig.

Marc zuckte mit den Achseln. »Sieht nicht gut aus. Er will jetzt auf Vallegrande zu marschieren. Wenn wir durchgestoßen sind, wird er eine endgültige Entscheidung treffen. Aber ich habe keine große Hoffnung, dass er den Marschbefehl nach La Paz gibt.«

»Er sucht sich bestimmt wieder das Schwierigste aus. Was für ein Mann!«, stöhnte Villegas.

»Ja. Ein Mensch«, erwiderte Marc bitter.

Ich habe es vermasselt, sagte er sich. Che würde nicht aufgeben. Er hätte es wissen müssen. Auch Fidel hätte es wissen müssen und vielleicht hatte er es auch gewusst und ihn, Marc, nur nach Bolivien geschickt, um sein Gewissen zu beruhigen.

Am nächsten Tag verkündete Che die neue Marschroute.

»Wir werden durch die Yuro-Schlucht durchbrechen.«

Er teilte die Mannschaft in drei Gruppen und bestimmte die Vor- und Nachhut. Es war der 7. Oktober. Anno 1967. Elf Monate waren vergangen, seit die Guerilla den Kampf in Bolivien aufgenommen hatte.

Der Marsch wurde immer beschwerlicher. Der Anblick der Yuro-Schlucht verriet nicht, dass sie eine Weihe bekommen würde wie Golgatha. Die Hänge sahen wie die Rücken von Elefanten aus. Grausteinig, zerklüftet und unbewachsen. Erst am Talgrund gingen die Felsen in dichtes, mannshohes Gebüsch über. Marc blieb bei Che an der Spitze. Chaco trug dessen Rucksack. Alle hofften, dass Che an diesem Tag von einem Asthmaanfall verschont wurde. Gegen Mittag stießen sie auf eine Alte, die neben ihrer Ziege auf der Erde hockte und auf einem Strohhalm kaute. Sie sah ihnen mit gleichgültiger Miene entgegen. Sie hatte ein Gesicht wie ein Bratapfel. Als Che sie fragte, ob sie Soldaten gesehen hätte, tat sie so, als wäre sie taub. Ihre listigen Augen gefielen Marc nicht.

Sie zogen weiter. Flugzeuge kreisten über den Bergen und warfen Bomben ab. Sie vermuteten die Guerilleros in der Gegend. Welchen Sinn sollte sonst das Bombardement haben?

Die Feuerbälle waren weit entfernt. Die Detonationen wurden durch das Echo verstärkt und zerrten an den Nerven der Truppe. Che nahm den Lärm mit spöttischem Funkeln in den Augen hin.

»Sie stochern im Nebel herum! Es ist wie in der Sierra Maestra, da haben uns Batistas Flieger auch dauernd gesucht und ihre Bomben ratlos abgeworfen. Keine einzige hat unsere Leute getroffen.«

Doch das beruhigte die Männer nicht. Bis zum Abend geschah nichts. Sie gönnten sich nur eine kurze Rast. Wieder trieb Che sie voran. Als sie an einem Kartoffelfeld vorbeikamen, sagte Chaco: »Ich glaube, ich habe dort hinten einen Schatten gesehen.«

»Wo?«, fragte Che ruhig. Chaco zeigte in die Richtung.

»Nichts zu sehen«, kommentierte Che lakonisch.

»Ja. Jetzt sehe ich auch niemanden. Aber vorhin …«

Was wirklich geschah, stand später in den Zeitungen. Der Bauer Pedro Pana hatte die Guerilleros gesehen und dies den Soldaten gemeldet. Hauptmann Gary Prado befahl seinen Rangern, die Höhen der Schlucht zu besetzen. Ches kleine Truppe zog ahnungslos der Vernichtung entgegen.

Die Stimmung der Truppe war schlecht. Als sich einer der Männer beschwerte, dass sie doch alle am Ende seien und der Rast bedurften, schnitt ihm Che das Wort ab.

»Ich habe euch Hunger und Durst und körperliche Qualen vorausgesagt. Revolutionär zu sein ist die höchste Stufe der Menschlichkeit.«

Bei einem anderen als Che hätten sie längst rebelliert. Aber sein Vorbild wirkte immer noch. So abgerissen er auch aussah, so sehr ihn das Asthma geschwächt hatte, immer noch wirkte sein Nimbus und deswegen liefen sie nicht weg und vertrauten ihm. Hatte er nicht immer einen Ausweg gewusst? Ihre Treue beruhte in einem Glauben, der ans Religiöse grenzte.

Plötzlich erschütterte eine Explosion das Tal. Die Soldaten hatten die Vortruppe entdeckt, die Che wohlweislich vorausgeschickt hatte.

»Granaten!«, schrie Che. »Deckung nehmen!«

»Wir müssen zurück!«, rief Marc Che zu.

Aber dafür war es zu spät. Die Abhänge waren bis zum Eingang der Schlucht besetzt. Man konnte die Ranger jetzt als kleine Punkte ausmachen. Sie blieben vorsichtig und wagten noch nicht den Abstieg ins Tal, sondern schossen ihre Granatwerfer ab. Der Geschoßhagel machte viel Lärm, aber verursachte keine Verluste. Ches Männer schossen die Berghänge hoch, was aber auch keine Wirkung brachte. Plötzlich hörte das Granatwerferfeuer auf. Marc lag neben Che hinter einem Felsen.

»Sie hören auf, um ihre Leute nicht zu verletzen, die sie jetzt ins Tal schicken«, beurteilte Che die Lage. »Jetzt wird es ernst.«

Er lag in der Beurteilung auch diesmal richtig. Dies waren keine ungeübten Soldaten. Die Ranger nutzten jede Deckung und kamen von zwei Seiten heran. Es entwickelte sich ein hitziges Gefecht. Che sah immer noch aus, als würde er sich keine Sorgen machen. Konzentriert gab er die Befehle und dirigierte seine Leute am Rand der Schlucht entlang. Er zeigte noch einmal, warum er einer der besten *Comandantes* Kubas genannt wurde. Marc lag nur zwei Meter von ihm entfernt und gab Dauerfeuer, bis der Lauf seiner Thompson so heiß wie eine Kochplatte wurde. Aber noch versagte sie nicht. Die Kugeln umschwirrten sie, prallten an den Felsen ab und brachten jaulend das Gebüsch zum Rascheln. Plötzlich sah er, wie Che sich aufbäumte. Marc wusste sofort, dass passiert war, was nicht passieren durfte. Er robbte zu ihm. Ein Schuss hatte sein Gewehr getroffen und unbrauchbar gemacht, aber, was wesentlicher war, eine Kugel hatte ihn am Bein verletzt.

»Zerstreut euch! Zum rückwärtigen Ende der Schlucht«, kommandierte Che immer noch mit kraftvoller Stimme.

Sein Befehl wurde befolgt. Die nicht mal zwanzig Guerilleros standen einer Hundertschaft von gut ausgebildeten und ausgeruhten Rangern gegenüber. Und diese kamen immer näher.

»Dort zum Abhang hin!«, rief Marc dem Guerillero Simón Cuba zu, einem vierschrötigen Mann, der wegen seiner Kräfte bewundert wurde. Er nahm mit ihm Che in die Mitte und sie schleppten ihn einen sechzig Meter hohen Hang hoch. Chaco folgte ihnen, indem er ein Sperrfeuer legte. Sie glaubten bereits, dass sie es geschafft hatten, als sie auf einige Soldaten neben einem Granatwerfer stießen. Marc ließ Che los und wollte seine Thompson betätigen, aber ein Schuss warf ihn zu Boden. Auch Chaco wurde niedergeschossen.

»Verdammt! Dies ist *Comandante* Guevara. Ihr müsst ihn respektieren!«, rief Simón Cuba und stellte sich schützend vor seinen *Comandante*. Che griff zur Pistole. Wollte er sich selbst töten? Zu kämpfen war sinnlos geworden. Doch die Waffe versagte. Später stellte sich heraus, dass das Magazin herausgefallen war. Che ließ die Pistole fallen. Er war waffenlos. Nur deswegen konnten sie ihn gefangen nehmen.

Hauptmann Prado eilte herbei. Ein großer Mann mit einem sympathischen dunklen Gesicht, einem militärisch kurz gestutzten englischen Colonel-Schnurrbart und offenem Blick.

»Ich bin Che Guevara«, sagte Che stolz, ohne den Kopf zu senken.

»Sie sind ein großartiger Soldat«, gab Prado zu. »Wir brauchten eine ganze Armee, um euch zu besiegen. Aber es ist aus.«

»Vielleicht fängt es erst an«, erwiderte Che.

Marc erhob sich mit Hilfe eines Soldaten. Besorgt sah er zu Chaco hinüber, dem ebenfalls aufgeholfen wurde. Dieser wies unglücklich auf seine Schulterwunde.

»Versorgt ihre Wunden! Comandante Che Guevaras Hände bleiben ungefesselt!«, befahl Prado. Marcs Schenkelwunde wurde notdürftig verarztet. Er hatte Glück gehabt. Seine zweite Verletzung. Wie die erste nur eine Fleischwunde. Sie schmerzte dennoch.

Das Gefecht unten in der Schlucht hatte nicht aufgehört. Immer noch wehrten sich Ches Männer. Che hatte aus ihnen

Elitekämpfer gemacht, dachte Marc. Die Guerilleros kämpften weiter. Vielleicht ahnten sie, dass man keine großen Umstände mit ihnen machen und sie alle erschießen würde. Sie wissen noch nicht, dass Che gefangen genommen wurde, sagte sich Marc.

Prado verglich ein Foto mit dem Gefangenen, der sich als Che ausgegeben hatte. Seine Zweifel waren verständlich. Die schulterlange rötliche Mähne, der lange, ungepflegte Bart, das eingefallene Gesicht hatten nichts mit dem Bild zu tun, das man von dem Mann kannte, der in seiner Rede vor der UNO Imperialismus und Kapitalismus so leidenschaftlich verurteilt hatte. Schließlich war Prado überzeugt und rief einem seiner Leutnants zu, dass man ins Hauptquartier melden solle, dass er Guevaras Gefangennahme bestätigen könne. Er erwarte Anweisungen.

Sie wurden zu einem Lastwagen gebracht und mussten auf die Ladefläche klettern. Che und Marc gelang dies nur mit Mühe. Aber die Soldaten behandelten sie voller Respekt.

»Sie werden uns nichts tun«, machte Che den Gefangenen Mut. »Wir sind zu wertvoll für sie.«

Marc gab diesmal nicht viel auf Ches Urteil. Ein Prozess würde die gesamte Weltöffentlichkeit mobilisieren. Mit einem im Gefecht gefallenen Guevara konnte man die Akte ohne Komplikationen schließen. Marc beschäftigten vor allem Ches Worte: Vielleicht fängt es erst an. Was hatte er gemeint? Welche Zuversicht verbarg sich dahinter? Hatte er einen Plan B? Er traute Che dies zu.

Gegen Abend trafen sie in La Higuera ein, ein Dorf mit dreißig Lehmhütten und fünfhundert Einwohnern.

Alle Gefangenen wurden in einer Hütte auf mehrere Räume verteilt und auf den Boden geworfen. Nur Che legte man achtungsvoll sanft gegen die Wand. Ein Arzt kam und besah sich ihre Wunden und versorgte sie notdürftig. Vor Erschöpfung schlief Marc ein. Er erwachte, als er im Nebenzimmer Stimmen hörte. Er konnte in den Nebenraum sehen, da keine Tür vorhanden war. Mehrere Offiziere mit viel Lametta auf den Schultern drängten sich zu Che. Einer, den die anderen mit großem Respekt umringten, schoss Fragen ab, die erkennen ließen, dass einige Guerilleros sich noch nicht ergeben hatten und kämpften. Die Rangeroffiziere wollten wissen, wie viele Männer Che dabei gehabt hatte. Che antwortete darauf mit verächtlichem Schweigen. Marc hörte aus den eifrigen Kommentaren der Offiziere heraus, dass es sich um Oberst Selich handelte, der so respektlos auf Che einredete und ihm Folter androhte.

»Wir werden dich schon noch kleinkriegen, du Desperado! Die Genfer Konvention schützt dich nicht! Für mich bist du ein Bandit!« Er zog Che am Haar und tätschelte ihm die Wange. Seine Begleiter lachten hämisch.

»Du hast doch nur Angst vor mir!«, gab Che gelassen zurück.

Was sie dann noch mit ihm anstellten, entzog sich Marcs Blicken, da zu viele Offiziere den Guerillero umstanden. Plötzlich betrat noch jemand den Raum, den er in seinen schlimmsten Träumen nicht erwartet hätte.

An der Tür grinste Felix Hernández.

»Na, da sind wir alten Córdobaner wieder vereint«, sagte er mit hämischem Lachen. Er trat an Marc heran und gab ihm einen Tritt in die Seite.

»Du hast dich nicht verändert, Hernández. Am liebsten nimmst du es mit Wehrlosen auf.«

»Ihr werdet alle sterben, das ist dir doch wohl klar.«

Hernández trug eine schmucklose Rangeruniform, die seine wahre Bedeutung nicht erkennen ließ. Er war nicht nur älter geworden, sondern hatte auch an Gewicht zugelegt. Marc erinnerte sich nun. Richtig. Er war der Mann gewesen, der sich, bevor sie in die Hütte geführt worden waren, mit Che fotografieren ließ. Marc hatte ihn nicht erkannt, da er ihn hier nicht vermutet hatte.

»Er war und ist die Ratte aus Córdoba!«, schrie Che herüber.

Die Offiziere hatten ihn nach Drohungen, dass sie ihn noch in der Nacht töten würden, mittlerweile verlassen.

»Wie schmeckt das Brot des Verrats, Hernández?«, fügte Che hinzu.

»Ihr könnt nur noch bellen, doch beißen könnt ihr nicht mehr! Ihr seid verdammte Loser. Wir warten nur noch auf die Freigabe aus dem Hauptquartier, dann ist es mit euch zu Ende.«

»Aus Langley?«, fragte Marc höhnisch. »Auch in der Uniform eines bolivianischen Rangers kannst du nicht verbergen, dass ihr von der CIA in Bolivien die Marschrichtung bestimmt und die Bolivianer nur an euren Drähten zappeln.«

»Was ist der niedrigste Mensch?«, meldete sich Chaco. »Niedriger als ein Affe – der Verräter im Dienst des CIA!«

Hernández beantwortete dies mit einigen Fußtritten. Hinter ihm betrat Pérez Gutierrez, ein bolivianischer Offizier im Dienst der CIA, den Raum. Der Name war später in ganz Südamerika bekannt.

»Sollen alle umgelegt werden?«, fragte er Hernández.

»Aber sicher. Aber diese hier gehören nur zu den kleinen Fischen. Der andere, der dort an der Wand lehnt, ist der wichtigere.« Gutierrez grinste, trat an Che heran, packte seinen Kopf und spuckte ihm ins Gesicht.

Che nahm dies mit unbewegtem Gesicht hin, trat Gutierrez mit seinem gesunden Bein in die Weichteile und schickte ihn zu Boden. Jaulend hielt sich der Bolivianer die Leibesmitte.

»Tja, einen Ernesto Guevara darf man niemals unterschätzen. Das war schon in Córdoba so«, kommentierte Hernández amüsiert.

Gutierrez sprang hoch, zog seine Pistole und legte auf Che an.

»Halt! Noch haben wir dazu keinen Befehl. Vielleicht wollen sie Che doch noch den Prozess machen. Steck die Pistole ein und verschwinde! Sonst landest du vor einem Kriegsgericht.«

»Für diesen Schakal gibt es nur die Antwort aus dem Lauf einer Maschinenpistole«, rief Gutierrez erregt.

»Ganz deiner Meinung. Aber wir müssen auf den Spaß noch ein wenig warten.«

Er grüßte militärisch zu Marc hinüber und setzte sich zu Che. Marc hörte, wie Che Hernández nach einem Lehrer fragte.

»Ich hätte gern mit ihm gesprochen, um mehr über die Lebensumstände der Menschen in La Higuera zu erfahren.«

Erstaunlicherweise ließ Hernández den Lehrer kommen. Es war eine Frau.

»Als wenn du nicht andere Sorgen hättest«, höhnte Hernández und ließ sie allein, nahm aber als zusätzliche Wache vor der Hütte Aufstellung. Sie hörten ihn mit den Soldaten draußen scherzen. Che und die Lehrerin sprachen sehr leise miteinander. Aber einige Sätze verstand Marc.

»In Kuba gibt es keine so verwahrloste Schule wie diese. Bei uns sehen so die Gefängnisse aus.«

»Sie sind aus Kuba gekommen, um unsere Soldaten zu töten, haben mir die Offiziere erzählt.«

»Wir wollten für euch ein besseres Leben erkämpfen. Schulen, ärztliche Versorgung, regelmäßige Löhne und vieles mehr.«

»Wir sind ein armes Land.«

»Aber eure Generäle fahren Mercedes!«

Dann wurden die Stimmen zu leise. Die Lehrerin ging auch bald. Julie Cortés tat es später ein Leben lang leid, dass sie nicht länger mit ihm gesprochen hatte. Draußen scherzte Hernández mit den beiden Wachen. Er gab groß damit an, dass er das Tagebuch von Che gefunden habe, das wertvolle Rückschlüsse auf Ches Pläne ermöglichen würde.

»Wir werden bald seine intimsten Gedanken kennen. Selbst wenn sie Che laufenlassen würden, wir wissen jetzt alles über ihn. Als Revolutionär ist er erledigt.«

»Glauben die Revolutionäre daran, was nach dem Tod passiert?«, fragte eine andere Stimme.

»Keine Ahnung. Geh rein und frag ihn.«

Ein Schatten betrat Ches Raum. Eine junge Stimme fragte höhnisch: »Denken Sie in diesem Moment an die Unsterblichkeit des Esels?«

»Nein, junger Mann. Ich denke an die Unsterblichkeit der Revolution, die so sehr von denen gefürchtet wird, denen du dienst.«

Marc fühlte, dass er Fieber bekam. Er schloss die Augen. Was für ein Desaster war Ches Unternehmung geworden. Er erwachte, weil Hernández wieder den Raum betrat. Draußen war es hell geworden. Noch einmal erschien Oberst Selich mit einer Schar Offiziere.

»Ihre letzte Chance, Guevara. Reden Sie! Sind noch andere Gruppen in Bolivien? Wollen sich diese mit den Streikbrüdern im Bergbaugebiet vereinigen? Wenn Sie reden, kann sich dies für Sie positiv auswirken und Sie kommen mit Gefängnis davon. Mein Wort, ich werde mich für Sie einsetzen. Reden Sie endlich!«

»Gehen Sie zum Teufel! Ihr werdet in Kürze alle in der Hölle schmoren. Die Revolution könnt ihr nicht austreten.«

Marc war stolz auf seinen Freund. Sie können ihn nicht brechen. Er blieb Che Guevara und so, wie sich ihn die ganze Welt vorstellte.

»Ja, Hernández, mach deine Notizen«, fuhr Che fort. »Und berichte deinen Vorgesetzten in Langley, dass eines Tages in den USA eine Revolution ausbrechen wird, wie sie die Welt noch nicht gesehen hat. Der Yankee-Imperialismus wird an sich selbst ersticken. Es ist wissenschaftliche Tatsache, dass der Druck, den ihr im eigenen Land ausübt, in einer Gegenreaktion explodiert. Ihr werdet ein Vietnam im eigenen Land erleben.«

Einen Augenblick war es still. Dann hörte Marc Oberst Selich fluchen.

»Mal sehen, ob du noch so geschwollen daherredest, wenn wir dir Finger und Zehen zerquetschen.«

Jemand stürzte herein. »Der Präsident hat 700 befohlen!«

Später wurde publik, dass dies Rangermajor Ayoro gewesen war, der die Liquidationsnachricht brachte.

»Na endlich!«, freute sich Selich. »Es besteht kein Zweifel, vom Präsidenten persönlich?«

»700« war der Code für den Mord an Che. »600« hätte bedeutet, dass man ihm den Prozess machen wollte. Aber in dem Fall hätte es Barrientos mit der Weltöffentlichkeit aufnehmen müssen. Er glaubte, mit Ches Tod die Legende »Che« aus der Welt zu schaffen. Er irrte sich. Die Legende begann bereits, sich von diesem elenden Ort in die Metropolen der Welt zu verbreiten. Ob am Boulevard St. Michel in Paris oder auf dem Kurfürstendamm in Berlin – überall rief man seinen Namen.

Mit wieherndem Lachen verabschiedeten sich die Offiziere, besoffen von dem Gefühl, Sieger über Che Guevara zu sein.

Es war gegen ein Uhr nachmittags, als ein gedrungener Soldat die Hütte betrat. Er war nicht größer als ein Meter sechzig. Sein Name war Terán und er hatte sich freiwillig zur Exekution gemeldet, weil sein Freund beim Gefecht am Vortag gefallen war. Er hatte eine Maschinenpistole in der Hand. Das Herz schlug Marc bis zum Hals. Seine Muskeln zitterten vor Erregung. Er robbte nach vorn, so dass er den Nebenraum besser einsehen konnte. Che stand gefesselt gegen die Wand gelehnt und starrte seinen Mörder an. Terán hantierte umständlich an der Maschinenpistole. Unter dem wilden Blick von Che wich er ein paar Schritte zurück.

»Wozu die Umstände?«, sagte Che. »Du kommst, um mich zu töten.«

Terán zögerte immer noch.

»Schieß doch, du Feigling! Du wirst einen Menschen töten.«

Terán wich bis zur Türschwelle zurück, stieß einen Fluch aus und zog den Abzug durch. Die Schüsse erwischten nicht nur Che, sondern rissen außerdem eine Menge Mörtel aus der Wand. Che glitt mit zerschossenen Beinen zu Boden, drehte sich mit einem Klagelaut um, als wolle er allein sein, sein Gesicht verbergen, um den Mörder – wie einst die Römer – nicht an seinem Tod teilnehmen zu lassen. Terán brüllte sinnlos und gab eine zweite Salve ab, die Che am Arm, an der Schulter und … ins Herz traf. Es brauchte schon zwei ganze Salven, um Che zu töten.

Danach drängten sich zwei andere Soldaten herein und hatten nun auch den Mut, auf Che zu schießen. Marc schrie seine Verzweiflung heraus. Schrie und schrie und Terán kam auch zu ihm und hob die Maschinenpistole. Seine Augen blickten starr. Marc dachte an Córdoba, an ihre Abende am Fluss, an die Tage in der Sierra Maestra, an ihren Streit in La Cabaña und … Es war nur folgerichtig, dass er mit dem Freund starb. Terán ließ die Maschinenpistole sinken. Sein Blick wurde lebhafter. Er schüttelte den Kopf.

»Nein. Nicht du!«, krächzte er und taumelte in den Raum zurück, in dem der Leichnam von Che Guevara lag.

Nun kam Hernández herein, warf einen Blick auf den Toten und schickte Terán und seine Kumpels hinaus.

»Sauft weiter! Dann habt ihr morgen alles vergessen.« Er trat an den Toten und gab ihm einen leichten Tritt in die Seite. Mehr zu sich selbst murmelte er: »Nun ist es aus, Ernesto Guevara de la Serna. Nun kannst du oben mit Marx und Lenin plaudern. Auf Erden bist du eine vergangene Nummer. Im nächsten Jahr redet kein Mensch mehr über dich.«

In ohnmächtigem Zorn rief Marc: »Das hat man von dem, den man auf Golgatha kreuzigte, auch geglaubt! Hernández, ich rufe dich vor das Gericht Gottes. Er wird dich richten!«

Hernández lachte wölfisch und hob die Maschinenpistole und Marc sah in das Mündungsfeuer. Es war ein Uhr zehn nachmittags, am Sonntag, dem 9. Oktober 1967. Und in der Yuro-Schlucht kämpfte immer noch eine kleine Gruppe von Guerilleros. Fünf Männern gelang es zu entkommen. Sie nahmen das mit, was sie in diesem öden Tal erlebt hatten und es ließ sie ihr ganzes Leben lang nicht los.

23

Die Himmelfahrt des Che

Als Marc die Augen öffnete, hatte er Blut im Gesicht. Überall war Blut. Er lag in einer süßlich riechenden Lache. Aber es war nicht sein Blut. Es war das Blut von Simón Cuba und Chaco Schweinerüssel. Hernández sah mit scheelem Lächeln auf ihn herab.

»Du hast Glück gehabt, Kochba! Die Französische Botschaft hat wegen Debray und auch deinetwegen interveniert. Barrientos liebt Frankreich und will keinen Ärger mit dem Land der Trikolore. Er verehrt Napoleon. Es wird darauf ankommen, ob du dich herausreden kannst, Journalist zu sein. Aber ich glaube nicht, dass dir das gelingen wird. Schließlich wurdest du mit einer Thompson erwischt. Und die Berichte über den Überfall auf das Hauptlager klingen auch nicht danach, dass Marc Mahon, genannt Kochba, nur als Vertreter der schreibenden Zunft unterwegs war. Das bedeutet jahrzehntelange Haft oder … ein Peloton.«

»Ihr seid Schweine! Schweine!«, stöhnte Marc, wahnsinnig vor Wut und Trauer und Hass. Nach Carnel hatte er nun auch Chaco verloren. Hernández trat ihm in die Seite. Marc gab trotz der Schmerzen keinen Ton von sich.

»He, Kochba, hör gut zu! Ich bringe dich persönlich nach Vallegrande und dort wird sich erst einmal Oberst Selich um dich kümmern. Du wirst bedauern, dass Terán dich nicht abgeknallt hat.«

Er befreite Marc von den Fesseln und stieß ihn hinaus ins Freie. Das Blut klebte an ihm wie eine zweite Haut. Er musste die Augen zukneifen, so sehr blendete ihn das Tageslicht. Er sah in einiger Entfernung einen Hubschrauber. Eine Menge

Offiziere wieselten um ihn herum. Man hatte jemanden auf die Kufen des Hubschraubers geschnallt.

»Ist das Che?«, fragte er, obwohl er es ahnte.

»Darauf kannst du einen lassen. Wir bringen ihn nach Vallegrande, wo er der Weltpresse vorgestellt wird. Wir wollen doch nicht, dass er immer noch als Geist durch die Zeitungen spukt. Danach werden wir seinen verdammten Kadaver verscharren.«

»Ihr seid schlimmer als Barbaren, die vermochten einen Gegner wenigstens zu respektieren.«

»Glaubst du, die Offiziere setzen sich im Hubschrauber mit dem stinkenden Kadaver zusammen?«

»Es ist eine weitere Entwürdigung, die auf euch zurückfallen wird!«

»Deine Frechheiten werden dir noch vergehen«, antwortete Hernández, gab ihm einen Schlag auf den Hinterkopf und ging ihm voran zu einem Jeep. Zwei Soldaten stießen ihn dem CIA-Offizier hinterher.

Die Propeller des Hubschraubers rotierten. Langsam erhob sich der Flieger, schaukelte eine Weile unruhig hin und her und stieg dann steil in den Himmel. Ernesto Guevaras Himmelfahrt. Nun hat er mit Jesus gleichgezogen. Jetzt braucht er nur noch zum Jüngsten Gericht aufzuerstehen. Er fühlte sich immer noch wie betäubt. Ches Tod, die Ermordung von Chaco Schweinerüssel und Simón Cuba verwischten die Grenzen zwischen Wirklichkeit und Wahnvorstellungen. Mit Che hatte er ein Teil von sich selbst verloren. Er dachte an Córdoba zurück. An die lauen Abende am Fluss, als Chichina ihnen aus »In einem anderen Land« vorlas. Ihm fielen die letzten Stunden mit Che ein und er hörte ihn wieder ruhig zu der Lehrerin in La Higuera sprechen, von dem, was er den Bolivianern hatte bringen wollen.

Worauf hast du dich hier eingelassen, Che Guevara de la Serna?, fragte er sich. Es verstieß doch gegen all deine Regeln. Wolltest du noch einmal Krieger sein, weil das Alter drohte?

Ekelte dich an, was in Kuba aus der Revolution geworden war? Wolltest du noch einen letzten großen Auftritt, um dich selbst als Märtyrerguerillero, als Beispiel, zurückzulassen? Als fett gewordener kommunistischer Apparatschik wolltest du nicht enden. War es das, Che? War es das, mein Freund?

Die Soldaten stießen ihn zu Hernández' Jeep und er nahm neben dem CIA-Mann Platz. Zwei Ranger setzten sich hinter sie. Die Fahrt dauerte nur wenige Stunden. Während der Fahrt schaltete Hernández das Radio ein. Die Nachrichten brachten, dass Guevara bei einem Gefecht in der Umgebung von La Higuera gestorben sei.

»Ihr habt immer noch Angst vor ihm«, rief Marc Hernández zu. Er musste schreien, um die Motorengeräusche zu übertönen.

»Barrientos und sein verschissener Armeechef Orlando haben Angst«, gab Hernández freimütig zu. »Wir haben nicht einmal Ches Tod verlangt. Uns hätte es gereicht, wenn er für den Rest seines Lebens hinter Mauern verbracht hätte. Sein Renommee wäre langsam verblasst. Aber dem Ärger mit einem Prozess wollte sich Barrientos nicht aussetzen.«

»… und aufgefahren gen Himmel und am dritten Tag wieder auferstanden von den Toten«, zitierte Marc.

Hernández schlug lachend auf das Lenkrad und seine beiden Soldaten im Fond stimmten ein.

»Kochba, du spinnst! Ach, übrigens, ich habe deine Notizen im Rucksack an Oberst Selich weitergegeben.«

»Ich würde Che gern noch einmal sehen, um von ihm Abschied zu nehmen.«

»Damit du das eines Tages in deinen Artikeln verwursten kannst? Nein, mein Lieber. Du wirst ihn nicht mehr sehen, aber dafür die ganze Welt. Er wird jetzt ins Krankenhaus San José de Malta gebracht und so hergerichtet, dass ihn jeder als Che erkennen kann. Du wirst in Vallegrande in der Kaserne ein Zimmer beziehen und Selich wird entscheiden, ob du als Kombattant eingestuft wirst. Wenn der Präsident Selich freie Hand lässt, wird er dein Todesurteil verkünden. Und ich werde mich deiner annehmen. Wenn es dich tröstet, nicht ein betrunkener Bolivianer wird dich töten, sondern ich. Das bin ich meinem Bruder schuldig. Vielleicht nehme ich mir wie Juan vorher noch deinen Arsch vor. Übrigens, mir und meiner Familie war sofort klar, was sein Verschwinden zu bedeuten hatte! Du und Che haben ihn heimtückisch umgebracht. Mit wieviel Mann seid ihr auf ihn los?«

»Das war nicht nötig. Er ist bettelnd und quietschend wie ein Schwein gestorben. Ich habe ihm den Revolverlauf in den Hintern gesteckt.«

»Gut, dass ich das weiß!«, keuchte Hernández. »Ich werde es mit dir genauso machen.« Es ist wenigstens ein schneller Tod, dachte Marc.

Die beiden Soldaten hinter ihnen grölten.

Die Zelle in den Kellern der Kaserne war besser als die elende Hütte in La Higuera. Die Wände waren zwar feucht und zur Unterhaltung hatte er nur ein paar Mäuse. Aber neben einem kleinen Tisch und einem Stuhl und dem Aborteimer enthielt sie sogar eine Matratze.

Am nächsten Tag kam Hernández gut gelaunt in die Zelle und warf ihm eine Zeitung zu.

»Er ist damit endgültig tot. Sie haben ihn im Krankenhaus ein bisschen zurechtgemacht, damit ihn jeder erkennt. Sieht wirklich aus, als würde er noch leben.«

Marc entfaltete die Zeitung und starrte auf das Bild.

»Mein Gott. Damit ist er wirklich auferstanden.«

»Was soll das?«, brummte Hernández unwirsch.

Marc starrte gebannt auf das Foto auf der Titelseite. Um den Leichnam drängten sich eine Menge Offiziere. Er erkannte Selich, Gutierrez und Prado, aber auch den Präsidenten. Selich zeigte auf die Schusswunde am Herzen. Es war eindeutig Che, aber es war nicht mehr der Desperado. Ein leichtes, rätselhaftes Lächeln lag auf seinen Lippen und … seine Augen standen offen und glänzten. Das Foto vermittelte den Eindruck, dass er noch lebte. Die Szenerie ähnelte dem Bild, das Mantegna vom toten Christus gemalt hatte. Die bolivianische Armee hatte unbeabsichtigt den Verlierer aus der Yuro-Schlucht zu einem Sieger, zum Christus von Vallegrande, verwandelt.

»Jetzt werdet ihr Che nie mehr los! Er sieht wie ein Heiliger aus, der für die Menschen in den Tod gehen will und der weiß, dass er letztendlich siegen wird!«

Hernández riss ihm die Zeitung aus der Hand, starrte auf das Foto und schluckte. »Du glaubst wirklich …? Wir wollten nur zeigen, dass es wirklich Che ist, der dort auf dem Steintisch liegt und kein untergeschobener Niemand.«

»Du kennst doch die Indios. Sie leben in einer Welt voller Wunder und Omen. Sie werden in Che einen neuen Heiland sehen.«

»Red keinen Stuss! Che ist tot.«

»Nein. Mit diesem Foto ist er wiederauferstanden.«

»Die Angst hat dir den Verstand geraubt.« Doch Hernández war unsicher geworden und kaute unschlüssig auf seiner Unterlippe. »Tot ist tot! Und so einer wie er wird so schnell nicht wiederkommen.«

»Ihr habt Che zu einem Geist gemacht und den werdet ihr nicht mehr los.«

»Hör zu, Kochba! Der Scheißkerl Barrientos hat entschieden, dass du nicht erschossen wirst. Aber wenn du den Kerker überleben solltest, werde ich dich draußen vor dem Gefängnis in Empfang nehmen und abknallen. Die Rechnung wird beglichen!«

»Warum so aufgeregt, Hernández? Spürst du auch schon was vom Geist des Che?«

Hernández stieß einen Fluch aus, drehte sich um, stürzte aus der Zelle und warf die Tür zu. Der Schlüssel knirschte im Schloss.

Eine Woche später wurde Marc vor Oberst Selich geführt. Es war ein schmuckloser Saal, der sonst als Kantine diente. Das große Bild von Präsident Barrientos neben der bolivianischen

Fahne gab dem Raum einen offiziellen Anstrich. Er nahm es als gutes Zeichen, dass Hauptmann Prado auch anwesend war. Auf dem langen Tisch lagen Marcs Aufzeichnungen. Obwohl vor der erhöhten Tribüne ein Stuhl stand, sagte ihm niemand, dass er sich setzen solle. Marc setzte sich trotzdem.

Oberst Selich sah wie ein in die Jahre gekommener Don Juan aus. Ein gut geschnittenes Gesicht mit einer energischen Nase, gebräunte Haut, schwarzes, an den Seiten graumeliertes Haar. Er hatte zweifellos etwas Chevalereskes. Auch ohne Uniform würde er wie ein distinguierter und reicher Großgrundbesitzer aussehen, der junge Mädchen beeindrucken konnte. Er überging Marcs Frechheit, sich ohne Aufforderung zu setzen, faltete die Hände auf dem Schreibtisch und beugte sich leicht vor.

»Du bist Marc Mahon, französischer Staatsbürger, der als Beruf Journalist angibt.«

»Ich bin Journalist.«

»Was hattest du bei den Guerilleros zu suchen? Deine Notizen, soweit die auf die Schnelle zu entziffern waren, beweisen, dass du an Kämpfen teilgenommen hast.«

»Ich schreibe einen Roman über Che. Um ihn spannend zu machen, habe ich von Kampfhandlungen fantasiert, Sie verstehen? Es ist Fiktion. Ich war bei Che, um viel Authentisches einbauen zu können.«

»Oberst!«, korrigierte er Marc mit strenger Miene.

»Oberst Selich ist mit seinem Rang anzureden«, erklärte Carlos Pérez Gutierrez. Marc erkannte ihn wieder. Es war der Mann, den Che in La Higuera mit einem Fußtritt zu Boden befördert hatte.

»Ach so. Ich bin Zivilist und kenne mich mit Rängen nicht so aus.«

»Zivilist? Du Scheißkerl hast schon an den Kämpfen in der Sierra Maestra teilgenommen.«

»Das war vor vielen Jahren.«

»Der Kerl lügt doch wie gedruckt!«, warf Gutierrez hasserfüllt ein.

»Ich bin nicht der erste Journalist, der kämpfende Truppen begleitet hat. Erst hatte ich nur den Auftrag, Che aufzuspüren. Aber das erübrigte sich dann, da ihr selbst zugegeben habt, dass Che in Bolivien ist. Also musste ich ihn nur finden, um über seinen Siegeszug durch Bolivien berichten zu können.«

»Siegeszug? Ein komischer Siegeszug. Nach ein paar Scharmützeln war der Kerl tot.«

Oberst Selich lehnte sich zurück und zündete ein Zigarillo an. »Ich könnte dich schon wegen deiner Teilnahme an Gefechten vor ein Peloton stellen. Außerdem kann ich mir vorstellen, dass du Unsinn über Ches Tod schreiben wirst.«

»Er war in der Hütte, wo Guevara ...«, warf Gutierrez ein, ohne den Satz zu beenden.

»Schöne Scheiße!«, fauchte Oberst Selich. »Barrientos hat de Gaulle im Nacken. Du und Che, ihr kennt euch aus Argentinien, nicht wahr?«, fuhr Selich fort und strich über seinen gepflegten Schnurrbart.

»Ja. Che und ich sind in der gleichen Stadt aufgewachsen. Wir sind Freunde.«

»Waren Freunde«, korrigierte ihn Selich.

»Manche Freundschaften gehen über den Tod hinaus, Herr Oberst!«

»Und weil ihr dicke Freunde seid, hast du an seiner Seite gekämpft.«

»Nein. Ich habe ihn interviewt. Auch dazu gibt es Notizen.«

»Schön. Habe ich gelesen. Kommunistisches Revolutionsgeschwurbel. Traumtänzerei. Es bleibt die Tatsache, dass du mit einer Thompson in der Hand erwischt wurdest. Was machen seine Wunden eigentlich?«, wandte sich Selich an Prado.

»Er wurde verarztet. Es sind nur Streifschüsse.«

»Aha, Heimatschüsse, was?« Er lachte und die anderen stimmten ein. »Hast du noch Schmerzen, Marc Mahon?«, fragte er scheinbar mitfühlend.

»Nein, Herr Oberst, keine Schmerzen.«

Marc überlegte fieberhaft, wie er sich herauswinden konnte. Was ihm dazu einfiel, schien ihm logisch, wenn es auch eine Lüge war. Aber er spürte, dass Selich eigentlich nur einen Grund suchte, ein Todesurteil zu vermeiden, nicht aus Menschenliebe, sondern weil sich die hohe Politik eingemischt hatte.

»Es war nicht meine Waffe. Wir haben Che doch tragen müssen. Es war Ches Waffe.«

»Da kann was dran sein«, mischte sich nun Hauptmann Prado ein. »Ches Gewehr war zerstört. Da wird sich Guevara eine andere Waffe besorgt haben.«

»Richtig«, bekräftigte Marc. »Chaco hat ihm seine Waffe gegeben. Doch er konnte sie wegen seiner Verletzung nicht tragen und so habe ich sie für ihn an mich genommen.«

»Kluger Junge!«, lobte Selich und grinste.

»Das sind doch alles Lügen!«, protestierte Gutierrez.

»Wollen wir das mal als Erklärung gelten lassen«, sagte Selich. »Ich glaube ihm auch kein Wort. Aber es hört sich logisch an, nicht wahr?«

»Er könnte doch bei einem Fluchtversuch erschossen werden!«, schlug Gutierrez vor.

»Man tötet keine Dichter. Meine Tochter hat sein Buch über diesen Fotografen Capa gelesen. Sie war ganz angetan davon. Nein, den Fehler machen wir nicht. Sowie sich die Aufregung um Ches Tod gelegt hat, schicken wir ihn nach Frankreich zurück. Das wär's! Der Präsident wird mit uns zufrieden sein.«

Selich winkte Gutierrez zu und man führte Marc hinaus in den Hof, wo ein Kastenwagen wartete. Man warf ihn wenig rücksichtsvoll in den Laderaum, schloss die Tür und es war so dunkel wie in einem Rattenarsch, wie Chaco Schweinerüssel immer gesagt hatte, damals, in den Nächten in der Sierra Maestra. Und nun, wo er wusste, dass er überleben würde, wenn Selich sein Wort hielt, kamen die Bilder wieder zurück.

Ches Tod und sein beispielgebendes Verhalten und wie Chaco Schweinerüssel gestorben war, nur weil Fidel ihm befohlen hatte, auf ihn, Kochba, aufzupassen. Dabei hatte er es doch so gut getroffen mit seinem Posten als Impresario für die Tänzerinnen im Hotel Nacional. Viele gute Männer waren wegen Ches Traum gestorben.

Er konnte hinterher nicht sagen, wie viele Stunden die Fahrt gedauert hatte. Der Wagen hielt abrupt. Die Tür wurde aufgerissen.

»Komm raus!«, sagte Hernández mit schiefem Grinsen. Hinter ihm standen Ranger mit Maschinenpistolen. »Selich ist ein ängstlicher Trottel. Wir haben nicht vor, dich ungestraft davonkommen zu lassen.«

Der Wagen hatte auf einem Berghügel haltgemacht. Die Luft war frisch, fast kalt. Es war Nacht. In der Ferne schimmerten die Lichter einer großen Stadt.

»Ihr wollt mich vor ein Peloton stellen«, stellte Marc ruhig fest. Er wollte Hernández nicht die Genugtuung geben, Furcht zu zeigen. Er war schließlich ein Guerillero, den Montoya ausgebildet hatte.

»Aber nein. So unelegant wollen wir es nicht ablaufen lassen. Ich will meinen Spaß haben. Wir werden ein Spiel mit dir spielen.«

»Was für ein Spiel?«, fragte er beunruhigt. Er wusste, dass es ihm keine Freude machen würde.

»Eine Hasenjagd. Wir sind hier zehn Kilometer von Santa Paita entfernt. Wenn du es bis dorthin schaffst, nimmt Gutierrez dich in Empfang und bringt dich nach La Paz ins Gefängnis. Wenn du es nicht schaffst, bist du bei einem Fluchtversuch erschossen worden!«

»Gutierrez spielt also auch mit?«

»Ja, und vier Ranger.«

»Scheint so, dass meine Chancen nicht sehr groß sind.«

Hernández verbeugte sich leicht.

»Eine Begnadigung ist es nicht, stimmt schon. Ich sagte doch, dass wir es auf die elegante Tour machen. Aber so ganz chancenlos bist du auch nicht. Wir sind doch beide aus Córdoba. Du siehst dort drüben den Ameisenbaum? In einer Gabelung liegt ein Revolver. Den schnappst du dir und dann machst du, dass du davonkommst. Wir werden dir in einer Viertelstunde folgen. Du hast also eine reelle Chance.«

»Und Gutierrez knallt mich in Santa Paita ab.«

»Nein. Es ist alles sportlich. Er wird dich in Empfang nehmen und dann nach La Paz bringen. Ranger-Ehrenwort!«

Marc wusste, was dieses Ehrenwort wert war. Aber er hatte keine andere Wahl und nickte.

»Waidmannsheil«, sagte er sarkastisch.

»Dann lauf mal los. Die Jagd ist eröffnet.«

Er hörte die Erregung in Hernández' Stimme. Den Mann hatte die Jagdleidenschaft gepackt.

Marc lief auf den Baum zu, griff in die Gabelung und holte eine Glock heraus. Kein schlechter Revolver, obwohl ihm seine Smith & Wesson lieber gewesen wäre. Er öffnete die Trommel. Sie enthielt nur eine Patrone. Er hatte etwas in der Richtung vermutet. Er sah zurück zum Auto, wo Hernández mit den beiden Rangern stand. Sie rauchten. Er will seinen Spaß, sagte sich Marc. Er soll ihn bekommen. Oh ja, er sollte ihn bekommen. Manchmal reichte eine Patrone.

Er schlug sich in den Urwald. Es gab hier keinen Weg oder Pfad, nur dichtes Gebüsch. Sie würden ihn bald einholen, denn sicher kannten sie das Gelände. Außerdem würden sie bestimmt Macheten dabei haben. Eigentlich kannst du dir die ganze Mühe sparen und auf sie warten und es hinter dich bringen, sagte er sich. Aber dann dachte er an Che, der niemals aufgegeben hatte. Er stolperte also weiter. Nach einer guten Stunde hörte er hinter sich Schüsse. Wie bei einer Treibjagd hatten sich die Verfolger auf breiter Front verteilt. Er stieß auf einen Fluss. Er war nicht tief. Das Wasser war klar und reißend und kühl. Er beschloss, hier auf sie zu warten. Er überquerte den Fluss und warf sich am anderen Ufer hinter eine Tamariske. Er wartete. Die Füße schliefen ihm ein.

Dann hörte er das Schlagen der Machete. Einer der Ranger erschien am anderen Ufer. Er stakte durch das Wasser. In der Mitte des Flusses drehte er sich um und sah zu der anderen Seite des Ufers zurück. Marc hatte Hemmung, den Mann in den Rücken zu schießen. Wie weit waren Hernández und die anderen Ranger entfernt? Er hoffte, dass die Distanz in der Jagdkette weit genug auseinander lag. Nun war der Ranger fast an seinem Ufer.

»Soldat!«, rief ihm Marc zu. »Suchst du mich?«

Der Ranger riss die Maschinenpistole von der Schulter. Marcs Schuss traf ihn mitten in die Stirn. Guter Pérez Montoya, dein Drill war zwar unbarmherzig, aber davon bleibt etwas zurück. Er ging zu dem Ranger, der mit ausgebreiteten Armen im Wasser lag und nahm ihm Maschinenpistole und Machete ab. Er hörte Rufe. Er musste weg und jagte weiter. Mit dem langen Messer kam er nun besser voran. Aber die Schneise, die er schlug, war zu verräterisch. Er hielt inne. Warum befolgte er Hernández' Spiel? Warum sollte er sich in Gutierrez' Arme retten? Nein, er musste nach seinen eigenen Regeln spielen. Er ging zum Fluss zurück und bestieg an dem Ufer einen Ameisenbaum. Er sah Hernández aus dem Urwald treten und hundert Meter entfernt die anderen Ranger. Einer winkte aufgeregt Hernández zu. Sie hatten also die Leiche entdeckt. Hernández stakste im Fluss zu dem Ranger. Sie debattierten eine Weile. Hernández winkte zur anderen Seite des Ufers. Hatten sie ihn entdeckt? Nein, sie gingen weiter und folgten der Schneise, die er geschlagen hatte. Marc verließ den Baum, überquerte den Fluss und folgte der Schneise, die Hernández geschlagen hatte. Er kam nun gut voran. Nach einer halben Stunde erreichte er den Rand des Urwalds. Vorsichtig tastete er sich voran. Wie er erwartet hatte, stand der Kastenwagen noch an derselben Stelle. Gutierrez saß mit dem Fahrer auf dem Trittbrett des Wagens. Er war also nicht unten in der Stadt, um ihn in Empfang zu nehmen. Sie hatten nicht geglaubt, dass er es schaffen würde. Der Fahrer hatte eine Maschinenpistole auf dem Schoß.

Marc erledigte ihn mit einer Salve. Gutierrez sah ihm fassungslos entgegen. Er griff nicht mal zu seinem Koppel, um seine Waffe herauszuziehen.

»Das gibt es doch nicht! Wo ist Hernández?«, keuchte er.

»Keine Ahnung. Er legt wohl eine Trauerminute für seinen Ranger ein.«

»Dieser verdammte Hernández! Wollte unbedingt seinen Spaß haben. Ich habe geahnt, dass du mehr als ein Schreiberling bist. Es war ein Fehler, dich nicht gleich zu erschießen.«

»Ein sehr großer Fehler! Zieh dich aus.«

»Was soll das? Ich bin bolivianischer Offizier.«

»Red nicht! Zieh dich aus.«

Der Gedanke war ihm gekommen, als er die schmucke Uniform des Gutierrez mit seinen Kleidern verglich. In seinem verdreckten Aufzug würde er überall auffallen. Aber bei einer Offiziersuniform mit viel Lametta dran würde man nicht so schnell »Haltet ihn!« rufen, zumal die Uniformen der Barrientos-Armee das Volk in Angst und Schrecken versetzten. Die Militärmütze würde sein verfilztes Haar verdecken. Eine Rasur hätte die Maskerade vervollkommnet, aber da war nichts zu machen. Er hoffte darauf, dass das Lametta von seinem Gesicht ablenkte.

»Los, mach schon!«, drängte er.

Mit hochrotem Kopf und zögerlich zog Gutierrez sich aus.

»Los! Hemd und Krawatte auch. Schneller, jetzt die Stiefel.«

»Was soll denn das?«, greinte Gutierrez.

Marc griff nach dem Koppel mit der schweren Pistole und nickte.

»Eine Colt. Keine schlechte Waffe.« Er nahm eine Seltersflasche aus dem Wagen und schüttete sich das Wasser ins Gesicht, wusch sich notdürftig und wischte sich mit dem Unterhemd von Gutierrez ab, der nur noch in Unterhosen vor ihm stand. Gottseidank hatten die Stiefel die passende Größe.

»Nun, wie gefällt dir Hauptmann Gutierrez jetzt?«, sagte Marc spöttisch, als er die Uniformjacke zugeknöpft hatte.

»Was machen Sie nun mit mir?«, fragte Gutierrez zitternd. Marc konnte sich noch gut erinnern, wie er ihn geduzt hatte. Nun war er also wieder ein Señor geworden.

»Eigentlich sollte ich dich für die Respektlosigkeit Che gegenüber umlegen.«

»Das war nicht so gemeint! Es war eine rein emotionale Sache.«

»Ist es bei mir auch«, erwiderte Marc, zog die Pistole und zerschoss die Hand, die Che geohrfeigt hatte. Schreiend ging Gutierrez zu Boden.

»Du bist es nicht einmal wert, die Spuren Ches zu küssen. Deine kaputte Hand wird dich von nun an an den Tag in La Higuera erinnern.«

Marc gab ihm einen Tritt, so dass sich Gutierrez lang hinlegte und stieg in den Wagen. Gutierrez versuchte aufzustehen und bettelte, dass Marc ihn mitnehmen solle.

»Ich verblute sonst hier!«

»Ich denke, Hernández wird die Schüsse gehört haben und gleich hier sein«, antwortete er durch das heruntergelassene Fenster und startete den Wagen. »Richte ihm aus, dass ich nur nach eigenen Regeln spiele. Ganz sicher werden wir uns wiedersehen.«

Hernández hielt es wohl für opportun, Marc Mahons Flucht nicht an die große Glocke zu hängen. Er wurde nicht mal an einer Straßensperre angehalten, weil der Wagen die Abzeichen der Rangertruppe trug. Er fuhr die ganze Nacht hindurch. Am nächsten Tag erreichte er La Paz. Seine einzige Chance war, hier von den Kommunisten Hilfe zu erhalten. Monje hatte Che verraten, aber würde er auch einem Flüchtigen die Hilfe verweigern? Er stellte den Wagen oben bei den Favelas ab. Einige Indios beobachteten ihn verwundert, umso mehr, weil er eine Offiziersuniform trug und den Kastenwagen selbst gefahren hatte. Aber keiner kam zu dem Entschluss, deswegen etwas zu unternehmen. Man hielt sich aus den Armeegeschichten heraus.

Er hatte sich Monjes geheimes Büro gut gemerkt und erreichte es nach einer Stunde. Als er klopfte, wurde ihm sofort geöffnet und der Mann hob erschrocken die Arme. Marc kannte ihn nicht.

»Keine Sorge, die Uniform ist nur Tarnung. Ich bin Kochba, Ches Freund. Ich muss Monje sprechen.«

»Er ist nicht hier.«

»Dann hol ihn her, verdammt nochmal! Doch nun habe ich erstmal Hunger und Durst. Ich habe seit gestern nichts gegessen.«

Der Mann nickte eifrig, führte ihn in die Küche und stellte Brot, ein Honigglas und eine Flasche Selters auf den Tisch. »Mehr haben wir hier nicht. Dies ist nur ein konspirativer Treffpunkt der Partei.«

»Ich weiß. Das reicht mir schon aufs erste. Nun zwitschere ab. Hol Monje, sonst hole ich ihn selbst und dann wird es recht ungemütlich. Er wird wissen, warum!«

Der Mann verschwand. Marc setzte sich kauend an den Schreibtisch, entnahm ihm einige Blatt Papier und begann Notizen über das zu machen, was er in den letzten Tagen und Wochen erlebt hatte. Seine Unterlagen hatte ja Oberst Selich einkassiert. Da er ein gutes Gedächtnis hatte, kam er gut voran. Plötzlich stürmten vier Männer mit gezogenem Revolver herein, unter ihnen Monje. Fassungslos starrte er auf Marcs Aufmachung.

»In der Uniform hast du die ganze Gegend auf uns aufmerksam gemacht. Wir werden uns ein neues Zweigbüro suchen müssen.«

»Wenn tatsächlich jemand etwas meldet! Wer würde glauben, dass sich ein Hauptmann der Ranger in die Favelas verirrt hat? Also, reg dich ab, du Scheißkerl!«

»Scher dich hier weg!«, schnaubte Monje. »Wir haben mit euch Abenteurern nichts zu schaffen!«

»Oh doch, Monje! Du wirst mir helfen. Ich brauche Zivilkleidung und Papiere, damit ich aus Bolivien herauskomme.«

»Wir können dir nicht helfen. Ihr Kubaner habt es euch selbst zuzuschreiben, dass ihr im Urwald verreckt seid.«

»Dann wollen wir mal in aller Ruhe die Situation analysieren. Wenn ich gefangen werde, bekomme ich vielleicht zwei, drei Jahre Festungshaft. Dann wird der hiesige Präsident gegenüber meinem Präsidenten nachgeben und man wird mich und Debray entlassen und ich werde schreiben, wie mir der Vorsitzende der KP geholfen hat. Das und der Verrat an Che wird dich wie ein Kainsmal für alle Zeiten brandmarken. Die Alternative ist, du hilfst mir und bist mich schnellstens los und ich werde schreiben, dass du zwar Che nicht unterstützt hast, dich aber gegenüber den Flüchtigen nicht wie ein Schwein benommen hast. Schon vergessen, dass ich Journalist und Autor bin?«

Monjes Wangenknochen mahlten. »Du bist ein frecher Hund, Kochba!«

»Mit ein paar unschlagbaren Argumenten.«

»Wir könnten dich verschwinden lassen.«

»Ach, Monje. Du weißt doch, dass Dreck immer wieder hochgespült wird. Das Ergebnis wäre nicht nur für dich schlimm, sondern für die gesamte Partei.« Eine Weile war es still.

»Gut. Wir helfen dir. Das mit den Papieren wird ein paar Tage dauern. Aber du musst dein Aussehen verändern. Wir werden dir amerikanische Papiere besorgen. Ein Geschäftsmann, der nach Miami zurück will.«

»Nein. Nicht in die Staaten. Die sind mir zu gründlich. Die CIA weiß bereits genug über mich. Ich würde als Ziel Spanien vorziehen.«

»Na schön«, stimmte Monje stöhnend zu. »Verschwinde nach Europa und lass dich in Lateinamerika nie wieder sehen! Miguel wird dich zu einer Wohnung bringen, wo du dich möglichst unauffällig verhalten wirst. Du verlässt die Wohnung nicht. Lebensmittel und Kleidung werden dir gebracht.«

»In Ordnung. Danke für die solidarische Hilfe«, sagte Marc mit spöttischem Lächeln. Die Männer hinter Monje steckten die Waffen weg. Man merkte, dass sie froh waren, sie nicht benutzen zu müssen.

»Wenn es dunkel wird, könnt ihr losfahren«, sagte Monje. Seine Stimme klang nun weniger angestrengt. Sichtlich entspannt fragte er Marc, wie er entkommen war.

»Das ist eine lange Geschichte, die einst in Córdoba angefangen hat. Manchmal können solche alten Geschichten ein Glücksfall sein.«

Er schwieg. Er hatte nicht vor auszubreiten, was es mit Hernández auf sich hatte. Wenn er ihnen erzählen würde, dass er dabei zwei Ranger erschossen hatte, würden Monje die Knie erneut weich werden.

»Und Che? Wie ist er gestorben? Warst du bei ihm?«

»Ja. Er ist gestorben, wie er gelebt hat. Er hat sich nicht so feige wie ein gewisser Vorsitzender der kommunistischen Partei benommen.«

»Ich habe übergeordnete Ziele zu bedenken, vor allem, die Partei zu erhalten«, verteidigte sich Monje hitzig mit kalkweißem Gesicht. »Die Genossen in der Sowjetunion haben mich darin bestärkt, mich nicht mit diesem Abenteurer einzulassen.«

»Das war er auch«, gab Marc zu. »Aber er kam dem Ideal nahe, der erste neue Mensch zu sein.«

Monje zuckte mit den Achseln. »Was soll das sein, der neue Mensch?«

»Ich denke, das ist das Ziel des Kommunismus? Er hat dieses Ziel ernst genommen und sich dafür aufgeopfert.«

»Für mich und die Partei brauchte er das nicht tun!«

»Für dich nicht«, stimmte Marc zu. »Aber frag mal die Unterdrückten der Welt, einschließlich dein Volk.«

»Mach so weiter und ich überlege mir doch noch, ob ich dir helfen soll.«

»Oh doch, du wirst mir helfen. Ganz bestimmt«, entgegnete Marc gelassen.

Als es dunkel war, fuhren sie in einem klapprigen Honda los. Als sie am Kastenwagen der Ranger vorbeikamen, fehlten dort bereits die Räder, die Türen standen weit auf.

Miguel erwies sich als munterer Geselle, der sämtliche Parolen der Partei herunterbeten konnte, dabei aber oft Lachsalven hinterherschickte.

»Mein Kommunismus besteht darin, dass es mir gut geht. Jeder ist sich selbst der Nächste, nicht wahr?«

»Das ist nicht gerade die Parteilinie«, kommentierte Marc schmunzelnd.

»Nein. Ist es nicht. Aber meine.«

Die Wohnung befand sich in einem Viertel im Talgrund, wo die Reichen wohnten. Es war eine Villa im Jugendstil mit einem verwilderten Garten. José klopfte an die Tür. Schließlich wurde sie aufgemacht und die Black Lady stand im Eingang und lächelte maliziös.

»Willkommen, Hauptmann Marc Mahon.«

Unwillkürlich griff er zu der Glock in seiner Hosentasche.

»Nein. Lass das. Dreh dich mal um.«

Miguel, der freundliche Fahrer, hatte eine Pistole in der Hand und zielte auf Marcs Brust.

»Scheißkerl!«

Miguel zuckte verlegen mit den Schultern. »Befehl vom Chef.«

»Du denkst, du kannst alle einwickeln«, höhnte die Black Lady und hatte nun ebenfalls eine Pistole in der Hand.

»Ich hatte dir geraten, mir aus dem Weg zu gehen«, knurrte Marc.

»Das hast du. Und nun begegnen wir uns doch und die Karten sind neu gemischt. Nun komm rein.« Sie ging ihm voran.

Miguel drückte ihm die Pistole in den Rücken. Das Haus war hochherrschaftlich eingerichtet. Dicke Teppiche, holzgetäfelte Wände, Kamin, dicke Chesterfieldsessel. Ganz English Style.

»Ich habe eine Vereinbarung mit dem Vorsitzenden der KP Boliviens.«

»Monje ist ein Trottel, dir zu trauen. Nein, deine Artikelchen würden im Moment stören, Zwietracht in die Reihen der Sozialistischen Internationale bringen. Mein Befehl lautet, dich zu neutralisieren.«

»Befehl von wem?«

»Von Männern, die ein anderes Kaliber haben als die Träumer auf Kuba, die mächtig sind und realistischer. Den Abenteurer, Journalisten und Schriftsteller Marc Mahon, genannt Kochba, werden wir eine Weile aus dem Verkehr ziehen. Und damit bist du noch gut bedient. Vielleicht weil ich eine kleine Schwäche für dich habe.« Sie seufzte. »Aber Befehl ist nun einmal Befehl!«

Er musste handeln. Miguel war nicht das Problem. Schon wie er die Pistole hielt, zeigte den Anfänger. Möglicherweise hatte er die Waffe nicht einmal entsichert. Doch die Black Lady war eine ausgebildete Agentin der Staatssicherheit der DDR, die keine Skrupel haben würde, ihn umzulegen.

»Klickediklack … diklack«, höhnte die Black Lady. »Ich weiß, was im Kopf von Marc Mahon vorgeht. Versuch es nur. Dann hat die Partei eine Sorge weniger.«

»Was willst du machen? Mich so lange hier in diesem Haus festhalten, bis deine Genossen dir mitteilen, dass der Schreiberling keine Gefahr mehr für sie ist?«

»Nein, mein Hase, ich weiß etwas viel Besseres.«

Sie drückte auf einen Knopf an dem großen Schreibtisch. Eine Tür ging auf. Oberst Selich kam mit zwei Rangern in das Zimmer. Sein Lächeln verhieß nichts Gutes. Gewogen und für zu leicht befunden, dachte Marc grimmig. Jetzt würde selbst Che sagen, dass sich deine Chancen in Grenzen halten.

Oberst Selich warf sich feixend in den Sessel.

»Du hast mir in den letzten Tagen viel Freude bereitet. Die CIA hat sich bis auf die Knochen blamiert. Wir im bolivianischen Oberkommando haben uns prächtig amüsiert. Die Hochmut und die Arroganz der CIA gehen uns schon lange auf den Sack! Wir haben ihnen die Blamage gegönnt. Gutierrez bis auf die Unterhose ausgezogen, Hernández zu dem Eingeständnis gezwungen, versagt und obendrein zwei Ranger verloren zu haben, hat an ihrer vermeintlichen Unfehlbarkeit Kratzer hinterlassen.«

»Die werte Genossin aus Ostberlin arbeitet mit den Barrientos-Schergen zusammen!«, wandte sich Marc höhnisch an die Agentin der Staatssicherheit.

»Politik!«, erwiderte diese gepresst.

»Jawohl, Politik!«, bestätigte Selich mit einem lüsternen Blick auf die Figur der Black Lady. »Ich bin durchaus nicht mit allem einverstanden, was Barrientos anstellt. Er macht zu viele Fehler. Früher oder später wird er stürzen und dann kann es wichtig sein, einen Draht zu den Kommunisten zu haben. Deswegen haben wir auch veranlasst, nicht zu ruppig mit der KP umzuspringen.«

»Sehr großzügig!«, sagte die Black Lady schmallippig.

»Nachdem sich das Ärgernis Che erledigt hat, wird es nach dem Sturz Barrientos' zu neuen Wahlen kommen, was interessante Konstellationen ermöglicht, um die ich mich kümmere.«

»Nun auch noch Verrat, Konspiration mit dem Klassenfeind! Ihr habt wohl vom Hitler-Stalin-Pakt gelernt?«, warf Marc höhnisch ein.

»Zu kurz gesprungen!«, zischte die Black Lady. »Du siehst alles aus einem kleinbürgerlichen Sichtwinkel. Wir dagegen denken in großen Zeiteinheiten. Vielleicht gibt es in ein paar Jahren sogar eine KP, die die Regierung übernimmt. Hier ist einiges in Bewegung. Die Voraussetzung ist, dass wir in dieser kritischen Zeit überleben. Manchmal muss man sich mit dem Beelzebub solidarisieren, um den Teufel austreiben zu können. Ich glaube, du solltest diesen Abenteurer eine Weile verschwinden lassen, mein lieber Andres.«

Oha, durchfuhr es Marc. Die beiden scheinen auch auf anderer Ebene einen Pakt besiegelt zu haben.

»Er wird verschwinden.«

Die Black Lady machte ein zufriedenes Gesicht.

»Siehst du, mein lieber Kochba, sowas passiert, wenn man die Attraktivität eines Angebots nicht einzuschätzen weiß.«

»Sieht so aus, als hättest du erstmal gewonnen.«

»Erstmal? Du wirst verschwinden. Dich gibt es für lange Zeit nicht mehr. Die Öffentlichkeit wird dich vergessen.«

»Die Franzosen werden intervenieren.«

»Sollen sie doch«, mischte sich Selich ein und tätschelte der Black Lady das Hinterteil, was dieser sichtlich unangenehm war.

»Wir wissen nicht, wo Marc Mahon abgeblieben ist. Papiere und Akten gehen in Bolivien oft verloren. Es wurden schon viele für tot erklärt, die verfaulten noch jahrelang in einer Armeekasematte.«

Sie nickte. »Ja. So machen wir es«, stimmte sie zu. Die verdammte Black Lady brachte ihm kein Glück.

4. Buch

Der Fluch des Che

24

Die Weihen der Philosophen

Es war der Tag, an dem Präsident Barrientos' Hubschrauber abstürzte, als man Marc Mahons „Verschwinden" beendete. Ein Jahr lang saß er in einem Gefängnis in La Paz, das er wohl nicht überstanden hätte, wenn er von Montoya nicht so gut in Form gebracht worden wäre. Im Sommer war es heiß wie in einem Backofen, dazu eine Menge Kakerlaken, Mäuse und Ratten. Er hatte eine Einzelzelle, was ein großer Luxus war. Die meisten Insassen vegetierten in Zellen mit fünf, acht oder vierzehn Personen, was zu verstopften Toiletten und zu Krankheiten führte. Er kam mit kleinen Gaunern in Berührung und mit Frauen- und Kindesmördern, aber auch mit Angehörigen der bolivianischen Drogenmafia. Weil er als Guerillero galt, jemand, der getötet haben musste, brachten ihm die Mörder Achtung entgegen. Die Junkies versuchten ihn abhängig zu machen. Als er ihre Angebote ablehnte, versuchten sie es auf die harte Tour. Es bekam ihnen nicht. Sie versuchten es kein zweites Mal.

Unterdessen kippte die Stimmung im Land. Plötzlich begriff das Volk, was Che für die Menschen hatte tun wollen. Selbst die Wärter behandelten ihn jetzt mit großer Hochachtung, so dass sie seinem Wunsch entsprachen und ihn mit Papier versorgten. Nun brauchte er das Buch über Che nicht mehr auf Toilettenpapier zu schreiben. Er kam gut voran, da er jeden Tag schrieb, was den Nebeneffekt hatte, dass er die Härte des Gefängnisses verdrängen konnte. Schließlich kam der Besuch, der eine Änderung seines Schicksals andeutete.

Er war überrascht, als man ihm einen Besucher ankündigte, hatte ihn doch ein Jahr lang niemand besucht. Man führte ihn nicht in die große Besucherzelle, sondern in einen Raum, der sauber war und große Fenster hatte, durch die das Licht hell hereinfiel und daran erinnerte, dass es eine Welt gab, in der man sie nicht durch Gitter erblickte. Sie trat ein und er musste an sich halten, um nicht seine Überraschung zu zeigen. Im Gefängnis zeigt man keine Gefühle, weder freudige noch ängstliche. Man musste ein *hombre* sein, der alles im Griff hatte, sonst überlebte man nicht oder wurde zum Sklaven eines Stärkeren erniedrigt. Die Black Lady war so schön, wie er sie in Erinnerung hatte. Immer noch schien schwarz die von ihr bevorzugte Farbe zu sein. Ihre Augen waren mit schwarzen Kajalstrichen dramatisch hervorgehoben und er staunte über sich selbst, dass er ihren Avancen einst widerstanden hatte.

»Du siehst nicht so schlecht aus, wie ich gedacht habe, Marc Mahon«, sagte sie, setzte sich auf den Stuhl ihm gegenüber und schlug ihre langen Beine übereinander. Nur ein kleiner Tisch trennte sie voneinander. Der Wärter hatte den Raum verlassen. Die Black Lady schien immer noch gute Verbindungen zu haben.

»Was treibt dich in mein Erholungsheim?«, fragte er süffisant lächelnd und kreuzte die Arme vor der Brust.

»Dass du noch lebst, verdankst du nur mir«, sagte sie und griff in ihre Handtasche, holte ein Zigarettenetui heraus und entnahm ein Stäbchen, klopfte den Tabak fest und schob das silberne Kästchen zu ihm hinüber. Er entnahm eine Zigarette. Sie gab ihm Feuer. Es war guter Tabak, besser als der, den ihm die Wärter besorgten.

»Ich bin gerührt.«

»Sei nicht so hochmütig. Ich war böse auf dich. Das mit Andrés Selich ist schon lange aus. Er war nur ein langweiliger bourgeoiser Landsknecht, der ein größeres Stück vom Kuchen haben wollte. Das Format zum Präsidenten hatte er nicht.«

»Du hast immer noch eine Schwäche für mich?«

»Dass wir miteinander sprechen, ist der beste Beweis«, erwiderte sie und stieß ihm den Rauch entgegen.

»Du hast mich kaltblütig ans Messer geliefert, Black Lady.«

»Ich habe nur einen Befehl aus der Zentrale ausgeführt. Du solltest aus dem Verkehr gezogen werden, damit du keine schlechten Nachrichten über Monje verbreitest. Du hast doch auch Fidels Befehle befolgt und bist nach Bolivien gegangen.«

»Unfug! Es war mein eigener Wille, Che zu suchen und ihm wenn möglich zu helfen. Leider war er nicht davon abzubringen, sich für die Revolution zu opfern.«

»Du wirst morgen nach Frankreich ausgeflogen.«

Marc schloss die Augen. Eine heiße Welle durchtobte ihn. War es geschafft? Würde er tatsächlich davonkommen? Er ermahnte sich, der Black Lady nicht zu trauen.

»Spielst du wieder deine Spielchen?«

»Keine Bange. Nicht nur die französische Regierung hat sich für dich eingesetzt, sondern auch deine Freunde bei der Presse. Es wurde mächtig Druck ausgeübt. Auf einmal bist du nicht nur so ein Schreiberling, sondern plötzlich auch der große Dichter, der die französische Kultur vertritt. Dabei hast du doch nur einen Roman über diesen Fotografen geschrieben.«

»Manchmal reicht ein Roman.«

»Wie dem auch sei, die bolivianische Regierung hat nachgegeben. Barrientos hat dich vor ein paar Tagen amnestiert. Du kannst es als seine letzte gute Tat ansehen. Er ist heute Morgen mit seinem Hubschrauber abgestürzt. Tot. Und überall raunt man jetzt von der Rache des Che!«

»Che hat vor seinem Tod davon gesprochen, dass er alle vor das Gericht Gottes beruft, die ihn verraten haben«, sagte Marc, um ihr ein wenig einzuheizen. Ihre Augen flackerten.

»Ach, das ist doch abergläubischer Unsinn! Ich bin Kommunistin. Mich kann man mit solchen Märchen nicht beeindrucken.«

»Ich möchte jedenfalls nicht in deiner Haut stecken.«

»Wenn du nicht ein so furchtbarer Individualist und Abenteurer wärst, hätte ich dich lieben können«, flüsterte sie plötzlich.

»Wer schläft schon gern mit dem Revolver unter dem Kopfkissen?«

»Du Narr, du verdammter Narr! Ich könnte dich auf dem Weg zum Flugzeug abknallen lassen«, zischte sie. Ihr Busen hob und senkte sich unter der schwarzen Bluse. Am Hals bekam sie rote Flecken.

»So gefällst du mir besser. So bist du die Viper, die ich kenne.«

Sie stand abrupt auf. Der Stuhl polterte zu Boden. Der Wächter schaute herein.

»Nein. Es ist alles in Ordnung«, sagte sie zu ihm. Der Mann nickte und ging wieder hinaus. »Wenn ich dir noch einen Rat geben darf. Schreibe nichts, was der Partei schaden könnte. Wenn du über Monjes Rolle berichtest, dann stelle heraus, dass Che die Entwicklung der KP zurückgeworfen hätte. Mittlerweile ist die KP auch ohne kubanische Hilfe eine Kraft in Bolivien. Es geht voran. Es war richtig, wie sich Monje entschieden hat.«

»Nun willst du mir sogar vorschreiben, was ich schreiben soll.«

»Che ist an sich selbst gescheitert. Das musst du doch erkannt haben.«

»Aber mit Hilfe der KP hätte er eine Chance gehabt.«

»Du bist und bleibst ein kleiner Bourgeois«, sagte sie wild und stürmte zur Tür, klopfte und man ließ sie hinaus. Ob sie ihn tatsächlich geliebt hätte, fragte sich Marc.

Noch am Abend desselben Tages wurde er in die Kleiderkammer geführt, wo ihm seine Sachen ausgehändigt wurden. Sie schlotterten ein wenig um seinen Körper, aber daran war nichts zu ändern. Er durfte sogar sein Manuskript mitnehmen. Unter Bewachung und mit Handschellen fuhr man ihn zum Flughafen. Die öffentlichen Gebäude hatten halbmast geflaggt. Staatstrauer. Der Flughafen lag außerhalb von La Paz. Die Stadt war auch diesmal unter einer dicken Wolkendecke verborgen, dem

Himmel sehr nah. Er hoffte, sie nie wiederzusehen. Man führte ihn in einen VIP-Raum. Erst dort nahm man ihm die Handschellen ab. Die Wächter beobachteten ihn trotzdem, als sei er ein wildes Tier, das plötzlich zum Angriff übergehen konnte. Dann bekam er noch einmal einen Besuch, mit dem er nicht gerechnet hatte.

Hernández trat ein und setzte sich ihm gegenüber in den Sessel.

»Du denkst, du bist fein raus, nicht wahr?«

»Wenn du nicht erschienen wärst, würde ich das denken.«

»Ich habe eine gute und eine schlechte Nachricht für dich«, sagte Hernández mit bösem Funkeln in den Augen.

»Wäre mal was ganz Neues, wenn du eine gute Nachricht für mich hättest. Nur raus damit!«

»Sie wird dir auch nichts nützen! Die CIA ist nicht mehr an dir interessiert. Ches Traum von zwei, drei Vietnam hat sich als Chimäre, als Propaganda erwiesen und damit sind auch seine Freunde nicht mehr so wichtig. Aber ich bin noch sehr interessiert an dir. Du hast einige Rechnungen bei mir offen. Nicht nur für den Tod der Ranger wirst du zahlen! Der Tod meines Bruders kann nur durch deinen Tod gesühnt werden!«

»Ach, heuchle doch nicht Trauer um deine Mörderkumpels oder um deinen Nazibruder! Ich habe dich blamiert, hauptsächlich deshalb hechelst du mir hinterher.«

»Du hast mich bei der Hasenjagd reingelegt«, gab Hernández zu, lehnte sich zurück, nahm eine Zigarre aus seiner Brusttasche, zündete sie an, wedelte das Streichholz aus und warf es auf den Boden. War er so selbstsicher, wie er tat? »Das Spiel geht weiter, Marc Mahon.«

»Davon gehe ich aus.«

»Du wirst nirgendwo mehr sicher sein. Nicht einmal in deinem verschissenen Kuba.«

Marc zuckte mit den Achseln.

»Du bist ein Loser, Hernández, kapier das endlich! In Argentinien konntest du nichts werden, also hast du dich an die Amerikaner verkauft und seitdem eine Niederlage nach der anderen einstecken müssen. Auf dem Flugplatz in Havanna, bei der Hasenjagd, und nun musst du erleben, dass ich das Land verlassen darf. Und du kannst nichts tun. Mich hier abzuknallen, kannst du dir nicht erlauben. Ich wette, in der Flughafenhalle wartet eine Menge Presse darauf mich zu fotografieren, stimmt's?«

Hernández sprang auf und sagte zu den beiden Wächtern: »Geht mal einen Moment raus. Ich habe mit dem Gefangenen noch etwas zu besprechen, das mit der Sicherheit des Landes zusammenhängt.«

Die beiden Wächter sahen ihn unsicher an. Der Leutnant schüttelte den Kopf.

»Wir haben den strikten Befehl, den Gefangenen nicht aus den Augen zu lassen, bis er im Flugzeug sitzt.«

»Kennt ihr nicht die Rangabzeichen meiner Uniform? Ich bin Hauptmann der Spezialeinheit der Regierung. Verschwindet! Ihr könnt ihn in einer halben Stunde in Empfang nehmen.«

»Lebend?«, insistierte der Leutnant.

»Natürlich lebend«, bestätigte Hernández. »Was denn sonst?«

Die beiden Soldaten gingen hinaus. Sowie sich die Tür geschlossen hatte, war Hernández mit zwei Schritten bei Marc und schlug ihn nieder und bearbeitete ihn mit Fußtritten.

»Das ist nur ein kleiner Vorgeschmack auf das, was ich mit dir machen werde, wenn ich dich wirklich in die Hände bekomme!«

Marc lag neben dem Tisch, auf dem der dampfende Kaffee stand, den man ihm vorher gebracht hatte. Als der CIA-Mann sich wieder über ihn beugte und an der Brust packte und hochzog, griff Marc neben sich zu dem Becher und schüttete Hernández den Inhalt ins Gesicht. Dieser fluchte, ließ ihn los und rieb sich die Augen, versuchte die heiße Flüssigkeit wegzuwischen. Marc entriss ihm die Pistole am Gürtel und schlug ihm mit dem Lauf ins Gesicht, so dass der CIA-Mann über den Tisch fiel. Marc setzte sich wieder in den Sessel. Als Hernández seine Augen frei bekommen hatte, sah er in den Lauf seiner eigenen Pistole. Marc wischte sich das Blut ab.

»Loser! Letztendlich verlierst du immer.«

»Du wirst nicht schießen. Dann kommst du, Amnestie hin oder her, nicht aus dem Land heraus.« Seine Stimme klang, als hätte jemand auf ein Bandoneon getreten.

»Bist du dir da so sicher?« Marc stand auf und gab ihm mit der Pistole einen Schlag auf die Nase. Sie knackte hässlich. Nun blutete auch Hernández.

»Nun siehst du nicht mehr wie ein stolzer Offizier der bolivianischen Geheimpolizei aus.«

Hernández keuchte und wischte sich das Blut ab. »Ich kriege dich doch!«

»Aber nicht jetzt!«, erwiderte Marc, öffnete das Fenster und warf die Waffe hinaus und rief. »Wache!«

Die beiden Soldaten kamen herein und sahen irritiert auf den blutenden CIA-Mann.

»Wir sind aus Versehen mit den Köpfen zusammengestoßen. Aber nichts Ernstes. Der Herr Hauptmann hat alles bekommen, was er wollte.«

Hernández taumelte zur Tür.

»Die Hasenjagd geht weiter, Marc Mahon! Täusche dich da mal nicht.« Er schlug die Tür hinter sich zu.

»Sie sehen auch nicht besonders gut aus«, sagte der Leutnant. »Man wird denken, dass wir Sie so zugerichtet haben. So kann ich Sie nicht in den Flieger lassen.«

Er rief nach dem Personal für den VIP-Raum und ein hübsches Mädchen kam herein, hockte sich vor ihm nieder und reichte ihm eine Serviette, damit er sich das Blut abwischen konnte.

»Was war denn hier los?«

»Das geht dich nichts an! Hol sofort eine Krankenschwester«, befahl der Leutnant.

Das Mädchen nickte und kam kurz darauf mit einer ältlichen Krankenschwester zurück, die sich seine Kopfwunde besah, dauernd »Tss, tss« sagte, aber die Blutung zum Stillstand brachte und den Kopf verband.

»Wie konnte das nur passieren?«, fragte sie und sah vorwurfsvoll den Leutnant an.

»Er wird morgen grün und blau aussehen.«

»Das waren nicht wir, sondern jemand vom Geheimdienst«, stotterte der Leutnant, der ein jugendliches rosiges Bauerngesicht hatte und bestimmt keine großen Erfahrungen, auf jeden Fall keine Kampferfahrungen besaß.

»Ich gebe ihm ein paar Schmerztabletten mit. Tss, Tss ... Wie konnte das nur passieren?«

»Sind Sie endlich fertig?«, drängte der Leutnant.

Seine beiden Wächter führten ihn durch die Halle zur Gangway. In der Halle empfing sie ein Blitzlichtgewitter. Eine Menge Reporter umringten sie. Stimmengewirr und Gedränge.

»Herr Mahon, eine kurze Stellungnahme. Wurden Sie gefoltert?« – »Marc Mahon, werden Sie die Artikel in der Paris Match wieder aufnehmen?« – »Kommt nun ein Buch über Che Guevara?« – »Waren Sie in seinen letzten Stunden bei ihm?«

Die Flughafenpolizei kam seinen beiden Wächtern zu Hilfe und drängte die Reporter zurück. Ohne weitere Kontrollen erreichten sie die Gangway. In seinem Kopf lief ein Tonband ab und er hörte immer wieder das gleiche Wort: Frei – frei – frei. Oh ja, er hatte überlebt. Das Abenteuer, Che zu finden, war letztendlich für ihn gut ausgegangen. Der Leutnant salutierte, als Marc im Flugzeug verschwand.

Er hatte einen Platz in der Ersten Klasse. Die Stewardess warf ihm wegen seines Kopfverbandes immer wieder mitleidige Blicke zu. Er verlangte einen Whisky. Obwohl das Flugzeug noch nicht gestartet war, bekam er ihn. Endlich hob der Flieger ab. Der Flug ging nach Río. Dort hatte er einen Anschlussflug nach Paris. In nicht einmal vierundzwanzig Stunden würde er in Frankreich sein und im Café de la Paix frühstücken.

»Sie hat man ja ganz schön zugerichtet«, sagte sein Sitznachbar. Ein scharfes Gesicht, hohe Stirn, kalte Augen. Marc verschluckte sich fast an seinem Whisky. Er kannte den Mann. Es war Klaus Barbie, der Schlächter von Lyon.

»Sieht mir nicht nach Profiarbeit aus. Profis schlagen nicht ins Gesicht«, versuchte Barbie das Gespräch in Gang zu bringen.

Marc bedauerte, Hernández' Pistole nicht mehr zu haben. Nicht in der Luft, aber draußen beim Verlassen des Flugzeugs hätte er den Kerl töten können. Wenn einer dies verdient hatte, dann der ehemalige Polizeichef von Lyon, der längst auf der Gehaltsliste der CIA stand.

»Sie haben das in Lyon sicher besser gemacht, Barbie!«

»Sie verwechseln mich. Ich heiße Altmann«, korrigierte er und befeuchtete mit seiner Zunge die Lippen.

»Ach, reden Sie nicht! Sie sind Klaus Barbie, der in Frankreich zum Tode verurteilt wurde. Verlassen Sie Bolivien, weil Ihr Förderer und Freund vom Himmel gefallen ist?«

»Sie verwechseln mich!«, beharrte Barbie, war jedoch schneeweiß im Gesicht. »Wollen Sie sich mit Josef Mengele treffen, um über alte Zeiten zu plaudern?«

»Ich kenne keinen Mengele.«

»Wenn das Flugzeug jetzt abstürzte und wir alle umkämen, wäre ich damit einverstanden. Hauptsache, der Schlächter von Lyon wäre tot!«

»Sie reden wirr. Vielleicht haben Sie an Ihrem Kopf zu viel abbekommen. Ich heiße Klaus Altmann«, wiederholte er gebetsmühlenartig. »Ich handle mit Landmaschinen. Und wer sind Sie, dass Sie solche Verdächtigungen in den Raum stellen?«

»Mein Name ist Marc Mahon, genannt Kochba.«

Barbie atmete tief aus. »Verstehe. Der Freund von Che Guevara.«

»Für Klaus Altmann, Kaufmann für Landmaschinen, sind Sie sehr gut informiert.«

»Ach, lassen Sie mich in Ruhe!«

Als der Flieger in Río gelandet war, sprang Barbie sofort auf, drängte sich an ihm vorbei, stieß andere Passagiere zurück und verließ fluchtartig das Flugzeug. Marc konnte nichts dagegen tun. Er konnte nur hoffen, dass der Mann eines Tages zur Rechenschaft gezogen würde. Er ging in den Transitraum, kaufte dort einen Kugelschreiber und einen Notizblock und vertrieb sich die Zeit damit, einige Artikel über seine Zeit im Gefängnis zu verfassen. Er war dem Verleger eine Menge Artikel schuldig. Aber das Buch würde alles wettmachen. »Ein verlorenes Jahr unter dem Himmel von La Paz« betitelte er seinen ersten Artikel.

Als der Flieger in Orly landete, hatte er vier Artikel über das verlorene Jahr geschrieben. Er hatte Herzklopfen, als er die Gangway betrat. Es war nicht Angst, die sein Herz rasen ließ, sondern Neugier und die Frage, ob man ihn mit Freude und Respekt empfangen würde, denn mit Ches Scheitern war auch er gescheitert und das eine Jahr im Gefängnis war nur beendet worden, weil seine Regierung und die Zeitungen Druck gemacht hatten. Er schämte sich, auch wenn dies nie Gegenstand öffentlicher Erörterungen sein würde, dass er Che nicht dazu gebracht hatte aufzugeben – nicht davon abgebracht hatte, sich für den Tod zu entscheiden.

Er trat also mit bangem Gefühl auf die Gangway. Ein Blitzlichtgewitter prasselte ihm entgegen. Seine Zunft war erschienen, was nicht nur die Zeitungsleute einschloss, sondern auch Rundfunk und Fernsehen. Aus ihren Rufen hörte er heraus, dass sie ihn nicht für einen Versager hielten, sondern sogar stolz auf ihn waren. Hatte er doch nicht nur über einen Helden geschrieben, sondern mit diesem gekämpft.

Doch nicht nur die Presse war anwesend, sondern auch ein kleiner, dunkel gekleideter Mann, den in Frankreich jeder kannte. Monsieur Le Ministre, Schriftsteller, Intellektueller, Kunstliebhaber und Schutzherr der Glorie Frankreichs, reichte ihm nicht nur die Hand, sondern umarmte ihn, als empfange er einen Sohn.

»Willkommen nach einem Jahr im Gefängnis eines Diktators und mit ungebrochenem Heldenmut!«

Es war Theater, natürlich war es Mummenschanz, und er wusste dies einzuschätzen, aber das gehörte zum Geschäft. Schließlich wollte er eine Menge Bücher verkaufen. Besoffen ließ er sich davon nicht machen. Der große Verleger war natürlich auch anwesend. Schon in Río hatten sie miteinander telefoniert. Martinelli hatte ihm versprochen, etliche Seiten seiner Zeitung für ihn frei zu halten.

»Und wie steht es um das Buch?«, war die nächste Frage. Als er ihm mitteilte, dass dieses zwar teilweise auf Toilettenpapier geschrieben, aber fast abgeschlossen sei, war vergessen, dass er ein Jahr lang nichts geliefert hatte. Über sein derangiertes Aussehen verlor niemand ein Wort. Man sah es wohl als selbstverständlich an, dass man aus einem bolivianischen Gefängnis nicht ohne Blessuren herauskam.

»Wir haben im *Ritz* eine kleine Feier für dich arrangiert«, kündigte er an und sagte dies in einem Ton, als wäre es ein Orden.

Doch erst einmal fuhr man in der Limousine von Monsieur Le Ministre in die Rue du Faubourg St. Honoré und in den Hof des Elyséepalastes, wo die Garde vor ihm salutierte und der Mächtige, der große Mann, der Herr über Atombomben, umarmte ihn und sie winkten der versammelten Pressemeute zu, um ihn dann zu einem Empfang in den Bankettsaal zu führen, wo Spiegel und Gold von der Glorie Frankreichs kündeten und auch hier umwuselten ihn viele Ordensträger, Ritter der Ehrenlegion, und lobten ihn und er wusste nicht wofür, vielleicht für seine Begegnung mit einem Helden und dass er trotzdem davongekommen war. Es gab dann viele schöne Tischreden, die Che und ihn für die Menschheit vereinnahmten und er schwieg dazu, obwohl er wusste, dass Che all dies, die Reden und das Gold der Bilderrahmen und Spiegel, so wenig bedeutet hätte wie die Fürze von Chaco Schweinerüssel in der Sierra Maestra.

Danach ging es zur Place Vendôme, von deren Säule der grüßte, der vor allem für seinen Ruhm gelebt hatte, während Che genug Beweise abgelegt hatte, dass es ihm um die Menschen ging. Davon kündete noch keine Säule, geschweige denn sein Marmorkopf in irgendeiner Parkecke. Aber Marc war sich sicher, dass dies folgen würde, vielleicht nicht in Europa, aber an den Avenidas Südamerikas. Monsieur le Ministre war immer noch dabei und das Personal des Ritz stand Spalier und applaudierte und danach musste er ein Menu hinter sich bringen, das die Küche Frankreichs glanzvoll repräsentierte.

Und nun musste er erzählen und je mehr er preisgab, desto unwirklicher wurde ihm, was er erlebt hatte, desto vergnügter wurde der Verleger, sah er doch bereits die Schlagzeilen der nächsten Wochen und Monate und nie dagewesene Auflagensteigerungen.

»Und das Buch?«, fragte er unersättlich wie ein Hai, der einer Blutspur folgte.

»Muss nur noch den Feinschliff bekommen.«

»Ich stelle dir dafür ein Haus in der Bretagne zur Verfügung. Es liegt direkt am Meer und ist durch meterhohe Mauern von der Außenwelt abgeschirmt. Du wirst in Ruhe unser Buch zum Abschluss bringen.«

»Nein. Ich werde das Buch in Kuba fertigstellen.«

Betroffene Gesichter am Tisch, saßen doch nicht nur Le Ministre und dessen Sekretär neben Marc, sondern auch die Vertreter des französischen Geistes, die sich den mächtigen Mantel der Philosophie umgehängt hatten und ihn, den Mitstreiter Ches, nun gönnerhaft in ihrer Mitte aufnahmen. Natürlich konnte so ein Buch nur in Frankreich den letzten Schliff bekommen.

»Warum Zeit verlieren?«, murrte der Verleger.

»Weil es dort begann.«

»Nein. Es begann damit, dass wir dich beauftragten, Che zu suchen«, erwiderte der Verleger unwirsch.

»Ohne Castros Hilfe wäre ich nicht einmal in Ches Nähe gekommen. Ich muss mit Fidel reden, bevor ich das Buch abschließe. Seine Antworten werden darüber entscheiden, welche Botschaft das Buch übermitteln soll.«

»Wir haben Che vor einigen Jahren in Havanna getroffen«, offenbarte der große Philosoph. Seine Muse, Lebensgefährtin, Seelenverwandte, Geliebte oder was immer sie war, nickte bestätigend.

»Er war ein außerordentlicher Mensch, der sich bewusst war, eine Mission zu erfüllen.«

»Er verdient es, dass man sich die Frage stellt, was er und sein Leben uns bedeuten kann«, schob die Muse nach, die ihm, dem Philosophen an Geistesschärfe nicht nachstand.

»War er nur ein Popstar oder der reine Mensch, der uns noch in Jahrhunderten auffordern wird, im Kampf gegen die Mächtigen, den Handlangern des Kapitals, nicht nachzulassen? War er eine Jahrhundertfigur wie Lenin oder Mao oder sogar ein Religionsstifter?«

Einige der Honoratioren blickten, als hätten sie auf einen Olivenkern gebissen. In dem Raum mit dem prächtigen meterhohen Blumenbouquet wirkte die Nennung dieser Namen wie ein Aufruf, zur Place de la Bastille zu marschieren. War es doch kaum vorstellbar, dass im Restaurant des *Ritz*, dem zart beigefarbenen Raum, der Marc an das Innere einer Muschel erinnerte, je anders als verurteilend von Männern gesprochen wurde, die zur Revolution aufriefen und Hekatomben von Toten zu verantworten hatten?

Die Frau des Philosophen – als sie das Erstaunen oder besser die Entrüstung einiger ordensgeschmückter Honoratioren bemerkte, die stolz darauf waren, die Orden der Ehrenlegion zu tragen – zuckte mit den Achseln und in ihrem Gesicht stand die Frage: Was wollt ihr denn? Es ist doch so.

»Was er vorgelegt hat, kann Bestand haben«, pflichtete ihr der große Denker bei. »Mehr noch, er könnte von der Pop-Ikone zum Religionsstifter mutieren.«

»Das ist doch wohl zu viel der Ehre, lieber Freund!«, protestierte Monsieur Le Ministre.

»Warum? Auch Jesu Bedeutung wurde erst zwanzig Jahre nach seinem Tod von einem gewissen Paulus erkannt er wurde und von ihm zu einem Gott gemacht. Natürlich bin ich gegen jede Religion, aber ich kann nicht verhehlen, dass dieser Mann den Wunsch in sich spürte, den Menschen ein besseres Leben zu ermöglichen.«

»Seine Forderung von zwei, drei Vietnam war doch Hybris!«, beharrte Le Ministre.

»Warten wir ab, wie sich die Legende auswirkt. Es ist nicht auszuschließen, dass er den Menschen das wird, was er sein wollte. Wie sehen Sie es, werter Mahon?«, schloss der Nachfolger Voltaires seine Verteidigung und Einschätzung Ches.

»Mit Religion hat er sich nie beschäftigt. Er glaubte, dass sich der Mensch ohne Götter zum Besseren ändern kann und das geht, dies war seine Meinung, nur im Kampf auf dem Weg zum Sozialismus.«

Die Stimmung war gekippt. Man starrte etwas verlegen in die Whisky- und Champagnergläser.

»Jedenfalls braucht das Buch Zeit und die sollte man dem Autor geben«, beendete die Kämpferin für die Rechte der Frauen die Diskussion. Monsieur Le Ministre, der allein Jeanne d'Arc nicht die patriotische Loyalität versagte, sprach von wichtigen Terminen und wollte sich schnell verabschieden.

»Was ist mit Debray?«, fragte Marc, als sie sich die Hände schüttelten. Er war beschämt, dass er sich erst jetzt des Schicksals des Kollegen erinnerte, dem es wie ihm ergangen war und der immer noch in Boliviens Kerker die Tage zählte.

»Wir arbeiten dran. Auch ihn werden wir freibekommen. Wir müssen Geduld haben.« Was für Debray weitere, endlos lange Tage im Gefängnis bedeuten konnte. Marc wusste die Antwort einzuschätzen.

»Es war vor allem unsere wöchentliche Rubrik ›Wann kommt Marc Mahon frei?‹, die die bolivianische Regierung zwang, Marc freizulassen«, trompetete der Verleger, um die Bedeutung seiner Zeitung ins rechte Licht zu rücken.

»Eher doch die Arbeit meines Ministeriums«, entgegnete Le Ministre schneidend, verbeugte sich und stürmte mit seinen Leuten in den Flur, wo seine Bodyguards gelangweilt auf ihn gewartet hatten.

Marc spürte große Müdigkeit, die nicht nur auf die Zeitverschiebung zurückzuführen war, sondern auch auf das Zusammensein mit den vielen Menschen, war er doch ein Jahr nur mit sich selbst zusammen gewesen.

»Herr Mahon ist müde. Wir sollten ihn nicht zu sehr strapazieren«, bemerkte die Lebensgefährtin des großen Philosophen, die nicht nur eine gute Schriftstellerin war, sondern eine kluge Frau, und sich mit der Psyche von Menschen besser auskannte als ihr zur Radikalität neigender Geliebter, der einmal als Voltaire daherkam, ein anderen Mal aber auch in die Rolle des Robespierre zu schlüpfen vermochte.

»Ich bin in der Tat ein wenig erschöpft«, gestand Marc nach einem dankbaren Blick zur Autorin von ›Die Mandarine von Paris‹, ein Buch, das er sehr bewundert hatte.

»Ein bisschen Dom Perignon wird ihn aufmöbeln«, warf der Verleger schnell ein und goss Champagner nach, hoffte er doch noch auf die eine oder andere sensationelle Enthüllung, die er vorab als Appetithäppchen der Leserschaft vorwerfen konnte.

»Nein. Sie sehen doch, dass unser Mann geschafft ist«, ging der Philosoph energisch dazwischen. »Darf ich Ihrem Buch ein Vorwort von mir voranstellen?«

Marc nickte erfreut. Ein Vorwort von dem Nachfolger Voltaires würde seinem Buch eine Weihe geben, die es aus der Masse der Bücher über Che herausheben würde. Auch der Verleger war höchst erfreut und so akzeptierte er den Einwand und verzichtete darauf, Marc noch weitere Schlagzeilen zu entlocken.

»Gehen Sie nach Kuba und bringen Sie das Buch zu Ende und richten Sie Fidel Castro aus, dass wir hier in Frankreich um Che trauern«, gab der Philosoph Marc mit auf den Weg. In diesem Augenblick sah der große Mann nicht hässlich, nicht wie eine Kaulquappe aus, sondern in seinem Gesicht leuchtete die Schönheit seiner Seele.

Der Verleger ließ es sich nicht nehmen, Marc zu seiner Wohnung am Place de la Contrescarpe zu fahren.

»Wann gedenkst du zu fliegen?«, fragte er, als er Marc bis zur Tür begleitete.

»Ich denke, in zwei Tagen.«

»Gut. Bis dahin kann ich alles organisieren. Ich lasse dir morgen die Tickets zukommen. Mit der Artikelserie fangen wir übermorgen an. Morgen werden die Zeitungen voll sein über deine Ankunft. Wir bringen die vier Artikel im Abstand von einer Woche. Schreib uns gleich über das Gespräch mit Fidel. All das ist nur die Vorbereitung für das Buch. Ach, übrigens, dir wird es in deiner Wohnung an nichts fehlen. Ich habe mir erlaubt, deinen Kühlschrank auffüllen zu lassen. Eine Putzfrau hat die Räume auf Vordermann gebracht.« Marc war dem Verleger dankbar für seine Fürsorge. Sie schüttelten sich die Hände, küssten einander die Wangen und klopften sich die Rücken.

»Pass auf dich auf!«, sagte der Verleger.

Marc hatte ihm bereits andeutungsweise erzählt, was in Bolivien geschehen war und womit ihm Hernández gedroht hatte. Sie schieden mit bedeutungsvollen Blicken, die ihre Wertschätzung, wenn nicht den Beginn einer Freundschaft ausdrücken sollten. Oben fand er seine Wohnung so vor, als hätte er sie erst gestern verlassen. Auf dem Tisch standen ein Blumenbouquet und ein Korb mit Früchten und Naschwerk, italienische Kekse, sein Lieblingswein aus Saumur und eine Flasche Taittinger, den er am liebsten trank.

Aber er ging gleich zu seiner Bücherwand und strich über die Buchrücken und begrüßte sie, wie man Freunde begrüßt, mehr noch, wie man seine Familie begrüßt, denn Hemingway, Faulkner, Fitzgerald und Steinbeck waren ihm so vertraut wie Familienmitglieder. Statt sich ins Bett zu legen, ging er an die

Schreibmaschine und überarbeitete einige Kapitel. Als er fertig war, trat er ans Fenster und sah hinunter auf den Platz, dem gegenüber, vor dem Café Contrescarpe, eine dunkle Limousine stand. Nachdem er sich ausgezogen hatte, ging er noch einmal ans Fenster. Der Wagen war immer noch da. Ein Mann ging auf dem Bürgersteig auf und ab und rauchte und sah manchmal zu seiner Wohnung hoch. Marc nickte nachdenklich. Sie waren ihm auf der Fährte. Er wusste nicht, wie es Hernández angestellt, was er seinen Vorgesetzten erzählt hatte, dass man ihn hier bereits beobachtete, hatte er doch zugegeben, dass er seit Ches Tod für die CIA nicht mehr von Interesse war. War es Teil einer Strategie, die ihn einschüchtern sollte? Marc Mahon, wir haben dich unter Kontrolle.

Am nächsten Tag arbeitete er daran, die Kapitel ins Reine zu schreiben. Am Abend ging er ins *Dome* am Montparnasse. Einige Bekannte von der Presse sprangen auf, eilten herbei und umringten ihn. Der Geräuschpegel im Saal sprang hoch und hunderte von Augenpaaren starrten ihn an. Er hörte, wie sein Name geraunt wurde. Er musste sich natürlich an den Tisch der Kollegen setzen und Robert Doisneau, ein weltbekannter Fotograf, mit dem er schon einmal für *Paris Match* zusammengearbeitet hatte, stellte ihn seiner Begleitung vor. Ein Fotomodell, das jeder kannte, der sich für Mode interessierte, da sie einen von den Titelseiten von *Vogue, Paris Match* und *Marie Claire* ansah.

»Haben Sie tatsächlich mit Che gekämpft?«, fragte sie mit atemloser Stimme, als habe sie einen Lauf durch Montparnasse hinter sich.

»Da Che gekämpft hat und ich bei ihm war, war es wohl so«, erwiderte er lapidar.

»Hast du viele Fotos gemacht?«, fragte Doisneau.

»Nein. Ich hatte Angst Che in Gefahr zu bringen, sollte ich gefangen genommen und Fotos bei mir entdeckt werden. Mit meinen Fotos habe ich ohnehin nicht deine Klasse.«

»Fotos von Che in Bolivien sind im Moment ein Vermögen wert.«

»Ich weiß.«

»Alle warten nun auf das Buch«, sagte das Fotomodell. Sie reichte ihm mit schwungvoller, burschikoser Geste die Hand: »Ich heiße Estefania Brunei. Ich habe auch Ihr Buch über Robert Capa gelesen. Es hat mir gefallen. Ich hätte den Mann gern kennengelernt, der einer Ingrid Bergman widerstanden hat.«

»Dann hat das Buch sein Ziel erreicht«, bestätigte Doisneau. »Ich habe Capa kurz während des Kampfes um Paris kennengelernt. Aber damals wusste ich nicht, wer er war. Er hatte mir mit Filmen ausgeholfen.«

»Es gibt so wenige außergewöhnliche Männer«, klagte die Brunei, aber ihr Blick verriet Marc, dass er von dieser Kritik ausgenommen war. »Che war ein außergewöhnlicher Mann.«

»Ja. Mit einer Ausstrahlung, die einen sofort für ihn einnahm.«

»Verschlinge Marc nicht gleich mit den Augen!«, lästerte Doisneau. »Du hast mir doch gerade vorgeschwärmt, dass dich der amerikanische Schauspieler aus ›Flucht in Ketten‹ fasziniert.«

»Ach, ihr Männer! Ihr werdet uns Frauen nie verstehen. Warum soll man nicht mehrere Männer faszinierend finden? Findest du nicht auch die Bardot faszinierend und schwärmst dann von Grace Kelly? Und übrigens«, sie schenkte Marc ein hinreißendes Lächeln, »war das doch, bevor du mir einen Mann vorgestellt hast, der mit Che im Dschungel war. Alle Welt spricht über Marc Mahon.«

»Du bist wirklich sehr flexibel«, bestätigte Doisneau.

»Ich bin eine Frau. Sie sind morgen auch wieder hier?«, wandte sie sich an Marc, ohne sich darum zu kümmern, dass die anderen am Tisch dies nicht nur für einen Flirt, sondern für ein sehr offensichtliches Angebot halten konnten, das man nur wegen ihrer Schönheit verzieh und weil sie das berühmte

Covergirl der *Vogue* war. Franzosen haben nun einmal viel Nachsicht mit kapriziösen Frauen.

»Nein. Ich fliege morgen nach Kuba.«

»Zurück zum Kampf?«, fragte sie atemlos.

»Nein. Um dort eine Frage zu klären, die über den Charakter und die Botschaft meines Buches entscheidet.«

»Dürfen wir das bringen?«, fragte aufgeregt einer in der Runde.

Marc kannte ihn vom *Figaro,* ein guter Journalist. »Warum nicht?«

Er wusste, dass dies seinen Verleger ärgern würde, aber es war immer gut, wenn ein Verleger sich seines Autors nicht allzu sicher fühlte. Nicht, dass er wechseln wollte, aber der Versuch, ihn in der Bretagne wegzusperren, verlangte doch eine kleine Retourkutsche.

»Schade, dass Sie so schnell weg müssen«, sagte die Brunei. »Ich sammle Bücher mit Autogrammen von Schriftstellern.«

»Und Schauspieler nicht zu vergessen!«, setzte Doisneau kichernd hinzu.

»Ihr wollt mich jetzt bei Marc ins schlechte Licht rücken«, klagte La Brunei, wie die *Vogue* sie nannte. »Und das nur, weil ich ihn für seinen Mut bewundere.«

»Was ist nun mit dem amerikanischen Schauspieler?«, erinnerte der Journalist vom *Figaro* feixend.

»Auch ein interessanter Mensch. Aber er spielt nur den mutigen Kerl, und Marc Mahon ist es.«

»Das nenne ich eine Anmache«, stellte Doisneau lachend fest und sie stimmte in sein Lachen ein. Sie war längst darüber hinaus, Zweifel zu haben, dass sich jemand nicht in sie verlieben könnte.

»Sind Sie Amerikanerin?«, fragte Marc, da er dies aus ihrem Selbstbewusstsein schloss.

»Nein. Meine Mutter ist Irin, mein Vater Römer.«

»Estefania klingt auch nicht gerade irisch.«

»Ach. Das ist nur mein Künstlername. Klingt wie ein Trompetenstoß, nicht wahr? Im Modegeschäft ist er sehr hilfreich.«

Als er sich von der Runde verabschiedete, hielt sie seine Hand länger, als dies die Höflichkeit erforderte.

»Ich erwarte, dass Sie heil nach Paris zurückkommen«, sagte sie mit kehliger Stimme. Für sie stand fest, dass er ihr Angebot annehmen würde, sobald er zurück war. Wenn du das in dein Buch hineinnehmen würdest, hielten dich alle Kritiker für einen sexbesessenen Hallodri, dachte er schmunzelnd beim Verlassen des *Dome*. Er war natürlich von ihr beeindruckt, was ihn aber gegenüber den Avancen der schönen Frau immun machte, war ein anderes Gesicht. Er wusste und hoffte, dass Lara auf ihn wartete.

Dann war er in Havanna. Als das Flugzeug tiefer ging, fieberte er der Landung entgegen, so wie es ihm beim letzten Anflug ergangen war, als er wissen wollte, in welchem Land Che kämpfte. Man hatte ihn gebeten, als letzter auszusteigen. Als die anderen Fluggäste die Maschine verlassen hatten und er die Gangway betrat, kam eine schwarze Limousine angerauscht, der Fidel und Raúl entstiegen. Er wurde in die Arme genommen und herzlich geküsst und sein Rücken musste Fidels Pranken aushalten.

»Wir werden viel zu erzählen haben!«

Nun kam eine weitere Limousine, aus der Aleida stieg und … Lara. Und ihn durchströmte ein Glücksgefühl, weil sie ihn so voller Freude ansah. Die Kehle wurde ihm trocken. Sie stürmte auf ihn zu, in seine Arme, und bedeckte sein Gesicht mit Küssen. Er hob sie hoch und drehte sich mit ihr wie in einem Karussell und alle lachten über diesen Anblick.

»Du bist wieder zu Hause«, sagte Fidel gewichtig. »Wenn ein Revolutionär nicht kämpft, ist es seine Pflicht, sich um seine häuslichen Belange zu kümmern. Aleida hat ein Festmahl für dich vorbereitet und das Mädchen hat dich lange genug vermisst. Da wollen wir nicht stören. Wir sehen uns heute Abend.«

Er war zu Hause. Havanna lag in hellem Sonnenlicht und strahlte die Lebensfreude einer alten Hure aus, die in die Jahre gekommen war, aber immer noch genug Charisma und Reize hatte, um selbst Jünglinge zu betören. Havanna war für ihn die Stadt des Lichts. Er liebte ihre verfallen wirkenden Häuser und den Malecón mit der die Straße nässenden Gischt. Lara hielt während der Fahrt in der großen schwarzen Limousine seine Hand.

25

Die Mühen des Sisyphos

Das Festmahl ließ trotz der Sanktionen, des Embargos, das die USA über Kuba verhängt hatten, keine Wünsche offen. Aleida verwöhnte ihn mit den Köstlichkeiten Kubas, mit Truthahn, Hühnchen, Zicklein und Langusten, die sie frisch vom Markt hatte kommen lassen. Er musste ihr viele Fragen beantworten und sie weinte oft, weil sie Ches Einsamkeit erkannte, seine Hoffnungslosigkeit im Yurotal. Sie blieb hartnäckig wie ein Staatsanwalt bei einem Kreuzverhör und wollte Rechenschaft über jeden Tag. Am meisten weinte sie, weil er, Marc Mahon, nicht beantworten konnte, ob Che oft, wenn er allein abseits grübelte, an Aleida und die Kinder gedacht hatte. Es war ein Festessen mit verweinten Augen.

Obwohl sie sein altes Zimmer für ihn vorbereitet hatte, schlug er dies aus. Er redete sich damit heraus, dass er Ruhe zum Arbeiten brauche und ihm der Verleger im Hotel *Ambos Mundos* eine Zimmerflucht gemietet habe. Es war nicht das *Ritz* oder *Meurice* oder das *Le Grand* an der Opéra, was er auch nicht erwartet hatte, aber für kubanische Verhältnisse durchaus komfortabel. Die Möbel waren zwar abgestoßen, die Teppiche wiesen Brandflecken auf und die Tapeten waren verblichen. Aber es war der richtige Ort, um das Buch in die letzte Fassung zu bringen.

Lara kam wie selbstverständlich mit ihm und Aleida verstand dies. Sie ging ohnehin davon aus, dass Lara der Grund war, der Marc nach Kuba zurückgeführt hatte. Und sie, dieses elfenhafte Wesen, entwickelte eine Leidenschaft, die ihn wieder überraschte. Kaum hatten sie die Zimmerflucht betreten, hing sie an seinem Hals und nahm ihn an der Hand, zog ihn ins Schlafzimmer, presste sich an ihn und keuchte: »Wie lange habe ich auf dich warten müssen!«

Was er bei seinem letzten Besuch nur kurz erlebt hatte, wiederholte sich wieder und in immer steigender Intensität. Und so erlebte er Havanna aufs Neue, diesmal eingehüllt in eine berauschende Liebe, im betörenden Duft des Hibiskus, in dem warmen Wind vom Meer und beim Anblick des endlosen Blaus des Himmels. Wenn sie gesättigt und erschöpft von der Liebe nackt nebeneinander lagen, hörten sie durch das offene Fenster von der Straße den heftigen Puls Havannas, die ungeduldigen Rufe, das Singen der Autoreifen, die Musikfetzen einer Rumba, den übermütigen Ton der Hupen und das Rauschen der Palmkronen im Wind, der stetig vom Meer kam. Sie, das feenhafte Wesen, war ihm ganz die Helena, das ewige Weib. Er erkannte in den so unterschiedlichen Augen, dem leichten Silberblick den Ernst ihrer Liebe. Er fühlte sich befreit, von einem Panzer befreit, denn in ihrer Liebe konnte er sich ausleben, konnte er sein, was durch Disziplin und Mannsein eingesperrt gewesen war. Und fühlte sich eins mit ihr und ihm war bewusst, dass ihm ohne sie auf immer ein Teil des Ichseins fehlen würde.

»Jetzt und in alle Ewigkeit«, sagte sie und er wiederholte ihre Worte, und dies war Versprechen genug und ihnen so ernst wie in einer Kirche gesprochen.

»Jetzt und in alle Ewigkeit«, flüsterte sie, wenn er sich in ihr verströmte.

Der erste Abend in dem hässlichen Haus, diesem Kubus, das Fidel zeitweilig als sein Haus auserwählt hatte und nach den Grundsätzen gebaut war, ihn, Fidel, vor Verfolgungen der CIA zu schützen, galt dem Mann, der furchtlos in den Lauf der Maschinenpistole eines Betrunkenen gesehen hatte.

Es war eine kleine Runde. Fidel war der Gastgeber und Raúl war dabei, Aleida und Lara und einige Gefährten aus der

Zeit der Sierra Maestra, die aber nicht mehr hager und kampffähig wirkten, sondern deren Uniformen, mit goldenen Schnüren verziert, um Brustkorb und Bauch spannten. Nur Montoya sah immer noch wie ein Champion aus, der alle zwölf Runden überstehen konnte und in jedem Kampf als Sieger hervorgehen würde.

»Erzähle!«, forderte Fidel ihn auf.

»Ich war dabei, als er ermordet wurde.«

Fidel fuhr hoch, als hätte ihn Che in den Hintern getreten und zugerufen: »He, Großer, das hättest du nicht erwartet?«

»Du warst dabei?«, staunte Fidel.

»Du sahst seinen Tod?«, echote Raúl.

»Erzähle! Verdammt noch mal, was ist in La Higuera passiert?«

»Er wurde ermordet und stieg auf in den Himmel.«

»Erzähl uns keine Indianermärchen!«, schnaubte Raúl.

»Im übertragenen Sinn war es schon so. Er wurde ermordet und auf die Kufen eines Hubschraubers geschnallt, der seinen Leichnam nach Vallegrande brachte.«

Und so tauchte Marc wieder in die Vergangenheit ein, war wieder im Schulgebäude, in der ärmlichen Hütte, hörte, wie Oberst Selich Che den Tod androhte, sah, wie Gutierrez sich nach Ches Tritt am Boden wälzte, sah Terán hereinkommen, sah ihn zögern und hörte Ches Worte: »Du wirst einen Menschen töten«, sah Terán schießen und später den Leichnam, auf die Kufen des Hubschraubers geschnallt, gen Himmel aufsteigen.

»Und dann machten sie den Fehler und wuschen ihn, stutzten sein Haupthaar und den Bart und zeigten ihn der Welt mit jenem geheimnisvollen Lächeln, und seine Augen waren offen und schimmerten, als sei er aus einem glücklichen Schlaf erwacht. Er schien besiegt und nun ist er lebendiger als je zuvor, mächtiger als der Revolutionär im Dschungel Boliviens. Er selbst bedeutet mehr als zwei, drei, viele Vietnam.«

»Sein Tod hat ihn unsterblich gemacht«, sagte Raúl salbungsvoll.

»Er hätte nicht sterben müssen. Jedenfalls nicht so«, widersprach Marc. Ihm war bewusst, dass er sich auf ein gefährliches Terrain zubewegte, aber er glaubte, es dem Freund schuldig zu sein.

Fidel sah auf und schürzte die Lippen. »Sprich aus, was du auf dem Herzen hast.«

»Monje war doch bei dir, noch bevor Che den Kampf aufgenommen hatte. Da hättet ihr, als Monje zögerlich reagierte und sich seine Unzuverlässigkeit zeigte, Che zurückrufen müssen. Haben wir in der Sierra Maestra nicht immer jedes Risiko bedacht und, wenn es uns zu groß erschien, die Aktion abgeblasen?«

»Was soll das?«, schrie Raúl und sprang auf. Der Stuhl polterte zu Boden. »Das ist das Gerede der Konterrevolutionäre in Miami, die Gerüchte ausstreuen, um die Revolution zu diskreditieren und um Misstrauen auf Kuba zu schüren.«

»Hör auf, Raúl!«, stoppte Fidel den Bruder.

»Er hat ein Recht, alles zu erfahren und es ist gut, dass dies zwischen uns geklärt wird. Ich kenne das Gerücht, dass ich Che im Stich gelassen hätte. Wie sollte ich es nicht kennen? Es schmerzt mich. Du wirst dich auch fragen, warum wir die ›Herausholaktion‹ nicht durchgezogen haben. Wir waren noch nicht soweit. So etwas bedarf sorgfältiger Vorbereitung. Die Nachricht von seinem Tod traf uns mitten in den Vorbereitungen. Aber den Verrat Monjes nicht rechtzeitig erkannt zu haben, gehört zu meiner Schuld.«

»Es sah ja auch immer wieder so aus, als wolle er sich Che anschließen«, fuhr Raúl, nun wieder ruhiger geworden, fort. »Er besuchte Che im Hauptlager, verlangte aber plötzlich die politische Führung, was ihm Che nach den Erfahrungen in Afrika, wo er von Politikern verraten wurde, nicht zugestehen konnte.«

»Es war wohl nur eine vorgeschobene Forderung, um sich dem Kampf verweigern zu können«, mutmaßte Fidel. »Ja, ich hätte es nicht für möglich gehalten, dass ein Genosse uns so schamlos verrät!«

»Ernesto hätte nie einen Rückzieher akzeptiert!«, mischte sich Aleida ein. »Die Ursache liegt in Afrika. Er wollte unbedingt die Niederlage vergessen machen. Ich kenne meinen Mann. Er wollte sich selbst zurückgewinnen. Er hat das Alter gespürt und wusste, dass er nur noch ein paar Jahre als Guerillero vor sich hatte und dann körperlich nicht mehr in der Lage sein würde, eine Truppe zu führen. Bolivien war sein letzter Wurf. Ihr kanntet ihn doch! Ihr hättet hellhörig werden müssen, als er sich schließlich mit Bolivien, diesem kleinen Land, begnügte, das keine Bedingung für eine erfolgreiche Revolution erfüllte.«

»Stimmt!«, gab Fidel zu. »Wir hätten die Situation dort besser prüfen müssen. Wir waren fahrlässig.« Fidel war tief erschüttert und zerrte nervös an seinem Bart. »Che war ja nicht aufzuhalten!«, klagte er. »Ihm ging alles nicht schnell genug.«

»Bei allen freundschaftlichen Gefühlen, bei all der Bewunderung für seinen revolutionären Eifer muss man die Bilanz ziehen, dass er auf ganzer Linie gescheitert war!«, nahm Raúl das Wort wieder auf. »Nach Santa Clara hat er trotz allem Eifer nicht mehr gesiegt.«

»Er war isoliert. Allein!«, warf Aleida ein und zum ersten Mal hörte Marc auch bei ihr eine Klage an die beiden Brüder heraus.

»Es war ein Opfergang!«, fasste Marc das Gehörte zusammen. »Che wusste, dass er etwas Unmögliches unternahm. Aber das genau war doch sein Wahlspruch: Seien wir realistisch, wagen wir das Unmögliche! Er opferte sich für die Idee vom neuen Menschen.«

»Es waren die besten Soldaten Kubas, die er auf seinem Opfergang mitnahm«, klagte Raúl.

»Moment mal, Bruder! Das lag in unserer Verantwortung«, sagte Fidel entschlossen. »Che war Teil unserer Revolution und die Männer, die wir ihm mitgaben, verkörperten die kubanische Revolution. Indem wir ihm grünes Licht gaben, stand Kuba an seiner Seite. Wir konnten ihn doch nicht allein gehen lassen. Nein, daran beteilige ich mich nicht, ihm wegen der toten Guerilleros Vorwürfe zu machen. Für mich bleibt er der reine Revolutionär, der Mann, der auf dem Weg zum Sozialismus den neuen Menschen schaffen wollte.«

»Jetzt kommen wir zum Kern unserer Betrachtungen«, sagte Marc. »Er kam dem Ideal des neuen Menschen sehr nah. Aber er war nicht ohne Fehler, wie wir alle wissen. Ein Mensch eben, voll guten Willens, aber auch mit Fehlern.«

Er brach ab und alle schwiegen und jeder sah Che noch einmal vor seinem geistigen Auge, sah ihn in Santa Clara die Kämpfer beim Angriff auf den Panzerzug dirigieren und weitere Bilder: Che beim Einzug in Havanna und als Kommandant der Festung La Cabaña und das Peloton arbeitete die Nacht durch. Immer wieder neue Bilder: Che beim freiwilligen Einsatz auf den Zuckerrohrfeldern, Che vor der UNO, Che in Algier bei Ben Bella, die Sowjetunion anklagend, die doch der Garant für Kubas Unversehrtheit war. Jeder hatte seine eigenen Bilder von ihm. Aleida gedachte seiner Zärtlichkeit, seiner Liebe zu den Kindern.

»Und nun ist er in Vallegrande neben dem Flugplatz verscharrt worden, wie zu hören ist«, warf Montoya ein.

»Eines Tages werden wir seinen Leichnam finden und zurückholen. Wir werden Rechnungen präsentieren. Um den Bauern, der ihn an Hauptmann Prado verraten hat, haben wir uns bereits gekümmert. Oberst Selich erging es nicht anders. Terán richtet sich wohl durch sein Saufen selbst zugrunde, ehe wir ihm an den Kragen gehen können«, sinnierte Fidel. »So langsam beginnt Che sich unter den Indios in einen Heiligen zu verwandeln. Wir lassen es ruhig weiter gären. Alle, die seinen Tod zu verantworten haben, wird die Legende von Che so oder so umbringen.«

Das war das Resümee des *Máximo Líder, Comandante en Jefe,* und seine Worte bewahrheiteten sich schon bald. Nur wenige, die an Ches Ermordung beteiligt gewesen waren, starben eines natürlichen Todes. Und in den kleinen Kirchen im bolivianischen Hochland tauchten schon bald Bildnisse auf, die Che im Himmel mit Jesus und Maria zeigten.

»Da wäre noch einer, der mich nicht in Ruhe lässt und den ich nicht in Ruhe lassen werde«, gestand Marc.

»Dein Freund Hernández«, sagte Fidel kopfnickend. »Den Bastard habe ich auch nicht vergessen.«

Marc berichtete von dem Zusammenstoß auf dem Flughafen und auch davon, dass man bereits seine Wohnung in Paris observierte.

»Er ist nicht mehr in Panama, sondern lebt in Miami«, warf Raúl ein. »Er scheint bei der CIA ausgeschieden zu sein, aber das ist nicht sicher und wenn, wird er schon noch seine Kontakte zur CIA haben, um dir auf die Pelle rücken zu können.«

»Hier auf Kuba bist du sicher«, bekräftigte Fidel.

»Was willst du tun?«

»Ich werde hier das Buch über Che fertigstellen. Die Menschen, die überall auf der Welt unter seinem Bild gegen die Yankees und den Kapitalismus protestieren, sollen wissen, wie er war. Ich will über das berichten, was ihn auszeichnete.«

»Was bleibt von Che?«, fragte Fidel nachdenklich. »Was wirst du über ihn schreiben? Welche Erkenntnis lässt sich aus seinem Leben ableiten? Was bedeutet er den kommenden Generationen?«

»Er hat sich geirrt«, antwortete Marc mit fester Stimme. »Das Ziel, den neuen Menschen zu schaffen, ist nicht erreichbar. Uns sind Gier, Gewalt und Machtstreben mitgegeben. Die Firnis, die uns zu zivilisierten Menschen macht, ist sehr dünn. Er erkannte dies und verzweifelte an der Unmöglichkeit, seinen Traum zu verwirklichen. So ging er seinen Weg bis ans Ende und versuchte ein Beispiel zu geben. Nein, der Weg selbst ist das Ziel. Wir müssen immer wieder versuchen, eine Gesellschaft zu verwirklichen, die die ›Erniedrigten und Beladenen‹ aus ihrer Not befreit. Wir müssen erkennen, dass wir Sisyphos sind. Wir werden immer wieder mit dem Stein zurückrollen und müssen mit ihm wieder dem Gipfel zustreben. Doch der neue Mensch wird eine Chimäre bleiben. So reime ich es mir zusammen. Ich bin kein Philosoph. Aber damit bekäme sein unnützer Tod einen Sinn.«

»Scheitern als Weg?«, fragte Fidel und sah alarmiert hoch, als hätte er etwas gehört, was zum Aufbruch mahnte.

»Immer wieder das Ideal aufzeigen, wie der Mensch in einer humanen Gesellschaft sein könnte«, versuchte Marc die Gedanken, die ihm beim Schreiben des Buches gekommen waren, zu artikulieren. »Zeigen wir die Empathie, zu der der Mensch auch fähig ist. Eine freie, humane Gesellschaft, wo der Mensch dem Bruder, der Schwester auch Bruder und Schwester ist. Bekämpfen wir die Gier, die sich im Kapitalismus äußert, aber vergessen wir nicht, dass es nicht erreichbar ist, nicht einmal erreichbar sein darf, dass alle gleich sind. Das wäre nur mit Gewalt möglich und alle Mühen wären umsonst.«

»Klingt einfach und naiv. Zu einfach!«, entgegnete Raúl.

»Sisyphos. Vielleicht trifft es das!«, murmelte Fidel. »Oh ja, wir werden noch oft den Stein hochschleppen und scheitern und es wieder versuchen müssen. Sisyphos als Weg. Vielleicht muss uns das genügen. Nehmen wir das Schicksal an … denn tausend Jahre sind wie eine Nachtwache.«

Alle sahen ihn verblüfft an, als er die Bibel zitierte. Fidel lachte.

»Ja, eines Tages werden wir sogar den Papst auf die Insel einladen. War Sisyphos ein toleranter Mensch?«

»Vielleicht sollten wir ihn uns so vorstellen«, warf Aleida ein.

»Machen wir uns an die Arbeit. Versuchen wir es wieder und wieder und … wieder. Du hast recht, Kochba, der Weg ist das Ziel.«

»Das soll mein Buch als Quintessenz aufzeigen!«, bekräftigte Marc.

»Wenn du das hinbekommst, dann ist das wertvoller als die Rettung des kubanischen Schatzes«, lobte Fidel.

»Sisyphos also!«, stöhnte Raúl.

»Sisyphos!«, bekräftigte Fidel.

»Stellen wir uns Sisyphos als glücklichen Menschen vor. Camus' Worte«, trumpfte Aleida auf.

»Na also, das muss uns genügen!«, bekräftigte Fidel noch einmal.

Es war kein lustiges Gastmahl. Es war ein besinnliches Totenmahl, um die Trauer zu verarbeiten. Ches Tod würde in jedem von ihnen eine Wunde bleiben. Es dämmerte, als sie sich trennten.

Am nächsten Tag begann Marc, weiter am Buch zu arbeiten. Er konfrontierte das Geschriebene mit dem, was am Abend bei Fidel gesagt wurde und strich manche martialische Passage. Jeden Tag schrieb er zehn Seiten. Nein, er schrieb die Tagesleistung nicht an die Wand des *Ambos Mundos,* wie es einst Hemingway in Cojimar zu tun pflegte. Er schrieb den Roman dreimal, beim ersten Mal nur auf Handlung, das Knochengerüst, wie er es nannte, beim zweiten Anlauf fügte er das Fleisch hinzu, den Ton, schrieb von den Gerüchen, dem Wind, der Gischt auf dem Malecón. Beim dritten Mal arbeitete er an den Dialogen. Und die ganze Zeit erlebte er das Glück einer vollkommenen Liebe. Wenn er sein Tagespensum geschafft hatte, bummelten sie durch Havanna und tranken in den Bars Daiquiri und Mojito, manchmal sogar in den Bars und Kneipen, die Hemingway bevorzugt hatte. Sie spazierten am Malecón entlang und ließen sich von der Gischt, die mächtig über die Mauer kam, nass spritzen und lachten glücklich wie die unzähligen Paare, die sich dort zum Rendezvous trafen. Manchmal fuhren sie zu Aleida und spielten mit den Kindern und er gewahrte, wie zärtlich Laras Gesicht leuchtete.

Als er bereits am »Feinputz« des Textes war und der dritten Fassung den letzten Schliff gab, gestand sie ihm, dass sie schwanger war. Er war glücklich darüber, akzeptierte, dass die Zeit des ungebundenen Rebellentums sich dem Ende näherte. Er sah eine Phase seines Lebens abgeschlossen und freute sich auf das Kind und sorgte sich um Lara. Immer wieder fuhr er zu Aleida, um sich Rat zu holen und sie musste immer wieder bekräftigen, dass Schwangerschaft keine Krankheit sei und er sich ein Beispiel an Che nehmen solle, der sich nie Sorgen gemacht habe.

»Er ist Arzt gewesen. Für ihn war die Geburt kein Mysterium.«

»Nein, für ihn nicht«, bekräftigte sie mit Bitterkeit in der Stimme. »Obwohl es doch ein Wunder ist. Jede Geburt ist ein Wunder. Dass Frauen Leben schenken können, ist ein Geschenk Gottes.«

»Und das von einer Kommunistin!«, hatte Marc lachend erwidert. »Wenn ich Jesu Worte mit den Idealen von Ches Kommunismus vergleiche, so sind die beiden Ideen nicht so weit auseinander.«

»Die Worte Christi sind nie vollendet worden.«

»Nein. Es ist ein genauso schönes Lied, wie es Che vorschwebte.«

»Ein unvollendeter Traum«, sagte sie sehnsuchtsvoll.

Nach einem halben Jahr schrieb er die letzten Worte des Buches. Es waren Aleidas Worte vom unvollendeten Traum.

Dann war der August da und die Taifune tobten über die Insel, riesige Brecher schlugen über die Kaimauern am Malecón, Häuser stürzten ein, Felder wurden überflutet, Palmen geknickt, als wären es Streichhölzer, und man sprach vom schlimmsten Taifun des Jahrzehnts. Doch dies störte sie nicht in ihrer Zweisamkeit. Sie bemerkten es kaum und lebten nur für sich. Lara durchlebte eine glückliche Schwangerschaft. Jede Bewegung des Kindes ertrug sie freudig und nannte es einen ungebärdigen Wildfang.

»Du hast den Gesichtsausdruck einer trächtigen Kuh!«, neckte er sie manchmal.

»Ich danke für das Kompliment. Erinnere dich, dass du das mit mir angestellt hast«, konterte sie mit zufriedenem Lachen.

Es war nach den Herbststürmen, als er die Nachricht bekam, dass sich der berühmte Schriftsteller Ray Ochos gern mit ihm treffen wolle. Da er leider gehbehindert sei, würde er sich freuen, wenn sie sich in der *Bodeguita del Medio* treffen würden. Er schlug ein Treffen um zweiundzwanzig Uhr am nächsten Abend vor. Marc kannte nur den Namen des Schriftstellers und rief in der Nationalbibliothek an, ob sie Bücher von dem Schriftsteller hätten, was ihm bestätigt wurde.

»Warum kommt er nicht zu dir ins *Ambos Mundos*?«, fragte Lara besorgt.

»Er schreibt doch, dass er gehbehindert ist.«

»Na und? In die *Bodegita del Medio* kann er aber kommen? Irgendwie kommt mir das komisch vor – und dann die späte Uhrzeit.«

»Du müsstest doch wissen, dass deine Landsleute Nachteulen sind.«

»Was hat er denn so geschrieben?«

Er zeigte ihr zwei Bücher, die er sich aus der Bibliothek hatte kommen lassen. Das eine hieß ›Die Rückverwandlung‹, das andere ›Das Herz des Condors‹. Ray Ochos war Mexikaner. Beide Bücher hatten in Südamerika große Beachtung gefunden und beträchtliche Auflagen erreicht.

»Er ist ein bürgerlicher Schriftsteller, der von seinen Protagonisten Mut fordert und die sich in gefährlichen Situationen zu bewähren haben. Manche würden sagen, dass er den Machismo feiert. Seine Helden erinnern an Nietzsches Übermenschen. Es dürfte ein interessantes Gespräch werden.«

»Ach so was«, sagte sie abschätzig.

»Sei nicht so snobistisch, meine Liebe! Dass er Hemingways Bar vorgeschlagen hat, spricht doch für ihn. Hätte ich auch vorgeschlagen.«

»Ich komme mit.«

»Nein. Du bleibst schön im Hotel und pflegst dich und deine Schwangerschaft.«

»Wie oft soll ich dir noch sagen, dass ich mich gut fühle?«

»Du bleibst im Hotel. Und nun Schluss der Debatte.«

»Macho!«, fauchte sie.

»Hola, das Kätzchen wird zum Tiger.« Sie sahen sich an und lachten.

»Nietzsche?«, fragte Lara. »Ist er vielleicht ein Nazi?«

»Nietzsche war kein Nazi, eher seine verdammte Schwester, wie wir heute wissen.«

Pünktlich war er in der *Bodeguita del Medio* in der Calle Empedrado, die so hieß, weil sie eine der ersten Straßen war, die ein Kopfsteinpflaster bekommen hatte. Als er die kleine Bodega betrat, erhob sich ein weiß gekleideter Mann mit einem Panamahut und sah ihn fragend an. Marc reichte ihm die Hand.

»Richtig geraten. Ich bin Marc Mahon.«

Sein Gegenüber verneigte sich, lüftete den Hut und lächelte erfreut. In seiner weißen Kleidung und mit seinem sorgfältig gestutzten Schnurrbart sah er wie ein Engländer der Oberklasse aus. In der Hand hielt er einen Stock mit einem silbernen Knauf. Er hinkte ein wenig, aber nicht so sehr, dass es wie eine Behinderung wirkte, was Marc stutzig machte. Er überflog die Anwesenden in der Bar. Aber er hatte den Eindruck, dass es überwiegend Touristen waren, die Hemingways Rat befolgten und Mojito tranken.

Sie setzten sich an einen der kleinen Tische. Der Wirt sah fragend zu ihnen herüber. Ochos hatte einen Mojito vor sich stehen. Marc bestellte einen Rum.

»Ich weiß, dass Sie ein Freund von Che waren«, begann er das Gespräch. »Ich will ein Buch über den Argentinier schreiben, da liegt es auf der Hand, dass ich mit jemandem spreche, der ihm am nächsten war.«

»Ach, ich habe gerade ein Buch über Che beendet.«

»Oh, ich komme zu spät? Wann und wo erscheint es?«

»Im Frühjahr, in Frankreich und in Italien, zuerst als Fortsetzungsroman in der Zeitschrift und dann später als Buch.«

»Schön, da werden wir uns kaum in die Quere kommen. Ich glaube nicht, dass mein Verlag das Buch außerhalb Lateinamerikas publizieren wird.«

»Und wenn, dann finde ich es auch nicht schlimm«, erwiderte Marc. »Je mehr Bücher über ihn erscheinen, desto mehr Menschen lernen ihn kennen. Seine Auferstehung ist in Lateinamerika überall spürbar.«

Ochos verzog das Gesicht.

»Haben Sie auch an der Legende vom wiederauferstandenen Christus gestrickt?«

»Fragen Sie doch die Studenten in den Straßen von Paris, Berlin, Berkeley oder Río und Santiago, was sie in ihm sehen.«

»Nun, Sie waren sein Freund. Es ist sicher ein Roman mit sehr persönlichem Charakter?«

»Kann man so sagen.«

»Ich versuche da etwas objektiver zu sein, als Sie es können. Besonders interessiert mich die Zeit in Córdoba und natürlich seine letzten Stunden in La Higuera. Die Behauptung, dass er im Kampf gefallen ist, ist nicht mehr haltbar.«

»Sie haben sich gut informiert«, erwiderte Marc vorsichtig.

Dass er in La Higuera dabei gewesen war, hatte er in den Artikeln noch nicht publiziert. Das sollte seinem Buch vorbehalten sein. Es war also Vorsicht geboten. Ochos war wirklich mehr als gut informiert.

»Ich habe auch Hauptmann Prado gesprochen. Er hat mir übrigens geraten, Sie zu interviewen. Niemand wisse über Ches Ende so gut Bescheid, waren seine Worte.«

»Von Córdoba werde ich Ihnen erzählen. Higuera möchte ich meinem Buch vorbehalten. Sie werden dies sicher verstehen.«

»Natürlich. Natürlich. Vollkommen«, beeilte sich Ochos zu beteuern. »Doch trinken wir erst noch einmal ein Glas.«

Er bestellte nun auch für sich einen Rum und für Marc Nachschub und prostete ihm zu, sowie der Wirt die Gläser gebracht hatte. Marc erzählte ihm offen, wie er Che kennengelernt hatte, von seinem Asthma und dem Rugbyspieler Ernesto Guevara und wie sie zu Freunden wurden. Von den Hernández erzählte er nichts. Er sprach eine Viertelstunde von der Zeit in Córdoba und schloss mit den Worten: »Er war schon damals eine außergewöhnliche Erscheinung, aber dass aus ihm Che werden würde, war nicht einmal im Ansatz zu erkennen.«

»Er war damals unpolitisch?«

»Absolut. Obwohl seine Eltern leidenschaftliche Anti-Peronisten waren, kümmerte er sich nicht um die Vorgänge im Land, nicht einmal um den Protest der Hemdlosen.«

»Ich wäre damals auch gern sein Freund geworden«, gestand Ochos.

Marc musste ein Lächeln unterdrücken. Wenn er dich in dem Anzug gesehen hätte, wäre er versucht gewesen, dich mit Pferdeäpfeln zu bewerfen, dachte er. Bourgeoise Kleidung mochte er schon damals nicht. Sein verwildertes Aussehen hatten schon Chichinas Eltern bemängelt. Aber auch dies sagte er nicht.

Der Mexikaner bedankte sich wortreich für die Informationen.

»Es hat mir schon geholfen, von dem Che in Córdoba etwas zu erfahren. Sehr geholfen. Ich werde Ihr Buch lesen. Wenn Sie mir noch von La Higuera erzählen, wäre mir das tausend Dollar wert.«

Diesmal lachte Marc aus vollem Hals und schüttelte den Kopf. Er kann sich nicht einmal vorstellen, wie jemand über Geld denkt, der Freund und Gefährte Ches gewesen war, dachte er belustigt. Nicht einmal für zehntausend Dollar würde er diesem Kerl von Higuera erzählen. Nicht, dass eine solche Summe nicht verführerisch war, aber er wäre sich wie ein Verräter vorgekommen.

»Fünftausend!«, erhöhte Ochos.

»Sie werden nie ein realistisches Bild von Che zeichnen können, Ray Ochos. Sie verstehen nichts von der Seele eines Guerilleros.«

»Wir werden sehen, Marc Mahon!«, sagte Ochos kühl. »Doch vielen Dank für das Gespräch.« Er warf Geld auf den

Tisch. »Geht auf meine Rechnung!«, rief er dem Wirt zu und humpelte hinaus.

Lara hat recht gehabt, sagte sich Marc und trank in kleinen Schlucken den Rum aus. Er war sich ziemlich sicher, dass man ihm diesen Mann geschickt hatte. Doch wer war der Auftraggeber? Hernández? Er nickte dem Wirt zu und trat auf die Straße.

Als er an der Plaza de la Catedral war, traten plötzlich zwei Männer aus dem Schatten der Kirche.

»Wir haben noch eine Rechnung für dich, Marc Mahon!«, rief der Größere. Seine Aussprache verriet, dass er Mexikaner war.

Schon flammten zwei Blitze auf. Die Schüsse waren schlecht gezielt. Nicht weil es vielleicht schlechte Schützen waren, sondern weil sie aus zu großer Entfernung geschossen hatten. Die Kugeln verfehlten ihn. Marc hatte in dem für ihn, wie er glaubte, sicheren Havanna keine Waffe bei sich. Er rannte die Straße in Richtung der *Bodeguita del Medio* zurück und bis zum Parque Cervantes hoch und warf sich dort hinter einem Baum auf den Boden. Doch sie hatten ihn nicht verloren, waren ihm gefolgt und scherten sich nicht darum, dass Passanten sie verwundert ansahen.

»Er ist im Park! Der Hurensohn ist im Park«, hörte er den Mexikaner rufen.

Sie kamen näher. Die Laternen gaben nur wenig Licht. Warum hast du nicht auf Lara gehört? Wie ein Greenhorn bist du in die Falle gelaufen. Musstest du dich ausgerechnet von einem scheiß bourgeoisen Schriftsteller übertölpeln lassen? Was würde aus Lara werden und aus dem Kind? Sie hatte gleich kein gutes Gefühl gehabt. Ahnen Mütter, wenn Gefahr droht? Bei Tieren hatte er es beobachtet. Konzentriere dich! Du willst doch nicht sterben, ermahnte er sich. Nicht jetzt. Nicht so. In Bolivien hatte er es einkalkulieren müssen. Ein Tod als Guerillero. Doch nicht hier, in Fidels Havanna. Das Herz schlug ihm so heftig, schlug wie ein Glockenklöppel gegen die Erde unter ihm. Hörten die Killer es schlagen? Nicht hier, schrie es ihn ihm. Nicht in Havanna. Nicht in der Stadt des Lichtes.

26

Eine Nacht ohne Siegesgeschrei

Sie kamen näher. Zwei Schatten. Sie riefen sich etwas zu. Die Schatten wirkten wie Riesen aus einem Hollywoodfilm. War Hernández dabei, seine Drohung einzulösen? Es konnte nicht anders sein. Nur er hatte den Hass und die Hartnäckigkeit und die Verbindungen. Du wirst sterben, dachte er panisch. In der Stadt, wo er es nie erwartet, nie in Erwägung gezogen hatte. Nicht, dass Fidel hier keine Feinde hatte. Es gab genug Bourgeois und Unzufriedene, die zwar »Venceremos« und »Vaterland oder Tod« schrien, aber nur darauf warteten, dass Fidel Schwäche zeigte. Viele junge Leute flohen übers Meer zu Jeans und T-Shirts und die Alten standen am Ufer und starrten aufs Meer und träumten davon, dass Kuba wieder so werden würde, wie es einst war, als die Roulettekugeln klickten und Zuhälter und Huren Havanna zum Bordell Amerikas machten. Du wirst sterben, aber nimm es hin wie Che, befahl er sich. Das bist du ihm schuldig. Er sah einen Schatten auf sich zukommen. Eine Zigarette glühte auf.

»Er muss hier sein«, schrie einer der Verfolger, der etwas entfernt durch die Büsche stolperte.

»Seien wir vorsichtig. Der Kerl war immerhin der Freund Guevaras«, mahnte eine andere, eine jüngere Stimme. Seine Aussprache verriet, dass er aus Havanna stammte.

Zwei Beine standen nun neben ihm. Der Mann saugte hektisch an der Zigarette. Würde er ihn jetzt entdecken? Spürte er seine Nähe? Roch er den Schweiß auf seiner Stirn? Gib dich nicht auf, befahl er sich. Lass dich nicht wie ein Stück Vieh abknallen und kämpfe. Er sprang hoch und versetzte dem Mann einen Schlag gegen die Schläfe, wie Pérez Montoya es ihm beigebracht hatte. Der Verfolger, ein junger Mann, kaum älter als fünfundzwanzig, ging ächzend zu Boden. Ein Nachtvogel flatterte aus dem Baum über ihm.

»Was ist los, Pedro?«, schrie der Mexikaner.

Marc nahm dem Besinnungslosen den Revolver aus der Hand. Nun fühlte er sich besser. Nun würde es ein Kampf auf Augenhöhe sein. Der Mexikaner kam auf ihn zu.

»Hier bin ich!«, rief er ihm zu und schoss. Der Mexikaner ging zu Boden und schrie, als habe man ihm einen Feuerhaken in den Hintern gerammt. Als er bei ihm war, sah der Mann hasserfüllt zu ihm hoch. Er zuckte wie unter Stromstößen. Ein Zigarrenstumpen glühte neben seinem Kopf.

»Wer hat dich geschickt?«, fragte Marc.

»Verdammter Huren…!« Sein Kopf fiel zur Seite.

»Du bist der Hurensohn und wirst niemanden mehr so nennen.« Er legte die Hand an die Halsschlagader. Nein, der Kerl schien seine letzte Zigarre doch noch nicht geraucht zu haben. Er ging zu dem jungen Mann zurück, der sich bereits wieder regte.

»Ich an deiner Stelle würde weiterschlafen«, sagte Marc und sorgte mit einem Schlag dafür, dass er es tat. Nun waren Sirenen zu hören. Er sah durch die Sträucher das Flackern von Blaulicht. Jemand schrie, dass der Park umstellt sei.

»Kommen Sie langsam heraus!«

Marc trat mit erhobenen Händen aus dem Park.

»Ich wurde überfallen! Ich bin Kochba!«, rief er einem jungen Leutnant zu.

»Lassen Sie verdammt nochmal die Waffe fallen!«, kommandierte dieser.

Marc tat es. »Ich bin Kochba, begreifen Sie doch endlich! Ich wurde überfallen. Im Park liegen zwei Gangster.«

Die Polizisten liefen gebückt, mit Pistolen im Anschlag in den Park und bestätigten bald seine Angaben.

»Alle mitnehmen!«, schrie der Leutnant aufgeregt. Man legte Marc Handschellen an.

»Ich bin Kochba, der Gefährte Che Guevaras!«, protestierte Marc.

»Und ich bin Raúl Castro!«, antwortete der Leutnant und stieß ihn vorwärts zu einem vergitterten Kleinlaster. Entweder war der Leutnant ein Ignorant oder hatte, da er zur jungen Generation gehörte, tatsächlich nichts von Kochba gehört. Er wurde mit seinen Verfolgern in einen Wagen mit vergitterten Fenstern gesperrt. Der junge Gangster kam zu sich und richtete sich auf.

»Was ist los?«

»Du bist im Verschiss!«, erwiderte Marc.

Plötzlich regte sich der Mexikaner. Er stöhnte und rief nach Maria, der Gnadenreichen. Er würde ihre Hilfe brauchen können. Sein Schuss hatte ihn in der Milzgegend getroffen.

»Das nächste Mal wirst du nicht entkommen!«, sagte der junge Gangster plötzlich.

»Da müsst ihr es aber besser anstellen als heute Nacht.«

»Die CIA vergisst nicht!«

»Die haben euch nicht zu mir geschickt. Hernández war es, stimmt's?«

»Hernández? Nein. Kenne ich nicht.«

»Du bist doch Kubaner im Gegensatz zu deinem Freund hier, der plötzlich so fromm geworden ist.«

»Ja und? Ich hasse Castro. Die Guerilleros haben meinen Vater in La Cabaña erschossen. Man sagte uns, dass du der beste Freund von diesem Schwein Guevara warst. Einen Freund Guevaras zu töten ist ein ehrenvoller Auftrag.«

»Nur weil ich ein Freund Ches war?«, staunte Marc. »Dann war es für mich eine Ehre, dass man euch zu mir schickte.«

»Das nächste Mal …«

»Für dich wird es kein nächstes Mal geben.«

Auf der Wache wurden sie in eine käfigartige Zelle gesperrt. Marc rief dem Leutnant zu, dass er Fidel anrufen solle.

»Na klar, und Raúl Castro auch.« Der Leutnant fand dies sehr amüsant und schlug sich lachend auf die Schenkel. Auch die anderen Polizisten fanden Marc sehr unterhaltsam. Die Zelle stank wie eine Jauchegrube. Ein Arzt kam und untersuchte den Mexikaner. Mit einem Schulterzucken verließ er die Zelle und rief dem Leutnant zu, dass der Kerl die Nacht nicht überleben würde. Die Zelle hatte weder Bett noch Stühle. Man musste gegen die Wand gelehnt schlafen.

Am nächsten Morgen wurde er zu einem höheren Dienstgrad geführt. Einem dickleibigen Hauptmann mit unrasiertem Gesicht. Er stank nach billigem Rum. Der Leutnant stand hinter ihm und erläuterte eifrig, wie sie Marc festgenommen hatten. Für ihn handelte es sich um eine Auseinandersetzung unter Kriminellen.

»Der Mann ist hochgefährlich. Er gibt an, dass er Marc Mahon heißt und Kochba genannt wird und dass wir den *Comandante en Jefe* anrufen sollen«, setzte er lachend hinzu und tippte an die Stirn.

»Moment mal! Sagtest du Kochba?«

»Ja, das sei sein ›Nome de guerre‹, wie er es ausdrückte.«

»Der Name kommt mir bekannt vor.«

»Der andere Kerl, der junge Mann, der behauptet, von diesem Marc Mahon überfallen worden zu sein, ist ziemlich mit den Nerven runter. Aus dem werden wir die Wahrheit noch herausbekommen.« Seine Stimme klang nun sehr angestrengt.

»Lassen Sie mich mit meiner Frau telefonieren. Sie wohnt im *Ambos Mundos* und kann den Kontakt zu Fidel herstellen. Wenn Sie mich weiterhin hier festhalten, werden Sie wieder Streife gehen oder gar im Gefängnis landen. Mein Wort drauf!«

Die Augen des Hauptmanns wurden nun sehr wach. Er wies zum Telefon. Der Leutnant, der sich bisher sehr selbstbewusst und arrogant verhalten hatte, wurde bleich. Wenn dieser Marc Mahon tatsächlich ein bedeutender Mann war, dann war es wohl für alle Zeiten mit einer Beförderung vorbei, wenn ihm nicht gar Schlimmeres drohte. Marc hob den Hörer ab.

»Er will nur seine Komplizen warnen«, mutmaßte der Leutnant. Der Hauptmann winkte ab. Marc wählte die Nummer. Er hatte Lara sofort am Apparat.

»Endlich! Gottseidank! Ich habe schon das Schlimmste befürchtet«, sagte sie mit verweinter Stimme. Er sagte, dass sie Aleida anrufen und diese Fidel informieren solle.

»Aleida Guevara?«, rief der Hauptmann erschrocken. Nun wurde auch er weiß wie die Wand und warf seinem Leutnant wütende Blicke zu.

Auf Laras aufgeregte Fragen beteuerte Marc, dass es ihm gut gehe und sie sich keine Sorgen machen solle. Sie solle nur Aleida anrufen und in spätestens zwei Stunden sei er bei ihr. Er legte den Hörer auf.

»Spätestens in zwei Stunden wissen Sie, dass Sie Bockmist gebaut haben! Mich haben Anti-Castros überfallen. Das hätte Ihr forscher Leutnant in Betracht ziehen müssen.«

Nicht einmal eine Stunde später stürmte Raúl in die Polizeistation und schrie: »Was ist das für eine verdammte Scheiße, die hier abläuft?«

Hinter ihm drängte seine Leibwache herein und entwaffnete Hauptmann und Leutnant.

»Leutnant Ramierez war etwas übereifrig«, schob der Hauptmann die Verantwortung auf seinen Untergebenen.

»Festnehmen die beiden und ab mit ihnen nach La Cabaña! Wir werden genau prüfen, was hier abgelaufen ist. Wie bist du denn in diese Scheißsituation geraten?«, wandte er sich grinsend an Marc. Dieser erzählte ihm in knappen Worten, was passiert war.

»Siehst du, Kochba, warum wir wachsam sind? Nun, wir werden uns die Kerle tüchtig vornehmen. Sie werden uns ihren Auftraggeber verraten, darauf kannst du einen lassen.«

Dann waren sie bei Fidel, der Raúl vorwurfsvolle Blicke zuwarf. Ihn erregte nicht so sehr das Verhalten der Polizei, sondern dass die *gusanos*, wie er sie nannte, sich überhaupt so etwas erlauben konnten.

»Sie müssen sich sehr sicher fühlen, dass sie versuchen, Kochba hier bei uns zu liquidieren. Du sagst immer, dass du alles unter Kontrolle hast. Und nun das! Es war nicht nur ein Anschlag gegen Kochba, sondern gegen die Revolution!«

»Wir werden das Schlangennest ausheben, das verspreche ich dir«, sagte Raúl mit finsterem Gesicht zu Marc hin, dem er übel nahm, dass er nun selbst Vorwürfe zu hören bekam. Das Telefon klingelte. Raúl ging an den Apparat und strahlte. Nachdem er aufgelegt hatte, sagte er triumphierend:

»Der Junge hat nicht lange durchgehalten. Er heißt Cassantes, stammt aus einer alteingesessenen kubanischen Familie. Der Mexikaner hat ihn rekrutiert und als Belohnung versprochen, ihn dafür nach Miami zu schleusen. Er sei ein CIA-Mann mit einem Spezialauftrag, den er von einem hohen Tier in Miami erhalten habe. Es könnte also dein alter Freund Hernández gewesen sein. Ochos, dieser Schriftsteller, ist uns leider entwischt – hat heute Morgen den ersten Flieger genommen. Er hatte einen kanadischen Pass.«

»Auch gut. Einen ausländischen Schriftsteller anzuklagen, bringt nur Ärger. Aber die Familie Cassantes kannte ich, den Vater. Er war in der Regierung Batista Minister«, gestand Fidel. »Reiche Rancheros. Che hat den Alten in La Cabaña …, du weißt schon.«

»Was machen wir mit ihm?«

»Den bringt auch keine Umerziehung mehr auf den rechten Weg. Mir tut es leid um jeden Kubaner, den wir nicht gewinnen können. Du weißt schon, was mit so einem *gusano* zu geschehen hat. «

»Er hat drei Brüder. Ich lasse die ganze Familie …«

»Nein. Sippenhaft gibt es bei uns in Kuba nicht. Komm, setzen wir uns zu Tisch. Danach können wir weiter besprechen, was zu tun ist.«

Es klopfte und Aleida und Lara stürmten herein.

»Mein Gott, was habe ich für Angst ausgestanden!«, rief Lara und stürzte in Marcs Arme. Die Castrobrüder sahen schmunzelnd zu, wie Lara ihn mit Küssen bestürmte. Verlegen löste sich Marc von ihr.

»Es hört sich alles schlimmer an, als es war.«

»Von wegen!«, brummte Fidel und berührte Laras Bauch und sagte, dass sie einen tüchtigen Revolutionär gebären solle.

»Wir brauchen Männer, die im richtigen Geist erzogen sind.«

Nach dem Essen, bei dem zu Tisch nur kaltes Wasser gereicht wurde, sagte Fidel zufrieden: »Du hast also das Buch fertig?«

»Willst du es vorher lesen?«

Der *Comandante en Jefe* schüttelte den Kopf. »Nein. Wenn mir was nicht gefällt, käme ich in Versuchung, dir zu befehlen, es zu ändern. Aber das würde Che nicht richtig finden. Ich vertraue dir. Du wirst Che und die kubanische Revolution nicht verraten.«

»Er hatte sich mit Che wegen La Cabaña zerstritten«, erinnerte Raúl.

»Dass er da anderer Meinung ist, wissen wir doch. Wir werden es ertragen. Che wusste, dass Kochba ein Bourgeois ist und hat ihn trotzdem geliebt. Wir haben einen revolutionären Standpunkt. Wir halten den Kopf nicht in die Schlinge und führen immer noch Krieg gegen Verräter, Kapitalisten und Imperialisten. Ich war und bin der *Jefe* und trage die Verantwortung, was damals und heute passiert. Zwischen Che und mich passte nicht mal ein Blatt Papier. Doch was mir wirklich Sorge macht, ist Kochbas Sicherheit. Wenn Hernández es wagt, ihn hier in Havanna zu verfolgen, wird er es erst recht an jedem anderen Ort der Welt wagen. Es läuft darauf hinaus: du oder er. Du wirst ihn erledigen müssen. Wir geben dir einen Leibwächter mit, einen guten Mann.«

Aleida warf Lara einen besorgten Blick zu. Mit aufgerissenen Augen, die Hand auf dem Bauch, sah sie erschrocken zu Marc hinüber.

»Wir geben ihm Pepe Costello mit. Er hat die Sache mit Selich klug gedeichselt. Es sah aus wie ein Autounfall«, schlug Raúl vor.

»Gut. Das ist der richtige Mann.«

»Er ist der Cousin von Chaco Schweinerüssel. Er wird darauf brennen, Hernández unschädlich zu machen«, ergänzte Raúl.

»Was wissen wir über den Aufenthalt von diesem CIA-Gangster?«, fragte Fidel.

»Wir waren nicht untätig«, rühmte sich Raúl. »Hernández hat bis vor kurzem in Miami gewohnt und dort das Zweigbüro geleitet, wohnt nun aber in Palm Springs in der Nähe von Los Angeles, hat dort eine Villa im spanischen Stil am Palm Canyon Drive. Das ist die teuerste Ecke von ganz Amerika. Wir vermuten, dass er durch Drogengeschäfte zu solchem Reichtum gekommen ist. Immerhin war er in Panama ein wichtiger Mann und Panama ist, wie wir alle wissen, der Umschlagplatz für Drogen aller Art.«

»Ein Grund mehr, ihn zu erledigen!«

»Es wird nicht leicht sein, an ihn heranzukommen«, warf Marc ein. »Die CIA hat mich auf der Liste. Ich komme nicht mal in die USA hinein.«

»Wir werden dir echte Pässe besorgen. Das ist das geringste Problem. Du reist dann über Mexiko ein. Es wird keine Schwierigkeiten geben. Sollen wir dich noch durch Montoya in Form bringen lassen?«

»Nein. Ich will ja nicht in den bolivianischen Dschungel.«

»Vielleicht sollten wir mit ihm eine Woche Kombattschießen üben«, schlug Raúl vor.

»Nicht nur das!«, erwiderte Fidel und schürzte die Lippen. »Kochba und Costello sollten üben, als Team zusammenzuarbeiten. Sie müssen sich blind aufeinander verlassen können. Montoya soll das übernehmen.«

Damit war alles gesagt und doch war noch mehr zu klären.

Denn diesmal fühlte er sich nicht frei, fühlte sich auch ohne Trauschein mit Lara verbunden. Und natürlich hatte sie Angst um ihn und sorgte sich und auch, dass die Sorge um ihn dem Kind schaden könnte. Er versuchte ihr immer wieder klar zu machen, dass es keine Alternative gab. Dass erst Hernández' Tod die Voraussetzung schuf, ohne Sorgen miteinander leben zu können. Immer wieder hatte er es ihr ausgemalt, wie es in Paris sein würde und dass er hoffe, von den Tantiemen seiner Bücher leben zu können und nicht mehr wegen einer Story um die Welt hetzen zu müssen.

Um sie in guten Händen zu wissen, überredete er sie, wieder zu Aleida zu ziehen. Nachdem er sich von ihr verabschiedet hatte und sie aufgelöst in ihrem alten Zimmer weinte, sagte Aleida zu ihm: »Komm wieder! Sie braucht dich. Sie ist nicht so stark wie ich. Sie hat ihr ganzes Leben auf dich gewartet. Ich hatte wenigstens ein paar Jahre mit Che, aber ihre Liebe hat sich erst im letzten halben Jahr erfüllt. Komm wieder, Marc Mahon!«

»Ich verspreche es«, erwiderte er ernst.

Und dann war er wieder in der Gewalt von Montoya. Es blieb nicht bei einer Woche. Es dauerte drei Monate, ehe er mit Pepe Costillo ein Team war. Sein neuer Leibwächter war Chaco Schweinerüssel sehr ähnlich. Auch er war untersetzt, hatte ein breites rotes Gesicht. Aber niemand, der ihm einmal in die Augen gesehen hatte, nannte ihn wegen seiner aufgeworfenen Nase Schweinerüssel.

»Du warst mit Chaco beim sterbenden Che zusammen, sagte man mir?«, fragte er gleich am Anfang.

»Ja. Chaco war nicht nur mein Leibwächter, sondern auch mein Freund. Mehr noch, er war mir wie ein Bruder. Er gab mir alles, was er besaß – sein Leben.«

»Und Hernández gehörte zu der Mörderbande?«

»Ja. Er war einer der Rädelsführer.«

»Gut. Ich schwöre dir einen Eid. Auch ich werde mein Leben geben, um dich zu schützen und diesen Hernández zur Rechenschaft ziehen. Felix Hernández wird sterben.«

Sie lernten also im Verbund zu kämpfen, zu schießen, sich heranzuschleichen, die Waffe schneller zu ziehen als es je in einem Western geschah, selbst mit der kurzläufigen ›Snubby‹ den tödlichen Schuss anzubringen. Sie lernten sich einander blind zu vertrauen, lernten sich bei Schusswunden zu helfen, lernten in Häuser einzudringen, ohne gesehen und gehört zu werden. Sie wussten sich wie ein Tupermaro in der Stadt zu bewegen.

Dann begann die äußerliche Verwandlung. Sein blondes Haar und seine Augenbrauen wurden schwarz gefärbt und der Haaransatz vorne wegrasiert, so dass er eine Halbglatze hatte. Als er sich von Fidel verabschiedete, lachte dieser. »Du siehst so verändert aus wie Che, als er unter dem Namen Ramón nach Bolivien aufbrach. Allerdings siehst du sportlicher aus. Che hatte damals noch erhebliches Übergewicht. Was du jetzt vorhast, ist fast genauso gefährlich wie deine Reise auf Ches Spuren. Du bist es ihm schuldig, dass du Hernández professionell erledigst. Kuba erwartet, dass du deine Pflicht tust«, fügte er mit einem Grinsen hinzu.

»Hört sich verdammt nach Lord Nelson an.«

»War auch kein schlechter Mann. Übrigens, Raúl hat euch im Hotel *Renaissance* in Palm Springs einquartiert. Ihr reist beide mit unterschiedlichen Flugzeugen über Mexiko City nach Los Angeles. Waffen werden euch von einem Kurier ins Hotel gebracht. Gute Reise und viel Glück!«

Eine Woche später waren sie in Palm Springs, diesem exzentrischen Ort in der Wüste, wo jedes Haus einen Swimmingpool besaß und die Straßen von riesigen Königspalmen gesäumt waren.

»Wenn sie glauben, dass Amerika Gottes eigenes Land ist, dann nutzen sie seine Gunst aber gründlich aus«, stellte Costello fest.

Sie trafen sich jeden Abend in einem Café in Downtown, von wo sie eine großartige Aussicht auf die Berge hatten, und taten so, als wären sie langjährige Bekannte, die sich hier zu einem Plausch zusammenfanden. Ihre erste Aufgabe war nun, Hernández' Haus und Umgebung zu sondieren.

Das Haus sah wie ein spanisches Schloss aus, die Besitzung eines maurischen Fürsten mit Arabesken um die Tür und Balkone mit schmiedeeisernen Brüstungen. Ein langer, gut gesprengter Rasen perlte einen Abhang hinunter. Ein Grün, das den Augen weh tat. In der Straße wohnten Filmstars, die in den dreißiger und vierziger Jahren ihre große Zeit gehabt hatten. Sein direkter Nachbar war der Besitzer etlicher Nachtclubs, in dessen Haus, wie sie bald feststellten, oft Partys gefeiert wurden und finstere Gestalten ein- und ausgingen. Der Kellner im *Café Casablanca* verriet ihnen, dass es Gerüchte gab, dass man in seinen Nachtclubs Drogen bekäme.

»Die Polizei soll er in der Tasche haben. Aber es gibt viele Gerüchte in Palm Springs.«

»Wir sollten über den Besitz des Nachtclubkönigs in Hernández' Palast eindringen, da die Fenster zu dessen Seite nicht vergittert sind«, schlug Costello vor.

Hernández war kaum wiederzuerkennen. Sie beobachteten ihn, im Cadillac sitzend, von der gegenüberliegenden Straßenseite. Er schien sehr gealtert. Das war nicht mehr der kraftstrotzende Kerl, der sich in Bolivien mit Che hatte fotografieren lassen, sondern ein feister Kerl mit einem aufgedunsenen Gesicht. Jede Woche, so fanden sie bald heraus, suchte er einen Lungenfacharzt auf. Abends ließ er sich in den Club am exklusivsten Golfplatz fahren. Einmal in der Woche bekam er Besuch von einer wasserstoffblonden Frau mit einer provozierenden Figur. Sie fanden heraus, dass es der Star eines Begleitservice war, also eine Nutte der Edelklasse. Sie nannte sich Marilyn Mansfield. Der Name passte zu ihrem provozierenden Äußeren. Trotz seines Reichtums führte er ein Scheißleben. Jedes Mal, wenn er im Club war, wurde er im besoffenen Zustand von seinem Chauffeur nach Hause gefahren.

Costello machte sich an eines seiner Hausmädchen heran, führte sie in die teuersten Restaurants der Stadt und bekam heraus, dass neben dem Chauffeur ein Leibwächter, ein Butler sowie eine Köchin und zwei Hausmädchen mit im Hause wohnten und er ein großzügiger Arbeitgeber war.

»Er ist ein Gentleman, durch und durch. Nie ein böses Wort. Es tut mir leid, dass er so krank ist«, verriet sie offenherzig. Die Frage, woran Hernández erkrankt war, konnte sie nur vage beantworten. Er habe manchmal fürchterliche Hustenanfälle und würde dann von seinem Butler an ein Beatmungsgerät angeschlossen. Um sich Klarheit darüber zu verschaffen, brachen sie nachts in die Praxis des Arztes ein. Hernández' Krankenakte brachte Klarheit. Er hatte chronisches Asthma.

»Mein Gott, er hat die gleiche Krankheit wie Che!«, staunte Marc.

In der Akte stand auch, dass Hernández die Krankheit in der Kindheit nicht gehabt hatte, was in der Regel bei Asthma der Fall war. Er, Hernández, würde sie seinem Aufenthalt in Bolivien zuschreiben, wo er erheblichen Strapazen ausgesetzt gewesen sei.

»Erlösen wir ihn von seinem Übel«, sagte Costello.

Sie warteten nicht lange. Schon in der nächsten Nacht stiegen sie von der Seite des Nachtclubkönigs über die Mauer, die Hernández' Palast umschloss. Costello hatte ein Seil mit einem Widerhaken dabei, das er hoch zum Balkon schleuderte, so dass sich der Widerhaken am Balkongitter verfing. Sie hangelten sich beide zum Balkon hoch. Es war verabredet, dass Marc zuerst ins Haus einsteigen würde und ihm Costello wie sein Schatten folgen sollte. Durch die Schilderung des Hausmädchens wussten sie über die Räumlichkeiten Bescheid. Er betrat ein Arbeitszimmer, öffnete vorsichtig die Tür und schlich einen Flur entlang und fand bald das Zimmer, das Hernández' Schlafzimmer sein sollte. Er drückte, die Smith & Wesson in der linken Hand, die Klinke herunter und betrat den Raum. Hernández schlief. Die Nachttischlampe brannte. Neben dem

Bett stand ein Sauerstoffgerät. Auf dem Bett lag ein Buch, das er kannte. Ein Erzählband. ›Der Sieger geht leer aus‹ von Ernest Hemingway.

»Wirst du auch gleich feststellen«, sagte Marc und räusperte sich.

Hernández fuhr hoch. »Was zum Teufel …!«

Was er vom Teufel wollte, sprach er nicht aus. Doch er starrte Marc an, als sei genau dieser Leibhaftige in sein Schlafgemach getreten.

»Marc Mahon!«, krächzte er.

»Schöne Grüße aus Kuba! Nachdem du mir Gäste nach Havanna geschickt hast, wollte ich auf einen Gegenbesuch nicht verzichten. Besonders geschickt haben sich deine Freunde nicht angestellt.«

»Was ist mit ihnen?«

»Den Mexikaner habe ich erledigt. Seinen Freund wird Raúl Castro zur Hölle geschickt haben. Nehme ich jedenfalls an.«

Hernández richtete sich im Bett auf.

»Wie ich höre, hast du Ches Asthma bekommen.«

Hernández atmete schwer aus und nickte. »Ja. Ich war kaum wieder in Panama, da fing es an. Niemand kann mir erklären, wie ich zu dieser Scheißkrankheit gekommen bin.«

»Schon mal vom Fluch des Che gehört?«

Er nickte. »Ammenmärchen!«

»Da wäre ich nicht so sicher, wenn man bedenkt, wer alles auf unnatürliche Weise gestorben ist.«

»Und nun willst du den Fluch des Che vollenden!«

»Kluger Mann! Aber eigentlich bedarf es keiner großen Geisteskräfte.«

Hernández sah ihn an, atmete schwer.

»Kochba, ich wusste immer, dass es eines Tages auf ›Du oder Ich‹ hinauslaufen würde. Seit ich vom Verschwinden meines Bruders erfuhr, wusste ich es. Dort auf der Anrichte steht Whisky, lass uns den letzten Akt mit Würde beenden. Trinken wir ein Glas auf unsere Feindschaft.«

Marc goss zwei Gläser voll und reichte ihm den Whisky. Hernández hob das Glas. »Lass uns trinken.« Er erhob sich aus dem Bett, tastete nach der Brille und setzte sie auf und prostete ihm zu.

»Einen so guten Whisky muss man stehend trinken. Zwanzigjähriger Dalmore.«

»Ein feiner Pinkel bist du geworden. Durch Rauschgift, nicht wahr?«

»Ja. Solche Geschäfte kann man in Panama fein einfädeln, wenn man die richtigen Leute kennt.«

»Du hast eine Menge Dreck am Stecken.«

»Ja. Aber es wird wohl noch einiges dazukommen, du Affenarsch!«

Seine Augen funkelten vergnügt. Was war mit Hernández los? Ein Luftzug gab die Antwort. Nun spürte er einen Druck im Rücken.

»Lass die Waffe fallen, du kubanisches Schwein!«, sagte jemand.

»Darf ich vorstellen: Mein Leibwächter José. Er schläft im Nebenzimmer. Ich habe am Nachttisch, dort, wo die Brille lag, einen Alarmknopf, durch den ich ihn alarmiert habe. Du hättest nicht so lange quasseln und mich gleich abknallen sollen!«

Marc warf die Waffe aufs Bett und ließ sich nach hinten fallen. Eine Waffe brüllte auf. Du hast zu früh die Trommel geschlagen, dachte er noch.

27

Ein unvollendetes Leben

Es waren zwei Schüsse. Es hörte sich wie ein Schuss an, was daran lag, dass beide zur gleichen Zeit abdrückten. Hernández' Leibwächter tat dies automatisch, als sich Marc nach hinten fallen ließ. Costello dagegen tat es kaltblütig und überlegt und mit der Routine, die ihnen Montoya beigebracht hatte. Der Leibwächter bekam eine Kugel in den Hinterkopf, Marc nur einen Streifschuss, den er den Narben zurechnen konnte, die er bereits empfangen hatte. »Es muss hier noch einer von seinen Männern rumgeistern«, sagte Marc und stand auf.

»Ich weiß. Er wurde von mir bereits rasiert.«

Marc schob sein Hemd beiseite und Costello besah sich die Wunde am Hals.

»Nichts Schlimmes. Ein Kratzer!«

Marc nahm seine Waffe vom Bett, damit Hernández keine schlechten Einfälle bekam. Dieser wurde von einem heftigen Anfall geschüttelt und griff nach dem Atemgerät.

»Bringen wir es hinter uns!«, forderte Costello.

Im Haus wurde es lebendig. Schreie. Das Getrappel nackter Füße. Weibliche Stimmen. Gleich konnten sie zur Tür hereinstürmen. Vielleicht hatten sie bereits die Polizei gerufen und die war dafür berühmt, nicht zimperlich mit Gästen zu sein, die ihre betuchten Einwohner bedrohten, geschweige denn ihre Leibwächter reduzierten. Hernández' Husten hatte sich beruhigt. Mit der Atemmaske vor dem Mund starrte er sie hasserfüllt an. Vielleicht kam ihm der Gedanke, dass es sein letzter Asthmaanfall gewesen sein könnte.

»Du kannst jetzt wie Che sagen: Schieß doch. Du wirst einen Menschen töten«, sagte Marc.

Doch Hernández hörte das nicht, weil er in anderen Kategorien dachte, weil er glaubte, dass man immer noch eine Karte ausspielen konnte, die beste Karte, die das allzu Menschliche ansprach, die Gier nach Besitz, die doch jedem zu eigen war, die schon die Steinzeitmenschen sich einem Anführer unterordnen ließ, der rücksichtsloser war und ihnen fette Beute versprach.

»Für jeden eine Million Dollar!«, keuchte Hernández. »Was habt ihr davon, wenn ihr mich tötet? Was dir in Córdoba mein Bruder antat, Marc Mahon, hat die Zeit längst verschluckt. Und Ches Tod hatte der Präsident befohlen. Ich habe nur einen Befehl weitergegeben. Du bist doch ein rational denkender Mensch. Du siehst doch, dass ich genug bestraft bin. Lass mich leben und ihr beide werdet reich.«

Er sprach die Wahrheit, was seinen Zustand betraf. Was war das für ein Leben? Ständig in Gefahr zu ersticken. Er war an das Sauerstoffgerät gefesselt, von Ärzten abhängig und doch … wollte er leben, flehte, bettelte um das, was für ihn noch Leben bedeutete, so armselig es auch sein mochte.

Marc fiel ein Bild ein, das er vor Jahren im Metropolitan Museum in New York gesehen hatte. Picassos Bild von Guernica, das gepeinigte Pferd, das sich voller Qual und Angst hochreckte, mit dem verzweifelten Schrei, doch leben zu wollen. Er hob den Revolver und zog den Abzug bis zum Druckpunkt durch. Aber überwand ihn nicht.

»Wenn du es nicht kannst, mach ich es!«, bot sich Costello an.

Hernández riss sich die Atemmaske ab und kreischte: »Zwei Millionen! Zwei Millionen Dollar für jeden!« Glaubte er doch, dass Marcs Zögern auf die Dollar zurückzuführen war.

»Du irrst dich!«, schrie Marc und hob wieder den Revolver. »Dir kann kein Geld mehr helfen, keine CIA, keine Kirche.«

»Reich! Ihr werdet reich sein. Jeder will doch …«

Er überwand den Druckpunkt. Zwei Schüsse, die auch diesmal wie ein Schuss klangen, beendeten das Leben des Felix Hernández.

»Ich habe dir geschworen, ein guter Leibwächter zu sein, dies schloss ein, dass ich Chaco Schweinerüssel räche. Nun können wir rätseln, welche Kugel ihn getötet hat.«

»Es ist getan«, sagte Marc. Castello überzeugte sich, dass Hernández, der in einem Meer von Blut lag, tatsächlich tot war.

»Er ist hinüber. Eine Steigerung von tot gibt es nicht. Nichts wie weg!«

Sie rannten in den Flur. Unten in der Halle sahen sie bereits dunkle Uniformen.

»Stehenbleiben! Polizei!«, wurde ihnen zugerufen.

Sie rannten in das Arbeitszimmer des Mannes, für den es keine Steigerung von »tot« gab, liefen auf den Balkon, hangelten sich hinunter und kletterten über die Mauer auf das Grundstück des Nachtclubkönigs. Einer seiner Leibwächter musste diesem wohl gemeldet haben, dass auf seinem Grund und Boden etwas Ungewöhnliches vor sich ging und so kam er im übergeworfenen Bademantel mit zwei Männern heraus und ungewöhnlich daran war nur, dass sie alle großkalibrige Pistolen in der Hand hielten. Sie warteten auf der Terrasse und sahen grinsend zu, wie Marc und Costello die Mauer überwanden, um über seinen Grund und Boden das Weite zu suchen. Und nun wollte der Herr des Schnees den braven Bürger spielen, der sein Heim verteidigt. Er und seine Männer konnten nicht wissen, dass ihnen keine Einbrecher, nicht einmal gewöhnliche Killer gegenüberstanden, sondern zwei Männer, die zwar von Bushido nie gehört hatten, die man aber mit einiger Berechtigung als Samurai bezeichnen konnte. Sie, der Clubkönig und sein Gangster, schossen also nicht gleich, sondern der Drogenhändler rief: »He, ihr da! Ergebt euch! Ihr seid auf meinem Grund …«

Das mit dem Boden brachte er nicht mehr über die Lippen. Denn Costello und Marc schossen sofort und das Licht der

Terrasse war nicht schlecht genug, um die Gegner zu verfehlen. Alle drei wälzten sich am Boden. Tot oder nicht tot hielten sie für keine Überprüfung wert. Marc und Costello jagten weiter, liefen einen Abhang hinunter, kümmerten sich nicht um die Lichter der nächtlichen Stadt, um die wie Perlen aneinander gereihten goldenen Punkte, diesem funkelnden Paradies für Milliardäre, die keinen Gedanken daran verschwendeten, dass ihr Geld dadurch zustande gekommen war, dass es den Armen fehlte. Eher geht einer durchs Nadelöhr, als dass ein Reicher … Nein, daran dachte Marc nicht und auch nicht an das Pferd auf dem Guernicabild und es tat ihm auch nicht leid, dass er doch noch geschossen hatte und er fragte sich auch nicht, wessen Schuss Hernández den Tod gab. Sie stiegen in die Grundstücke anderer Villen ein, durchquerten sie, ohne aufgehalten zu werden und erreichten schließlich die Straße mit den Königspalmen und ihren dort geparkten Wagen. Costello setzte sich ans Steuer. Unbehelligt kamen sie in ihr Hotel.

In der Nacht träumte Marc von dem Pferd aus dem Guernicabild, und es zeigte sich mit ganzem Leib, war jedoch ohne Fleisch, war ein weißes Knochengerüst, auf dem er über das Meer nach Kuba galoppierte.

Sie fuhren am nächsten Morgen mit einem Mietwagen nach Los Angeles und nahmen dort den Flieger nach Mexico-City. Die Zeitungen berichteten über die Morde auf den Titelseiten. Sie lagen mit ihren Vermutungen auch diesmal falsch und fabulierten über Verteilungskriege der Drogenhändler.

»Ein durch und durch verdorbenes Land«, urteilte Pepe Costello.

»Einst galt es als Hort der Freiheit«, erinnerte ihn Marc. »Lasst die Bedürftigen dieser Welt zu uns kommen! Bei uns lebt ihr in Freiheit und Brüderlichkeit. Aber das war schon eine Lüge, nachdem die ersten Pilger die Halbinsel von Manhattan betreten hatten.«

Ohne Schwierigkeiten trafen sie in Havanna ein. Er wusste, etwas war zu Ende gegangen und freute sich, ganz für Lara da sein zu können. Nun konnte er mit Lara und dem Baby nach Paris zurückkehren.

Als sich Marc und Costello trennten, hatten sie beide Tränen in den Augen.

»Wir haben es sauber erledigt. Immer noch Gewissensbisse?«, fragte Costello.

»Nein. Es war notwendig. Er oder ich.«

»So muss man es sehen, Bruder. Genauso. Nun geh zu deiner Frau und werde glücklich.«

Marc bat den Taxifahrer, schneller zu fahren, was bei dem alten Chevrolet nicht so ohne weiteres möglich war, geschweige denn, dass es die Straßen zuließen. Aber der Fahrer bemühte sich redlich. War das Baby schon zur Welt gekommen? Er war aufgeregt und bekam feuchte Hände. Eigentlich war die Zeit dafür da. Er ließ sich zu Aleida fahren. Das Kindermädchen sagte ihm, dass sie im Krankenhaus bei Lara sei. Die Wehen hätten eingesetzt.

»Vielleicht sind Sie gerade rechtzeitig gekommen!«

Er bestellte ein neues Taxi, ging ungeduldig vors Haus und wartete auf dessen Eintreffen.

»Zum Krankenhaus. Aber schnell! Schnell!«, feuerte er auch diesen Fahrer an.

»Es ist wohl das Erste?«, sagte der Fahrer grinsend.

»Ja, ja … das Erste.«

»Kinderkriegen ist die normalste Sache der Welt. Wir Männer machen nur ein Drama draus. Meine Estrella hat mir sechs Buben geschenkt. Alle sind gesund und munter und fressen mir die Haare vom Kopf.«

»Gratuliere!«, sagte Marc, als der Fahrer ihm ein Familienfoto reichte.

»Ja. Scheiße ist nur, dass sie schon wieder schwanger ist.«

»Dann gratuliere ich lieber nicht mehr.«

Er betrat die gekühlte Halle und fragte nach der Entbindungsstation. Gut, dass sie hier entbindet, sagte er sich. Schließlich galten die kubanischen Ärzte als die besten Südamerikas. In einem langen Gang mit kaltem, unnatürlichem Licht saß Aleida. Er stürmte auf sie zu und sie umarmten sich.

»Dann hast du es ja doch noch geschafft! Ist alles in Ordnung?«

»Che würde zufrieden sein. Was ist mit Lara? Ich hörte, dass sie schon seit gestern …«

»Sie tut sich etwas schwer mit dem Gebären. Sie ist ja auch so ein zartes Ding. Aber jetzt scheint es bald soweit zu sein.«

Hinter der Milchglasscheibe sah man heftige Bewegungen. Schatten huschten hin und her.

»Da geht was vor«, sagte er unruhig.

»Natürlich. Sie tun ihre Arbeit, damit dein Kind auf die Welt kommt«, erwiderte Aleida gelassen. »Da du hier bist, kann ich jetzt gehen. Ich bin schon seit gestern Mittag hier. Sie wird sich freuen, dass du es doch noch geschafft hast.«

»Danke, dass du ihr bei der Schwangerschaft beigestanden hast.«

»Du bist doch Ches Freund. Lass dir aber noch sagen, dass sie dich sehr liebt. Mehr als du es verdienst. So ist es manchmal, dass die Liebe von uns Frauen größer ist, als die Männer es ahnen, geschweige denn … Ach, lassen wir das!«

»Ich weiß«, sagte er demütig. »Ich weiß.«

Dann war er allein und die Stunden vergingen und er dachte an das Buch über Che und an Paris und was er dort tun würde, wenn er wieder in seiner Stadt war. Er würde ein Buch über die Pariser Kommune schreiben. Ein Ereignis, das so viel Hoffnung geweckt hatte und doch in einem Blutbad endete, von dem sich Frankreich nie erholt hatte. Der ewige Kampf von Kapital und Macht gegen die Sehnsucht nach Freiheit und Brüderlichkeit und ein bisschen gutes Leben. Che würde das Thema gefallen.

Er erwachte und sah auf die Uhr. Er hatte unruhig geschlafen und fühlte sich wie erschlagen. Zwei Schwestern kamen angelaufen, warfen ihm scheue Blicke zu und verschwanden hinter der Tür mit der Milchglasscheibe. Einen Augenblick sah er eine Gruppe von Ärzten und Schwestern um das Bett stehen, in dem er Lara wusste. Seine Unruhe nahm zu. Wann war es endlich vorbei? Warum hörte er kein Baby schreien? Er ging bis an das Ende des Ganges und öffnete ein Fenster. Es wurde bereits wieder hell. Ein neuer Tag in Havanna und bis er zu Ende war, würde er ein Kind haben.

Die Luft war noch frisch und trocknete seine Stirn. Am Nachmittag würde es heiß werden. Ein Arzt kam heraus. Er kannte ihn. Er war in der Sierra Maestra dabei gewesen, damals noch ein Student. Die Schwestern eilten an ihm vorbei. Der Arzt setzte sich zu ihm.

»Da bist du ja, Kochba«, sagte er und legte den Arm um seine Schultern. »Du bist ein Guerillero. Du wirst stark sein. Das Kind war schon seit zwei Tagen tot.«

»Mein Gott!«, sagte er und schloss die Augen. Es war schlimm, aber sie waren noch jung und konnten weitere Kinder haben.

»Und Lara? Wie geht es Lara?«, schrie er.

Der Arzt umarmte ihn und drückte ihn an sich.

»Compañero … sie ist tot. Sie ist eben gestorben. Wir haben alles versucht, konnten sie aber nicht retten.« Der Arzt hatte Tränen in den Augen.

Marc befreite sich aus der Umarmung und stürzte in den Kreißsaal. Eine Schwester war dabei, einen Galgen mit den Blutkonserven wegzuräumen. Nach einem Blick auf sein Gesicht senkte sie den Kopf und verließ den Raum und er war mit ihr allein. Zart und unendlich schön lag sie in dem Bett. Er legte seinen Kopf auf ihren Schoß und weinte. Sich schuldig fühlend schalt er sich einen Unglücksmenschen. Sie hatte fast ihr ganzes Leben auf ihn gewartet und nun, wo er mit ihr leben wollte, starb sie durch das Kind, auf das sie sich beide so gefreut hatten. Ich bin ihr nie gerecht geworden, sagte er sich. Der Arzt kam herein und drückte sanft seinen Rücken.

»Ja, ich weiß, Guerillero. Man kann noch so mutig sein, aber der Tod der Frau ist das schlimmste, was einem passieren kann. Ich habe eben mit Fidel gesprochen. Sie war ja sein Schützling. Er ist auf dem Weg zu uns.«

»Warum habt ihr mich nicht hereingerufen, als es zu Ende ging? Ich hätte wenigstens …«

»Nein. Du hättest keinen Abschied nehmen können. Sie war seit Stunden besinnungslos. Wir hatten ja immer noch die Hoffnung, dass wir sie durchbringen. Du hättest … Entschuldigung … du hättest nur gestört.«

»Ja. Ich war der Störfall in ihrem Leben.«

Er dachte daran, wie sie sich begegnet waren, an Marizia, die das kleine Mädchen seiner Obhut überlassen musste, dieses Kind mit den ungleichen Augen und dem leichten Silberblick, das ihn schon damals ansah, als wüsste es, dass es ihn lieben würde, noch ein Kind, aber mit dem Wissen der Frauen. Und sie wartete, bis er zurückkam und … sie tötete. Er strich über ihr Haar. Seine Tränen fielen auf ihre Stirn. Der Arzt nahm ihn bei der Schulter und führte ihn hinaus. Er ließ es geschehen, löste sich aus der Umarmung und ging den Flur entlang dem Ausgang zu.

Er hatte das letzte Mal geweint, als man Che ermordete. Das tat weh genug, aber es war ein anderer Schmerz gewesen, denn Ches Tod war die logische Konsequenz seines Lebens, aber dieser war unerklärlich … völlig sinnlos. Und ihm fiel das weiße Gerippe des Pferdes ein. Marc Mahon verstand. Man bekommt immer die Rechnung. Auf nichts anderes lief es hinaus. Er zahlte nun.

Marc taumelte aus dem Krankenhaus. Es lag ein süßer Duft in der Luft. Er atmete ihn tief ein. In den Jacarandabäumen lärmten die Vögel. Havanna erwartete einen heißen Tag.

Weitere Titel von Heinz-Joachim Simon im acabus Verlag

Heinz-Joachim Simon

Der Tod der Kaiser.
Die geheime Geschichte der Caesaren

Buch-ISBN: 978-3-86282-392-5
BuchVP: 14,90 EUR
380 Seiten, Paperback
14 x 20,5 cm

Sie nannten sich Caesar Augustus, ließen sich als Gott verehren und wähnten sich auf dem Höhepunkt der Macht. Doch durch die Straßen Roms gingen bereits die Rächer Jerusalems und große Feldherren starben. Niemand weiß, wer hinter den Morden steckt. Martial, der berühmte Epigrammschreiber, wird mit seinem Freund Gaius Flavius Sabinus in eine gefährliche Intrige verstrickt.

Gelingt es ihnen zu enthüllen, wer den plötzlichen Tod der Kaiser Vespasianus und Titus verursachte?

Ein gewaltiges Historiengemälde vor dem Panorama römischen Lebens in einer dramatischen Zeit, als im Kolosseum die Löwen brüllten, Pompeji beim Ausbruch des Vesuvs unterging, orgiastische Feste gefeiert wurden und Kaiser unerwartet ihr irdisches Leben beendeten.

Heinz-Joachim Simon

Der Enkel des Citizen Kane. Die Geschichte des Sternenjägers

Buch-ISBN: 978-3-86282-289-8
BuchVP: 14,90 EUR
244 Seiten, Paperback
14 x 20,5 cm

Ein Schlüsselroman? Man könnte es annehmen, wenn man verfolgt hat, dass in London gerade ein Zeitungstycoon angeklagt wurde, weil seine Zeitungen hemmungslos Prominente und Gewaltopfer ausspionierten und Politiker manipulierten. Zweifellos hat der Kampf um Sensationen zu bedenklichen Auswüchsen geführt. Doch dieser Roman zeigt, wie die eigenen Ziele Menschen die einstigen Ideale vergessen lassen. Was Orson Welles in seinem berühmten Film Citizen Kane so einzigartig geschildert hat, wiederholt sich in den Etagen der Finanzwelt, der Industrie und beim Kampf der Medien gegeneinander. Man wird nicht ohne Schuld zum Sternenjäger. Der Preis der Macht ist oft die Deformierung der eigenen Persönlichkeit. Davon erzählt dieser Roman in dramatischen, oft erschütternden Bildern, über einen mythisch anmutenden Kampf zwischen Vätern und Kindern.

Heinz-Joachim Simon

Der Mann aus Hamburg
Die Vatikanverschwörung

Buch-ISBN: 978-3-86282-389-5
BuchVP: 14,90 EUR
352 Seiten, Paperback
14 x 20,5 cm

„Diese Geschichte sprengt den Vatikan in die Luft …“, stellt der Hamburger Anwalt Dieter Prätorius fest, als ihm sein Freund, der Hamburger Ermittler Serge Christiansen das Vatikanprotokoll diktiert. Christiansen ist dem größten Geheimnis der katholischen Kirche auf der Spur. Er wird beauftragt, einen verschwundenen Padre zu finden, der sich der Mission verschrieben hat, die Machenschaften der Vatikanbank zu durchkreuzen. Der Mann aus Hamburg stößt auf die Verschwörung eines faschistischen Geheimbundes, der Mafia und reaktionärer Kurienkardinäle … zusammen mit der Vatikanbank.

Als Johannes Paul I. Papst wird, hofft die Welt auf eine Reformation der Kirche. Er stirbt jedoch nach nur 33 Tagen unter mysteriösen Umständen. Der Mann aus Hamburg wird zum gefürchteten Gegenspieler der Drahtzieher hinter den Kulissen. Doch die Mafia hat längst einen Killer nach Rom geschickt. Kann Christiansen der Gerechtigkeit zum Sieg verhelfen und den Mörder entlarven?

Heinz-Joachim Simon

Der Schrei der Zypressen
Ein Provence-Umwelt-Krimi

Buch-ISBN: 978-3-86282-286-7
BuchVP: 14,90 EUR
252 Seiten, Paperback
14 x 20,5 cm

Die Gier droht Châteauromain zu vernichten. Ein idyllischer Ort in der Provence. Die Zikaden lärmen, die Zypressen bewegen sich leicht im Wind. Im Schatten vor dem Bistro sitzt man bei einem Pastis und diskutiert über die Zeitläufe. So war es seit Generationen – und so soll es bleiben, denken einige junge Leute.

Aber der Bürgermeister hat anderes im Sinn und will neben dem Ort ein Luxusresort bauen lassen. Die Ruhe des kleinen Ortes ist jäh vorbei, als einer der Umweltschützer erschossen wird. Und dies bleibt nicht der einzige Tote. Eine Tragödie von archaischer Wucht bahnt sich an. Zwei Frauen nehmen den Kampf gegen die Geschäftemacher auf. Die Situation eskaliert.

Der Privatdetektiv Peter Gernot aus Berlin wollte nur seinem Freund beim Renovieren seines Ferienhauses helfen und gerät unfreiwillig in den Sog der Ereignisse. Durch seine Liebe zur schönen Ismene wird er immer tiefer in das komplizierte Geflecht der Dorfgemeinschaft hineingezogen.

Heinz-Joachim Simon

Das Evangelium der Grabtuchräuber

Buch-ISBN: 978-3-86282-192-1
BuchVP: 14,90 EUR
288 Seiten, Paperback
14 x 20,5 cm

Ein Thriller so schwarz wie ein Film noir. Was wäre, wenn eine Sekte nicht nur Menschen und Industrieunternehmen in ihre Gewalt bekommt, sondern einen ganzen Staat? Eine geheimnisvolle Sekte plant einen zweiten Finanzcrash, der die europäische Wirtschaft ruinieren soll. Der Großkyros, der Sektenführer, will sich und seinen obskuren Glauben als Rettung anbieten. Um seiner Gruppe - er sieht sich als Wiedergänger des Messias - einen religiösen Anstrich zu geben, lässt er das Turiner Grabtuch rauben.

Der Berliner Privatdetektiv Peter Gernot stößt bei einem Entführungsfall auf die Sekte der Marsianer und gerät in Lebensgefahr. Von Turin geht es nach Paris, Rom, Istanbul und Rio de Janeiro. Eine Hetzjagd, ein erbarmungsloser Kampf. Was hat es mit den „Sieben Siegeln der Erneuerung“ auf sich? Hat Gernot überhaupt eine Chance? Der Großkyros hat ihn zum Tode verurteilt. Peter Gernot tanzt die Samba des Todes.

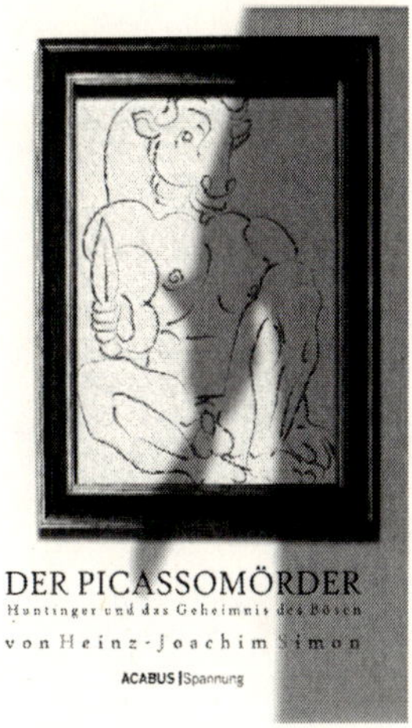

Heinz-Joachim Simon

Der Picassomörder. Huntinger und das Geheimnis des Bösen

Buch-ISBN: 978-3-86282-097-9
BuchVP: 14,90 EUR
268 Seiten, Paperback
14 x 20,5 cm

Können die Werke des großen Picasso Mordlust auslösen? Eine geheimnisvolle Mordserie hält die Kunstwelt und die Öffentlichkeit in Atem. Es beginnt in Berlin. In der Nationalgalerie wird die Kuratorin tot aufgefunden. Ein Bild von Picasso aus der Minotaurus-Serie fehlt. Bald stößt Hauptkommissar Huntinger auf einen ähnlichen Mord in der Nähe von Dachau. Es beginnt eine atemlose Jagd durch die Museen Europas. Stets sind Frauen die Opfer. Immer wieder stehen die Verbrechen mit den Minotaurus-Bildern in Verbindung. Es sind Bilder voller Gewalt. Stiermenschen, die sich die Frauen unterwerfen. Der Serienmörder tötet und belohnt sich dafür mit einem Picassobild.

Die Zeit wird knapp. Der Ursprung dieses Falles liegt in der Vergangenheit des Dritten Reiches, in der Erziehung der Kinder. Das Zusammentreffen mit dem Mörder auf dem Berghof Hitlers wird zum dramatischen Höhepunkt eines außergewöhnlichen Krimis.